KNAUR

Im Knaur Taschenbuch Verlag sind bereits von der Autorin erschienen:
Im Land der Feuerblume
Jenseits von Feuerland
Im Schatten des Feuerbaums
Die Rosen von Montevideo

Über die Autorin:
Carla Federico ist eine junge österreichische Autorin, die unter anderem Geschichte studiert hat. Sie lebt heute als Fernsehjournalistin in Deutschland. Ihre große Leidenschaft fürs Reisen hat sie in zahlreiche Länder geführt, bevor sie für einen längeren Aufenthalt in Südamerika »hängen blieb«, wo auch ihre Romane spielen. Ihre Chile-Trilogie sowie ihre große Familiensaga *Die Rosen von Montevideo* waren Bestseller.

Carla Federico

Der Traum von Rapa Nui

Roman

KNAUR

Besuchen Sie uns im Internet:
www.knaur.de

FSC
www.fsc.org
MIX
Papier aus verantwortungsvollen Quellen
FSC® C083411

Ein Unternehmen der Droemerschen Verlagsanstalt
Th. Knaur Nachf. GmbH & Co. KG, München

Redaktion: Kerstin von Dobschütz
Umschlaggestaltung: ZERO Werbeagentur, München
Umschlagabbildung: akg-images; 'To Rio de Janeiro', poster advertising the Hamburg Southern Line, 1929 (colour litho), German School, (20th century) / Cauer Collection, Germany / The Bridgeman Art Library; Statues on Easter Island (gouache on paper) / Private Collection © Look and Learn / The Bridgeman Art Library
Karten: Computerkartographie Carrle
Satz: Adobe InDesign im Verlag
Druck und Bindung: CPI books GmbH, Leck
ISBN 978-3-426-50853-4

2 4 5 3 1

Antes que Hotu Matúa aquí se
estableció el viento.
Esta isla era, en verdad, el corazón
del viento. El verdadero ombligo
del mundo.

Vor Hotu Matua hatte hier
der Wind sich eingerichtet.
Diese Insel war in Wahrheit das Herz
des Windes, der wahre Nabel
der Welt.

Pablo Neruda

Prolog

Hanga Roa 1893

Als Katharina das Boot bestieg, das sie zum wartenden Schiff brachte, drehte sie sich ein letztes Mal um. Ihr Blick schweifte über die Insel, als würde sie sie zum ersten Mal sehen, obwohl sie so viele Jahre ihres Lebens hier verbracht, gelitten und gelacht, geliebt und gehasst hatte, vor Furcht vergangen war und voller Hoffnung an das Morgen geglaubt hatte. Ja, sie hatte viele Gesichter des Lebens kennengelernt, und in all der Zeit, da ihr manche zur Herausforderung gereichten, andere zur Freude, war die Insel für sie mehr gewesen als der einsame, karge Ort, an dem zu leben so vielen Weißen wie eine Verbannung erschien.

Ich war hier zu Hause, dachte sie. Rapa Nui ist für mich nicht das entlegenste Eiland der Welt, sondern meine Heimat …

Jahrhunderte waren vergangen, ehe die Terra incognita entdeckt worden war, viel weniger Zeit hatte es gedauert, sie und ihre Bewohner auszubeuten. Die Insel protzte weder mit Reichtum noch mit Schönheit, zumindest nicht auf den ersten Blick, denn der fiel nicht auf prächtige Blumen oder sattgrüne Bäume, sondern auf karge Büsche, die in der gleißenden Sonne fast gräulich wirkten. Die meisten waren niedrig, kaum einer größer als ein Mensch, und das Gras wuchs auf den vielen Hügeln trocken und hart. Oft klaffte die Erde hervor, mal rötlich, mal schwarz, ähnlich wie die Farbe der steilen Klippen sich wandelte, je nachdem, von welcher Seite das Licht darauf fiel. Dutzende von Kratern durchzogen die Landschaft wie Narben.

Und dennoch: So eintönig das Land anmutete und so vermeintlich farblos – die stete Meeresbrise, die geheimnisvollen Statuen und die Stille, die nur dann und wann vom Blöken eines Schafs unterbrochen wurde, waren zugleich verheißungsvoll. Wo, wenn nicht an einem Ort, der derart mit Reizen geizte und den Menschen auf sich selbst zurückwarf, fand man die Kraft, jeden Tag neu zu beginnen, das Leben anzupacken und die Hoffnung zu bewahren, dass man an Prüfungen wächst, anstatt daran zugrunde zu gehen?

Zumindest war Katharina mit dieser Hoffnung einst hierhergekommen. Und als sie jetzt die Insel vielleicht zum letzten Mal betrachtete, fragte sie sich, ob diese Hoffnung wirklich enttäuscht worden war, wie sie oft geglaubt hatte, oder ob sie lediglich zu früh resigniert hatte, ob nicht immer noch dieses leise Versprechen in der Luft lag: Bleib hier, dann kannst du glücklich werden, trotz allem, was hinter dir liegt …

Katharina zögerte, als sie das Boot bestieg, und erst recht, als dieses nach einer schaukelnden Fahrt das Schiff erreichte.

»Kommst du?«, rief einer der Matrosen. Er deutete auf die Strickleiter, auf der sie hochklettern sollte, doch sie blieb starr sitzen.

Jack begann zu quengeln und sich in ihren Armen zu winden, Tim und Romy sahen sie abwartend an.

Katharina wusste, sie sollte sich endlich einen Ruck geben, sich abwenden, jenen letzten Blick auf die Insel im Herzen

bewahren, aber endgültig Abschied nehmen – nicht nur von der Heimat, auch von dem Traum, der sie hierhergeführt hatte.
Doch sie brachte es einfach nicht fertig. Jener Traum hatte sich manchmal als Alb erwiesen, von dem sie unbedingt erwachen wollte, doch jetzt konnte sie nur denken: Ich will weiterträumen … von einem schönen, neuen, starken Rapa Nui.

Erstes Buch

Te pito o te henua ~ Der Nabel der Welt

1886–1887

1. Kapitel

Katharina liebte es, in Valdivia zu sein, und zugleich hasste sie es. Das Leben hier war viel abwechslungsreicher als in ihrer kleinen Siedlung am Llanquihue-See: Aus den Bäckereien duftete es köstlich nach frischem Brot und Kuchen, aus den großen, stabilen Häusern tönte Klaviermusik; die Frauen waren elegant gekleidet, trugen Sonnenschirme, manchmal sogar Handschuhe. Doch das, was Katharina so inständig bewunderte, war zugleich stete Quelle des Haders: Die Frauen waren so viel hübscher als sie! Und das nicht etwa, weil sie feinere Züge und wohlgeformtere Körper hatten, sondern weil sie sich weiße Blusen, spitzenbesetzte Jäckchen und seidene, raschelnde Röcke leisten konnten. Kein Wunder! Die meisten von ihnen waren mit Fabrikbesitzern verheiratet, und die verdienten viel Geld – zumindest mehr als die Bauern vom Llanquihue-See. Auf diese blickten jene eleganten Damen ebenso verächtlich herab wie auf Katharina, und diese konnte es ihnen nicht einmal verdenken: Sie schämte sich ja selbst dafür, dass ihr Kleid voller Flicken war, der Strohhut hässlich und ihre Haare von der Sonne ausgebleicht, ganz zu schweigen von den rissigen Händen, denen man die harte Arbeit auf dem Feld oder im Kuhstall nur zu deutlich ansah und die sie, so verzweifelt sie sie auch wusch, nie ganz vom Dreck befreien konnte. Unter den Fingernägeln waren immer dunkle Ränder zu sehen, auch wenn sie sie noch so oft bürstete.

»Und jetzt?«, fragte eine Stimme dicht an ihrem Ohr. »Kriegen wir Kuchen?«

Sofort fielen die anderen Kinder in das Geschrei ein. »Au ja! Kuchen! Wir wollen Kuchen haben!«

Seufzend blickte Katharina auf die Schar. Insgesamt fünf Kinder standen wie Orgelpfeifen vor ihr: Der Jüngste, Taddäus, war erst drei, die Älteste, Elisabeth, schon sieben; alle waren sie Neffen und Nichten von ihr – und alle standen sie unter ihrer Aufsicht.

»Ich habe so viel zu erledigen!«, hatte Frida, ihre ältere Schwester, vorhin erklärt. »Da brauche ich deine Hilfe. Achte auf die Kinder!«

Pah! Von wegen viel zu erledigen! In Wahrheit ließ Frida sich bloß das neue Kleid anpassen, das Katharina sich selbst doch so sehr gewünscht hatte. Eigentlich konnte sich Frida so ein Kleid gar nicht leisten, zumal ihr Mann Jacobo als der faulste Bauer der ganzen Siedlung galt, aber irgendwie hatte sie ihm so lange in den Ohren gelegen, bis er schließlich bereitwillig genickt hatte – sehr zum Missfallen seiner Mutter Christl.

Eigentlich ist es kein Wunder, dass Frida ein neues Kleid braucht, dachte Katharina boshaft.

Mit den Jahren war sie immer dicker geworden, und seitdem sie letzten Frühling Zwillinge geboren hatte, platzten alle ihre Kleider aus den Nähten. Wenigstens musste Katharina nicht auf die beiden Jüngsten aufpassen, weil diese in der Siedlung geblieben waren.

»Also, kriegen wir Kuchen?«

Katharina wollte schon wütend entgegnen, dass sie kein Geld für Kuchen habe, aber dann dachte sie trotzig, dass Frida diesen ruhig bezahlen konnte, wenn sie sich schon ein neues Kleid leistete. So oft, wie sie die Kinderschar hütete, hatte sie sich eine Belohnung verdient!

Wenig später betraten sie eine Bäckerei, die von deutschen Einwanderern gegründet worden war. Obwohl diese ihre einstige Heimat schon seit Jahrzehnten nicht mehr gesehen hatten, wurde hier – wie überall im mittelchilenischen Seengebiet – immer noch Deutsch statt Spanisch gesprochen, das Haar zu Zöpfen geflochten, wie es im Schwarzwald üblich war, und das Brot saftig und dunkel gebacken wie dort. Zu den Deutschen, die sich in Chile niedergelassen hatten, hatten auch Katharinas Großeltern gehört, doch dass diese immer wieder darauf herumritten, um wie viel einfacher das Leben mittlerweile sei und um wie viel reicher die Ernten verglichen mit denen der Anfangszeit ausfielen, war Katharina kein Trost.

Reiche Ernten, pah! Ich werde mit jedem Tag älter, finde keinen Mann und muss immer nur arbeiten, dachte sie missmutig.

Alle jungen Männer der Siedlung – und das waren so wenige, dass man sie an einer Hand abzählen konnte – hatten bereits geheiratet, nur leider nicht sie.

»Isst du deinen Kuchen denn gar nicht?«, fragte die kleine Elisabeth.

Katharina blickte auf ihren Teller. Er war aus Porzellan, mit kleinen Rosen verziert und stammte gewiss aus Deutschland. Das Stück Marmorkuchen darauf war sehr trocken, und obwohl sie eben noch so große Lust auf Kuchen gehabt hatte, wusste sie plötzlich, dass sie keinen Bissen davon herunterbringen würde.

»Du kannst ihn gerne haben, wenn du dafür auf die Kleinen aufpasst!«, sagte Katharina.

Elisabeth lächelte begeistert, während die anderen damit beschäftigt waren, überall Krümel zu verstreuen oder sich mit den Gabeln gegenseitig zu erstechen. Katharina wusste, dass sie eingreifen sollte, konnte sich jedoch nicht dazu überwinden, sondern floh in den hinteren Teil der Backstube, wo etwas mehr Ruhe herrschte.

Bei ihrem letzten Besuch in Valdivia hatte sie hier ein paar Zeitungen gefunden, die in ihrer Siedlung am See Mangelware waren. Einer ihrer Onkel lebte zwar in Valparaíso, einer Hafenstadt im Norden des Landes, arbeitete dort als Journalist und schickte hin und wieder Zeitungen, aber dort wurde nur von den Ereignissen in Valparaíso oder Santiago informiert. Hier hingegen fand sie eine Wochenzeitung von Valdivia. Neugierig schlug Katharina sie auf und überflog einen Artikel über zwei konkurrierende Bierbrauereien. Außerdem wurde über die steigende Anzahl von Diebstählen geklagt, die wie so oft den Ureinwohnern Chiles, den Mapuche, angelastet wurden, und über eine geplante Bahnstrecke berichtet, die von Santiago in den Süden des Landes führen sollte.

»Können Sie darauf achten, dass die Kinder etwas leiser sind?«, mahnte der Bäcker ungeduldig.

Katharina hob kaum den Blick. »Kinder! Seid still! Ich bin gleich wieder bei euch. Warum könnt ihr in der Zwischenzeit denn nicht draußen spielen?«

Sie achtete nicht darauf, ob sie ihrem Befehl folgten, aber dass keine neuerliche Beschwerde folgte, wertete sie als gutes Zeichen. Und im nächsten Augenblick wurde sie ohnehin völlig blind und taub für ihre Umgebung.

Ihr Blick war bei den Anzeigen hängen geblieben: Da wurden Saatgut, Baumaterial und Tiere angeboten, des Weiteren

Grammophonnadeln, Nähkissen und ein Segel für Boote, und dann plötzlich stand da in fehlerhaftem Spanisch: Suche eine Ehefrau!
Katharina musste trotz ihrer schlechten Laune grinsen. Das konnte nur ein Irrtum sein! Wahrscheinlich stammte die Anzeige von einem Deutschen, der kein Spanisch beherrschte und versehentlich das falsche Wort verwendet hatte. Aber dann las sie weiter und erfuhr, dass der Mann, der die Anzeige aufgegeben hatte, seit Kurzem verwitwet war, zwei kleine Kinder hatte und dringend Hilfe im Haushalt benötigte. Ob er kalt berechnend war und, ganz Geschäftsmann, nach einer brauchbaren Frau suchte wie andere nach einem Zuchtbullen, oder ihn schlichtweg die Verzweiflung dazu trieb, konnte sie aus den wenigen Worten nicht herauslesen.
»Kann ich auf deinem Schoß sitzen?«
Katharina zuckte zusammen, als sich eine kleine Gestalt an sie schmiegte und klebrige Finger ihr Kleid beschmutzten. Es war der kleine Taddäus, der ihre Nähe suchte und der Katharina von allen am liebsten war, weil er ein sanftes, liebevolles Kind war, und für gewöhnlich mochte sie es, wenn er auf ihren Schoß geklettert kam und ihre Wangen küsste. Jetzt hatte sie jedoch keinen Kopf dafür.
»Geh zu den anderen raus!«, befahl sie.
»Du musst aber mitkommen!«
»Nicht jetzt!«
Sie bedauerte sofort die Schärfe, die in ihrer Stimme lag, war jedoch zugleich erleichtert, dass sie ihre Wirkung tat. Taddäus trollte sich tatsächlich nach draußen, und sie konnte sich wieder in die Annonce vertiefen. Der Witwer, so erfuhr sie nun, lebte nicht etwa hier in Valdivia oder am Llanquihue-

See, sondern auf der Isla de Pascua, wo er seit geraumer Zeit als Schafzüchter arbeitete.
»Isla de Pascua …«, murmelte Katharina.
Vage erinnerte sie sich daran, diesen Namen schon einmal gehört zu haben, man ihn mit »Osterinsel« übersetzte und dass die Insel weit entfernt vom Festland mitten im Ozean lag. Sie hatte allerdings keine Ahnung, wie es dort aussah. Ob es große Berge, gar Vulkane wie hier gab? Oder ob das Land flach war wie die patagonische Steppe im Süden des Landes? Große Seen waren wohl auf einer kleinen Insel nicht zu erwarten.
Wieder starrte sie auf die Annonce und stellte fest, dass sie vom Februar 1886 stammte, also schon über neun Monate alt war. Die Zeitung hingegen trug das heutige Datum, was bedeutete, dass seine Anzeige entweder irgendwo liegen geblieben war oder fast ein Jahr gebraucht hatte, um von der Insel aufs Festland zu gelangen.
Ob er in der Zwischenzeit schon eine Frau gefunden hatte? Und wie hieß er überhaupt?
Erst jetzt entdeckte sie den Namen, der ganz klein darunter stand: Barnabas Wilkinson.
Das klang nicht spanisch – was angesichts des fehlerhaften Gebrauchs der Sprache nicht verwunderlich war –, aber auch nicht unbedingt deutsch.
»Tante Katharina!«
»Was ist denn jetzt schon wieder?«
Sie blickte stirnrunzelnd hoch, aber der Ärger über die erneute Störung wich rasch dem Schrecken, als plötzlich Elisabeth zu ihr trat und besorgt fragte: »Ist Taddäus nicht hier?«
»Ich dachte, er ist zu euch nach draußen gegangen!«
»Nein, er wollte unbedingt zu dir!«

»Mein Gott, ich habe dir doch gesagt, du sollst ein Auge auf die Kinder haben.«
Elisabeth war sichtlich den Tränen nahe, und Katharina packte prompt das schlechte Gewissen. Was hatte sie sich nur dabei gedacht, einem kleinen Mädchen so viel Verantwortung aufzulasten!
»Wir finden ihn bestimmt!«, rief sie, legte die Zeitung zur Seite und erhob sich hastig.
Elisabeth brach endgültig in Tränen aus. »Und wenn nicht? Taddäus hat vorhin gesagt, er wolle zum See gehen. Was, wenn er hineingefallen ist? Er ist doch noch so klein und kann nicht schwimmen!«

Die Oberfläche des Sees war aufgewühlt, aber das hatte nichts zu bedeuten, da die großteils schlechten Straßen weitgehend gemieden wurden und die meisten Menschen mit Booten und Schiffen nach Valdivia fuhren. Katharina stürzte auf eine Gruppe Männer zu: »Habt ihr einen kleinen Jungen gesehen?«
Sie sahen sie an und lachten. »Jungs sind immer schlimmer als Mädchen, der kann überall sein.«
»Hört zu lachen auf! Das ist nicht lustig!«, fuhr Katharina sie an.
»Na, wenn du uns ein freundliches Lächeln geschenkt hättest, dann hätten wir dir bei der Suche geholfen.«
»Ihr Idioten!«, entfuhr es Katharina.
»Jetzt aber nicht frech werden, Fräulein! Schließlich ist es nicht unsere Schuld, dass du dein Kind verloren hast.«
Sie konnte nicht umhin, ihnen recht zu geben. Lieber Himmel, warum war sie so unachtsam gewesen? Warum verhielt sie sich immer so mürrisch und versuchte nie, die Menschen

für sich einzunehmen? Und schließlich: Warum war der kleine Taddäus nicht ihr Sohn, sondern sie dazu verdammt, als alte Jungfrau zu sterben?
Das eigene Leben fühlte sich plötzlich wie eines enges, nasses Kleid an, das sie so schnell wie möglich loswerden wollte, ungeachtet, dass sie dann nackt sein und erst recht frieren würde. Hoffentlich fror Taddäus nicht! Und hoffentlich war er nicht in den See gefallen!
Immer wieder rief sie seinen Namen, aber sie bekam keine Antwort. Und selbst wenn – in dem Trubel hätte sie seine schwache Stimme ja doch nicht vernommen. Die Straßen, die vom Hafen wegführten, waren voller Menschen und Fuhrwerke; dort hinten wurden gerade Fässer entladen, ein Haus gebaut und mit einem Handkran Getreidesäcke auf ein Boot verfrachtet. Und wenn Taddäus sich dort verkrochen hatte, womöglich gar unter Fässer oder Säcke geraten war?
Nein! Sie durfte jetzt nicht die Nerven verlieren! Eigentlich war er doch ein vernünftiger Junge!
»Taddäus! Taddäus, wo bist du?«
Irgendwo spielte eine Blaskapelle. In Valdivia wurde viel Musik gemacht, und wer kein Instrument beherrschte, der sang vorzugsweise deutsche Lieder. Für gewöhnlich liebte Katharina Musik, doch jetzt stand ihr nicht der Sinn danach, sondern sie eilte weiter zum Marktplatz, wo eben Hühner verkauft wurden. Das Gackern klang in ihren Ohren wie Hohngelächter.
»Taddäus!«, schrie sie.
Die Brust schmerzte vom schnellen Laufen, über ihre Wangen liefen Tränen, doch weiterhin war nichts von dem Knaben zu sehen.
Sie fragte überall nach ihm, aber niemand konnte ihr weiter-

helfen, auch nicht der Gerber, zu dessen Werkstatt sie jetzt kam und wo es grässlich stank. So viele Bottiche standen hier … Bottiche, in die kleine Kinder fallen könnten.

»Taddäus!«

»Was schreist du denn so?«

Katharina fuhr herum und sah ihre Schwester auf sie zukommen. Frida bot einen grotesken Anblick, wurden die Nähte des neuen Kleides doch nur mit Stecknadeln zusammengehalten. Offenbar war Katharina an der Schneiderei vorbeigekommen, und Frida hatte sie rufen gehört.

Katharina starrte sie hilflos an. Als Kind hatte sie niemandem so nahegestanden wie ihren beiden Schwestern: Ihre Mutter war von ihnen überfordert gewesen, der Vater hatte sie meist vernachlässigt, doch sie hatten sich immer aufeinander verlassen können. Mit dem Zusammenhalt war es allerdings vorbei gewesen, als sie älter wurden und immer häufiger stritten. Katharina konnte sich des Gefühls nicht erwehren, dass all ihre schlechten Eigenschaften in der Gesellschaft von Frida und Theresa noch deutlicher zutage traten – so wie sie selbst nicht gerade das Beste aus ihren Schwestern hervorholte. Dass Frida verheiratet war und Kinder hatte, nährte überdies ihre Bitterkeit und den Neid, auch wenn sie sich dieser Gefühle oft schämte – gerade jetzt.

»Es tut mir so leid!«, stieß sie aus. »Taddäus ist verschwunden! Ich habe ihn nur kurz aus den Augen gelassen und …«

»Was?« Fridas Kinn, das in den letzten Wochen ziemlich schwammig geworden war, bebte. »Wie konntest du nur? Ich habe dir mein Kind anvertraut, und du bringst es nicht fertig, auf ihn zu achten?«

Obwohl sich Katharina selbst die schlimmsten Vorwürfe machte, ärgerte sie Fridas selbstgerechte Empörung. Schließ-

lich war sie Taddäus' Mutter und sollte sich selbst um ihn kümmern, anstatt sich ein neues Kleid machen zu lassen! Doch sie schluckte ihren Ärger hinunter, atmete tief durch und erklärte entschlossen: »Es ist doch sinnlos, zu streiten. Lass uns lieber gemeinsam nach ihm suchen!«
Und das taten sie.
Eine Viertelstunde verging, eine halbe. Nach einer Stunde fehlte immer noch jede Spur von dem kleinen Jungen. Während Frida entweder die Schwester wegen ihrer Unachtsamkeit beschimpfte oder lauthals weinte, waren Katharinas Tränen versiegt.
Lieber Gott!, schwor sie sich. Wenn es Taddäus gut geht, werde ich nie wieder mit meinem Leben hadern. Ich werde nicht länger einfach nur warten, dass sich alles zum Guten wendet, sondern werde alles, was in meiner Macht steht, dafür tun.
Doch Gott schien kein Erbarmen zu haben. Mittlerweile hatten sie sogar sämtliche Kirchen durchsucht, aber sie waren nirgendwo fündig geworden. Schließlich kamen sie wieder bei der Bäckerei vorbei, wo Katharina mit den Kindern Kuchen gegessen hatte. Vorhin war sie Elisabeth so schnell nach draußen gefolgt, dass sie den Kuchen nicht bezahlt hatte, und als der Bäcker ihr jetzt mit zornigem Gesicht entgegenkam, machte sich Katharina auf eine Schimpftirade gefasst.
»Es tut mir leid, dass ich vorhin …«
»Da sind Sie ja endlich wieder!«
»Ich musste doch …«
»Wie stellen Sie sich denn das vor?«, unterbrach er sie unwirsch. »Ich muss hier arbeiten, und beim Ofen ist's gefährlich!«

»Ich gebe Ihnen natürlich das Geld, aber …«
»Welches Geld?«
Sie sah ihn verdutzt an.
Er schnaubte. »Es kann doch nicht sein, dass ich an Ihrer Stelle Ihr Kind beaufsichtige! Ich habe Besseres zu tun.«
»Welches Kind?«, entfuhr es ihr verwirrt.
»Na, Ihren kleinen Neffen! Er kam plötzlich zu mir in die Backstube und hat mittlerweile solche Unmengen an Kuchen in sich hineingestopft, dass er sich bald übergeben wird. Na, das fehlte mir noch, dass er hier alles schmutzig macht! Nehmen Sie ihn endlich mit!«
Katharinas Herz pochte schneller. Natürlich! Die Bäckerei! Als sie nach draußen gestürmt war, war sie gar nicht auf die Idee gekommen, dass sich Taddäus hier versteckt haben könnte!
Aufschluchzend stürzte sie hinein und sah ihren Neffen ganz vergnügt vor dem Backofen sitzen.
»Ich habe Kuchen bekommen!«, erzählte er stolz.
Sie zog ihn an sich, versenkte ihr Gesicht in seine weichen Locken und atmete tief seinen süßen Geruch ein.
»Wie konntest du nur einfach verschwinden!«, schimpfte sie. »Das machst du nie wieder, hörst du?«
»Du machst das auch nie wieder!«, traf sie Fridas ungehaltene Stimme. »Meine armen Kinder! Was der Kleine deinetwegen durchmachen musste! Wie konntest du nur!«
Anstatt erleichtert den Sohn in die Arme zu schließen, hörte sie nicht auf, ihrer Schwester Vorwürfe zu machen. Eine Weile ließ Katharina sie über sich ergehen, weil ihre Erleichterung zu groß war, aber plötzlich glaubte sie, dass etwas in ihr zerplatzte, und was immer es war: Zurück blieb nicht der gewohnte Hader, sondern nur Entschlossenheit.

»Es sind *deine* Kinder«, sagte sie ruhig. »*Du* bist für sie verantwortlich.«

Frida stemmte die Hände in die Hüften und fluchte, als eine Stecknadel in ihre Finger stach. »Das ist doch die Höhe!«, keifte sie, nachdem sie sich das Blut abgeleckt hatte. »Sei froh, dass du dich um sie kümmern darfst. Du hast doch ohnehin nichts zu tun!«

»Ich arbeite den ganzen Tag.«

»Pah! Von wegen arbeiten! Du hast keinen Mann und keine Kinder!«

»Deswegen bin ich noch lange nicht deine Dienstmagd.«

»Du wärst einsam und verbittert, wenn ich dich nicht an meinem Familienleben teilhaben lassen würde.«

Katharina reckte ihr Kinn vor. »Bald werde ich eine eigene Familie haben.«

Frida lachte kreischend auf. »Für dich hat sich doch noch nie ein Mann interessiert!«

Katharina atmete tief durch. Eine vernünftige Stimme riet ihr, nichts zu überstürzen und sich nicht von verletztem Stolz leiten zu lassen, aber sie konnte nicht anders.

»Ich werde heiraten«, verkündete sie.

Frida sah sie erstaunt an und schwieg zum ersten Mal.

»Ja«, sagte Katharina entschlossen. »Ich heirate einen Schafzüchter auf der Osterinsel.«

Spät am Abend, als die Familie längst zur Siedlung am Llanquihue-See zurückgekehrt war, besuchte Katharina ihre Großmutter. Sie war nicht oft hier, denn Barbara Glöckner war eine skandalumwitterte Frau, mit der ihre eigene Tochter – Katharinas Mutter – seit Jahren kein Wort mehr sprach. Nach allem, was Barbara ihr angetan hatte, war das auch kein Wunder, und obwohl Katharina selbst keinen Grund hatte, der Großmutter zu zürnen – richtig warm war sie mit ihr nie geworden. Als Kind hatte sie immer das Gefühl gehabt, sie und ihre beiden Schwestern seien Barbara lästig, und auch wenn sie, die auf ihre Nichten und Neffen selbst oft gereizt reagierte, das mittlerweile besser verstehen konnte, wusste sie bis heute nie, worüber sie mit ihr reden sollte. Außerdem war Barbara trotz aller Rückschläge eine Frau, die ihr Leben entschlossen anpackte, und in ihrer Gegenwart fühlte sich Katharina darum meist noch unschlüssiger und als Versagerin. Jetzt allerdings, da sie entschlossen war, ihr Leben zu ändern, brauchte sie die Hilfe ihrer Großmutter.

Barbara Glöckner saß auf einer Bank vor dem Haus.

»Guten Abend, Kathi!«, rief sie ihr freundlich entgegen.

Katharina blieb stehen, anstatt die letzte Distanz zu überbrücken. »Dort, wo ich künftig leben werde, soll man mich Katharina nennen.«

Ihre Großmutter runzelte die Stirn. Ihre Haare waren grau, das Gesicht war faltig, aber ihre Augen blickten wach und warm und gaben eine Ahnung, was für eine schöne Frau sie einst gewesen war. »Warum das denn?«, fragte sie.

»Dann weißt du es also noch nicht?«

»Was?«

Katharina zuckte mit den Schultern. »In der ganzen Siedlung zerreißt man sich längst das Maul. Frida glaubt, ich hätte gelogen. Theresa hat gesagt, ich sei verrückt. Und die anderen denken, dass ich mich – selbst wenn es keine Lüge war – am Ende ja doch nicht trauen werde. Aber ich tue es. Ich verlasse den Llanquihue-See. Ich werde Barnabas Wilkinson heiraten.«

»Wen?«

Katharina erzählte ihr von der Annonce, und mit jedem Wort wurde ihr Gesichtsausdruck trotziger und ihre Stimme lauter – vielleicht, um die eigenen Zweifel zu übertönen und nicht aussprechen zu müssen, was sie sich insgeheim längst selbst fragte: Ob diese Annonce nicht bloß der Tollheit eines Verrückten entsprungen war und, selbst wenn das nicht der Fall war, man einem Mann trauen konnte, der auf diese Weise eine Frau suchte. Und ob sie stark genug war, so viel Ungewissheit zu ertragen und sich auf dieses Wagnis einzulassen.

Barbara lauschte schweigend. Weder Skepsis noch Belustigung standen in ihrer Miene wie bei den anderen, nur ehrliches Interesse, und erstmals dachte Katharina, dass sie womöglich doch noch mit ihrer Großmutter warm werden könnte – vorausgesetzt, sie hätte genügend Zeit dafür.

»Du bist doch sicher nicht gekommen, um dir meinen Segen oder gar meine Erlaubnis zu holen«, sagte Barbara nur, als sie geendet hatte.

»Nein, sondern deswegen …« Katharina deutete hinter ihren Rücken. Barbara lebte im Schulhaus und unterrichtete die Kinder der Siedlung, seit die alte Jule – auch sie eine Auswanderin aus Deutschland und einst die Lehrerin von Katharina und ihren Schwestern – gestorben war. Jule war immer streng und schroff gewesen, hatte den Kindern unermüdlich eingebläut, ihr Köpfchen zu benutzen, und mit Verachtung bestraft, wer das ihrer Meinung nach zu wenig oder gar nicht tat. Barbara dagegen, so hieß es, sang und tanzte mit den Kindern und brachte sie zum Lachen.

Katharina betrat das Schulzimmer und ging hastig zu den Landkarten, die an der Wand hingen.

»Wenn ich mich recht erinnere, liegt die Osterinsel westlich von Chile«, sagte sie.

Gewiss musste man Tausende Meilen zurücklegen, um sie zu erreichen. Wie lange man wohl unterwegs war? Einige Tage, mehrere Wochen oder gar Monate? Noch nie war sie länger als einen Tag von der Siedlung fort gewesen. Und am Ende der Reise würde sie nicht wieder nach Hause zurückkehren, sondern auf einer fremden Insel leben, von der sie nicht wusste, wie sie aussah. Mit einem Mann, den sie nicht kannte …

»Ich finde die Insel auf der Karte nicht«, murmelte sie verzagt.

Barbara trat zu ihr. »Was machst du eigentlich, wenn Barnabas Wilkinson gar keine Frau mehr sucht?«

Dass sie nicht über sie spottete, sondern eine vernünftige Frage stellte, setzte Katharina deutlich mehr zu als das Unverständnis der restlichen Dorfbewohner.

»Versteh doch!«, rief sie verzweifelt. »Ich … ich kann doch nicht hierbleiben. Die Siedlung … sie ist so klein … so eng! Ich bin nun sechsundzwanzig Jahre alt, und ich will nicht als alte Jungfer sterben, die nichts anderes geleistet hat, als sich vergebens nach einem Ehemann zu sehnen und die Kinder ihrer Schwester zu beaufsichtigen. Offenbar schaffe ich ja nicht einmal das.«

Barbara nickte langsam. »Ich verstehe, dass du mehr vom Leben willst als das, was du hier bekommst. Als wir seinerzeit Deutschland verlassen und nach Chile aufgebrochen sind, haben uns auch etliche Leute für verrückt erklärt. Aber wir waren es nicht – und du bist es auch nicht. Wenn du wirklich gehst, dann … dann finde ich das sehr mutig von dir.«

Katharina war überrascht, denn sie hatte keinen Zuspruch erwartet. Plötzlich war der Blick auf den riesigen Ozean, der auf der Landkarte eingezeichnet war, nicht länger bedrohlich. Und wenn die Insel noch so weit vom Festland entfernt lag – irgendwie würde sie schon dorthin kommen. Alles war möglich, wenn sie es nur wollte.

Barbara betrachtete sie nachdenklich. »Dennoch«, sagte sie leise, »mir wäre es lieber, du würdest deinen künftigen Mann kennen. Und du würdest zu diesem Abenteuer aufbrechen, weil du ihn liebst.«

»Ausgerechnet du rätst mir zur Liebe?«

Katharina klang ruppiger, als sie es beabsichtigt hatte, und sie bereute es umso mehr, als Barbara leicht beschämt den Blick senkte.

Barbara hatte auch einmal geliebt … ausgerechnet den Mann ihrer Tochter, Katharinas Vater Poldi. Obwohl ihre Liebe verboten gewesen war, hatten sie beide einfach nicht davon lassen können. Katharina war schon eine junge Frau gewesen, als das Verhältnis aufflog, ihre Mutter den untreuen Ehemann aus dem Haus warf und für Barbara jeder Gang durch die Siedlung zum Spießrutenlauf wurde. Mit den Jahren hatten sich die Gemüter etwas beruhigt, und man schätzte Barbara als engagierte Lehrerin, doch das änderte nichts daran, dass immer noch heimlich über das absonderliche Verhältnis getuschelt wurde. Bis jetzt hatte sich Katharina immer dafür geschämt, doch heute fühlte sie plötzlich Mitleid mit Barbara, und ihr wurde bewusst, wie einsam sich diese manchmal fühlen musste, zumal man sie und Poldi nie wieder zusammen gesehen hatte, nachdem ihre Affäre ruchbar geworden war.

»Ach, Großmutter«, seufzte sie.

Barbara tätschelte ihre Hand. »Ja gewiss, meine Liebe hat viel Unglück gebracht, über mich ... und vor allem über euch. Doch ganz gleich, wie ich es drehe und wende: Wenn ich die Möglichkeit hätte, mein Leben noch einmal zu leben, wüsste ich nicht, ob ich mich dagegen entscheiden würde. Die Liebe ist das Schönste auf der Welt, das Teuerste, das Erfüllendste ...«

»Und das Schmerzhafteste!«, fiel Katharina ihr ins Wort. »Leugne es nicht! Ich weiß nicht, wie Liebe sich anfühlt, aber an allen anderen konnte ich sehen, wie schrecklich weh sie tut. Mutter war nie wieder die Alte, seitdem sie von dir und Vater erfahren hat. Vater selbst, der früher so gesellig und lustig war, ist ein Einzelgänger geworden ...«

»Du solltest dir nicht ausgerechnet uns zum Vorbild nehmen.«

»Wen denn dann? Schau dir Frida an! Einst war sie so verliebt in Jacobo, und jetzt streitet sie ständig mit ihm, weil er so faul ist und sie immer dicker wird.«

»Nun, das liegt an ihrem Appetit und den vielen Geburten, nicht an der Liebe.«

»Trotzdem! Kannst du dich erinnern, wie es Manuel erging, als Emilia ihn verlassen hat?«

Manuel war ihr Cousin, der seit Kindertagen davon geträumt hatte, Emilia zu heiraten, ein Mädchen aus der Siedlung, das sich ihrerseits immer das Gleiche gewünscht hatte. Doch kurz vor der Hochzeit hatte sich Emilia aus unerklärlichen Gründen anders entschieden und dem Llanquihue-See den Rücken gekehrt. Seitdem hatten sie nichts mehr von ihr gehört, und Katharina hatte ihr lange Zeit gezürnt, weil sie Manuel so wehgetan hatte. Mittlerweile sah sie es etwas anders: Auch wenn sie bis heute nicht verstand, warum Emilia des Nachts heimlich fortgeschlichen war, ohne sich zu erklären oder zu verabschieden, konnte sie jetzt ihre möglichen Beweggründe nachvollziehen. Vielleicht war ihr die Siedlung auch zu eng geworden und das Bedürfnis, etwas zu erleben, zu groß. Vielleicht hatte sie von einem ganz neuen, anderen Leben geträumt, von einer aufregenden Reise an einen unbekannten Ort, von einem Mann, der ihr anstelle des vertrauten Alltags spannende Abenteuer bot …

»Du magst ja recht haben«, lenkte Barbara ein. »Vielleicht ist Liebe tatsächlich nicht notwendig, um eine gute Ehe zu führen. Und dennoch, wenn ich es mir aussuchen könnte, dann wünschte ich mir für dich jede Menge Liebe. Und jede Menge Glück.«

Katharina betrachtete sie gerührt, vergaß die übliche Scheu und fiel ihrer Großmutter um den Hals.

Als sie sich von ihr löste, hatte Barbara Tränen in den Augen, und Katharina war sich sicher, dass sie nicht nur vom Abschiedsschmerz rührten, sondern von ihren vielen Erinnerungen. Doch sie fasste sich rasch wieder, schnäuzte sich geräuschvoll in ihr Taschentuch und verkündete: »Auch wenn wir sie nicht auf der Landkarte finden – wir lesen mal in Jules alten Büchern nach. Irgendwo erfahren wir sicher mehr über diese Osterinsel.«

2. Kapitel

Wohin Aaron auch blickte – er nahm nur die Gräber wahr.

Früher hatte er oft gedacht, in welch schöner Lage von Papeete sich der Friedhof befand: Das Rauschen vom nahen Meer und die Palmen, die ihn umgrenzten und Schatten auf ihn warfen, machten ihn zu einem Ort des Friedens. Aber als er jetzt auf die vielen Holzkreuze starrte – manche standen schief, weil Tropenstürme an ihnen gerüttelt hatten, andere waren von der Meeresluft verwittert –, empfand er nur Bitterkeit.

Was nutzte es den Toten, wo sie ihre ewige Ruhe gefunden hatten? Sie spürten den lauen Wind ja doch nicht, sie hörten nicht das sanfte Lied der Wellen, sie sogen nicht den süßlichen Geruch ein, der in der Luft hing!

Aaron seufzte. Sein Vater hatte immer erklärt, dass der Tod kein Feind sei, man ihn vielmehr als Freund empfangen und freiwillig mit ihm gehen solle, anstatt gegen ihn aufzubegehren, aber Aaron konnte heute nicht anders, als den Tod zu verfluchen. Sein Vater hatte außerdem behauptet, dass die Missionarsfamilien für ihr höheres Ziel alles zu geben hätten, notfalls auch ihr Leben, aber jetzt hielt ihm Aaron stumm entgegen, dass dies ein viel zu hoher Preis war. Hunger, Krankheiten und ein schwer verträgliches Klima mochte er ja noch hinnehmen, auch Feindseligkeit, Gespött und Widerstände waren meist unvermeidlich. Aber, so dachte er

trotzig, es darf doch nicht verboten sein, schon im diesseitigen Leben einen Lohn für all die Mühen zu erwarten! Und selbst wenn dieser ausblieb, sollte doch mehr von diesen Mühen bleiben als ein verwittertes Holzkreuz!
Er verbarg sein Gesicht in den Händen, um die Gräber nicht länger zu sehen. Irgendwann hatte er mal gehört, dass die Trauer wie das Meer sei und man – gerade am Anfang – darin zu ertrinken drohe. Doch er liebte das Meer zu sehr, um diesen Vergleich zu ziehen, und seine Trauer fühlte sich auch anders an, ganz so nämlich, als würde er auf einen Berg steigen. Der Weg war karg, steinig und steil, bald hatte er keine Kräfte mehr, und doch wurde er von einer unsichtbaren Macht immer weiter in die Höhe getrieben, wo die Luft dünn und er der einsamste Mensch auf Erden war.
»Du wirst dich nicht von dem Verlust erholen, wenn du ständig hier bist«, traf ihn eine Stimme.
Aaron zuckte zusammen. Also war er doch nicht so einsam wie gedacht. Er blickte hoch, nahm die Hände herunter und sah Justin La Croix auf sich zukommen – einen Freund seines Vaters und Missionar wie dieser, doch anders als Pastor Adam Hayes nicht vom Heiligen Geist, sondern von irdischen Gelüsten durchdrungen. Justin hatte nichts mit den asketischen Männern Gottes gemein, die sich Aaron bis vor Kurzem zum Vorbild genommen hatte, sondern glich einem jener europäischen Aussteiger, die sich der hiesigen Lebensweise ganz und gar angepasst hatten. Anstatt ein armes Leben in der Nachfolge Christi zu führen, hatte er schon vor Jahren eigenes Land auf Tahiti erworben und war erfolgreich in den Handel eingestiegen. Während andere Missionare, die es ihm gleichtaten, zumindest noch heuchelnd vorgaben, damit lediglich ihr Ansehen bei der Bevölkerung zu

steigern und die Herzen für das Wort Gottes zu öffnen, gab Justin offen zu, dass sich das Leben hier nun mal mit Geld viel leichter ertragen ließ als ohne. Außerdem hatte er in eine Häuptlingsfamilie eingeheiratet und – anstatt seine neuen Familienmitglieder zu bekehren – sich lieber selbst tätowieren lassen.

»Ich will nicht einfach zur Tagesordnung übergehen«, sagte Aaron. »Wie könnte ich auch? Es … es hat doch alles keinen Sinn!« Sein Blick fiel auf weitere Holzkreuze, die kleiner als die anderen waren.

Kinder, dachte er, so viele Kinder … Krankheiten zum Opfer gefallen, die man in Europa nicht kannte und die ihre Eltern nicht zu behandeln wussten.

Justin legte die Hand auf seine Schulter. »Du fragst nach dem Sinn? Ausgerechnet du? Ich kenne kaum jemanden, der so besessen ist, Gutes zu tun und den Menschen zu helfen, wie du. Nur dein Vater hat dich darin noch übertroffen.«

»Aber was hat es ihm am Ende gebracht?« Unwillkürlich stampfte Aaron auf.

»Ich kann mir nicht vorstellen, dass du meinst, was du da sagst!«, rief Justin. »Menschen wie ich zweifeln an Gott, aber doch nicht du.«

»Nun, falls du an Gott gezweifelt hast, hat es dich nie zermürbt. Du warst immer nur darauf erpicht, hier zu überleben und das obendrein gut. Vielleicht hast du die bessere Wahl getroffen als mein Vater.«

Justin La Croix und Adam Hayes waren zur gleichen Zeit auf Tahiti angekommen – Adam Hayes als Mitglied der London Missionary Society, die zum Zwecke der systematischen Missionierung in Polynesien gegründet worden war. Viele von ihren Missionaren arbeiteten eng mit Ärzten und

Handwerkern zusammen, und manche – wie Adam – hatten selbst eine medizinische Grundausbildung absolviert.
Justin dagegen stammte aus Frankreich, gehörte keiner Missionsgesellschaft an und nahm seine Pflichten von Anfang an nicht sonderlich ernst. Während Adam Hayes schon in den Jahren zuvor in Matawai mit Feuereifer das Wort Gottes verkündet und in Tahitis Hauptstadt Papeete nichts von seiner Leidenschaft eingebüßt hatte, setzte Justin auf Anpassung, freundete sich nicht nur mit Einheimischen, sondern – was umso verpönter war – mit Katholiken an und störte sich nicht daran, wenn die Menschen zugleich zu Jesus Christus beteten und ihren alten Göttern huldigten. Die meiste Zeit verbrachte er ohnehin nicht mit Predigen, sondern mit dem Handel von Kokosöl, ja sogar von Tabak und Alkohol.
Dass Adam Hayes auf das Handelsverbot der Missionare verwies, hatte er geflissentlich überhört, und dass er kürzlich obendrein in die lokale Politik eingestiegen war, was als nicht geringeres Tabu galt, hatte er mit den Worten kommentiert: »Was wir hier treiben, interessiert in Europa doch keine Menschenseele!«
Eigentlich war es erstaunlich, dass jemand wie Justin La Croix mit Adam Hayes befreundet sein konnte, dennoch hatte Aaron nie erlebt, dass sie sich trotz aller Streitereien ernsthaft beleidigten.
Justin schien sich bei aller Berechnung und Gier insgeheim nach der Gesellschaft eines Mannes zu sehnen, der den Idealen seiner Jugend treu geblieben war. Und Adam war zu sich selbst und seiner Familie zwar stets streng und fordernd, ließ bei der restlichen Welt aber mehr Milde und Gnade walten. »Wenn Gott die Sünder liebt, wäre es die

größte Sünde, nicht seinem Beispiel zu folgen«, hatte er oft gesagt.
Aaron war davon immer beeindruckt gewesen, aber jetzt fragte er sich, ob sein Vater bei aller Rechtschaffenheit nicht etwas Wichtiges übersehen hatte: dass man nämlich nicht nur die Sünder lieben sollte, sondern auch sich selbst und seine eigene Familie, und dass sich zu lieben bedeutete, auch mal eigennützig zu denken.
Nun, für seinen Vater war es zu spät, seine hehren Prinzipien über Bord zu werfen, aber er musste die Entscheidung treffen, ob er daran festhalten oder sie lieber aufgeben wollte und ob er das Vermächtnis seines Vaters fortsetzen oder einen neuen Weg einschlagen würde.
Justin schien zu erahnen, was hinter seiner Stirn vorging. »Was wirst du denn jetzt tun?«
»Ich überlege, nach London heimzukehren.«
»*Heim?* London ist doch nicht deine Heimat! Wie viel Zeit hast du denn dort verbracht? Monate? Oder gar nur Wochen? Ach Aaron, du bist die Sonne und den Tropenregen gewöhnt, den Blick auf Palmen und aufs Meer.«
Er deutete auf dieses Meer, und Aaron wandte sich von den Gräbern ab. Der Wind kräuselte die Oberfläche des Wassers und zerriss das türkisfarbene Tuch; der weiße Schaum funkelte silbrig wie der teuerste Schmuck. Gottes Schöpfung war oft von unvergleichlicher Schönheit, so viel stand fest. Doch jene quälte Aaron heute, anstatt ihn zu trösten. Vor den Gräbern hätte er lieber im Regen gestanden.
»Komm mit!«, rief Justin. »Du hast genug Zeit auf dem Friedhof verbracht. Das hier ist ein Ort der Toten, nicht der Lebenden.«
Aaron hatte sich selten so leblos gefühlt, aber er ließ sich

mitziehen. Erst als sie den Friedhof hinter sich gelassen hatten, brach er sein Schweigen: »Du hast recht. Es wäre verrückt, nach London zu gehen. Ich kenne dort keine Menschenseele. Aber … aber das bedeutet nicht, dass ich einfach so weiterleben kann, als wäre nichts geschehen.«

»Seit du denken kannst, wolltest du wie dein Vater Missionar werden. Was möchtest du denn stattdessen tun? Ich kann mir nicht vorstellen, dass du bereit bist, in den Handel einzusteigen.«

»Sicher nicht!«

Sie hatten den Kirchengrund verlassen und durchstreiften einen Vorort von Papeete, wo es ruhiger als im Hafen zuging. Zwar standen auch hier Händler hinter kleinen Holzbuden an jeder Straßenecke und priesen ihre Waren an, aber sie schrien nicht so laut wie an den belebteren Plätzen. Meist wurde hier nicht mit Geld bezahlt, sondern die Waren nur getauscht: Messer, Schusswaffen, Tabak und Alkohol gegen Kokosöl, Kopra, Sandelholz und Bêches-de-mer – essbare Seegurken.

Was habe ich eigentlich anzubieten?, dachte Aaron bei diesem Anblick. Ich besitze nichts weiter als meinen Glauben an Gott, und auch wenn ich den gern loswerden würde – ich würde ja doch nichts dafür bekommen, was von Wert wäre …

»Nun, auch wenn London keine gute Idee ist«, murmelte Justin, »vielleicht solltest du Papeete tatsächlich verlassen, um wieder zu dir zu kommen. Du könntest auf eine der vielen Inseln Polynesiens gehen. Gottes Wort wurde noch nicht überall verkündet.«

Aaron zuckte die Achsel. Er wusste, wer so dachte, war kleinlich, aber er konnte nicht anders, als trotzig zu entgegnen: »Warum soll ich Gottes Wort verkünden, wenn Er mir doch alles genommen hat? Warum soll ich selbst eine Entscheidung treffen, wenn Er doch allmächtig ist und der einzelne Mensch unbedeutend wie ein Sandkorn? Wenn Er es will, wird es ja doch verweht. Warum soll ich überhaupt etwas wollen, warum für etwas kämpfen, warum von etwas träumen?«

Justin lächelte schwach. »Mich musst du nicht davon überzeugen, dass der alte Herr da oben manchmal ein Miesepeter ist. Dein Vater würde sich im Grab umdrehen, aber ich lade dich gern auf eine Runde Kokosschnaps ein, damit wir auf diese Erkenntnis anstoßen und dein Kummer etwas kleiner wird.«

Kurz erwiderte Aaron das Lächeln, doch er wurde schnell wieder ernst. »Wenn ich begänne, Schnaps zu trinken, würde mein Kummer nicht kleiner – nur meine Kopfschmerzen größer.«

»Nun, ich könnte dir auch anbieten …«

Aaron hob abwehrend die Hand. »Lass es gut sein! Was immer du sagst, es kann mich ja doch nicht trösten. Ich möchte gerne eine Weile allein sein.«

In Justins Miene regte sich Widerspruch, aber er äußerte ihn nicht. Nüchtern, wie er war, dachte er wohl, dass er sich damit begnügen sollte, Aaron vom Friedhof gelotst zu haben. Also nickte er nur traurig und ging in die andere Richtung, während Aaron Schritt vor Schritt setzte, ohne recht zu wissen, wohin es ihn zog. Er sah nichts, hörte nichts – zumindest eine Weile lang nicht. Dann erreichte ihn ein Laut, so durchdringend und verzweifelt, dass er den Bannkreis, der zwischen ihm und der Welt gezogen war, überwand: Geschrei.

Aaron hob den Blick und sah heruntergekommene Häuser, deren hölzerne Wände viele Ritzen aufwiesen und deren Dächer aus Palmenblättern bei einem heftigeren Sturm verweht werden würden. Doch das Geschrei kam nicht von dort, und die Menschen, die träge vor den Häusern hockten, schienen taub dafür zu sein. Aaron hingegen beschleunigte seinen Schritt. Die Schreie wurden lauter und so panisch, dass er kurz dachte, es sei wie vor zwei Jahren ein Feuer ausgebrochen, das Papeete fast zerstört hatte. Unermüdlich hatten sein Vater und er damals Verwundete versorgt und notdürftige Baracken errichtet, und Maggie hatte …

Egal jetzt! Er wollte nicht daran denken, und es stieg auch nirgendwo Rauch auf.

Die Hütten, auf die er nun zusteuerte, waren noch armseliger als die Häuser, so niedrig, dass man bestenfalls gebückt darin stehen konnte, und nur zum Schlafen für jene Männer da, die von entfernteren Inseln zum Arbeiten auf den Kokosplantagen rekrutiert wurden – wenn man es denn freundlich ausdrückte. Die Wahrheit war, dass man sie entweder entführte oder mit Drohungen so weit einschüchterte, dass sie freiwillig mitkamen.

Das Geschrei wurde noch lauter, spitzer, riss dann plötzlich ab. Ein anderer Laut erklang stattdessen – ein Peitschenknall.

Schauder liefen über Aarons Rücken. Eben noch hatte er gedacht, dass ihn nichts mehr berühren konnte, doch jetzt packte ihn die Wut. Ehe er es sah, ahnte er schon, was hier vorging. Nicht zum ersten Mal war er bestürzt, wie gnadenlos die Arbeiter auf den Plantagen ausgebeutet wurden: Jene, die die Kokosnüsse ernteten, hatten noch gewisse Freiheiten. Zwar lebten auch sie in den ärmlichen Hütten und waren dem Hungertod nahe, aber wenigstens spürten sie die Sonne und die frische Meeresbrise. Der Rest dagegen musste in stickigen, heißen Gebäuden Nüsse aufschlagen, die Hälften in einem Ofen erhitzen, um dem Fruchtfleisch die Feuchtigkeit zu entziehen, und später das zerkleinerte Fruchtfleisch in Ölmühlen pressen. Aaron wäre in der Nähe dieser Öfen wohl schon nach einer Stunde ohnmächtig geworden, aber die Männer schufteten dort sieben Tage die Woche. So, wie aus den Kokosnüssen alles herausgepresst wurde – neben Kopra, dem getrockneten Kernfleisch der Kokosnuss, und ihrem Öl stellte man aus ihren Fasern einen Füllstoff für Matratzen her –, wollte man auch aus den Arbeitern noch den letzten Funken Kraft herausholen.

Der, der dort vorne mit beiden Händen an einen Pfahl gefesselt war und dessen Zehenspitzen kaum den Boden berührten, war erbärmlich dünn. Weitaus fülliger war der Aufseher, der mit einer Peitsche in der Hand hinter ihm stand und zum neuerlichen Schlag ausholte.

»Halt!«, schrie Aaron.

Bevor sie ein weiteres Mal die nackte Haut zerschnitt, riss der Mann die Peitsche zurück. Sie wand sich in der Luft, als würde sie einen wütenden Tanz vollführen. Zornig war auch der dickliche Mann, als er sich zu Aaron umdrehte und ihn missmutig musterte. Dass er einen Weißen vor sich hatte – entweder einen Engländer oder Franzosen –, machte es ihm unmöglich, seine Worte einfach zu ignorieren, doch zugleich konnte er auf den ersten Blick feststellen, dass Aaron nicht besonders fein gekleidet war: Seine Leinenhose war alt und löchrig, das einstmals weiße Hemd mit gelblichen Flecken übersät. Verächtlich zog er die Augenbrauen hoch, doch das

hielt Aaron nicht davon ab, selbstbewusst auf ihn zuzutreten und sich schützend vor das Opfer zu stellen.
»Was ist passiert?«
»Nichts, was Sie etwas angeht«, knurrte der andere. »Aber weil ich heute einen guten Tag habe, sage ich es Ihnen gerne ... Der hier wollte Unruhe stiften, und so etwas erstickt man am besten im Keim.«
Aaron kannte Männer wie ihn: Ihre Seelen waren so ledrig wie ihre Haut; wenn irgendwo in ihrer Tiefe noch Mitgefühl wohnte, konnte es unmöglich an die Oberfläche dringen. Dort hockten, hartnäckig wie der Dreck, lediglich Überdruss und Langeweile. Hin und wieder über den Durst zu trinken war eine der wenigen Freuden ihres Lebens – an Wehrlosen die schlechte Laune auszulassen die andere.
Ehe er etwas sagen konnte, nahm Aaron aus den Augenwinkeln eine Bewegung wahr. Ein Junge trat mit schreckgeweiteten Augen und zuckenden Mundwinkeln auf ihn zu, und plötzlich war sich Aaron sicher, dass er und nicht etwa der Geprügelte so panisch geschrien hatte.
»Er hat doch nur etwas mehr zu essen gefordert«, murmelte der Junge.
Der Aufseher verdrehte die Augen, doch bevor er etwas sagen konnte, rückte Aaron ganz nahe an ihn heran. »Diese Menschen hier sind keine Sklaven!«, zischte er.
Der andere zuckte nicht zurück, und seine Mundwinkel verzogen sich leicht nach oben. Aaron konnte förmlich hören, was ihm durch den Kopf ging.
Ja, diese Männer sind keine Sklaven, aber sie werden so behandelt, weil es schlichtweg niemanden gibt, der sich für ihre Rechte einsetzt.
Niemanden bis auf ihn ...

»Verschwinden Sie einfach von hier«, murrte der Aufseher. Aaron tat nichts dergleichen. Er kramte in seiner Tasche und zog ein paar Münzen hervor. »Ein Teil davon ist für die Männer: Geben Sie ihnen etwas Ordentliches zu essen. Der Rest ist für Sie, vorausgesetzt, dass Sie die verdammte Peitsche aus der Hand legen.«

Der Aufseher zögerte, und Aaron befürchtete kurz, den stummen Zweikampf, den sie nur mit Blicken ausfochten, zu verlieren, aber schließlich gingen dem anderen die Münzen über den eigenen Stolz. Ganz unverhohlen stand die Gier in seiner Miene, und Aaron war sich sicher, dass er das ganze Geld für sich behalten und es bald in Tabak und Schnaps umsetzen würde. Doch am wichtigsten war, dass er die Peitsche sinken ließ und gemächlich fortging.

»Schnell!«, rief Aaron. »Wir müssen ihn losbinden!«

Nicht nur der verschreckte Junge war Zeuge der Auspeitschung geworden, sondern auch andere Arbeiter. Anstatt sich zu regen, starrten sie ihn nur an – manche so abgestumpft, als könnte fremdes Leid sie längst nicht mehr erreichen, andere voller Furcht.

Nur der Junge trat rasch zu ihm und reichte ihm eine Machete, mit der ansonsten Kokosnüsse gespalten wurden und die Aaron nun dazu benutzte, die Fesseln zu durchschneiden. Fliegen umsurrten den verschwitzten, blutigen Rücken. Obwohl der Aufseher nur einmal zugeschlagen hatte, ging ein tiefer Riss durch das Fleisch, und Aaron entschied, die Wunde zu nähen, damit keine Narbe zurückblieb. Der junge Mann stöhnte auf, als Aaron ihn berührte, biss sich jedoch gleich wieder auf die Lippen. Der Ausdruck seiner schwarzen Augen war stumpf.

»Es ist zu weit, ihn zu mir nach Hause zu bringen«, sagte

Aaron. »Wir werden ihn hier in der Baracke behandeln. Doch dafür muss jemand meine Tasche holen.«
»Bist du Arzt?«, fragte der Knabe.
»Nein, aber ich habe eine medizinische Grundausbildung.«
Nachdem Aaron ihm den Weg beschrieben hatte, drehte sich der Junge um und lief los. Aaron hoffte, dass er bald zurück wäre, umso mehr, als der Verwundete vor ihm auf die Knie sackte. Offenbar war er vor dem Peitschenhieb stundenlang am Pfahl gefesselt gewesen. Unter Mühen hob Aaron ihn hoch, warf ihn über die Schulter und erreichte ächzend die Baracken. Sofort umsurrten sie noch mehr Fliegen.
»Gleich … gleich gebe ich dir etwas zu trinken.«
Während er bei dem Verwundeten hockte und ihm vorsichtig Wasser einträufelte, musste er einmal mehr an die Worte seines Vaters denken.
Ein Missionar, hatte dieser oft gesagt, muss mehr sein als nur ein Prediger – er muss ein Arzt, ein Zimmermann, ein Bauer, ein Handwerker sein. Nur so kann er in den fremden Ländern überleben, und nur so kann er den Menschen Tag für Tag helfen und ihr Vertrauen erwerben.
Ja, trotz seines Idealismus war Adam Hayes ein nüchterner, lebenspraktischer Mann gewesen, der den Einheimischen mehr vermitteln wollte als nur den Glauben – vielleicht die Voraussetzung dafür, dass er mit Justin La Croix befreundet gewesen sein konnte, und in jedem Fall der Grund, warum Aaron zum ersten Mal an seinen Vater denken konnte, ohne mit ihm zu hadern.
Die lähmende Niedergeschlagenheit fiel von ihm ab. Er zweifelte nach wie vor an Gott, aber selbst wenn er nicht bereit war, Gott weiterhin zu dienen, so wollte er sein Leben immer noch in den Dienst seiner Mitmenschen stellen.

Aaron verrührte etwas Kokosfett im Kräutersud. Eigentlich hätte er lieber Milch verwendet, doch diese wurde hierzulande immer schnell ranzig, und er hoffte, dass der Sud auch so seine heilende Wirkung entfalten würde. Falls die Schmerzen schlimmer wurden, könnte er noch ein wenig Opium verabreichen, doch er besaß so wenig davon, dass er es nur im Notfall einsetzen wollte. Im Übrigen schien der junge Mann die Schmerzen erstaunlich gut zu ertragen. Er zuckte nicht einmal zusammen, und sobald Aaron seine Behandlung beendet hatte, richtete er sich – soweit das in der niedrigen Baracke möglich war – auf.

»Bleib doch noch!«, rief Aaron.

Im leeren Blick flackerte jäh Trotz auf, als wollte er Aaron sagen, dass er sich nicht zu Dank verpflichtet fühlte.

»Wie heißt du?«, fragte Aaron leise.

Der junge Mann zögerte, bevor er widerwillig hervorpresste: »Tane.« Und ehe Aaron eine weitere Frage stellen konnte, fügte er feindselig hinzu: »Ich bin nicht getauft worden, und das ist auch gut so.«

Scheinbar hatte er ihn auf den ersten Blick als Missionar erkannt – was nicht weiter erstaunlich war. An seinen Gewändern allein konnte man es zwar nicht ablesen, aber kein anderer würde wohl für einen Arbeiter wie ihn eintreten.

Aaron verkniff sich ein Lächeln. »Ich habe nicht vor, dich zu taufen. Ich will nur deine Wunden versorgen.«

»Das haben Sie nun getan, also können Sie wieder gehen.«

Aaron rührte sich nicht. »An welchen Gott glaubst du?«, fragte er.

Tane verschluckte beinahe die Silben, als er antwortete: *»Makemake.«*

Aaron wusste, dass auf Tahiti zahlreiche Götter verehrt

wurden, und die Namen der meisten hatte er schon einmal gehört. Dieser aber war ihm fremd. »Woher stammst du?«, erkundigte er sich.

Tane schwieg, und sein Blick wurde kalt und feindselig.

Aaron vermutete, dass er von einer weit entfernten Insel kam und – wie viele seinesgleichen – von skrupellosen Menschenhändlern verschleppt worden war, die sich nicht um das Verbot der Sklaverei scherten. Er fragte nicht weiter nach, sondern verstaute das Ledersäckchen mit den Kräutern in seiner Tasche. Dabei fiel ein kleines Büchlein heraus – das Neue Testament. Als er sich danach bückte, versetzte es ihm einen schmerzhaften Stich in der Brust. Das Buch hatte Maggie gehört …

Tane schien es nicht entgangen zu sein, wie sehr die Erinnerungen ihm zusetzten. »Bist du ein *maori?*«, fragte er und klang erstmals nicht abweisend, sondern neugierig.

»Ein … was?«

»*Maori* heißen in meiner Heimat die Schriftgelehrten und besonders klugen Menschen.«

»Und wie heißt deine Heimat?«

»Rapa Nui.«

Herausfordernd sah er Aaron an. Offenbar rechnete er nicht damit, dass Aaron diesen Namen kannte. Doch war diesem auch der Gott Makemake fremd gewesen – mit Rapa Nui konnte er durchaus etwas anfangen. »Du meinst die Osterinsel«, sagte er, »ein sehr entlegenes Eiland. Ich habe gehört, dass die Landschaft dort sehr karg sein soll.«

»Meine Eltern haben mir immer erzählt, wie wunderschön es auf der Insel ist.« Tanes Stimme wurde ganz rau, und in den dunklen Augen stand jäh nicht länger Verachtung, sondern unendliche Trauer.

Aaron glaubte zu begreifen, woher sie rührte. »Nicht du selbst, sondern deine Eltern sind hierher verschleppt worden, nicht wahr?«, erwiderte er leise. »Du bist auf Tahiti geboren und hast Rapa Nui noch nie gesehen.«

Tane ballte seine Hände zu Fäusten. »Ich weiß alles über die Insel, und eines Tages werde ich dorthin zurückkehren. Denken Sie nicht, ich hätte Angst vor der weiten Reise. Auch unsere Vorfahren haben vor vielen tausend Jahren einen langen Weg hinter sich gelegt, als sie ihre Heimat *marerenga* verließen und ins Ungewisse aufbrachen.«

»Wann genau wurden deine Eltern hierhergebracht?«

Aaron wusste nicht viel über die Geschichte von Rapa Nui, aber umso mehr vom Schicksal vieler anderer Inselbewohner – stammten sie nun von den Cookinseln, den Salomonen oder Tokelau. Mittlerweile waren etliche von ihnen nahezu entvölkert, entführte man sie doch nicht nur hierher, damit sie auf den Kokosplantagen schufteten, sondern auch ins australische Queensland.

»Sie wurden von peruanischen Sklavenhändlern entführt«, antwortete Tane. Der Schmerz überwältigte ihn. »Mit Glasperlen und anderem glitzernden Zeug lockte man sie an den Strand. Dort warf man Netze über sie, fesselte sie und trieb sie wie Vieh an Bord der Schiffe.«

Aaron unterdrückte ein Seufzen. Manchmal schien es so viel Schlechtes auf der Welt zu geben, dass selbst der Entschlossenste verzagen musste. Und manchmal endeten selbst Versuche, etwas Gutes zu tun, mit diesem Schlechten. Die Entführung der Inselbewohner hatte ausgerechnet nach der längst fälligen Abschaffung der Sklaverei ihren Höhepunkt erreicht, weil nun auf Tahiti, in Chile und Peru die billigen Arbeitskräfte fehlten. Falls doch einmal Proteste dagegen

ertönten, wichen die Menschenhändler auf umso fernere Eilande aus. Und auf der Osterinsel hatten sie gewiss ein leichtes Spiel – galt diese doch als die Insel am Ende der Welt.
»Sie haben vermeintliche Arbeitsverträge abgeschlossen, sogar ein monatliches Gehalt zugesichert«, fuhr Tane verbittert fort, »aber das war natürlich Betrug. In Wahrheit sind sie für dreihundert Pesos verkauft worden.« Er schüttelte empört den Kopf. »Einigen an Bord gelang es, die Fesseln zu lösen. Sie sprangen sofort ins Meer und schwammen zurück. Meine Eltern … meine Eltern haben sich nicht getraut.« Nun klang wieder unverhohlene Verachtung in seiner Stimme.
»Du hast gesagt, dass du auf die Insel zurückkehren willst. Wie wirst du das anstellen?«
Tane zuckte mit den Schultern. »Einige Rapanui haben hier in Papeete eigene Schoner gebaut und sind einfach fortgesegelt.«
Skepsis klang in seiner Stimme, und Aaron teilte sie: Wahrscheinlich war das nur ein Gerücht, das die Runde machte, um die Hoffnung nicht völlig zu verlieren.
»Aber wie willst du ganz allein an einen Schoner kommen?«
»Notfalls baue ich mir eben ein Kanu. Hotu Matua, der erste König der Insel, ist auch mit einem Kanu aufgebrochen.«
Aaron bezweifelte, dass Tane damit sonderlich weit kommen würde. »Es ist ein schreckliches Unrecht, was deinen Eltern zugestoßen ist«, stellte er betroffen fest.
Tane schnaubte. »Ihr Missionare predigt doch ständig, dass wir uns taufen lassen sollen. Dann wäre alles Leid nicht nur erträglich, sondern sogar sinnvoll, weil wir dann Christus nahe sind. Wie ungemein praktisch für die Plantagenbesitzer!«

Aaron konnte nachvollziehen, warum so viel Hohn und Bitterkeit in seiner Stimme lag, aber er wollte nicht noch mehr Öl ins Feuer gießen, indem er selbst zu einer Beschwerde über die anderen Missionare anhub. »Nun, ich verstehe deine Sehnsucht«, lenkte er ab.
Er dachte kurz an die Heimat seiner Eltern, wo er selbst für kurze Zeit studiert hatte – das ferne England, wo das Meer grau und nicht türkis war und die Sonne nicht wärmte, sondern vom Nebel verschluckt wurde. Er konnte nicht mehr verstehen, warum er vorhin ernsthaft überlegt hatte, dorthin zurückzukehren. Was hatte er dort zu suchen, wenn er doch hier gebraucht wurde?
»Leben deine Eltern noch?«
»Nein, sie sind tot. Alle sind tot, auch meine Geschwister. Ich habe mir geschworen: Wenn ich eines Tages sterbe, dann wird das auf Rapa Nui sein.«
Aaron rang nach Worten. Er wollte etwas Tröstliches sagen, aber zugleich keine falschen Hoffnungen wecken.
Plötzlich ertönten draußen Stimmen – die mürrische des Aufsehers und die flehentliche des kleinen Jungen, der Tane eben geholfen hatte.
Aaron hatte Mühe, sie zu verstehen, Tane hingegen erhob sich. »Er will, dass ich wieder zur Arbeit komme.«
Aaron drückte ihn zurück auf die Pritsche. »Das lässt du schön bleiben. Du musst dich ausruhen.«
»Aber …«
»Keine Widerrede! Um den Aufseher kümmere ich mich.«
Etwas wie Respekt leuchtete in Tanes Augen auf und ließ Aarons Grimm wachsen. Als er nach draußen ging, war er fest entschlossen, dem Aufseher die Leviten zu lesen, doch die Sonne blendete ihn so stark, dass er ihn erst gar nicht sah.

Und ehe er das Wort an ihn richten konnte, schoss etwas Dunkles auf sein Gesicht herab. Als er es als Faust erkannte, hatte die ihn schon getroffen. Wegen der Wucht des Schlags sackte er zu Boden, dann wurde es schwarz um ihn.

»Nicht bewegen!«
Aaron hatte das Gefühl, sein Kopf würde platzen, aber er hielt sich nicht an den Rat, sondern erhob sich und sah sich um. Sein Blick fiel auf das Kreuz an der Wand. Sie war nur aus Holz errichtet, aber stabil.
»Wie hast du es bloß geschafft, mich nach Hause zu bringen?«
Justin La Croix rieb seine Stirn mit einer brennenden Flüssigkeit ein. Wahrscheinlich hatte er eine Beule, dick wie ein Ei, doch Aaron wollte sich lieber nicht vorstellen, welchen Anblick er bot, und noch weniger, wie er sich aufrecht halten sollte, wenn diese peinigenden Kopfschmerzen nicht nachließen. Stöhnend schloss er die Augen. »Ich bin viel zu schwer für dich!«
»Du denkst doch nicht, dass ich dich selbst geschleppt habe?«, knurrte Justin. »Was für ein Glück, dass ich ein Halsabschneider bin und darum beste Beziehungen zum Gesindel habe. So konnte ich den Aufseher davon überzeugen, dass du nicht sein Feind bist, und habe außerdem ein paar Burschen gefunden, die dich heimgetragen haben. Mit wem hast du dich da bloß angelegt?«
»Wie meinst du das?«
Justin seufzte. »Warum hast du dich nicht damit begnügt, den Mann vor der Auspeitschung zu bewahren? Warum musstest du auch noch seine Wunden versorgen?«
»Hätte ich ihn denn blutend liegen lassen sollen?«

»Dann hättest du dir auf jeden Fall eine üble Beule erspart … Du hast keinen Schimmer, wem die Kokosplantage gehört, nicht wahr? Sie ist Teil von der Brander-Salmon-Kompanie.«

Wenn Aaron länger darüber nachgedacht hätte, hätte dieser Name wahrscheinlich irgendetwas in ihm zum Klingen gebracht, doch dazu tat ihm der Kopf zu weh. »Na und?«

»Sie wurde einst von John Brander und Alexander Salmon gegründet, und mittlerweile gehört sie ihren Söhnen. Sie besitzen hier jede Menge Plantagen, sind gewiefte Geschäftsmänner … und völlig skrupellos.«

»Also üble Leute mit zu viel Macht und Einfluss«, stellte Aaron grimmig fest.

»Eine schlimme Mischpoke, wenn du mich fragst. Der alte Brander war außerdem ein Spieler. Ich glaube, er hat es auch als Spiel betrachtet, wie man Polynesien am besten ausbeutet.«

Aaron sah in Justins Miene Verachtung. Auch wenn er ein Geschäftsmann war, der manchmal seinen Spaß daran hatte, andere übers Ohr zu hauen, würde er wehrlose Menschen niemals skrupellos ausbeuten.

»Das sind alles Verbrecher«, fuhr Justin fort. »Seit dem Tod vom alten Brander ist ein großer Erbschaftsstreit im Gange, ich weiß auch nicht genau, warum und wer sich daran beteiligt. Ich weiß nur, dass es besser ist, sich da rauszuhalten. Und vor allem: Bleib diesem Aufseher fern! Er konnte darüber hinwegsehen, dass du dich in seine Angelegenheit eingemischt hast. Aber dass du danach einfach nicht verschwunden bist …«

Aaron gelang es, sich erneut aufzurichten. Er hatte das Gefühl, seine Stirn würde in Flammen stehen, und zu den Kopfschmerzen gesellte sich Übelkeit, aber als Justin ihn wieder zurück aufs Bett drücken wollte, leistete er Widerstand.

»Wo ist der junge Mann? Tane?«

»Wenn er klug ist, arbeitet er wieder.«

»Aber er ist verletzt!«

»Das bist du auch. Und das bedeutet, dass du nichts für ihn tun kannst!«

Aaron leckte sich über die trockenen Lippen. »Er hat mir von seiner Heimat erzählt ... der Osterinsel. Seine Eltern wurden von dort entführt, und er will unbedingt zurückkehren.«

»Dann käme er ja doch nur vom Regen in die Traufe.«

»Warum das denn?«, fragte Aaron verwirrt.

»Der Firma Brander-Salmon gehört auch die Insel. Sie betreibt dort Schafzucht – ganz einträglich, wie man so hört. Alex Salmon junior und John Brander junior leben seit einigen Jahren dort, um vor Ort zu überwachen, dass sie genug Profit machen. Ich frage mich nur, wie sie das Geld, das sie scheffeln, dort ausgeben können. Man kann sich dort mit nichts anderem die Zeit vertreiben, als den Schafen beim Grasen zuzusehen.«

»Wie kann einer Kompanie denn eine ganze Insel gehören? Die Einwohner werden ihnen das Land nicht einfach freiwillig verkauft haben und ...«

Justin zog vielsagend die Augenbrauen hoch. »Von freiwillig kann nicht die Rede sein.«

»Du meinst ...?«

»Sie haben ihnen die Insel mehr oder weniger gestohlen und benehmen sich dort wie uneingeschränkte Herrscher. Aber reg dich nicht auf – oder besser: Reg dich ruhig auf, denn der strenge, gerechtigkeitsliebende, überzeugte Aaron ist mir lieber als der Trauerkloß, aber nicht unbedingt deswegen. Du wirst Rapa Nui nicht retten können.«

Aaron ließ sich wieder aufs Bett sinken. Vor wenigen Stunden noch hatte er geglaubt, nie wieder seine Trauer ablegen zu können, jetzt glaubte er, an der Ohnmacht zu ersticken.

Es gibt so viel Unrecht, hatte er oft zu seinem Vater gesagt, viel zu viel Unrecht. Wie hält man es aus? Wie bleibt man entschlossen?

Es stimmt, hatte sein Vater dann gesagt. Das Unrecht ist groß. Wenn du am Strand stehst, kannst du das Ende des Meeres nicht sehen, und wenn du böse Menschen wüten siehst, denkst du, es hört niemals auf. Aber was das grenzenlose Meer betrifft, so kannst du ein Boot bauen und versuchen, die nächste Insel zu erreichen. Und was die bösen Menschen anbelangt, kannst du dich nicht allen, aber vielleicht einem oder zweien entgegenstellen.

Auch Tane wollte am liebsten ein Boot bauen …

»Ich muss nun wieder gehen«, sagte Justin.

»Ich weiß – Geschäfte machen.«

»Das liegt nun mal in meiner Natur … so wie in deiner, Menschen helfen zu wollen.«

Aaron nickte. »Ich werde übrigens deinem Ratschlag folgen und Papeete verlassen.«

»Und wohin willst du gehen?«

Justins Miene wurde immer missbilligender, als Aaron seine Pläne bekundete. Er hatte noch nicht geendet, als Justin schon die Hände über dem Kopf zusammenschlug: »Sag, hast du den Verstand verloren? Der Schlag, den du abbekommen hast, muss wirklich heftig gewesen sein. Wie kommst du nur auf so eine verrückte Idee? Wovon willst du denn dort überhaupt leben?«

Aaron ließ seine Tirade wortlos über sich ergehen. Wenn er einmal einen Entschluss gefasst hatte, zog er ihn auch durch – das wusste Justin, weswegen er schließlich resigniert seufzte. »Was immer ich einwende – du wirst dich nicht davon abhalten lassen, oder?«

Aaron nickte.

Er dachte an sein Hadern von vorhin, dass er sich zu erschöpft gefühlt hatte, eine Entscheidung zu treffen, und Gott trotzig herausgefordert hatte, es für ihn zu tun. Nun, auch wenn er dem Allmächtigen immer noch zürnte, musste man Ihm eines doch lassen: Er hatte ihm den Weg so deutlich gezeigt, dass er gar nicht anders konnte, als ihn zu beschreiten.

3. Kapitel

Du kannst es dir immer noch anders überlegen!«, rief Poldi eindringlich.

Katharina seufzte. Seit Tagen, nein, seit Wochen hörte sie von ihrem Vater immer wieder den gleichen Satz, mochte sie auch noch so oft erklären, dass sie an ihrem Entschluss festzuhalten gedachte.

Immerhin musste sie ihm zugutehalten, dass er alles tat, um sie bei dessen Umsetzung zu unterstützen. Nicht nur, dass er mit ihr nach Valparaíso aufgebrochen war – der großen Hafenstadt im Norden des Landes, wo bald ihr Schiff ablegen würde. Er hatte außerdem ein Treffen mit seinem Bruder Fritz arrangiert, der als Journalist sehr belesen war und ihnen alles über die Osterinsel erzählte, was er wusste.

Sonderlich viel war das nicht, und das wenige klang nicht sehr verheißungsvoll – nämlich, dass es eine äußerst kleine Insel war, deren karges Land man lediglich zur Schafzucht nutzen konnte. Doch nichts, was er sagte, hatte genug Gewicht, um ihre Pläne zu zerschlagen, und sie hatte gehofft, dass das spätestens hier am Hafen auch ihr Vater einsehen würde. Nun aber fügte dieser kopfschüttelnd hinzu: »Wenn man aus falschem Stolz handelt, erleidet man schnell Schiffbruch.«

Katharina lächelte schief. »Ausgerechnet jetzt redest du von Schiffbruch?«

Ihr Blick ging zu dem Segelschiff, das sie bald besteigen

würde. Es war voll beladen mit Kokosöl aus Tahiti gekommen und würde auf dem Rückweg nach Papeete kurz vor der Osterinsel ankern, um die dort lebenden Schaffarmer mit Essen und Baumaterial zu versorgen. Es war ziemlich klein, wurde nicht – wie fast alle anderen Schiffe im Hafen – mit Dampf betrieben, und die vielen Schrammen bewiesen, dass es uralt sein musste, doch Katharina unterdrückte ihre Furcht und redete sich ein, dass Letzteres immerhin ein Zeichen war, dass es oft erfolgreich die Ozeane überquert hatte.

»So meinte ich das nicht. Was ich sagen wollte …«

»Ich weiß, ich weiß«, fiel Katharina ihm ins Wort. »Dir ging's um den falschen Stolz. Aber wie oft soll ich dir denn noch sagen, dass mich etwas ganz anderes leitet?«

»Ja, was denn dann?«, rief er verzweifelt. »Erklär es mir!«

Katharina fand nicht die richtigen Worte. Es war ja nicht so, dass sie nicht auch Zweifel befielen. Die Menschenmassen in Valparaíso setzten ihr ebenso zu wie der Anblick der fremden Männer, die eben das Schiff beluden und in deren Gesellschaft sie die nächsten Wochen verbringen würde. Auch die Aussicht, irgendwann Land zu erreichen, war nicht gerade tröstlich, denn ungeachtet, ob es karg war oder nicht – sie war sich nicht einmal sicher, dort willkommen zu sein. Sie hatte Barnabas Wilkinson schreiben wollen, jedoch erfahren, dass es Jahre dauern konnte, bis ein Brief die Osterinsel erreichte, weswegen sie sich entschieden hatte, das Wagnis einzugehen und unangekündigt dorthin zu reisen. Doch ungeachtet aller Gefahren, die auf sie warten mochten, und der vielen offenen Fragen, die ihr keiner beantworten konnte – als sie vor einigen Tagen den Zug bestiegen und die Stadt erreicht hatte, war die Abenteuerlust in ihr erwacht. Und der Anblick der Meeres erzeugte nicht nur neue Furcht in ihr, sondern die Hoffnung, dass irgendwo hinter dem Horizont ein neues Leben auf sie wartete ... und sie selbst ein neuer Mensch werden könnte, frei von Hader und Bitterkeit und unerfüllten Träumen.

»Kannst du dich daran erinnern, als wir noch klein waren?«, fragte sie ihren Vater. »Ich und meine Schwestern waren echte Plagen. Und als wir größer wurden, wurde es nicht besser. In der ganzen Siedlung waren wir als faul und feige verschrien. Elisa, Emilia, Annelie – das waren tüchtige Frauen, ganz zu schweigen von Großmutter Christine oder der alten Jule. Die Blicke, die auf uns drei Steiner-Schwestern ruhten, waren hingegen entweder abfällig oder spöttisch. Aber verstehst du denn nicht: Ich will nicht länger eine von dreien sein! Ich will nicht danach beurteilt werden, wie ich mich als Kind oder junges Mädchen verhalten habe! Ich will nicht mit anderen, vermeintlich tüchtigeren Frauen verglichen werden!«

Eine tiefe Falte erschien auf Poldis Stirn. Obwohl er weit über vierzig war, hatte er sich immer etwas Jungenhaftes bewahrt, aber jetzt dachte sie zum ersten Mal, dass er langsam alt wurde. Und ihr ging auch durch den Kopf, wie sehr sie ihn trotz all seiner Schwächen mochte.

»Ich kann mir gut vorstellen, was in dir vorgeht. Aber ich mache mir eben Sorgen, und ...« Unvermittelt brach er ab und ließ sie einfach stehen.

Katharina konnte kurz nicht erkennen, was ihn dazu veranlasst hatte, denn soeben fuhr ein Karren mit mehreren Kisten vor und versperrte ihr die Sicht. »Vater?«

Erst als sie ihm nacheilte, nahm sie den hochgewachsenen Mann wahr, der ebenfalls darauf wartete, das Schiff zu besteigen. Nicht, dass es einen Mangel an Männern gab – wie es aussah, würde sie die einzige weibliche Passagierin sein –, doch dieser eine unterschied sich deutlich von den anderen, auch wenn sie nicht gleich bestimmen konnte, woran das lag. Seine Kleidung war schlicht, sein Gesicht so gebräunt wie das der Seeleute und Hafenarbeiter, doch während diese alle roh und einfältig wirkten, ging von ihm etwas Hoheitsvolles und Entschlossenes aus. Er war nicht eigentlich schön zu nennen: Das rabenschwarze Haar, das ihm in die Stirn fiel, wirkte eher unheimlich, die spitze Nase und das ausgeprägte Kinn gaben ihm einen strengen Zug, und den Mund presste er so fest zusammen, dass sie sich nicht vorstellen konnte, er würde häufig lächeln. Dennoch lag etwas in seiner Haltung, das Schutz und Stärke versprach – vorausgesetzt, dass man beides suchte. Katharina tat das nicht, und als sie hörte, wie ihr Vater auf den Fremden einredete, wurde sie puterrot vor Scham. »Vater, ich bitte dich …«, rief sie, kaum dass sie ihm nachgeeilt war.

»So lass mich doch!« Er wandte sich wieder an den Fremden. »Ich könnte ruhiger schlafen, wenn Sie mir versprechen würden, während der Reise ein Auge auf meine Tochter zu haben. Sie ist zum ersten Mal allein unterwegs, müssen Sie wissen.«

Seitdem sie ihre Entscheidung getroffen hatte, zur Osterinsel aufzubrechen, hatte sich Katharina erwachsen wie nie zuvor gefühlt, doch jetzt kam sie sich wie ein zurechtgewiesenes Kind vor.

»Ich kann gut auf mich allein aufpassen!«, erklärte sie trotzig.

»Das glaube ich, aber du weißt nicht, was dir bevorsteht.«

Der Fremde hatte Katharina bis jetzt ignoriert. Ausdruckslos hatte er Poldis Bitte zugehört und scheinbar nur kurz bestätigt, dass auch er zur Osterinsel reisen würde. Jetzt streckte er plötzlich die Hand aus und schüttelte die von Poldi. »Sie können sich auf mich verlassen, ich werde dafür sorgen, dass Ihrer Tochter kein Leid geschieht. Aber jetzt muss ich meinen Begleiter suchen. Er scheint sich irgendwo im Hafen verirrt zu haben.«

Kurz, ganz kurz wanderte sein Blick zu Katharina, und er nickte ihr weiterhin ausdruckslos zu. Sie spürte, dass sie noch röter wurde, und als er ohne ein weiteres Wort davonging, war sie enttäuscht. Warum hatte er sie nicht länger gemustert, nach ihrem Namen gefragt, sich ihr nicht förmlich vorgestellt? Und warum hatte er nicht wenigstens kurz gelächelt? Hatte ihm denn gar nicht gefallen, was er gesehen hatte?

Sie ärgerte sich über sein kühles Verhalten und noch mehr, dass sie sich daran störte. Immerhin war sie unterwegs, um einen anderen Mann zu heiraten, und konnte gut und gerne darauf verzichten, einem solch freudlosen Miesepeter zu imponieren.

Derart in Gedanken versunken, hatte sie nicht gemerkt, dass der Kapitän sie zu sich winkte, doch Poldi zog sie zu dem schmalen Steg, der zum Schiff führte. »Ich bin kein besonders guter Vater gewesen, das tut mir sehr leid«, murmelte er.

»Du redest ja, als würden wir uns das letzte Mal sehen.«

»Vielleicht ist das so …«

Als Katharina von der Siedlung, ihrer Mutter, den beiden Schwestern und anderen Verwandten Abschied genommen hatte, war sie sich durchaus bewusst gewesen, dass sie wahrscheinlich für immer ging, doch noch nie hatte ihr dieser Gedanke so viel Angst gemacht wie jetzt. In Poldis Augen sah sie Tränen glitzern, und ihr selbst wurde die Kehle eng.

»Du kannst es dir immer noch anders überlegen!«, wiederholte er.
Da rang sie sich ein Lächeln ab. »Nein«, erklärte sie und schluckte ihre Ängste hinunter. »Nein, ich beginne ein neues Leben.« Sie umarmte ihn inniglich, aber nur kurz, und nachdem sie das Schiff bestiegen hatte, drehte sie sich nicht nach ihm um.

Das Land wurde kleiner, das Unbehagen in Katharinas Herzen größer. Bald war nichts anderes mehr zu sehen als die blaue Weite, die sich an trüben Tagen schmutzig grau färbte und an sonnigen türkis erstrahlte. Wenn sie sich zusammenriss, verhieß ihr Anblick Weite, wenn die Verzagtheit sie überwältigte, größte Einsamkeit. Meist überwog in den ersten Tagen auf See Letzteres.
Solange sie vor anderen Menschen an ihrem Entschluss eisern festgehalten hatte, hatte sie die Zweifel unterdrücken können, doch jetzt reichte ihr Wille nicht einmal, um die Kabine zu verlassen. Diese lag unter der geräumigen Kapitänskajüte, die zwischen die beiden Masten gebaut worden war, und um sie zu erreichen, musste man erst eine wacklige Leiter hinuntersteigen und dann einen schmalen Gang entlanggehen, in dem auch kleine Menschen unmöglich aufrecht stehen konnten. Die Nachbarkabine blieb frei. Doch hatte sie zunächst gehofft, auf diese Weise des Nachts nicht von lautem Schnarchen gestört zu werden, setzte ihr ein anderes Geräusch bald ungleich mehr zu: das Rumpeln der vergipsten Fässer mit gebackenem Brot, Mehl, Salzfleisch und Dörrgemüse, die in den leeren Kojen gelagert wurden. Auch wenn sie noch so tief schlief, schreckte sie fast stündlich hoch.

Neben dem Kapitän waren zwei holländische Steuerleute an Bord, ein Zimmermann, ein chinesischer Koch und einige Matrosen, doch etliche zogen es vor, lieber im Freien zu schlafen als im stickigen Schiffsbauch. Nur der Passagier, dem ihr Vater ihr Wohl anvertraut hatte, und sein Begleiter waren ebenfalls dort untergebracht, aber weder hatte sie den einen seit der Abfahrt gesehen noch den anderen überhaupt erst kennengelernt.

In ihrer Fantasie hatte sie sich ausgemalt, in einer eleganten, holzgetäfelten Kabine zu reisen, doch in Wahrheit war sie ein ebenso winziges wie verdrecktes Loch. Bei stärkerem Wellengang wackelte nicht nur die Einrichtung, sondern sie musste sich auch selbst gut festhalten, um nicht durch den Raum geschleudert zu werden. Nachdem sie gleich in der ersten Nacht unsanft aus der Koje gefallen war, band sie sich fortan mit einem Seil fest: Auf diese Weise landete sie zwar nicht schmerzhaft auf dem Boden, hatte jedoch ständig das Gefühl, zu wenig Luft zu bekommen. Sie hatte ein paar Dinge mitgenommen – ein Teegeschirr, eine Keksdose und ein Nähkissen –, doch die Teekanne ging schon am zweiten Tag zu Bruch, weil sie sie auf dem kleinen Tisch hatte stehen lassen, anstatt sie gleichfalls festzubinden. Beim Anblick der Scherben konnte sie sich des Gefühls nicht erwehren, dass ihr ganzes Leben zerbrochen war und nie wieder heil werden würde. Tränen stiegen auf, doch sie schluckte sie hinunter.

Mein altes Leben kann ruhig kaputtgehen, dachte sie, ich habe es ja freiwillig hinter mir gelassen. Und woraus ich künftig meinen Tee trinke, wird sich zeigen.

Der Trotz bewahrte sie davor, stundenlang zu heulen, doch was er nicht vertreiben konnte, war die Übelkeit. Es begann

mit einem flauen Gefühl im Magen, zu dem sich bald Kopfschmerzen gesellten, und am Ende konnte sie nichts im Magen behalten, ohne es gleich wieder zu erbrechen. Irgendwann aß sie gar nichts mehr, wies den Matrosen, der ihr jeden Tag ein Tablett mit Speisen brachte, ab und begnügte sich mit dem Pisco, der aus dem Elqui-Tal nördlich von Santiago stammte und aus Muskatellertrauben gemacht wurde. Ihr Vater hatte ihr einige Flaschen mit auf den Weg gegeben und geraten, davon zu trinken, sobald das Heimweh sie übermannte. Auch wenn das Gesöff dieses nicht vertrieb, erwies es sich doch als probates Mittel gegen die Übelkeit. Er schmeckte süßsauer, und schon nach wenigen Schlucken schien ihr das Leben leicht und ihr Körper zu schaukeln. Mit dem Gefühl, sie würde fliegen, schlief sie tief und fest ein, wurde nicht einmal vom Rumpeln geweckt.
Leider hielt das Gefühl nie lange an. Wenn sie erwachte, fühlte sie sich meist noch elender, trank noch mehr, schlief noch länger – und hatte es am Ende mit noch schlimmeren Kopfschmerzen zu büßen.
Als die erste Flasche leer war, wusste sie, dass es so nicht weitergehen konnte, zumal sie den Gestank in der Kabine – säuerlich vom Erbrochenen, faulig vom Meerwasser – nicht länger ertrug. Sie brauchte frische Luft, sonst würde sie sterben!
Zögerlich steckte sie ihren Kopf in den Gang, hörte in der Ferne, wie der Kapitän Befehle erteilte, sah jedoch niemanden. Schließlich trat sie hinaus, stützte sich an der Wand ab und erreichte nach einigen wackligen Schritten die Leiter. Kurz wagte sie es nicht, hochzuklettern, aber dann hüllten sie die Gerüche von der nahen Kombüse ein, und ihre Furcht, sich wieder übergeben zu müssen, war größer als

die, von der Leiter zu fallen und sich sämtliche Knochen zu brechen. Geschickter, als sie es sich selbst zugetraut hatte, kletterte sie nach oben und sog gierig die frische Seeluft ein. Auch wenn das Segelschiff langsamer unterwegs war als ein mit Dampf betriebenes und obendrein stärker den Naturgewalten ausgeliefert war – ein Gutes hatte es, stießen doch keine Schornsteine Rauch aus, der ihr die Kehle verätzte. Einige Schritte später hatte sie die Reling erreicht und klammerte sich daran fest, denn das Schiff wurde vom starken Passatwind angetrieben und hatte an Fahrt aufgenommen.
Die Matrosen starrten sie neugierig an, doch wann immer sie ihren Blick erwiderte, senkten sie rasch den Kopf. Obwohl der Himmel grau war, waren die Männer verschwitzt und kühlten sich ab, indem sie mithilfe von Seilen Kübel voller Meerwasser füllten und über sich schütteten. Sauber wurden sie davon nicht – im Gegenteil, bald überzog eine grüne, schleimige Schicht ihre Gesichter und Hände. Plankton verfing sich in ihren Haaren, doch sie schienen sich nicht daran zu stören, dass sie eher Seeungeheuern glichen als Menschen, sondern lachten grölend.
Katharina tat, als würde sie nichts bemerken, und sah angestrengt in die Weite. Mit der Zeit glaubte sie hinter dem Grau kleine Inseln oder Riffe auszumachen, war sich jedoch sicher, nur einer Sinnestäuschung aufzusitzen.
»Auch wenn die Sonne nicht stark scheint, sollten Sie sich unbedingt schützen«, ertönte plötzlich eine Stimme neben ihr.
Katharina fuhr herum und sah den schwarzhaarigen, streng wirkenden Mann auf sich zukommen. Obwohl er ihrem Vater versprochen hatte, ein Auge auf sie zu haben, hatte er kein einziges Mal an ihrer Kajütentür geklopft und sie nach

ihrem Wohlbefinden gefragt. Ehe sie der Enttäuschung darüber nachgab, ermahnte sie sich allerdings, dass sie ihm weder die Schuld an ihrer Seekrankheit geben konnte noch daran, dass sie sich bis jetzt freiwillig verkrochen hatte. Außerdem war sie nach tagelangem Schweigen dankbar, mit jemandem zu sprechen – ganz gleich, wer es war.

»Ich habe einen Strohhut, denken Sie, ich soll ihn holen und aufsetzen?«, fragte sie.

»Ich fürchte, das genügt nicht. Nehmen Sie das.« Er hielt ihr eine Dose hin, die mit einer klebrigen, weißen Masse gefüllt war.

»Was ist das?«

»Leider kein Mandelöl – das würde besser duften. Doch das Kokosfett aus Tahiti ist besser als nichts. Im kühlen Zustand ist es steinhart, aber wenn Sie einen Brocken zwischen den Fingern reiben, wird dieser bald weich. Cremen Sie sich damit ein.«

Katharina wusste nicht genau, wo Tahiti lag. Sie hatte den Namen der Insel zum ersten Mal gehört, als es hieß, das Schiff komme von dort und kehre auch wieder dorthin zurück. Wenn der Mann von dort stammte, musste er schon eine weite Reise hinter sich haben, was erklärte, warum er so braun gebrannt war.

»Vielen Dank, Mr. …«

»Vergeben Sie mir, dass ich mich noch gar nicht richtig vorgestellt habe.« Er streckte seine Hand aus. »Pastor Aaron Hayes …«

Katharina riss die Augen auf. Ein Pfarrer! Trotz seiner strengen Miene wäre sie nie darauf gekommen! Der Pfarrer, der regelmäßig ihre Siedlung besuchte, war uralt und sprach über nichts anderes als den ständigen Streit der Katholiken

oder Protestanten, der die Menschen am Llanquihue-See nun schon seit Jahrzehnten entzweite.
»Und wie lautet Ihr Name?«
Verspätet ging ihr auf, dass sie weder seine Hand genommen noch etwas gesagt hatte. »Katharina Steiner«, erwiderte sie schnell, schüttelte seine Hand und bemerkte erst jetzt, dass ihre ganz ölig vom Kokosnussfett war.
»Haben Sie sich an Bord schon eingelebt? Und leiden Sie an Übelkeit?«, erkundigte er sich.
Unauffällig musterte sie ihr Kleid und stellte bestürzt fest, dass es vom Erbrochenen beschmutzt worden war.
»Ich komme schon zurecht«, sagte sie hastig.
Sobald sie den Blick wieder hob, erschrak sie erst recht. Völlig lautlos war ein junger Mann zu ihnen getreten. Er trug eine ähnliche Kleidung wie Pastor Hayes – ein Leinenhemd und eine graue Hose –, sah aber mit seinen schwarzen, langen Haaren, die er offen trug, und den finster dreinblickenden pechschwarzen Augen etwas unheimlich aus.
»Das ist Tane«, erklärte Aaron Hayes. »Ein Rapanui.«
Tane fixierte sie, wirkte eher abschätzend als freundlich oder neugierig, fast feindselig. Er machte keine Anstalten, etwas zu sagen oder ihr die Hand zu reichen, und auch Katharina blieb steif und wortlos stehen.
Was hieß das – ein Rapanui? Vage konnte sie sich daran erinnern, dass die Insel von manchen so bezeichnet wurde, und vielleicht wurden auch ihre Einwohner so genannt. Diese hatte Onkel Fritz allerdings nicht erwähnt, sondern nur von den Schaffarmern erzählt, die sich auf der Insel niedergelassen hatten. Womöglich waren Rapanui so etwas wie die Mapuche, die Ureinwohner Chiles, über die sie die schlimmsten Geschichten gehört hatte. Demnach seien sie unendlich

grausam, würden mit Lust die Frauen und Kinder der Weißen ermorden und Männer foltern, doch ihre Großmutter Barbara hatte immer behauptet, das sei nur Propaganda. In Wahrheit würden die Mapuche von den Weißen fast ausgerottet werden.
Nun, hätte ihr jemand schlimme Geschichten über die Rapanui erzählt, hätte sie sie beim Anblick dieses grimmigen Mannes geglaubt.
Sie nickte Aaron Hayes zu, denn für heute hatte sie genug frische Luft geschnappt. »Ich … ich gehe wieder zurück in die Kajüte.«

Die Kajüte wurde ihr in den nächsten Tagen oft zu klein. Das flaue Gefühl im Magen blieb, auch der Druck auf den Schläfen, aber ob es nun an der etwas ruhigeren See lag oder der Gewöhnung an die neuen Lebensumstände – Katharina litt nicht länger an Schmerzen oder Übelkeit. Ihre Begegnung mit Aaron hatte ihren Tatendrang geweckt, und wann immer sie in der Koje lag und vor sich hin starrte, wurde ihr rasch langweilig. Sie entschied, erst einmal gründlich zu putzen, musste jedoch bald einsehen, dass mit den bescheidenen Hilfsmitteln, die ihr zur Verfügung standen, an ein Großreinemachen nicht zu denken war. Zwar konnte sie sich einen Strick und einen Eimer organisieren, doch wann immer sie ihn hinunter zum Wasser ließ, kam kaum etwas bei ihr an, weil das meiste auf dem Weg nach oben verschüttet wurde – die Matrosen waren wohl geschickter oder stärker. Immerhin, das wenige Wasser reichte aus, um den Boden zu wischen. Hinterher war der zwar weiß vom verkrusteten Salz, doch den säuerlichen Geruch konnte sie vertreiben.
Als Nächstes nahm sie sich vor, ihre Kleider zu waschen,

wollte aber auch dafür kein kostbares Trinkwasser benutzen und schöpfte noch mehr Meerwasser. Kaum trocknete er wieder, war der Stoff steif und rau, aber zumindest konnte sie die gelblichen Flecken auswaschen. Ihr schönstes Kleid hatte sie ohnehin noch nicht angezogen, sondern nur dann und wann betrachtet: Sie wollte es sich für den Tag der Ankunft aufbewahren, weil das helle Grün hervorragend zu ihren dunkelbraunen Augen, die sie von ihrer Großmutter Barbara geerbt hatte, und zum rotbraunen Haar passte. Während sie das letzte Kleid wusch, trug sie nur die Unterwäsche an ihrem Leib, und gerade als der besonders hartnäckige Fleck endlich verschwand, vernahm sie ein Quietschen. Langsam öffnete sich die Tür, und dahinter erschien der Matrose, der ihr für gewöhnlich das Essen brachte. Heute hatte er kein Tablett in der Hand, sondern starrte sie nur wortlos an. Katharina hob schützend das nasse Kleid vor ihren Leib und hoffte, er würde beschämt den Kopf einziehen und sofort wieder verschwinden, doch er verharrte reglos im Türrahmen.

»Ich habe gehört, Ihnen geht's wieder besser, Mademoiselle.« Diese Anrede kannte sie nicht, und sein Spanisch hatte einen so starken Akzent, dass sie ihn auch dann schwer verstanden hätte, wenn sie diese Sprache fließend beherrscht hätte – was nicht der Fall war. Vielleicht war er ein Franzose aus Tahiti.

Er schien ihren Gedanken zu erahnen und widersprach ihrer Vermutung. »Holländer«, sagte er, »ich bin Holländer. Piet ist mein Name. Wissen Sie, Mademoiselle, wo Holland liegt?«

Katharina schüttelte zaghaft den Kopf.

Er lachte, und es klang, als würden Scherben aufeinanderreiben. »Ich auch nicht. Ich bin nun schon so lange von der Heimat fort, dass ich vergessen habe, wie es dort aussieht. Ich habe auch vergessen, wie sich die Umarmungen meiner Mutter anfühlten. Seit Jahren bin ich heimatlos, genauso wie Sie das jetzt sind. Aber auch in der Fremde kann man es sich gemütlich machen, zumindest für ein paar Stunden lang, und dann vergisst man, dass man auf dem Ozean treibt und einsam ist.«

Sehnsucht schimmerte in seinen Augen, doch nicht nur das, sondern auch Verlangen. Er schien das wenige, das sie am Leib trug, regelrecht mit Blicken auszuziehen, und Katharina schlüpfte hastig in das noch feuchte Kleid.

»Lassen Sie mich in Ruhe!«, knurrte sie. »Gehen Sie nun wieder!«

Er tat nichts dergleichen, sagte auch kein Wort, sondern trat stattdessen gemächlich ein und schloss die Tür hinter sich. Die Kajüte war so klein, dass kaum Platz blieb, um vor ihm zurückzuweichen. Wenn das Schiff wankte, würde sie direkt in seine Arme fallen. Schutz suchend stellte sich Katharina hinter den kleinen Tisch, dessen Beine am Boden festgenagelt waren. Gott sei Dank war die See ruhig.

»Vor ein paar Tagen hast du frische Luft geschöpft, nicht wahr? Das ist gut, du hast rote Wangen bekommen.« Wieder sprach er mit starkem Akzent, doch zu ihrer Überraschung auf Deutsch. Vielleicht hatte er in Valparaíso, wo viele Deutsche lebten, ihre Muttersprache erlernt.

»Was … was wollen Sie denn von mir?«

Er seufzte. »Man wird viel zu schnell alt, glaub mir, ich kann ein Lied davon singen. Das Leben auf See macht einen innerhalb weniger Jahre zum Greis. Aber deswegen habe ich noch nicht vergessen, wie die Jugend schmeckt. Sie schmeckt ge-

wiss so wie du, nicht bitter wie die Einsamkeit, sondern süß.«
Sämtliches Blut schwand aus ihrem Gesicht. »Hauen Sie endlich ab!«
Er hob beschwichtigend die Hände. »Nicht doch, nicht doch. Eine weite Reise liegt vor uns. Wie langweilig, wenn wir uns da keine Abwechslung verschaffen! Und du musst doch zugeben: Die Nächte sind unerträglich, wenn man allein in der Koje liegt. Hab doch ein Herz, ich will dir nichts Böses, ich will dich nur küssen, dich streicheln, ein wenig lieb zu dir sein. Nun stell dich nicht so an.«
Er kam einen Schritt näher, packte ihre Hand und zog sie an sich. Als er sein Gesicht an ihres presste, zerkratzten seine Bartstoppeln ihre zarte Haut. Noch unerträglicher war es, seine feuchte Zunge zu spüren, die ihr über die Lippen leckte. Als sie seinen Atem roch, überrollte sie eine neue Woge Übelkeit. Verbissen schluckte sie gegen den Brechreiz an.
»Weiß der Kapitän, dass Sie hier sind?«
Sein Blick war nicht länger sehnsuchtsvoll, sondern kalt. »Der Kapitän hat andere Aufgaben, als sich um Flittchen wie dich zu kümmern.«
»Wie können Sie es wagen!«, rief sie wütend. »Ich bin eine anständige Frau, ich reise zu meinem künftigen Ehemann.«
Er lachte schrill auf – ein Ton, der ihr durch Mark und Bein ging. »Von wegen!«, entgegnete er voller Hohn. »Auf der Osterinsel mag es jede Menge Schafe geben, aber doch keine echten Männer. Vielleicht kriegst du einen dieser Hirten herum, aber das macht dich noch lange nicht zu einer ehrbaren Frau. Eine solche würde nie allein auf einem Schiff voller Männer unterwegs sein.«
Katharinas Kehle wurde ganz trocken. Ihr Vater hatte sie

vor dieser Gefahr gewarnt, dem Kapitän extra eine Summe bezahlt, damit er ein Auge auf sie hatte, und überdies Aaron Hayes um Schutz ersucht. Doch der Kapitän war nicht hier, und Aaron wusste nichts von ihrer Notlage.

Als Katharina sich blitzschnell vorbeizwängen und fliehen wollte, packte Piet sie am Arm, warf sie über den Tisch und presste seinen Leib auf ihren.

»Nein, du bist kein ehrbares Weib«, rief er lachend, »du bist eine Hure, und an einem Ort, wo's fast keine Frauen gibt, hast du ein leichtes Spiel mit den Männern. Aber es macht mir nichts aus, dass du berechnend bist. An unschuldige, anständige Mädchen kann ich mich genauso wenig erinnern wie an Holland. Manchmal bin ich mir nicht sicher, ob es sie überhaupt gibt.«

Katharina wehrte sich, doch er hielt beide Hände fest.

»Nun hab dich nicht so. Ich weiß, dass du nur den Preis hochtreiben willst, aber hier gibt's kaum etwas zu holen und auf der Osterinsel noch weniger. Wenn du willig bist, sorge ich dafür, dass du besseres Essen bekommst. Das wird knapp werden, je länger wir unterwegs sind.«

Er wartete ihre Antwort nicht ab, sondern senkte erneut seinen Mund auf ihren. Nie hatte ein Mann sie geküsst, nie hatte sie sich so geekelt. Katharina konnte sich nicht rühren, aber mit aller Kraft ihre harte Stirn gegen seine Lippen rammen, das konnte sie. Sein Kopf zuckte zurück, und er heulte empört auf. Sie wappnete sich gegen seinen Schlag, doch der blieb aus, weil er immer noch beide Hände festhielt und mit seinen Knien ihre Schenkel spreizte. Wenigstens war ihr Mund frei. Sie holte Luft und wollte so laut wie möglich schreien, aber dann fiel ihr etwas Besseres ein.

Aaron strich so vorsichtig und sanft über das kleine Büchlein, als wäre es ein lebendiges Wesen, das man nicht verletzen durfte. Der Bucheinband war aus Saffian und trotz seines Alters immer noch in einem guten Zustand, nicht zuletzt, weil es in einem Rosenholzkästchen aufbewahrt wurde. Eben erst hatte er es geöffnet und herausgenommen, und bei dem Anblick wurde ihm die Kehle eng.

Sowohl das Buch als auch das Kästchen hatte er von Maggie geschenkt bekommen, weswegen beides zu den wenigen Dingen gehörte, die er aus Papeete mitgenommen hatte. Fast alles andere – auch das Pfarrhaus – hatte er Justin überlassen. Der hatte ihm zwar geschworen, es nicht selbst zu benutzen, sondern dafür zu sorgen, dass es im guten Zustand blieb und er jederzeit wieder einziehen könnte, aber Aaron war sich sicher, dass Justin schon irgendeine Gelegenheit finden würde, um Gewinn daraus zu schlagen.

Der Gedanke an dieses Schlitzohr vertrieb seinen Schmerz – zumindest ein wenig. Er wusste, er würde ihn nie ganz abschütteln, aber mit jenem steten Pochen ließ sich leben, und seit er beschlossen hatte, Tane von der Kokosplantage freizukaufen und auf die Osterinsel zu bringen, hatte er die Lethargie abwerfen können. Auch der Anblick des Büchleins konnte ihn nicht länger lähmen. Er öffnete es entschlossen und begann, die ersten Seiten zu beschreiben.

Sein Vater hatte auch immer Tagebuch geschrieben: Er hatte nicht nur festgehalten, was er erlebt hatte, sondern vor allem das Wissen über die fremden Länder zusammengetragen, die er missionierte.

»Die Jünger Christi wurden mit einem Bauern verglichen, der Saat auswirft«, hatte er oft gesagt. »Doch solch ein Sämann muss den Boden genau kennen, um zu wissen, wo der

Pflug am tiefsten gräbt und die reichste Frucht zu erwarten ist.«
Aaron nahm das zum Anlass, alles zu notieren, was er bislang über Rapa Nui erfahren hatte.

Die Missionsgeschichte der Osterinsel

Bis jetzt haben kaum je Protestanten die Insel betreten, die Missionierung liegt ausschließlich in den Händen katholischer Priester. Deren Anfänge liegen noch nicht lange zurück.
Ein gewisser Bischof Rouchouze begab sich 1843 mit zwanzig Mönchen und Nonnen auf die Osterinsel, doch man weiß nicht, was aus ihnen geworden ist: Bis heute hat man nie wieder etwas von ihnen gehört.
Im Mai 1863 brach Eugène Eyraud zur Osterinsel auf, ein Bruder der Kongregation von den Heiligsten Herzen Jesu und Mariens: Er landete Anfang 1864 auf dem fernen Eiland und baute an einem Strand, der Anakena genannt wird, eine Hütte. Fast alles, was er mitgebracht hatte, wurde von den Einheimischen gestohlen, so auch der tahitianische Katechismus, dessen Verlust er am meisten bedauerte.

Aaron ließ die Feder sinken und blickte hoch. Tane hatte ihm nicht nur von Pater Eyraud erzählt, sondern von einem der sechs Begleiter, die Eyraud bei einem weiteren Aufenthalt aus Tahiti mitgenommen hatte – darunter ein gewisser Pana, ein Rapanui, der ihm als Dolmetscher diente und einst von Sklavenhändlern von der Insel entführt worden war. Auch wenn Tane es nicht offen ausgesprochen hatte, glich

ihr Verhältnis dem ihren: Ein Mann Gottes und ein Heimkehrer hatten sich zusammengetan.
Allerdings war Aaron sich nicht sicher, ob er sich als Mann Gottes bezeichnen würde – lieber als Mann der Tat, der Hoffnung, Zukunft und Bildung schenken wollte.
Er schrieb weiter:

Eugène Eyraud baute aus Adobe eine Kapelle, und einige Jahre später kamen andere französische Priester nach – nicht zuletzt dank der Spenden einer chilenischen Millionärin namens Isidora Goyenechea, die der katholischen Mission einige Kühe, einen Bullen, eine Stute und Fohlen überlassen hatte.

Kaum dass er es niedergeschrieben hatte, bereute Aaron, das Erbe seines Vaters nicht auch in Tiere umgesetzt zu haben. Viel war es nicht, doch für ein paar Kühe oder Schafe hätte es wohl gereicht. Allerdings verstand er nicht viel von der Viehzucht und wusste noch weniger über die Beschaffenheit der Insel. Das war nun mal das Schicksal eines Missionars: Nie konnte er sicher sein, was ihn erwartete und wovon er leben würde.
Anstatt weiterzuschreiben, lehnte sich Aaron zurück und versuchte, sich Pater Eyraud vorzustellen. Auf Tahiti waren die katholischen und protestantischen Missionare so tief zerstritten, dass er kaum mit einem Priester der anderen Konfession gesprochen hatte. Justin hatte sich oft über die Jesuiten lustig gemacht, deren enthaltsamer und die Lust verneinender Lebensstil auf den polynesischen Inseln auf Unverständnis stieß. Dass sie das Willkommensgeschenk von einigen Häuptlingen abgelehnt hatten – junge Mädchen –, hatte dort

nicht für Respekt, sondern für Befremden gesorgt. Justin, da war sich Aaron sicher, hätte die Mädchen nicht abgewiesen – Adam Hayes hingegen, obwohl er kein Katholik war, ohne zu zögern.

Aaron ergriff wieder die Feder.

Nach dem Tod von Eugène Eyraud kamen immer wieder katholische Missionare auf die Insel, doch die meisten wurden mehr oder weniger vertrieben, als die Insel zum Spielball einflussreicher Geschäftsleute wurde, die in ihr bestenfalls eine riesige Schaffarm sehen.

Geschäftsleute wie Salmon und Brander, fügte Aaron in Gedanken hinzu. Wenn sie die Menschen auf Rapa Nui so ausbeuteten wie in Papeete, dann war es um Tanes Volk schlecht bestellt …

Er legte das Buch zurück ins Rosenholzkästchen, denn er wollte seine Sorgen und Ängste nicht auch noch schwarz auf weiß festhalten. Im Kästchen bewahrte er ebenfalls eine Ampulle Chinin auf – einen Saft, den man aus der Rinde eines Baumes gewann und den er nun vorbeugend gegen das Malariafieber zu sich nahm. Obwohl er nur drei Tropfen schluckte, belebte ihn der bittere Geschmack. Er wollte die Ampulle gerade verschließen, als er einen Schrei hörte und zusammenzuckte. Das Fläschchen entglitt ihm, zerbrach zwar nicht, aber fast die Hälfte des Chinins rann aus.

»Verflucht!«, entfuhr es ihm.

Im nächsten Augenblick war ihm das Chinin egal. In den Schrei mischten sich einzelne Worte, und er erkannte ganz deutlich Katharinas Stimme.

Aaron wusste nicht genau, wo sich ihre Kajüte befand, aber er folgte dem Gebrüll, erreichte die Tür und riss sie auf. Als er in die Kajüte stürzte, fiel er regelrecht über einen Mann, der auf dem Tisch, nein, genauer – auf Katharina lag. Anstatt sie zu befreien, hatte Aaron ihre Situation nur noch schlimmer gemacht, wurde sie doch nun fast von seinem Gewicht und dem ihres Angreifers erdrückt und fand kaum Luft zum Atmen. Doch Aaron schaffte es rasch wieder, sich aufzurappeln und den Mann, den er nun als einen der Matrosen – Piet – erkannte, an seinem Kragen mitzureißen. Aus den Augenwinkeln nahm Aaron wahr, dass Blut aus Katharinas Mund floss, und seine Empörung wuchs. Aaron war zwar nicht kräftiger als der andere, aber wendiger, und so gelang es ihm mühelos, Piet auszuweichen, als der ihm in den Bauch boxen wollte, und ihn stattdessen in den Schwitzkasten zu nehmen. Er trat ihm so fest in seine Kniekehlen, dass er zusammensackte, und dann hatte Aaron Piet schon am Nacken gepackt und presste seinen Kopf auf den Tisch.
»Hör mir gut zu, du Lump! Ich hätte übel Lust, dich an die Fische zu verfüttern, aber ich will dir eine letzte Chance geben. Du reißt dich zusammen, verlässt diese Kajüte und kehrst niemals wieder. Außerdem wirst du den Rest der Reise nicht einmal von Weitem einen Blick auf Miss Steiner werfen. Falls doch, das schwöre ich dir, kommst du kein zweites Mal so glimpflich davon. Was fällt dir ein, eine Frau zu schlagen!«
Piet wehrte sich nicht länger, sondern murrte nur: »Ich habe sie nicht geschlagen. Fragen Sie sie lieber, was sie mit mir gemacht hat!«
Verwirrt ging Aaron auf, dass es nicht Katharinas Schrei, sondern das Gebrüll ihres Angreifers gewesen war, das ihn

hierhergelockt hatte, und er warf ihr einen fragenden Blick zu.
Sie zuckte die Schultern und wischte sich das Blut von den Lippen. »Das ist nicht meines. Ich habe ihm in den Daumen gebissen.« Und nicht ohne Stolz fügte sie hinzu: »Aber er hat's verdient!«
Aaron grinste flüchtig. »Das glaube ich allerdings auch.« Sein Lächeln schwand. »Das ändert nichts daran, dass du ein Schuft bist«, wandte er sich wieder an Piet. »Hast du verstanden, was ich gesagt habe?«
Piet schwieg verstockt, doch da lockerte Aaron seinen Griff kurz, um ihn mit der Stirn gegen die Tischplatte zu stoßen. Piet ächzte. »Verdammt noch mal, ja«, knurrte er. »So eine Furie fasse ich ganz bestimmt nicht wieder freiwillig an.«
»Ich fürchte, ich habe Sie missverstanden. Sie haben Miss Steiner nicht wirklich als Furie beleidigen wollen, oder?«
Erneut drohte Aaron, seine Stirn auf den Tisch zu schlagen.
»Natürlich nicht!«, schrie der andere. »Ich gehe ja schon, wenn Sie mich denn lassen.«
Aaron überlegte kurz, ob er von Piet verlangen sollte, Katharina um Verzeihung zu bitten, ahnte jedoch, dass sich Katharina erst wieder wohlfühlen würde, wenn er endlich fort war. Er zerrte den Matrosen hoch und stieß ihn hinaus.
Obwohl sie sich gut gegen den Angreifer zur Wehr hatte setzen können und sichtlich triumphierte, diesen zum Schreien gebracht zu haben, nicht umgekehrt, überkam sie verspätet der Schock. Sie sackte mit bleichem Gesicht auf die Koje und machte keine Anstalten, das Kleid, das bis zu den Oberschenkeln hochgeschoben war, wieder über die nackte Haut zu ziehen.
Als er zu ihr trat, konnte er es nicht ganz verhindern, sie

flüchtig zu mustern und festzustellen, dass ihre Beine ebenso wohlgeformt wie sehnig waren, desgleichen die Unterarme – ein Zeichen, dass sie körperliche Arbeit gewohnt war. Schnell senkte er den Blick, indessen sie ihre Beine verschämt bedeckte.

»Ist … ist alles in Ordnung?«

Erst antwortete sie ihm nur mit einem schwachen Seufzen, doch nachdem sie mehrmals heftig ein- und wieder ausgeatmet hatte, brachte sie die Frage hervor: »Warum nützen Sie die Situation nicht aus?«

»Bitte?«, entfuhr es ihm verständnislos.

»Dieser Mann … er hat mich regelrecht mit seinen Blicken ausgezogen … Sie hätten nun auch die Möglichkeit dazu, aber Sie wagen es nicht, mich anzuschauen. Gefalle ich Ihnen denn nicht?«

Er konnte nicht anders, als zu lächeln. »Aber … aber das hat doch nichts damit zu tun!«

Ihr Atem beruhigte sich. »Ich hoffe, dass Sie mich nicht für eitel halten, weil ich daran einen Gedanken verschwende … Was ich eigentlich sagen wollte …« Wieder atmete sie tief durch. »Sie sind ein anständiger Mann, das hat mein Vater sofort erkannt. Sie würden nie einen Vorteil daraus schlagen, dass ich die einzige Frau unter Männern bin. Und da frage ich mich eben – warum scheint es für manche Menschen so leicht zu sein, das Richtige zu tun, und für andere nicht?«

Nun, da ihr Kleid wieder an der richtigen Stelle saß, wagte er es, sie eingehend zu betrachten. Sie wirkte etwas benommen, aber in ihrem Blick lag etwas Drängendes, Neugieriges, Hungriges.

Mit der Antwort auf ihre Frage konnte man viele Bücher füllen, doch ehe er die richtigen Worte fand, ging ihm auf, dass es ihr wohl weniger um ihn oder Piet ging, sondern um sich selbst. Und dass sie nicht die Menschheit im Allgemeinen ergründen wollte, sondern das eigene Wesen und wozu sie fähig war oder eben nicht. Kurz glaubte er, jene Unsicherheit in ihrer Miene zu lesen, die ihm selbst das Leben verleidet hatte, bevor er Tane getroffen hatte – als er nicht gewusst hatte, was er mit sich anstellen, woran er glauben und an welche Gebote er sich halten sollte.

»Warum ich tue, was ich tue – und andere nicht?«, fragte er.

»Nun, jeder Mensch hat ein Gewissen … Manche behaupten, es sei die Stimme Gottes, die in jedem Herzen wohnt, und dass man nur auf sie hören muss. Manche wollen das nicht, andere hören sie erst gar nicht, und wieder andere zweifeln, ob sie das, was sie hören, auch richtig verstanden haben …«

»Sie scheinen keiner zu sein, der jemals zweifelt.«

Wenn sie nur wüsste!

»In mir hingegen sind so viele Stimmen«, fügte sie hastig hinzu. Sie starrte auf ihre Hände, als sie weitersprach. »Widersprüchliche Stimmen. Die eine hat mich dazu getrieben, meine Heimat und meine Familie zu verlassen, um einen fremden Mann zu heiraten. Die andere erklärt mir ständig, ich sei verrückt. Diese Stimme sagt auch, dass ich so etwas wie eben verdient habe, weil ich mich nicht von ehrenwerten Eigenschaften, sondern von Stolz und Trotz dazu habe leiten lassen.«

»Sagen Sie so etwas nicht! Keine Frau hat so eine schäbige Behandlung verdient!«

»Mag sein«, murmelte sie, »und dennoch … Sie … Sie wirken so … entschlossen. In Ihrer Stimme liegt diese Befehlsgewalt.«

»Mit meiner Stimme allein hätte ich gar nichts gegen Piet ausrichten können, wenn ich ihm nicht auch körperlich gewachsen gewesen wäre. Sie waren nicht einmal das und haben sich trotzdem zu wehren verstanden. Glauben Sie mir: Dieser Mann ist ein Lump. Sie hingegen haben nichts falsch gemacht, können vielmehr stolz darauf sein, wie Sie ihm die Stirn geboten haben.«

Sie verkrampfte ihre Hände ineinander, konnte jedoch auch durch diese Geste nicht verhindern, dass ihr Körper bebte. Sie wirkte nachdenklich, verletzlich, suchend, und obwohl sie ihr nicht im Geringsten ähnlich sah, erinnerte sie ihn plötzlich an Maggie.

»Ich weiß einfach nicht, ob es ein Fehler war«, brach es aus ihr heraus. »Piet hat gesagt, dass keine ehrenwerte Frau allein mit Männern reisen würde, und selbst wenn es mit Ehre nichts zu tun hat – Wahnsinn ist es ja doch, dass ich dieses Schiff bestiegen habe. Vor allem, da ich nicht weiß, was mich am Ende der Reise erwartet.«

Hatte er eben noch gedacht, sie hätte den Schock überwunden, so zitterte sie nun noch stärker, und in ihre Augen traten Tränen. Er sah ihr an, dass sie sie verzweifelt wegzublinzeln versuchte, doch wenn sie sich auch so weit in Gewalt hatte, nicht in hemmungsloses Schluchzen auszubrechen – die Worte, die ihr auf der Zunge lagen, brachen sich doch wild und wirr ihre Bahn. Immer wieder sprach sie von einem Barnabas Wilkinson, den sie zu heiraten gedachte, obwohl sie ihn noch nie gesehen hatte und dieser offenbar nicht einmal wusste, dass sie zur Insel reiste.

Kein Wunder, dass sie von Zweifeln und Ängsten heimgesucht wurde!

Vorsichtig trat Aaron zu der Koje und ließ sich neben sie

nieder. Er vermied es, dicht an sie heranzurücken, legte seinen Arm aber um ihre Schultern und zog sie sanft an sich. Ihr Haar kitzelte sein Kinn. Es roch süß und war weich, weich wie die Haut …

»Still, still«, sprach er beruhigend auf sie ein. »Sie haben soeben Schreckliches erlebt, aber davon dürfen Sie sich nicht den Blick auf die Zukunft verleiden lassen. Alles … alles wird gut.«

Eigentlich hasste er dieses leere Versprechen, doch kurz glaubte er daran – nicht nur, was ihre Zukunft anbelangte, sondern auch seine eigene und die von Tane.

Ihr Schluchzen ließ nach.

»Ich … es tut mir leid … Sie müssen mich ja für verrückt halten … oder zumindest für sehr launenhaft und wankelmütig …«

Sie löste sich abrupt von ihm und schniefte. Rasch zog er ein Taschentuch aus seiner Jacke und reichte es ihr. Lautstark schnäuzte sie sich.

»Vor allem halte ich Sie für sehr mutig. Mein Vater hat immer gesagt, man solle das Leben als stete Reise betrachten, sich nirgendwo ganz heimisch fühlen, sondern immer bereit sein, sich von etwas Gewohntem zu lösen und Neues zu wagen. Und genau das tun Sie.«

Schweigen senkte sich über sie, und Aaron wurde verlegen. Er konnte sich nicht überwinden, sie allein zu lassen, aber zugleich erschien es ihm nicht richtig, noch länger mit ihr hier zu sitzen.

»Ich … muss … ich muss jetzt …« Er räusperte sich.

»Sie müssen nun gehen, ich verstehe …« Sie atmete tief durch. »Aber ich habe eine Bitte.«

»Ja?«

»Sie sprechen sehr gut Spanisch, sind jedoch Engländer, nicht wahr? Können Sie mir vielleicht etwas Englisch beibringen?« Sie rang sich ein Lächeln ab. »Ich will mich mit meinem künftigen Mann schließlich unterhalten können.«
Er nickte. »Aber selbstverständlich. Wenn Sie wollen, können wir gleich morgen damit beginnen.«
Bevor er die Kajüte endgültig verließ, lächelte er ihr aufmunternd zu. Er redete sich ein, lediglich erleichtert zu sein, weil sie zur alten Entschlossenheit zurückgefunden hatte, doch die Wahrheit war, dass er sich unbändig darauf freute, mehr Zeit mit ihr zu verbringen.

4. Kapitel

Von nun an trafen sie sich jeden Tag zu festgelegten Zeiten und verbrachten mehrere Stunden miteinander. Schon bei der ersten Begegnung mit ihm war Katharina überzeugt gewesen, dass Aaron Hayes ein prinzipientreuer Mann war, und wurde darin bestätigt, dass er Tugenden wie Pünktlichkeit, Gewissenhaftigkeit und Fleiß tatsächlich schätzte, desgleichen, dass er – wenn er sich erst mal ein Ziel gesetzt hatte – beharrlich seinen Weg ging. Katharina kam nicht umhin, manchmal etwas über ihn zu spotten und sich insgeheim zu wünschen, er wäre weniger streng und würde sich öfter so geben wie in dem Augenblick, als er sie vor Piet gerettet und mit seiner Umarmung Wärme und Geborgenheit geschenkt hatte – etwas, was schwer vorstellbar war, als er ihr nun Vokabeln einbläute. Trotzdem nahm sie sich gern ein Beispiel an seinem Pflichtbewusstsein und seiner Disziplin. Beides war nichts, was ihr selbst in die Wiege gelegt worden war oder was sie sich an ihren Eltern hätte abschauen können. Auch wenn sie in diesen Tagen oft voller Wehmut an ihre Familie dachte, fiel der Blick auf sie doch ohne jede Verklärung aus: Ihr Vater war letztlich immer ein Junge geblieben und nicht wirklich bereit gewesen, Verantwortung zu übernehmen, und ihre Mutter war ganz und gar in der Opferrolle aufgegangen und schien ständig auf die ganze Welt beleidigt zu sein. Ihre Großmutter Barbara, das musste man ihr lassen, war eine selbstbewusste Frau, an deren Entschlossenheit, aber auch Lebensfreude man sich ein Beispiel nehmen konnte. Doch die Bereitschaft, zum Wohle anderer Opfer zu bringen und Verzicht zu üben, suchte man bei ihr vergebens.

Aaron war jedoch jemand, der das von klein auf gelernt hatte – zumindest vermutete Katharina das aufgrund des wenigen, was sie über ihn wusste. Viel mehr, als dass er ein Missionar und unterwegs zur Osterinsel war, um den Rapanui Tane zurück in dessen Heimat zu bringen, verriet er leider nicht von sich, und ihr Vorsatz, mit der Zeit schon alles über ihn herauszufinden, war viel schwerer umzusetzen, als die englische Sprache zu erlernen.

Letzteres fiel ihr leicht – was an ihrem guten Lehrer liegen mochte, aber auch daran, dass sie neben Deutsch immer mal wieder ein wenig Spanisch gelernt hatte und ihr Geist geschult war, neue Wendungen zu erfassen. Außerdem half es, dass Aaron sich nicht lange mit der Grammatik aufhielt, sondern alltägliche Situationen nachspielte, um ihren Wortschatz zu erweitern. Wann immer sie aber in ihre Dialoge eine Frage nach seiner Vergangenheit einflocht, blockte er – zwar höflich, aber bestimmt – ab. Ein anderer hätte sein beharrliches Schweigen vielleicht mit einem charmanten Lächeln abgemildert, aber er runzelte obendrein die Stirn und zog seine dunklen Brauen zusammen, gab sich nicht einfach nur unnahbar, sondern regelrecht feindselig, als wäre sein Innerstes ein kostbarer Schatz und sie eine dreiste Diebin, die diesen einfach stehlen wollte. Abschrecken ließ sich Katharina davon jedoch nicht – im Gegenteil: Seine Zurückhaltung spornte sie nur noch mehr dazu an, die eigene aufzugeben.

Eines Tages lernte sie, über verschiedene Emotionen zu

sprechen, und sie nutzte einmal mehr die Gelegenheit, nachzubohren. »Ich glaube, hier auf dem Schiff ist es am wichtigsten, das Wort für ›traurig‹ zu kennen«, sagte sie.

»Warum?« Er sah sie bestürzt, fast besorgt an. »Bist du etwa traurig? Vermisst du deine Familie so sehr? Fühlst du dich einsam an Bord? Kann ich irgendetwas für dich tun?«

Wie war es möglich, dass dieser oft so hart und streng wirkende Mann zugleich so liebevoll und beschützend sein konnte?

Sie lachte auf, wurde jedoch rasch wieder ernst. »Nein, aber du bist immer traurig«, erklärte sie unumwunden. Kurz war es ihr eine Überwindung, weiterzusprechen, ahnte sie doch, dass sich jemand, der seine Gefühle so beharrlich verbarg, womöglich bloßgestellt fühlen konnte, wenn sie diese einfach benannte, aber sie konnte nicht anders. »Du gibst dich so streng, so nüchtern, so gefasst. Aber dahinter … dahinter verbirgt sich Trauer, das fühle ich ganz deutlich. Wem gilt diese Trauer denn?«

Kaum merklich zuckte er zusammen, und etwas in seinem dunklen Blick schien zu schmelzen wie Wachs. Gewiss, er wahrte Abstand, aber sie glaubte, nicht nur einen kurzen Blick auf seine Seele und ihre vielen Narben zu werfen, sondern sie regelrecht zu streicheln.

Doch dann räusperte er sich und blickte zur Seite. »Man kann sich von der Trauer erdrücken lassen, aber man kann sie auch als Ansporn nutzen.«

Sein entschlossener Tonfall ließ keinen Zweifel zu, dass er den zweiten Weg gewählt hatte. Doch auch wenn sie ihn dafür bewunderte, dachte sie, dass man die Trauer nur als Ansporn nutzen konnte, wenn man sich ihr stellte, und dass das wiederum bedeutete, sie zu zeigen.

»Wer hat dir eigentlich beigebracht, das Wort ›traurig‹ in verschiedenen Sprachen zu sagen?«, fragte sie. Mittlerweile hatte sie herausgefunden, dass er nicht nur Englisch, Spanisch und ein wenig Deutsch beherrschte, sondern auch Französisch und diverse polynesische Dialekte.

Er blickte wieder hoch. »Mein Vater hat immer erklärt, Sprachen seien wie Brücken zu Menschen. Wenn sie nicht stabil genug erbaut werden, brechen sie unter den ersten Schritten ein. Er hat immer darauf bestanden, dass meine Geschwister und ich so viele Sprachen wie möglich lernen.«

Seinen Vater hatte er schon öfter erwähnt, aber noch nie seine Geschwister.

»Und deine Geschwister, haben sie auch …?«

Wieder verdüsterte sich sein Gesicht. »Das tut jetzt nichts zur Sache«, unterbrach er sie hastig.

Sie schüttelte den Kopf. »Du beherrscht so viele Sprachen und findest doch nicht die passenden Worte, um über dich zu reden?«

Er zuckte zusammen, als hätte sie ihn bei etwas Verbotenem ertappt, doch ehe er sich rechtfertigen und sie weiterbohren konnte, trat Tane hinzu.

Obwohl sie sich an seinen Anblick gewöhnt hatte, konnte Katharina ihre Scheu vor dem Rapanui immer noch nicht ablegen. Er wirkte noch strenger als Aaron, noch schmerzerfüllter, aber was bei Aaron ihr Mitleid weckte, schürte bei Tane ihre Angst – vielleicht, weil sie auch Hass in ihm witterte.

Sie verabschiedete sich von den beiden und ließ sie stehen, und als Aaron am nächsten Tag den Unterricht fortsetzte, war nicht mehr daran zu denken, an das gestrige Gespräch anzuknüpfen. Immerhin war er bereit, ihr mehr von Tane zu

berichten, so, dass seine Eltern als Sklaven von der Insel verschleppt worden waren.
Sie lauschte mit wachsendem Entsetzen. »Aber … aber die Sklaverei ist doch verboten!«, rief sie.
»Mag sein. Aber damit Verbote ihre Wirkung entfalten, muss es jemanden geben, der auf ihre Einhaltung pocht. In so fern gelegenen Gebieten tut das niemand.« Er seufzte. »Das Volk der Rapanui wurde in den letzten Jahrzehnten fast ausgerottet.«
»Du musst mich für schrecklich naiv halten!«, entfuhr es ihr.
»Warum das denn?«
»Ja, nicht nur für naiv, sondern auch für dumm! Nicht nur, dass ich einen Mann heiraten will, den ich nicht kenne – obendrein weiß ich so gut wie nichts über die Insel und über ihre Bewohner. In Valparaíso konnte man mir nicht einmal sagen, warum sie Osterinsel heißt.«
»Admiral Jacob Roggeveen hat ihr diesen Namen gegeben.«
»Und siehst du – ich habe keine Ahnung, wer das ist.«
Aaron zog ein kleines Buch hervor, das mit Notizen vollgeschrieben war. »Das ist keine Schande. Jacob Roggeveen war ein Seemann, der am Ostermontag des Jahres 1722 auf die Insel stieß und – da der Mast seines Schiffs gebrochen war – dort anlegte. Er hat sie später genau beschrieben: Sie sei wie ein Dreieck geformt, wobei sich in jeder Ecke ein erloschener Vulkan erhebt, weise keine Wälder auf, nur niedrige Gebüsche, habe schroffe Klippen und steinige Strände.«
Dass die Vegetation auf dem Eiland sehr karg war, wusste Katharina bereits, dennoch dachte sie unwillkürlich an ihre Heimat – den immergrünen Regenwald, die schneebedeckten Vulkane, die Seen – und fragte sich bange, wie sie es auf einem so unwirtlichen Fleckchen Erde aushalten sollte.

»Nach Jacob Roggeveen hat ein halbes Jahrhundert lang kein Weißer die Insel betreten«, fuhr Aaron fort. »Dann wurde sie erneut entdeckt – diesmal von James Cook. Als sein Schiff anlegte, brachte man ihm Körbe mit süßen Kartoffeln. Die Frauen liebkosten die Seemänner, stahlen ihnen jedoch die Hüte von den Köpfen und die Schnupftücher aus den Taschen …«

Katharina zog die Brauen hoch. »Das war aber nicht nett.«

»Warum hätten sie denn nett sein sollen? An ihrer Stelle wäre ich Fremden gegenüber viel misstrauischer gewesen. Etwa hundert Jahre später kamen die Sklavenhändler – innerhalb eines Jahres mit siebzehn Schiffen. Um später den Herkunftsort der sogenannten Angeworbenen zu verschleiern, erfanden die Kapitäne verschiedenste Namen für die Insel: Hayan, Papay, Typic, Estea.«

Er sprach immer grimmiger und lauter und prangerte, als er fortfuhr, mit scharfen Worten die Skrupellosigkeit und Bösartigkeit der Sklavenhändler an. Nie hatte sie erlebt, dass er so heftig geworden war, und einmal mehr musste sie an ihre Familie denken. Ob Aaron ähnlich empört wäre, wenn er wüsste, was ihr Vater und ihre Großmutter getan hatten?

Nun, vielleicht würde er etwas mehr Verständnis zeigen, es nicht als Schlechtigkeit, sondern als Schwäche bewerten, doch zugleich hätte sie sich schwören können: Er selbst würde sich nie zu solch einer Schwäche hinreißen lassen.

»Wie gesagt«, murmelte sie. »Von all dem wusste ich nichts …«

Er beugte sich vor, wirkte nun etwas milder. »Etwas nicht zu wissen ist noch keine Schande. Wichtig ist nur, dass man es nicht dabei belässt, sondern die richtigen Fragen stellt und

die Antworten nicht gleichgültig hinnimmt. Und das tust du doch auch nicht, nicht wahr?«
Sie nickte, schämte sich aber immer noch ein bisschen, weil ihre ersten Gedanken, so ehrlich ihr Entsetzen über das Schicksal der Rapanui auch war, doch der eigenen Zukunft gegolten hatten – anders als bei Aaron, der sich ganz und gar in den Dienst einer guten Sache stellen wollte. Anstatt sich weiter die Insel auszumalen, dachte sie an Barnabas Wilkinson, und auch wenn sie keine Ahnung hatte, wie er aussah, hoffte sie plötzlich von ganzem Herzen, dass er ein rechtschaffener, ehrenwerter Mann wie Aaron war.

Mittlerweile waren sie drei Wochen unterwegs, und Katharina litt, so ruhig, wie das Meer war, kaum noch unter der Seekrankheit. Was ihr das Leben leichter machte, war für die Besatzung ein Quell des Ärgernisses, kam das Schiff wegen des fehlenden Windes doch kaum voran. Immer häufiger hörte Katharina die Matrosen fluchen, während es ihr insgeheim zupasskam, dass sie vom Ziel noch viel weiter entfernt waren, als der Kapitän es für diesen Zeitpunkt vorgesehen hatte. Auf keimende Kartoffeln und schales Wasser konnte sie zwar gern verzichten, aber nicht auf den gemächlichen Tagesablauf und die vielen Stunden, da sie eine neue Sprache erlernte und ein anderer Mensch zu werden schien – nämlich einer, der keine Flüche kannte, keine Ausdrücke für Angst und Hadern, sondern sich immer fließender über Landwirtschaft, Tierzucht und den Haushalt unterhalten konnte.
Als sie schon vermeinte, die Sprache gut zu beherrschen, empfing Aaron sie eines Tages mit einem neuen Wort.
»*Iorana!*«

Wie immer trafen sie sich an Deck: Seit dem Überfall hatte er ihre Kajüte nicht mehr betreten und sie auch nie in seine eingeladen.

»*Iorana?*«, fragte Katharina verwundert. »Das ist aber doch nicht Englisch?«

»Nein, aber so wie du, lerne auch ich eine neue Sprache. Tane bringt mir Rapanui bei.«

»Und was heißt *iorana?*«

»Sowohl ›Guten Tag‹ als auch ›Auf Wiedersehen‹.«

So wenig sie über seine Vergangenheit herausgefunden hatte, so schleierhaft war ihr auch, welche Pläne er für die Zukunft hegte. Bis jetzt hatte sie angenommen, dass er Tane auf die Insel bringen und danach wieder nach Tahiti zurückkehren würde, doch wenn er die Sprache lernte, hatte er offenbar vor, länger zu bleiben.

Ein freudiges Ziehen machte sich in der Magengegend bemerkbar, doch sie senkte rasch den Kopf, auf dass er nichts bemerkte.

»*Te pito o te henua*«, sagte er.

»Was heißt das nun wieder?«

»Der Nabel der Welt. So hat die Bevölkerung die Insel früher genannt. Der Name Rapa Nui wird erst seit einigen Jahren verwendet. Rapa ist der Name für das Volk, den die Sklavenhändler ihm gegeben haben, und sie unterscheiden Big Rapa – Rapa Nui – von den kleinen polynesischen Inseln, die sie Little Rapa – Rapa Iti – nennen.«

Der Gedanke an den Sklavenhandel verdunkelte wieder sein Gesicht, doch anstatt ihr noch mehr traurige Geschichten aus der Vergangenheit der Osterinsel zu erzählen, deutete er in die blaue Weite.

»*Vai kava nehe nehe* – das heißt ›schönes Meer‹.«

»So viele Wörter? Ich fürchte, das kann ich mir nicht merken. Ich … ich bin nicht so begabt wie du.«
»Und das sagt eine, die in Windeseile Englisch gelernt hat!«, rief er ungewohnt heiter. »Stell dein Licht nicht unter den Scheffel! Ich merke mir die Rapanui-Worte nur darum so gut, weil ich auf Tahiti die Sprache der Tuamotu gelernt habe und Rapanui so ähnlich klingt. Man muss sich lediglich an die Eigenheiten der Sprache gewöhnen und dass sie nur zehn Konsonanten und fünf Vokale umfasst.«
»So viele Sprachen, wie du kannst, findest du dich sicher auf der ganzen Welt zurecht.«
»Manche Missionare denken, dass sie mit Latein überall weiterkommen, aber sie irren sich.« Gestenreich fuhr er fort. »Es genügt einfach nicht, dass man Gebete nur oft genug vorsagt, bis der andere sie nachspricht und die Natur des christlichen Glaubens oder sittliches Verhalten von ganz allein erlernt. Ein Heide wird noch nicht zum Gotteskind, nur weil er das Vaterunser beherrscht. Man muss doch glauben, fühlen, leben, was man sagt! Mein Vater hat noch viel mehr Sprachen gekannt und die Bibel in viele einheimische Dialekte transkribiert.«
Auch wenn er nicht wieder von seinen Geschwistern sprach – dass er erneut den Vater erwähnte, wertete sie als Zeichen, dass er langsam mehr Vertrauen zu ihr fasste.
»Du hast ihn sehr verehrt, oder?«, sagte sie.
Aaron ging nicht darauf ein. »Gott sei Dank gibt es immer wieder Missionare, die wie ich denken. Pater Hippolyte Roussel, der lange Zeit auf den Gambier-Inseln südöstlich von Tahiti missionierte, hat offenbar den Katechismus in Rapanui übersetzt. Leider steht er mir nicht zur Verfügung, er würde mir sehr weiterhelfen, um die Rapanui besser zu verstehen.«

»Warum ist dir das überhaupt ein so großes Anliegen?«
»Der Zufall hat mein Schicksal mit dem von Tane verknüpft. Vielleicht war es auch Gott der Allmächtige, ich weiß es nicht.« Er machte eine kurze Pause. »In jedem Fall brauchte ich dringend eine neue Aufgabe. Bevor ich Tane traf, war ich ziemlich verzweifelt und sah keinen Sinn mehr in meinem Tun.«
Katharina konnte sich nicht vorstellen, dass Aarons Entschlossenheit jemals wankte und dieser Mensch daran zweifelte, was richtig war und was nicht. »Warum?«, fragte sie leise. »Was ist passiert?«
Er schüttelte leicht den Kopf und deutete wieder aufs Meer. »Siehst du, wie dunkel die Wolken sich ballen?«, fragte er besorgt.
Sie folgte seinem Blick und sah in der Ferne schwarze Türme. Wenn sie sich nicht schon so oft geirrt hätte, hätte sie sie für hohe Felswände gehalten, doch so wusste sie sofort, dass sich ein Unwetter zusammenbraute. Das Meer, eben noch tiefblau, nahm die Farbe von Quecksilber an, doch die Oberfläche war nicht glatt wie dieses: Immer lauter klatschten die Wellen gegen den Schiffsrumpf.
»Die Matrosen werden sich über den Wind freuen.«
»Ich fürchte nur, das ist kein Wind, sondern ein heftiger Sturm.«

Je unruhiger das Schiff schaukelte, desto flauer wurde es Katharina wieder im Magen. Sie legte sich in die Koje, doch heute genügte es nicht, sich mit dem Strick anzubinden. Sie musste sich auch mit beiden Händen daran festklammern, um nicht hinauszufallen, und ihre Finger waren bald rot von der Anstrengung. Der Regen peitschte gegen das Bullauge, und obwohl die Wände eigentlich stabil waren, pfiff der Wind hindurch und machte die Luft schwer und feucht. Katharina zog ihre Beine eng an den Körper und unterdrückte ihr Zittern. Die Schreie der Matrosen wurden immer lauter und verzweifelter, und das Ächzen des Schiffsbauchs klang so, als wäre er ein lebendiges Wesen, das von Schmerzen gequält wurde und mitleiderregend stöhnte. Wieder einmal rutschten die Kisten, die neben ihrer Kabine gelagert wurden, hin und her, und heute klang es wie Donnerschläge, wenn sie gegen die Wände knallten. Wenig später näherten sich Schritte, und an den Stimmen, die neue Flüche ausstießen, erkannte sie, dass Piet zu den Matrosen gehörte, die offenbar die Kisten holten, um den unnötigen Ballast über Bord zu werfen. In den letzten Tagen hatte er sich stets von ihr ferngehalten, und sie war erleichtert darüber gewesen. Doch nun hätte sie sich sogar von einem wie ihm gern beteuern lassen, dass alles in Ordnung und das Schiff nicht in Gefahr war.

Natürlich kümmerte sich niemand um sie, und im Innersten wusste sie ja selbst, dass nichts in Ordnung war, sondern die Männer um ihrer aller Leben kämpften.

Die Nacht schritt voran, das Pfeifen des Sturms wurde noch lauter, und aus ihren Händen schwand die Kraft. Als sie das Seil einmal kurz losließ, fiel sie prompt aus der Koje und stieß sich den Kopf am Tisch an. Sie ächzte vor Schmerz, achtete jedoch nicht darauf, sondern kroch unter den Tisch, um sich an den Beinen festzuklammern. Hier konnte sie tatsächlich besser das Gleichgewicht wahren, aber jede Bewegung des Schiffs ging ihr durch Mark und Bein, als wäre sie an das Holz festgewachsen.

Die Übelkeit wuchs und die Panik auch: Was, wenn die Wel-

len so hoch gingen, dass das Schiff kenterte? Oder wenn es in der Mitte entzweibrechen würde? Was, wenn kein neues Leben auf sie wartete, sondern nur der Tod?
Inständig sehnte sie sich nach einem Schluck Pisco. Zwar glaubte sie nicht, dass sie die Flasche öffnen konnte, ohne die Hälfte ihres Inhalts zu verschütten, aber bald überwog die Gier nach dem süßsauren Geschmack jede Vernunft. Der Alkohol würde sie beleben und ihre Ängste, die bei jeder ruckartigen Bewegung des Schiffs wuchsen, vielleicht etwas dämpfen. Sie tastete nach der Flasche, nahm schließlich einen Schluck daraus und schaffte es sogar, sie danach wieder zuzuschrauben, ohne etwas zu verschütten. Anstatt sich allerdings erfrischt zu fühlen, war ihr hinterher noch übler und die Panik noch allumfassender. Der Tod allein machte ihr nicht solche Angst – vielmehr die Aussicht, ganz allein zu sterben, mit niemandem gemeinsam gebangt, gehofft zu haben, in ihren letzten Momenten nur das Knarzen des Schiffs anstelle einer menschlichen Stimme gehört zu haben. Es lag ihr schon auf den Lippen, Aarons Namen zu rufen, aber ehe sie sich dazu überwand, vernahm sie von draußen lautes Geschrei. Im ersten Moment hielt sie es für das Gebrüll von Matrosen, doch dann begriff sie, dass es Aaron war, der laut rief: »Ja, bist du verrückt geworden?«
Es konnte nur Tane sein, mit dem er so sprach. Noch größer als ihre Furcht war die Neugierde. Katharina kroch unter dem Tisch hervor, trotzte dem Wanken und erreichte die Kajütentür, ohne hinzufallen. Sie lugte nach draußen, und prompt traf sie ein Schwall Wasser. Zwar war der Gang überdacht, aber die Decke wies breite Ritzen auf. Kalt rann es ihr über den Rücken, doch sie achtete nicht darauf, sondern setzte Schritt vor Schritt.

»Du bist wahnsinnig! Komm sofort zurück!«
Sie ging nun breitbeinig, stützte sich rechts und links an der Wand ab. Aarons Stimme, so erkannte sie nun, kam nicht aus seiner Kabine, sondern vom Deck. Bis sie die Leiter erreichte, die dorthin führte, war sie pitschnass; einmal liefen zwei Matrosen an ihr vorbei und rammten ihr die Ellbogen in die Seite, doch keiner von ihnen nahm sich die Zeit, stehen zu bleiben und ihr zu befehlen, in die Kajüte zurückzukehren. Dann hatte sie die Leiter endlich erreicht, kletterte hoch und bekam, kaum im Freien, ein Tau zu fassen, an dem sie sich mit aller Macht festhielt, um nicht von den Windböen umgerissen zu werden. Im Freien war es stockdunkel, aber als in der Ferne zwei Blitze den schwarzen Himmel zerrissen, sah sie ihn ganz deutlich: Tane, der an der Reling stand und sein Gesicht in den Wind hielt. Der Sturm riss an seinem schwarzen Haar, doch das schien er ebenso zu genießen wie den Regen, der auf seinen nackten Oberkörper prasselte. Weder fluchte noch schrie er vor Angst, nein er lachte, er lachte aus voller Kehle, lachte freudig, triumphierend und befreit. Kein Mensch aus Fleisch und Blut schien er zu sein, sondern ein Wettergott, der ganz in seinem Element aufging.
»Nun komm endlich wieder rein! Du gehst noch über Bord«, schrie Aaron, der, wie Katharina jetzt bemerkte, nicht weit von ihr entfernt einen der Masten umklammerte.
»Dann schwimme ich eben!«, rief Tane lachend.
Hatte sie bis jetzt in seiner Gegenwart vor allem Unbehagen gefühlt, betrachtete ihn Katharina nun fasziniert.
Er fürchtet sich ja vor nichts und niemandem, schoss es ihr durch den Kopf. Das macht ihn stark und unbesiegbar.
Beneidenswert schien ihr, die sie eben noch vor Panik ge-

schlottert hatte, diese Einstellung, doch dann ging ihr auf, dass man sich nur dann vor nichts fürchtete, wenn man das Schlimmste schon erlebt hatte.
Aaron gab es auf, auf ihn einzureden, ließ den Mast los und kroch zurück zur Leiter, um hier auf Katharina zu stoßen.
»Hat denn alle Welt den Verstand verloren? Was machst du hier?« Er klang streng wie so oft, aber auch tief besorgt.
»Ich wollte doch nur …«
Der Wind zerfetzte die Worte. Nur kurz hatte sie ihren Griff gelockert, als ihr eine Böe das Seil entriss. Ehe sie wieder danach fassen konnte, stolperte sie und fiel. Sie versuchte, sich an etwas festzuhalten, griff jedoch ins Leere. Schon glaubte sie mit dem Kopf gegen Holz zu krachen, aber da war nichts – nur Meer, Wind, Regen.
Gleich … gleich würde sie vom Schiff rollen, gleich würden kalte Fluten über ihr zusammenschlagen, gleich würde sie ertrinken, doch da ragten Hände aus dem Nichts, packten sie und hielten sie – hielten sie noch viel fester als an dem Tag, als Aaron sie vor Piet gerettet hatte.
Ob es nun seine Nähe oder der Schock bewirkte – Katharina glaubte kurz, keine Luft mehr zu kriegen. Erst als er sie die Leiter herunterschubste, gelang es ihr wieder, ruhig zu atmen.
»Mach, dass du in deine Kajüte kommst!«
»Ich … ich … wollte doch nur …«, stammelte sie und bibberte am ganzen Körper.
Er zog sie mit sich den Gang entlang bis zu ihrer Kajüte. Dort wollte er sie loslassen, aber sie klammerte sich an ihm fest.
»Bleib, bitte, bleib bei mir! Ich habe solche Angst, ich will nicht allein sein.«

Er rang kurz mit sich, nickte aber schließlich.
In der Kajüte bemühte er sich darum, Distanz zu wahren, doch so eng, wie sie war, und so heftig das Schiff wankte, gelang ihm das nicht lange. Bald fielen sie beide auf die Koje, und wieder klammerte sie sich so fest an ihn, dass er gar nicht erst versuchte, aufzustehen. Wie vorhin fühlte sie jede Bewegung des Schiffs, die Urgewalt des Meeres, das Tosen des Sturms, aber auch etwas anderes – seinen Herzschlag, seinen Atem, seine Wärme.
Er lebte, er war stark, er war entschlossen, und plötzlich war sie sich sicher, dass er kraft seines Willens die Natur bändigen konnte und dass er, wenn das Meer seinen Schlund aufriss, nur die Hand heben müsste, damit es sich beruhigte. Natürlich war das Unsinn: Weder er noch Tane waren unsterblich, sie alle waren dem Sturm hilflos ausgeliefert, aber das änderte nichts daran, dass sie sich in seinen Armen unendlich geborgen fühlte.
Als der Morgen graute, ließ der Sturm nach, doch Katharina konnte sich nicht dazu überwinden, Aaron loszulassen. An ihn geklammert schlief sie ein.

Zu Aarons Erleichterung war Tane nichts zugestoßen, im Gegenteil: Noch nie hatte er ihn mit so glänzenden Augen und glühenden Wangen erlebt, voller Vitalität und Selbstbewusstsein. Den Sturm schien er als eine Art Prüfung betrachtet zu haben, die ihn – nachdem er sie bestanden hatte – bestens für den Kampf gegen die Welt rüstete. Aaron gönnte ihm das Hochgefühl von Herzen, konnte es selbst jedoch nicht teilen, nachdem er das Schiff inspiziert und festgestellt hatte, in welch jämmerlichem Zustand es sich befand: Beide Masten war umgeknickt, im Schiffsbauch stand kniehoch das Wasser, und eines der Segel war zerrissen. Das andere war in einem etwas besseren Zustand und blähte sich im Wind, doch auch wenn sie vorankamen – sie würden die Osterinsel noch später als erwartet erreichen, hatten aber jede Menge Proviant über Bord geworfen, um unnötigen Ballast zu vermeiden.

»Und jetzt?«, fragte Aaron.

Der Kapitän hatte eine Weile nur auf Holländisch – offenbar seine Muttersprache – geflucht, wandte sich nun jedoch auf Spanisch an Aaron: »Wir müssen in den nächsten Tagen einen Zwischenstopp auf einer der Inseln des Juan-Fernández-Archipels einlegen.«

Aaron war nicht besonders glücklich über die Verzögerung, aber als er Katharina später davon erzählte, reagierte diese zu seinem Erstaunen hellauf begeistert. »Das ist ja großartig, endlich wieder festen Boden unter den Füßen zu spüren!«

In ihren Augen stand ähnlicher Glanz wie in denen von Tane, und ihre Wangen waren gerötet. Trotz der strapaziösen Reise, der ungewissen Zukunft und der ausgestandenen Ängste während des Sturms schien sie regelrecht aufzublühen.

Kurz schwappte die Freude auf ihn über, doch zugleich begann tief in seinem Inneren ein Schmerz zu nagen, von dem er nicht wusste, woher er rührte: Weil er selbst oft so unfähig war, sich des Lebens zu erfreuen? Oder weil da plötzlich diese Sehnsucht erwachte, sie erneut zu halten und zu wärmen wie letzte Nacht?

Unmöglich, dass er ihr nachgeben konnte, nicht nach dem, was er sich auf Tahiti geschworen hatte! Doch wie trostlos war eine Welt, wenn man beim Anblick eines glücklichen Menschen nur daran dachte, dass dieses Glück bald Kratzer bekommen würde und dass das Schicksal die Menschen viel öfter prüft als beschenkt!

»Freust du dich nicht auch?«, rief sie.

Trotz seiner düsteren Gedanken musste er ihr Lächeln erwidern. »Vielleicht können wir tatsächlich einen Landausflug machen«, meinte er.

»Gleichen die Inseln des Archipels denn Rapa Nui?«

»Ich bin mir nicht sicher, warten wir es ab.«

Während des Englischunterrichts hielten sie in den kommenden Tagen stets Ausschau nach den Inseln, und nach zwei Tagen erspähten sie in der Ferne tatsächlich einen Streifen Land, der immer breiter wurde.

Wirkten die Inseln zunächst wie ein Trugbild, glichen sie, als sie näher kamen, einer uneinnehmbaren Festung: Steil ragten die Berge – mit immergrünem, tropischem Regenwald oder hohen Wiesen bedeckt – in die Höhe, und dicke Wolken hüllten ihre Gipfel ein. In ihrem Schatten war das Gestein schwarz und tot, doch sobald die Sonne darauf fiel, schimmerte es in mehreren Farben und schien von dunkelroten Adern durchzogen zu werden.

Ein herber Wind empfing sie, blähte ihre Kleidung und riss an dem Haar. Irgendwie, sinnierte Aaron, passte dieser Wind zu ihm, symbolisierte er doch sein Leben, das ihm immer neue Hindernisse entgegenstellte, aber zugleich die Kraft gab, ihnen zu trotzen. Ob auch Katharina den Stürmen des Lebens standhalten konnte?

Er war sich nicht sicher, schien sie in einem Moment so zart und hilfsbedürftig, im nächsten so trotzig und entschlossen. Nicht minder zwiegespalten waren seine Gefühle für sie: Da war der unbändige Wunsch, sich ihr ganz und gar anzuvertrauen, und zugleich die Angst, sich eine Verantwortung

aufzubürden, der er nicht gerecht werden konnte, das Verlangen, sie zu beschützen, und die Scheu, sich in heftigen Gefühlen zu verlieren.
Herr werden konnte er des inneren Aufruhrs nicht, ihn jedoch ein wenig verdrängen, als kleine Beiboote ins Wasser gelassen wurden. Aaron geleitete Katharina zu einem von diesen und ließ auch, als sie darin Platz gefunden hatten, ihre Hand nicht los. Tane hatte sich geweigert mitzukommen, wollte er doch erst dann wieder festen Boden betreten, wenn er die Heimat seiner Vorfahren erreichte. Katharina jedoch war trotz des heftigen Wellengangs guter Dinge und voller Abenteuerlust.
Als sie das Ufer erreichten, erwarteten sie laut brüllend einige Pelzrobben, doch die Seemänner brüllten einfach zurück und vertrieben sie mit den Rudern, um landen zu können. So ohrenbetäubend der Lärm auch war – Katharinas Lachen klang klar und deutlich heraus.
Obwohl die Isla Robinson Crusoe, die sie jetzt betraten, die größte Insel des Juan-Fernández-Archipels war, war der Hafen Puerto Inglés kaum mehr als ein Dorf. Rund um eine kleine Ebene, einem schmalen Tortenstück gleichend, das aus dem Felsenkuchen herausgeschnitten worden war, standen einige einfache Hütten, doch zunächst hielten sie vergebens nach den Einwohnern der Insel Ausschau: Niemand kam ihnen von dort entgegen.
»Das Leben hier muss sehr einsam sein«, murmelte sie.
Und auf Rapa Nui war es nicht anders, nach allem, was sie von der Insel wusste.
Aaron lenkte sie rasch ab, indem er ihr erzählte, was er selbst zuvor vom Kapitän über die Isla Robinson Crusoe erfahren hatte. »Nachdem sie 1814 in der Schlacht von Rancagua den

Spaniern unterlegen waren, wurden die besiegten Chilenen hierher verbannt.«

»Ob sie hier glücklich geworden sind?«, fragte Katharina nachdenklich.

»In jedem Fall konnten sie sich hier das Überleben sichern – das macht auf eine bestimmte Art auch glücklich.«

Sie nickte. »Meine Großeltern haben einst Deutschland verlassen und sind nach Chile aufgebrochen, ohne zu wissen, was sie dort erwarten würde. Zunächst landeten sie in der Wildnis. Sie mussten eigenhändig Häuser bauen und Wald roden, um den Boden beackern zu können. Aber sie haben es geschafft.« Sie klang nicht länger zweifelnd, sondern entschlossen, als wäre sie sich zum ersten Mal bewusst geworden, dass sie keiner verrückten Eingebung, sondern einer Familientradition folgte, als sie ins Ungewisse aufgebrochen war.

»Am Ende ihres Lebens sind sie sicher stolz auf ihre Leistung gewesen«, meinte Aaron.

»Ich hoffe, dass auch meine Kinder oder Enkelkinder – so ich denn einmal welche haben werde – voller Respekt über mich sprechen werden.«

Als er nicht antwortete, beugte sie sich vor und blickte ihn lauernd an. »Möchtest du … möchtest du denn Kinder haben?«

Es bedeutete sichtlich Überwindung, diese Frage zu stellen, denn kaum hatte sie sie über die Lippen gebracht, errötete sie und senkte den Blick.

Seine erste Regung war, hastig den Kopf zu schütteln, aber damit hätte er nur weitere Nachfragen provoziert und am Ende erklären müssen, warum er an so etwas nicht denken und warum er sich nicht von ihrem Lächeln verzaubern lassen durfte.

»Schau nur!«, lenkte er sie ab und zeigte auf die Vögel, die zwitschernd auf einem Baum saßen.
Wenn er sich nicht täuschte, gehörten sie zur Gattung des Picaflor de Juan Fernández – einer Kolibri-Art, deren Männchen ein auffälliges rot-oranges und die Weibchen ein blau-weiß-grünes Federkleid trugen.
»Wie wunderschön!«, rief sie, und ihr helles Lachen war so schön wie das Zwitschern.
Als die Kolibris wegflogen, bohrte sie nicht weiter nach.

Anfangs ließ der kühle Wind sie frösteln, doch je höher die Sonne stieg, desto heißer brannte sie auf sie herab. Wo sie auf das Meer fiel, glitzerte es silbrig, aber im Schatten der hohen Berge war es von solch dunklem Grün, als würde ein Wald darunter wachsen.
Der Hafen war doch nicht so verwaist, wie sie anfangs gedacht hatten. Zunächst hatte das Misstrauen die Menschen in ihren Hütten gehalten, doch nachdem sie die Ankömmlinge von dort aus einige Zeit beobachtet hatten, überwog die Neugierde – und der Hunger nach Abwechslung. Es stellte sich heraus, dass der Kapitän nicht zum ersten Mal hier Gast war, sondern etliche Männer kannte und mit ihnen notwendige Reparaturen des Schiffs besprach sowie über den Preis von neuem Proviant verhandelte.
Eine Frau, schwarzäugig, klein und mit wirrem Haar, bot ihnen einige dünne Fladen an, die nach nichts schmeckten, aber schnell satt machten, und während die Matrosen danach schläfrig wurden und die Befehle des Kapitäns nur lustlos befolgten, war Katharinas Abenteuerlust ungetrübt.
»Wir könnten ein wenig spazieren gehen und uns die Insel

ansehen, oder?«, fragte sie Aaron. »Hier gibt es doch keine gefährlichen Tiere?«
»Meines Wissens nicht.«
Sie entfernten sich von den Hütten und stiegen auf einen der dicht bewaldeten Hügel, bis sie auf ein Stück flaches Land stießen, auf dem verdorrte Bäume standen. Ihre Wurzeln rankten sich über den Felsen, der sich, einer Plattform gleich, über dem Meer erhob. Je nachdem, aus welchem Winkel die Sonnenstrahlen fielen, wechselte der Stein seine Farben, leuchtete rotorange im gleißenden Mittagslicht und wurde am späten Nachmittag senfgelb. Von hier aus konnten sie einen kleinen Fluss erkennen, der eine Schneise in den Wald schlug und dessen Plätschern im Vergleich zum wilden Rauschen der Gischt nahezu sanft klang.
»Hier in der Nähe muss sich die Höhle von Alexander Selkirk befunden haben«, sagte Aaron.
Bis jetzt waren sie schweigend gegangen und hatten sich auf den Weg konzentriert, doch nun lehnten sie sich an einen der Bäume und blickten aufs Meer.
»Wer ist das denn?«, fragte Katharina.
»Ein schottischer Seemann, der hier jahrelang allein überlebt haben soll. Offenbar hat er nach einem Streit den Kapitän gebeten, ihn bei nächster Gelegenheit an Land zu setzen. Später hat ein gewisser Daniel Defoe einen Roman über ihn geschrieben, der so wie die Insel heißt: Robinson Crusoe. Bald beherrschst du Englisch gut genug, um ihn zu lesen.«
Katharina zuckte die Schultern. »Früher habe ich nur ungern gelesen. Als Kind hat uns unsere Lehrerin immer eingebläut, wir sollten jedes Buch verschlingen, das wir in die Finger bekämen. Sie hieß Jule und war sehr streng, doch obwohl meine Schwestern und ich uns vor ihr gefürchtet ha-

ben, haben wir ihre Ratschläge meist nicht befolgt – ich weiß bis heute nicht, ob schlichtweg aus Dummheit oder aus Trotz. Du aber hast sicher viel gelesen, nicht wahr?«

»Das Leben war oft hart, Bücher erwiesen sich da als eine Möglichkeit zur Flucht.« Erinnerungen stiegen in ihm hoch, und Katharina sah ihn abwartend an, sichtlich in Erwartung, er möge endlich mehr über seine Vergangenheit verraten, doch dazu war er noch nicht bereit.

»Komm, lass uns weitergehen.«

Sie stiegen über einen schmalen Pfad hoch und erreichten erneut eine mit spärlichem Grün bewachsene Felsklippe. Von hier oben war das Meer nicht länger dunkelgrün, sondern schwarz.

»Es heißt, dass hier auf der Insel ein Schatz begraben liegen soll«, sagte Aaron. »Piraten haben ihn im achtzehnten Jahrhundert vergraben. Unter den Reichtümern soll sich die sagenumwobene Rosa de los Vientos befinden – das Halsband der Frau des letzten Inka-Herrschers Atahualpa – und außerdem sechshundert Fässer mit Gold, Edelsteinen und Schmuck.«

Katharina lachte. »Worauf wartest du? Lass uns mit dem Graben beginnen!«

Er erwiderte ihr Lächeln nur flüchtig und hielt ihrem Blick nicht lange stand. »Es ist ja doch nur eine Legende.«

»Aber wenn sie das nicht wäre und wir tatsächlich den Schatz fänden«, fragte sie, »was würdest du dann mit dem Geld machen?«

»Oh, da fällt mir eine Menge ein. Manchmal bedarf es Mut und Entschlossenheit, Gutes zu tun – aber manchmal ist auch Geld nicht verkehrt.« Er musste an Justin denken, der jetzt entschieden genickt hätte, wobei er Geld nicht nur nutzte, um Gutes zu tun, sondern sich selbst ein annehmbares Leben zu schaffen. »Nun«, fuhr Aaron fort, »ich glaube, ich würde von Plantage zu Plantage ziehen und so viele Arbeiter wie möglich freikaufen … Menschen wie Tane … Wobei ich mir nicht einmal sicher bin, ob das eine gute Idee ist, denn dann würden bloß noch mehr Männer entführt und zur Arbeit gezwungen werden.«

»Aber du könntest den Plantagenbesitzern so viel bezahlen, dass sie ihre Plantagen schließen!«

»Ich fürchte, das würden sie nicht tun. Selbst wenn sie alles Geld der Welt besäßen, würde das ja doch nicht ihre Gier stillen, noch mehr daraus zu machen. Das liegt leider in der Natur des Menschen.«

»In deiner offenbar nicht. Du hast nicht eine Sekunde überlegen müssen, was du mit dem Geld anstellen würdest. Anstatt an dich zu denken, hast du überlegt, wie du damit anderen helfen kannst. Ich hingegen war so schäbig, mir auszumalen, welche Kleider ich mir dafür kaufen würde.«

Unwillkürlich stellte er sie sich in einem spitzenbesetzten Musselinkleid vor, aus einem dunklen Rosa mit einem grünen Spitzenkragen. Wie gut es zu ihren braunen Augen und dem rötlichen Haar passen würde …

»Nun, selbst mein strenger Vater, der durch und durch Asket war, hat gesagt, dass man sich manchmal auch etwas gönnen darf. Er hat Geld vorzugsweise für Bücher ausgegeben, die ich dann wiederum lesen konnte.«

»Das war doch eine vernünftige Investition.« Sie machte eine kurze Pause. »Ich hingegen«, platzte es plötzlich aus ihr heraus, »ich habe mein Leben lang noch nichts Vernünftiges angestellt.«

Er sah sie betroffen an. »Sag so etwas doch nicht! Du … du

bist so voller Begeisterung und Neugierde und Entdeckerfreude. Das ist manchmal mehr wert als jede Vernunft.«
Sie errötete, und so heiß, wie es ihm in die Wangen stieg, erging es ihm wohl ähnlich. Rasch wandte er sich ab. »Siehst du die Wolken? Wie es aussieht, ist uns die Sonne nicht länger gnädig. Wir sollten zum Hafen zurückkehren, ehe es zu regnen beginnt.«
Sie nickte, und als sie sich auf den Rückmarsch machten, konzentrierten sie sich wieder beide auf den Weg und schwiegen. Obwohl sie sich beeilten, hatten sie noch nicht einmal die Hälfte des Weges zurückgelegt, als Nieselregen einsetzte. Zuerst hüllte der Regen sie wie eine große Wolke ein, doch als der Wind sich verstärkte, fühlten sich die einzelnen Tropfen wie Nadelstiche an. Katharina schlug sich das Umhangtuch über den Kopf, konnte damit aber nur ihre Haare schützen, während die Hände bald rot vor Kälte waren.
Als sie ausrutschte, hielt Aaron sie nicht nur fest, sondern hinderte sie daran, weiterzugehen.
»Es hat doch keinen Sinn, der Weg ist zu steil. Wir müssen warten, bis der Regen aufgehört hat.«
Sie blickten sich um, doch hinter der grauen Wand war nur Wald, und dessen Blätterdach war nicht dicht genug, um sie vor dem Regen zu schützen.
»Da!« Aaron deutete auf die kleine Bucht, die sie vorhin vom Felsvorsprung aus gesehen hatten. »Dort scheint es eine Höhle zu geben.«
Er stützte sie mit beiden Händen, als sie die letzten Meter hinter sich brachten. Das Zittern ihres Körpers ging dabei auf seinen über, wenngleich er nicht sicher war, ob das nur vom Regen rührte oder nicht vielmehr von ihrer Nähe.

Die Höhle war nicht tief und sehr niedrig, aber wenn sie den Kopf einzogen, waren sie zumindest vor der Nässe, wenn auch nicht vor dem Wind geschützt. Obwohl er sie wieder losgelassen hatte, blieb Katharina dicht an Aaron gepresst stehen. Kurz war nur das Rauschen vom Regen und den Wellen zu hören, doch das Schweigen war nicht mehr so entspannt wie während der Wanderung.

Aaron räusperte sich verlegen, brachte jedoch kein Wort hervor.

»Ob hier Alexander Selkirk gelebt hat?«, fragte Katharina unvermittelt. »Warum hat er sich denn nicht im Hafen niedergelassen?«

»Den gab es damals noch nicht, die Insel war menschenleer.«

»Dann muss er sich ja schrecklich einsam gefühlt haben!« Sie schüttelte sich. »Ich bin so froh, dass du da bist.«

Wieder senkte sich Schweigen über sie. Er warf ihr verstohlene Blicke zu, glaubte regelrecht zu hören, wie es hinter ihrer Stirn arbeitete, und zugleich, dass sie sich nicht sicher zu sein schien, ob sie das aussprechen sollte, was ihr durch den Kopf ging. Schließlich presste sie hervor: »Ich wünschte, mein künftiger Mann wäre wie du.«

Er fuhr abrupt zu ihr herum. »Sag so etwas doch nicht!«

In seiner Brust fühlte er den altbekannten Schmerz, desgleichen Entsetzen, aber da war auch etwas anderes: wilde Freude. Trotz des Regens wurde ihm heiß, und so glühend rot, wie ihr Gesicht anlief, erging es ihr ganz ähnlich.

»Warum soll ich es nicht aussprechen, wenn es doch die Wahrheit ist?«, fragte sie. »Wobei«, fuhr sie hastig fort und leckte sich über die Lippen, »am liebsten würde ich gar nichts sagen, am liebsten würde ich einfach nur …«

»Was?«, fragte er heiser. »Was würdest du tun?«

Er wusste, jetzt war die Möglichkeit, zurückzuweichen und die Höhle zu verlassen, zumal der Regen nachließ und sich erste Sonnenstrahlen durch das Grau zwängten. Aber er wusste auch, dass ihn die Sonne niemals so wärmen konnte wie sie. Und als er noch zögerte, stellte sie sich schon auf die Zehenspitzen, umklammerte seinen Nacken, zog ihn zu sich herab und küsste ihn.

Erst jetzt gestand er sich ein, dass er seit Tagen davon geträumt hatte – nur war die Wirklichkeit viel schöner: Der Kuss war viel süßer, ihre Lippen viel weicher, seine Sehnsucht, sie sofort wieder zu küssen, nachdem sie sich atemlos voneinander gelöst hatten, viel überwältigender.

5. Kapitel

Tane ahnte, dass sich etwas verändert hatte, als die Boote zum Schiff zurückkehrten. Er war sich nicht sicher, ob es ihm im Blut lag, er es als kleines Kind von seinen Eltern gelernt hatte oder in den zermürbenden Jahren, da seine Kräfte auf der Plantage ausgebeutet worden waren – in jedem Fall konnte er meist fühlen, was in anderen vorging.

Manchmal hatte ihn dieses Talent vor Schlägen bewahrt – manchmal diese erst provoziert, denn er konnte nur schwer ertragen, wenn der Aufseher guter Laune war, und fand Mittel und Wege, ihn bis aufs Blut zu reizen. Auch Aaron war nun guter Laune, ja regelrecht in ein Hochgefühl versetzt, und auch wenn Tane ihm – anders als dem Aufseher – nichts Schlechtes wünschte, war er davon verstört, umso mehr, da Aaron nicht einfach nur glücklich wirkte, sondern verwirrt. Das durfte er nicht sein! Was ihn nach anfänglichem Misstrauen für Aaron eingenommen hatte, war schließlich, dass er ein geradliniger, willensstarker Mensch war! Nun jedoch schien er nicht mehr genau zu wissen, was er wollte und wohin sein Weg führte.

Tane selbst wusste es nach dem Sturm besser als je zuvor. Er würde in seine Heimat zurückkehren, und er würde sich dieser Heimat als würdig erweisen. Notfalls konnte er dabei auf Aarons Hilfe verzichten, aber ihn auf seiner Seite zu wissen machte es natürlich einfacher.

Kurz lag ihm die Frage auf der Zunge, was auf der Isla Robinson Crusoe passiert war, doch er verkniff sie sich, betrachtete ihn stattdessen nur argwöhnisch. Er hatte Aaron noch nie Fragen gestellt, nicht einmal an dem Tag, da er ihn freigekauft und erklärt hatte, er würde ihn gerne nach Rapa Nui begleiten. »Du bist lange fort gewesen«, sagte er lediglich.

»Jetzt haben wir wieder genug Vorräte an Bord, bald wird das Schiff an Fahrt aufnehmen.«

Aarons Stimme klang so ruhig wie sonst, aber sein Blick wich ihm aus.

Ursprünglich hatte Tane vorgehabt, die erstbeste Gelegenheit zu nutzen, sich von ihm loszueisen. Nachdem er erfahren hatte, dass kein Schiff direkt von Papeete zur Osterinsel fuhr, sondern sie erst die lange Reise nach Valparaíso zurücklegen mussten, war er entschlossen, dort unterzutauchen und aus eigener Kraft die Heimat seiner Vorfahren zu erreichen. Doch er hatte es sich anders überlegt, als er herausgefunden hatte, dass Menschen wie er in Chile genauso schutz- und rechtlos waren wie auf Tahiti. Auch nach Chile waren in den letzten Jahrzehnten – trotz des dortigen Verbots des Sklavenhandels – an die eintausend Rapanui entführt worden. Etliche starben auf dem Weg dahin, andere auf den vielen Haciendas, wo sie in Schweineställen voller Exkremente schlafen und schwerste Arbeiten verrichten mussten.

Als ein Mitreisender davon berichtet hatte, hatte nicht nur Tane die Hand zur Faust geballt, sondern auch Aaron – etwas, was ihn seine Meinung über ihn überdenken ließ. Und sein Vertrauen wuchs, als Aaron in Valparaíso bewies, kein leeres Versprechen abgegeben zu haben. Tagelang trieb er sich am Hafen herum, um herauszufinden, wann das nächste Schiff nach Rapa Nui ablegte.

Nicht, dass er ein echter Freund war. Aber er war mit ihm besser dran als ohne. Und sie teilten jenen tiefen Grimm auf das Unrecht, das den Rapanui widerfahren war.

Doch nun stand da kein Grimm in seiner Miene, nur Glück, Verwirrung …

Tane hätte schwören können, dass es etwas mit dieser *oho tea,* der Hellhaarigen, zu tun hatte, wie er Katharina verächtlich nannte. Aaron hatte ihm erzählt, dass sie einen Schafzüchter heiraten wollte – offenbar Engländer oder Schotte –, doch die hatten auf der Insel nichts verloren. Kein Weißer hatte dort etwas zu suchen, ausgenommen vielleicht Aaron.

Der hatte sich mittlerweile von ihm abgewandt und schrieb etwas in sein kleines Büchlein, wahrscheinlich Wissenswertes über das Reiseziel oder einzelne Worte auf Rapanui. Oder schrieb er womöglich etwas über die *oho tea?*

Aaron blickte hoch und schien ihm die düsteren Gedanken anzumerken.

»Warum machst du ein so finsteres Gesicht? Vor einigen Tagen warst du doch noch so stolz darauf, den Sturm überstanden zu haben.«

»Ich werde noch viele Stürme überstehen. Du auch?«

Aaron betrachtete ihn nachdenklich und deutete die Worte richtig – nämlich als Frage, ob er, Tane, weiterhin auf ihn setzen konnte.

»Ich habe dir versprochen, dich in deine Heimat zu bringen und dir dort beizustehen, was immer auch kommt. Und ich habe noch nie in meinem Leben ein Versprechen gebrochen.«

Erinnerungen schienen in ihm aufzusteigen, denn sein Blick ging in weite Ferne, und als er später wie aus einem dunklen Traum erwachte, war er nicht länger glücklich, jedoch noch verwirrter als zuvor.

Nun stellte Tane ihm doch eine Frage. »Woran hast du eben gedacht?«

Aaron zögerte, dann sagte er es ihm.

Was bin ich dumm!, dachte Katharina ein ums andere Mal, was bin ich nur dumm!

Auf der Fahrt zurück zum Schiff hatte sie tatsächlich Schuldgefühle gehabt, hatte sich zwar von Aaron helfen lassen, die Strickleiter hochzuklettern, aber es kaum geschafft, ihm in die Augen zu sehen. Danach hatte sie sich sofort in die Kajüte zurückgezogen und sich auf die Koje gelegt. Ihre Lippen brannten noch vom Kuss, ihr Körper sehnte sich nach seiner Wärme, doch das Herz war ihr schwer geworden.

Was, wenn ich wie mein Vater bin?, dachte sie. Genauso verantwortungslos und wankelmütig wie er? Oder wenn ich gar Großmutter gleiche, die nicht nur bereit gewesen ist, zur Ehebrecherin zu werden, sondern sogar dazu, ihre eigene Tochter zu hintergehen? Ja, was, wenn die Lüge, der Betrug regelrecht an mir kleben?

Eine Weile lag sie reglos da, ehe sie ruckartig auffuhr.

Was bin ich dumm!

Sie betrog Barnabas Wilkinson doch gar nicht! Sie hatte ihm schließlich nie etwas versprochen! Ganz allein hatte sie die Entscheidung gefasst, zur Insel aufzubrechen, obwohl sie sich nicht sicher sein konnte, dass nicht längst schon eine andere auf die Annonce geantwortet hatte und er bereits verheiratet war. Folglich konnte sie ihren Entschluss zurücknehmen, ohne ihn zu verletzen, ja, ohne dass er überhaupt jemals davon wissen würde. Und sie musste sich auch nicht selbst des Wankelmuts beschuldigen. Sie war ja immer noch bereit, ein neues Leben zu beginnen und in der Fremde zu leben, nur eben an Aarons Seite. Dass sie ihn kennen- und lieben gelernt hatte, war kein Unrecht. Es war Schicksal, es war der Lohn für ihren Mut!

Sie lachte auf und hieß sich selbst verrückt, weil sie auch nur einen Moment daran gezweifelt hatte, dass ihr Kuss nicht das Beste und Schönste gewesen war, was sie je erlebt hatte. Jetzt konnte es ihr gar nicht schnell genug gehen, zu ihm zu eilen und ihn zu beschwören, dass der Kuss keine Laune des Augenblicks gewesen war, sondern Beweis für ihre tiefen Gefühle, der Bereitschaft auch, das Leben mit ihm zu teilen. Kurz geriet sie wieder ins Zweifeln, denn schließlich wusste sie von seinem Leben so gut wie nichts, doch dann sagte sie sich, dass seine Vergangenheit nicht so wichtig war – vielmehr zählte, dass er ein aufrechter, anständiger Mann war, der das Leben anpackte, hehre Ideale hatte und an keine andere Frau gebunden war.

Sie erreichte seine Kajüte, hob die Hand und wollte an die Tür klopfen, aber dann vernahm sie Gemurmel und ließ sie wieder sinken. Aaron war nicht allein, sondern Tane war bei ihm.

»Woran hast du eben gedacht?«, fragte der.

Katharina erstarrte, als Aaron antwortete.

Minute um Minute verging, doch Katharina regte sich immer noch nicht. Tane sagte etwas, aber sie verstand seine Worte nicht. Immer wieder echote Aarons Satz in ihren Ohren.

Ich habe mir geschworen, niemals zu heiraten.

Das Schiff hatte gerade wieder volle Fahrt aufgenommen, und da sie sich nicht festhielt, wurde sie an die gegenüberliegende Wand des Gangs geschleudert. Sie hörte zwar das dumpfe Poltern, das sie verursachte, nahm aber keinen Schmerz wahr und griff sich nur gedankenverloren an die Schulter.

Niemals zu heiraten …

Aaron riss die Kabinentür auf und sah sie fragend an. Sie konnte nichts sagen, musste es auch nicht – ihr leichenblasses Gesicht und ihr entsetzter Blick sagten ihm alles.

»Gott, das wollte ich nicht!«, stieß er betroffen aus. Eine Weile starrte er sie nur an, dann fand er seine Fassung wieder und wandte sich an Tane. »Lass uns allein.«

Als Tane gegangen war, tat er etwas, was er noch nie gewagt hatte – er winkte sie in die Kajüte. Vor wenigen Augenblicken hätte sie sich noch darüber gefreut, aber jetzt wusste sie, dass das mitnichten ein gutes Zeichen war, zumal sich Aaron rasch auf einen Stuhl setzte und ihr andeutete, sich auf den anderen niederzulassen. Damit wollte er wohl verhindern, dass sie stolpern und ihm näher kommen könnte, als ihm lieb war …

Katharina blickte sich flüchtig um und sah in einem kleinen Rosenholzkästchen das Büchlein, das er oft bei sich trug. Ansonsten entdeckte sie keinen persönlichen Besitz, der ihr mehr über ihn verriet.

Vergessen war, dass sie sich ihm nahe wie nie gefühlt hatte, als sie sich küssten. Jetzt konnte sie nur denken: Er ist ja ein Fremder! Ich weiß überhaupt nicht, was er denkt! Ich weiß nicht, was er fühlt!

Etwas Schönes konnte es nicht sein, denn seine Stirn war wie so oft leicht gerunzelt, und um den Mund stand ein schmerzlicher Zug. Seine Stimme hingegen klang so nüchtern, als gelte es, ein Geschäft abzuschließen. »Du hast gehört, was ich eben gesagt habe, nicht wahr?«, fragte er.

Sie ahnte: Ein Teil von ihm war durchaus erleichtert, dass sie gelauscht hatte und er ihr die Worte nicht ins Gesicht sagen musste. Gewiss, es tat ihm leid, das beteuerte er jetzt auch immer wieder, aber zugleich nahm er seine Worte nicht zurück.

Sie räusperte sich, konnte jedoch nicht verhindern, dass sich ihre Kehle schmerzhaft zusammenzog. »Ich ... ich verstehe es einfach nicht.«

Er seufzte. »Es war ein Fehler! Ich hätte mich nie dazu hinreißen lassen dürfen, dich ...«

Zu dem Schmerz in ihrer Brust gesellte sich unendliche Wut. »Du hast den Mund aufgekriegt, um mich zu küssen!«, schrie sie ihn an. »Aber mit mir offen reden, das konntest du nicht! Ich habe dir so viel über meine Vergangenheit anvertraut ... und du mir so gar nichts über dich.«

Er verschränkte seine Hände ineinander. »Katharina ...«

Selten hatte er ihren Namen ausgesprochen, und nie hatte seine Stimme so sanft geklungen. Umso härter traf sie der Schlag, den ihr seine nächsten Worte versetzten.

»Ich ... ich bin Missionar. Das weißt du bereits, aber wahrscheinlich weißt du nicht, was genau das bedeutet. Ich habe schon vor langer Zeit entschieden, dass mein Leben nicht mir gehört. Ich habe mich mit Leib und Seele in den Dienst einer Aufgabe gestellt – dem Dienst an bedürftigen Menschen.«

»Daran will ich dich doch nicht hindern, im Gegenteil! Warum können wir nicht unsere Kräfte bündeln? Warum können wir nicht gemeinsam ...«

Er hob abwehrend die Hand. »Es ist nicht so einfach!«
»Es war einfach, meinen Kuss zu erwidern!«
»Das war ein Fehler.«
»Das sagtest du bereits. Aber wie kannst du nur?«
Die Luft in der Kajüte war stickig, dennoch hatte sie das Gefühl, im Regen zu stehen, eisiger noch als vorhin auf der Insel. Wieder musste sie an die Höhle denken, wo sie Zuflucht gefunden hatten, nur wurde sie in der Erinnerung zu einem Gefängnis. Er selbst hatte sich darin eingemauert – und sie konnte ihn mit keinem Wort, keiner Geste erreichen.
Seine Miene wurde immer ausdrucksloser, als er schließlich zu erzählen begann: »Schon mein Vater, Adam Hayes, war Missionar. Wie ich wollte er von Kindheit an nichts anderes werden. Er hat mir erzählt, dass er als kleiner Junge begeistert die Reiseberichte der ersten Missionare, die auf Tonga und Fidschi das Wort Gottes verkündet haben, gelesen hat. Wie ungeduldig er darauf wartete, endlich erwachsen zu sein, damit er ihnen folgen konnte!«
»Was hat das mit uns zu tun?«
»Als mein Vater seine Ausbildung abgeschlossen hatte und England verließ, war er bereits verheiratet. Meine Mutter hieß Abigail, sie war eine kleine, zarte Frau, aber sehr zäh und entschlossen. Nie zweifelte sie daran, dass sie ihrem Mann folgen musste – so wie viele ihresgleichen es taten. Sie verließen die Heimat, gebaren in der Fremde ihre Kinder, zogen sie groß … und erduldeten all die Opfer, die ihnen das Leben abverlangte. Meine Mutter hat nie darüber geklagt, aber ich weiß: Am Ende fand sie, dass es zu viele Opfer waren und dass sie sich zu wenig lohnten.«
Jener Schmerz, den sie schon oft an ihm wahrgenommen hatte, umwölkte seine Miene.

»Deine Eltern sind mittlerweile tot«, stellte sie fest.

Er senkte sein Gesicht. »Neun Kinder hat meine Mutter geboren, neun! Vier davon sind gestorben, noch ehe sie laufen lernten. Ich war der Älteste, und ich wurde jedes Mal Zeuge, wie es ihr das Herz zerriss. Vor meinem Vater wollte sie die Schwäche natürlich nicht zeigen, und er selbst hat sich nie eine erlaubt. Er hat zu Gott gebetet, und sie hat es ihm gleichgetan und darauf vertraut, dass der Allmächtige es schon richtig entschieden hätte – oder zumindest hat sie in der Gegenwart meines Vaters so getan. Aber mir sind ihre Tränen nicht entgangen. Weder in Papeete noch auf den diversen Inseln, wo wir oft nur unter einem Blätterdach geschlafen haben, weil die Hütte einmal mehr von einem Tropensturm niedergerissen worden war. Wie viel sie erdulden musste! Die Feindseligkeit der Menschen, die vielen Krankheiten, ihr Heimweh nach England, die Sehnsucht nach einem sicheren Hafen!«

»Derart schrecklich kann euer Leben nicht gewesen sein«, warf sie ein, »sonst hättest du selbst doch nicht Missionar werden wollen!«

»So kann man das nicht sagen. Mein Vater … mein Vater war ein willensstarker Mann. Was habe ich ihn für seine Sturheit verachtet! Aber ich habe ihn auch genau dafür bewundert! Wie er mit den Menschen sprach, wie er ihre Herzen gewann, wie fest er in seinem Glauben stand – das alles machte ihn zu meinem Vorbild. Ja, ich wollte immer werden wie er – mit einer Ausnahme: Ich schwor mir, dass ich niemals für die Nöte meiner eigenen Familie blind sein würde.«

Langsam ahnte sie, worauf er hinauswollte. »Und deswegen hast du beschlossen, nie zu heiraten und Kinder zu bekommen.«

Er verknotete seine Hände immer fester ineinander, und sie sah deutlich die roten Spuren, die seine Nägel hinterließen.
»Nicht alle meine Geschwister sind im Kindesalter gestorben. Einige haben wir begraben, als sie fast schon erwachsen waren. Da war Jeremiah, den die Ruhr erwischt hatte, kaum dass er fünfzehn Jahre alt geworden ist, da war Tobias, der während eines schrecklichen Sturms über Bord gegangen ist, als wir zu einer entlegenen Insel fuhren, da war Elijah, der vom Dach gefallen ist, als wir wieder mal eine neue Hütte errichtet haben. Sein Tod hat nicht nur Mutter schwer getroffen, auch mein Vater ist um Jahre gealtert. Nach England zurück wollte er trotzdem nicht – er war lediglich dazu bereit, dass wir uns in Papeete niederließen, wo das Leben etwas leichter war.«
Es war ihr nicht entgangen, dass er ein Geschwisterteil noch nicht erwähnt hatte. Er tat es erst nach langem Schweigen.
»Ich hatte auch noch eine Schwester. Mary Magdalene. Wir nannten sie Maggie, von ihr stammt das Rosenholzkästchen.«
Er löste seine Hände voneinander und strich zärtlich darüber.
»Was … was ist mit ihr passiert?«
Bevor er es aussprach, wusste sie, dass auch Maggie tot war.
»Sie hat meine Mutter jahrelang gepflegt«, presste Aaron heiser hervor. »Diese war an der Lepra erkrankt und musste schrecklich leiden. Wenigstens kam der Tod am Ende schnell, und sie musste nicht mehr mitbekommen, dass auch Maggie …«
»Du hingegen … du hast auch deine Schwester begraben.«
Plötzlich war er ihr nicht mehr fremd, plötzlich konnte sie seinen Schmerz fühlen. Wie gerne hätte sie ihn geteilt, wie

gerne ihm ein wenig davon abgenommen, aber da war immer noch diese Wand, die er um sich errichtet hatte, um ihr genau diesen Schmerz zu ersparen.

»Sie starb einen Monat, bevor ich mit Tane Papeete verlassen habe … am Tropenfieber … genauso wie mein Vater ein paar Wochen zuvor. Ich habe meine ganze Familie verloren, und wegen des unsteten Lebens, das wir führten, sind sie nicht einmal an einem Ort begraben.«

»Und dennoch willst du das Vermächtnis deines Vaters fortsetzen?«

»Es ist das, was ich kann. Das, was ich muss.«

Wieder folgte langes Schweigen. Er stützte das Kinn auf seine Hände, schien erstmals nicht stark und entschlossen, sondern tief verwundet und erschüttert.

Sie leckte sich über die trockenen Lippen. »Bei uns … bei uns muss es nicht so sein … Ich könnte dich unterstützen, ich bin stark …«

»Verstehst du denn nicht?«, fuhr er auf. »Ich kann dir nicht das Leben bieten, das du dir wünschst und das du verdienst. Gewiss, du warst bereit, in die Fremde aufzubrechen, aber nur, um dort Wurzeln zu schlagen. Jeder Mensch will das. Ich hingegen habe keine Ahnung, wie lange ich auf der Osterinsel bleiben werde. Mein Leben gehört Gott … oder vielmehr den Menschen, die mich brauchen.«

»Ich brauche dich auch!«, rief sie.

»Du hast doch Barnabas Wilkinson!«

»Den ich nicht kenne, den ich nicht liebe … nicht so wie dich! Und du, du fühlst doch auch etwas für mich!«

Noch viele Worte lagen ihr auf den Lippen: dass er ihr und ihrer Stärke vertrauen sollte, dass es falsch war, aus Trotz an einem Schwur festzuhalten, den er doch nur sich selbst gegeben hatte und den er jederzeit widerrufen konnte. Aber als er den Kopf hob und sie ansah, wusste sie, dass jedes Wort vergebens war. Er hatte eine Entscheidung getroffen – nicht nur gegen sie, sondern vor allem: ohne sie.

»Ich gebe dir gerne noch weiterhin Englischunterricht«, erklärte er hart, »aber ansonsten ist es besser, wenn wir nicht mehr so viel Zeit miteinander verbringen.«

Nach wie vor stand diese Wand zwischen ihnen, nicht glatt und hart wie Stein, sondern stachelig wie eine Dornenhecke. Wenn sie die Hand ausstreckte, ihn berührte, wenn sie auf ihn zutrat, um ihn zu umarmen, würden ihre Hände und Stirn bluten. Doch auch, dass sie starr stehen blieb, ersparte ihr nicht den Schmerz.

»Ich will keine Sprache von einem lernen, der etwas anderes tut, als er sagt!«, zischte sie.

»Ach Katharina …« In seinen schwarzen Augen standen Trauer, Mitleid, schlechtes Gewissen, auch Liebe. Aber es war zu wenig, sonst würde er nicht an seinem Schwur festhalten.

Ehe sie aufschluchzte, lief sie hinaus. Er folgte ihr nicht.

Die letzten Tage der Reise verbrachte Katharina wie die ersten: Sie verkroch sich in der Kajüte und fühlte sich schrecklich elend. Die Übelkeit der Anfangszeit schien ein geringes Leid gemessen an dem Weh, das jetzt in ihrer Brust wütete, doch während die Seekrankheit ihr sämtliche Kräfte geraubt hatte, weckte der Trotz neue. Sie weinte viel, aber bei jeder Träne sagte sie sich, dass ihre Liebe zu Aaron reines Gift sei: Es müsse so schnell wie möglich aus ihr fließen – dann wäre sie gereinigt und geheilt und bald wieder die Alte.

Nur wenn sie nachts nicht schlafen konnte, wurde ihr be-

wusst, dass sie ja gar nicht die Alte werden, sondern ein neues Leben hatte beginnen wollen, dass dieses nun aber so gar nicht verheißungsvoll war und die Zukunft einem leeren Blatt glich, das zu beschreiben sie ängstigte.
Mit der Verzagtheit wuchs die Sehnsucht nach ihrer Familie. Nun gut, auf die Gesellschaft der zänkischen, schlecht gelaunten Frida konnte sie gut verzichten, aber wie schön wäre es, mit ihrer jüngeren Schwester Theresa zu reden, die – wie alle anderen auch – an ihrem Entschluss gezweifelt hatte, jedoch, als sie sie zum Abschied umarmte, in ihr Ohr geflüstert hatte, dass sie sie auch ein wenig beneiden würde.
Neue Tränen strömten, nicht wegen Aaron, sondern wegen Theresa, doch als sie endlich getrocknet waren, entschied sie, deren Neid als Ansporn zu nehmen, nicht aufzugeben, sondern an den Träumen festzuhalten, die sie auf das Schiff getrieben hatten.
Ich werde eine Familie haben. Ich werde ein erfülltes Leben führen. Ich werde glücklich sein.
Am Morgen verließ sie die Kajüte wieder und lief prompt Aaron über den Weg. Als er sie sah, zuckte er merklich zusammen, starrte sie traurig an und schien nach Worten zu ringen, doch sie straffte den Rücken, reckte das Kinn und rief laut: »Guten Tag, Pastor Hayes!«
Ohne eine Entgegnung abzuwarten, ging sie an ihm vorbei, zitterte zwar hinterher, als sie allein war, am ganzen Leib, war jedoch stolz, ihre Fassung gewahrt zu haben.
Danach sah sie ihn erst am Tag der Ankunft wieder – mehr als drei Wochen, nachdem sie die Isla Robinson Crusoe verlassen hatten. Schon am Vorabend meinte der Kapitän, dass die Osterinsel wohl bald in der Ferne zu sehen sei, doch so angestrengt Katharina auch auf den Horizont starrte – zwi-

schen dem pechschwarzen Meer und dem dunkelvioletten Abendhimmel war kein Streifen zu erkennen. Als sie am nächsten Morgen erwachte und an Deck stürmte, hockte der Morgendunst wiederum so dicht über dem Schiff, dass erst recht nichts zu sehen war. Erst als sich die Schwaden verflüchtigten, glaubte sie in der Ferne etwas Dunkles aus dem Meer ragen zu sehen – zunächst kaum größer als ein Punkt, mit dem Wind und Wellen ein Spiel zu treiben schienen, dann mehr und mehr der Flosse eines riesigen Fisches gleichend.

Jetzt verstand sie die vielen Seeleute, die einst – wie ihr der Kapitän erzählt hatte – an dem Eiland vorbeigefahren waren, weil sie ihren überreizten Sinnen nicht trauten und ihre Hoffnungen nicht ein weiteres Mal umsonst auf ein vermeintliches Trugbild hatten richten wollen.

Sie aber wusste es besser, und ihr Herz fing aufgeregt zu pochen an. Der Nebel klarte auf, die Sonnenstrahlen ließen das Meer glitzern, und aus der dunklen Flosse wurde eine grüne. Seit Wochen hatte sie sich auf ein karges Eiland gefasst gemacht, das nicht den geringsten Reiz auf den Betrachter ausübte, aber ob es nun daran lag, dass ihre Augen so lange dem Anblick von Land entwöhnt waren oder dass sie fest entschlossen war, nur das Gute in der künftigen Heimat zu sehen – der erste Gedanke war: Wie schön die Insel ist!

Auch wenn keine Wälder zu sehen waren und die Klippen schroff und dunkel wirkten, verhießen die Hügel, Weiden und Felder, die in unterschiedlichen Nuancen von Grün und Gelb standen, kein unwirtliches, sondern durchaus fruchtbares Land. Ein Paradies war es vielleicht nicht – aber genauso wenig eine Wüste.

Ihre Aufregung wuchs, und ihre Verzagtheit fiel von ihr ab,

umso mehr, als sie auf den steilen Hängen nun Menschen wahrzunehmen glaubte, die dort standen, dem Schiff entgegenblickten und sie willkommen hießen. Sie war verwirrt, dass sie weder winkten noch ihnen entgegenliefen, erkannte dann aber, dass es sich nicht um Wesen aus Fleisch und Blut handelte, sondern um mächtige Steinstatuen, von denen die meisten umgekippt waren. So unheimlich ihr Anblick auch war, vermittelten sie dennoch den Eindruck, dass sie eine bewohnte Welt erwartete, keine Einöde. Und als sie schließlich die Steilküste passiert hatten und sich flacheren Stränden näherten, waren kleine Hütten zu sehen. Ehe sie dicht genug ans Ufer herankamen, um mehr von ihnen zu erkennen, ließ der Kapitän den Anker werfen.

»Es gibt hier keinen Hafen, um anzulegen, noch nicht einmal eine Passage«, erklärte er. »Und außerdem verhindert die Ebbe, dass wir mit den Booten an Land rudern können. Wir müssen ein paar Stunden warten.«

Er klang missmutig, wollte er doch so schnell wie möglich die Passagiere und die Vorräte abladen, um weiter nach Papeete zu reisen. Katharina hingegen fiel es schwer, ihre Ungeduld zu bezähmen, und einem anderen erging es ähnlich: Aus den Augenwinkeln nahm sie einen Schatten wahr, und ehe sie noch erkannte, von wem oder was der stammte, ertönte ein platschendes Geräusch, als etwas Schweres auf der Wasseroberfläche aufprallte. Sie beugte sich vor, sah erst nichts und dann endlich einen Kopf in den blauen Fluten auftauchen.

»Du lieber Himmel!«, entfuhr es ihr.

Kurz dachte sie, Tane wäre ins Wasser gefallen, doch dass er sicher auf den Strand zuschwamm und sich kein einziges Mal nach dem Schiff umdrehte, war ein Zeichen, dass er es schlichtweg nicht hatte erwarten können, die Heimat seiner Vorfahren zu betreten.

Aaron war ihm an Deck gefolgt und rief ihm etwas nach, doch als er einsah, dass er den anderen nicht aufhalten konnte, verstummte er und musterte seinerseits die Insel.

Katharina versuchte mit aller Macht, sich von ihm abzuwenden und ihn zu ignorieren, doch sie konnte nicht anders, als ihn zu betrachten, wie er da sein schwarz glänzendes Haar zurückstrich, das ihm der Wind ins Gesicht wehte.

Er sah so stolz aus, so stark, so energisch. Ein geprüfter Mann mochte er sein, aber in keinem Fall ein gebrochener.

Bis eben hatte sie gedacht, dass sie sämtlichen Kummer auf dem Schiff zurücklassen würde, sobald sie die Insel betrat. Doch jetzt wusste sie: Ganz gleich, was kommen würde, er war der erste Mann, in den sie sich je verliebt hatte. Sie konnte versuchen, die Erinnerungen beiseitezuschieben und irgendwie weiterzumachen, vielleicht sogar neues Glück finden und nicht mehr an der Kränkung, die sie durch ihn erfahren hatte, leiden, aber ein Platz in ihrem Herzen würde ihm immer gehören. Nie würde sie vergessen, wie sie sich, durchnässt vom Tropenregen, geküsst hatten und wie glücklich sie in diesem Augenblick gewesen war.

6. Kapitel

Am frühen Nachmittag erteilte der Kapitän endlich den Befehl, die Boote ins Wasser zu lassen, doch es dauerte noch eine geraume Weile, bis sie tatsächlich das Ufer erreichten, galt es doch, die vielen zerklüfteten Felsen, von der Gischt gepeitscht und von kreischenden Vögeln umflogen, zu umrunden. Nach einem mühsamen Kampf gegen Strömung, Gegenströmung und riesige Wogen standen sie endlich auf einem Stück grauweißen, groben Sand, das kaum eine Ankerlänge tief ins Meer reichte. Die Anspannung fiel von den Seemännern ab. Trotz ihrer Erschöpfung verfielen sie in hektische Betriebsamkeit und luden die wenigen mitgebrachten Güter, die nicht dem Sturm zum Opfer gefallen waren, aus, obwohl da niemand war, um sie entgegenzunehmen.

Von Menschen war weit und breit nichts zu sehen. Die Hütten, die in der Nähe des Ufers errichtet worden waren, wirkten armseliger als die auf der Isla Robinson Crusoe und schienen allesamt verwaist.

Und wenn es doch nur Steinstatuen auf dieser Insel gab? Wenn alle lebendigen Wesen in solche verwandelt worden waren?

Unsinn!, schimpfte Katharina sich selbst, konnte aber nicht verhindern, dass ihr Unbehagen wuchs. Dass fast alle Statuen umgefallen waren, als wären sie – eben noch so stolz und siegesgewiss – vom Feind gefällt worden, verstärkte den

Eindruck, dass die Insel sowohl von den Menschen als auch von Gott vergessen worden schien.
Minute um Minute verrann. Bis auf die Rufe der Matrosen, das schäumende Meer und das Pfeifen des Windes war nichts zu hören, und Katharinas Sehnsucht nach der kleinen Kajüte auf dem Schiff wurde übermächtig. So einfach und unbequem sie gewesen war, hatte die ihr doch wochenlang ein Zuhause ersetzt. Hier hatte sie keines, und hier, sprach eine ängstliche Stimme in ihr, würde sie vielleicht nie eines finden.
»Brauchst du … brauchst du Hilfe?«
Seit sie in die Boote gestiegen waren, hatte Katharina eisern über Aaron hinweggesehen. Sie hatte vermutet, dass er nach Tane suchen würde, sobald sie an Land gegangen waren, denn von dem war seit seinem Sprung ins Wasser nichts mehr zu sehen gewesen, doch wie sie selbst schien auch er unschlüssig, was nun zu tun war.
Kurz, ganz kurz war sie versucht, sich an seinen Hals zu werfen und verzweifelt zu rufen: Sieh doch, es ist niemand für mich da, auch kein Barnabas Wilkinson, jetzt bleibt dir gar nichts anderes übrig, als für mich zu sorgen!
Aber sie schluckte die Worte hinunter und ignorierte Aaron auch weiterhin. »Ist das das einzige Dorf auf der Insel?«, fragte sie stattdessen den Kapitän und deutete auf die Hütten.
Er zuckte die Schultern. »Diese Hütten stehen leer. Nicht weit dahinter befindet sich Hanga Roa, der größte Ort der Insel. Aber die Schaffarmer leben, soweit ich weiß, anderswo.«
Wo genau das war, konnte oder wollte er nicht sagen.
»Wir … wir könnten gemeinsam nach ihnen suchen«, schlug Aaron zögernd vor.

Wieder hätte sie dem ersten Drang – nämlich begeistert zu nicken – gerne nachgegeben, doch abermals straffte sie ihre Schultern. Sie wollte seine Liebe, nicht sein Mitleid.
»Ich komme schon zurecht«, erklärte sie trotzig, schulterte ihr Bündel und stapfte auf die Hütten zu. Kleine Steinchen knirschten unter ihren Füßen, mit jedem Schritt fühlte sie sich beklommener, und sie hatte auch keine Ahnung, was sie tun sollte, wenn sie die Hütten erst erreicht hatte. Doch ehe sie sich der ersten genähert hatte, traf sie eine Stimme.
»Wer hat dich denn hier ausgesetzt?«
Katharina fuhr herum. Aaron war in die andere Richtung davongegangen, aber eine junge Frau kam auf sie zu – zumindest hielt sie sie im ersten Augenblick für jung, so zart und klein, wie sie war. Als aber die Sonne sie nicht mehr blendete, stellte Katharina fest, dass etliche Furchen das Gesicht der Fremden durchzogen und ihre Hände von braunen Flecken übersät waren. Das Haar, ursprünglich wohl blond und kräftig, war mittlerweile von grauen Strähnen durchsetzt und sehr dünn, die Füße, die aus zu engen Sandalen herausstachen, verhornt. Und ja, sie war klein, aber zart war das völlig falsche Attribut: Die Unterarme waren so sehnig wie die eines Mannes.
Die Frau musterte sie eindringlich – mit ebenso wachen wie strengen Augen, die Katharina an Jule erinnerten.
»Wer sind Sie?«, fragte sie. Die Frau hatte auf Englisch mit ihr gesprochen, und sie war stolz darauf, sie nicht nur zu verstehen, sondern ihr so zu antworten. Doch die Frau ging nicht auf ihre Frage ein, drehte sich um und hielt nach jemand anderem Ausschau. Die Matrosen hatten gerade die letzten Kisten entladen, die Boote wieder bestiegen und ruderten zurück zum Schiff. Was aus den mitgebrachten Gü-

tern wurde, schien ihnen völlig gleichgültig zu sein, und auf die Rufe der Frau reagierten sie erst gar nicht, sodass dieser nichts anderes übrig blieb, als sich wieder an Katharina zu wenden.

Die rang um ihre Fassung. »Kennen Sie vielleicht Barnabas Wilkinson?«, fragte sie hoffnungsfroh.

Die Frau zuckte nur die Schultern. »Hier kennt jeder jeden. Es ist nicht sonderlich viel, was da an Bord war, oder? Außer dir, meine ich.«

»Wir … wir haben während eines Sturms viel Ballast abwerfen müssen«, sagte Katharina.

Die Frau schnaubte. »So selten, wie Schiffe auf die Insel kommen, sind wir auf die wenigen angewiesen! Alex Salmon hat dafür gesorgt, dass in den letzten Monaten mehrmals die Samen von Weizen, Gerste, Stangenbohnen, Kichererbsen, Linsen und Kleie geliefert wurden. All das wächst hier besser, als ich gedacht habe, besonders die Bohnen, man kann sie zweimal jährlich ernten. Aber ich fürchte, ihr habt kein neues Saatgut mitgebracht, oder?«

Katharina hatte nie überlegt, was die Männer auf die Osterinsel lieferten und in wessen Auftrag genau sie das taten.

»Auch wenn sich hier viel anbauen lässt«, fuhr die Fremde mit vorwurfsvollem Tonfall fort, »werden die Felder vom Vieh und den Hühnern oft zerstört. Da brauchen wir Nachschub!« Sie schnaubte wieder. »Was soll's – habt ihr wenigstens Heuballen, Seife, Zwieback, Corned Beef und Kohle mitgebracht?«

Katharina zuckte die Schultern.

»Avocados, Ananas, Papayas, Zitronen?« Die Frau klang mittlerweile nahezu gereizt.

»Ich weiß es nicht.«

»Ach herrje!« Die andere seufzte. »Das Wichtigste im Leben ist immer, genügend zu essen zu haben. Wie ist es möglich, dass du dir darüber überhaupt keine Gedanken gemacht hast? Hast du erwartet, dass krosse Hühnchen von den Bäumen fallen? Nun, wie dir aufgefallen ist, gibt es hier keine Bäume, und was die Hühner anbelangt …«

»Ich bin es gewohnt, Hühner zu rupfen«, fiel Katharina ihr rasch ins Wort.

Ihre Worte machten wenig Eindruck. »Wer immer du auch bist und was du kannst – diese Insel ist kein Ort für weiße Frauen.«

»Sie sind doch auch eine.«

Erstmals lächelte die Fremde, und der Blick war nicht mehr ganz so hart. »Ich bin im Grunde keine Frau, sondern ein Toromirobaum – das sind die einzigen Bäume, die hier auf dem kargen Boden Wurzeln schlagen können, weil sie ebenso zäh und kräftig sind. Na ja, vielleicht bist du das ja auch – und wenn nicht, geht es mich nichts an.«

So dünn und klein, wie sie war, hatte sie keine Ähnlichkeit mit einem knorrigen Baum, dennoch ließ ihre dunkle, raue Stimme Katharina sofort daran glauben, dass sie tatsächlich überall, selbst inmitten der Wüste, überleben konnte.

Als die Frau einfach losmarschierte, lief sie ihr nach.

»Warten Sie! Was soll ich denn jetzt tun? Wo finde ich Barnabas Wilkinson?«

Die Frau seufzte, schien eine Weile mit sich zu ringen, seufzte wieder. »Dein Glück ist, dass ich ein wenig Zeit habe. Also komm mit.«

Sie deutete auf einen zweirädrigen Wagen, der ziemlich schief wirkte, und Katharina konnte sich nicht vorstellen, dass er schwere Lasten transportieren konnte, aber ihrem

Gewicht und dem der Frau würde er wohl standhalten. Das Pferd, das davor gespannt war, war kein stolzes, stattliches Ross, wie sie es vom Llanquihue-See kannte, sondern ein alter Gaul. Doch sie hatte schon dürrere gesehen, und das Fell schien frisch gestriegelt worden zu sein.

Die Frau war ihrem Blick gefolgt. »Es gibt so gut wie keine Pferde auf der Insel, denn die Rapanui dürfen keine haben. Darum pflegen wir sie gut.« Als sie auf den Wagen zugingen, fuhr sie nicht ohne Stolz fort: »Wir haben das Pferdefuhrwerk in Papeete gekauft. Vor ein paar Jahren gab es solche Fahrzeuge auf der Insel noch nicht. Die alten *moai*-Straßen lassen sich aber ganz gut damit befahren.«

Das Gefährt stand auf einer kleinen Anhöhe, und von dort hatte man nicht nur Aussicht auf das Dorf hinter den leer stehenden Hütten, sondern auch auf grasige Hänge, auf denen Hunderte von Schafen grasten.

»Ist Ihr Mann auch Schaffarmer?«

»Ach, du lieber Himmel!« Die Frau lachte freudlos. »Was gäbe ich drum, wenn es anders wäre, aber mein Mann hat noch nie einen Beruf ausgeübt, mit dem man es zu Geld bringt. Lucius Grey heißt er, vielleicht haben Sie schon mal von ihm gehört. Und ich – ich bin Myra.«

Katharina war der Name fremd, aber das sagte sie nicht, sondern stellte sich ihrerseits vor. Sie wusste nicht, was sie von den verächtlichen Worten halten sollte, war jedoch froh, sich in Obhut dieser Frau begeben zu haben. Ehe sie den Wagen besteigen konnte, riss Myra sie jedoch plötzlich zurück. »Wie's aussieht, muss mein Pferd doch nicht uns beide ziehen!«

Katharina folgte ihrem Blick. Auf einem schmalen Weg kam ihnen ein ähnliches Gefährt entgegen wie das von Myra. Ein

Mann und zwei Kinder saßen darauf, die wie Myra offenbar von der Ankunft des Schiffs angelockt worden waren.
»Da ist ja Barnabas!«, rief Myra und schien sichtlich erleichtert, dass sie sich nicht länger um Katharina kümmern musste.
Noch konnte sie ihn nicht deutlich erkennen, aber Katharinas Herz pochte immer schneller, als sie innewurde: Dies war der Mann, für den sie alles Vertraute hinter sich gelassen hatte.

Das Erste, was ihr auffiel, waren die roten Haare – auf der Stirn etwas schütter, im Nacken dichter und lockig. Sie wusste natürlich, dass sie von den Haaren nicht auf den Charakter schließen konnte, aber plötzlich kamen ihr Aarons kräftige, glänzende Strähnen in den Sinn, die ihn so viel edler, eleganter wirken ließen als die rötlichen diesen Mann …
Sie versuchte sofort, den Gedanken an Aaron zu verdrängen, doch instinktiv verglich sie Barnabas auch weiterhin mit ihm: So gebeugt wir er auf dem Kutschbock saß, wirkte er nicht so vital wie erhofft, sondern wie von unsichtbarer Last niedergedrückt, und sein Körper war nicht schlank, sondern regelrecht hager. Ein Schwächling schien er dennoch nicht zu sein: Seine Arme waren ähnlich sehnig wie die von Myra, und da die Haut so hell war, traten die dunklen Adern darunter deutlich hervor. Als er den Kopf hob und sein Blick auf Katharina fiel, wirkte er sehr misstrauisch, aber vielleicht lag das nur an den dichten Augenbrauen, die – rotblond wie das Haar – regelrecht über der Nase zusammenzuwachsen schienen. Die Augen selbst lagen in tiefen Höhlen, und die blauen Ringe darunter verstärkten den müden Ausdruck.

Katharina musterte nun auch die Kinder. Das Mädchen hatte zwei fest geflochtene, fast weißblonde Zöpfe, der Junge war erschreckend dürr, und seine Hose wies jede Menge Flicken auf, unter denen man die knöchrigen Beine schimmern sah. Sie sind allein, ging es Katharina durch den Kopf, niemand hat in der Zwischenzeit auf ihre Annonce geantwortet. Wenn zu Hause eine Frau auf sie warten würde, hätte sie seine Hose geflickt.

Anstelle von Erleichterung rief dieser Gedanke Panik hervor. Erst jetzt konnte sie sich eingestehen, dass sie insgeheim gehofft hatte, das Schicksal hätte für sie eine Entscheidung getroffen. Doch nun oblag es ihr, auf das Gefährt zuzutreten, Barnabas zu erklären, wer sie war und was sie auf die Insel trieb. Zögerlich machte sie ein paar Schritte, doch der Mund wurde ihr so trocken, dass sie kein Wort hervorbrachte. Myra dagegen rief Barnabas einen Gruß zu, und als er ihn nur einsilbig beantwortete und nicht daran dachte, anzuhalten, trat sie auf den schmalen Weg.

»Nun, bleib schon stehen! Wie's aussieht, hat das Schiff nicht viel gebracht ... allerdings eine junge, hübsche Frau, die dich sucht.«

Sie lachte auf, als wäre das ungemein lustig.

Barnabas warf erneut einen verstohlenen Blick auf Katharina. Das, was sie zunächst für Misstrauen gehalten hatte, war in Wahrheit nur Unbeholfenheit.

»Ich ... ich kenne sie nicht ...«, entfuhr es ihm.

Dass er über sie, nicht mit ihr sprach, war eigentlich unhöflich, aber genau das gab Katharina den Mut, nun neben Myra zu treten.

Gewiss, er war nicht der Mann, den sie erhofft hatte; er strahlte nicht im Mindesten jene Willensstärke und Entschlossen-

heit wie Aaron aus, aber plötzlich war sie sich sicher, dass er kein schlechter Mensch war, und die Kinder rührten sie – vor allem das Mädchen, das so schüchtern, nahezu ängstlich auf dem Wagen hockte und trotz der strengen Zöpfe ein wenig verwahrlost wirkte. Die alte Katharina hätte vielleicht die Verantwortung gescheut, doch die, die sie künftig sein wollte, entschied: Ich muss mich der Kinder annehmen.
»Ich bin Katharina Steiner«, erklärte sie energisch. »Ich … ich habe Ihre Annonce gelesen, deswegen bin ich hier.«
Die dichten Augenbrauen hoben sich etwas, und er runzelte die Stirn. Seine Haut war gegerbt, aber nicht wirklich braun gebrannt, sondern lediglich von Sommersprossen übersät.
»Der Kauf von neuen Schafen liegt nicht in meiner Verantwortung, sondern in der von Mr. Salmon, und der …« Barnabas Wilkinson brach ab. Hinter seiner Stirn arbeitete es, als müsste er mühsam in den Tiefen des Gedächtnisses graben, bis er endlich zum Schluss kam, dass er einst etwas anderes gesucht hatte als Zuchtschafe.
»O mein Gott!«, stieß er aus. »Es … es ist so lange her! Ich … ich habe es fast vergessen!«
In seinem Blick glaubte Katharina kurz Entsetzen wahrzunehmen, doch auch wenn das nicht lange anhielt – die Unbeholfenheit blieb. Er machte keine Anstalten, vom Gefährt zu steigen, sondern starrte sie nur fassungslos an.
Katharina ging auf, dass er – genauso wie sie – wohl darauf gehofft hatte, das Schicksal würde seine Entschlossenheit belohnen, ohne ihm das Äußerste abzuverlangen. Womöglich hatte er sich mit der Annonce lediglich vormachen wollen, alles zu versuchen, um eine Frau zu bekommen, ohne wirklich darauf zu setzen.
Quälendes Schweigen folgte, das auch die Kinder nicht bre-

chen wollten: Die beiden blickten so starr vor sich hin, als ginge sie das Ganze nichts an.
Myra jedoch lachte wieder schrill auf. »Wenn gerade das passiert, was ich denke, dann ist das der beste Beweis, dass die Insel doch nicht von Gott verlassen ist. Bis jetzt dachte ich ja, es sei ein verwunschenes Eiland, wo nur Schafe vorgesehen sind, keine Menschen, aber wenn eine junge, ansehnliche Frau hierher aufbricht, um einen fremden Mann zu suchen, der sie nicht einmal erwartet, gibt es vielleicht Hoffnung, dass hier irgendwann mehr Leben herrscht – und es mehr glückliche Menschen gibt.«
Katharina war sich nicht sicher, warum, aber sie war glühend rot geworden. Barnabas allerdings auch, sodass ihre Scham Entschlossenheit wich.
Er hat ja keine Ahnung, was er tun soll, dachte sie, und das bedeutet, dass ich es ihm sagen muss.
Nicht länger wollte sie der eigenen Hilflosigkeit nachgeben. Sie trat auf ihn zu und streckte ihm entschlossen ihre Hand entgegen.
»Auch wenn du nicht mit mir gerechnet hast, bin ich nun hier. Falls du nicht mehr auf der Suche nach einer Frau bist, werde ich mit dem Schiff nach Papeete weiterreisen. Ich hoffe aber doch, du freust dich, mich kennenzulernen, denn wenn ich ehrlich bin, habe ich keine Ahnung, was ich in Papeete tun soll.«
Als sie ihre kurze Rede beendet hatte, glühten ihre Wangen noch heißer, aber sie war stolz auf sich. Myras Blick ruhte durchaus respektvoll auf ihr, der von Barnabas war verlegen, aber nicht mehr ganz so verwirrt. Was er nun tun sollte, wusste er dennoch nicht. Er war nicht einmal bereit, ihre Hand zu schütteln.

»Nun gib dir schon einen Ruck, Barnabas! Die Frau hat eine lange Reise hinter sicher und braucht eine Stärkung. Nimm sie schon mit nach Hause.«
Später fragte sich Katharina oft, was passiert wäre, wenn Myra sich nicht eingemischt hätte, und ob ihr Leben grundlegend anders verlaufen wäre, so aber überwand sich Barnabas endlich, nahm ihre Hand und schüttelte sie. Seine war schwielig und rau, doch der Druck zumindest fest.
»Das sind Rosemary und Timothy«, murmelte er und deutete auf die Kinder, die weder ihren Blick hoben noch Katharinas Gruß erwiderten.
Als sie den Wagen bestieg, wurde ihr dennoch wieder mulmig zumute, und sie warf Myra einen Hilfe suchenden Blick zu. Die aber hatte sich schon abgewandt, und so blieb ihr nichts anderes übrig, als sich ihrem Schicksal zu ergeben.
Sie schwiegen, als sich der Wagen in Gang setzte und der Gaul sich auf den Hügel hinaufplagte. Katharina suchte nach den richtigen Worten, fand jedoch keine. Energisch schluckte sie die aufsteigende Verzweiflung hinunter.
So werde ich mein Englisch nicht verbessern, dachte sie lediglich nüchtern.

Dem Pferd stieg Schaum vor den Mund, als der Weg, der sich zunächst am Ufer entlanggeschlängelt hatte, Richtung Landesinnere führte und dort zunehmend steiler wurde. Barnabas sprach immer noch kein Wort, sondern blickte nur auf den Pferderücken, und die Kinder taten es ihm gleich. Katharina musterte aufmerksam das Land.
Immer wieder durchbrachen Krater die grasigen Hänge, als wäre das Land vernarbt; die Hügel glichen – ganz ohne Bäume und Büsche – Höckern; auf den Pfaden lag Vulkange-

stein, manchmal blutig rot, manchmal fast schwarz und in jedem Fall ein Beweis, dass es einst die gewaltigen Kräfte von Feuer und Lava gewesen waren, die dieses winzige Stück Land dem Ozean abgerungen hatten. Mehr als einmal mussten sie stehen bleiben, um größere Brocken zur Seite zu rollen. Katharina bot jedes Mal ihre Hilfe an, doch Barnabas schüttelte nur den Kopf und legte selbst eine erstaunliche Kraft an den Tag.

Fast hinter jeder Kurve erwartete sie eine weitere große Steinstatue, die Katharina schon vom Schiff aus gesehen hatte: Einige waren von Moos überzogen und von der Seeluft verwittert, fast alle waren sie umgestürzt. Vage erinnerte sie sich jetzt daran, dass Aaron sie einmal erwähnt hatte, und um den Druck auf der Brust loszuwerden, den der Gedanke an ihn bewirkte, sagte sie schnell: »Ich habe gehört, sie heißen *moai,* nicht wahr?«

Barnabas zuckte zusammen, als hätte sie ihn geschlagen. »Was?«, fragte er irritiert.

»Nun, die Statuen! Sie heißen *moai.*«

Er sah sie an und wirkte nicht länger verlegen, nur bass erstaunt, als hätte er – ungeachtet dessen, dass er seit vielen Monaten, vielleicht sogar schon vielen Jahren auf der Insel lebte – die Statuen noch nie bemerkt, geschweige denn gehört, dass sie einen Namen trugen. »Das ist heidnisches Zeug – am besten, man beachtet es gar nicht weiter.«

Katharina fragte sich, wie es jemandem gelingen konnte, die Statuen zu ignorieren, wenn sie doch überall waren und – gerade die, die noch aufrecht standen – so eindrucksvoll wirkten, aber Barnabas hatte damit offenbar kein Problem: Er schaffte es ja auch, schweigend neben einer Frau zu sitzen, die eigens auf die Insel gekommen war, um ihn zu heiraten.

Nun, auch wenn Katharina darauf verzichten konnte, weiter über die *moai* zu sprechen, wollte sie doch verhindern, dass er wieder im Schweigen versank.
»Wo befinden wir uns eigentlich genau?«, fragte sie.
»Auf der Straße, die Vaihu mit dem Rano Raraku verbindet; man nennt sie Brander's Road.«
So viele Namen, und mit keinem konnte sie etwas anfangen!
»Heißt Vaihu der Ort, wo ihr wohnt?«, fragte sie aufs Geratewohl.
Barnabas schien erleichtert, über etwas reden zu können, was weder sie noch ihn betraf. »Unser Haus liegt etwas außerhalb. Es gibt drei größere Ortschaften auf der Insel. Von Hanga Roa kommen wir, dort leben die Einheimischen. In Mataveri stehen einige bessere Häuser, in denen früher die Arbeiter der Schaffarm gewohnt haben. Doch sie haben sie mittlerweile aufgegeben, und seitdem haben sich auch dort einige Einheimische niedergelassen.« Er schnalzte mit der Zunge, als wäre das ein Ärgernis, vertiefte das Thema aber nicht weiter. »Mittlerweile leben die meisten Weißen in Vaihu. In der Nähe der kleinen Siedlung befindet sich auch die Kirche, aber da kein Priester mehr auf der Insel lebt und nur unregelmäßig welche aus Papeete oder Valparaíso kommen, wird dort die Wolle gelagert. Die größeren Häuser gehören John Brander und Alex Salmon junior und den beiden Verwaltern ihrer Kompanie.«
Sie blickte ihn fragend an. »John Brander und Alex Salmon?« Auch diese Namen hatte Aaron mal erwähnt, und wenn sie sich recht erinnerte, hatte seine Stimme dabei sehr verächtlich geklungen, doch Barnabas erklärte gleichgültig: »Es sind die Herren der Insel. Ihnen gehört die Schaffarm – und für sie arbeite ich. In Papeete gehören ihnen einige Ko-

kosnussplantagen, doch dort läuft das Geschäft ohne ihr Zutun, während es hier immer mal wieder zu Schwierigkeiten kommt. Deswegen leben sie seit einiger Zeit hier.«

Katharina bereute es, in den letzten Tagen nicht mehr mit Aaron gesprochen zu haben, war sie sich doch gewiss, dass er ihr mehr über die Besitzverhältnisse auf der Insel hätte erzählen können.

»Was meinst du mit Schwierigkeiten?«

Unwillkürlich versteifte er sich. »Es leben nun mal so wenige Weiße hier – und so viele Rapanui«, meinte er ausweichend. »Salmon und Brander wollen einfach nur sicher sein, dass alles seinen Weg geht, mehr steckt nicht dahinter.«

Wahrscheinlich, so schoss es Katharina durch den Kopf, wollen sie so viel Profit wie möglich machen und persönlich darüber wachen, dass sie nicht darum betrogen werden, aber das sagte sie nicht laut, zumal Barnabas' Miene abweisend geworden war.

»Und du?«, fragte sie rasch, um ihn abzulenken. »Wie bist du auf die Insel gekommen?«

Kurz zögerte er, war dieses Thema schließlich ein persönliches, aber dann kam er wohl zu dem Schluss, dass seine eigene Geschichte nichts war, was er ihr verschweigen musste. »Meine Vorfahren stammen aus Schottland und sind nach Australien ausgewandert. Dort bin ich auf die Welt gekommen; seit ich denken kann, hat meine Familie von der Schafzucht gelebt, und ich habe von klein auf mitgearbeitet. Vor vielen Jahren hat einer der ersten Leiter der hiesigen Schaffarm, ein gewisser Jean-Baptiste Dutrou, Schafe von Australien hierherbringen lassen. Vierhundertachtundfünfzig Merinoschafe, genauer gesagt. Allerdings hat er nicht gewusst, wie man sie behandeln muss. Einundfünfzig sind bereits auf dem Weg hierher gestorben, und der Rest hat sich hier auf der Insel nicht weiter vermehrt. Also brauchte man jemanden, der diese Schafrasse in- und auswendig kennt. Vor einiger Zeit hat mir Alex Salmon ein Angebot gemacht, hier zu leben und zu arbeiten, und da mein älterer Bruder unsere Schaffarm geerbt hat, habe ich eingewilligt.«

Katharina war erstaunt, ihn so lange und lebhaft sprechen zu hören, vor allem aber über die Inbrunst, die er in die Rede legte. Er musste lieben, was er tat, sonst hätte er sich niemals die Anzahl der Schafe gemerkt, die einst hierhergekommen waren. Überdies fiel ihr wieder ein, dass er zunächst an Schafe gedacht hatte, als sie vorhin die Annonce erwähnt hatte. Dass er auch eine Ehefrau suchte, hatte er hingegen fast vergessen.

Nun, eine Insel, wo es – wie es jetzt auf der Fahrt bestätigt wurde – an Schafen keinen Mangel gab, war gewiss der rechte Ort für einen wie ihn. Ob auch sie sich hier auf Dauer heimisch fühlen konnte, wusste sie noch nicht, doch ehe sie darüber nachdenken konnte, schrie sie auf.

Wieder lag ein Hindernis auf der Straße, aber diesmal waren es keine Steine, sondern Knochen – angesichts ihrer Länge und des Totenkopfs ganz eindeutig als die eines Menschen erkennbar. Schon seit einer Ewigkeit mussten sie von der Sonne beschienen worden sein, denn sie waren bleich und großteils von Moos überzogen wie die Statuen. Als sie sich umdrehte, stellte sie erschaudernd fest, dass das Skelett auf dem Weg nicht das einzige war. Nicht weit von ihnen lag ein zweites im Gras.

Barnabas blickte sie verwundert an, weil sie so entsetzt aufgeschrien hatte. Offenbar war er es gewohnt, die Knochen ebenso zu ignorieren wie die Statuen, aber Timothy beugte

sich plötzlich nach vorne und sagte: »Das sind tote Rapanui. Sie sind allesamt von Weißen ermordet worden.«
Irrte sie sich, oder lag ein höhnischer Unterton in seiner Stimme, weil sie so erschrocken war?
»Red keinen Unsinn!«, fuhr Barnabas ihn an. »Sie sind nicht ermordet worden, sondern Krankheiten zum Opfer gefallen.«
»So oder so, ihre Geister spuken immer noch.«
Rosemary duckte sich ängstlich, während Timothy bloß grinste. Barnabas versetzte dem Sohn einen unsanften Stoß: »Halt nun endlich den Mund!«
Katharina fand zwar, dass der Junge diese schroffe Zurechtweisung nicht verdient hatte, war insgeheim jedoch froh, dass er wieder in Schweigen verfiel. Der Anblick der Skelette setzte ihr zu, und als sie daran vorbeigefahren waren, fühlte sie sich zu ausgelaugt, um noch mehr Fragen zu stellen.

7. Kapitel

Aaron war es unendlich schwergefallen, Katharina sich selbst zu überlassen, aber er wusste: Wenn er sie jetzt nicht ziehen ließ, würde er sich nicht länger beherrschen können. Er würde sie umarmen, würde ihr seine Liebe gestehen und ihr versprechen, immer für sie da zu sein.

Aber das durfte er nicht, und ehe sein fester Wille schwankte, hatte er Tane erblickt. Der war auf dem Weg zum Ufer von der Strömung etwas fortgetrieben worden, ein gutes Stück von den Hütten entfernt an Land gegangen und auf einem Stein sitzen geblieben, als gelte es, erst die Insel behutsam gnädig zu stimmen und auf ihren Willkommensgruß zu warten, bevor er sie näher erforschte. In seinen Zügen, die oft so viel Grimm und Bitterkeit gespiegelt hatten, stand heute ein verklärter Ausdruck, als hätte er soeben das Paradies betreten.

Als Aaron seinen Namen rief, zuckte er zusammen.

»Bald wird es Abend«, sagte Aaron, »wir sollten nach Menschen suchen.«

So bedächtig und respektvoll Tane Besitz von der Insel genommen hatte, so hastig sprang er nun auf, blickte sich um und schien erst in diesem Moment zu bemerken, dass sie bis jetzt nur Steinstatuen begegnet waren, keinen lebendigen Wesen. Als er Aaron zu den Hütten folgte, wirkte er immer beunruhigter und fragte schließlich bang: »Was, wenn hier niemand mehr lebt? Wenn von dem Volk, von dem ich abstamme, keiner mehr übrig geblieben ist?«

Aaron schüttelte den Kopf. »Keine Angst. Die Hütten in der Nähe des Strandes stehen zwar leer, aber in Hanga Roa leben offenbar viele Rapanui. Der Kapitän hat auch erwähnt, dass eine Mauer das Dorf umgibt.«

»Warum denn das?«, fragte Tane misstrauisch.

Aaron zuckte die Schultern. Die gleiche Frage hatte er selbst vorhin gestellt, jedoch keine Antwort darauf erhalten.

Vom Strand aus konnte man die Mauer nicht sehen, doch als sie sich nun dem Dorf näherten, erblickten sie tatsächlich eine steinerne Erhöhung. Sie war nicht sonderlich hoch – auch ein kleiner Mensch konnte sie mühelos überwinden –, doch der Anblick ließ Aaron unwillkürlich frösteln.

Eingesperrt … die Rapanui waren auf ihrer eigenen Insel eingesperrt worden …

Während er innehielt, schritt Tane entschlossen und nicht länger mit verklärtem, sondern finsterem Gesicht auf die Mauer zu. Bald hatte er ein schmales Tor entdeckt, das offen stand.

»Warum hat niemand gewagt, das Dorf zu verlassen, als das Schiff angelegt hat?«, fragte er mürrisch.

Wieder zuckte Aaron die Schultern, dachte sich seinen Teil, sagte es aber nicht laut, zumal Tane das Tor ohne Zögern durchschritt. Aaron folgte ihm schnell.

Die Häuser, die hier standen, wirkten noch armseliger und kleiner als die Hütten am Strand. Stille hatte sich über Hanga Roa gesenkt, obwohl auf dem runden Platz in der Mitte der Häuser unzählige Menschen hockten.

Bis auf Tane hatte Aaron kaum je Rapanui kennengelernt und darum erwartet, dass sie alle die bräunliche Gesichtsfarbe und die ebenmäßigen Züge des jungen Mannes haben würden. Doch nun stellte er fest, dass sich der Farbton ihrer Haut deutlich unterschied: Bei manchen war sie weiß, bei manchen dunkelbraun, desgleichen wie einigen weiches, kastanienbraunes Haar wuchs, anderen gekräuseltes schwarzes und es bei wieder anderen die Farbe von Zimt hatte. Obwohl die Rapanui saßen, stellte er fest, dass die meisten hochgewachsen waren, gut und wohlproportioniert schienen und niemand unter krummen Beinen oder einem Buckel zu leiden hatte. Einige Körper waren tätowiert, bei anderen die Ohrläppchen durchbohrt und mit so großen Schmucksteinen behängt, dass die Haut fast bis zur Schulter hing. Ein paar Frauen hatten ihre Gesichter mit Farbe bestrichen; fast alle waren in rote und weiße Tücher gekleidet, die sie sich kunstvoll um den Leib gewickelt hatten, und den Kopf schützten sie mit kleinen Hüten vor der Sonne.

So stolz, groß und stark sie jedoch wirkten, gaben sie sich zugleich völlig lethargisch. Kurz hatten sich alle Blicke auf sie gerichtet, doch alsbald hatte ein jeder wieder den Kopf gesenkt, als wären zwei Fremde – der eine ein Weißer, der andere ein Rapanui – es nicht wert, ausführlich gemustert zu werden.

Erst nach einiger Zeit bemerkte Aaron, dass nicht alle träge herumlungerten. Einige schnitzten Holzfiguren, und zwei Männer machten sich in den Gärten vor den Hütten zu schaffen, wo Zuckerrohr und Süßkartoffeln angebaut wurden. Doch auch diese sahen sie ganz ohne Gefühl an – als wären sie tot.

Tane schien sich nicht daran zu stören. Selbstbewusst trat er auf den Mann zu, der ihrem Blick am längsten standgehalten hatte, redete eine Weile auf ihn ein und bekam zu Aarons

Erstaunen schließlich sogar eine Antwort. Obwohl Aaron einige Worte Rapanui gelernt hatte, verstand er kaum ein Wort, stellte nur fest, wie unglaublich wohltönend und vokalreich die Sprache klang. Als er hinzutrat, verstummte der Mann sofort, und der Blick, der ihn traf, war nicht länger leer, sondern misstrauisch.

»Was hast du mit ihm beredet?«, fragte er Tane leise.

»Ich habe nach meiner Großmutter gefragt – offenbar lebt sie noch.«

Hinter der ersten Reihe Häuser standen noch weitere: Die Hütten waren noch niedriger und kleiner und in der Form von Booten errichtet worden. Aaron erinnerte sich, in sein Büchlein notiert zu haben, dass die Rapanui einst in unterirdischen Höhlen lebten, die die Lavamassen der Vulkane zurückgelassen hatten und die die ganze Insel unterwanderten. Später hatte man die ersten Hütten errichtet – aus dem Holz, das die katholischen Missionare aus Valparaíso mitgebracht hatten, aber auch aus den Resten untergegangener Schiffe, die regelmäßig ans Ufer geschwemmt wurden. Dieses Holz wurde wohl auch zum Bau von Kanus verwendet, wobei weit und breit keine Boote zu sehen waren – weder hier noch am Strand. Was hatte das zu bedeuten? Wagte wirklich keiner von den Menschen hier, die Mauer zu überwinden, obwohl diese so niedrig war und noch nicht einmal bewacht wurde?

Aaron folgte Tane zu einer der Hütten. Wegen der schlichten Bauweise hätte man sie auf den ersten Blick für einen Schafstall oder eine Scheune halten können, doch offenbar bewohnten gleich mehrere Familien dieses Haus, denn es war völlig überfüllt: Frauen, Männer und Kinder saßen dicht gedrängt auf dem Boden, der lediglich mit angehäuftem

Gras bedeckt war. Weder waren Betten noch Stühle oder Tische zu sehen. Auch von den Bewohnern der Hütte blickte kaum einer auf.

Aaron war an der Schwelle stehen geblieben und nahm neben dem Eingang ein paar hölzerne Eidechsenfiguren wahr. Er kannte zwar das Wort für das Tier – *moko* –, war sich aber nicht sicher, welchen Zweck die Figuren erfüllten. Vielleicht dienten sie der Abwehr von bösen Geistern.

Während er weiterhin zögerte, einfach einzutreten, war Tane regelrecht in die Hütte gestürzt, rief nun einen Namen und lief – noch ehe er eine Antwort erhalten hatte – auf eine alte Frau zu.

Aaron wusste nicht, wie er unter all den anderen Frauen gerade diese als seine Großmutter ausgemacht hatte, doch zu seiner Erleichterung war ihr Ausdruck alles andere als gleichgültig. Ihre Augen waren warm und gefühlvoll, weiteten sich erst ungläubig, als Tane auf sie einredete, dann freudig und wurden schließlich feucht. Vielleicht weinte sie aus Trauer, weil sie soeben gehört hatte, dass ihr Sohn und dessen Frau tot waren, vielleicht aus Freude, weil zumindest Tane zurückgekehrt war, vielleicht wegen beidem. In jedem Fall zog sie ihn an sich und umarmte ihn.

»Poki, poki!«, rief sie ein ums andere Mal. Kind, Kind!

Aaron musste lächeln. So stolz und ernst, wie Tane sich gab, hatte er so gar nichts Kindliches an sich, aber er freute sich von Herzen, dass er offenbar willkommen war, und auch, dass der Blick seiner Großmutter freundlich blieb, als er sich auf Aaron richtete. Sie nickte ihm zu, winkte ihn zu sich und stellte sich als Ika vor. Tane sprach ein paar Worte zu ihr und erklärte ihr offenbar, welchen Anteil er an seiner unverhofften Heimkehr trug, und ehe Aaron sie erreichte, erhob sich

Ika bereits, um unerwartet geschwind auf ihn zuzustürzen und ihn ebenfalls zu umarmen. Anders als die meisten Männer war sie sehr klein, die Hände geradezu winzig, dennoch war der Druck fest.

Als sie zurücktrat, erkannte Aaron, dass auch einige andere aufgestanden waren. Manche Männer trugen einen Kopfschmuck aus Pelikan-Federn, die mit ein paar Pferdehaaren zusammengehalten waren, doch so faszinierend dieser Anblick auch war – noch mehr Aufmerksamkeit zog eine junge, atemberaubend schöne Frau auf sich, die – anders als die Frauen im Freien – keinen aus Binsen und Stroh geflochtenen Hut, sondern Blumen in ihrem langen Haar trug. Sie waren so kunstvoll eingeflochten, dass man meinen konnte, sie kämen gleich der fülligen Locken aus ihrem Kopf gewachsen. Im Gegensatz zum exotischen Blumenschmuck erinnerte ihre schlichte Kleidung – ein knöchellanger Rock und eine Leinenbluse – an die einer Europäerin.

Ika rief etwas auf Rapanui, und wenig später fielen sich auch Tane und die junge Frau um den Hals. Wenn Aaron es richtig verstanden hatte, hieß sie Hina und war Tanes Cousine. Während sie schüchtern den Kopf senkte, als sie auch Aaron begrüßte, blickte ein kleines Mädchen unverhohlen neugierig zu Aaron hoch und schnitt Grimassen. Er fragte sie nach ihrem Namen, woraufhin sie sich als Nani vorstellte, Hinas Schwester. Und dann war da noch ihr Bruder Roro, gut einen Kopf kleiner als Tane, aber so stolz, wenn auch nicht so grimmig wie dieser.

Immer mehr Rapanui gaben ihre Zurückhaltung auf, redeten durcheinander, nannten Namen und erklärten Verwandtschaftsverhältnisse, doch so dankbar Aaron auch war, dass Tane von seiner Familie willkommen geheißen wurde, fühlte er sich selbst bald fehl am Platz, zumal ihm nicht entging, dass ihn einige Frauen angstvoll anstarrten. Als er sich jedoch zum Gehen wandte, stürzte Tanes Großmutter erneut auf ihn zu und drängte ihm *kamotes* – Süßkartoffeln – mit etwas Fisch auf.

Es wäre unhöflich gewesen, abzulehnen, und so ließ er sich auf dem Boden nieder und nahm das Essen entgegen. Während er und Tane hungrig aßen, senkte sich wieder Schweigen über die Hütte. Aaron wollte die Menschen nicht aufdringlich ansehen und beschäftigte sich darum erst mit dem Essen und später mit der Bauweise der Hütte.

Das Schilfdach wurde von Palmenzweigen gestützt – wobei er keine Ahnung hatte, woher die Menschen diese hatten, wuchsen auf der Insel seines Wissens doch keine Palmen. Hatte er zunächst keine Einrichtung wahrgenommen, entdeckte er nun in den Ecken Kalebassen, wo etliche Dinge aufbewahrt wurden: kleine Idole aus schwarzem Holz mit geschnitzten Verzierungen, Ruder mit Schnitzwerk, Feder-Kopfschmuck, Muscheln und kleine Töpfe für Trinkwasser. Aus den Ecken war ein Rascheln zu hören, und bald sah er zwei winzige Mäuse herumhuschen. Vage erinnerte er sich, vorhin eine Katze wahrgenommen zu haben und auch, dass neben dem Haus Kaninchen in einem Verschlag gehalten wurden. Während die Menschen bei Tag nur auf Gras saßen, schliefen sie in der Nacht wohl auf den geflochtenen Matten, die aufgerollt an den Wänden standen. Von der Decke hingen hölzerne, in Rindenbaststoff gewickelte Figuren.

»Kai ne ne«, erklärte Aaron, als er seine Mahlzeit beendet hatte. »Was für ein köstliches Essen.«

Die Großmutter strahlte. *»Maururu!«* – Danke!

Roro, Tanes Cousin, musterte ihn neugierig. »Die meisten

Weißen beherrschen kein Wort Rapanui.« Er sprach auf Französisch zu ihm, und das durchaus verständlich.

»Wie viele Weiße leben denn hier?«, fragte er.

»Etwa ein Dutzend.«

»So wenige?«, entfuhr es ihm. Er hatte erwartet, dass es mehr Männer bedurfte, die Schaffarm zu führen, doch offenbar brauchten die Tiere nicht viel Fürsorge.

»Und Rapanui?«

»Ka hoehanére« – etwa einhundert Männer –, wurde ihm geantwortet.

Auf weitere Nachfragen erfuhr er, dass ein Drittel in Mataveri lebte und der Rest in Hanga Roa. Frauen und Kinder waren da noch nicht mitgezählt.

»Und warum ist diese Mauer um die Häuser errichtet worden?«

Diesmal war es Ika, die ausführlich antwortete, und Tane übersetzte rasch ihr kaum verständliches Rapanui: »Vor vielen Jahren hat ein gewisser Jean-Baptiste Dutrou die Schaffarm geführt. Er war ein grausamer, despotischer Mann, der die Rapanui in Hanga Roa zusammenpferchen ließ. Die Mauer mussten sie selbst errichten, und die, die sich wehrten, wurden einfach umgebracht. Einmal hatten welche ein Loch in die Mauer gegraben, um Schafe zu stehlen und einige von Dutrous Männern umzubringen. Später wurden sie ins offene Meer geworfen.«

Mit jedem Wort wurde Tanes Wut größer, und seine Stimme klang ganz heiser. Als Roro ihm beisprang und weiter übersetzte, klang es hingegen wie ein melodischer Singsang, und obwohl er so Schreckliches verkündete, blieb seine Miene gelassen, als hätte er sich längst mit dem traurigen Schicksal seines Volkes abgefunden.

Aaron konnte nicht sagen, ob er schlichtweg ein duldsamer oder ein abgebrühter Mensch war. Er selbst war in jedem Fall bestürzt. Wie war es möglich, dass ein paar Hundert Rapanui von dem Dutzend Weißer unter Kontrolle gehalten wurden?

»Und jetzt?«, fragte er. »Dürft ihr Hanga Roa verlassen?«

»Die, die auf der Schaffarm arbeiten, schon.«

»Und der Rest? Warum reißt ihr die Mauer nicht einfach nieder oder klettert darüber?«

Es war Tane, der das wütend schrie, doch geantwortet wurde ihm nur mit Schulterzucken.

»Die meisten haben sich an das Gefängnis gewöhnt«, murmelte Roro.

Tanes Kiefer mahlten, während Aaron sich überlegte, was er zu alldem sagen sollte, ohne den Menschen zu nahe zu treten. Ehe er ein Wort hervorbrachte, verkündete eine fremde Stimme: »Die Rapanui sind ein gottverlassenes Volk.«

Der Mann, der eben die Hütte betrat, trug einen Kopfschmuck aus Federn wie die Rapanui, doch so rothaarig und blauäugig wie er war, war er unverkennbar Europäer.

Aaron starrte den Mann eine Weile an, bevor ihm klar wurde, dass die anderen mitnichten über sein Auftauchen erstaunt und folglich an seine Gegenwart gewöhnt waren.

»Auf ein Wort?«, fragte der ziemlich jung wirkende Mann, nachdem Aaron sich wieder gefasst hatte.

Aaron verstand, dass er das, was er zu sagen hatte, nicht vor den anderen aussprechen wollte. Rasch folgte er ihm nach draußen und war erleichtert, dass Tane bei seiner Familie blieb. Er ahnte, dass diesem nicht gefallen würde, was er zu hören bekam.

»Wer sind Sie?«, fragte Aaron.
»Dasselbe könnte ich Sie auch fragen. Es passiert nicht oft, dass sich ein Weißer in eine Rapanui-Hütte verirrt. Aber ich kann gern den Anfang machen. Vincent Pont ist mein Name, ich komme aus Brest.«
Sein Blick war nicht unfreundlich, doch sein Tonfall so spöttisch und beißend, als würde er seine eigenen Worte nicht ernst nehmen. Der Zug um seinen Mund wirkte resigniert.
Aaron stellte sich seinerseits vor und fragte dann erstaunt: »Wie hat es Sie aus Frankreich ausgerechnet hierher verschlagen?«
»Ach, das ist einige Jahre her. Ich war neunzehn, als ich meine Heimat verlassen habe, und noch grün hinter den Ohren. Ich wollte ein großes Abenteuer erleben, endlich mal aus Brest wegkommen, und so habe ich mich monatelang auf Schiffen verdingt. Aber das Meer bekommt mir nicht, ich leide schrecklich an der Seekrankheit, und als wir einmal vor der Insel ankerten, bin ich einfach hiergeblieben.« Er hob die Säge, die er in der Hand hielt. »Bevor ich an Bord des Schiffs ging, war ich Tischlerlehrling. Hier gibt es zwar nicht viel Holz, mit dem man arbeiten kann, aber gerade deswegen muss man mit dem wenigen vorsichtig umgehen. Ich bringe den Menschen bei, wie man das macht.«
Aaron ahnte, dass Vincent Pont im Innersten ein Menschenfreund wie er war, doch war er sich zugleich sicher, dass er das nie offen zugegeben hätte und lieber seine Abenteuerlust betonte.
»In den ersten Monaten habe ich am Anakena-Strand gelebt«, fuhr er fort.
»Das scheint sich mittlerweile geändert zu haben«, stellte Aaron fest.

»Genau. Ihretwegen.«
Vincent deutete auf eine Frau in der Ferne, die gerade einen Schilfkorb mit Bataten füllte.
»Das ist Maria, ich bin mit ihr verheiratet. Wir leben allerdings nicht in Hanga Roa. Der stete Anblick der Mauer und der lethargischen Menschen ist gar zu trist. Und Vaihu ist auch nicht der rechte Ort für uns, wir wollen nichts mit den Schaffarmern zu tun haben. Also haben wir uns im Norden der Küste fernab von den Siedlungen eine Hütte gebaut und kommen nur manchmal hierher, um uns mit Lebensmitteln einzudecken.«
»Und diese bezahlen Sie mit Ihrer Arbeitskraft als Tischler.«
»Na ja, die Rapanui haben nicht viel zu bieten. Manchmal mache ich auch Geschäfte mit den Weißen. Ich habe eine Weile Schafe für sie gehütet, aber eigentlich habe ich darauf wenig Lust. Kürzlich habe ich begonnen, Eukalyptus- und Feigenbäume anzubauen, aber ob die hier wirklich wachsen, weiß ich noch nicht.«
»Warum haben Sie vorhin denn gesagt, dass die Rapanui von Gott verlassen sind?«
Vincent Pont lachte freudlos auf. »Sehen Sie sich doch um! Niemand fühlt sich für diese Insel verantwortlich. Früher zog es regelmäßig Missionare hierher, jetzt kommen sie immer seltener. Ein gewisser Vater Roussel taucht manchmal auf, tauft ein paar Kinder, schließt ein paar Ehen und fährt wieder davon, ohne sich für das Schicksal der Menschen sonderlich zu interessieren. Und der Rest der Weißen – sie haben nur ihre Schafzucht im Kopf und den Gewinn, den sie damit machen können. Die Rapanui sind in ihren Augen bestenfalls willige Arbeiter – ansonsten stören sie nur.«
»Alexander Salmon und John Brander«, stellte Aaron fest.

»Genau. Ihnen gehört die Schaffarm. Sie leben in Vaihu und langweilen sich schrecklich. Gewiss verfluchen sie den Tag, da ihre Väter in die Insel investiert haben und sie selbst nicht die Gelegenheit genutzt haben, sie wieder loszuwerden, im Gegenteil. Vor einigen Jahren haben sie selbst für zigtausend Francs weitere Viehherden gekauft und erwartet, dass sie reich werden. Aber die Schaffarm ist nicht so einträglich wie erhofft, und sie haben auch unterschätzt, dass sie hier leben und alles überwachen müssen, um an ihren Gewinn zu kommen.« Er spuckte auf den Boden.

Barnabas Wilkinson, ging es Aaron durch den Kopf, ist wohl einer der Männer, die für Salmon und Brander arbeiten. Ob Katharina ihn schon kennengelernt hat? Was sie wohl gerade macht?

»Salmon und Brander können auf dieser fernen Insel tun und machen, was sie wollen. Aber wenn man als Preis die Einsamkeit zu zahlen hat, macht es keinen Spaß.«

»Gibt es denn keinen Rapanui-König?«, ertönte hinter ihnen eine Stimme. Tane war herausgetreten und hatte wohl die letzten Worte gehört.

Vincent musterte ihn flüchtig. »Doch, doch«, sagte er, »als Pater Roussel kürzlich auf die Insel kam, erhob er einen gewissen Tekena, den er Atamu – Adam – taufte, zum König, außerdem zwei Kanzler und zwei Richter. Eine Farce, wenn ihr mich fragt, denn niemand nimmt sie ernst. Er hat es wohl nur getan, um die Ländereien zu schützen, die offiziell noch der Kirche gehören, nicht, um sich für das Volk einzusetzen.«

»Wie kommt es, dass ein Pfaffe bestimmt, wer hier König wird?«, zischte Tane erbost.

»Sonst tut es ja niemand. Sieh dich doch um. Die meisten

hocken träge herum und haben sich ihrem Schicksal ergeben. Wenn noch mehr Rapanui lebten – vielleicht wäre alles anders. Aber die paar Hundert? So viele der stolzen Anführer und Gelehrten sind in den letzten Jahrzehnten entweder als Sklaven verschleppt worden oder den Krankheiten zum Opfer gefallen, die die Weißen eingeschleppt haben – Tuberkulose, Pocken und Dysenterie.«

Tane blickte kurz bestürzt drein. Womöglich packte ihn die Angst, dass auch er eine Krankheit bringen könnte. Allerdings machte er einen gesunden Eindruck, und so fasste er sich schnell wieder und hob die Faust. »So kann es nicht weitergehen!«

Vincent Pont bedachte ihn nur mit einem traurigen Lächeln, Aaron jedoch klopfte ihm beschwichtigend auf die Schulter. »Aber heute wirst du nichts mehr ändern können. Geh lieber zu deiner Großmutter, sie will sicher alles über die letzten Jahre deiner Eltern wissen.«

Zu seiner Erleichterung fügte sich Tane widerspruchslos, und Aaron wandte sich wieder an Vincent: »Wenn dieses Volk so gottvergessen ist, wie Sie sagen – warum bleiben Sie hier?«

»Ich glaube nicht an Gott, nur an die Freiheit, und die habe ich hier gefunden. Außerdem liebe ich meine Frau und habe eine Schwäche für verlorene Sachen. Falls Sie tatsächlich daran denken, hierzubleiben, scheint es Ihnen ähnlich zu gehen. Es ist eine mühsame, wenn nicht gar unmögliche Aufgabe, hier etwas zu ändern, das Volk aus seiner Lethargie zu reißen, ihnen Land und Rechte zurückzugeben und die Schaffarmer in ihre Grenzen zu weisen.«

»Ich gebe nicht so schnell auf.«

»Ich auch nicht. Ich werde wohl den Rest meines Lebens

hier verbringen. Und wenn Sie diese Ziele erreichen wollen, wird Ihnen wohl auch nichts anderes übrig bleiben.«

Am nächsten Morgen verließ Aaron Hanga Roa schon frühmorgens. Er hatte beschlossen, nach Vaihu aufzubrechen, Alexander Salmon und John Brander kennenzulernen und mehr über die Lage auf der Insel herauszufinden. Tane wäre sicher gerne mitgekommen, doch Aaron weihte ihn nicht in seine Pläne ein. Ein grimmiger Rapanui an seiner Seite hätte es ihm deutlich schwerer gemacht, sich umzuhören und – wenn möglich – ein wenig Vertrauen zu erwerben.

Tanes Großmutter hatte ihn gestern Abend dazu eingeladen, im überfüllten Haus zu schlafen, doch Aaron hatte es vorgezogen, sich in eine der leer stehenden Hütten direkt an der Bucht zurückzuziehen. Kaum verließ er diese und ging Richtung jener Straße, die nach Osten führte und die wohl gestern auch Katharina genommen hatte, stieß er am Strand zu seiner Überraschung auf den Kapitän und die Matrosen des Schiffs. Offenbar suchten sie doch noch das Gespräch mit den Schaffarmern, ehe sie wieder den Anker lichten würden.

Einer der Männer, mit denen sie redeten, war sehr groß und hinkte.

»Er heißt *pa'ea*«, ertönte eine Stimme neben ihm.

Aaron fuhr herum und sah die kleine Nani neben sich stehen. Sie musste aus der Hütte geschlichen sein und die Mauer überwunden haben. Kurz überlegte er, ob es nicht besser wäre, sie wieder zurückzuschicken, ermahnte sich dann aber, dass die Rapanui keine Gefangenen waren und dass er nicht noch dazu beitragen durfte, dass sie sich als solche fühlten.

»Das heißt ›Humpler‹, nicht wahr? Kennst du auch seinen richtigen Namen?«

»Alexander Salmon.«

Er bedankte sich, und da sie ihn weder begleiten noch er sie einfach allein zurücklassen wollte, sagte er: »Deine Schwester Hina macht sich sicher Sorgen um dich.«

Nani starrte ihn eine Weile nur ausdruckslos an, nickte schließlich und lief zurück Richtung Mauer. Aaron sah ihr nach, bis sie verschwunden war, und als er sich wieder umdrehte, war von Alexander Salmon nichts mehr zu sehen. Ein anderer Mann hingegen schrie wütend auf den Kapitän ein, und als Aaron näher trat, erkannte er den Grund für den Streit. Offenbar beschwerte sich der Fremde, dass der gewünschte Branntwein nicht angekommen war.

Aaron vermutete, dass es John Brander junior war. Auch wenn er keinen neuen Branntwein bekam, musste er noch Vorräte besitzen, denn seine Augen waren blutunterlaufen, und sein Oberkörper schwankte, als er herumfuhr und Aaron sah.

»Wer sind Sie denn?«, rief er lallend.

»Aaron Hayes. Ich bin Missionar.«

»O Gott«, stöhnte der andere, »noch einer von den katholischen Pfaffen … Ich war so froh, als sie endlich weg waren. Sie haben ja doch nur dumme Ideen im Kopf.«

»Ich bin Methodist – kein Katholik.«

»Dann haben Sie hier erst recht nichts verloren.«

»Es ist doch meine Entscheidung, ob ich hier bin, oder nicht?«

»Die Insel gehört meinen Herren.«

Also war er doch nicht John Brander. Als Aaron ihn fragend ansah, erklärte er: »Frank Allen ist mein Name, ich bin einer der Verwalter der Schaffarm. Und ich gebe Ihnen einen guten Rat: Besteigen Sie das Schiff und gehen Sie, solange Sie noch können. Hier wird man verrückt.«

Aaron ging nicht darauf ein. »Wie können Sie behaupten, dass die Insel in Salmons und Branders Besitz ist? Auch wenn sie einfach das Land besetzt haben – die Insel gehört noch immer dem Volk, das es bewohnt.«

Frank Allen lachte bitter auf, ließ sich jedoch gar nicht erst auf eine Debatte ein und wankte davon.

Auch Alexander Salmon hatte, wie Aaron nun in der Ferne sah, mittlerweile sein Pferd bestiegen und ritt davon. Gestern hatte Aaron noch von Roro erfahren, warum er und seine Männer in Vaihu, einem Ort an der Südküste der Insel, lebten: Es lag näher an den Schaf- und Kuhherden in Hotu Iti.

Während Aaron noch überlegte, ob er ihm wie geplant nach Vaihu folgen sollte, wanderten seine Gedanken ungewollt zu Katharina. Wie sie wohl die erste Nacht verbracht hatte! Nicht auszudenken, dass ihr Mann womöglich ein Säufer wie Frank Allen war!

Während er noch reglos dastand, ertönte hinter ihm ein leises Lachen. Er fuhr herum und sah einen weiteren Fremden auf sich zukommen, der weder körperlich versehrt wie Alex Salmon noch ein Trunkenbold wie Frank Allen zu sein schien, sondern nahezu übertrieben elegant gekleidet war: Seine Hose war aus einem schwarzen Stoff, das Hemd blütenweiß und der Spitzenkragen so eng, dass Aaron sich unwillkürlich fragte, ob er genug Luft zum Atmen bekam. So lange, wie er lachte, musste es wohl der Fall sein. Das blonde Haar fiel in weichen Locken auf seine Schultern, doch während ihm das etwas Knabenhaftes gab, war seine Haut nicht rosig und weich, sondern von Sonne und Wind gegerbt und mit vielen Narben übersät. Vielleicht war er als Kind an den Pocken erkrankt. Als Aaron auf ihn zuschritt, hörte er zu lachen auf, legte aber den Kopf schief und wirkte weiterhin sehr amüsiert.

»Sieh an, sieh an, ein Mann Gottes auf einer Insel, wo es Gott nicht mehr gibt.«

Er wählte fast dieselben Worte wie Vincent Pont, doch was bei diesem ein Zeichen von Schicksalsergebenheit sein mochte, klang aus dem Mund dieses Mannes irgendwie bösartig.

»Wollen Sie mir auch sagen, dass ich hier nichts verloren habe, weil die Insel der Kompanie Salmon-Brander gehört?«, fragte Aaron nicht ohne Streitlust.

Der Mann begann, ihn mit gemächlichen Schritten zu umrunden. Obwohl sein Lächeln freundlich wirkte und er nichts Rohes oder Mürrisches an sich hatte, entspannte sich Aaron kein bisschen.

»Sie können machen, was Sie wollen, aber was die Besitzverhältnisse anbelangt, so stimmt es, was Frank Allen gesagt hat. Die Insel gehört den Einheimischen nicht mehr. Vor vielen Jahren haben sie sie an Dutrou verkauft.«

Aaron schwieg. Er hatte schon mehrmals diesen Namen gehört und desgleichen genügend Geschichten, die ihn als Teufel auf Erden auswiesen.

»Jean-Baptiste Dutrou-Bornier hat sich später zu Juan I., dem König der Osterinsel, erklärt«, fuhr der Fremde fort.

»Aber …«

»Er war größenwahnsinnig, gewiss, ein eitler Beau und machthungrig. Ein Verbrecher war er übrigens auch, zweimal ist er in Frankreich nur knapp der Exekution entkommen. Aber genau das wertete er als Zeichen, dass er von nun ab tun und lassen konnte, was er wollte.« Er klang fasziniert und anerkennend, und Aaron wurde immer unbehaglicher zumute.

»Jean-Baptiste Dutrou-Bornier kam vor zwanzig Jahren auf die Insel, im Auftrag von Salmon und Brander senior – den Vätern der heutigen Besitzer. Er war es, der den Eingeborenen das Land abgeschwatzt und zur Schaffarm gemacht hat. Der Verkauf ging ganz rechtmäßig über die Bühne.«

Wieder klang es bewundernd, als hätte Dutrou eine Großtat begangen.

»Man muss es ihm lassen: Zu dieser Zeit wurden zwanzig Tonnen Wolle im Jahr hergestellt, so viel schaffen wir heute nicht mehr. Leider hat Dutrou am Ende den Verstand verloren. Ehe er alle Rapanui losgeworden ist, wurde er von ihnen umgebracht. Passen Sie also auf, wem Sie den Rücken zuwenden.«

Der Fremde tat es nun selbst gemächlich, ließ ihn einfach stehen und schritt auf sein Pferd zu.

»Warten Sie! Wer sind Sie?«

»Archibald Smythe. Einer der beiden Verwalter. Alle Menschen, die etwas auf dieser Insel zu sagen haben, arbeiten für die Kompanie – alle anderen werden verschleppt oder sterben.«

Aaron fügte einen weiteren Namen auf seiner imaginären Liste hinzu. Alex Salmon, John Brander, Frank Allen, Barnabas Wilkinson, Vincent Pont. Dann gab es die Frau, mit der Katharina gestern gesprochen hatte, und nun diesen pockennarbigen Mann, dessen Gesicht kaum merklich näher an seines rückte.

Aaron tat ihm nicht den Gefallen, zurückzuzucken. »Soso …

sie werden verschleppt oder sterben«, wiederholte er die letzten Worte. »Ist das eine Drohung?«
Archibald Smythe wiegte seinen Kopf hin und her. »Aber, aber, warum ein so böses Wort benutzen? Es ist schlichtweg so, dass es hier bloß Schafe gibt und natürlich die vielen Statuen, aber die sind großteils umgefallen, und die meisten sind außerdem blind. Selbst die, die noch Augen haben, beglotzen das Geschehen gleichgültig. Was hier geschieht, interessiert keinen Menschen. Warum auch? Es gibt keinen sicheren Ankerplatz, kein Holz als Brennstoff, kein Süßwasser. Man ist Wind, Flut, Nebel ausgeliefert, ganz zu schweigen davon, wie entlegen dieses Eiland ist. Weder Briten noch Franzosen, die sonst so eifrig bemüht sind, ihre Kolonien zu vergrößern, wollen die Insel haben, und auch die Missionare sind bald geflohen, weil es langweilig ist, an einem Ort Gutes zu tun, wo es keiner sieht. Hier kann man nichts anderes machen, als Schafe zu züchten – und meine Herrschaften tun das. Hüten Sie sich, ihnen Schwierigkeiten zu bereiten.«
Je länger er sprach, desto eisiger wurde sein Blick, und am Ende war sein Lächeln verschwunden.
Aaron verkniff sich eine Widerrede, aber innerlich wusste er, ja schwor er sich: Eine Gruppe hochnäsiger Geschäftsleute hatte beschlossen, die Insel und ihre Bewohner auszubeuten – noch rücksichtsloser und grausamer als auf den Kokosplantagen von Tahiti –, und niemand stellte sich gegen sie oder spornte das in Lethargie versunkene Volk der Rapanui dazu an, sich zu widersetzen.
Nur er – er war jetzt da. Und er würde genau das tun.

8. Kapitel

Katharina verlebte die ersten Stunden wie im Traum. Ein Teil von ihr schien auf dem Schiff zurückgeblieben zu sein, und der, der die Insel betreten hatte, war merkwürdig gefühlskalt. Sie wusste, wenn sie zu sich kommen würde, wäre sie tief enttäuscht vom wortkargen Barnabas und noch mehr vom ärmlichen Haus, in das er sie brachte, aber noch erreichten sie keine Gefühle. Wie aus weiter Ferne sah sie sich zu, und was immer auch passierte – sie tröstete sich damit, dass es noch schlimmer hätte kommen können.

Nach der Ankunft in dem Haus – eher eine Hütte, deren Erdgeschoss in zwei Räume unterteilt war und deren Dachgeschoss so niedrig war, dass ein großer Mann nur gekrümmt stehen konnte – hatte Barnabas ihr nicht erklärt, wie es jetzt weitergehen sollte. Er hatte auf einen Stuhl im Wohnraum gedeutet, die Kinder nach draußen geschickt und schließlich einen Teller mit Essen vor sie hingestellt. Was immer er gekocht hatte, es war so verbrannt, dass man es unmöglich erkennen konnte, und Katharina stocherte eine Weile lustlos herum, ohne einen Bissen herunterzubringen. Er sah ihr schweigend zu, und erst als sie ihn erwartungsvoll anblickte, fing er zu reden an – allerdings nicht über sie beide, sondern einmal mehr über die Schafzucht. Erneut erlebte sie, dass – wann immer die Tiere Erwähnung fanden – seine Stimme leidenschaftlicher klang und seine Augen glänzten.

»Im Augenblick gibt es etwa zehntausend Schafe auf der Insel, die Mehrheit davon ist eine schottische Rasse. Für zwei Drittel trage ich die Verantwortung. Außerdem gibt es an die tausend Rinder und gut einhundert Pferde, aber um die kümmern sich die beiden Verwalter. Frank Allen und Archibald Smythe.«

»Haben die Rapanui auch Tiere?«

Er blickte sie an, als spräche sie eine fremde Sprache, obwohl sie sich doch so um ein gutes Englisch bemühte. »Keine Ahnung«, sagte er schnell. »Die Schafe weiden überall, schließlich gibt es hier kaum Gefahren, vor allem keine wilden Tiere. Außerdem haben wir viele Hütehunde, die Alarm schlagen würden, falls sich irgendeines verirrt. Das Hauptproblem ist die Wasserversorgung. Von den einst einundzwanzig Brunnen geben nur noch drei Wasser – für die Tiere reicht das nicht.«

Katharina starrte ihn an und war plötzlich unendlich müde. Warum redete er von Brunnen, anstatt zu fragen, wie sie sich fühlte? Warum machte er sich um das Wohl der Tiere Gedanken, während sie ihn noch kein freundliches Wort zu seinen Kindern hatte sagen hören?

Er sah in ihrem forschen Blick jedoch keine Kritik, sondern nur die Aufforderung, fortzufahren: »Die Brunnen sind nicht mit Viehtränken ausgestattet, und außerdem wurde bislang kein Geld in Leitungen investiert. Das bedeutet, dass die Tiere lange Wege zurücklegen müssen, um ihren Durst zu stillen. Ich bin da anderer Meinung als Mr. Salmon, aber ich habe mich ihm zu fügen.«

So wichtig ihm die Schafe waren – offenbar hatte er doch nicht genügend Rückgrat, um für sie zu kämpfen.

Aaron war da ganz anders …

Obwohl sie sich bis jetzt jeden Gedanken an ihn verboten

hatte, konnte sie sich dieses Vergleichs nicht erwehren, doch sie war zu erschöpft, um den Schmerz und die Enttäuschung zu fühlen, die noch in den letzten Tagen so unerbittlich an ihrer Seele genagt hatten.

»Wir nutzen auch das Wasser von den Kraterseen«, fuhr Barnabas fort. »Es gibt insgesamt drei davon. Doch wenn es zu wenig regnet, entstehen dort oft Sümpfe, in denen die Tiere stecken bleiben. Man muss sie mit Lassos wieder herausholen – vorausgesetzt, dass man sie rechtzeitig entdeckt. Einige sterben dort, und ihre Kadaver sowie die faulenden Pflanzen verderben das Wasser. Es stinkt entsetzlich und verursacht viele Krankheiten.«

Stille senkte sich über sie. Barnabas hatte die ganze Zeit über an ihr vorbeigesehen und duckte sich nun noch tiefer. Ihr wurde bewusst, dass er sich wohl nicht minder betäubt und überfordert fühlte wie sie, nicht fähig, sich der widerstreitenden Gefühle zu stellen oder ihrer gar Herr zu werden, und sie gab sich einen Ruck.

»Werde ich dir künftig bei der Schafzucht helfen?«, fragte sie.

»Natürlich nicht!« Er klang nahezu erschrocken, als wäre dies ein Sakrileg. »Ich bin für die Tiere zuständig und du für das Haus. Du musst es sauber halten, das Essen kochen und im Garten arbeiten. Meine Frau hat versucht, einiges anzubauen, als wir damals auf die Insel kamen, aber das ist lange her.«

Katharina war froh, dass er erstmals seine Gattin erwähnte, deren Pflichten sie künftig übernehmen würde. Bis jetzt hatte er ihr das Gefühl gegeben, sie sei bloß eine neue Dienstmagd.

Ehe sie es bereuen konnte, beugte sie sich vor und fragte: »Wann … und vor allem: Wie heiraten wir?«

Barnabas hob vorsichtig seinen Blick, musterte sie flüchtig, starrte alsbald aber wieder auf seine Hände, die er nervös ineinander verknotete. Kurz flackerte die Hoffnung auf, er würde eine Heirat rundum ablehnen, seine Annonce als Irrtum bezeichnen und sie wegschicken. Doch stattdessen wollte er nur wissen, ob sie katholisch oder protestantisch war.

»Protestantisch«, murmelte sie.

»Hm, das wird vielleicht schwierig.«

»Ich habe gehört, dass alle paar Monate ein katholischer Priester auf die Insel kommt. Auch wenn ich seine Konfession nicht teile, wird er uns doch sicher lieber vor Gott trauen, als dass wir in Sünde zusammenleben.«

Sie kämpfte um ein Lächeln, aber es fiel ihr schwer, nicht nur, weil Barnabas' Hände ganz rot anliefen, so fest umkrampfte er sie, sondern weil sie an Aaron denken musste … *Pastor* Hayes, der gewiss befähigt wäre, sie zu trauen.

Nein, nein, nein!, schrie alles in ihr.

Gott sei Dank wusste Barnabas nichts von dessen Ankunft.

»Dann warten wir also auf den katholischen Priester«, murmelte er.

»Und bis dahin?«, fragte sie.

Barnabas blickte sich um, als würde er sein Haus zum ersten Mal betrachten. Außer dem kleinen Schlafzimmer neben dem Wohnraum, in dem er nächtigte, und dem Zimmer der Kinder im Dachgeschoss gab es keine Schlafgelegenheit, was bedeutete, dass sie hier nur als seine Frau leben konnte – oder gar nicht.

»Mr. Salmon ist so etwas wie der oberste Verwalter der Insel«, erwiderte er. »Er … er kann uns eine Heiratsurkunde ausstellen.«

Katharina nickte langsam, und abermals senkte sich Schweigen über sie. Endlich löste Barnabas die verknoteten Hände und erhob sich so abrupt, dass er am Tisch anstieß. Kein Schmerzenslaut entwich seinem Mund. »Ich muss kurz nach den Schafen sehen«, sagte er lediglich.

Er verließ die Stube, ohne sich umzudrehen, schickte zumindest aber die Kinder wieder zu ihr hinein.

Timothy musterte sie lauernd, Rosemary wirkte sehr schüchtern. Immerhin wagte sie es, das Wort an Katharina zu richten: »Kochst du uns etwas?«

Katharina konnte es den Kindern nicht verdenken, dass sie genauso wenig Lust auf das verbrannte Zeug hatten wie sie. Etwas hilflos blickte sie sich um. Im einfachen Herd brannte kein Feuer, und sie hatte keine Ahnung, wie sie eines machen konnte. Vor allem hatte sie keine Ahnung, mit welchen Lebensmitteln sie überhaupt kochen sollte: Gelagert wurden im Haus offenbar keine. »Zeigt ihr mir den Garten?«

Keine Reaktion.

»Timothy, Rosemary«, rief sie ihre Namen in der Hoffnung, sie zu erreichen.

»So nennt uns keiner«, schnaubte Timothy nahezu gekränkt, »nur Tim und Romy.«

Kurz fühlte sich Katharina so überdrüssig wie in den Stunden, da sie gezwungenermaßen auf ihre Nichten und Neffen achtgeben musste, aber so gar keine Lust darauf hatte, sich mit trotzigen und bockigen Kindern auseinanderzusetzen. Sie war so müde, sie wollte sich am liebsten irgendwo verkriechen, sich die Decke über den Kopf ziehen, nichts mehr hören, nichts mehr sehen! Stattdessen reckte sie entschlossen das Kinn. »Das wusste ich nicht, so wie ich vieles noch nicht weiß. Deswegen müsst ihr mir helfen. Zeigt ihr mir jetzt den Garten?«

Tim rührte sich nicht, aber Romy trat auf sie zu, nahm ihre Hand und führte sich nach draußen. Ihre kleinen Finger waren weich und warm.

Das Haus war etwas abseits von der restlichen Siedlung errichtet worden. Von den anderen Gebäuden sah man nur die Dächer, aber weit und breit keinen ihrer Bewohner. Das Meer rauschte sanft, doch mehr als ein schmaler blauer Streifen ließ sich von hier nicht erkennen. Verwundert nahm Katharina die Bäume wahr, die gleich hinter dem Haus standen und die ihr bei der Ankunft entgangen waren: Akazien, Eukalyptusbäume, Pinien, Zypressen und Kokospalmen. »Ich habe gehört, dass es auf der Insel keine Bäume gibt und deswegen das Holz knapp ist!«, rief sie verwirrt.

Romy schwieg, doch Tim, der ihnen auf leisen Sohlen gefolgt war, erklärte mit einem verächtlichen Unterton: »Die Missionare haben sie gepflanzt. Es gibt auch Pfirsich- und Orangenbäume.«

»Orangen sind lecker!«, meinte Katharina.

»Aber wir kriegen keine«, erwiderte Tim finster, »nur Mr. Salmon und Mr. Brander.«

Katharina unterdrückte ein Seufzen, als sie den Garten musterte. Mit viel gutem Willen konnte man ihn als verwahrlost bezeichnen, doch ganz nüchtern betrachtet hätte auch eine begeisterte Gärtnerin – die sie im Übrigen niemals gewesen war – daran gezweifelt, hier jemals etwas zum Gedeihen zu bringen: Eine lehmige Schicht bedeckte das trockene Gras. Darüber wuchsen ein paar Sträucher, deren Zweige verdorrt oder verfault, in jedem Fall aber von jeder Menge Stacheln übersät waren. Ganz zu schweigen von dem Unkraut, das auf jedem noch so kleinen Fleckchen fruchtbarer Erde wucherte. Selbst wenn es ihr gelang, es gemeinsam mit den

Sträuchern zu beseitigen und den Boden umzustechen – gab es überhaupt Samen, die sie säen konnte? Und konnten wegen der häufigen Passatwinde Pflanzen überhaupt gedeihen? Eine Weile stand sie ganz steif, dann ging sie ohne eine weitere Frage wieder hinein. Für heute war sie zu müde, um sich um den Garten zu kümmern. Sie widerstand dem Drang, sich auf die Bank fallen zu lassen, und betrachtete stattdessen das aus unterschiedlichem Holz geschreinerte Regal hinter dem Tisch. Einige Kochtöpfe, die von einer dicken Schmutzschicht bedeckt waren, befanden sich darin, außerdem Seife, eine Dose mit Tee, Bindfaden und ein Gefäß mit einer Flüssigkeit, die ziemlich ranzig roch.

»Was ist denn das?«

»Delfinöl für Lampen«, erklärte Romy.

»Und wo bewahrt ihr die Lebensmittel auf? Was esst ihr eigentlich für gewöhnlich?«

»Bataten.«

Wo sich diese befanden und wie sie sie zubereiten sollte, sagte sie nicht.

Katharina fühlte sich immer hilfloser und unbehaglicher, doch ehe ihr die aufsteigenden Tränen die Wangen herunterliefen, kehrte Barnabas zurück. Sie war erleichtert, ihn zu sehen, und noch mehr, dass er nicht weiter hinterfragte, was sie bis jetzt getrieben hatte. Stattdessen sagte er nur: »Kannst du die Schafe melken? Ein paar gehören uns und versorgen uns mit Wolle, Milch und Käse.«

Auch wenn die Tiere sonst in seinen Verantwortungsbereich fielen, gehörte das wohl in seinen Augen zur Frauenarbeit. Katharina wusste zwar, wie man Kühe molk, hatte mit Schafen hingegen noch nie etwas zu tun gehabt. Dennoch war sie froh über die Gelegenheit, aus der Stube zu fliehen und wenig später den kleinen Stall zu betreten, der sich nicht weit vom Haus entfernt befand. Fünf Schafe standen darin und glotzten ihr regelrecht feindselig entgegen, doch sie versuchte, sie zu ignorieren, und sah sich nach einem Krug um. Der war so schmutzig wie das Geschirr und überdies halb voll mit ranziger Milch. Sie schüttete sie aus, war jedoch zu erschöpft, um ihn eigens auszuwaschen, stellte ihn unter das Euter des Schafs, das am freundlichsten wirkte, und fing an, aus der Zitze Milch zu pressen. Zumindest versuchte sie das. Das Schaf wehrte sich zwar nicht, aber auch wenn sie ihre ganze Kraft zusammennahm, schoss kein dicker Strahl hervor, wie sie es vom Melken einer Kuh gewohnt war, sondern nur ein paar Tropfen. Sie hatte kaum den Boden des Krugs bedeckt, als ihre Finger von der Anstrengung taub waren, und sie entschied, es für heute gut sein zu lassen.

»So wenig nur?«, fragte Barnabas, als sie damit ins Haus kam.

Ihr lag eine trotzige Bemerkung auf den Lippen, aber sie wollte nicht schon am ersten Tag mit ihm streiten. Auch er sagte nichts mehr. Immerhin war ihm eingefallen, dass sie nichts kochen konnte, wenn keine Lebensmittel da waren, und holte aus einem Verschlag hinter dem Stall, der ihr bisher entgangen war, einen Sack mit Bataten. Während sie sie schälte, machte er Feuer im Herd.

Später aß sie hungrig und störte sich nicht daran, dass die Bataten nach nichts schmeckten. Hinterher hatte sie jedoch das Gefühl, als wäre ihr Magen voller Steine. Ihre Lider wurden schwer, und kaum stützte sie ihren Kopf auf die Hände, war sie – noch am Tisch sitzend – eingeschlafen. Dort erwachte sie Stunden später, als bereits der Morgen graute, hatte Barnabas doch keine Anstalten gemacht, sie ins

Bett zu tragen und gar zuzudecken. Rücken und Nacken taten ihr weh, ihre Zunge klebte am Gaumen, und ihre Hände waren eiskalt. Die Kinder, die noch vor ihr erwacht waren, blickten sie schweigend an, Barnabas war offenbar schon zu den Schafen gegangen – und sie hatte keine Ahnung, was nun zu tun war.

Stöhnend massierte sie ihren Nacken und widerstand dem Drang, die Augen zu schließen und gleich wieder einzuschlafen.

Vielleicht könnte sie erneut Milch melken, überlegte sie. Wenn sie es schaffte, mehr als gestern aus den Zitzen zu pressen, wollte sie das als Zeichen werten, dass sie sich doch noch an das Leben hier gewöhnen konnte. Und tatsächlich gelang es ihr, zumindest den Boden des Krugs mit Milch zu bedecken.

Am nächsten Tag lernte Katharina einige der anderen Weißen kennen, die auf der Insel lebten. Frank Allen war einer der Verwalter, der direkte Vorgesetzte von Barnabas und so betrunken, dass er hinterher wohl nicht zu sagen vermochte, ob er eben einer Frau oder bloß einem weiteren Schaf begegnet war. Katharina war überzeugt, dass sie nie ein vernünftiges Wort mit ihm würde wechseln können, und darum froh zu hören, dass es nicht nur einen zweiten Verwalter gab – Archibald Smythe mit Namen –, sondern dieser, anders als Frank Allen, verheiratet war. Sie hoffte, eine nette Frau kennenzulernen, zumal von Myra hier in Vaihu nichts zu sehen war. Doch Barnabas erklärte, dass Mrs. Smythe sehr zurückgezogen lebe, keinen Kontakt wünsche und man Archibald selbst besser aus dem Weg ginge. Dass er Mr. Salmon und Mr. Brander seine künftige Frau vorstellen musste, stimmte ihn sehr verlegen, doch da Ersterer die Heiratsurkunde ausstellen sollte, fügte er sich ins Unvermeidliche. Alex Salmon hinkte, gab sich griesgrämig und behandelte Katharina wie eine lästige Störung, die nur unnötige Arbeit verursachte. John Brander wiederum war zwar nicht unhöflich, wirkte jedoch so gelangweilt, als wäre auf der Insel ein Teil seiner Seele eingeschlafen. Wie Frank Allen suchte er wohl häufig Trost im Alkohol, schien aber besser einschätzen zu können, wann es genug war.

Katharina hatte erwartet, dass die wenigen Weißen einen starken Zusammenhalt pflegen würden, merkte nun jedoch, dass hier nicht nur jeder für sich allein kämpfte, sondern zwischen den Herren der Insel und ihren Angestellten eine tiefe Kluft stand.

Alex Salmon hatte ihnen beschieden, dass er ihnen die Urkunde erst am Abend ausstellen könnte, und Katharina war insgeheim froh über die Verzögerung. Als sie bei Sonnenuntergang wieder an seine Tür klopften, erwies er sich genauso mürrisch wie am Morgen, war aber immerhin bereit, etwas länger mit ihr zu sprechen. »Sind Sie sicher, dass Sie hierbleiben wollen?«, fragte er. »Das Leben auf der Insel ist hart und bietet nur wenig Abwechslung. Noch haben Sie die Möglichkeit, es sich anders zu überlegen.«

Katharina war sich sicher: Wenn er sich als freundlicher, mitfühlender Mann erwiesen hätte, der ehrlich um ihr Wohl besorgt war, wäre etwas in ihr zusammengebrochen und sie hätte unumwunden zugegeben, wie enttäuscht sie war. So aber ahnte sie, dass es den Mann nur noch überdrüssiger stimmen würde, wenn sie ihre Entscheidung zurücknahm.

Barnabas hingegen betrachtete sie angespannt, was man mit

gutem Willen als Zeichen werten konnte, dass er dringend einer Frau bedurfte und sich inständig wünschte, sie würde bleiben.
»Ich bin das Kind deutscher Einwanderer«, erklärte sie stolz, »ich weiß schon, was ich tue, und ich bin ziemlich zäh.«
Wenig später unterschrieb sie die Heiratsurkunde mit dem Namen Katharina Steiner.
»Das ist falsch«, erklärte Alexander Salmon missmutig. »Sie sind doch jetzt Catherine Wilkinson.«
»Wilkinson mag ich künftig heißen, aber ich bleibe Katharina«, bestand sie trotzig. Wenigstens ihren Namen wollte sie behalten, wenn sie schon in der Fremde lebte.
Als sie noch einmal unterschrieb, diesmal mit Wilkinson, stiegen ihr Tränen hoch, aber sie schluckte sie ebenso entschlossen hinunter wie später die ungewürzten Bataten.
Nicht einmal anlässlich der Hochzeit kam Barnabas auf die Idee, für ein abwechslungsreicheres Mahl zu sorgen.
Sie aß schweigend, und als sie den letzten Bissen geschluckt hatte, hatte sie sich ihrem Schicksal ergeben. Es war zu spät, es sich anders zu überlegen, nun musste sie ertragen, was kommen mochte, hoffen, dass es irgendwann besser werden würde, und bis dahin ihre Gefühle tot stellen. Dass Romy ihr ein scheues Lächeln zuwarf, wertete sie schon mal als gutes Zeichen, doch Barnabas schickte die Kinder viel zu früh nach oben, und als er mit ihr allein war, starrte er wieder einmal beharrlich an ihr vorbei.
Gott im Himmel!, dachte Katharina plötzlich gereizt. Wenn er sich weiterhin so steif und verlegen gibt, bleibe ich noch ewig Jungfrau!
Sie wollte ihre Hochzeitsnacht endlich hinter sich bringen,

und so erhob sie sich und erklärte forsch: »Lass uns zu Bett gehen!«
Zum ersten Mal betrat sie das Schlafgemach. Es gab kein Bett, nur eine Matratze, aber die war wenigstens breit genug für sie beide, zumal Barnabas so hager war und sie selbst während der Reise an Gewicht verloren hatte.
Sie würde schmerzhaft seine Knochen spüren und er die ihren, fuhr es ihr durch den Kopf.
Hastig zog sie ihr Überkleid aus, schlüpfte aus den Stiefeln und legte sich hin. Am liebsten hätte sie die Augen geschlossen und ihm alles Weitere überlassen, doch so zögernd, wie er da vor dem Bett stand, hätte das bedeutet, wohl Stunden zu warten. Unmöglich, dass sie so lange wach bleiben würde!
Sie richtete sich auf. Auch wenn sie nicht auf Liebe hoffte, wollte sie zumindest sein Vertrauen erringen.
»Wie … wie hieß eigentlich deine Frau?«, fragte sie.
»Rose.« Er klang heiser, legte sich aber nun endlich auf die Matratze neben sie. »Ihr Name war Rose.«
Wie eine Blume …
Woran sie wohl gestorben war? Verwelkte man neben einem Mann wie ihm?
Ich werde nicht verwelken, ich werde nicht unglücklich sein, ich werde nicht sterben!, dachte sie trotzig.
Eine Weile lagen sie nebeneinander und starrten zur Decke. Schließlich tastete seine Hand nach ihr, und er zog ihr das Kleid etwas hoch, bis ihre Scham entblößt war. Er sah sie nicht an, sondern fixierte einen imaginären Punkt, als er sich auf sie rollte. Katharina unterdrückte das Bedürfnis, ihn wegzustoßen, versteifte sich stattdessen und hoffte, dass es so schnell wie möglich vorbei wäre. Das war es auch. Ein

kurzer Schmerz, zwei, drei Stöße, ein unterdrücktes Ächzen, dann rollte er sich wieder von ihr.
Sie wurde den Verdacht nicht los, dass er die ganze Zeit über an Schafe gedacht hatte und dass er von diesen träumte, sobald er ihr den Rücken zugewandt hatte und eingeschlafen war.
Sie träumte von gar nichts, sondern lag lange Stunden wach.

Am nächsten Tag fühlte sich Katharina wie gerädert und wäre am liebsten liegen geblieben, aber sie wusste, dass es ihre Lage nicht besser machte, wenn sie sich verkroch. Also stand sie auf, kleidete sich an und betrat den Wohnraum. Der Anblick einer dicken Staubschicht hob ihre Stimmung nicht gerade. Entweder war ihr gestern entgangen, wie dreckig der Boden und das wenige Mobiliar waren, oder Barnabas fühlte sich nicht länger bemüßigt, das Haus sauber zu halten.
Katharina fragte Romy, wo sie den Besen aufbewahrten, und machte sich wenig später ans Kehren. Viel Erfolg hatte sie nicht, vielmehr das Gefühl, mit jedem Strich nur neuen Staub aufzuwirbeln, der in jeder Ritze hockte. Als sie schweißüberströmt war, ließ sie den Besen sinken und ging nach draußen, um Milch zu melken – mit etwas erfreulicherem Ergebnis. Als Barnabas zur Mittagszeit zurückkehrte, konnte sie zum ersten Mal mit einem halben Eimer aufwarten. Lob bekam sie dafür keines, aber sie gab sich schon damit zufrieden, nicht getadelt zu werden.
Den Nachmittag verbrachte sie im Garten, wo sie dorniges Gestrüpp ausriss, bis ihr die Finger bluteten. Als sie hinterher ihr Werk betrachtete, hatte sie nicht den Eindruck, viel verändert zu haben, aber erneut erntete sie bei Barnabas' Heimkehr nur Schweigen, keine Vorwürfe.

In dieser Nacht machte er keine Anstalten, sich noch einmal auf sie zu rollen. Nicht, dass sie es sich wünschte, und dennoch war es ihr unerträglich, dass sie wie zwei Fremde nebeneinanderlagen, zumal sie an seinem unruhigen Atem hörte, dass er noch nicht schlief.

Sie richtete sich auf und brach das Schweigen. »Was hast du an Rose am meisten geliebt?«

Auch wenn sie in der Finsternis seinen Gesichtsausdruck nicht sehen konnte, fühlte sie, dass er bass erstaunt war.

»Sie konnte gut Marmelade kochen«, antwortete er nach einer Weile.

Katharina seufzte, weil er so nüchtern klang. »Das ... das kann ich auch.«

»Hier gibt es so gut wie keine Früchte. Außerdem esse ich Marmelade gar nicht so gern.«

»Aber du sagtest doch ...«

»Die Kinder haben die Marmelade geliebt. Sie ... sie brauchen eine Mutter.«

Diesen Eindruck hatte sie eigentlich nicht. Nun gut, Romy war hilfsbereit und lächelte sie oft schüchtern an, Tim dagegen verhielt sich feindselig, sichtlich bockig. Er half nicht, sondern schien sie ständig zu belauern.

Am nächsten Tag war er zwar bereit, endlich einmal das Wort an sie zu richten, doch nur, um zu fragen: »Wann gehst du eigentlich wieder?«

»Wie kommst du nur darauf, dass ich wieder gehen würde? Ich bleibe, ich bin die Frau eures Vaters ... eure neue Mutter.«

»Hier hält es keiner lange aus.«

Vielleicht war das der Grund, ihr gar nicht erst Vertrauen entgegenzubringen, doch anstatt zu versuchen, um seines zu werben, fühlte sie sich plötzlich mutlos.

Einmal mehr flüchtete sie in den Stall und molk Milch. In ihrer Verzweiflung drückte sie fester zu als sonst, sodass das Schaf nach ihr trat. Zwar wurde sie nicht getroffen, jedoch der Krug, aus dem prompt die Milch floss und im Boden versickerte.

»Verflucht!«, schrie sie.

Der Schrei war kaum verstummt, als ihr wieder einmal Tränen aufstiegen. Die Schafe glotzten sie an.

»Ich hasse euch!«, schrie sie, weil es leichter war zu toben, als zu weinen.

So gleichgültig, wie die Tiere blickten, kam sie sich bald lächerlich vor. Sie lief ins Freie, wollte dort aber den neugierigen Blicken der Kinder entgehen und entfernte sich immer weiter von den Häusern. Sie kam am Haus von Alex Salmon vorbei, ohne stehen zu bleiben, passierte die Kirche, die mittlerweile als Wolllager diente, blieb jedoch auch dort nicht stehen. Irgendwann ging ihr der Atem aus. Als sie sich umblickte, war kein Haus mehr zu sehen, nur hügeliges Land und Meer … so unendlich viel Meer. Und weit und breit kein Schiff.

Natürlich, es war längst abgesegelt. Ohne sie. Sie saß hier fest. Verbissen schluckte sie neue Tränen hinunter.

Die Kinder … die Kinder waren allein … Sie musste sich um sie kümmern, und überhaupt, hatte sie vorhin das Tor vom Schafstall geschlossen?

Sie begann wieder, Schritt vor Schritt zu setzen, langsamer als zuvor, aber nicht heimwärts, sondern in die entgegengesetzte Richtung.

Die Kinder waren es gewohnt, für sich selbst zu sorgen, und wenn die Schafe wegliefen, würde Barnabas sie schon wieder einfangen.

Der Wind trocknete ihre Tränen, sodass von ihnen nur eine salzige Kruste zurückblieb. Steif fühlte sich ihr Gesicht an, als wäre sie so unfähig zu weinen wie die Steinstatuen. Lange Zeit waren sie das Einzige, was sie sah, dann erblickte sie in der Ferne ein paar Hütten. Das musste Mataveri sein, der Ort, den einst die Verwalter bewohnt, aber dann sich selbst überlassen hatten und wo nun ein paar Rapanui hausten. Barnabas hatte sie eindringlich ermahnt, sich von dort fernzuhalten – und das tat sie auch, wenngleich nicht wegen der Rapanui. Nein, vor wem sie sich hastig hinter einem Stein versteckte, war Aaron.

Er war gerade mit einem rothaarigen Mann dabei, ein Stück Holz zu sägen, um es danach an ein anderes zu nageln. Wie es aussah, baute er einen Tisch, was bedeutete, dass er sich hier häuslich einrichtete.

Sie war sich nicht sicher, ob sie in den letzten Tagen gehofft oder befürchtet hatte, er würde die Insel verlassen. Sie wusste nur eins: Er durfte sie nicht sehen. Nicht so – mit getrockneten Tränen im Gesicht, einem Herzen voller Verzweiflung und einem Kleid voller Flecken.

Die Insel war zu klein, um ihn für immer zu meiden, doch wenn sie sich irgendwann über den Weg liefen, sollte in seinem Blick kein Mitleid stehen, sondern Respekt.

Ihre Verzweiflung wich grimmiger Entschlossenheit. Ich werde heute etwas anderes kochen als Bataten. Ich werde den Garten endgültig vom Unkraut befreien. Und nie wieder werde ich zulassen, dass ein störrisches Schaf den Milchkrug umstößt.

»Nani ist fort!«

Tane wirkte entsetzt, Hina wiederum sehr besorgt, als die

beiden auf Aaron zugelaufen kamen. Er hatte sich eben aufgerichtet und den schmerzenden Rücken gestreckt, als er sie rufen hörte.
»Was ist passiert?«, fragte er.
»Das wissen wir nicht genau … Sie ist seit Stunden verschwunden!«
Die schöne Hina war den Tränen nahe. In den letzten Tagen hatte Aaron sie immer mal wieder getroffen, gehörte sie doch zu den Rapanui, die nicht zögerten, Hanga Roa hin und wieder zu verlassen. Außerdem hatte er erleichtert festgestellt, dass Tane sich in das Familienleben einfügte und seine gerechte Empörung über die Zustände auf der Insel nicht zu einem Ausbruch von Gewalt geführt hatte, wie er insgeheim befürchten musste. Er selbst hatte entschieden, eine leer stehende Hütte in Mataveri zu beziehen, und begonnen, sich mit der Hilfe von Vincent Pont häuslich einzurichten: Eben erst hatten sie gemeinsam einen Tisch angefertigt. Obwohl sich Vincent als hilfsbereit erwies, zweifelte er immer noch, ob Aaron es lange auf der Insel aushalten würde. Und noch skeptischer war er hinsichtlich der Pläne, die Aaron für ein weiteres der leer stehenden Häuser hegte: Er wollte eine Schule für Rapanui-Kinder eröffnen.
Als der Tisch fertig war, hatte sich Vincent zu seiner Frau zurückgezogen, und Aaron hatte sich darangemacht, das Holz für einen Stuhl zurechtzuschneiden, aber die Arbeit war jäh unterbrochen worden.
»Wo habt ihr sie zuletzt gesehen?«, fragte er.
Hina erklärte kleinlaut: »In den vergangenen Wochen ist sie immer wieder verschwunden. Ich sollte auf sie aufpassen, aber ich hatte im Garten zu tun.«
Aaron erinnerte sich, dass er am Tag nach der Ankunft die

Kleine am Strand gesehen hatte. Wahrscheinlich war sie damals weder zum ersten noch zum letzten Mal in der Gegend herumgestreunt.

»Archibald Smythe war heute in der Nähe von Hanga Roa«, erklärte Tane finster.

Aaron war bis jetzt entgangen, dass sich die beiden kennengelernt hatten, konnte sich aber gut vorstellen, wie unverhohlen feindselig sie sich gegenübergestanden haben mussten. Vincent Pont hatte ihm mittlerweile berichtet, dass Alex Salmon und John Brander Pragmatiker waren, die die Rapanui immerhin für ihre Arbeit bezahlten und ihnen gestatteten, sich weitgehend frei auf der Insel zu bewegen, während Archibald Smythe sie am liebsten samt und sonders vom Erdboden verschwunden gesehen hätte. Eigennützig waren sie alle miteinander. Das Geld, das die Rapanui verdienten, konnten sie schließlich lediglich gegen jene Waren eintauschen, die Alex Salmon selbst auf die Insel bringen ließ – Kleider, Schmuck und Tabak aus Tahiti. Immerhin achtete er sorgsam darauf, dass nur Frank Allen, aber kein Einheimischer sich mit dem gleichfalls importierten Branntwein betrank.

»Natürlich will er die Insel genauso rücksichtslos ausbeuten wie alle vor ihm«, hatte Vincent Pont gemeint. »Aber da er selbst hier lebt, will er sich halbwegs heimisch fühlen. Er hat den Niu, den polynesischen Kokosnussbaum auf Rapa Nui anpflanzen lassen, und wenn das Experiment glückt und immer mehr von diesen Bäumen wachsen, ist uns allen geholfen. Außerdem fördert er den Anbau von Yams, Bataten, Bananen und Zuckerrohr.«

Was ebenfalls für Alex Salmon sprach, war, dass er etlichen Rapanui wie Tane die Rückkehr aus Papeete und Mangareva ermöglicht hatte. Auch wenn natürlich wieder eigennützige Gründe dahintersteckten – schließlich brauchte er hier auf der Insel geübte Arbeiter –, konnte man ihm das Verständnis für ihre Mentalität nicht ganz absprechen: Seine Mutter war Tahitianerin und hatte ihm Polynesisch beigebracht, und so hatte er mühelos auch ein paar Brocken Rapanui gelernt.

»Was sollen wir denn nun tun?«, rief Tane. »Was, wenn ihr irgendetwas zugestoßen ist?«

Aaron sah vertrauten Hass in seinen Augen aufblitzen. Er musste unbedingt verhindern, dass Tane die Weißen persönlich zur Rede stellte!

»Ich gehe mit Hina nach Vaihu«, erwiderte er, »du wartest in Hanga Roa, falls sie wieder nach Hause kommt.«

Tane setzte trotzig zur Widerrede an, aber Hina sagte rasch: »Das ist eine gute Idee.«

Obwohl sie den Cousin noch nicht lange kannte, wusste sie offenbar schon ganz genau, dass er ein Hitzkopf war.

»Wir werden sie schon finden«, sagte Aaron tröstend, konnte aber nicht verhindern, dass Tane einen Fluch auf Rapanui ausstieß.

Wenig später brachen sie zu Fuß nach Vaihu auf. Bis jetzt hatte sich Aaron von der Siedlung ferngehalten, weil er Katharina nicht über den Weg laufen wollte und weil er Angst hatte, mehr über Barnabas Wilkinson zu erfahren, als ihm lieb war – womöglich, dass er ein Trunkenbold oder Ungeheuer war. Unerträglich wäre es ihm, Katharina in den Händen eines solchen Mannes zu wissen – unmöglich aber auch, sie daraus zu befreien.

Als sie sich jetzt den Häusern näherten, war von Katharina jedoch nichts zu sehen. Stattdessen kam Nani auf sie zugelaufen.

»Nani!«, rief Hina erleichtert. Sie stürzte auf die kleine Schwester zu und wollte sie umarmen, aber die machte sich ganz steif. Sie wirkte verstört, und als Hina auf sie einredete, immer wieder fragte, warum sie nicht nach Hause gekommen war, sagte sie kein Wort.

Erst jetzt sah Aaron, dass auf der Türschwelle eines jener Häuser, die ungleich robuster und größer wirkten als die Hütten von Mataveri, Archibald Smythe stand. Er hatte keine Ahnung, wie lange der sie schon beobachtet hatte. In jedem Fall trat er nun gemächlich auf sie zu und sagte zu Nani: »Geh wieder zurück ins Haus!«

Obwohl er nur geflüstert hatte, fügte sich Nani seinem Befehl sofort. Sie drehte sich auch nicht einmal um, als Hina ihren Namen rief.

Finster betrachtete Aaron Archibald Smythe, doch der lächelte ihn freundlich an.

»Warum ist das Mädchen hier?«

»Sie ist nun die Dienerin meiner Frau Laurentine. Diese ist Tahitianerin und hat mich seinerzeit auf die Insel begleitet.«

Also gab es eine weitere weiße Frau neben Katharina und Myra Grey, die hier lebte.

»Sie können doch das Mädchen nicht einfach …«, setzte Aaron an.

»Sie arbeitet freiwillig hier«, unterbrach Archibald ihn schnell. »Und geben Sie doch zu: Es ist schön, wenn die Rapanui sich nützlich machen können, nicht wahr?« Seine Augen richteten sich auf Hina und weiteten sich begehrlich.

»Besser, du gehst zurück nach Hanga Roa«, sagte Aaron zu ihr.

Trotz ihrer Sorge um Nani tat sie sofort, was er sagte, denn Archibalds gieriger Blick war ihr nicht entgangen, während

Nani sich ihrem Schicksal ergeben hatte: Weder machte sie Anstalten, Hina zu folgen, noch sah sie ihr zum Abschied in die Augen. Mit gesenktem Kopf trat sie neben Archibald und wirkte noch kleiner und zarter.

»Sie können das Mädchen nicht einfach zu Ihrer Sklavin machen!«, rief Aaron wütend.

»Kann ich nicht?«, fragte der gedehnt, um sogleich beschwichtigend die Hände zu heben: »Gemach, gemach, ich suche keinen Streit. Und selbstverständlich suche ich auch keine Sklavin. Nani hat es gut bei uns. Sie kann hier viel lernen.«

Obwohl Aaron kein Mann der Gewalt war, wäre er am liebsten auf den anderen losgegangen und hätte so lange auf ihn eingeprügelt, bis er Nani gehen ließ. Allerdings wusste er, dass das wenig Sinn hatte. Noch hatte er zu wenige Verbündete auf der Insel, um ein Druckmittel in der Hand zu haben. Und Salmon und Brander würden sicher nichts dagegen haben, dass ein Rapanui-Mädchen für Archibald arbeitete – umso mehr, wenn dieser behauptete, sie täte es freiwillig.

»Ich werde ein Auge auf Sie haben«, zischte er. »Wenn Sie der Kleinen auch nur ein Haar krümmen, kriegen Sie es mit mir zu tun.«

»Warum so feindselig?« Archibald trat auf ihn zu und klopfte ihm auf die Schulter, als wäre er sein bester Freund und hätte ihn nie gewarnt, keine Schwierigkeiten zu machen. »Sie sind doch Engländer wie ich. Und das bedeutet, dass wir ein gemeinsames Interesse haben. Sie wollen die katholischen Missionare – allesamt Franzosen – doch sicher auch nicht auf der Insel haben.«

Aaron war froh zu hören, dass die Missionare – wenn sie

auch nicht dauerhaft hier waren – einen gewissen Eindruck hinterlassen hatten, wenn Archibald ihren Einfluss fürchtete. Allerdings nutzte ihm das jetzt wenig, und so ging er gar nicht erst auf seine Worte ein.

»Sie mögen die Rapanui als Tiere betrachten – für mich sind sie das nicht.«

Nachdenklich sah Archibald ihn an. »Aber alle Menschen sind doch wie Tiere. Wenn man sie nicht daran hindert, fressen sie sich gegenseitig auf. Nur die Starken überleben – und es ist nicht meine Schuld, dass die Rapanui nicht zu diesen gehören. Allerdings, da wir schon vom Auffressen reden: Es heißt, dass einst ein paar Rapanui drei Sklavenhändler überwältigt, getötet und hinterher aufgegessen haben. Aus ihren Knochen haben sie Angelhaken gemacht.«

»Das ist doch alles nur üble Nachrede. Sie sind keine Kannibalen!«

»Nun, in jedem Fall sind sie Faulenzer, Betrüger, Lügner, Diebe … Passen Sie bloß auf. Sie stehlen alles, was nicht niet- und nagelfest ist.«

»Leute wie Sie haben ihnen ihre Insel gestohlen!«

»Ach was? Sie sind so viele, wir so wenige. Denken Sie nicht, dass sie selbst schuld sind, wenn sie uns nicht einfach im Schlaf töten?«

Er lachte auf, ehe er sich abwandte und ging. Ohnmächtig blickte Aaron ihm nach, und es fiel ihm unendlich schwer, unverrichteter Dinge zu gehen. Er hatte auch keine Ahnung, wie er Tane erklären sollte, dass Nani als Hausmädchen bei den Smythes arbeitete …

Voller Sorgen und schwerer Gedanken machte er sich auf den Rückweg, als er plötzlich Katharina sah. Das Haus der Wilkinsons lag abseits von den anderen, und sie arbeitete ge-

rade auf allen vieren im Garten. Offenbar beseitigte sie Unkraut und Gestrüpp – eine anstrengende Arbeit, die ihr Schweiß ins Gesicht trieb. Ihr Haarknoten hatte sich gelöst, aber sie achtete nicht auf die Strähnen, die ihr in die Augen fielen, sondern arbeitete energisch, nahezu verbissen weiter. Aaron hielt inne. Ihr Gesichtsausdruck ließ keine Rückschlüsse darauf zu, wie sie sich fühlte. Einen glücklichen Eindruck machte sie nicht, aber sie war bei guter Gesundheit und wirkte entschlossen – damit sollte er sich begnügen. Seine Lage und die der Rapanui waren schwer genug. Er durfte sich nicht auch noch um sie Sorgen machen.
Ehe sie ihn bemerkte, ging er davon.

Zweites Buch

Onge hanau – Das Volk leidet Not

1887–1888

9. Kapitel

Jeden Morgen, wenn Katharina erwachte, glaubte sie kurz, dass sie wieder am Llanquihue-See lebte. Sie überlegte, ob Theresa, ihre jüngere Schwester, wohl schon wach war, welche Arbeiten heute anstanden oder ob sie – was ihr viel lieber war als die Schufterei auf dem Feld oder im Kuhstall – einen Ausflug nach Valdivia unternehmen würden. Unwillkürlich spitzte sie die Ohren, ob sich irgendwo Kindergeschrei vernehmen ließ oder Fridas keifende Stimme, weil ihr wieder mal eine Laus über die Leber gelaufen war.

Doch nein, es war totenstill. Und sie lebte nicht mehr in Chile, sondern auf der Osterinsel – einem der einsamsten Orte der Welt. Sie erhob sich stets widerwillig, rieb sich die Augen und fand das Bett neben ihr fast immer leer vor: Barnabas schlief wenig, stand lange vor Morgengrauen auf, um nach den Schafen zu sehen, und überließ es ihr, die Kinder aus dem Bett zu jagen – eigentlich eine leichte Aufgabe, verglichen mit der, sich selbst zum Aufstehen zu zwingen. Jeden Tag galt es aufs Neue, die Lethargie abzuschütteln, ihre Entschlossenheit zurückzugewinnen und sich der bitteren Gedanken zu erwehren: Ich hasse mein Leben. Ich hasse diese Insel.

Nun, zumindest dem Hass auf die Insel wollte sie nicht nachgeben. Nach einigen Wochen hatte sie es satt, ständig im Haus festzusitzen oder bestenfalls im Garten und Stall zu

arbeiten, und so verlangte sie von Barnabas energisch, er solle sie mitnehmen, wenn er die Schafherden kontrollierte oder nach neuen Wasserquellen suchte.
Er musterte sie skeptisch: »Aber das ist Männerarbeit.«
Katharina verdrehte die Augen. »Nicht nur Männer werden verrückt, wenn sie ständig im Haus festsitzen!«
Ihre Stimme klang schrill, und so, wie er zusammenzuckte, schien ihm das Angst zu machen – vielleicht, weil er mit heftigen Gefühlen nicht umgehen konnte, vielleicht aber auch, weil er insgeheim befürchtete, sie würde das Leben nicht ertragen und wieder gehen. Bis jetzt hatte sie zwar nicht den Eindruck gehabt, ihm würde sonderlich viel an ihr liegen, denn tagsüber sprach er kaum mit ihr und wenn er sich nachts auf sie wälzte, schien er den schamvollen Akt so schnell wie möglich hinter sich bringen zu wollen. Aber entweder bereitete dieser ihm mehr Vergnügen als gedacht, oder er fühlte sich der Kinder wegen verpflichtet, sie halbwegs zufriedenzustellen.
Wie auch immer, am nächsten Tag nahm er nicht nur sie, sondern auch Tim und Romy auf einen Ausflug mit und war sogar bereit, ihnen das eine oder andere über die Insel zu erzählen.
Vage erinnerte sich Katharina daran, dass ihr Vater das Leben der Deutschen in Chile einst in spannende Geschichten verpackt hatte. Barnabas brachte erwartungsgemäß nicht annähernd so viel Fantasie mit und sprach nüchtern und teilnahmslos, aber hinterher hatte sie zumindest das Gefühl, Rapa Nui ein wenig besser zu kennen.
Dass die Insel die Form eines Dreiecks hatte, wusste sie bereits, desgleichen, dass sich in jeder Ecke ein Vulkan befand, nicht jedoch, wie sie hießen. Nun erfuhr sie, dass der einstige

Kratersee vom Rano Raraku im Nordosten längst ausgetrocknet war, während von den Gipfeln des Rano Kau in der Südwestecke fast senkrecht die Kraterwände abfielen und man dort Süßwasser fand.
Barnabas führte sie dorthin, und obwohl es anstrengend war, das letzte Stück zu Fuß zu gehen und Katharina sich vor dem Abgrund zunächst fürchtete – als sie auf den See blickte, war sie kurz mit der neuen Heimat versöhnt: Das Wasser schimmerte in allen Nuancen von Türkis und war von silbernen Kronen bedeckt; von den Wänden sprudelten kleine Quellen, Seeschwalben durchpflügten die Lüfte und sprenkelten den See mit ihren Schatten.
Während ihre Haare im Wind wehten, vermeinte Katharina, den Llanquihue-See vor sich zu sehen, in dem sich bei schönem Wetter die Vulkane spiegelten und dessen Wasser in Flammen zu stehen schien, wenn deren schneebedeckte Gipfel sich im Abendlicht rötlich färbten. Die Erinnerung war schmerzlich und tröstlich zugleich, doch ehe sie entschied, welches Gefühl stärker war, fuhr Barnabas mit seinen nüchternen Erklärungen fort.
»Der dritte Vulkan heißt Terevaka, doch frisches Wasser findet man nur hier. Dort hinten gibt es einen Abstieg zum Kratersee, aber mit den Kindern ist es zu beschwerlich, um hinunterzuklettern.«
Er drehte sich um, ohne den Anblick des glitzernden Wassers zu genießen, und auch die Kinder schwiegen und starrten nur lustlos darauf. Katharina wollte das nicht hinnehmen.
»Warum wachsen auf der Insel denn so gut wie gar keine Bäume? Die Erde scheint doch fruchtbar zu sein, sonst könnte man im Garten nichts anbauen.«

»Das war schon so, als ich auf die Insel kam.«
»Und woran liegt das?«
Barnabas zuckte die Schultern. »Ich habe mal gehört, dass die ersten Schafe und Rinder, die auf die Insel kamen, die Pflanzen zerstörten, indem sie die Blätter und Rinde abgefressen haben.«
Katharina runzelte die Stirn. »Rinder und Schafe gibt es auch anderswo, und dennoch wachsen dort tiefgrüne Wälder.«
Wieder zuckte er die Schultern.
Himmel, warum musste man ihm nur jedes Wort aus der Nase ziehen? Und warum waren nicht wenigstens die Kinder etwas gesprächiger?
»Die Blumen!«, rief sie. »Schaut, wie schön die orangefarbenen Blütenblätter sind!«
»Das sind keine Blumen«, erklärte Barnabas missmutig, »das ist ein giftiges Kraut. Wenn Pferde es fressen, lahmen sie. Im schlimmsten Fall können sie sterben.«
Katharina unterdrückte ein Seufzen.
Tim hingegen grinste plötzlich verschlagen, und Romy, die kurz den Blick gehoben hatte, als sie die Blumen erwähnte, stierte wieder angestrengt zu Boden.
Auch als sie die Rückfahrt antraten, schienen die Kinder blind für ihre Umgebung zu sein. Obwohl sie viele Steinstatuen passierten, ignorierten sie diese hartnäckig, während Katharina es sich nicht nehmen ließ, sie einmal mehr zu betrachten. Was ihre Größe anbelangte, unterschieden sie sich. Einige waren so groß wie Menschen, andere wie steinerne Riesen. Was ihnen allen gemein war, war der übergroße Kopf, der fast ein Drittel des Körpers einnahm, die ebenso langen wie breiten Nasen, die großen, stark betonten Na-

senlöcher und die großen Ohren. Etliche waren mit Schmuck verziert, und fast alle hatten sie dünne, zusammengepresste Lippen, die zu lächeln schienen. Die Arme waren nur angedeutet, lagen dicht am Körper und endeten in zartgliedrigen Fingern. Dazwischen befand sich der Knoten eines Lendenschurzes, der allerdings nicht alles bedeckte: Einige wenige Statuen hatten weibliche, die Mehrheit männliche Geschlechtsmerkmale. Außerdem war der Rücken von etlichen mit Kreisen, horizontalen Linien und Mustern geschmückt.

»Die Statuen sind sehr alt, nicht wahr?«, sagte sie. »Wie wurden sie nur hergestellt? Ich meine, wenn es auf dieser Insel so gut wie gar kein Holz gibt – wie hat man dann diese Steine bewegt? Und warum sind die meisten von ihnen umgefallen?«

Barnabas runzelte die Stirn. »Ich sagte doch schon, das ist alles heidnisches Zeug, besser man beachtet es nicht, genauso wenig wie die Rapanui. Sie stehlen alles, was ihnen in die Finger kommt.«

»Das ist nicht wahr!«, erwiderte Katharina entschieden. »Es ist bei ihnen lediglich Brauch, sich das zu nehmen, was man zum Leben nötig hat. Sie unterscheiden nicht zwischen dem eigenen Besitz und dem von anderen.«

Barnabas betrachtete sie misstrauisch. »Woher willst du das wissen?«

Das Lachen verging ihr. »Von einem Missionar … Aaron Hayes. Und der weiß es wiederum von …«

»Nun, Alexander Salmon und John Brander haben mir gesagt, dass ich ihnen besser aus dem Weg gehen soll«, unterbrach er sie schroff.

»Nur weil sie es sagen, musst du noch lange nicht danach

handeln. Warum schenkst du ihrem Urteil Glauben? Warum bildest du dir nicht selbst deine Meinung?«

»Dazu gibt es keinen Anlass«, sagte er eher verwirrt als ärgerlich. »Die beiden sind meine Dienstherren. Wenn sie zufrieden sind, habe auch ich ein gutes Leben, und mehr will ich nicht.«

Katharina verkniff sich nur mit Mühe Kritik. Barnabas mochte kein schlechter Mensch sein, aber in jedem Fall war er ein schlichter, der weder Fragen stellen, Gefühle zeigen und schon gar kein Lob bekunden wollte. Weder die Kinder noch sie selbst erfuhren jemals Anerkennung. Doch wenn sie dieses auch schon nicht mit Worten einklagen konnte, so war ihr Ehrgeiz doch geweckt, es mit Taten zu erreichen.

Die ganze Nacht über lag sie wach und überlegte, wie sie Barnabas beeindrucken konnte, und gegen Morgengrauen kam ihr ein Einfall. Diesmal erwachte sie nicht mit dem Gefühl, noch in der deutschen Siedlung am Llanquihue-See zu leben, sondern voller Tatendrang. Sie wartete, bis Barnabas das Haus verlassen hatte, befahl den Kindern, drinnen zu bleiben, und brach zu den Häusern der anderen Weißen auf. Bis jetzt hatte sie diese gemieden – sah man von ihrem Besuch bei Alex Salmon am Tag nach ihrer Ankunft ab –, doch jetzt betrachtete sie sie nicht nur neugierig, sondern hielt nach Menschen Ausschau, wenn auch nicht nach den Verwaltern, sondern nach Rapanui, die für diese arbeiteten.

Erwachsene Männer sah sie zwar keine, jedoch ein kleines Mädchen, das ungemein hübsch war, aber verängstigt wirkte. Als Katharina ihm etwas zurief, bewegte es sich nicht, und als sie auf das Mädchen zulief und es an der Schulter festhielt, spürte sie, wie es erzitterte.

»Hab keine Angst, ich will dir doch nur eine Frage stellen.«

Das Mädchen duckte sich. Erst jetzt sah Katharina den Blumenstrauß in ihrer Hand.

»Das sind aber schöne Blumen.«

Diese Worte beruhigten die Kleine mehr als sämtliche Beschwichtigungen. »Ich bringe sie Mrs. Laurentine«, sagte sie leise.

Vage erinnerte sich Katharina, dass Barnabas diesen Namen mal erwähnt hatte. Offenbar war das die Gattin von Archibald Smythe, die sie bislang genauso wenig kennengelernt hatte wie den Verwalter selbst.

»Wie heißt du denn?«, fragte sie das Mädchen.

»Nani.«

»Willst du mir nun meine Frage beantworten, Nani?«

Das Mädchen nickte scheu, und wenig später bekam Katharina tatsächlich die Antwort, auf die sie gehofft hatte. Aufgeregt lief sie zum Haus zurück. Das harte Gras zerkratzte ihre Beine, aber das störte sie nicht. Triumphierend verkündete sie beim Mittagessen: »Es gibt hier noch mehr Möglichkeiten, an frisches Wasser zu kommen, als es von den Brunnen oder den Kraterseen zu holen!«

Barnabas schüttelte den Kopf: »Das ist unmöglich. Außer den Seen in den Kratern gibt es keine Gewässer. Das Gestein, aus dem die Insel besteht, ist porös. Das Regenwasser versickert sofort.«

»Das stimmt nicht. Die Krater der drei Vulkane stehen miteinander in Verbindung, und das Regenwasser fließt unter der Erdoberfläche von einem zum anderen. Der Boden direkt darüber soll sehr fruchtbar sein, die Rapanui bauen in den Erdfalten Obst und Gemüse an. Und wenn man weiß, wo genau das Wasser zum Meer abfließt, kann man es dort auffangen oder Brunnen mit wasserundurchlässigem Stroh anlegen.«

Barnabas blickte sie misstrauisch an. »Woher weißt du das alles?«
»Von einem Rapanui-Mädchen. Sie hat mir erzählt, dass viele Weiße oft vermuteten, die Rapanui würden Salzwasser trinken, weil sie die Quellen in der Nähe des Meeres benutzen, aber das ist ein Irrtum. Das Mädchen selbst wusste zwar nicht, wo genau sich die Quellen befinden, aber wenn du Verwandte von ihr fragst …«
Er blickte sie widerwillig und ängstlich zugleich an. »Ich habe doch gesagt, dass wir uns von den Rapanui fernhalten sollen!«
»Aber wenn du auf diese Weise doch Wasser für die Schafe bekommst!«
»Wir tun, was die Herren sagen!«
»Aber …«
»Kein Wort mehr!«
Katharina war kurz so verletzt, dass sie am liebsten geweint hätte, aber am Ende überwog die Wut. Sie biss sich auf die Lippen, um nicht laut zu rufen: Was bist du für ein einfältiger, bornierter, dummer Mann!
Aber dann dachte sie, dass sie selbst viel dümmer gewesen war, als sie sich auf die Ehe mit einem Fremden eingelassen hatte.
Schweigend erhob sie sich vom Tisch und stürmte nach draußen, ohne einen Bissen gegessen zu haben. Davon ungerührt schaufelte Barnabas die Bataten in sich hinein, und Tim und Romy taten es ihm gleich.

Von nun an gab sich Katharina keine Mühe mehr, Barnabas eines Besseren zu belehren. Es war anstrengend genug, sich durch den Alltag zu plagen. Manchmal war sie wie gelähmt, und sie betrachtete den verwilderten Garten und das verdreckte Haus gleichgültig, dann wieder erwachten Trotz und Stolz.

Ich schaffe es, ich schaffe es, ich muss es schaffen!

Immerhin bereitete es ihr nun weniger Mühe, den Schafen die Milch abzutrotzen, hatte sie doch herausgefunden, dass man sie nicht mit der ganzen Hand melken durfte, sondern den Strich gegen die Daumenoberkante einklemmen und die Milch mit Zeigefinger, Mittelfinger und Ringfinger nacheinander ausdrücken musste. Allerdings war es immer wieder aufs Neue eine Überwindung, den Stall auszumisten, und oft vernachlässigte sie diese Pflicht. Das Haus wiederum wollte sie gerne sauber halten, aber es gelang ihr nicht. Ständig war alles verstaubt: Sobald sie den Dreck in die Ritzen gekehrt hatte, tauchte er an anderer Stelle wieder auf. Am schlimmsten waren die vielen Insekten – im Stall die Fliegen, im Haus Moskitos, und als sie einmal ihre Kleider zusammenfaltete, lief plötzlich eine daumengroße Kakerlake über den Stoff.

Sie schrie auf. Romy starrte sie nur mit großen Augen an, aber Tim schüttelte das Tier auf den Boden und zertrat es.

Katharina wurde beim Anblick des zertretenen Insekts plötzlich speiübel. »Wisch es weg!«, befahl sie.

»Das ist Weiberarbeit!«, erwiderte Tim.

Sie war zu kraftlos, um ihn zur Rede zu stellen oder den Befehl zu wiederholen. Während sich Romy ihrerseits bückte und das Tier beseitigte, flüchtete sie nach draußen, um wieder Unkraut zu jäten. So viele Stunden war sie dieser Arbeit schon nachgegangen, und doch war kaum die Hälfte des Grundstücks von dem Gestrüpp freigelegt. Die Sonne brannte auf sie herab, und auch wenn die steten Winde ihren

Schweiß rasch trockneten, wusste sie, dass sich heute Abend die Haut in ihrem Gesicht wieder schälen und schrecklich jucken würde.
Egal, dachte sie, alles ist egal, ich schaffe es, ich schaffe es, ich muss es schaffen!
»Du solltest einen Sonnenhut tragen«, sagte Barnabas am nächsten Tag. Aber als sie ihm erzählte, dass der, den sie auf die Reise mitgenommen hatte, vom Wind davongeweht worden war, kam er nicht auf die Idee, ihr einen Hut zu schenken oder zu sagen, woher sie einen nehmen sollte. Vielleicht befanden sich noch irgendwo Kleider von seiner verstorbenen Frau, doch sie wollte nicht danach fragen.
Immerhin, als sie klagte, dass die vielen Spatzen immer frecher wurden, manche sogar ins Haus flogen und dort nach Essen suchten, ganz zu schweigen von den Mäusen und Ratten, die eine echte Plage waren, kam er eines Tages mit einer Katze wieder. Sie hatte keine Ahnung, woher er sie hatte, liebte es jedoch, das Tier zu streicheln, wenn es sich schnurrend auf ihrem Schoß zusammenringelte.
Gemeinsam mit Romy überlegte sie, wie sie sie nennen sollten, und das sonst so schweigsame Mädchen machte ausnahmsweise mal den Mund auf, um ein paar Vorschläge zu nennen. »Mildred, Sarah, Nora?«
»Das sind alles Menschennamen.«
»Wir könnten sie auch nach einer tahitischen Prinzessin nennen.«
»Kennst du denn eine?«
»Mr. Salmons Vater war mit einer verheiratet. Aber ich weiß nicht, wie sie hieß.«
Katharina wusste nicht weiter. »Vielleicht nehmen wir besser einen französischen Namen. Meine Lehrerin hat mal von

einer Königin erzählt, die geköpft worden ist. Sie hieß Marie Antoinette.«

»Das ist aber ein langer Name für eine Katze.«

»Wie wär's dann einfach mit Toni?«

Katharina freute sich, dass Toni so zutraulich war und Romy dank der Katze etwas mehr Vertrauen zu ihr fasste. Eines Tages allerdings wurde das Tier von einem der Hütehunde entdeckt. Normalerweise lebten die fern vom Haus bei den Schafen, doch jetzt nahm einer die Verfolgung von Toni auf. Sie kam in die Stube geflitzt, den Hund auf den Fersen, und wenn Toni auch zu geschickt war, um sich erwischen zu lassen, hinterließ der Hütehund überall die Spuren seiner dreckigen Pfoten.

»Verdammt, verdammt, verdammt!«, schrie Katharina empört.

Sie verjagte den Hund und fing zu putzen an, um die Spuren zu beseitigen, vergaß darüber die Bataten, die auf dem Herd standen, und als es verbrannt roch, war es zu spät, noch etwas von dem Essen zu retten.

Romy sah sie mitleidig an, Tim schadenfroh.

»Was starrst du mich so an?«, schrie sie unbeherrscht.

Sofort taten ihr die schroffen Worte leid. »Ich … ich wollte nicht …«

Zu ihrem Erstaunen war Tim nicht länger schadenfroh, sondern schenkte ihr ein freundliches Lächeln. »Vater hat gesagt, dass wir einen der Widder in den Stall sperren sollen, weil er ständig auf die anderen Schafe losgeht. Ich habe so große Angst davor. Hilfst du mir?«

Noch nie hatte er so viele Worte auf einmal zu ihr gesagt, und ihr Ärger auf ihn war sofort vergessen. »Aber natürlich!«, rief sie.

Sie fürchtete sich zwar auch vor dem Widder, einem Tier mit schwarzem Gesicht und gelben Augen, die irgendwie böse blickten, doch vor Tim wollte sie sich das Unbehagen nicht anmerken lassen, und als sie das Tier am Strick nahm, folgte es ihr willig.

»Na also, es geht doch, er ist ...«

Sie drehte sich um, aber Tim war verschwunden. Offenbar war er nur freundlich gewesen, um ihr die unliebsame Pflicht zu übertragen. Vielleicht aber war seine Angst vor dem Tier einfach zu groß.

Katharina versuchte, nicht länger darüber nachzudenken, sondern führte das Tier in den Stall. In dem Moment, als sie den Widder losband, senkte er den Kopf, sprang auf sie zu und rammte ihr mit aller Kraft seine Hörner in die Oberschenkel.

Katharina schrie auf. Der Schmerz war so gewaltig, als würden ihr sämtliche Knochen brechen; sie japste nach Atem, hatte aber kurz das Gefühl, keine Luft mehr zu bekommen. Der Widder hingegen stand wieder ganz ruhig da und legte bloß den Kopf etwas schief. Sie konnte sich des Eindrucks nicht erwehren, dass er sie auslachte.

»Du gemeines Biest!«, zischte sie. Sie meinte nicht nur den Widder, sondern auch Tim, war sie sich doch jetzt sicher, dass er es genau darauf angelegt hatte.

Ihr Trotz war größer als der Schmerz. Anstatt sich von ihm bezwingen zu lassen, rappelte sie sich auf und humpelte zurück zum Haus, um ihn zur Rede zu stellen. Doch kaum öffnete sie die Tür, hörte sie über sich ein Poltern. Etwas Schwarzes schoss auf sie herab, und dann traf sie schon ein Schwall kaltes Wasser. Irgendjemand hatte einen Eimer so über der Tür drapiert, dass dieser umkippte, sobald man sie

öffnete. Sie konnte sich natürlich denken, wer das war. Kraft, ihn dafür zu schelten, hatte sie jedoch keine.
Tim hasst mich, dachte sie, und ich kann's ihm nicht einmal verdenken. Ich hasse mich doch selbst, ich tauge zu nichts, zu rein gar nichts, ich schaffe es nicht, mich auf dieser Insel zu bewähren, auch wenn ich's mir noch so verbissen einrede.
Das Wasser tropfte von ihren Haaren, der Oberschenkel pochte schmerzhaft, und der Geruch von verbrannten Bataten stieg ihr erneut in die Nase.
Sie sank auf den Boden, schlug die Hände vors Gesicht und weinte hemmungslos.

»Hab ich's mir doch gedacht.«
Als Katharina den Blick hob, konnte sie kurz nichts sehen, da ihr die nassen Haare ins Gesicht fielen. Kalt tropfte es in ihren Nacken, als sie sie zurückstrich. Erst nahm sie nur die vagen Umrisse einer Frau wahr, die ihre Hände energisch in die Hüften gestemmt hatte, doch als sie zwinkerte, erkannte sie, dass es Myra Grey war und neben ihr mehrere Mädchen standen, die so dürr und sehnig wie die Mutter, jedoch um etliches größer gewachsen waren.
Die Mädchen blieben abwartend stehen, während Myra einfach über Katharina hinwegstieg.
»He!«, rief diese verwundert.
Katharina löste sich aus der Starre, erhob sich und stürzte ihr nach. Romy saß verlegen am Küchentisch, von Tim war nichts zu sehen. »Wie erwartet!«, meinte Myra kopfschüttelnd. »Drinnen bietet sich dasselbe Jammerbild wie draußen!«
Katharina folgte ihrem Blick. Der Boden kam ihr gleich noch staubiger vor, der Tisch noch verklebter, ganz zu

schweigen von den verbrannten Bataten und dem vom Ruß geschwärzten Herd. Sie wollte eben zu einer Rechtfertigung ansetzen, doch Myra beachtete sie gar nicht, sondern schrie laut: »Lydia! Penny! Percy! Nun kommt schon!«

Die Töchter folgten ihr ins Haus, und wie ein Feldwebel bellte ihnen Myra Befehle entgegen: Die eine sollte den Boden feucht wischen, die andere kehren, die dritte den Herd säubern.

Erst als die Mädchen, zwar sichtlich widerwillig, aber dennoch gehorsam mit der Arbeit begannen, wandte sich Myra das erste Mal an Katharina. Sie betrachtete sie kurz kopfschüttelnd und reichte ihr dann ein Tuch aus Leinen. »Trockne deine Haare! Nicht dass du auch noch krank wirst! Das fehlte gerade noch.«

»Was … warum …«, setzte Katharina an.

Myra klatschte laut. »Nicht einschlafen, Mädchen!«, mahnte sie ihre Töchter zur Eile. »Wir wollen hier nicht übernachten.«

»Ihr müsst doch nicht …«

Myra packte Katharina energisch am Arm: »Und du hörst mir jetzt zu und merkst dir gefälligst, was ich zu sagen habe.« Sie warf einen kurzen Blick auf Romy: »Du natürlich auch! Du bist zwar noch klein, aber auch dir schadet es nicht, ein wenig mit anzupacken. Man kann gar nicht bald genug damit anfangen.«

Myra deutete auf den Boden. »Der Boden ist hier ständig voller Staub, das ist nun mal so. Es ist besser, wenn du ihn mit Binsen auslegst.«

Katharina fand langsam ihre Fassung wieder. »Woher bekomme ich denn Binsen?«, fragte sie ein wenig trotzig.

Myra verdrehte die Augen. »Auf dieser Insel gibt's nicht

viel, also muss man aus dem wenigen alles rausholen, was möglich ist. Am Kratersee vom Rano Kau wächst langes, dickes Schilfrohr. Es heißt Totoraschilf, wird gute zwei Meter hoch, manchmal sogar das doppelte. Du kannst damit den Boden auslegen, aber auch Körbe und Matten flechten. Die Rapanui decken damit sogar ihre Dächer. Ich habe von ihnen gelernt, wie man es geschmeidig macht, und werde dir das zeigen, aber das ist jetzt nicht das Wichtigste.«
Sie deutete auf den Herd und rümpfte die Nase. »Bislang habt ihr euch von Bataten und etwas Schaffleisch ernährt, nicht wahr?«
Katharina hob hilflos die Schultern. »Barnabas sagt, dass es nicht viel mehr auf der Insel gibt, wenn nicht gerade Lieferungen vom Festland kommen.«
»Papperlapapp!«, rief Myra. »Man muss nur wissen, wo man zu suchen hat. Also, in der Nähe der Vulkane gibt es Bananenstauden und Zuckerrohr, einige Feigenbäume und Weinstöcke. Alex Salmon hat aus Tahiti nicht nur Palmen mitgebracht, die du sicher schon gesehen hast, sondern auch Brombeerbüsche. Ich koche regelmäßig Marmelade ein.«
Katharina lauschte mit wachsendem Staunen. »Ich verstehe aber immer noch nicht, warum Sie …«
»Und das ist nicht alles«, fuhr Myra ihr über den Mund. »Die Missionare haben einst mit dem Anbau von Weißkohl, Wasser- und Honigmelonen sowie Mais begonnen, ich fahre mittlerweile regelmäßig eine ertragreiche Ernte ein. Auch Guaven wachsen hier – vor allem an den Hängen des Rano Kau. Vielleicht hast du sie bislang für nutzlose Sträucher gehalten, weil sie teilweise vom hohen Gras verdeckt werden, aber wenn man weiß, wo man zu suchen hat, wird man fündig. Sie schmecken sehr aromatisch, das Problem ist nur,

dass auch die Pferde sie gerne fressen. An den Hängen habe ich übrigens auch andere Pflanzen angebaut, Kaffee, Baumwollpflanzen, Papiermaulbeersträucher. Ich bin mir nicht sicher, ob alles gedeihen wird, aber man muss es eben ausprobieren. Die Insel hat ihre eigenen Gesetze, und man lernt sie nicht, wenn man die Hände in den Schoß legt und heult.«

Katharina wischte sich verstohlen über die Augen.

Myra achtete nicht darauf. »Was das Fleisch anbelangt«, fuhr sie fort, »ich halte einige Kaninchen. Wenn du willst, kannst du zwei haben und selbst welche züchten, und du solltest dir vielleicht ein Schwein zulegen, die fressen alles. Überhaupt, dein Garten! Du musst ihn besser nutzen, am besten du pflanzt ein paar Feigenbäumchen. Und Bataten solltest du künftig selbst anbauen und nicht warten, dass ihr von den weißen Herren welche zugeteilt bekommt. Die Feldarbeit auf den Süßkartoffeläckern nimmt nur wenige Tage pro Jahr in Anspruch, doch der Ernteertrag reicht für Monate. Ach ja, du kannst auch versuchen, Jagd auf die Enten zu machen, die im Kratersee schwimmen. Eins kann ich dir aber gleich sagen. Sie legen keine Eier, zumindest habe ich das noch nie gesehen, und falls doch, dann tun sie das so versteckt, dass du sie ihnen nicht klauen kannst.«

Als Myra endlich geendet hatte, war der verbrannte Geruch aus dem Raum gezogen. Lydia, das älteste Mädchen, hatte den Herd geputzt, Penny den Boden und Percy den Tisch abgewischt. Es duftete nach Orange oder Zitrone, wenngleich Katharina nicht sagen konnte, woher der Geruch stammte.

»So«, sagte Myra, »und jetzt seid ihr an der Reihe.«

Katharina hatte sich vorhin das Tuch über die nassen Haare gewickelt, jetzt zog Myra es herunter. Wieder gab sie den

Töchtern Anweisungen – diesmal, etwas aus ihrem Haus zu holen.
»Dein Kleid ist nicht ordentlich gewaschen«, stellte Myra etwas missmutig fest. »Du musst lernen, Seife zu machen, am besten aus Asche, denn nur damit lassen sich die Flecken entfernen. Zieh dich jetzt aus!«
»Aber ich kann doch nicht …«
»Jetzt gibt dich bloß nicht schamhaft! Ich habe drei Töchter, ich weiß, wie nackte Mädchen aussehen.«
Myra schubste Katharina förmlich ins Schlafzimmer, und dort wehrte diese sich nicht länger. So groß ihre Verwirrung auch war – vor allem war sie erleichtert, sich den Befehlen einer anderen zu fügen und nicht länger selbst Entscheidungen treffen zu müssen.
Wenig später hatte Myra sie gekämmt, ihr die Haare geflochten, den Körper abgerieben und ihr ein frisches Kleid, das ihre Töchter gebracht hatten, über den Kopf gezogen. Auch dieses duftete vage nach Zitronen.
»Kleider in Rosemarys Größe habe ich nicht«, erklärte Myra, »aber Lydia hat etwas Lauge mitgebracht, wir werden sie später waschen.«
Zum ersten Mal folgte längeres Schweigen. Myra trat in die Stube und blickte nicht länger missmutig. Als sie erst Katharina, dann den Raum gründlich musterte, schien sie durchaus angetan.
»Das Leben hier ist gewiss nicht einfach«, sagte Myra, »aber es gibt weiß Gott schlimmere Orte als eine einsame Insel. Das Wichtigste ist immer, dass du halbwegs sauber bist und dein Zuhause auch – dann schaut die Welt schon besser aus.«
»Warum bist du hier? Und warum hilfst du mir?«
Myra stemmte abermals ihre Hände in die Hüfte. »Ich hab

dir doch schon am Tag deiner Ankunft gesagt, dass diese Insel kein Ort für Frauen ist. Aber jetzt bist du nun mal hier, und so schnell wird kein Schiff kommen und dich wieder mitnehmen. Also müssen wir Frauen zusammenhalten.«

Erneut stiegen Katharina Tränen hoch, diesmal nicht vor Verzweiflung, sondern vor Rührung. »Danke ... hab vielen Dank!«

»Pah!«, schnaubte Myra. »Dankbarkeit beweist du, wenn du bei meinem nächsten Besuch nicht heulend auf dem Boden kauerst, sondern entschlossen deine Pflichten als Hausfrau erfüllst. Ich will, dass meine Töchter nur Frauen kennenlernen, die das Leben anpacken, anstatt daran zu verzweifeln.«

Die Mädchen, die bis jetzt gearbeitet hatten, standen nun um den Tisch und taxierten Katharina mit neugierigen Blicken.

»Ich glaube, ich habe sie noch gar nicht richtig vorgestellt. Also, das sind Lydia, Persephone und Penelope.«

Die Älteste war brünett und etwas farblos, hatte aber feine Züge, die anderen beiden waren wohl Zwillinge: Sie hatten die blonden Haare der Mutter geerbt, wenngleich sie bei ihnen nicht von grauen Strähnen durchzogen wurden und dichter wuchsen, dazu harte, spitze Züge, aber große und wache Augen.

»Das sind sehr schöne Namen«, murmelte Katharina.

Myra verdrehte die Augen. »Die hat seinerzeit mein Mann vorgeschlagen. Außerdem habe ich noch einen Sohn namens Rufus. Lydia und Rufus sind geboren worden, als mein Mann Ausgrabungen in Italien durchführte. Und Persephone und Penelope kamen in Griechenland auf die Welt. Wir haben eine Weile auf Ithaka, später in Hissarlik gelebt. Lucius hat damals gehofft, Troja zu entdecken, aber bevor das der Fall war, hat er sich mit Heinrich Schliemann zerstritten.«

»Dein Mann ist Archäologe?«
Myra seufzte, als wäre das die größte Prüfung ihres Lebens. »Vor einigen Jahren hat er einen Zeitungsartikel über die Insel gelesen, und seitdem ist er fest entschlossen, die Rätsel dieser geheimnisvollen Kultur zu entschlüsseln. Noch mit dem nächsten Schiff sind wir hierhergekommen – der Mohican. Das ist jetzt anderthalb Jahre her; an Bord waren damals auch der Stabsarzt George Cook und außerdem der Zahlmeister William Thomson, die sich ebenfalls sehr für die Vergangenheit von Rapa Nui interessierten. Sie haben ausführliche Berichte geschrieben und Fotografien gemacht – vor allem von den Statuen –, aber hinterher waren sie so klug, wieder abzureisen, während mein Mann sich eingebildet hat, dass wir für ein paar Jahre hier leben sollen.«
»Die großen Steinstatuen sind sehr faszinierend.«
Myra machte nicht den Eindruck, als würde sie diese Faszination teilen. »Lucius jagt stets seinen Hirngespinsten nach, und ich habe für das tägliche Brot zu sorgen, so läuft das in unserer Ehe.« Trotz allem war ein liebevoller Unterton unüberhörbar, und auch als ihr Blick auf die Mädchen fiel, wirkte sie durchaus stolz.
Katharina musste an Jule denken, ihre strenge Lehrerin, vor der sie immer ein wenig Angst gehabt hatte und deren Befehlsgewalt sich niemand widersetzen konnte. Früher war sie froh gewesen, dass ihre eigene Mutter nie so streng gewesen war, aber hier und heute waren ihr Strenge und Entschlossenheit lieber als nette Worte.
»Barnabas …«, setzte sie an, »er hat gesagt, ich solle mich von den Rapanui fernhalten. Die Statuen sind in seinen Augen heidnisches Zeug, das man am besten ignoriert. Er inte-

ressiert sich für gar nichts, nur für seine Schafe. Wie es mir geht, ist ihm völlig egal.«

Myra schüttelte missbilligend den Kopf. »Ich halte nicht viel von Frauen, die ständig Trübsinn blasen, das sage ich dir gleich«, erklärte sie mitleidslos. »Ertrage ihn, wie er ist. Oder geh. Ich kenne Barnabas ein wenig, und ich kann mir schon vorstellen, dass man es an seiner Seite nicht immer leicht hat. Wenn du es gar nicht aushältst, dann kannst du gerne auch bei uns leben, aber erspar dir das Jammern.«

»Ich kann doch nicht einfach …«

»O nein, offenbar *willst* du nicht! Aus irgendeinem Grund hältst du trotz allem an deiner Ehe fest. Also musst du das Beste daraus machen.«

»Und wie macht man das?«

»Uns Frauen wird von klein auf eingeredet, dass wir das schwächere Geschlecht sind und zu tun haben, was die Männer uns sagen. Aber das heißt nicht, dass wir willenlose Geschöpfe sind. Wir müssen ihnen überhaupt erst zu verstehen geben, was sie uns befehlen sollen. Damit will ich sagen: In einem funktionierenden Haushalt führt die Frau das Regiment, auch wenn sie ihren Mann glauben lässt, er täte es.«

»Es ist ja nicht nur Barnabas«, klagte Katharina, »sondern auch die Kinder … Tim … ich glaube, er hasst mich.«

Myra strich Romy zärtlich über den Kopf.

»Das Mädchen ist dir ergeben, so viel steht fest«, sagte sie, als wäre Romy nicht da. »Sei ihr die Mutter, die sie braucht, und sei vor allem zärtlich zu ihr. Dein Stiefsohn hingegen ist wie ein bockiges Schaf. Ihn musst du an den Hörnern packen und die Marschrichtung vorgeben, indem du Strenge und Güte zeigst – jedoch im richtigen Verhältnis.«

»Und was ist das richtige Verhältnis?«

»Es ist wie beim Kochen. Man muss ein Gespür dafür entwickeln, wie die Zutaten zusammenpassen. Hattest du keine Mutter, die dir das Kochen beigebracht hat?«
Katharina zuckte die Schultern. »Ich kann ganz gut Brot backen.«
»Nun gut, das ist immerhin ein Anfang. Ich bringe dir später etwas Maismehl vorbei, dann kannst du ein paar Fladen backen. Und den Rest lehre ich dich auch noch.«

Am Abend hatte Katharina mit Sorgfalt den Tisch gedeckt: Da sie kein Tischtuch hatten, hatte sie ein altes Bettlaken zerrissen und Romy befohlen, die Ränder zu säumen, was diese gern getan hatte. Das Blechgeschirr hatte sie poliert, bis es glänzte, außerdem Maisfladen gebacken, zu denen sie Schafskäse servierte, und aus den Früchten, die ihr Myra gebracht hatte, hatte sie Kompott gekocht.
Die Maisfladen waren gut gelungen, nämlich innen saftig und außen krustig, und sie verströmten im ganzen Haus den Duft nach frischem Brot.
Als Tim zurückkehrte, wollte er sich darauf stürzen, aber Katharina stellte sich ihm in den Weg. »Zuerst mistest du den Stall aus!«
Tim blickte störrisch zu ihr auf. »Ich habe jetzt Hunger!«
»Du wirst bis morgen früh Hunger haben, wenn du den Stall nicht ausmistest!«
Tim grinste spöttisch. »Du hast mir gar nichts zu sagen!«
Er wollte sich an ihr vorbeidrängen, doch Katharina hielt ihn fest. Sie musste alle Kraft zusammennehmen, denn Tim begann, sich zu winden, aber sie ließ nicht locker. »Wenn ich dir nichts zu sagen habe, dann hast du nichts zu essen.«
Sein Lächeln schwand, doch ehe er zu einer wütenden Be-

gegnung ansetzte, betrat Barnabas die Stube. »Was ist denn hier los?«
Katharina richtete sich auf. »Nichts. Tim wollte gerade in den Stall gehen, um auszumisten, danach können wir essen.«
Sie war sich nicht sicher, ob es ihre energischen Worte bewirkten oder das Erscheinen seines Vaters, doch zu ihrer Erleichterung fügte sich Tim. Nach einer Weile kehrte er mit verschwitztem Hemd und dreckiger Hose wieder.
»Können wir jetzt endlich essen?«, fragte er ungeduldig und schlecht gelaunt.
»Noch nicht.« Katharina wandte sich an Barnabas. »Dein Sohn hat den Schafstall ausgemistet – dafür hat er dein Lob verdient.«
Sowohl Barnabas als auch Tim sahen sie verwundert an.
»Aber es ist doch selbstverständlich, dass er diese Aufgabe ...«
»Trotzdem«, widersprach Katharina. »Auf dieser Insel ist das Leben nicht immer einfach. Wir sollten froh und dankbar sein für das, was wir haben, und von Zeit zu Zeit sollten wir das auch sagen.«
»Aber ...«
»Ich will es so«, unterbrach sie ihn. »Und ich will ein paar Dinge ändern. Künftig werden wir immer mit Tischtuch essen, und ich will, dass wir uns alle die Hände waschen, ehe wir unsere Mahlzeit beginnen. Außerdem musst du mir mehr im Garten helfen, ich werde ein paar Bäume und andere Pflanzen anbauen, das schaffe ich nicht allein. Und einmal in der Woche unternehmen wir einen Ausflug, um die Insel kennenzulernen.«
Sie hatte noch andere Pläne, so, die anderen Familien einzu-

laden und mit den Greys zu beginnen, aber für heute genügte das an Forderungen.

Eine steile Falte erschien auf Barnabas' Stirn. »Als Rose noch lebte, war es nicht üblich, dass wir …«

»Ich bin jetzt deine Frau, und ich bin jetzt die Mutter deiner Kinder. Was früher war, interessiert mich nicht.«

Barnabas blickte betreten zu Boden und entdeckte jenen Eimer, aus dem Katharina die Ladung Wasser abbekommen hatte.

»Was macht der hier?«

Katharina sah in Tims Augen Angst aufblitzen. »Ach!«, rief sie leichtfertig. »Ich habe bloß vergessen, ihn nach draußen zu stellen.«

Als sie am Tisch Platz nahmen, setzte sich Romy neben sie und kuschelte sich an sie; Tim machte sich hungrig über die Maisfladen her, die ihm hörbar schmeckten. Barnabas sagte nichts, schien sich jedoch zu entspannen, und auch Katharina atmete hörbar aus.

Dies war nicht ihre Vorstellung von Glück, aber zum ersten Mal, seit sie Rapa Nui betreten hatte, breitete sich das Gefühl einer gewissen Zufriedenheit in ihr aus.

Myra hatte recht: Wenn sie nicht an ihre Ehe glaubte, sollte sie Barnabas sofort verlassen, aber so schnell wollte sie nicht aufgeben. Nein, sie würde nicht fliehen, sie würde nicht verzweifeln. Sie würde es besser machen als so viele Frauen in ihrer Familie.

10. Kapitel

Drei Monate nach seiner Ankunft glaubte Aaron, jedes Fleckchen der Insel zu kennen. Er liebte den Anblick des kargen Landes, der Steinstatuen, des offenen Meeres. Manchmal, wenn er sich von Mataveri entfernte, hatte er das trügerische Gefühl, ganz allein auf der Insel zu leben – ein Gedanke, der ihn nicht verstörte, sondern glücklich stimmte. Denn Einsamkeit war nicht das größte Übel auf Rapa Nui, auch nicht das entbehrungsreiche Leben oder die knappen Güter – es waren vielmehr die Menschen, Weiße wie er, die sie als persönliches Eigentum und die Rapanui bestenfalls als ihre Sklaven, schlimmstenfalls als Tiere betrachteten.

Manchmal konnte er sich gar nicht mehr von der kleinen Anhöhe lösen, von wo aus er den Ozean ebenso überblickte wie die Vulkane. Doch wenn er zu viel Zeit dort verbrachte, schien ihm der Wind Justins Stimme zuzutragen: Du bist nicht zum Eremiten gemacht, sondern zum Kampf für die Gerechtigkeit!

Und den konnte er nicht allein ausfechten – wenn er auch lange Zeit nicht sicher war, wo und wie er um Verbündete werben sollte. Mit so viel Feuereifer war er darangegangen, ein Schulgebäude einzurichten, doch bis jetzt hatte er nur eine Handvoll Kinder hierherlocken können und das nur sehr unregelmäßig. Die anderen hielten ihre Eltern von ihm fern, und ob das nun aus Angst oder Misstrauen geschah –

bevor er daran denken konnte, die Schule weiterzuführen, musste er den Beweis antreten, dass von ihm nichts Schlimmes zu erwarten stand, und dafür brauchte er Hilfe.
Auf die von Tane konnte er nicht hoffen. Auch wenn dieser den Hass, den Aaron schon so oft in ihm brodeln gespürt hatte, bis jetzt nicht offen gezeigt hatte, konnte man auf seine Bereitschaft, Versöhnung zu stiften, nicht setzen. Vincent Pont stand insgeheim auf der Seite der Rapanui, doch in erster Linie wollte er ein freies Leben jenseits der Konvention führen. Viele andere Rapanui, so auch Atamu, der offizielle *ariki*, schienen sich ihrem Schicksal ergeben zu haben. Als Aaron Atamu erklärte, er solle die Mauer um Hanga Roa niederreißen lassen, hatte dieser allen Ernstes entgegnet, dass er darüber mit den Schafzüchtern sprechen müsse – er selbst könne keine Entscheidung treffen. Mochte Aaron auch noch so energisch auf ihn einreden – er blieb ebenso leichtgläubig wie gutmütig, was beides keine schlechten Eigenschaften waren, zumindest nicht in einer besseren Welt. Hier gab es Aaron bald auf, ihn über seine Rechte zu belehren, desgleichen wie er wusste, dass es sinnlos war, an die Weißen zu appellieren – zumindest nicht an jene, die er bereits kannte.
Wer allerdings – allein berufsbedingt – eine höhere Meinung von den Rapanui haben könnte, war der Archäologe Lucius Grey. Bis jetzt war Aaron der Familie noch nicht oft über den Weg gelaufen, sondern wusste lediglich, dass Myra eine robuste, schnodderige Frau war, die offenbar Katharina unter die Fittiche genommen hatte. Ein Umstand, über den er sich freute, der bis jetzt allerdings dazu geführt hatte, dass er die Familie mied. Doch nachdem er Lucius mit seinem Sohn und den drei Töchtern einmal in der Nähe einiger Steinstatuen gesehen hatte, entschied er, den Greys einen Besuch abzustatten.

Sie lebten auf halbem Weg zwischen Mataveri und Vaihu, offenbar in einer ehemaligen Scheune, wo einst Wolle gelagert worden war und die sie notdürftig umgebaut hatten. So windschief die Wände und so löchrig das Dach wirkten – der Garten war reich an Blumen und Sträuchern sowie kleinen Obstbäumen, die einen süßen Duft verbreiteten.
Zu seiner Erleichterung empfing ihn Lucius Grey sehr herzlich und schien sich ehrlich über einen Gast zu freuen, mit dem er reden konnte. Er war ein kleiner Mann, nicht sonderlich viel größer als Myra, doch während deren Leib sehnig und kräftig wirkte, musste Lucius wegen seines runden Bauchs bei jeder Gelegenheit schwitzen. Auch seine Wangen färbten sich schnell rot, was jedoch, wie Aaron herausfand, nicht nur von körperlicher Anstrengung bewirkt wurde, sondern dem Zustand der Erregung – und in den war er fast immer versetzt. Die Töchter flochten gerade Körbe und gaben vor, dem Vater gar nicht erst zuzuhören, Rufus hingegen, ein gut aussehender junger Mann, der wohl nicht zum ersten Mal lange Monologe des Vaters über sich ergehen lassen musste, verdrehte die Augen. Schon nach einigen Sätzen konnte es Aaron ihm nicht verdenken, aber da er gewillt war, um Lucius Greys Freundschaft zu werben, ließ er dessen Rede, zu der dieser gleich nach der Begrüßung ansetzte, erst einmal über sich ergehen.
»Diese Insel ist das geheimnisvollste Eiland der Welt. Es ist bislang so gut wie gar nicht erforscht, ja ist in unserer Welt überhaupt erst seit ein paar Jahrzehnten bekannt. Sehen Sie nur, sehen Sie nur …«
Auf einem kleinen Schreibtisch lagen mehrere Dokumente, außerdem Fotografien und einige Zeitungsartikel.
»Ich habe mich gründlich vorbereitet, ehe wir hierher aufge-

brochen sind. Ein Schiffsarzt namens Palmer hat vor etwa zwanzig Jahren die ersten Zeichnungen von der Insel gemacht, die *The Illustrated London News* später veröffentlicht hat. Admiral de Lapelin wiederum hat einen Bericht in der *Illustrierten Zeitschrift für Völkerkunde* verfasst. Im April 1877 legte das französische Schiff Seignely hier an – damals wurden die ersten Fotos von der Insel gemacht.«

Lucius Grey wedelte mit den Zeitungsartikeln, auf denen nur unscharf Motive von der Insel zu sehen waren, während Aaron sich insgeheim fragte, warum er so stolz darauf war: Lucius Grey lebte doch selbst auf der Insel und konnte täglich mit eigenen Augen betrachten, was auf den Bildern nur angedeutet war. Doch offenbar war er ein Mann, der seine Zeit lieber am Schreibtisch als im Freien verbrachte.

»Da!«, rief Lucius enthusiastisch. »Der Bericht, den Wilhelm Geiseler 1882 für den Direktor der ethnologischen Abteilung der Königlichen Museen in Berlin verfasst hat! Er ist auf einem Schiff namens Hyäne auf die Insel gekommen.«

»Ich habe gehört, Sie sind Amerikaner«, warf Aaron erstmals ein.

»Genau. Ich bin vor knapp zwei Jahren mit der Mohican zur Insel gereist. Damals fand die erste archäologische Aushöhlung mit Dynamit statt. Alex Salmons Haus diente als Hauptquartier. Dort wollte Myra natürlich nicht auf lange Sicht wohnen, deswegen sind wir hierher umgezogen. Ich habe mir geschworen, die Insel nicht zu verlassen, bevor ich nicht ihr größtes Rätsel gelüftet habe.«

»Meinen Sie die Statuen und dass man nicht weiß, wie und zu welchem Zweck sie errichtet wurden?«

Lucius schüttelte den Kopf. Mit einer hektischen Bewegung fegte er sämtliche Dokumente vom Tisch, und darunter ka-

men diverse Holztafeln zum Vorschein, die mit geheimnisvollen Zeichen beschrieben waren. »Seit zwei Jahren versuche ich nun schon, die *rongorongo*-Schrift zu entziffern.«
Aaron betrachtete die Tafeln genauer. Er hatte schon in der Hütte der Rapanui einige davon gesehen und von Tane erfahren, dass sie aus dem Holz des Toromirobaums gefertigt waren und man die Zeichen mithilfe eines Haizahns in das Holz ritzte. Ein eigentümlicher Geruch ging von den Tafeln aus, rieb man sie doch mit einem wohlduftenden Öl ein und umwickelte sie mit einer Schnur aus Haaren.
»Ich habe gehört, dass alle Rapanui, die die Schrift beherrschten, einst von den Sklavenhändlern von der Insel verschleppt wurden«, sagte Aaron. »Heute gibt es leider niemanden mehr, der diese Tafeln lesen kann.«
»Eben, und deswegen will ich mehr herausfinden! Der Missionar Eugène Eyraud behauptete einst, dass jede Figur einen Namen trägt. Zehn Jahre später stellten Gelehrte fest, dass die Osterinsulaner Säugetiere, Vögel und Fische darstellten, die nicht auf der Osterinsel vorkommen – ein Beweis, dass sie offenbar aus einem im Westen liegenden Land mit anderer Flora und Fauna stammen.«
»Woher haben Sie die Tafeln?«
»Viele Familien versteckten früher ihre *rongorongo*-Tafeln. Bischof Tepano Jaussen von Tahiti erkannte ihren Wert und lässt sie seitdem sammeln – von Pater Roussel, aber auch von Alex Salmon selbst. Der hat mir etliche zur Verfügung gestellt, und mittlerweile bin ich mir sicher: *rongorongo* ist keine Schrift im eigentlichen Sinn, sondern eine Art Gedächtnisstütze, wenn lange Erzählungen vorgetragen wurden.«
Aaron strich über eine der Tafeln, die wie einige andere zweiseitig beschrieben war. »Ich habe mit Tane darüber ge-

redet. Er meinte, dass einst nur eine Gruppe von Sängern, die wiederum zur Familie des *ariki* gehörte, Kenntnis von der Schrift hatte.«

Lucius Grey sah ihn aufgeregt an. »Tatsächlich? Das wusste ich nicht.«

»Warum unterhalten Sie sich nicht selbst mit den Rapanui? Auch wenn sie die Schrift nicht mehr lesen können, geben sie Ihnen sicher hilfreiche Hinweise. Mich erstaunt, dass ich Sie noch nie in Hanga Roa gesehen habe.«

Lucius Grey lachte auf, als hätte er das Dümmste gesagt, was man sich vorstellen konnte. »Aber die Rapanui haben doch keine Ahnung von Archäologie!«, rief er. Er klang nicht wirklich verächtlich, dennoch sprach eine Überheblichkeit aus ihm, die Aaron tief enttäuschte.

»Aber es ist doch ihre Kultur, für die Sie sich interessieren!«, entgegnete er. »Die Schriftgelehrten werden übrigens *maori* genannt. Auch wenn sie alle tot sind, ihre Kinder und Enkelkinder können sicher viel von ihnen berichten. Und bedenken Sie doch: Ich bin kein Archäologe und weiß einiges über Rapa Nui – nicht, weil ich Zeitungsartikel oder Bücher gelesen, sondern weil ich mit den Menschen hier gesprochen habe.«

Er redete immer schneller und eindringlicher, und in Lucius Greys Blick blitzte durchaus Neugierde auf, doch als Aaron geendet hatte, erklärte er nahezu bedauernd: »Mr. Salmon hat uns davor gewarnt, mit den Einheimischen Kontakt aufzunehmen.«

Es klang, als wäre das ein von Gott selbst verkündetes Gebot, und auch wenn er ein Gelehrter war – auf die Idee, sich nicht daran zu halten oder es zumindest zu hinterfragen, war er scheinbar noch nicht gekommen.

»Mr. Salmon interessiert sich nur für die Schafzucht, aber Sie – Sie sind doch von der Kultur der Rapanui fasziniert! Für Sie sind sie nicht einfach nur Tiere, sondern Menschen … Menschen, die Großartiges geschaffen haben – diese geheimnisvolle Schrift ebenso wie die Statuen. Jahrhundertelang muss das Echo der Meißel hier gehallt haben, um sie alle zu errichten.«
Lucius' Augen glänzten, und Aaron hoffte schon, er würde ihm zustimmen, doch die Erwähnung der Statuen führte lediglich dazu, dass er erneut zu dozieren begann: »Sie haben recht, auch um die *moai* gibt es ein großes Rätsel. Die meisten Statuen sind aus vulkanischem Tuffgestein, das aus einem Steinbruch an den Hängen des Rano Raraku gewonnen wurde. Scheinbar wurde mit *toki* gearbeitet, scharfen Basalt-Steinbeilen. Die roten Hüte stammen wiederum aus kleineren Vulkanblasen mit dunkelrotem, sehr porösem Vulkanauswurf vom Puna Pau. Ungeachtet der Frage, wie man sie überhaupt transportiert hat – warum starren fast alle Statuen ins Landesinnere, nicht aufs offene Meer? Die meisten sind natürlich umgefallen, aber so, wie sie liegen, erlauben sie doch Rückschlüsse auf ihre ursprüngliche Position.«
Aaron hatte ungeduldig zugehört. »Die roten Turbane oder Haarschöpfe aus roter Gesteinsschlacke werden *pukao* genannt.«
»Sie haben ein bisschen Rapanui gelernt?«, rief Lucius begeistert. »Ich muss gestehen, ich kenne nur einige wenige Worte.«
Und dann versuchte er sich in der Entzifferung ihrer Schrift?, dachte Aaron kopfschüttelnd. Laut sagte er nur: »Es ist ein Unrecht, dass man den Rapanui das Land geraubt, sie großteils in Hanga Roa einpfercht hat und den Rest auf der

Schaffarm schuften lässt! Ich kenne weitere Wörter auf Rapanui. *Onge hanau,* zum Beispiel! Das bedeutet: Das Volk leidet Not. Man kann es nicht oft genug sagen!«

Das Gesicht von Lucius Grey verzog sich, als würde er an Schmerzen leiden, doch was Aaron kurz für das Aufwallen von echtem Mitleid hielt, war in Wahrheit wohl nur Überdruss, weil Aaron sich nicht auf die Archäologie beschränkte.

»Vor einigen Jahren«, lenkte er hastig ab, »lebte ein Mann auf der Insel, dessen Urgroßvater ein Idolmacher gewesen ist. Offenbar hat dieser erklärt, warum die Statuen so groß sind: Die Künstler wollten sich an Schwere und Monumentalität gegenseitig überbieten.« Er erhob sich schwungvoll und nahm Aaron die Tafel aus der Hand: »Dieses Zeichen sieht doch aus wie eine Languste, oder?«

Aaron folgte seinem Blick. »Mag sein«, murmelte er müde.

»Vielleicht erzählt diese Tafel die Legende, warum so viele Statuen umgefallen sind«, sinnierte Lucius. »Sie haben sie doch gehört?«

»Mag sein«, wiederholte Aaron.

»Es heißt, dass hier einst eine Hexe lebte, die unzufrieden war, weil sie den versprochenen Anteil an einer Languste nicht bekommen hat. Sie stieß einen Fluch aus, und prompt fielen die Statuen um. Das erklärt auch, warum etliche Steinfiguren noch im Krater von Puna Pau angelegt und nicht fertiggestellt worden sind.« Er machte eine Pause. »Natürlich ist die Legende nur als Metapher zu werten. In jedem Fall muss sich vor langer Zeit eine Katastrophe auf der Insel ereignet haben, wodurch der Figurenbau schlagartig zu seinem Ende kam …«

Aaron unterdrückte nur mit Mühe ein unwilliges Seufzen.

»Eine Katastrophe ereignet sich auch jetzt, direkt vor unseren Augen! Wenn die Rapanui weiterhin unterdrückt und ausgebeutet werden, vielleicht sogar aussterben, was den Schafzüchtern durchaus recht käme, dann können Sie die Geheimnisse ihrer Kultur niemals lüften. Ich will den Menschen hier helfen, und Sie sollten mich im eigenen Interesse dabei unterstützen.«

Lucius Grey lächelte schwach. »Bei allem Respekt, aber Ethnologen werden zu Recht als *conserver* bezeichnet, Missionare als *converter.* Wir haben unterschiedliche Aufgaben, und meine liegt darin …«

»Mr. Grey!«

Lucius begann, hastig im Kreis zu gehen, als wollte er vor Aarons eindringlichen Worten fliehen: »Woher denken Sie, stammen die Osterinsulaner?«, fragte er. »Vom südamerikanischen Festland? Von Tahiti? Oder Australien? Zur Zeit der Konquistadoren soll es noch einen regen Seehandel entlang der mittel- und südamerikanischen Küste gegeben haben. Flache Flöße konnten tonnenschwere Lasten befördern, denn das Wasser floss hindurch, ohne dass ein Kentern befürchtet werden musste. Es waren meisterhafte Konstruktionen.«

»Wissen Sie, dass die Rapanui heute keine Flöße mehr haben dürfen? Die Weißen haben es ihnen verboten – genauso im Übrigen wie das Reiten auf Pferden!«

»Ach was!« Lucius machte eine beschwichtigende Geste. »Alex Salmon zahlt ihnen doch einen gerechten Lohn, sie haben genug zu essen und ein Dach über den Kopf, das ist das Wichtigste.«

Lucius nahm endlich wieder Platz und langte nach einer Tafel, die zu Aarons Erstaunen leer war. Sorgfältig fing Lucius an, mit einem Messer einzelne Figuren einzuritzen.

»Was tun Sie denn da?«

Lucius hob etwas entschuldigend seine Schultern: »Alex Salmon schickt die Tafeln nicht umsonst an Tepano Jaussen, den Bischof von Tahiti. Er verkauft sie ihm teuer, und da er nicht so viele davon besitzt, hat er mich aufgefordert, Kopien anzufertigen.«
»Sie fälschen die Tafeln und lassen sie als echte verkaufen?«, rief Aaron empört.
»Doch nicht ich! Salmon weiß natürlich, dass sie nicht echt sind, und was er damit tut, ist seine Sache.«
Aaron konnte sich nicht länger beherrschen: »Wie wollen Sie die Kultur von Rapa Nui enträtseln, wenn Sie sie nicht im Mindesten respektieren?«, zischte er.
Kurz war er überzeugt, dass er sich Lucius Grey endgültig zum Feind gemacht hatte, doch der lächelte ihn bloß entwaffnend an. »Sie müssen verstehen …«, sagte er etwas kleinlaut, »meine Frau würde es mir sehr übel nehmen, wenn meine Arbeit nicht auch ein wenig Geld einbrächte …«
Aaron betrachtete ihn. So lebensunfähig Lucius zunächst wirkte, war er in Wahrheit doch ein Schlitzohr, das aus allem irgendwie einen Vorteil zog.
Ehe er etwas einwenden konnte, betrat wie aufs Wort Myra das Haus.
»Lydia, Penny, Percy! Was hockt ihr hier herum! Ab aufs Feld! Soll ich die ganze Arbeit allein verrichten?«
Die Mädchen hatten tatsächlich ihre Haushaltspflichten vernachlässigt und schweigend der Auseinandersetzung von Lucius und Aaron gelauscht. Nun seufzten sie zwar verdrießlich, verließen aber hastig das Haus.
»Und du, Rufus!«, bellte Myra in Richtung ihres Sohns. »Du solltest Unkraut jäten.«
»Ach, Mum, muss ich wirklich …«

»Abmarsch!«

Auch der Sohn beugte sich der herrischen Stimme, und Lucius konzentrierte sich auf die Tafel – offenbar, um nicht den Verdacht zu erwecken, er hätte Zeit und könnte ihr zur Hand gehen.

Myra blickte ihn seufzend an, sagte jedoch nichts mehr. Erst jetzt fiel ihr Blick auf Aaron.

»Mr. Hayes …« Sie nickte ihm zu, versuchte sogar, zu lächeln, aber ihr strenger Blick gab ihm deutlich zu verstehen, dass er ihr nicht gerade willkommen war.

Aarons erste Regung war, sich zu verabschieden und zu gehen, doch dann erwachte in ihm die Hoffnung, dass sie nicht so selbstsüchtig wie Lucius war.

»Ich habe mit Ihrem Mann über die Rapanui gesprochen und überlegt, wie wir ihre Lage verbessern könnten. Ihnen wird sicher nicht entgangen sein, unter welchen Bedingungen sie leben müssen.«

Sie blickte ihn nicht länger unfreundlich, sondern einfach nur müde an, und bevor er fortfahren konnte, hob sie abwehrend die Hand. »Mr. Hayes, ich mag Menschen, die wissen, was sie wollen, und danach handeln, aber schauen Sie sich um: Das Leben auf der Insel ist entbehrungsreich. Ich habe vier Kinder großzuziehen, und was meinen Mann anbelangt …« Sie ließ es unausgesprochen, aber es war deutlich herauszuhören, dass sie ihn nicht als Stütze betrachtete, sondern vielmehr wie ein fünftes Kind, das überdies fauler und trotziger war als die anderen.

»Wie auch immer«, fuhr sie fort. »Ein Mensch muss wissen, wie viele Lasten er tragen kann und wann er darunter zusammenbricht. Und wenn ich zusammenbreche, ist keinem geholfen.«

Aaron konnte sich nicht vorstellen, dass irgendetwas dieser Frau je zu viel werden konnte, doch er verstand, was sie meinte, und lächelte sie traurig an. »Sie müssen sich nicht vor mir rechtfertigen, es ist nur schade …«

Aaron brach ab. Der Mund wurde ihm trocken, als er erkannte, dass Myra vorhin nicht allein zurückgekommen war.

Eben trat eine Frau über die Schwelle, erkannte ihn, erstarrte.

Katharina.

Auch wenn Katharina es sich nicht offen eingestehen wollte – natürlich hatte sich ein Teil in ihr inständig danach gesehnt, ihn zu treffen. Jedes Mal, wenn sie das Haus verlassen hatte, hatte sie gehofft, einen Blick auf ihn zu werfen … und sich zugleich davor gefürchtet. Jetzt zog sich ihre Brust regelrecht schmerzhaft zusammen.

Seine Miene war sorgenvoll, ein müder Zug lag um die Augen und bewies, dass auch sein Leben gewiss nicht leicht war. Dennoch: Von ihm ging eine Stärke aus, die sie an Barnabas vermisste …

Was machte er hier? Myra war doch ihre Freundin und das Haus der Greys ihr Zufluchtsort! Wie konnte er es wagen, sich in die Stube zu setzen und mit Lucius Grey zu reden?

Aaron war aufgesprungen. »Katharina …«

In seinen dunklen Augen schien es zu lodern, während Lucius Grey ein freundliches Lächeln aufsetzte und nicht bemerkte, was sich vor seinen Augen abspielte.

Myra war etwas feinfühliger. Ihr Blick ging kurz zwischen Katharina und Aaron hin und her, ehe sie erklärte: »Es ist besser, Sie gehen jetzt, Mr. Hayes.«

Aaron nickte entschlossen und schritt zur Tür, aber für Katharina, die eben noch empört gewesen war, ihn hier anzutreffen, war es der Gipfel der Unverschämtheit, dass er vor ihr floh.
»Nein«, sagte sie hart, »wenn jemand geht, bin ich das.«
Sie machte auf der Türschwelle kehrt und stürmte nach draußen. Aus den Augenwinkeln sah sie Lucius Greys verblüfften Blick, und im Freien empfing sie das Kichern von Lydia, die offenbar bemerkt hatte, was im Haus vorgefallen war. Doch es war ihr egal, was man von ihr hielt, egal auch, wie Aaron auf ihre Flucht reagierte. Sie wollte es nicht wissen, sie wollte ihn nie wiedersehen, sie wollte nicht, dass ihr Herz seinetwegen schneller pochte!
Sie lief, so schnell sie konnte, um sich einzureden, dass der Druck auf der Brust von der Anstrengung rührte, nicht von der Begegnung mit ihm, entkam jedoch nur seiner Nähe, nicht den quälenden Gedanken. Während ihre Schritte vom Haus der Greys fortstrebten, liefen diese im Kreis und fanden keinen Weg, um den dumpfen Schmerz zu vertreiben. Am Ende verstummten diese Gedanken doch – allerdings nicht, weil sie noch schneller lief, sondern weil sie plötzlich eine gequälte Frauenstimme vernahm.
»Bitte, Archibald, bitte, ich will zurück ins Haus.«
Die Frau sprach mit starkem Akzent, wie ihn Katharina noch nie gehört hatte. Rasch folgte sie der Stimme, zunächst erleichtert, dass sie etwas beobachten konnte, was nichts mit ihrem eigenen Leben zu tun hatte, dann mit schlechtem Gewissen, weil ausgerechnet die Qualen einer anderen sie vom eigenen Elend ablenkten. Und ja, diese Frau litt unter Qualen – das hörte man nicht nur, das sah man ihr auch deutlich an.
Eigentlich war sie eine Schönheit mit ihrem schwarz glän-

zenden Haar, den mandelförmigen Augen und dem braunen, glatten Gesicht, und doch glich sie einem Haufen Elend, wie sie da den Kopf gesenkt hielt und die Schultern hängen ließ. Katharina konnte sich bald denken, an was oder vielmehr an wem das lag – an dem Mann an ihrer Seite nämlich, der so edel gekleidet wirkte, dass es auf einer Insel wie dieser fast lächerlich anmutete, und dessen stahlblaue Augen, die Vitalität und Selbstbewusstsein ausstrahlten, im Kontrast zu den Narben auf seinen Wangen standen, die ihm etwas Verschlagenes, aber auch Kränkliches gaben. Er war eine Erscheinung, von der man unmöglich die Augen abwenden konnte und die einen zugleich frösteln ließ – wie auch seine heisere Stimme ihr durch Mark und Bein ging.

Katharina versteckte sich hinter einem Strauch und sah erst jetzt, dass sie sich in der unmittelbaren Nachbarschaft von Alex Salmon und John Brander befand.

»Du taugst zu nichts«, schimpfte der elegante Mann, »zu rein gar nichts. Nicht einmal einen Spaziergang kann man mit dir machen.«

»Ich bin doch so lange krank gewesen«, erwiderte die Frau klagend. »Ich fühle, dass das Fieber zurückkehrt. Lass mich doch ein wenig ausruhen.«

»Und an mich denkst du gar nicht? Ich nehme mir Zeit für dich, und du willst dich im Bett verkriechen?«

Katharina kam zu dem Schluss, dass der Mann Archibald Smythe sein musste – der einzige Weiße, den sie noch nicht kennengelernt hatte. Barnabas hatte einmal erwähnt, dass dessen Frau Laurentine so gut wie nie das Haus verließ, doch heute hatte Archibald sie offenbar dazu gezwungen – nicht etwa, um ihre Lebensgeister zu wecken, sondern um sie zu quälen.

Katharina wartete gespannt darauf, was geschehen würde. Sie hatte durchaus Mitleid mit der Frau – zugleich erinnerte sie deren Jammern an jenen Tag, da sie mit nassen Haaren auf der Schwelle gekauert hatte und von Myra mit scharfen Worten zur Rede gestellt worden war.

Ich halte nicht viel von Frauen, die ständig Trübsinn blasen …

»Bitte, Archibald, ich tu doch immer, was du willst. Aber jetzt lass mich wieder heimgehen.«

»Es ist nicht dein Fieber, das dich ins Bett zwingt, es ist deine Angst vor den Menschen. Aber hier ist doch niemand!«

»Ich … ich ertrage es trotzdem nicht!«

»An deiner Stelle würde ich mich auch schämen, anderen Menschen vor die Augen zu treten. Nun sind wir schon so lange verheiratet, und du hast mir immer noch kein Kind geboren.«

Die Frau schlug ihre Hände vors Gesicht, ihre zarten Schultern bebten, und Katharina befürchtete, dass sie gleich zusammenbrechen würde.

Dass sie an Fieber litt, glaubte sie zwar nicht, aber dass diese Frau auf andere Weise krank war. In ihrer Siedlung am Llanquihue-See hatte einst eine Frau gelebt, von der ihre Großmutter und vor allem die schroffe Jule stets behauptet hatten, dass ihre Seele nicht gesund sei. Greta hatte sie geheißen, und in ihrer Jugend war irgendetwas in ihr kaputtgegangen, was es ihr fortan unmöglich machte, sich am Leben zu erfreuen. Laurentine musste an einer ähnlichen Krankheit leiden, wobei sie nicht bösartig schien wie Greta, sondern verzweifelt.

Ihr Mann wiederum war ihrer nicht einfach nur überdrüssig, was man vielleicht noch hätte verstehen können, sondern

schien eine gleichfalls kranke Lust daran zu finden, ihr zuzusetzen. Und bei einer Frau, die so schwach, so verwundet war, musste er sich nicht einmal anstrengen, um das zu erreichen. Eine seltsame Nachlässigkeit lag darin, als er sie kurz umarmte, um ihr dann aber so schmerzhaft in den Leib zu kneifen, dass sie aufschrie.
Katharina überlegte, wie sie sich verhalten sollte. Barnabas würde ihr wohl raten, so zu tun, als hätte sie nichts gesehen, und rasch das Weite zu suchen. Aaron hingegen … Aaron würde sich bestimmt einmischen!
Zwei Seelen stritten in ihrer Brust, doch ehe sie entschied, welcher Stimme sie folgen sollte, ließ Archibald seine Frau los und lief blitzschnell auf das Haus zu, das die beiden offensichtlich bewohnten. Laurentine folgte ihm erleichtert, doch er war schneller als sie, und als sie das Haus erreichte, schlug er ihr die Tür vor der Nase zu.
Die Frau brach in Tränen aus. Mit beiden Händen hämmerte sie gegen die Tür, aber Archibald Smythe zeigte kein Mitleid und hielt sie weiterhin ausgesperrt.
Katharina zögerte.
Misch dich nicht ein!
Du kannst die arme Frau doch nicht einfach sich selbst überlassen!
Als diese immer heftiger schluchzte, konnte sie schließlich gar nicht anders, als das Versteck hinter dem Busch aufzugeben und auf das Haus zuzutreten.
»Mrs. … Mrs. Smythe?«
Die Worte erreichten die andere nicht. Erst als Katharina die Hand auf Laurentines Schulter legte, zuckte sie zusammen. Als sie sich ihr zuwandte, waren die Augen derart vor Angst geweitet, als hätte Katharina sie geschlagen.

»Es tut mir leid. Ich wollte Sie nicht erschrecken … Kann ich Ihnen irgendwie helfen?«
So groß ihr Mitleid in diesem Moment auch war, fühlte sie sich zugleich hilflos, ahnte sie doch, dass sie nichts für die Frau zu tun vermochte. Deren Entsetzen wich prompt der Trostlosigkeit.
»Mir kann niemand helfen …«, sagte sie schwach.
Sie ließ die Schultern, falls das überhaupt möglich war, noch tiefer hängen.
»Archibald … Ihr Mann, er behandelt Sie sehr schlecht. Soll ich … soll ich vielleicht klopfen?«
Katharina hatte keine Ahnung, wie sie Mr. Smythe gegenübertreten sollte, doch Laurentine schüttelte ohnehin den Kopf.
»Nach einer gewissen Zeit verliert er die Lust, mich zu quälen.«
Vor dem Haus stand eine schmale Bank, auf die sie sich fallen ließ. Wieder schlug sie die Hände vors Gesicht, und dass sie eine Weile lang nichts von der Welt sah, schien sie etwas zu beruhigen.
Katharina stand schweigend daneben. Hinter dem Fenster glaubte sie eine Bewegung auszumachen, aber sie wollte nicht daran denken, dass Archibald Smythe sie womöglich beobachtete und sich später bei Barnabas über sie beschweren würde.
Behutsam setzte sie sich auf die Bank, ließ aber genügend Abstand. Sie ahnte instinktiv, dass der anderen jegliche körperliche Berührung unangenehm wäre.
»Sie heißen Laurentine, nicht wahr?«, fragte sie. »Das klingt französisch.«
Sie machte sich darauf gefasst, dass die Antwort ausblieb,

doch Laurentine fing unerwartet zu erzählen an: »Ein Missionar gab mir den Namen, als er mich taufte. Ich stamme aus einer alten tahitianischen Familie, mein Vater war Stammeshäuptling. Unter seinesgleichen war er hoch angesehen, die Weißen hingegen verlachten ihn für die Bräuche. Viele Inseln waren in seinem Besitz … und Archibald glaubte, ein großes Los zu ziehen, als er mich heiratete … Wenn ich ehrlich bin, glaubte ich das auch, zumindest haben meine Mutter und meine Schwestern mir das eingeredet …«
Dafür, dass sie so kraftlos schien, machte sie erstaunlich viele Worte, doch mit jedem weiteren klang sie noch niedergeschlagener.
Katharina hob die Hand und wollte sie wieder auf Laurentines Schulter legen, aber die zuckte zurück. »Sie haben sich getäuscht«, murmelte Katharina, »Ihre Ehe hat sich als Hölle herausgestellt.«
Ein langes Seufzen war die einzige Antwort.
»Warum lassen Sie sich das gefallen?«
»Was soll ich denn tun?«
»Vielleicht … vielleicht kann Mrs. Grey Ihnen helfen. Wenn Sie Archibald verlassen wollen, dann gibt es Mittel und Wege …«
»Ich muss doch bei ihm bleiben!«, unterbrach Laurentine sie nahezu entsetzt. »Er … er ist doch so zivilisiert.«
Katharina glaubte, sie hätte sich verhört. »Er fügt Ihnen Schmerzen zu und sperrt Sie aus dem Haus, um Sie zu quälen! Was ist daran zivilisiert?«
Laurentine seufzte erneut. »Der Vater meines Vaters war ein Kannibale. Wenn Stammeskriege ausgefochten wurden, war es üblich, dass man den unterlegenen Gegner getötet und verzehrt hat. Wer diesem Schicksal entkommen wollte,

musste seine Heimat für immer verlassen. Mein Großvater ... er hat viele Rivalen besiegt. Und nachdem er starb, hat mein Vater ihm die Zunge herausgeschnitten und verspeist. Er dachte, dass so seine Weisheit auf ihn überging. Ich selbst habe dabei zugesehen. Es war ... es war widerlich.«

Katharina betrachtete sie ratlos. Ob ihre Angst, ja ihr Grauen vor der Welt von diesem Augenblick rührte? Oder war dieses erst während ihrer Ehe mit Archibald Smythe gewachsen?

In jedem Fall glaubte sie zu begreifen, was in ihr vorging. Mit der Ehe hatte sie auf ein besseres Leben gehofft, war nun aber auf dieser Insel gelandet und Archibald völlig ausgeliefert.

»Ihr Mann hat trotzdem kein Recht ...«

Ihre Worte erreichten Laurentine nicht. »Mein Vater hat sich später taufen lassen«, fuhr sie fort, »und seine Untertanen folgten seinem Vorbild. Ich glaube, ab diesem Zeitpunkt hat er sich für seine Vorfahren und das, was er in ihrem Sinne getan hat, geschämt. Er hat mir immer eingebläut, dass ich mich den Weißen anpassen soll – nur dann hätten unseresgleichen eine Zukunft. Er war so glücklich, dass Archibald mich geheiratet hat. An seiner Seite war ich plötzlich keine Kannibalentochter mehr, sondern ... sondern eine ehrwürdige Dame. Und Archibald ist doch nur so böse, weil ich keine Kinder bekomme! Wenn ich nur endlich schwanger würde, wäre alles gut!«

Katharina warf einen skeptischen Blick auf den schmalen Leib. Sie konnte sich nicht vorstellen, dass er gesund und kräftig genug war, ein Kind zu empfangen und auszutragen. Und selbst wenn – ein Mann, der Lust am Quälen hatte, würde diese nicht einfach ablegen.

Sie schüttelte ihren Kopf. Wie widersinnig das Leben manch-

mal war! Laurentine hatte erhofft, archaischen Ritualen zu entkommen, doch unter vermeintlicher Fortschrittlichkeit und Zivilisiertheit lauerte erst recht Grausamkeit.
»Ich würde so gerne etwas für Sie tun«, murmelte sie.
»Ich möchte ihn glücklich machen!«
»Sie sollten für Ihr eigenes Glück kämpfen.«
»Aber … aber das geht doch nicht …«
Widerworte lagen Katharina auf der Zunge, doch zugleich sah sie ein, dass ihr kein Urteil zustand. Sie selbst hielt doch auch mit aller Macht an der Ehe mit Barnabas fest, obwohl sie ihn nicht liebte.
»Es tut mir leid«, sagte sie nur und dachte: Zumindest kann ich lernen, Barnabas zu lieben. Denn ganz gleich, welche Schwächen er hat – er würde mich nie quälen und absichtlich verletzen.

Archibald Smythe lauschte gespannt. Er hatte breit gelächelt, als er seine Frau weinen gehört hatte. Der hohe, verzweifelte Ton schien in seinem Inneren zu vibrieren und den ganzen Körper mit Genugtuung zu erfüllen. Als er abriss, hatte das seiner guten Laune zunächst nichts anhaben können, war er sich doch weiterhin sicher, dass Laurentine vor Angst verging. Doch je länger es still blieb, desto schaler schmeckte sein Triumph. Was zum Teufel ging da draußen vor?
Er hörte jemanden hinter sich atmen und fuhr herum.
Das Rapanui-Mädchen wartete angespannt, ob er ihm einen Befehl erteilen würde. Nani hatte fast so viel Angst vor ihm wie Laurentine, und wenn er überdrüssig war, seine Frau zu drangsalieren, war Nani ein dankbares Opfer. Heute war er mit Laurentine allerdings noch nicht fertig.

»Was starrst du mich so an?«, zischte er. »Hast du nichts mehr zu tun? Marsch in die Küche!«
Das Mädchen zuckte zusammen und schlich davon.
Als Archibald zum Fenster trat, vernahm er Gemurmel. Das Glas war grau, weswegen er nur Umrisse erkennen konnte, doch er sah genug, um festzustellen, dass eine fremde Frau neben Laurentine auf der Bank saß. Genau genommen war sie ihm nicht mehr fremd, er hatte sie schon mehrmals von Weitem beobachtet, und er wusste, wie sie hieß: Katharina. Barnabas Wilkinson hatte sie vor Kurzem geheiratet.
In seinem Mund schmeckte es plötzlich ganz gallig. Wie kam ein derart tumber Viehhirte zu so einer Frau?
Sie war keine Schönheit wie Laurentine, aber verglichen mit den anderen weißen Frauen auf der Insel, Myra Grey und ihren Töchtern, hübsch anzusehen. Myra war ein harter Knochen, Katharinas Gesicht hingegen gefühlvoll, weich und von glänzend braunroten Locken umrandet. Zugleich wirkte sie jedoch nicht im Mindesten verweichlicht und ängstlich. So aufrecht, wie sie neben Laurentine saß, hatte sie Rückgrat.
Archibald leckte sich über die Lippen. Es gefiel ihm, auf Schwache zu treten. Aber es gefiel ihm noch mehr, wenn jemand stur seinem Leben trotzte und jene Stärke an den Tag legte, die sein Vater stets seinem Sohn abverlangt hatte.
»Was immer dir zustößt, ertrag's mit kaltem Herzen«, hatte der ihm eingebläut.
Augustin Lagarde selbst war viel zugestoßen, unter anderem war er als junger Mann nach einer Schlägerei im Gefängnis gelandet. Er selbst hatte immer behauptet, unschuldig gewesen zu sein, doch Archibald war es schwergefallen, ihm das zu glauben, so gewalttätig und streitlüstern, wie sein Vater

war. Er war Franzose, weswegen er mit anderen Häftlingen in eine Sträflingskolonie nach Neukaledonien gebracht worden war, und nach der Verbüßung der Haftstrafe war ihnen in Aussicht gestellt worden, als Siedler im Land zu bleiben. Augustin hatte allerdings nicht daran gedacht, auf das Ende der Haftstrafe zu warten: Mit einer Gruppe Mithäftlinge war er ausgebrochen, hatte sich auf einem einfachen Schoner nach Tahiti durchgeschlagen und dort die Bekanntschaft des schottischen Händlers George Darsie gemacht. Fortan behauptete er, er sei auch Schotte und würde sämtliche Franzosen verachten, und er nannte sich nicht länger Augustin Lagarde, sondern August Smythe.

Archibald hatte ein einziges Mal gefragt, warum er seine französische Herkunft geleugnet hatte, doch Augustin hatte ihn nur finster angestarrt und ihm wortlos die Faust ins Gesicht gedroschen. Er schlug ihn immer, wenn ihm etwas missfiel – das konnte eine einfache Frage sein –, und manchmal schlug er ihn auch ohne Grund. Seit er denken konnte, hasste Archibald ihn dafür – und bewunderte ihn auch ein wenig für seine Macht, Angst und Schrecken zu säen.

Als er nun Katharina betrachtete, hatte er plötzlich Lust, gleiche Gefühle auch in ihrem Gesicht gespiegelt zu sehen – den Hass, weil der so viel feuriger und zugleich zäher war als die Liebe. Und Bewunderung dafür, dass ihn das Leben auf dieser einsamen Insel nicht gebrochen hatte, er sich vielmehr – getreu dem Ratschlag seines Vaters – ein kaltes Herz bewahrt hatte. Gewiss, er war der Insel überdrüssig, aber er hatte sich mit seinem Schicksal abgefunden – und das wies ihm bislang keinen Weg, von hier wegzukommen.

Nach dem Tod seines Vaters hatte er selbst einige Jahre lang für George Darsie gearbeitet. Der wiederum hatte die Witwe von John Brander senior geheiratet, der offiziellen Besitzerin der Schafzuchtkompanie. Und die hatte ihm schließlich das Angebot gemacht, nicht länger nur als Aufseher, sondern als Verwalter zu arbeiten – wenn auch nicht auf Tahiti, wie er zunächst noch gehofft hatte, sondern auf Rapa Nui. Dass der Name ihm fremd gewesen war, hatte seinem Ehrgeiz keinen Abbruch getan, und war dieser Ehrgeiz in den langen, einsamen Monaten auf diesem gottverlassenen Eiland oft eingeschlafen, erwachte er jetzt wieder – wenngleich er sich weniger auf den gesellschaftlichen Aufstieg wie einst richtete, sondern schlichtweg darauf, ein wenig Spaß zu haben.

Archibald ging zur Tür und gab ihr einen Tritt, sodass sie mit einem lauten Krachen aufflog. Laurentine zuckte zusammen, was ihn nicht weiter erstaunte, und Katharina – was ihn ungleich mehr befriedigte – nicht minder: Sie sprang von der Bank auf.

Er tat, als würde er das Entsetzen nicht bemerken. Lächelnd trat er auf sie zu und streckte ihr die Hand entgegen, um mit samtiger Stimme in feinstem Englisch zu sagen: »Wir haben uns noch nicht kennengelernt. Sie sind Barnabas Wilkinsons Frau, nicht wahr?«

Katharina starrte ihn an. Sie machte keine Anstalten, seine Hand zu schütteln, ja nicht einmal, etwas zu sagen. Ihr Blick ging kurz besorgt zu Laurentine, aber die erwiderte ihn nicht, sondern nutzte die Gelegenheit, ins Haus zu huschen. Laurentine, wie sie leibt und lebt, dachte Archibald. Gerade hat sie eine Verbündete gewonnen – schon lässt sie sie im Stich. Laut fragte er nur: »Ihr Name ist Katharina, nicht wahr?«

In ihrem Blick stand unverhohlene Verachtung, doch anstatt

eilig zu fliehen, ging sie wortlos und mit erhobenem Kopf an ihm vorbei. Erst nach zehn Schritten fing sie zu laufen an. Archibald lachte leise. Was den Hass anbelangte, hatte er sein Ziel bereits erreicht. Und die Bewunderung – nun, die würde er sie auch noch lehren.

Katharina hatte Barnabas noch nie so erregt gesehen wie an diesem Abend. Noch bevor er etwas sagte, ahnte sie, dass es mit ihrem Gespräch mit Laurentine zu tun hatte, und tatsächlich fuhr er sie im nächsten Augenblick wütend an: »Du hast dort nichts verloren! Ich habe dir doch gesagt, dass wir uns von den Smythes am besten fernhalten.«

Wie hatte er bloß davon erfahren? Hatte er sie gesehen, oder hatte Archibald ihn darauf angesprochen?

Noch immer fröstelte es sie, wenn sie an den Blick seiner kalten Augen dachte, die so ... gierig auf ihr geruht hatten. Eigentlich lag ihr selbst am meisten daran, ihm so schnell nicht wieder zu begegnen, doch Barnabas' Strenge weckte ihren Trotz.

»Du hast gesagt, dass ich mich von den Rapanui fernhalten soll, und jetzt verbietest du mir auch noch den Umgang mit den Weißen?«

»Ich habe nichts gegen deine Freundschaft mit Myra Grey.«

»Wie gnädig!«

Sie war erschrocken, wie giftig sie klang – und er nicht minder.

»Archibald Smythe ...«, setzte er hilflos an. »Er ist ... er ist ...«

Katharina fragte sich, welches Urteil er wohl fällen würde. Mochte er sich oft noch so schlicht geben – zumindest schien er zu spüren, wie gefährlich Archibald war. Doch da die

Kinder angespannt lauschten, wollte er dieses Wort offenbar nicht benutzen.

»Geh einfach nicht mehr zu seinem Haus«, fügte er lediglich hinzu.

Obwohl Katharina nichts anderes vorgehabt hatte, schüttelte sie den Kopf. »Seine Frau ... Laurentine ... sie ist schrecklich unglücklich und sicher auch sehr einsam. Warum soll ich sie nicht besuchen? Sie könnte eine Freundin nur allzu gut brauchen.«

In Barnabas' Gesicht stand nun deutliche Angst. »Archibald Smythe sieht das nicht so gerne.«

»Na und? Sie ist doch nicht seine Sklavin. Und du bist wiederum nicht Archibald Smythes Sklave, sondern ein freier Mann, der einen eigenen Willen hat. Genauso wie ich.«

»Versteh doch.« Er wurde immer hilfloser. »Ich will doch nur nicht, dass du in Schwierigkeiten gerätst ... du oder die Kinder.«

Er schluckte schwer, und Katharina ahnte, dass hinter seiner vermeintlichen Borniertheit große Sorge steckte – und diese echt war. Auch wenn er es nicht zeigen konnte, ihm musste etwas an ihr liegen, und deswegen wollte er sie beschützen, genauso wie er sich für Romy und Tim verantwortlich fühlte, obwohl er kaum je zärtlich wurde oder ein liebevolles Wort fand. Barnabas mochte eine andere Sprache sprechen als sie, aber im Innersten einte sie der Wunsch, eine zufriedene Familie zu haben, der es an nichts fehlte.

Katharina senkte ihren Blick, und jeder Protest erstarb. Ja, ein Teil in ihr wünschte, er wäre eine Mann wie Aaron, der gemeinsam mit ihr überlegen würde, wie man Laurentine am besten helfen könnte. Doch ein anderer Teil gab ganz nüchtern zu bedenken, dass sie – was ihr eigenes Wohl anbelangte – wohl mehr auf Barnabas setzen konnte als auf Aaron. Barnabas hatte sie geheiratet, obwohl er sie nicht kannte – Aaron trotz des Kusses und der Nähe zwischen ihnen nicht.

Sie nickte stumm, und Barnabas ließ es dabei bewenden.

Später kam Romy zu ihr geschlichen.

»Ist der Mann … dieser Archibald … böse?«, fragte sie. In ihrer Miene stand große Furcht.

Katharina strich ihr über die Zöpfe, und ihre erste Regung war, ihr zuzustimmen. Doch Romy sollte nicht vor Angst vergehen, und außerdem musste sie plötzlich an die Worte denken, die entweder ihre Großmutter Christine oder die alte Jule gesagt hatte, als es wieder mal um die verrückte Greta gegangen war.

»Du musst dich nicht vor ihm fürchten«, murmelte sie. »Es gibt keine bösen Menschen – nur unglückliche.«

11. Kapitel

Es war Herbst gewesen, als Katharina auf die Insel gekommen war, nun ging der Winter mit milden Temperaturen und häufigem Regen vorüber. Die Tage waren arbeitsreich und glichen einander, doch Katharina versuchte, das Gute zu sehen, nicht das Schlechte. Der stete Wind war zwar oft lästig, aber er wurde nie beißend kalt. Ihre Hände waren rissig wegen der vielen Arbeit im Garten und in der Küche, und der Rücken tat manchmal weh, aber die Schmerzen wurden nie unerträglich, und da es ständig etwas zu tun gab, kam nie Langeweile auf, das Gefühl, eine Gefangene auf der Insel zu sein, oder Gedanken an Aaron. Barnabas blieb ein wortkarger Mann, doch die Kinder wurden immer vertrauensseliger. Wenn Barnabas abends nicht wiederkäme, würde sie ihn wohl kaum vermissen, ging es ihr oft durch den Kopf, Romy und Tim zu verlieren war hingegen eine unerträgliche Vorstellung. Gewiss, der Knabe war manchmal noch frech und aufmüpfig, doch wenn sie ihm konsequent Befehle erteilte, fügte er sich ihrer Autorität. Romy wiederum war mittlerweile nicht minder anschmiegsam wie die Katze Toni und entschädigte sie für die Nächte mit Barnabas, der nie zärtlich zu ihr war, sondern mit gleicher Entschlossenheit seine ehelichen Pflichten erfüllte, wie er seine Schafe schor.

Katharina hielt sich in all den Monaten an seine Mahnung, Archibald Smythe nicht nahe zu kommen, und auch Alex

Salmon und John Brander begegnete sie nur wenige Male. An einem Abend war Frank Allen zu Gast, um mit Barnabas etwas zu besprechen, doch alles, was Katharina ihm anbot, lehnte er ab. Er war nicht wirklich unhöflich, eher blind für sie.

Sie stellte sich darauf ein, dass sich ihre Kontakte auch im Frühling auf die Greys beschränken würden, doch als sie an einem sonnigen Septembertag frisches Schilf zurechtschnitt, um damit – wie von Myra empfohlen – den Boden zu bedecken, wurde sie von Schritten aufgeschreckt.

Sie traute ihren Augen kaum, als sie hochsah: Keine andere als Laurentine kam auf sie zugerannt, mit einem Gesicht, als wäre der Teufel hinter ihr her. Und auch wenn Katharina wusste, dass es für Laurentine bereits eine Prüfung war, allein das Haus zu verlassen, war sie sicher, dass sie vor Archibald floh.

Sie sprang auf und stürmte auf sie zu. »Kommen Sie nur herein! Hier sind Sie sicher vor ihm!«

Barnabas hätte etwas anderes behauptet, aber der war nicht hier, und sie selbst würde mit Archibald schon fertigwerden, zumindest war sie dazu fest entschlossen.

Doch Laurentine starrte sie nur entgeistert an. »Sie ist fort!«, stammelte sie ein ums andere Mal. »Sie ist fort!«

Katharina verstand kein Wort. »Von wem reden Sie?«

»Sie müssen mir helfen, sie zu suchen, wenn er es mitbekommt, dann wird er …«

Einige wirre Sätze später verstand Katharina, warum Laurentine den Mut aufgebracht hatte, zu ihr zu kommen. Nani, ein Rapanui-Mädchen, lebte als Dienstbotin bei den Smythes. Obwohl sie sich ständig nach ihrer Familie sehnte und sich vor Archibald zu Tode fürchtete, hatte sie ihre Pflichten

immer erfüllt, doch gestern Abend hatte Archibald sie wegen eines nichtigen Anlasses getadelt.
»Er schreit nicht«, murmelte Laurentine, »er schreit ja nie, aber das macht einem am meisten Angst.«
Sie zitterte am ganzen Leib, und Katharina kam nicht umhin, ihr Respekt zu zollen, dass sie trotz ihrer Furcht das Haus verlassen hatte – und das nicht einmal wegen sich selbst, sondern wegen des Mädchens.
»Und dann ist sie fortgelaufen?«
Laurentine nickte. »Helfen Sie mir, sie zu suchen?«
Wenn Laurentine ihre Furcht besiegte, konnte sie sich unmöglich an Barnabas' Verbot halten.
»Aber natürlich!«, rief sie.
Sie drehte sich um und sah Tim und Romy, wie sie sie verwundert anstarrten. »Ihr geht ins Haus und bleibt dort!«, befahl sie ihnen knapp, ehe sie Laurentine folgte.
Sie fragte Laurentine, wo sie schon nach Nani gesucht hatte, aber diese zog den Kopf ein und brachte kein Wort hervor. Sich im Freien aufzuhalten und gleichzeitig mit ihr zu sprechen war ihr dann doch zu viel geworden. Katharina reichte ihr die Hand, woraufhin sich Laurentine schmerzhaft an sie klammerte.
Während Katharina noch fieberhaft überlegte, wo sie sich versteckt haben könnte, sah sie – nicht weit vom Haus der Smythes entfernt – plötzlich ein kleines Mädchen an der Hand einer schwarzhaarigen Schönheit.
»Nani!«, rief Laurentine erleichtert.
»Ich bin Hina, Nanis Schwester«, stellte sich die schöne Rapanui mit leiser Stimme vor. »Nani hat sich bei mir verkrochen, aber ich habe ihr gesagt, dass sie zurückkommen muss.«

Sie klang tieftraurig, und ihre dunklen Augen glichen Tümpeln aus ungeweinten Tränen. Katharina spürte, dass es ihr das Herz brach, Nani zurückzubringen, aber dass sie keine andere Möglichkeit sah. Auch Nani schien das erkannt zu haben, denn sie wehrte sich nicht und sagte auch kein Wort, sondern starrte mit leeren Augen zu Boden.

»Schnell!«, rief Laurentine. »Schnell zurück ins Haus! Wenn wir Glück haben, hat er noch nichts bemerkt!«

Hina ließ das Kind los, und Laurentine ergriff an ihrer statt seine Hand, doch sobald sich die beiden Frauen umdrehten, erstarrte Laurentine. Vor dem Haus stand Archibald, die Arme verschränkt und an den Türrahmen gelehnt. Wie es aussah, hatte er sie schon seit Längerem beobachtet.

In Katharina erwachten Wut und Angst zugleich. Sie konnte nur hoffen, dass er sich irgendeine Lüge wegen Nanis Verschwinden auftischen ließ, und überlegte angestrengt, was sie ihm sagen konnte.

Doch ausgerechnet Laurentine, die eben noch alles getan hatte, um das Mädchen zu schützen, wurde bei seinem Anblick regelrecht panisch: »Sie … sie ist davongelaufen«, brach es aus ihr hervor. »Ich … ich habe nur das Haus verlassen, um sie zu suchen.«

Archibald rührte sich nicht, sondern nickte Katharina lediglich zu.

Obwohl sie Laurentine für ihren Verrat verachtete, verstand Katharina auch ein bisschen, warum er sie so einschüchtern konnte.

Mit mir nicht!, dachte sie jedoch und reckte ihr Kinn. »Nun, jetzt ist sie ja wieder zurückgekommen, und alles ist gut.«

Hina war ebenfalls vor Angst erstarrt, fand aber die Fassung rasch wieder und raunte Nani etwas zu.

»Perrona mai koe«, flüsterte diese.

»Das heißt: Entschuldigung!«, sagte Hina. Da sie lauter sprach als zuvor, fiel deutlicher auf, wie hoch und melodisch ihre Stimme klang.

Archibald schien sie zu gefallen, denn er lächelte, löste sich aus der Starre und schritt langsam auf sie zu. Auch wenn er vorgab, alle Zeit der Welt zu haben, war jede Faser seines Körpers angespannt.

»Perrona mai koe«, wiederholte Nani flehentlich, als er sie erreicht hatte.

Der Blick von Archibald glitt erst über Hina, dann über Katharina. Ihr war, als würde sich eine glitschige Schlange auf ihrem Körper winden. Laurentine war unterdessen in Schluchzen ausgebrochen und flüchtete ins Haus – etwas, was Katharina enttäuschte und zugleich Neid auslöste. Am liebsten wäre sie ebenfalls vor Archibald geflohen, aber zugleich wollte sie ihm nicht die Genugtuung gönnen, sie vor ihm fliehen zu sehen.

Er beugte sich zu Nani. »Soso, du bist also davongelaufen«, sagte er gedehnt. Er streckte die Hand aus und streichelte über Nanis Wangen.

Katharina glaubte diese Berührung selbst zu spüren und erschauderte.

»Hm«, machte Archibald, »du hast Angst vor mir, nicht wahr?«

Die Kleine nickte. Archibald lächelte noch breiter. »Aber nicht doch, nicht doch«, raunte er vermeintlich tröstend und strich nun zärtlich über ihr Haar. »Du bist doch ein hübsches Mädchen, ich habe dich eigentlich recht gern, und wenn es nach mir ginge, würde ich dich ganz sicher nicht bestrafen. Allerdings könnten die anderen Rapanui dein

Verhalten als Revolte verstehen, und das darf nicht sein. Wenn ich nicht mit ganzer Härte auf deinen Ungehorsam reagiere, könnten sie deinem Beispiel folgen. So leid es mir tut – ich werde dich bestrafen müssen, das siehst du doch ein, oder?«

Etwas in Katharina verkrampfte sich. Hass und Ohnmacht sowie schreckliche Furcht stritten in ihr.

Nani erzitterte, Hina flehte: »Bitte seien Sie gnädig, Herr!«

Archibald richtete sich auf, das Lächeln verschwand von seinen Lippen.

»Zehn Peitschenhiebe!«, stieß er aus. Seine Stimme klang so scharf, als wäre die Peitsche bereits niedergesaust.

Katharina glaubte, ihn nicht richtig verstanden zu haben, doch Hina wurde kalkweiß im Gesicht. »Aber sie ist doch noch so klein!«, schrie sie. »Das überlebt sie nicht!«

Minute um Minute verging. Zunächst hoffte sie noch, dass Archibalds Worte eine leere Drohung waren, er das Kind nur verschrecken, aber ihm nichts zuleide tun wollte. Doch er nahm sie nicht zurück, sondern drehte sich schließlich um und ging langsam zurück zum Haus, wohl, um die Peitsche zu holen.

Nani rührte sich nicht und schien sich ihrem Schicksal ergeben zu haben, und auch Hina machte keine Anstalten, Archibald erneut anzuflehen oder gemeinsam mit dem Kind die Flucht zu wagen. Wo sollte sie sich auf dieser kleinen Insel auch verstecken?

Katharina hingegen suchte fieberhaft nach einem Ausweg, gab sich schließlich einen Ruck und lief Archibald nach.

»Tun Sie das nicht!« Sie hatte versucht, flehentlich zu klingen, aber so weit konnte sie sich dann doch nicht erniedrigen.

Archibald schien es ohnehin zu gefallen, wie hasserfüllt sie zu ihm sprach, legte seinen Kopf in den Nacken und lachte. Einen so lauten Ton hatte sie noch nie aus seinem Mund vernommen, aber als er zu reden begann, wechselte er wieder zum gewohnten Flüstern.

»Mrs. Wilkinson, die Gesetze dieser Insel mögen Ihnen als barbarisch erscheinen, aber dieses Fleckchen Erde ist so weit von der Zivilisation entfernt, dass wir mit harter Hand regieren müssen. Sonst kommt es zum Aufruhr.« Er zuckte bedauernd die Schultern.

Am liebsten hätte sie ihm ins Gesicht geschlagen. »Tun Sie nicht so, als würde Ihnen das schwerfallen! Sie haben doch eine Freude daran, Menschen zu quälen!«

Seine Mundwinkel zuckten, als er seine Hand hob und ihr wie vorhin Nani über die Wangen strich.

»Sie sind eine schöne Frau. Warum sind Sie bloß auf dieses verfluchte Eiland gekommen? Hier geht man ja doch nur zugrunde. Irgendwann werden Sie verwelken wie eine seltene Blume.«

Erstmals klang Bitterkeit in seiner Stimme.

Katharina unterdrückte die Regung, seine Hand zurückzustoßen, ahnte sie doch, dass das genau das war, was er wollte.

Sie bemühte sich um eine ausdruckslose Miene. »Wenn ich jemals verwelke, dann nicht wegen des stetigen Windes, der hier weht, sondern wegen Ihres giftigen Atems.«

Er senkte die Hand. »Ich kann mir nicht vorstellen, dass der faulige Atem Ihres Schafhirten so viel besser riecht. An seinen Füßen klebt sicher ständig Scheiße, oder?«

Nie hatte Katharina sich Barnabas sonderlich zugehörig gefühlt, doch dass Archibald ihn kränkte, traf auch sie.

»Lieber würde ich an seiner Seite im Schafstall schlafen, als auf edlen Daunen gebettet unter Ihrem Dach.«
Archibald grinste noch breiter. »Nun, ich habe nicht vor, Sie in mein Haus zu bitten. Im Gegenteil, gehen Sie lieber heim.«
Katharina lief glühend rot an und wandte sich hastig um. Sie wusste, ihr Wortgefecht amüsierte ihn nur, doch bewirken würde sie damit nichts. Während sie sich seinen Worten vermeintlich fügte und wegging, dachte sie angestrengt nach.
Sollte sie sich an Salmon und Brander wenden oder an Frank Allen? Aber nein – denen war es gewiss gleich, wenn Archibald ein Hausmädchen züchtigte.
Und Barnabas? Gewiss, er würde die Bestrafung entsetzlich grausam finden, und vielleicht machte sie ihn sogar wütend, aber am Ende würde er erklären, dass sie sich besser heraushalten sollten.
Hina blickte ihr flehentlich entgegen.
»Du kennst doch Aaron Hayes, nicht wahr?«, fragte Katharina leise.
Hina nickte.
»Hol ihn her! Sag ihm, dass ich seine Hilfe brauche, berichte ihm, was geschehen ist, er … er muss etwas tun, um das zu verhindern.«
Wieder nickte Hina, sagte etwas auf Rapanui zu Nani und lief davon. Archibald war im Haus verschwunden, aber Katharina war sich sicher, dass er bald wiederkommen würde. Nani schmiegte sich Schutz suchend an sie.
»Es wird doch alles gut«, murmelte Katharina, »es wird doch alles gut.«
Sie dachte an Aaron, sah seine entschlossene, grimmige Miene vor sich, und kurz glaubte sie selbst daran.

Aaron wollte sich gerade nach Hanga Roa aufmachen, als Hina seinen Namen rief. Noch ehe sie ein Wort sagte, wappnete er sich instinktiv gegen eine vage Bedrohung. Gefahr hing in der Luft, das fühlte er ganz plötzlich, und das wurde von Hina alsbald auch bestätigt. Archibald Smythe wollte ein kleines Mädchen auspeitschen. Das allein war schon schockierend – nicht minder besorgniserregend war aber auch, dass Katharina zwischen die Fronten zu geraten drohte.

Er folgte Hina im Laufschritt.

»Soll ich … soll ich Tane holen?«, fragte Hina.

Gott behüte!, durchfuhr es Aaron, war er doch erleichtert, dass er den jungen Rapanui bislang erfolgreich von den Weißen hatte fernhalten können.

»Ich fürchte, er würde alles noch schlimmer machen … Mir … mir fällt schon etwas ein, um Archibald zur Vernunft zu bringen.«

Dessen war er sich leider nicht so sicher. In den letzten Monaten hatte er ihn nur aus weiter Ferne gesehen, doch er konnte sich nur allzu gut an dessen kalten Blick und die unangenehm säuselnde Stimme erinnern.

Als sie das Haus der Smythes erreichten, stand Katharina vor Archibald und redete auf ihn ein. Doch was immer sie sagte – es bewirkte nur, dass sein Lächeln noch breiter wurde.

»Ich sagte Ihnen doch schon«, hörte Aaron ihn flüstern, »gehen Sie nach Hause, mischen Sie sich nicht ein.«

Für einen Moment befürchtete Aaron, er würde sie zurückstoßen, gar schlagen, doch schließlich schnalzte er nur mit der Zunge, und wenig später kamen zwei Rapanui herbei, die für die Schaffarm arbeiteten und deren Gesichter seelenlos und abgestumpft wirkten.

Archibald bellte ihnen einen Befehl zu, und wenig später schritten sie auf Katharina zu, um sie offenbar zurückzuzerren oder sie zumindest festzuhalten.

Aaron hatte das Gefühl, dass etwas in seinem Kopf zerplatzte. »Untersteht euch!«, brüllte er.

In seiner Stimme schien eine besondere Macht zu liegen, denn die Männer zuckten sofort zurück. Leider hatte er auf Archibald nicht die gleiche Wirkung.

»Mr. Hayes …«, setzte dieser gedehnt an. »Sie sind ja immer noch auf der Insel.«

Archibald musste sich darüber natürlich im Klaren sein, da schließlich seit Monaten kein Schiff angelegt hatte, und Aaron war sich sicher, dass alles, was er sagte, nur der Provokation diente. Er versuchte, ihn zu ignorieren, und blickte zu Katharina. Sie wirkte verletzlich wie nie … und stark wie nie. Als er sie kennengelernt hatte, hatte sie die Naivität eines jungen Mädchens ausgestrahlt, doch in den letzten Monaten – das fühlte er ganz deutlich – war sie erwachsen geworden. Anders als bei ihrer letzten Begegnung im Haus der Greys funkelte sie ihn nicht wütend an, sondern suchte seinen Blick voller Hoffnung … Hoffnung, dass er alles zum Guten wenden könnte.

Aaron nickte ihr kaum merklich zu und wandte sich an Nani. »Du kommst mit mir.«

Nanis Augen waren vor Schreck weit aufgerissen, aber sie nahm bereitwillig Aarons Hand. Ehe er jedoch auch nur einen Schritt machen konnte, stellte sich Archibald ihm in den Weg. Nahezu zärtlich streichelte er über die Peitsche, die er in der Hand hielt. »Tun Sie das besser nicht.«

Er sprach so freundlich, als würde er ihm lediglich einen gut gemeinten Rat erteilen.

Aaron erwiderte ungerührt seinen Blick. »Sie haben kein Recht, sie auszupeitschen. Sie ist nicht Ihre Sklavin.«
»Das sagen Sie!«
»Das sagt das Gesetz. Die Sklaverei ist abgeschafft.«
»Auf Tahiti mag das so sein. Auch in Chile. Aber diese Insel … sie gehört doch zu keinem Land. Also gibt es hier auch kein Gesetz, das die Sklaverei verbietet.«
Er zuckte die Schultern, als würde dieser Umstand bei ihm selbst für das größte Bedauern sorgen.
Aaron war kurz versucht, mit erhobenen Fäusten auf ihn loszugehen, aber er wusste, dass er die Lage damit nicht verbessern würde.
»Sie ist ein Kind! So verroht können Sie doch nicht sein, um nicht ein wenig Mitleid mit ihr zu zeigen!«
»Aber ich habe Mitleid! Und wie! Nur wenn ich ihr alles durchgehen lasse, werden die anderen ihrem Beispiel folgen. Ich tue nichts anderes, als die Weißen auf dieser Insel zu schützen – darunter auch Sie.«
Aaron verkniff sich einen wütenden Protest, doch bevor er andere Worte fand, trat Katharina vor.
»Wenn es Ihnen ein so großes Vergnügen bereitet, jemanden auszupeitschen, dann tun Sie's eben. Nur nicht das Kind, sondern mich.«
Aaron wusste, er würde Archibald töten, falls er die Peitsche gegen Katharina richtete, doch der ging ohnehin nicht auf das Angebot ein.
»Ich würde doch einer schönen Frau wie Ihnen kein Haar krümmen.«
Er machte eine dienernde Verbeugung in Katharinas Richtung, und in dieser Geste lag so viel Herablassung und in seinem Blick so viel Gier, dass Aaron sich nicht länger be-

herrschen konnte. Er sprang auf Archibald zu, aber ehe er ihn packen konnte, fuhr dieser blitzschnell zu ihm herum. Verspätet erkannte Aaron, dass er nicht nur eine Peitsche mit sich trug, sondern auch eine Pistole. Und die richtete er nun direkt auf sein Gesicht.

Vater hat sich geirrt, fuhr es Archibald durch den Kopf. Augustin Lagarde hatte immer behauptet, dass Angst das stärkste aller Gefühle war … und dass es einem die größte Macht verleihen würde, wenn man es in anderen hervorrief. Doch das stimmte nicht. Das stärkste Gefühl war Hass. Er selbst hatte ihn irgendwann gegen Augustin verspürt, und Aaron und Katharina waren nun auch voller Hass – und Ohnmacht.

Ja, sie waren vom Hass wie gelähmt, während er sich lebendig fühlte wie nie. Wie konnte er dieses Gefühl so lange wie möglich auskosten? Indem er Nani schlug? Indem er eine Kugel durch Aaron Hayes' Kopf jagte? Indem er ihnen weiter mit Worten zusetzte?

Bevor er eine Entscheidung getroffen hatte, ertönte eine Stimme.

»Mr. Smythe!«

Es klang, als würde die Peitsche niedersausen – allerdings auf ihn selbst.

Nur widerwillig drehte sich Archibald um und sah Alex Salmon auf ihn zuhumpeln. Bis heute wusste er nicht, warum Alex humpelte, ob es an einem Unfall lag oder einer Krankheit. Er wusste nur, dass er ihn dafür verachtete, denn im Zweikampf würde ihm Alex sofort unterliegen, und dass er auf dieser Insel dennoch mehr Macht hatte als er, lag lediglich daran, dass er der Sohn seines Vaters war: Dessen Namen

zu tragen war das Einzige, was er in seinem Leben geleistet hatte.
Es dauerte eine Weile, bis Alex sie erreicht hatte. Sein Blick war wie so oft auf den Boden gerichtet – kein Zeichen der Demut, sondern des Überdrusses. Er langweilte sich auf der Insel zu Tode und wollte so wenig wie möglich von ihren Bewohnern sehen. Auf diese Weise war er auch blind für Aaron, Katharina und Nani – was Archibald hoffen ließ, dass er nicht ihretwegen einschritt.
»Ein Schiff ist angekommen«, verkündete er tatsächlich wenig später.
Archibald kniff die Augen zusammen. Nicht, dass er sich nicht auch über jede Abwechslung freute, aber jetzt war das einfach nur eine lästige Störung.
»Ja, und?«, schnaubte er.
»Ein Schoner namens Paloma aus Valparaíso«, fügte Salmon hinzu.
Archibald dämmerte langsam, was das bedeutete. Die Paloma gehörte Kapitän Policarpo Toro, einem Mitglied der chilenischen Marine, und der war nicht zum ersten Mal auf der Insel, sondern schien schon seit Längerem ein größeres Interesse für sie zu hegen.
»Na und?«, fragte er wieder.
»Ein katholischer Priester ist mit an Bord«, erklärte Salmon. »Sein Name ist Pater Montiton. Er wird sechs Monate bleiben.«
Archibalds Beherrschung bekam Risse. »Was haben diese verdammten Pfaffen denn immer noch hier verloren?«
»Mäßigen Sie Ihren Tonfall!«, knurrte Salmon mürrisch. »Im Übrigen weiß ich es nicht. Ich weiß nur, dass ich keine Schwierigkeiten mit der Kirche haben will – zumal ich mir

nicht sicher bin, was Policarpo Toros Besuch hier zu bedeuten hat. Und deswegen ...«
Er brach ab. Alex Salmon war ziemlich maulfaul und darum nicht bereit, mehr Worte zu machen. Er deutete nur flüchtig mit dem Kinn auf Nani.
»Nani ist mein Dienstmädchen!«, zischte Archibald. »Ich habe jedes Recht der Welt ...«
Trotz des steifen Beins machte Salmon einen Satz auf ihn zu und packte ihn am Kragen.
Wie Archibald es hasste, schmutzig gemacht zu werden!
»Hören Sie gut zu!«, schrie Salmon. »Die Insel ist nicht so ertragreich, wie ich dachte. Seit Jahren suche ich eine Gelegenheit, sie loszuwerden. Ich vermute, Toro will sie kaufen ... für Chile. Und diese Gelegenheit, sollte sie sich tatsächlich ergeben, werde ich nutzen. Policarpo Toro soll nicht glauben, dass wir in Unfrieden mit den Rapanui leben, vielmehr sehen, dass alles eitel Sonnenschein ist.«
Nun war es Archibald, der blanken Hass verspürte. Als er in ihm aufloderte, glich er jedoch keiner wärmenden Flamme, wie er sie bei anderen gerne züngeln ließ, sondern war schwarz und kalt.
Salmon ließ ihn wieder los. »Wir verstehen uns doch, oder?«, fragte er knapp.
Archibald kämpfte um ein Lächeln. »Ja«, presste er hervor, »wir verstehen uns.«
Seine Stimme verriet seine Wut deutlicher als sein Gesicht, und diese galt nicht allein Salmon, Aaron oder Nani. Bis eben hatte er das Leben auf der Insel meist als unerträglich empfunden, aber die Vorstellung, dass sie an Chile verkauft werden könnte, verängstigte ihn. Was sollte dann aus ihm werden? Auf einer Kokosplantage auf Tahiti zu arbeiten war

noch weniger verlockend, als Schafen beim Grasen zuzusehen. Hier war es einsam, aber hier konnte er tun, was er wollte … zumindest fast immer.
Er schluckte schwer, ehe er die Pistole einsteckte. Aaron ignorierte er, aber er lächelte Katharina ein letztes Mal an und wiederholte seine dienernde Bewegung.
Als er zurück zum Haus ging, kam Laurentine ihm schon entgegen. Sie hatte durchs Fenster wohl alles beobachtet, wagte zwar nicht, die Türschwelle zu übertreten, rief ihm aber nun entgegen: »Ich bin so froh, dass du nachgegeben hast! Nani ist doch nur ein Kind.«
Archibald lächelte weiterhin. Er zog sie ins Haus, schlug die Tür zu. Erst dort erhob er die Hand und prügelte auf sie ein.

Bis jetzt hatte Nani Aarons Hand umklammert, doch als sie das Mädchen nach Hanga Roa brachten, ließ sie sie los und nahm stattdessen die von Katharina. Aaron war sich nicht sicher, warum diese sie begleitete, ob Nanis oder seinetwegen; er wusste nur plötzlich, dass es ihn unendlich glücklich machte, mit ihr Zeit zu verbringen, auch wenn sie den ganzen Weg über schwiegen. Als die Häuser in Sicht kamen, Nani Katharinas Hand losließ und darauf zulief, und Hina ihr rasch folgte, waren sie kurz allein.
Katharina warf ihm einen scheuen Blick zu. In Archibalds Gegenwart waren sie Verbündete gewesen, jetzt kam Verlegenheit auf und etwas anderes, was er nicht recht benennen konnte … vielleicht die Sehnsucht, sich ihr so nahe zu fühlen wie einst auf dem Schiff oder der Isla Robinson Crusoe.
»Ist es wahr?«, fragte sie schließlich. »Chile will die Insel

kaufen? Warum bloß? Und wie ist es möglich, dass ein Staat einfach eine Insel kaufen kann?«

Aaron war enttäuscht und erleichtert zugleich, dass sie ein Thema aufbrachte, das nichts mit ihnen zu tun hatte. Er zuckte die Schultern. »Ich habe gehört, dass sich die Missionare lange dafür eingesetzt haben, dass Frankreich die Insel zu seinem Protektorat erklärt. Auch viele Rapanui befürworteten den Plan. Man erhoffte sich davon eine Verbesserung ihrer Lage, weil dann die Schafzuchtkompanie nicht mehr machen kann, was sie will. Doch wie es aussieht, hat Frankreich kein Interesse. Und die Briten auch nicht. Sie sind wohl zu dem Schluss gekommen, dass es hier nicht viel zu holen gibt. Auch die Deutschen, die hier waren, haben zwar ein paar Artefakte für ihre Museen gesammelt, aber später dem deutschen Kaiser mitgeteilt, dass es sich nicht lohne, die Insel zu einer deutschen Kolonie zu machen.«

»Und Chile will genau das jetzt tun?«

»Ich bin mir nicht sicher. Soweit ich weiß, gibt es auch in Santiago kein großes Interesse an dem Eiland, weil man es für nutzlos hält. Allerdings hat Spanien einst behauptet, die Osterinsel fiele in sein Hoheitsgebiet, und Chile will trotz seiner langen Unabhängigkeit an dieser Tradition festhalten. Überdies glaube ich, dass Präsident Balmaceda unbedingt seinen Einfluss über den Pazifik gegenüber Peru geltend machen will. Die Annexion der Insel wäre ein symbolischer Akt, der diesen Machtanspruch untermauert.«

»Dieser Policarpo Toro ist also im Auftrag des Präsidenten hier«, sagte Katharina. »Aber kann er die Insel tatsächlich einfach der Schafzuchtkompanie abkaufen?«

»Jean-Baptiste Dutrou-Bornier hat sie sich damals auf betrügerische Weise für die Kompanie Brander-Salmon ange-

eignet. Eigentlich sollte der chilenische Staat die beiden verjagen. Wenn ihnen nun auch noch Geld bezahlt wird, wird ihr Besitzanspruch legitimiert.« Aaron schüttelte missbilligend den Kopf. »Ich nehme an, es handelt sich um ein paar tausend Pfund Sterling ... Geld, von dem die Rapanui wohl nichts sehen werden. Geschweige denn, dass man sie fragt, was sie von der ganzen Sache halten. Allerdings wird sich das ohnehin nicht so schnell entscheiden. Ich vermute, Policarpo Toro ist hierhergekommen, um mit John Brander und Alex Salmon darüber zu sprechen und gegebenenfalls einen Preis auszuhandeln. Bevor Chile diesen nicht akzeptiert, ist noch nichts endgültig.«
»Aber wie es aussieht, ist auch ein Priester mit auf die Insel gekommen, und das macht deine Arbeit gewiss leichter, nicht wahr?«
Aaron zuckte die Schultern. »Ich bin mir nicht sicher ... Nach allem, was ich gehört habe, haben sich die wenigsten Missionare die Mühe gemacht, in die Köpfe und Herzen der Menschen hier zu sehen. Die Lebensbedingungen der Rapanui interessieren sie nicht, solange sie nur zum dreieinigen Gott beten – nicht zu *makemake*. Die größte Sorge eines Missionars war einmal, aus Mangel an Wein keine Messen mehr lesen zu können.«
Er klang immer bitterer, und plötzlich blieb Katharina stehen und legte ihre Hand auf seinen Unterarm. »Archibald hat sich Salmon gefügt. Wir haben Nani aus seinen Fängen befreit. Freu dich doch darüber.«
Er nickte. Die Haut schien dort, wo sie ihn berührte, zu brennen.
»Danke«, murmelte er, »danke, dass du Hina befohlen hast, mich zu holen.«

»Das war doch selbstverständlich!«
»Nicht nach dem, was zwischen uns passiert ist.«
Sie starrten sich schweigend an. Langsam sah er, wie die Enttäuschung über ihn wieder von ihr Besitz ergriff, die leise Verachtung, die Wut – und noch etwas anderes … tiefe Trauer. Sie schwappte auf ihn über wie eine dunkle Welle.
Wie konnte ich sie ihrem Schicksal einfach überlassen?, fragte er sich plötzlich. Warum habe ich nicht verhindert, dass sie Barnabas Wilkinson geheiratet hat? Wieso war mir mein Schwur wichtiger als ihr Wohl?
»Es … es geht dir doch gut?«, stammelte er heiser. »Myra hat erwähnt, dass deine Stiefkinder dich lieb gewonnen haben.«
Ihre Miene wurde ausdruckslos, als sie ihre Hand von seinem Arm zog. »Ja. Und darüber bin ich sehr glücklich.«
Mit raschen Schritten ging sie davon.

Aaron hatte erwartet, dass Katharina nach Hause zurückkehrte, doch sie gesellte sich zu den anderen Bewohnern der Insel, die von der Ankunft des Schiffs an den Strand vor Hanga Roa gelockt worden waren und zusahen, wie die Beiboote mit der Besatzung anlegten. Brander, Salmon und Allen waren ebenso hier versammelt wie die Greys.
Offenbar hatte sich Myra ein paar Kisten mit Vorräten erwartet und tat laut ihre Enttäuschung kund, dass diese nicht eingetroffen waren. Ihre Töchter warfen hingegen den Matrosen neugierige Blicke zu und kicherten. Lucius Grey wiederum konnte gern auf Lebensmittel verzichten, fragte aber nach Dynamit, um archäologische Sprengungen vorzunehmen.
Ehe Aaron selbst das Gespräch mit den Neuankömmlingen suchen konnte, kam Tane herbei, und Aarons Hoffnung,

dass Hina ihm nichts über den Vorfall bei Archibald Smythe erzählt hatte, zerschlug sich sofort.
Wütend ging er auf Aaron los.
»Du hast versucht, mit ihm zu sprechen? Warum hast du ihm nicht einfach ins Gesicht geschlagen?«
»Tane …«
Er packte ihn am Kragen.
»Er wollte meine Cousine umbringen, und du hast geglaubt, ihn mit ein paar schönen Worten …«
»Hör auf!«
Katharina war hinzugetreten, ohne dass Aaron es bemerkt hatte.
»Pastor Hayes hat getan, was er konnte«, sagte sie streng, »und das, obwohl Archibald Smythe bewaffnet war. Als der ihn mit seiner Waffe bedroht hat, ist er übrigens kein Jota zurückgewichen.«
Tanes Atem beruhigte sich ein wenig, und er ließ Aaron los.
»Warum sind sie bewaffnet?«, zischte er. »Warum nicht wir? Und warum hat Hina mich nicht um Hilfe gebeten?«
Aaron seufzte. »Nani geht es gut, ist das für heute nicht genug?«
»Dennoch, eine *oho tea* wie sie …«
Verächtlich deutete er in Katharinas Richtung.
Nun waren es Aarons Hände, die vorschnellten und Tane packten.
»Wenn Katharina nicht eingeschritten wäre, wäre Nani jetzt vielleicht tot. Überleg dir also gut, wen du hier anklagst und warum.«
Tanes Kiefer mahlten immer heftiger. *»Maururu!«,* sagte er knapp in Katharinas Richtung – Danke! –, doch es klang nicht freundlich, sondern wie eine Kriegserklärung. Und als

er sich wieder an Aaron wandte, zischte er prompt: »Wir können uns nicht alles gefallen lassen, wir sind zahlreicher als … *sie.*«
Er spie das Wort nahezu aus.
»Nun beruhige dich endlich!«, rief Aaron mahnend. »Willst du gerade heute Unfrieden stiften?«
Er deutete auf die Boote, und Tane folgte seinem Blick mit finsterer Miene. »Sie haben hier so wenig verloren wie der Rest«, knurrte er.
Aaron sendete ein Stoßgebet zum Himmel, dass der andere nichts über den möglichen Verkauf der Insel an Chile erfahren möge.
»Du hast recht«, sagte er ruhig. »Aber das Wichtigste ist, dass Nani wieder bei euch ist. Und Archibald Smythe wurde von Salmon zurechtgewiesen. Ich bin mir sicher, er wird euch in Ruhe lassen – ihn jetzt zu provozieren hat gar keinen Sinn. Denk an Nani und Hina. Sie haben genug ausgestanden!«
Kurz wurde Tanes Gesichtsausdruck weich, doch alsbald verhärtete sich seine Miene wieder. Rüde machte er sich von Aaron los, verzichtete aber auf einen weiteren Wutausbruch und lief wortlos davon. Aaron konnte nur hoffen, dass dies ein Zeichen des Einlenkens war.
Myra, die mittlerweile wohl erfahren hatte, was passiert war, schüttelte den Kopf, während Lucius Tane mit Faszination und Befremden zugleich hinterherblickte.
»Lieber Himmel, so viel Gewalt!«, stieß er aus. »Dieses Volk ist wahrlich zum Krieg geboren. So war es schon immer.«
Aaron starrte ihn entgeistert an. »Wollen Sie damit sagen …«
»Nun, es gab niemals wirklich Frieden auf dieser Insel. Vor Hunderten von Jahren haben hier zwei Stämme gelebt – man

nannte sie Langohren und Kurzohren. Sie haben sich ständig bekämpft, bis am Ende die Kurzohren siegreich hervorgegangen sind.«

Er zuckte die Schultern, ein Zeichen, dass ein friedliebender Mensch wie er machtlos gegen solch kriegerische Gemüter war.

Aaron verlor die Beherrschung. »Archibald Smythe wollte ein Mädchen zu Tode peitschen!«, schrie er Lucius an. »Im Moment bringen unseresgleichen Unfrieden, sonst niemand.«

Er bereute es sofort, sich so gehen zu lassen, doch Lucius war nicht einmal erschüttert, sondern mit den Gedanken längst woanders. »Ich weiß immer noch nicht, ob die Paloma nun Dynamit mitgebracht oder nicht.«

Myra runzelte die Stirn. »Hoffentlich nicht«, sagte sie kaum hörbar. »Ich glaube nicht, dass du damit überhaupt umgehen kannst.« Deutlich lauter wandte sie sich an ihre Töchter: »Und ihr hört endlich auf, so unverhohlen über fremde Männer zu tuscheln.«

»Genau!«, schaltete sich Rufus ein. »Ihr benehmt euch ja wie gackernde Hühner.«

»Du bist doch nur neidisch, weil keine hübschen Frauen dabei sind!«, fuhr Lydia ihn an.

Die Zwillinge lachten spöttisch. »Ach was«, rief Percy, »er braucht keine fremden Frauen, solange er nur Hina sehnsüchtige Blicke nachwerfen kann.«

Aaron war entgangen, dass Rufus ein besonderes Interesse an der schönen Rapanui zeigte, stellte nun jedoch fest, dass Rufus tatsächlich glühend rot wurde. »Ihr redet den ganzen Tag nur Unsinn!«, stieß er aus, woraufhin die Mädchen noch lauter lachten.

Aaron unterdrückte ein Seufzen. Ihm wäre es lieber gewesen, wenn Lucius mehr Herz zeigte, als dass sein Sohn selbiges an eine Rapanui verlor, aber das war nicht seine Sache.
»Ich muss nun heim«, sagte Katharina leise.
Aaron hatte eigentlich vorgehabt, einen Blick auf Policarpo Toro zu werfen, vielleicht sogar, mit ihm zu reden, doch plötzlich fühlte er sich unendlich müde. Ein paar wenige gestohlene Augenblicke wollte er nicht an das Geschick der Insel denken – und vor allem wollte er Katharina nicht einfach gehen lassen.
»Wenn du mich nach Mataveri begleitest, kann ich dich von dort aus mit dem Pferdefuhrwerk nach Hause bringen«, schlug er vor.
Etwas widerwillig nickte sie und verweigerte sich zunächst jedem Gespräch. Erst als sie Mataveri erreichten und auf seine Hütte zugingen, stellte sie fest: »Hier lebst du also.«
Er nickte. »Die Hütte war ziemlich zerfallen, aber ich konnte sie wieder aufbauen. Vincent Pont hat mir dabei geholfen.«
»Sie sieht stabil aus.«
»Hier gibt es zwar nicht viel Holz, aber immerhin wächst der Toromirobaum, dessen Holz man für alle möglichen Zwecke verwenden kann.«
»Ich weiß«, murmelte Katharina. »Er ist sehr krumm, klein und niedrig gewachsen, und seine Samen haben einen unangenehmen, bitteren Geschmack, aber das rötliche Holz ist ziemlich hart. Ich habe gehört, dass im Südwesten ein Strauch wächst, dessen Holz weiß und spröde ist und das man zum Dachdecken verwenden kann.«
Als er sie verwundert anschaute, erklärte sie scharf: »Wunderst du dich etwa, dass ich dummes kleines Mädchen das

weiß? Nun, ich kann auf dieser Insel durchaus überleben. Das Leben ist hart, aber ich schaffe es. Ich hätte es an deiner Seite genauso geschafft, und vielleicht wäre ich dann sogar glücklicher geworden. Aber das hast du mir ja nicht zugetraut.«

Aaron schluckte schwer. »Es … es tut mir leid.«

»Was? Dass du einen Fehler gemacht hast, als du mich zurückgewiesen hast? Oder dass ich nicht glücklich bin? Eins sage ich dir, dein Mitleid brauche ich ganz bestimmt nicht.« Ihre Stimme klang gepresst, und sie atmete tief durch, um ihre Fassung wiederzufinden. »Und eigentlich komme ich auch allein nach Hause.«

Abrupt drehte sie sich um und lief davon. Er zögerte kurz, ehe er ihr nacheilte und sich ihr in den Weg stellte.

»Katharina …«

Er nahm ihre Hand, hatte abermals das Gefühl, sich daran zu verbrennen, wusste aber zugleich, dass er sie unmöglich wieder loslassen konnte. Ihre Gesichter kamen einander immer näher, und obwohl er all die Zeit versucht hatte, nicht daran zu denken, vermeinte er plötzlich, ihre Lippen zu schmecken, als wären sie erst gestern auf der Isla Robinson Crusoe gewesen, hätten sich umarmt, gewärmt und leidenschaftlich geküsst. Und so schmerzlich und sehnsüchtig, wie ihr Gesichtsausdruck plötzlich wurde, dachte sie gewiss auch daran.

Früher als er wurde sie ihrer Erinnerungen Herr. »Ist es etwa das, was einen guten Missionar ausmacht?«, zischte sie. »Unschuldige Mädchen sich selbst zu überlassen, aber verheirateten Frauen nachzustellen?«

Er erschrak, weil ihre Stimme so giftig klang, so voller Wut und Verbitterung. Hastig ließ er sie los, und als sie wieder

losrannte, folgte er ihr nicht, sondern sah ihr nur zutiefst betroffen hinterher.
Ich habe ihr das Herz gebrochen, schoss es ihm durch den Kopf, ihres … und meines auch.
Zugleich dachte er, dass wütende Vorwürfe besser zu ertragen waren als ihre Tränen – für ihn, aber vor allem für sie selbst.

Zu Katharinas Erleichterung war Barnabas noch nicht zu Hause, als sie zurückkehrte, und die Kinder stellten keine Fragen, wo sie gewesen war. Rasch machte sie sich ans Kochen, und als Barnabas später heimkam, stand schon ein duftender Eintopf auf dem Tisch.
Ihre Hoffnung, dass er nichts von der ganzen Aufregung gehört habe, bewahrheitete sich leider nicht. Er sprach zwar kurz von der Ankunft der Paloma, ohne zu erwähnen, welche Folgen Policarpo Toros Auftauchen hier haben könnte, um dann vorwurfsvoll hinzuzufügen: »Frank Allen hat behauptet, dich bei den Smythes gesehen zu haben.«
Warum musste sich ausgerechnet dieser Trunkenbold einmischen, der doch sonst nichts mitbekam! Katharina rang nach Worten, wusste jedoch: Welche sie auch fand – er würde ihr Eingreifen weder verstehen noch gutheißen.
Bevor sie sich rechtfertigte, schaltete sich Tim ein. »Das muss ein Irrtum sein«, sagte er. »Katharina war doch den ganzen Tag bei uns.«
Barnabas fuhr erstaunt zu ihm herum. »Ist das auch wahr?«, fragte er.
Romy nickte eifrig. »Natürlich! Wir haben die ganze Zeit über aus dem Schilf Körbe geflochten, schau sie dir an. Sie sind schön geworden, nicht wahr?«

Tatsächlich, da standen zwei neue Körbe. Romy musste sie ganz allein gemacht haben.
Katharina war plötzlich unendlich stolz auf sie und glücklich, dass sich die Kinder vor sie stellten und ihr damit deutlich machten, was für eine eingeschworene Gemeinschaft sie mittlerweile bildeten.
Doch als Barnabas erklärte, dass dann ja alles gut sei, schmeckte es schal in ihrem Mund. Ihre Kindheit war von den Lügen ihres Vaters und ihrer Großmutter vergiftet worden, und nun ließ sie Tim und Romy für sich lügen. Und noch schlimmer war, dass in ihrem Haus die Angst regierte. Die Kinder hatten Angst vor Barnabas, der wiederum hatte Angst vor seinen Dienstherren, und sie ... ja, sie hatte auch Angst – Angst, dass sie ihre heutige Begegnung mit Aaron nicht einfach wieder vergessen konnte, sondern sie diese für lange Zeit aufwühlen würde.

12. Kapitel

In den folgenden Wochen berichtete Barnabas zwar hin und wieder von den Männern, die mit dem Schoner Paloma auf die Insel gekommen waren, doch selbst sah Katharina nichts von ihnen. Das Jahr 1887 ging zu Ende, und das neue kam mit ungewöhnlich heißen Tagen. Ihre Haut bräunte sich immer mehr, und ihre Haare wurden so bleich, dass sie im Sonnenlicht fast blond wirkten. Mehrmals sprach Myra sie auf das Gerücht an, dass Chile die Annexion der Insel plante, und Katharina fragte ihrerseits Barnabas danach und was es für sie bedeutete, doch er zuckte jedes Mal nur die Schultern.

»Solange ich keine endgültige Bestätigung von Mr. Salmon höre, glaube ich nicht daran«, murmelte er.

Dass das Schiff so lange blieb, war wohl ein Zeichen, dass die Verhandlungen über den Preis der Insel – so sie tatsächlich im Gange waren – zäher verliefen als gedacht. Und als nach einigen Wochen immer noch kein Ergebnis verlautbart wurde, entschied sie, es wie Barnabas zu halten und sich nicht länger Gedanken darüber zu machen.

In all der Zeit mied sie Aaron beharrlich und wusste darum nicht, wie er mit Pater Montiton auskam, den sein Bischof hierhergeschickt hatte und der jeden Sonntag Taufen und Firmungen vornahm. Scheinbar gab es auch Gespräche darüber, dass die Insel – sollte sie tatsächlich von Chile annektiert werden – nicht länger unter die Jurisdiktion des Bis-

tums Tahiti, sondern unter die von Santiago fiele, doch als Barnabas eines Tages heimkam und erklärte, mit Pater Montiton gesprochen zu haben, ging es nicht darum.
»Was wolltest du denn von ihm?«, fragte Katharina verwirrt, hatte Barnabas doch nie eine besondere Frömmigkeit an den Tag gelegt oder darauf gedrängt, den Gottesdienst zu besuchen.
»Nun, was schon? Ich habe gefragt, ob er uns trauen kann.«
Katharina hatte gar nicht mehr daran gedacht, dass sie noch nicht vor Gott vermählt waren. Obwohl sie als Protestantin gerne auf den Segen eines katholischen Priesters verzichten konnte, war sie gerührt, dass Barnabas sich eine kirchliche Trauung wünschte. Wenig später lernte sie Pater Montiton kennen, einen freundlichen, wenngleich distanzierten Mann, dessen Augenlider so tief hingen, als würde er schlafen oder sich im steten Zwiegespräch mit Gott befinden. Er fragte, ob sie tatsächlich auch vor Gott mit Barnabas verbunden werden wollte, begnügte sich mit einem knappen Ja und setzte die Trauung für den nächsten Samstag an.
Diese hielt er fast so knapp wie ihr Gespräch, doch immerhin dauerte sie ein wenig länger als seinerzeit jener formelle Akt bei Alex Salmon. Der war ebenso Gast wie John Brander, und auch Frank Allen war gekommen, desgleichen die Greys. Von Archibald Smythe war gottlob nichts zu sehen und von Aaron auch nichts, wobei Katharina nicht umhinkam, an ihn zu denken und ihn mit Pater Montiton zu vergleichen. Die beiden hatten rein gar nichts gemein. So gemessen, steif und weltentrückt war der eine – so energisch und tatkräftig der andere, und das, obwohl sie das Gleiche wollten. Vielleicht stimmte das aber auch gar nicht: Montiton ging es wohl in erster Linie darum, aus den Rapanui

fromme Christen zu machen, während ihm gleichgültig war, wie sie lebten – sonst hätte er auch nicht so viel Zeit in Vaihu bei den Weißen verbracht.

Als die Zeremonie vorbei war, schämte sie sich, an Aaron gedacht zu haben, verdrängte jedoch rasch den Gedanken an ihn und umarmte Romy, die freudestrahlend auf sie zugestürzt kam. Katharina hatte ihr ein neues Kleid genäht und ihr Blumen ins Haar geflochten, worauf die Kleine unendlich stolz war. Tims Umarmung fiel flüchtiger aus, und auch beim anschließenden Hochzeitsmahl rückte er von ihr ab, anstatt wie Romy auf ihren Schoß zu kriechen, wollte er doch aller Welt beweisen, dass ein großer Junge wie er nicht rührselig war. Doch an seinem versonnenen Lächeln sah sie deutlich, dass heute ein Freudentag für ihn war und auch er sie mittlerweile als Mutter akzeptiert hatte. Sogar Barnabas lächelte, obwohl er seine Gefühle wie immer nicht in Worte fassen konnte und gleich nach dem Mahl erklärte, er müsse nun wieder nach den Schafen sehen.

Katharina nahm es hin und hielt sich in den Tagen, die folgten, eisern an den Vorsatz, sich an dem zu erfreuen, was sie hatte, und nicht damit zu hadern, was sie nicht bekommen konnte.

Es war eine knappe Woche nach der Hochzeit, als sie wieder einmal im Garten Unkraut jätete. Trotz all ihrer Mühen schien es noch schneller zu wachsen, als sie es ausreißen konnte, und sie fluchte vor sich hin. Plötzlich aber verstummte sie. Obwohl sie gebückt hockte, war ihr auf einmal, als würde ein Blick auf ihr ruhen. Sie sah hoch, konnte niemanden sehen, fühlte sich aber immer unbehaglicher. Als sie ein Rascheln hörte, zuckte sie zusammen, doch es dauerte noch eine geraume Weile, bis Nani hinter einem Strauch hervorkam. Sie musste schon eine Zeit lang dort gestanden und sie beobachtet haben.

»Nani!«, rief sie. »Was machst du denn hier? Du solltest besser in Hanga Roa bleiben.«

Das Mädchen starrte sie eine Weile schweigend an, ehe es schließlich hervorpresste: »Ich … ich kann doch nicht.«

Katharinas Unbehagen wuchs. »Was ist passiert? Wollte Archibald dich wieder zwingen …«

Sie brach ab, als Nani heftig den Kopf schüttelte.

»Tane …«, flüsterte das Mädchen. »Tane ist hier.«

Katharina begriff sofort. »Hier« bedeutete nicht Barnabas Wilkinsons Haus, sondern das von Archibald Smythe.

»Gütiger Gott!«

Sie hatte so gehofft, Tane würde sein Rachegelüste unterdrücken, doch dem war offenbar nicht so.

»Was will er denn bei ihm?«

»Er behauptet, dass ich lange für ihn gearbeitet habe und dass mir dafür Lohn zusteht. Diesen Lohn will er einklagen.«

»Hast du Aaron schon Bescheid gesagt?«

»Er ist nicht zu Hause, ich kann ihn nirgendwo finden.«

Katharina unterdrückte ein Seufzen. Die Vorstellung, Archibald allein gegenüberzutreten, ließ ihr Blut gefrieren, zugleich spürte sie instinktiv, dass sich dieser von Aaron ungleich mehr provoziert gefühlt hätte als von ihr. Vielleicht gelang es ihr, das Schlimmste zu verhindern.

»Du bleibst hier!«, rief sie Nani zu, ehe sie loshastete.

Sie hatte das Haus der Smythes noch nicht erreicht, als sie ob der lauten Stimmen erkannte, dass ein wüster Streit im Gange war. Wobei genau genommen lediglich Tane schrie, während Archibald wie so oft nur flüsterte und freundlich lächelte.

Ihr selbst war es bei ihrer letzten Begegnung schon schwergefallen, das Lächeln zu ertragen. Unmöglich würde sich ein heißblütiger Rapanui wie Tane beherrschen können! Und tatsächlich! Noch bevor sie seinen Namen rufen konnte, eskalierte der Streit. Tane machte einen Schritt auf Archibald zu, hob die Hand und schlug ihm ins Gesicht.

Katharina schrie auf.

Jetzt schießt er ihn tot, fuhr es ihr durch den Kopf, gewiss schießt er ihn tot!

Archibald war so überrumpelt von dem Faustschlag, dass er auf seine Knie sank. Doch zu Katharinas Erstaunen griff er nicht etwa zu seiner Pistole, sondern blieb so hocken und ... lachte.

Tane hob den Fuß, trat in seinen Bauch – und Archibald lachte noch mehr.

Er konnte sich das doch unmöglich gefallen lassen!

Katharina musste hilflos zusehen, wie Tane zu einem neuen Tritt ausholte, und wie befürchtet: Diesmal hielt Archibald nicht einfach still! Plötzlich duckte er sich, drehte sich um die eigene Achse, kam blitzschnell auf die Beine und schlug selbst zu. Katharina sah nicht genau, wo er ihn traf, nur, dass Tane wenig später auf dem Boden lag und Archibald ihn mit seinem Fuß niederdrückte.

Sie schloss die Augen, und wieder ging ihr durch den Kopf: Jetzt schießt er ihn tot.

Doch da war kein Schuss zu hören, und als sie die Augen wieder öffnete, hatte Archibald nicht die Pistole gezogen, die Katharina nun deutlich an seinem Gürtel hängen sah, sondern nur nachlässig über Tanes Haare gestreichelt so wie einst über die von Nani. Es war eher eine zärtliche als gewaltsame Berührung.

»Was tut er denn da?«, entfuhr es ihr.
Eine fremde Stimme antwortete ihr: »Unseren König, den *ariki,* darf niemand berühren, und schon gar nicht darf man sein Haupthaar anfassen. Ein Missionar hat einem mal gewaltsam die Haare scheren lassen – was diesen so entsetzte, dass er sich sofort taufen ließ. Auch wenn Tane kein *ariki* ist – das ... das ist die schlimmste Demütigung, die man ihm zufügen kann.«
Katharina fuhr herum und sah drei Rapanui neben sich stehen. Einer von ihnen hatte große Ähnlichkeit mit Tane, wenngleich er etwas kleiner war, in seinem Blick nicht das gleiche Feuer brannte und ein resignierter, müder Zug um seine Lippen lag.
»Ich bin Roro«, stellte er sich vor, »Tanes Cousin.«
Kurz befürchtete Katharina, dass die Lage noch weiter eskalieren würde, doch Roro griff nicht ein, während Archibald Tanes Kopf immer noch streichelte.
Erst als er ihm einen letzten Tritt versetzte, sich abwandte und ihn liegen ließ, trat er nach vorne – gerade noch rechtzeitig, um Tane davon abzuhalten, aufzuspringen und Archibald nachzustürzen.
»Mach es nicht noch schlimmer! Ich bitte dich!«
Tane wehrte sich verbissen, doch wenn er auch stärker als Roro war – gegen die zwei Rapanui, die Roro nun zu Hilfe eilten, kam er nicht an.
Archibald hatte das Haus erreicht, ohne sich ein einziges Mal umzudrehen. Erst als er die Tür öffnete, blieb er stehen und erklärte: »Das nächste Mal zertrete ich dich, du Wurm!«
Tane wand sich, doch die Männer waren stärker. Schon zerrten sie ihn fort, und Katharina folgte ihnen schnell, ehe Archibald auf sie aufmerksam wurde.

»Danke«, sagte Nani zu ihr, nachdem sie zu dem Mädchen zurückgekehrt war und ihm alles erklärt hatte.
»Ich habe doch nichts gemacht.«
»Aber du hättest es, falls es notwendig gewesen wäre.«
Katharina war sich dessen nicht so sicher. Und sie ahnte auch, dass Tanes Hass stärker als je zuvor in ihm loderte.

Mit einem Lächeln kehrte Archibald ins Haus zurück, doch seine Befriedigung währte nicht lange. Anstatt wie so oft kraftlos im Bett zu liegen, hantierte Laurentine aufgeregt in der Küche herum. Sie bereitete Tee zu und servierte ihn in jenem Porzellangeschirr, das sie einst aus Tahiti mitgebracht hatten und von dem es hieß, es sei in einer deutschen Manufaktur hergestellt worden und sehr kostbar. Auf der Reise war jede Menge zu Bruch gegangen: Henkel waren von den Tassen gebrochen, Teller wiesen Sprünge auf, und was heil geblieben war, fiel Laurentines Ungeschicklichkeit zum Opfer. Heute zitterten ihre Hände jedoch nicht, und ihr Gesicht war fiebrig rot vor Aufregung. Worüber freute sie sich bloß so?
Erst verspätet nahm Archibald wahr, dass Alex Salmon zu Gast war und bereits Platz genommen hatte. Die Auseinandersetzung mit Tane konnte ihm unmöglich entgangen sein, doch als er den Mund öffnete – wie immer mürrisch und verdrossen –, kam er nicht darauf zu sprechen.
»Es ist so weit«, sagte er. »Policarpo Toro und ich haben uns auf einen Preis geeinigt. Noch heute wird er die Rückreise nach Chile antreten, und wenn die Regierung einverstanden ist, wird der Staat die Insel annektieren. Offenbar hat Frankreich schon signalisiert, dass es Chile keine Schwierigkeiten machen wird.«

Archibald zuckte zusammen. Obwohl er seit Wochen auf diese Nachricht gewartet hatte, kam sie nun doch überraschend. Kurz fühlte er sich so betäubt, dass er nicht Herr seiner Gesichtszüge war. »Wie kann das sein?«, entfuhr es ihm. »Chile war doch nie ernsthaft an dieser Insel interessiert!«
Salmon zuckte die Schultern. »Da ist wohl viel Eitelkeit im Spiel. Die chilenische Regierung will zeigen, dass sie mit den großen Weltreichen mithalten kann und dass Chile nicht einfach nur ein Land, sondern ein Imperium ist. Sie sehen sich doch tatsächlich auf dem Weg zu einer Weltmacht.«
»Wie lächerlich!«, erwiderte Archibald.
»Nun ja, die Pläne, die Policarpo Toro mit der Insel hat, sind durchaus ambitioniert. So wie ich ihn verstanden habe, will er hier künftig nicht nur Schafe züchten, sondern auch eine Ackerbaukolonie gründen.«
»Na, viel Spaß dabei!«, knurrte Archibald.
»In jedem Fall hält Chile die Insel für einen strategisch wichtigen Stützpunkt nach Ozeanien und Asien. Ich glaube, sie unterschätzen die großen Entfernungen.«
Er lächelte flüchtig, was wohl ein Zeichen von Schadenfreude war. Er selbst hatte sich geirrt, als er in die Insel investiert und für diesen Fehler so viele Jahre Lebenszeit hatte opfern müssen – nun hatte er wenig Mitleid mit jenen, die gleichfalls einer falschen Hoffnung aufsaßen.
Archibald war dieser Hohn nicht fremd, und dennoch wurde ihm der Mund trocken. Auch wenn er die Insel hasste, er hatte sich hier eingerichtet. Und hier gab es Katharina, die stolze Deutsche, mit der er noch nicht fertig war …
Alex Salmon erhob sich schwerfällig. Von dem Tee, den Laurentine ihm serviert hatte, hatte er keinen Schluck ge-

trunken. »Letztlich ist Chile nichts ohne die Briten. Sie dominieren den Handel in Valparaíso. Und britisch kontrolliert wird auch die Wirtschaft auf Tahiti. Ich glaube, die Briten haben der chilenischen Regierung überhaupt erst eingeredet, dass Rapa Nui von Wert sein kann.«

Archibald hörte die Worte kaum.

»Was wird nun passieren?«

»Wie ich schon sagte, Chiles Regierung muss offiziell zustimmen. Danach wird Toro nach Tahiti reisen, um sich den Vertrag von meinem Bruder Tati absegnen zu lassen. Erst wenn er von dort zurückkommt, ist der Verkauf endgültig.« Das Lächeln war von seinen Lippen verschwunden. Bitterkeit nagte an ihm, dass seine Zustimmung allein nicht genügte.

»Und die Pfaffen?«, wollte Archibald wissen. »Ein Teil des Landes und etliche Viehherden gehören offiziell ihnen.«

»Policarpo kauft ihnen diesen Besitz für eintausendfünfhundert Silberpesos ab. Die Missionare haben die Insel im Grunde schon längst aufgegeben. Auch wenn sie Pater Montiton geschickt haben – dauerhaft wird hier kein Priester leben. Chile braucht künftig natürlich einen Repräsentanten auf der Insel, und ich nehme an, das wird Policarpo Toro sein. Soweit ich weiß, verbrachte der die letzten Jahre auf hoher See, also ist er an die Einsamkeit gewöhnt. Die Insel ist im Grunde ein großes Schiff. Man starrt immer in dieselben Gesichter.«

Mit jedem Wort klang er überdrüssiger, während er zur Tür trat. »Sie verstehen – in den nächsten Wochen und Monaten müssen wir uns noch mehr als sonst zurückhalten. Solange der Vertrag nicht ratifiziert ist, pressen wir alles aus der Schaffarm heraus, was möglich ist. Aber wir meiden weiterhin Konflikte mit den Ureinwohnern.«

Alex Salmon wartete seine Entgegnung nicht ab, sondern nickte ihm ein letztes Mal zu und verließ wortlos das Haus. Obwohl er nicht über sein künftiges Schicksal gesprochen hatte, war Archibald sicher, dass er Rapa Nui verlassen würde, sobald sich die Insel nicht länger im Besitz der Salmon-Brander-Kompanie befand.

Selbst die dumme Laurentine ging davon aus. »Ist es nicht wundervoll? Wir werden nach Tahiti zurückkehren!«

Archibald spürte, wie sich kalter Schweiß über seiner Oberlippe bildete. Kurz überlegte er, sie zu schlagen, aber als er seine Hand hob, griff er nur nach der noch vollen Teetasse und warf sie zu Boden. Sie zerbrach in viele kleine Splitter, und der dunkle Tee breitete sich auf dem Holzboden wie eine Blutlache aus. Laurentine wirkte so bestürzt, als hätte sie selbst einen Schlag abbekommen.

Archibald grinste kurz, doch als er nach draußen stürmte, wurde er schlagartig wieder ernst. Der Triumph über Tanes Unterwerfung war längst verflogen, und als er seinen Schritt beschleunigte, spornte das seine Wut und das Gefühl von Ohnmacht nur an, anstatt sie zu zügeln. Und wenn er noch so schnell rannte – die Stimme seines Vaters verfolgte ihn.

So viele Jahre hast du hier verlebt … für nichts und wieder nichts. Alex Salmon und John Brander werden als Gescheiterte nach Tahiti zurückkehren. Und du … du bist immer noch ein Niemand.

In der Ferne sah er Barnabas Wilkinsons Haus. Wahrscheinlich würde der die Insel auch verlassen – mitsamt Katharina –, doch er konnte sich nicht sicher sein, dass er sie auf Tahiti wiedersehen würde. Vielleicht gingen sie nach Australien. Katharina war eben im Garten beschäftigt, und die beiden Stiefkinder halfen ihr bei der Arbeit. Er wusste zwar, dass es

sie gab – einen Mädchen und einen Jungen –, aber nicht, wie sie hießen, hatte er sich doch bislang nie für sie interessiert. Nun versetzte es ihm einen schmerzlichen Stich, als er sah, wie Katharina über den Kopf des Mädchens streichelte.
So zärtlich. So liebevoll.
Seine Mutter war nie zärtlich zu ihm gewesen. Sie hatte immer auf der Seite seines Vaters gestanden, dessen Stimme er erneut zu hören glaubte.
Mach dich nicht zum Narren, Sohn! Du kannst sie dir nicht einfach nehmen … nicht sie.
Natürlich hatte er recht. Augustin Lagarde mochte ein Scheusal gewesen sein, aber dumm war er nicht.
Archibald verlangsamte den Schritt, schlich lautlos an den Garten heran, sah jetzt nicht nur Katharinas Stiefkinder, sondern auch dieses verfluchte Rapanui-Mädchen. Nani. Er hatte übel Lust, sie zu erschrecken, doch ehe er aus der Deckung trat, bemerkte er eine weitere Rapanui – Nanis größere Schwester, die offenbar gekommen war, um Nani zurück nach Hanga Roa zu bringen.
Archibald leckte sich über die Lippen.
Die schöne Rapanui …
Schon bei ihrer letzten Begegnung hatte er sich gedacht, wie anziehend sie war, sich aber nicht weiter Gedanken über sie gemacht. Nun starrte er sie hingerissen an. Diese grazilen Glieder … diese dunklen Haare … diese helle Haut, fast so hell wie die einer Weißen. Vielleicht stammte sie, so wie viele Rapanui, von einem gewissen Christian Schmiedt ab, der einst hier gelebt und zahlreiche Rapanui-Frauen geschwängert hatte.
Nun, auch wenn sie hässlich wäre … sie war ein Weib … ein Weib, das es nicht wagen würde, sich gegen ihn zu wehren …

Salmon mochte ihm zwar klargemacht haben, dass er keinen Unfrieden stiften sollte, doch er hatte ihm nicht ausdrücklich verboten, sich zu vergnügen, und falls es für sie kein Vergnügen war – nun, dann würde er ihr genügend Angst machen, dass sie es niemandem sagte.

»Lauf, lauf weg!«, raunte Hina.

Sie hatte Archibald Smythe sofort aus den Augenwinkeln wahrgenommen, tat bis jetzt jedoch so, als würde sie ihn nicht sehen. Kurz hatte sie gehofft, dass er nur zufällig in dieselbe Richtung wie sie ging, doch mit jedem Schritt wurde deutlicher, dass er sie verfolgte. Auch wenn sie sich Mühe gab, Nani ihre Furcht nicht spüren zu lassen – ein Schaudern konnte sie nicht unterdrücken. Sie ahnte, dass es der Unhold diesmal auf sie abgesehen hatte, und der einzige Trost würde ihr sein, wenigstens Nani in Sicherheit zu wissen.

»So lauf doch!«

Das Mädchen klammerte sich an sie, aber Hina löste gewaltsam die Finger von ihrer Hand. »Tu, was ich dir sage!«, fuhr sie sie an. Selten hatte sie mit der Kleinen so barsch geredet, doch die schroffen Worte taten ihre Wirkung. Nani starrte sie mit großen Augen an und lief dann tatsächlich los.

Erst jetzt hatte Hina die Kraft, stehen zu bleiben. Wieder beobachtete sie Archibald nur aus den Augenwinkeln, doch auch so sah sie genug: dass er ebenfalls stehen geblieben war. Und dass bis auf Nani, die eben hinter einem Hügel verschwand, weit und breit niemand zu sehen war – nur die Steinstatuen, auf deren Hilfe sie nicht hoffen konnte.

Trotz der übermächtigen Furcht drehte sich Hina um. Archibald Smythe lächelte sie freundlich an.

»Iorana!«, rief er und machte eine dienernde Bewegung.

Hina hatte etwas anderes erwartet – dass er auf sie losstürzen, sie packen, sie auf den Boden zerren würde. Dass er nun abwartend stehen blieb, vertrieb ihr Unbehagen aber mitnichten. Im Gegenteil, sie schlotterte noch stärker.

»Du musst keine Angst haben«, tröstete er sie mit samtiger Stimme. »Du kennst doch die Geschichte von Königin Keroto, oder?«

Natürlich kannte sie sie, jeder auf der Insel hatte schon mal von Keroto gehört, aber sie schüttelte den Kopf.

»Nun«, begann Archibald, »bevor Mr. Salmon und Mr. Brander die Schaffarm leiteten, war ein gewisser Jean-Baptiste Dutrou-Bornier der Herr auf der Insel. Seinen Namen hast du gewiss schon einmal gehört!«

Von Dutrou wurde noch häufiger geredet als von Keroto, und wer ihn selbst persönlich kennengelernt hatte, erzählte voller Furcht und Schrecken von ihm, doch wieder schüttelte sie den Kopf.

»Dieser Dutrou machte eine von euch zu seiner Ehefrau«, erklärte Archibald. »Besagte Keroto. Und sie war nicht nur seine Frau. Sie war seine Königin. Sie trug nur europäische Kleidung und konnte alles haben, was immer sie sich wünschte.«

Hina wurde speiübel. Wenn ihr ihre Großmutter davon berichtet hatte, hatte die Geschichte ganz anders geklungen. Dutrou hatte geglaubt, dass die Insel ihm gehöre – samt aller Schafe … und vor allem aber samt ihrer Frauen. Keroto war nicht etwa freiwillig seine Königin geworden, er hatte sie gewaltsam dazu gemacht, und er begnügte sich nicht mit dieser einen. So vielen Frauen hatte er Gewalt angetan, und am Ende hatte er sich nicht mit den Rapanui-Frauen begnügt, sondern auch Nonnen, die mit den Missionaren gekommen waren, von ihrem Gelübde entbunden und sie in seinem Harem aufgenommen. Selbst damit war seine unendliche Gier noch nicht gestillt. Kurz vor seinem gewaltsamen Tod ließ er kleine Mädchen entführen, um sie zu schänden. Und wenn deren Brüder und Väter sie zu schützen versuchten, erschoss er sie.

So, wie Archibalds Gesicht glänzte, kannte er diese Geschichten durchaus und war begeistert davon.

»Wie heißt du?«, fragte er.

Sie zögerte, ihm ihren Namen zu sagen. Dieser gehörte doch ihr, und wenn er ihn aussprach, würde er ihn beschmutzen. Auf der anderen Seite wollte sie kein namenloses Opfer sein, vielmehr darauf hoffen, dass ihn dieser Name bis in seine Träume verfolgte.

»Hina«, sagte sie leise.

»Er passt zu dir, es ist ein sanfter Name.«

Nun trat er doch langsam auf sie zu, und obwohl sie sich davor am meisten gefürchtet hatte, erwachte Trotz in ihr … und Mut. Sie reckte das Kinn.

»Sie haben vergessen zu erwähnen, dass Königin Keroto am Mordkomplott gegen ihren Mann beteiligt war«, brachte sie hervor. »Sie hat ihn zu ihrem Schneider gelockt, und dort warteten schon drei Männer, die ihn töteten.«

Vage konnte sie sich an Keroto erinnern, die noch gelebt hatte, als sie ein Kind gewesen war. Von vielen Rapanui wurde sie gefürchtet oder gehasst, andere jedoch verehrten sie. Allen Weißen, die kamen, zeigte sie gegen eine Entlohnung das Grab von Dutrou-Bornier, doch keiner von ihnen begriff das als Warnung, wie man enden konnte, wenn die Herrschaftsgelüste gar zu groß wurden. Eines Tages war Keroto wie vom Erdboden verschluckt. Manche behaupteten,

sie habe sich in eine der unterirdischen Höhlen zurückgezogen, andere, dass sie nach Tahiti gereist sei.
»Du kennst ja doch diese Geschichten. Das dachte ich mir.«
Jetzt hatte er sie erreicht. Sie hatte erwartet, er würde über ihr Gesicht streicheln, stattdessen nahm er ihre Hand. Er keuchte, sie auch.
»Lassen Sie mich los!«
Keine Regung. Der Griff seiner Hand wurde fester.
»Ana hanga koe!«
Er lachte. Wahrscheinlich kannte er das Rapanui-Wort für »Bitte!« nicht. Und selbst wenn – er hätte selbst dann nicht darauf reagiert, wenn sie es auf Englisch zu ihm gesagt hätte, ja, würde es wohl regelrecht genießen, wenn sie um ihr Leben winselte. Und plötzlich dachte sie, dass er zumindest diese Genugtuung nicht verdient hatte.
Nicht länger dachte sie an ihre Großmutter, die sie immer davor gewarnt hatte, den Weißen zu nahe zu kommen, sie dachte auch nicht an ihren Bruder Roro, der ihr das Gleiche geraten hatte – nein, sie dachte an Tane, der so oft wütend und hasserfüllt verkündete: Das ist unsere Insel, die Weißen haben hier nichts verloren!
Der Gedanke an ihn gab ihr Kraft. Eben noch war sie sicher gewesen, dass ihr nichts anderes übrig blieb, als Archibalds Berührungen zu ertragen, doch jetzt überlegte sie ganz nüchtern, dass er allein war. Und dass sie als Frau zwar schwächer war als er, aber vielleicht listig genug, um zu fliehen.
»Ana hanga koe!«, rief sie erneut, diesmal laut klagend, und sie erreichte, was sie sich erhofft hatte: Seine Augen glänzten, als hätte er Fieber.
Er stieß sie auf den Boden – sie wehrte sich nicht. Er kniete

sich über sie, spreizte ihre Beine, zerrte an ihrem Gewand – sie wehrte sich immer noch nicht.
Erst als er sie zu küssen versuchte, spuckte sie ihm ins Gesicht. Kurz erstarrte er, und diesen Augenblick nutzte sie, um ihr Knie anzuziehen und es in seinen Bauch zu rammen. Ächzend krümmte er sich, und das gab ihr genügend Zeit, ihn zurückzustoßen und aufzuspringen. Als er nach ihr fassen wollte, griff er ins Leere, und sie rannte schon los. Er mochte stärker sein, brutaler und grausamer – schneller als sie aber war er nicht. Kleine Steine bohrten sich in ihre Fußsohlen, aber die waren so verhornt, dass sie sie kaum spürte, hartes Gras schnitt ihr in die Unterschenkel, aber auch daran war sie gewohnt. Die Statuen blickten sie an, und auch wenn sie stumm und reglos auf der Erde lagen, glaubte sie, dass sie stolz auf sie seien.
Tane wäre gewiss auch stolz, aber sie wusste, dass die Lage endgültig außer Kontrolle geriete, wenn sie sich an ihn wandte. Nein, sie musste ihren Bruder Roro finden, der – besonnen und vernünftig, wie er war – mit Alex Salmon reden würde.
Eine Weile hörte sie nur ihr eigenes Keuchen, doch als sie sich umdrehte, sah sie zu ihrem Entsetzen, das Archibald die Verfolgung noch nicht aufgegeben hatte. Selbst als in der Ferne die Hütten von Hanga Roa sichtbar wurden, blieb er ihr auf den Fersen.
Ihre Brust schmerzte.
Nicht stolpern, dachte sie verzweifelt, ich darf nur nicht stolpern!

Tane liebte es, wie alle Rapanui, im Meer zu baden. Doch heute schenkte es ihm kein Gefühl von Freiheit, sich in die Fluten zu stürzen – nur die Hoffnung, wieder sauber zu werden. Sie wurde bald enttäuscht. Nachdem er lange genug im eiskalten Wasser geschwommen war, spürte er zwar die Berührung von Archibald nicht mehr, und dennoch vermeinte er, seine Finger hätten unsichtbare Male hinterlassen, die ihn auf ewig brandmarken würden.

Wie gerne wäre er lieber als Held gestorben, als als Schwächling weiterzuleben! Wobei die eigentlichen Schwächlinge die Männer waren, die ihn von Archibald fortgezerrt hatten, die aus Furcht vor den Weißen buckelten und ihn, nicht etwa die wahren Übeltäter, als Unruhestifter betrachteten – Männer, wie auch sein Cousin Roro einer war.

Er tauchte ein letztes Mal tief ins Wasser, ehe er zurück an den Strand watete. Weder Sträucher noch Bäume spendeten hier Schatten, aber Tane war es nur recht, dass die Sonne auf ihn herabbrannte. Wenn das kalte Wasser allein Archibalds Dreck nicht von ihm spülte, gelang es vielleicht dem Schweiß, der ihm aus allen Poren trat.

Noch versengender allerdings als die Sonne war das Gefühl von Ohnmacht, das ihn von innen her aufzufressen drohte. Er durfte ihm nicht nachgeben! Er durfte nicht zulassen, dass von ihm nur eine Hülle blieb, kraftlos und willfährig wie die Feiglinge! Er durfte nicht länger an Archibald denken und ihm Macht geben, sondern wollte sich lieber Hotu Matuas besinnen, des Stammvaters der Rapanui, der hier vor Tausenden Jahren mit einem Kanu gelandet war. In seiner eigentlichen Heimat Maori im Erdteil Hiva hatte er nicht bleiben können, weil diese im Meer versunken war, doch auf der Insel hatte er sich ein neues Leben aufgebaut. Gegen Heimweh war er nicht gefeit gewesen. Es hieß, dass er gerne auf dem Südhang des Rano Kau gesessen und in Richtung seiner versunkenen Heimat geschaut habe.

Gleiche Sehnsucht packte auch Tane, wenngleich diese nicht dem fernen *marerenga* galt oder Papeete, wo er aufgewachsen war, sondern einer Insel, wie Hotu Matua sie vorgefunden hatte, unberührt, menschenleer … frei.

Obwohl er nun nicht länger das Gefühl von Ohnmacht schmeckte, ergriff ihn Unrast. Tane sprang auf, verließ den Strand und folgte über einen steilen Anstieg der Küste. Er stieg über Gras, Schilf und Felsbrocken hinweg, ließ sich vom kräftigen, salzigen Seewind abkühlen und lauschte auf das Gekreische der Seevögel, die auf den Felsen unter ihm brüteten, um Archibalds heisere Stimme zu vergessen. Gedankenverloren wich er dann und wann Wasserfontänen aus, die aus dem Boden gen Himmel schossen.

Überall grasten die Schafe, stiegen über *ahu,* alte Tempelanlagen, hinweg und entweihten sie, desgleichen die nicht ganz so zahlreichen Kühe. Und niemand tat etwas dagegen – weder der *ariki* Atamu, ein Spottbild früherer Könige der Insel, noch Rapanui wie sein Cousin und schon gar nicht die Weißen, denen es nur um die Wolle ging. Auch unter Chiles Herrschaft würde es nicht besser werden. Womöglich würden dann sogar noch mehr Schafe hier weiden.

Tane hatte einen Felsvorsprung erreicht und zog ein halb fertiges Kanu hervor, das er dahinter versteckt hatte. Er selbst hatte in den vergangenen Wochen daran gebaut, indem er aus einer Reihe schmaler Bretter einen leichten Rahmen gefügt und mit feinen Schnüren kunstvoll zusammengeflochten hatte. Noch war das Kanu undicht, da er kein Material zum Kalfatern hatte, und womöglich würde er damit nie, wie erhofft, die Insel umrunden können, aber allein daran zu bauen, obwohl die Weißen den Rapanui verboten hatten, eigene Kanus zu besitzen, hatte ihn bis jetzt mit Triumph erfüllt. Auch heute war es die Arbeit mit dem Holz, die ihn beruhigte. Sein Geist wurde immer leerer, glich schließlich einer Schale, aus der man alles Bittere schütten konnte, oder nein, einem tiefen Brunnen, auf dessen schlickigem Grund man nichts mehr sehen konnte. Fast nichts. Plötzlich glaubte er, dass aus der Tiefe ein Gesicht hochstieg.

Tane richtete sich auf. Vorbei war es mit der Entspannung, die er hier kurz gefunden hatte.

Das Gesicht, das er sah, war das von Hina, und aus den verzerrten Zügen sprach große Not.

In ihm war plötzlich kein Hass mehr, nur Furcht, namenlose Furcht. Um Hina, um Nani, um seine ganze Familie.

Er versteckte das Kanu nicht wie sonst, sondern ließ es einfach liegen und rannte los. Die Insel war nicht sehr groß, dennoch schien es eine Ewigkeit zu dauern, bis er endlich Hanga Roa erreichte – umso mehr, als er bei jedem Schritt denken musste: Es ist zu spät. Viel zu spät.

Er sah sie schon von Weitem: Archibald. Hina. Nani. Roro. Und da waren auch andere Männer, die sich noch im Hintergrund hielten.

Feiglinge! Allesamt Feiglinge!

Oder nein: Roro war gar kein Feigling mehr. Eben hatte er sich schützend vor Hina und Nani gestellt und redete energisch auf Archibald ein. Was immer auch geschehen war: Tane war sich sicher, dass Archibald eine Gelegenheit gesucht hatte, weiter zu provozieren, und den eben noch friedfertigen, resignierten Roro tief erzürnt hatte.

Doch warum redete er überhaupt noch mit ihm? Archibald war doch ganz allein da! Es musste doch ein Leichtes sein, seiner Herr zu werden! Warum wirkten sie alle wie gelähmt?

Nun, er war das nicht, er lief immer schneller, fast so, als würde er fliegen, und dann war er nahe genug gekommen, um Hinas Gesicht zu betrachten, die Angst darin zu wittern, nahe genug auch, um zu schreien: »Muss er deine Schwestern erst schänden und töten, ehe du etwas gegen ihn unternimmst? Willst du weiterhin dienen und buckeln, bis dein Rücken krumm ist? Tu etwas! Wehr dich! Kämpfe!«

Was immer Archibald zu Roro gesagt hatte, hatte ihn glühend erröten, aber noch nicht die Fassung verlieren lassen. Erst Tanes Worte brachten das Fass zum Überlaufen.

Mit erhobenen Fäusten ging er auf Archibald los, und diesmal hielten sich die anderen Männer zurück, anstatt wie vorhin einzugreifen.

Feiglinge waren sie in Tanes Augen trotzdem, weil sie dem Cousin nicht halfen, aber das mussten sie ja auch nicht, er selbst war schließlich hier, er würde mit Roro kämpfen, würde Nani und Hina rächen.

Zehn Schritte noch, dann hätte er die beiden erreicht.

Ehe das geschah, hatte Archibald bereits seine Pistole gezogen. Als er sie auf Roro richtete, ohne Zögern schoss, sein Cousin getroffen wurde und zurückfiel, war sich Tane plötzlich sicher, dass Archibald nur auf den Angriff des anderen gewartet und er ihm einen Gefallen getan hatte, ihn dazu aufzuhetzen. Ein noch größerer Gefallen war es, weiterhin auf ihn zuzurennen.

Aber er konnte nicht anders. Es war ihm egal, dass Archibald die Pistole nun auf ihn richtete.

Ich habe keine Angst, dachte er. Nicht vor ihm, nicht vor dem Tod.

Der zweite Schuss schien seine Ohren zu zerreißen, seine Brust, seinen ganzen Körper. Auch wenn er keine Angst hatte – gegen den übermächtigen Schmerz war er nicht immun. Das Blut, das aus seiner Wunde schoss, war erst heiß, dann kalt – viel kälter als vorhin das Meer –, und dann war da gar kein Gefühl mehr, weder Schmerz noch Hass noch Ohnmacht.

»Mister, Mister, bitte!«

Aaron zuckte zusammen. Ein kleiner Junge kam auf ihn zugestürzt, den er noch nicht kannte, gefolgt von Nani. Anders als der Junge brachte sie kein Wort hervor, sondern starrte ihn nur fassungslos an. Aaron wusste sofort, dass etwas Schreckliches geschehen war.

»Was …?«

»Kommen Sie bitte mit, Mister!«, rief der Junge.

Ohne noch mehr Fragen zu stellen, machte er kehrt und eilte den Kindern nach.

Eigentlich war Aaron auf dem Weg nach Vaihu gewesen, um mit Pater Montiton über die Zukunft der Insel zu sprechen, nun, da die Annexion durch Chile bevorstand, doch das konnte warten. Als er sich im Laufschritt Hanga Roa näherte, sah er auch Katharina herbeikommen. Wegen der Hast hatten sich ihre Zöpfe gelöst, und ihre Haare fielen wirr ins Gesicht.

»Hast du sie auch gehört?«, schrie sie atemlos.

»Was?«

»Schüsse. Es waren zwei, glaube ich.«

»Warum bist du überhaupt hier?«

»Hina war vorhin bei mir – mit Nani. Nachdem sie gegangen war, habe ich plötzlich Angst um sie bekommen. Archibald … Laurentine hat mir gesagt, dass er so wütend war … und Tane …«

Aaron hatte keine Ahnung, worauf ihre wirren Worte anspielten, aber ehe er mehr herausfinden konnte, erstarrte er. Von Archibald Smythe war nichts zu sehen, doch dort vorne lagen, nicht weit von der Mauer entfernt, zwei leblose Körper.

»Grundgütiger!«, stieß er aus.

Der Junge, der ihn gerufen hatte, brach in Tränen aus. »Sind sie tot?«, rief er verzweifelt.

Nani hingegen sagte immer noch nichts; sie sackte auf den Boden und umschlang ihre Knie mit den Armen, als wollte sie sich so klein wie möglich machen. Hina wiederum lief zwischen den Körpern hin und her, sichtlich kopflos, weil sie nicht wusste, wem sie zuerst helfen sollte. Als Aaron näher trat, wusste er sofort, dass bei einem die Hilfe zu spät kam: Roro lag mit weit aufgerissenen, toten Augen da. Der Schuss musste ihn direkt ins Herz getroffen haben. Auch Tanes Brust schien zerfetzt, doch noch atmete er rasselnd.

Aaron stürzte zu ihm und presste seine Hand auf die Wunde.

»Stoff! Ich brauche ein Stück Stoff!«

Katharina war zunächst erstarrt, als sie die beiden Körper gesehen hatte, doch nun eilte sie zu ihm und riss ein Stück Stoff von ihrem Unterkleid. Rasch hatte es sich mit Blut vollgesogen, als Aaron es auf die Wunde presste – so viel Blut, dass er kurz dachte, Tane unmöglich retten zu können. Doch als Katharina ihm das zweite Stück Stoff reichte, dauerte es etwas länger, bis es sich rot gefärbt hatte.

Aaron betrachtete die Einschussstelle genauer. Wie es aussah, hatte die Kugel das Herz nicht getroffen, sondern war zwischen den Rippen stecken geblieben. Vielleicht konnte er sie herausschneiden – auch wenn er nicht so viel von Medi-

zin verstand wie sein Vater und noch nie eine ähnlich gewagte Operation versucht hatte, war das Tanes einzige Chance. Zunächst aber mussten sie ihn ins Haus schaffen.
»Wo … wo sind denn die anderen?«
»Geflohen …«, presste Hina hervor.
»Hina, du musst sie zurückholen! Allein schaffen wir es nicht, ihn zu tragen.«
Doch Hina reagierte nicht. Sie war neben dem Leichnam ihres Bruders zusammengebrochen und hatte eingesehen, dass er nicht zu retten war. *»O te aha?«*, rief sie ein ums andere Mal. Warum?
Ein anderer war eine größere Hilfe. Aaron hatte keine Ahnung, was er hier machte, ob ihn die Schüsse angelockt hatten oder er einmal mehr die Nähe von Hina suchte – in jedem Fall war Rufus Grey zur Stelle, beugte sich über Tane und fragte, wie er helfen konnte.
»Wir tragen ihn ins Haus seiner Großmutter«, erklärte Aaron. »Ich nehme seinen Oberkörper, du die Beine. Und du, Katharina, presst den Stoff auf die Wunde!«
Katharina war kalkweiß im Gesicht, aber sie tat wie ihr geheißen.
Sie kamen nur langsam voran, und bei jedem Schritt befürchtete Aaron, Tanes Herzschlag würde aussetzen, doch der rasselnde Atem wurde zwar schwächer, riss aber nicht ab.
»Archibald!«, stieß Rufus aus. »Es war Archibald … Ich hab's von Weitem gesehen … Das … das muss doch ein Nachspiel haben … Er kann nicht einfach zwei Rapanui erschießen wie Tiere.«
Seine Stimme bebte immer stärker vor gerechter Empörung. Aaron teilte sie zwar, war sich aber nicht sicher, ob Archi-

bald tatsächlich seine gerechte Strafe bekommen würde. Gewiss, Salmon würde ihn tadeln, wollte er doch jede Unruhe vermeiden, doch Tane war als Hitzkopf bekannt und Archibald war gewieft genug, um den beiden Rapanui die Schuld an der Eskalation zu geben.
Auch wenn er anderes hoffte, würde Roros Tod wahrscheinlich ungesühnt bleiben. Das Einzige, was er tun konnte, war, wenigstens Tane zu retten.

Katharina wusste nicht, wie viele Stunden seit den Schüssen vergangen waren. Manchmal hatte sie das Gefühl, die Zeit raste, dann wieder, dass sie stehen blieb. Sie lebte in einer eigenen Welt, in der es nur sie, Aaron und Tane gab. Letzterer drohte ständig, sie zu verlassen, doch Aaron gelang es immer wieder, ihn zurückzuholen.
Hinterher konnte sie nicht mehr sagen, was genau er getan hatte, nur, dass es ihm gelungen war, mit einem Messer die Kugel herauszuschneiden, die Wunde teilweise auszubrennen und zu verbinden. Erst als es vorbei war, wurde sie sich des üblen Gestanks bewusst, der ihr in die Nase gestiegen war. Ihr Gesicht war schweißüberströmt, sämtliche Glieder taten ihr weh, und die Erschöpfung – bis jetzt gebannt vom festen Willen, Tanes Leben zu retten – ließ sich nicht länger bezwingen.
Aaron beugte sich über Tane und lauschte seinem Atem und dem Herzschlag – beides zwar nur schwach, aber vorhanden. »Er ist zäh«, murmelte er. »Jetzt müssen wir sein Leben Gott anvertrauen.«
Katharina war es, als würde sie aus einem langen Traum erwachen. Erst jetzt sah sie, dass Hina in der Hütte hockte. Tränen strömten aus ihren Augen, und sie wiegte die stum-

me Nani, die sich in ihre Arme geflüchtet hatte. Außerdem saß da eine ältere Frau, offenbar ihre Großmutter. Katharina hatte gar nicht mitbekommen, wie sie reagiert hatte, als man ihr von den schrecklichen Ereignissen berichtete, ob sie in Tränen oder Geschrei ausgebrochen war. Jetzt war sie auf jeden Fall stumm wie Nani.

Katharina erhob sich, streckte ihren Rücken und blickte sich in der Hütte um. Es war das erste Mal, dass sie ein Rapanui-Haus betrat. Barnabas hatte mal abfällig gemeint, sie glichen Hühnerställen, und doch war es mit dem steinernen Fundament stabiler als gedacht. Äste wurden in dieses hineingesteckt, liefen in ein bis zwei Meter Höhe zusammen, wurden durch einen innen verlaufenden First noch zusätzlich gesichert und mit Gräsern und Schilf abgedeckt.

Katharina wischte sich den Schweiß von der Stirn. Kein Wunder, dass es so heiß war, stand doch gleich in der Nähe ein Erdofen. Außerdem gab es keine Fenster, nur eine Tür, und vor dieser war ein Netz gespannt, wohl um Hühner und Ratten draußen zu halten. Direkt über der Tür hingen hölzerne Figuren, die Tiere darstellten, vielleicht auch Gottheiten, die die Bewohner beschützen sollten.

Nur vor Archibald können sie euch nicht bewahren, ging es ihr durch den Kopf.

Katharina schwindelte, und ihre Knie zitterten, als sie über die vielen Menschen stieg, die hier gewartet und sie beobachtet hatten, allesamt lautlos und abgestumpft. Sie schienen an die Hitze gewöhnt zu sein, denn etliche trugen rote und weiße Decken als Umhänge, und der Blutgeruch, der in der Luft lag, setzte ihnen nicht sonderlich zu. Ihr selbst hingegen konnte es nun gar nicht mehr schnell genug gehen, aus der Hütte zu fliehen und nach Atem zu schöpfen. So gerne

sie Hina und Nani getröstet hätte – sie musste weg von hier, heim zu den Kindern!
Ehe sie das Weite suchen konnte, trat ihr Rufus Grey, der offenbar nicht gewagt hatte, ihnen in die Hütte zu folgen, in den Weg. »Wie … wie geht es ihr?«
Katharina sah ihn verständnislos an.
»Nun, Hina!«, sagte er.
Sie zuckte nur die Schultern. »Tane wird es schaffen … vielleicht.«
Trotz der frischen Seeluft verstärkte sich ihr Schwindel, und als ihr Blick auf den toten Roro fiel, den irgendjemand hierhergebracht hatte, kam Übelkeit hinzu. Ein Weißer stand neben ihm, den sie noch nie gesehen hatte und der die Kleidung der Rapanui trug. Vage erinnerte sie sich, dass Barnabas ihr von einem gewissen Vincent Pont erzählt hatte, der hier lebte und den Verstand verloren habe. Zumindest sei das anzunehmen, da er keiner sinnvollen Arbeit nachgehe und obendrein eine Rapanui geheiratet habe.
»Was für ein sinnloser Tod!«, murmelte er.
Katharina schluckte verzweifelt gegen den Brechreiz an. Sie lief los, kam jedoch nicht weit, weil ihre Knie nach wenigen Schritten noch stärker zitterten. Suchend sah sie sich nach etwas um, worauf sie sich stützen konnte, aber da war kein Baum – auf dieser verfluchten Insel wuchsen ja keine Bäume! Nur die Steinstatuen gab es im Übermaß, aber auch diese waren zu weit von ihr entfernt.
Tod, Tod … überall nur Tod … diese Insel ist dem Tod geweiht … Was habe ich mir nur gedacht, als ich ausgerechnet hier einen Neubeginn und Glück erhoffte!
Tränen verschleierten ihren Blick. Als sie Schritte hörte, konnte sie nicht sehen, wer ihr gefolgt war, doch sie fühlte

ganz deutlich die Arme, die sich um ihren Körper schlangen.
»Durchatmen!«, sagte er. »Du musst tief durchatmen!«
Die Hände, die sie umfassten, waren voller Blut.
»Fass mich nicht an!« Zu schreien gab ihr erstaunlicherweise neue Kraft, und der Blick klärte sich. Es war niemand anderer als Aaron, der vor ihr stand.
Sie starrte ihn an und wusste nicht, was am meisten wehtat: dass sie einen sinnlosen Tod bezeugt hatte, dass Tane ebenfalls sterben könnte, dass die anderen Rapanui so gleichgültig um den Verletzten hockten. Oder dass Aaron auf ihre Liebe verzichtet hatte, um für diese Menschen da zu sein, aber dafür von Gott nicht belohnt wurde.
Aaron hob hilflos die Hände. »Ich wünschte, du hättest das nicht miterleben müssen.«
»Aber ich habe es!«, schrie sie. »Und du konntest mich nicht davor bewahren. So ist nun mal die Welt, so ist das Leben. Menschen werden ermordet, und meistens trifft es nicht die, die es verdient hätten. Wenn du mich davor hättest schützen wollen, hättest du darum beten müssen, dass ich blind werde. Mich hingegen von dir zu stoßen war der falsche Weg.«
In diesem Augenblick stieß er sie nicht fort, sondern umarmte sie noch inniglicher. Sie war nicht sicher, ob er sie stützte oder sie ihn.
»Ich weiß doch längst, dass es ein Fehler war«, murmelte er kaum hörbar. »Ich hatte Angst, so große Angst um dich, vielleicht auch um mich selbst, und deswegen habe ich mich hinter diesem lächerlichen Schwur versteckt. Ich habe einfach nicht gesehen, wie stark und mutig du bist, ich … ich konnte dir nicht vertrauen und mir selbst noch weniger.«
Sein Bekenntnis, das, so spät, wie es kam, sie schlichtweg

sinnlos deuchte, war kein Balsam für ihren verletzten Stolz, sondern fügte ihr nur eine weitere schmerzliche Wunde zu. Sie wusste, wenn er noch ein Wort sagte, würde sie nicht mehr aufhören können zu weinen. Noch ehe er den Mund öffnete, brachte sie ihn darum zum Schweigen, indem sie ihre Hände um seinen Hals schlang, ihn zu sich zog und ihn leidenschaftlich küsste.

Sie küssten sich wie zwei, die sich mehr vom Leben erhofften als Gewalt, Tod und Verderben. Sie küssten sich wie zwei, die über Monate schrecklich einsam gewesen waren und nach Nähe und Vertrautheit lechzten. Und sie küssten sich wie zwei, die sich von ganzem Herzen liebten, aber zugleich wussten, dass sie sich nicht lieben durften.

13. Kapitel

Tane überlebte.

Als er zwei Tage später zu sich kam, war das erste Wort, das er sprach: »Rache.«

Doch als er sich zwei weitere Tage später entgegen Aarons ausdrücklichem Rat und noch fiebernd von seinem Krankenlager erhob, hatte er anderes im Sinn. »Wir müssen Roro ein Begräbnis nach unseren Sitten bereiten«, erklärte er.

Dazu bedurfte es seines Befehls allerdings gar nicht erst. Seine Brüder und Cousins hatten schon dafür gesorgt, dass der Tote entsprechend aufgebahrt wurde. Nicht nur Hina erzählte Katharina davon – auch Lucius Grey sprach tagelang von nichts anderem. Dass Roro erschossen worden war, hatte ihn abgestoßen. Doch sein Tod gab ihm die Gelegenheit, mehr über die Bestattungsrituale der Rapanui zu erfahren, und Katharina musste – ob sie es nun wollte oder nicht – seinen ellenlangen Reden, die immer nur Lucius' Faszination für die Kultur widerspiegelten, nie Bestürzung über einen sinnlosen Tod, zuhören. Sie verbrachte in diesen Tagen viel Zeit bei den Greys, denn weder hielt sie es lange zu Hause aus, wo sie von Schuldgefühlen gegenüber Barnabas und den Kindern geplagt wurde, noch wagte sie sich nach Hanga Roa, wo sie jederzeit Aaron über den Weg laufen konnte. Nach dem Kuss war sie überstürzt geflohen und ihm seitdem beharrlich ausgewichen.

Lucius dagegen war oft dort.

»Die Leiche, deren Hände auf den Oberschenkeln liegen, wurde mit Binsen und einer *tapa* aus Mahute, einem Papiermaulbeerstrauch, zusammengebunden«, berichtete er. »Danach hat man sie auf einen Steinsockel gelegt. Darum herum befinden sich rot und weiß gefärbte Steine, die man *pipi horeko* nennt. Das ist die Tabugrenze, die die Lebenden nicht überschreiten dürfen.«

Er klang so begeistert, als würde er von einem großartigen Schauspiel erzählen. Myra sah ihn missbilligend an, die Töchter schienen sich zu langweilen, nur Rufus sprach aus, was Katharina selbst durch den Kopf ging: »Die Familie muss vor Schmerz vergehen.«

Doch Lucius fuhr mit gerötetem Gesicht fort: »Der Leichnam wurde so aufgebahrt, dass sein Kopf Richtung Meer zeigt. Nun wird darauf gewartet, dass der Leichnam austrocknet, was Tage, wenn nicht gar Wochen dauert – erst dann kann man ihn bestatten. Früher hat man die Toten oft verbrannt, aber die Kirche hat das erfolgreich abgeschafft. Dass man zumindest bei der Aufbahrung den alten Riten folgt, wird Pater Montiton nicht gefallen.«

Katharina konnte nicht länger an sich halten. »Pater Montiton wird weniger darüber als vielmehr über diesen gewaltsamen Tod erschüttert sein!«

Sie wusste nicht, ob Archibald mittlerweile zur Rechenschaft gezogen worden war. Kurz nach dem Unglück hatte sie ihn einmal in der Ferne gesehen, und er hatte ziemlich zufrieden gewirkt. Wahrscheinlich konnte er Alex Salmon glaubhaft versichern, dass Tane und Roro ihn angegriffen und er sich nur verteidigt hatte. Dafür, dass Tane ihn Stunden zuvor aufgesucht hatte und auf ihn losgegangen war, gab es schließlich Zeugen.

Sie konnte sich gut Alex Salmons mürrisches Gesicht ausmalen, als er von alldem erfahren hatte. Anstatt die Vorfälle aufzuklären, ging er wohl lieber zur Tagesordnung über und erhoffte sich Policarpo Toros baldige Rückkehr aus Chile.
»Morgen Abend«, schloss Lucius, »findet ein großes Mahl statt, um sich von dem Toten zu verabschieden.«
Katharina hatte eigentlich fest vorgehabt, auch diesem fernzubleiben, doch als sie sich später auf den Heimweg machte, sah sie, dass Hina schon vor dem Haus der Wilkinsons auf sie wartete. Toni, die Katze, umschmiegte ihre Beine, und Hina streichelte sie gedankenverloren.
»Du kommst doch morgen Abend nach Hanga Roa?«, fragte sie grußlos. »Bitte, ich will, dass du mit Nani sprichst. Die Kleine vertraut dir, seit du dich bei Archibald Smythe für sie eingesetzt hast … Ich weiß auch nicht, aber seit Roros Tod ist sie nicht mehr dieselbe, ich habe so große Angst um sie … Sie … sie scheint krank zu sein.«
Woran die Kleine genau litt, konnte sie nicht sagen, doch Katharina versprach auch so ihr Kommen, obwohl sie keine Ahnung hatte, wie ausgerechnet sie Nani helfen konnte. Lange überlegte sie überdies, wie sie Barnabas erklären sollte, an einer Rapanui-Feier teilzunehmen, griff schließlich jedoch zu einer Lüge und erklärte, eine von Myras Töchtern sei krank und sie müsse ihr helfen.
Barnabas ließ sie widerstandslos ziehen.
Immerhin war nicht alles, was sie zu ihm gesagt hatte, gelogen. Tatsächlich brach sie als Erstes zu den Greys auf, besuchte doch die ganze Familie das Mahl: Lucius wollte die Riten beobachten, Rufus in der Nähe von Hina sein, die Mädchen hungerten nach Abwechslung, und Myra wollte die Familie nicht allein lassen.

Katharina war sich nicht sicher, was sie erwartete, doch Lucius hatte sich bereits kundig gemacht.
»In einem eigens dafür errichteten Steinofen wird Essen für den Toten zubereitet. Niemand sonst darf es anrühren. Je mehr Rauch vom Steinofen aufsteigt, desto größer ist die Ehre für seine Familie und Sippe.«
»Essen für einen Toten?«, knurrte Myra. »Was für eine Verschwendung!«
»Meines Wissens gibt es auch ein Mahl für die Lebenden«, erklärte Lucius.
Dieses war schon beendet, als sie kurz vor Sonnenuntergang in Hanga Roa eintrafen, und die Familie des Toten hatte begonnen, Lieder anzustimmen, in denen sein Leben besungen, seine guten Eigenschaften aufgezählt und seine Taten verherrlicht werden sollten. Erst erklang ein Chor aus verschiedenen Stimmen, doch dann trat Nani in die Mitte des Hofs und fing an, ganz allein zu singen. Sie hatte eine hohe Engelsstimme, die manchmal ganz sanft klang, manchmal spitz und klagend. Obwohl Katharina das lange Lied, das sie anstimmte, nicht verstand, traf es sie ins Herz. So krank, wie Hina es angekündigt hatte, schien das Mädchen nicht zu sein, doch in den dunklen Augen, in denen sich das Feuer spiegelte, stand Schmerz.
Erst als das Lied verklungen war, sah sich Katharina unauffällig nach Aaron um und entdeckte ihn nicht weit entfernt: Er stand neben Tane, der sich trotz seiner Verletzung hochgekämpft hatte und einen recht stabilen Eindruck machte, und redete auf ihn ein.
»Roro ist tot, daran kannst du nichts ändern. Denk an deine Familie! Füg ihr nicht noch mehr Leid zu!«
Katharina trat näher – aufgeregt und ängstlich zugleich. Alle

Vorsätze, ihn zu meiden, waren dahin. Es tat weh, ihn zu sehen – und gut. Auch Aaron erstarrte kurz, als er sie erblickte, schüttelte aber dann kaum merklich den Kopf, ein Zeichen, dass es hier und heute um Roro ging, nicht um sie beide.

»Versteh doch!«, sagte er eindringlich zu Tane. »Es hat keinen Sinn!«

»Es ist ein alter Brauch!«

»Aber …«

Beschwichtigend wollte Aaron die Hände auf seine Schultern legen, doch obwohl kalter Schweiß auf seiner Oberlippe stand und er sichtlich unter Schmerzen litt, fand Tane genug Kraft, sich loszureißen und davonzuwanken.

Betrübt blickte Aaron ihm nach. »Früher war es offenbar üblich, dass Tote mit wertvollen Gegenständen bestattet wurden – so auch Lanzen«, erklärte er. »Tane will auch Roro welche mit ins Grab geben, doch den Rapanui ist es verboten, Waffen zu besitzen.«

»Die Weißen hingegen dürfen ungestraft mit Pistolen auf Rapanui schießen«, brach es aus Katharina heraus.

»Alex Salmon war wütend auf Archibald, aber nur, weil der einen Befehl von ihm missachtet, nicht, weil er einen Mann erschossen hat.«

»So oder so ist er wohl nicht wütend genug, Archibald sofort von der Insel zu jagen.«

Schweigen senkte sich über sie. So viel Unausgesprochenes lag in der Luft. Katharina konnte es kaum ertragen, neben ihm zu stehen, und brachte es zugleich nicht übers Herz, davonzugehen.

Beinahe war sie erleichtert, als Lucius Grey sich zu ihnen gesellte: »Ob es hier eigentlich auch die Zeremonie des lebenden Leichnams gibt?«, sinnierte er. »Auf vielen Inseln ist es üblich, dass sich ein Sohn oder Enkel wie der Verstorbene kleidet und die Opfer und Ehren annimmt.«

Aaron zuckte die Schultern. »Tane wollte Roro unbedingt Opfer darbringen – ich habe es gerade noch verhindern könnten. Pater Montiton war wütend genug. Heute Vormittag kam er hierher und hat darauf bestanden, dass der Tote christlich beerdigt wird. Ich habe ihn überzeugen können und ihm versprochen, hier zu sein und alles zu überwachen.«

Der letzte Satz ging im Trommelwirbel unter. Tane war wegen seiner Verletzung zu geschwächt dazu, aber andere männliche Verwandte wollten es sich nicht nehmen lassen, im Rhythmus der Trommeln für den Toten zu tanzen: Einige trugen Masken und lange Grasröcke, außerdem einen Kopfschmuck aus Vogelfedern und ein halbmondförmiges Bruststück aus Holz, an dem viele Perlmuttstückchen herabhingen. Die Rapanui tanzten leichtfüßig und mit im Wind wehendem Haar. Im letzten Licht des Tages schienen ihre Gestalten rot zu glühen, nur die Tätowierungen schimmerten zartblau.

So lethargisch die Menschen von Hanga Roa sich oft gaben, so ungemein beweglich und grazil sprangen sie jetzt um den Aufgebahrten, passten sich mühelos dem Rhythmus an und stimmten schließlich ein neues Lied an.

»Sie haben ein gutes Gehör«, meinte Aaron, »und sind überaus musikalisch …«

»Wenn der Anlass nicht so traurig wäre, wäre es so schön, dem Tanz zuzusehen«, erwiderte Katharina.

Lucius schien nicht bewegt, sondern nur neugierig. »Immerhin glauben sie an ein Weiterleben nach dem Tod.«

Katharina wollte ihm schon an den Kopf werfen, dass das

nichts an der Sinnlosigkeit dieses viel zu frühen Todes änderte, doch Lucius fuhr ungerührt fort: »Die Rapanui glauben nicht an die Hölle. Auch wenn die Missionare es ihnen einzureden versuchen, können sie sich schwer einen Ort ewiger Qualen vorstellen. Und schon gar nicht einen, wo ein ewiges Feuer brennt, ist dieses doch für sie von großem Wert. Eher malen sie sich aus, dass die Hölle ein Land ist, in dem es ständig regnet.«

Aaron schien seiner Erklärungen genauso überdrüssig wie Katharina, doch es waren nicht sie beide, sondern Rufus, der ihn wütend anfuhr: »Sei doch nicht so herzlos, Vater!«

»Ich bin doch nicht herzlos! Ich erforsche die Rätsel ihrer Schrift und der Statuen. Pastor Hayes selbst hat mir doch dazu geraten, häufiger nach Hanga Roa zu gehen, mit den Menschen zu reden und mehr über ihre Bräuche zu erfahren. Nichts anderes habe ich getan.« Um Zustimmung heischend blickte er Aaron an. »Ich habe in den letzten Wochen viel Zeit hier verbracht und etliche Worte Rapanui gelernt!«

»Ich wünschte, Sie hätten damit nicht nur Ihre Neugierde befriedigt, sondern auch ein wenig Mitleid bekommen«, entgegnete der leise.

Lucius jedoch hörte ihm gar nicht zu, sondern verkündete stolz: »Irgendwann werde ich der ganzen Welt davon berichten und das Interesse von noch mehr Wissenschaftlern an dieser Insel wecken. Dann ist doch allen geholfen, nicht wahr?«

Katharina vermutete eher das Gegenteil, aber bevor sie etwas sagen konnte, schrie sie erschrocken auf.

Während die Männer tanzten, saß Hina ein Stück weit von ihnen entfernt auf dem Boden und stach sich in ihre Ohrläppchen.

Katharina lief zu ihr. »Was tust du denn da? Das tut doch gewiss schrecklich weh!«
Hina blickte nicht auf, als sie leise zu reden begann. »Früher haben Frauen schon in jungen Jahren ihre Ohrläppchen mit einem spitzen Holzstück durchbohrt. Mit den Jahren wurde das Holzstück immer größer – wie auch das Loch. Am Ende steckten sie eine Rolle aus Leder hinein, und die Ohrläppchen waren so weit, dass sie die Schultern berührten. Als Kind habe ich das noch oft gesehen, doch mittlerweile tun es die wenigsten. Meine Mutter hat mir immer davon abgeraten. Es wäre besser, wir würden wie die weißen Frauen aussehen, hat sie gesagt. Aber ich bin keine weiße Frau, ich bin eine Rapanui, und ich bin stolz darauf. Warum soll ich deswegen vor Angst vergehen? Warum sollen wir nicht aller Welt zeigen, wer wir sind und was wir können?«
In ihrem Blick lag nicht die übliche Sanftheit, sondern jenes Feuer, das auch in Tane glühte.
Katharina legte ihr die Hand auf den Arm. »Ich verstehe, dass du wütend bist, aber du fügst dir Schmerzen zu.«
»Sie sind auch nicht schlimmer als der Schmerz in meiner Brust!«
Verzweifelt machte Hina weiter, und Katharina hatte keine Ahnung, wie sie sie davon abhalten sollte. Doch während sie vergeblich um Worte rang, trat Rufus näher und setzte sich behutsam neben sie.
»Wenn ich dich darum bitte, hörst du dann damit auf?«
Hina blickte ihn überrascht an. »Was geht es dich an, ob ich mir Schmerzen zufüge oder nicht?«, fragte sie, doch es klang eher verwirrt als schnippisch.
»Gar nichts«, erwiderte Rufus freimütig. »Ich kann nur leider kein Blut sehen.«

Er lächelte schief, und prompt ließ Hina das Stückchen Holz sinken. Dafür, dass er den Anblick des Bluts nicht vertrug, war Rufus' Blick erstaunlich gebannt auf sie gerichtet. Kurz zitterten Hinas Lippen, aber anstatt zu weinen, wie Katharina es erwartete, erwiderte sie Rufus' Lächeln, wenn auch schmerzlich. Später warf sie das Holz weg, und obwohl sie nichts mehr sagte, schien sie seine Gesellschaft doch zu genießen.

Katharina hoffte, dass sie noch lange Trost bei ihm fand … so wie Nani im Gesang und die Männer beim Tanzen. Tane hingegen blickte so finster drein, dass ihn wohl nichts und niemand würde trösten können.

Katharina trat wieder zu Aaron. »Was wird Tane jetzt tun?«, fragte sie.

»Ich hoffe, nichts. Der Leichnam wird einige Tage, wenn nicht Wochen am Strand aufgebahrt werden. Sobald er ausgetrocknet ist, wird er beim ersten Sonnenlicht beerdigt, und dann … dann kehrt hoffentlich wieder Frieden ein.«

Katharina glaubte nicht recht daran, dass Tane seine Rachegelüste mit Roro begraben würde, aber nur wenige Tage später musste sie erfahren, dass Archibald diese sogar noch geschürt hatte.

Rufus kam am frühen Morgen zu ihnen, um empört zu berichten, dass Roros Leichnam verschwunden war: Als die Bewohner von Hanga Roa schliefen, war er einfach an einen unbekannten Ort geschafft worden. Niemand hatte den Täter gesehen. Aber alle konnten sich denken, wer dafür verantwortlich war.

Alex Salmon fluchte. Er fluchte oft, aber diesmal hörte Archibald deutlich die Angst in seiner Stimme mitschwingen.

Auch John Brander schien diese Angst zu schmecken. Für gewöhnlich lungerte der in einer Hängematte herum, wann immer Archibald ihn besuchte, und wenn er doch mal bereit war, aufzustehen, ging er so langsam, als wollte er mit jedem Schritt bekunden, dass sich auf einer Insel, wo die Zeit stehen zu bleiben schien, keine Eile lohnte.
Jetzt aber lief er hektisch auf und ab und spähte wie Salmon immer wieder besorgt aus dem Fenster.
Ein Meisterstück, dachte Archibald befriedigt, den Leichnam zu verstecken war ein echtes Meisterstück.
»Verstehen Sie nun, warum mir gar nichts anderes übrig blieb, als auf die beiden Männer zu schießen?«, fragte er. »Sie sind ein gewalttätiges, grausames Volk!«
In einer anderen Situation hätte Alex Salmon vielleicht zu bedenken gegeben, dass er in all den Jahren auf der Insel noch nie von ihren Einwohnern bedroht worden war – so aber starrte er nur voller Unbehagen nach draußen.
Archibald verkniff sich ein Grinsen. Zugegeben, die Rapanui boten einen furchterregenden Anblick, sahen sie doch aus wie Tote. Oder genauer gesagt wie Dämonen, die um die Seele des Sünders balgten. Wobei Archibald nie an Dämonen geglaubt hatte, zumindest nicht an solche, die erst nach dem Ableben des Menschen an Macht gewannen. Sie waren allesamt rot und schwarz bemalt, sodass man ihre Gesichter kaum erkennen konnte, doch Archibald wusste trotzdem sofort, wer Tane war: Er führte die Männer an und trug einen Stock, an dessen Spitze er Splitter aus Obsidian befestigt hatte. Seine Haare waren mit einem Kranz aus Federn bedeckt, in die einzelne Locken geflochten waren – offenbar Frauenhaare, die im Kampf Glück bringen sollten.
»Sehen Sie doch!«, hetzte Archibald weiter. »Sie haben sich

dem Verbot widersetzt, wonach sie keine Waffen besitzen dürfen.«

Alex Salmon wandte sich vom Fenster ab, humpelte zu Archibald und packte ihn am Kragen: »Sie kommen bloß Ihretwegen! Gerade jetzt kann ich keine Schwierigkeiten gebrauchen! Warum haben Sie diesen Mann gleich erschießen müssen, eine Warnung hätte doch genügt. Ja, haben Sie keinen Verstand im Kopf?«

Die Beleidigung prallte an Archibald ab.

»Nicht doch! Nicht doch!« Er hob abwehrend die Hände. »Genau das wollen sie doch – dass wir streiten, anstatt uns ihnen mit vereinten Kräften entgegenzustellen.«

Salmon kniff misstrauisch die Augen zusammen, aber John Brander meinte: »Er hat recht.«

Archibald strich sein Hemd glatt, nachdem Salmon ihn losgelassen hatte. »Dieser Tane ... er hat die ganze Zeit einen Aufstand geplant. Anstatt hier herumzustehen, müssen wir zurückschlagen.«

Alex Salmon starrte ihn immer noch misstrauisch an. Schon als Archibald von den Vorkommnissen in Hanga Roa berichtet hatte, hatte er regelrecht hören können, wie es in seinem Kopf arbeitete. Lüge, es ist gewiss eine Lüge, die er mir auftischt ...

Doch er hatte nicht gewagt, ihn dessen offen anzuklagen, und jetzt spielte es im Grunde keine Rolle, ob Archibald die Wahrheit sagte oder nicht: Eine Horde wütender Rapanui hatte sich vor seinem Haus versammelt.

»Er hat recht«, sagte John Brander wieder und blieb erstmals stehen. »Wir schießen sie nieder, dann ist die Sache erledigt. Policarpo Toro muss ja nichts davon erfahren, und falls doch, kann es uns gleich sein. Wo steckt Frank Allen?«

»Vergessen Sie den!«, rief Archibald verächtlich. »Wenn er besoffen ist, kann er nicht zielen, und wenn er nüchtern ist, erst recht nicht. Barnabas Wilkinson soll uns stattdessen beistehen.«

Alex Salmon spähte einmal mehr aus dem Fenster. In der Zwischenzeit hatten die Rapanui einen Halbkreis um das Haus gebildet. Noch wahrte Tane Distanz und fragte nur laut nach Roro.

»Was meint er damit? Warum sucht er seinen toten Bruder?«

»Woher soll ich das wissen?« Archibald lächelte und hob entschuldigend die Schultern. »Ich habe keine Ahnung, wovon er spricht.«

Alex Salmon knurrte Undeutliches, aber John Brander war schon darangegangen, einen Fußbalken zu lösen, unter dem sich eine Kiste mit Gewehren befand. »Wir haben keine Zeit mehr zu verlieren!«

Der Anblick der Waffen erfüllte Archibald mit Triumph. Nicht, dass ihm nicht auch gefiel, ein paar weitere Rapanui totzuschießen, aber noch mehr gefiel ihm die Vorstellung, dass es dieser tumbe Schafhirte auch tun und wie entsetzt Katharina darüber sein würde.

Ein Meisterstück, dachte er wieder, mir ist wirklich ein Meisterstück gelungen.

»Du bleibst im Haus!«, schrie Barnabas so laut, wie Katharina ihn noch nie hatte schreien hören. »Sperr die Tür zu und achte darauf, dass sich die Kinder nicht rühren!«

Tim und Romy machten nicht den Eindruck, als würden sie freiwillig den sicheren Platz unter dem Küchentisch verlassen, unter den sie geflohen waren. Katharina aber dachte gar nicht daran, sich so einfach zu fügen, und stellte sich Barnabas in den Weg.

»Das kannst du nicht tun! Archibald … er ist doch an allem schuld!«

»Die Rapanui proben den Aufstand, du hast es doch eben selbst gehört!«

»Zu dem er sie erst provoziert hat!«

»Das ist egal! Ich lasse nicht zu, dass sie dir und den Kindern ein Haar krümmen!«

»Sind sie denn etwa hier vor unserem Haus? Lass Alex Salmon und John Brander das regeln!«

»Sie brauchen meine Hilfe!«

»Wofür? Damit sie Unschuldige erschießen? Daran darfst du dich nicht beteiligen!«

Längst hatte sie eingesehen, dass Worte allein nicht fruchteten, und darum Barnabas' Arm gepackt, doch der stieß sie unerwartet heftig zurück, sodass sie gegen den Tisch fiel. Tim schrie auf, Romy weitete nur entsetzt die Augen. Barnabas selbst schien auch erschrocken, was nichts daran änderte, dass er sich im Recht fühlte.

Ehe Katharina sich wieder aufrappeln konnte, verließ er die Stube, schlug die Tür zu und drehte den Schlüssel von außen um.

Eingesperrt! Er hatte sie einfach eingesperrt!

Zu Panik und Ohnmacht gesellte sich Wut. Katharina stürzte ihm nach, trommelte gegen das Holz und konnte sich auch laute Flüche nicht verkneifen. Erst als sie gewahr wurde, dass Romy am ganzen Leib zitterte, fand sie ihre Fassung wieder.

»Wird er … wird er sterben?«, stammelte das Mädchen.

»Aber nein«, tröstete Katharina sie, »er kommt doch bald zurück.«

Mit Blut an den Händen …
»Aber die Männer haben doch gesagt …«, setzte Tim an.
Ein Rapanui, der für Salmon arbeitete und ihm treu ergeben war, war vorhin hier gewesen, um Barnabas Bescheid zu geben.
»Es wird alles gut«, flüsterte Katharina, »es wird bestimmt alles gut.«
Flüchtig zog sie Tim an sich und strich über Romys Haare, doch alsbald ging sie unruhig im Haus auf und ab. Auch wenn Barnabas sie eingesperrt hatte – sie könnte immer noch aus dem Fenster klettern. Allerdings wusste sie nicht, was sie danach machen sollte. Sich Barnabas in den Weg stellen, Alex Salmon, Archibald, gar Tane?
Als ob sie gegen diese etwas ausrichten konnte!
Ehe sie eine Entscheidung treffen konnte, hörte sie ein schwaches Pochen an der Tür.
»Mrs. Wilkinson?«
Katharina stürzte zur Tür. »Laurentine! Sie schickt der Himmel! Bitte … bitte sperren Sie auf!«
Laurentine schien etwas zu zögern, ahnte sie doch, dass sie damit gegen Barnabas' Willen handelte, und der war, wenn auch nicht ihrer, so doch ein Mann. Schließlich aber vernahm Katharina ein leises Quietschen, als der Schlüssel umgedreht wurde.
Wenig später blickte sie in Laurentines verängstigtes Gesicht.
»Was … was machen Sie überhaupt hier?«
Laurentine bebte am ganzen Leib. »Ich habe ihn gefunden.«
»Wen?«, fragte Katharina verständnislos.
Laurentine schien von peinigenden Erinnerungen geplagt zu werden.

»Den … den Leichnam«, stammelte sie, »den Leichnam des Rapanui.«

Tanes Blut rauschte.
Er ahnte, was hinter den Fenstern von Alex Salmons Haus vorging: Die Weißen hatten sich dort verschanzt, und falls er und seine Männer noch näher kommen würden, würden sie das Feuer eröffnen.
Er hatte keine Angst davor, er erhoffte es sich sogar.
Nicht, dass er leichtfertig den Tod von seinesgleichen in Kauf nehmen wollte, doch wenn es die einzige Möglichkeit war, sein Volk aus der Lethargie zu reißen, musste dieses Opfer eben bezahlt werden. Auch Roros Tod und das Verschwinden seines Leichnams bekamen auf diese Weise Sinn. Es war der Beginn eines Krieges, an dessen Ende sie die Schaffarmer vertrieben hätten. Dass er selbst diesen Krieg möglicherweise nicht überleben würde, war ihm gleich. Von den Sternen aus werde ich auf ein freies Rapa Nui blicken …
Hinter dem Fenster nahm er eine Bewegung wahr. Schießt nur! Fangt an! Zeigt euer wahres Gesicht! Beweist einmal mehr, dass ihr uns für Tiere haltet, die kaum mehr Verstand als Schafe besitzen!
Wahrscheinlich glaubten sie, dass die Krieger, die sich vor dem Haus versammelt hatten, die Einzigen seien, mit denen sie fertigwerden mussten. Auf die Idee, dass auch ein Rapanui mit ausgefeilter Taktik in den Kampf zog, kamen sie gar nicht, desgleichen nicht, dass diese zu Verrat fähig waren – wobei es in Tanes Augen kein Verrat war.
Nach dem Verschwinden von Roros Leichnam hatte er nicht nur die Männer in Hanga Roa gegen die Schaffarmer aufhetzen können, sondern auch jene Rapanui, die für sie arbeite-

ten und die Alex Salmon und John Brander auf ihrer Seite glaubten. Mit den Weißen hatten sie sich im Haus verschanzt, doch sobald ein Schuss fiel und der erste Rapanui tödlich getroffen zu Boden sackte, würden sie in den Kampf eingreifen und versuchen, die Weißen zu überwältigen. Auch wenn ihnen das nicht gelingen sollte – die Tür öffnen konnten sie in jedem Fall, die Weißen es aber unmöglich schaffen, auf alle Rapanui gleichzeitig zu schießen. Einigen würde es gelingen, zum Haus zu gelangen und ihnen den Garaus zu machen. Und er hoffte von Herzen, dass er so lange lebte, um Archibald Smythe eigenhändig zu töten.

Schießt!, dachte er wieder. So schießt doch!

Doch anstelle eines Schusses ertönten Schritte, gefolgt von einer Stimme – der Stimme einer Frau.

Die *oho tea* …

Tane reagierte nicht, hielt seinen Speer fest umklammert, doch ihm entging nicht, dass seine Männer zusammenzuckten und sich verwirrt ansahen.

»Der Leichnam!«, schrie Katharina. »Ich weiß, wo der Leichnam ist! Ihr … ihr müsst nicht in den Kampf ziehen.«

Wieder war da eine Bewegung hinter dem Fenster, außerdem Ahnung von einem Stimmengemurmel, als würden zwei Männer streiten.

Nun schießt doch schon!

»Hört auf, bitte!«, schrie Katharina. Und in Richtung Haus rief sie: »Tun Sie das nicht, Mr. Salmon. Die Rapanui wollen doch nur den Leichnam, und ich weiß, wo er ist.«

In Tanes Kopf dröhnte es.

Nein, hätte er am liebsten gerufen, nein, ich will nicht nur den Leichnam, ich will Rache für Roros Tod!

Aber er wusste, wenn er das offen bekannte, würden seine

Männer zurückweichen. Schon jetzt tuschelten sie aufgeregt. Er musste ein Zeichen setzen, er musste die *oho tea* loswerden. Ob sie nun sein Leben gerettet hatte oder nicht – es war ihre Schuld, wenn sie sich in den Krieg einmischte, und sein gutes Recht, einen Vorteil aus ihrem unerwarteten Eingreifen zu ziehen.

Er hob den Speer, richtete ihn auf sie. Töten wollte er sie nicht, nur verletzen. Wenn sie erst einmal schrie und blutete, würden die Weißen das Feuer schon eröffnen.

Katharina hatte ihm den Rücken zugewandt, schien aber plötzlich zu merken, was er plante. Sie fuhr blitzschnell herum und duckte sich. Der Speer pfiff haarscharf an ihr vorbei.

»Tane! Bist du verrückt geworden!«

Die Stimme war nah, aber er erkannte sie nicht. Nichts und niemanden sah und hörte er, nur Katharina, die ihn mit weit aufgerissenen Augen anstarrte. Er stürzte auf sie zu, ergriff erneut den Speer, richtete ihn wieder auf sie.

Diesmal würde er sie treffen. Diesmal würden die Weißen schießen.

Doch ehe er die Spitze in ihr Fleisch rammte, ergriffen ihn Arme von hinten. Alle, fast alle hatte er sie im Blick gehabt, aber nicht damit gerechnet, dass sich einer anschleichen, sich auf ihn stürzen, mit ihm ringen würde. Er war stärker als dieser Mann, doch da der Angriff überraschend kam, ging er zu Boden. Die Lanze entglitt ihm, das Gras zerschnitt sein Gesicht.

»Es tut mir leid«, sagte die gleiche Stimme wie vorhin.

Aaron Hayes, natürlich, es war Aaron!

»Lass mich!«

Mit aller Macht kämpfte er gegen den Pastor an, schlug ihm

ins Gesicht, traf sein Auge. Der Hass gab ihm Kraft – aber unverwundbar machte ihn der Hass nicht.
»Es tut mir leid«, sagte Aaron wieder, ehe er sein Knie in die noch nässende Wunde rammte. Da er sie selbst genäht und verbunden hatte, wusste er genau, wo er ihn treffen musste. Tane hatte die Schmerzen bis zu diesem Augenblick ignoriert, doch jetzt war ihm, als würde seine Brust ein zweites Mal zerreißen.
Schießt doch!, dachte er. Aber das Einzige, was er hörte, waren keine Schüsse, sondern sein eigenes Ächzen, bevor er ohnmächtig ins Gras sank.

Tane würde ihn hassen, das spürte Aaron sofort. Aber mit dem Hass konnte er fertigwerden, solange Tane nur lebte. Und deshalb war ihm nichts anderes übrig geblieben, als dafür zu sorgen, dass seine Wunde platzte.
Sich darum kümmern konnte er nicht, denn eben wurde die Tür von Salmons Haus aufgerissen.
»Warum müssen Sie immer stören!«
Nie hatte Aaron Archibald Smythe so unbeherrscht gesehen. Seine Lippen lächelten nicht, sondern waren schmal vor Wut. Abermals richtete er eine Waffe auf Aaron, doch noch mehr Angst als das bereitete es ihm, dass die anderen Rapanui nun ihrerseits die Lanzen hoben.
»Nicht!«, schrie er. »Tut nichts! Lasst euch nicht provozieren!«
»Die Welt wird nicht besser, wenn man die Zeit mit Reden verschwendet!«, geiferte Archibald. Fast hatte er ihn erreicht, doch anstatt weiter die Waffe auf ihn zu richten, bedrohte er nun den ohnmächtigen Tane damit.
Wie aus weiter Ferne hörte Aaron Katharina aufschreien,

doch ehe er sich selbst dazwischenwerfen konnte, war Alex Salmon Archibald nachgeeilt und packte ihn am Arm.
»Unterstehen Sie sich, zu schießen. Wusste ich's doch, dass Sie Ihre dreckigen Hände im Spiel haben! Sagen Sie den Rapanui, wo der Leichnam ist, damit dieser Spuk ein Ende hat.«
»Sie wollten uns alle töten, begreifen Sie das denn nicht?« Speicheltröpfchen spritzten aus Archibalds Mund, so laut, wie er schrie.
»Ja! Weil Sie sie dazu gebracht haben!« Der Humpler, der ansonsten nur mürrisch vor sich hin grummelte, brüllte nicht minder laut wie Archibald. »Ich habe Ihre Lügen satt! Wo ist der Leichnam?«
Unwirsch griff er nach Archibalds Gewehr, um es ihm wegzureißen, doch der war nun vollends in Rage und gab sich nicht so leicht geschlagen. Sogar als der Knauf Alex Salmon schmerzhaft in den Magen traf, fand er die übliche Beherrschung nicht wieder.
»Sie müssen Ihnen zeigen, wer die Herren der Insel sind.«
Alex Salmon krümmte sich, doch wenn er nicht stark genug war, Archibald zu überwältigen – Aaron und John Brander, der nun ebenfalls aus dem Haus kam, waren es. Wenig später hatten sie den sich windenden Mann auf den Boden gedrückt, wo er nicht weit entfernt vom ohnmächtigen Tane lag.
»Sie …«, begann Alex Salmon und drückte seine Fußspitze auf Archibalds Brust. »Sie sind ganz sicher nicht der Herr dieser Insel. Mit dem nächsten Schiff werden Sie verschwinden, ganz gleich, mit welcher Nachricht Policarpo Toro kommt. Und seien Sie froh, wenn Sie damit heil nach Tahiti kommen und ich Sie nicht auf dem Weg dorthin an die Haie

verfüttern lasse. Was Sie dort machen, ist mir übrigens gleich. Für mich arbeiten werden Sie auf jeden Fall nicht mehr, es sei denn, Sie wollen eigenhändig Kokosnüsse pflücken.«
Sprach's, spuckte aus und humpelte zum Haus, ohne sich noch einmal umzudrehen.
In Archibalds Gesicht loderte ähnlicher Hass wie zuvor in dem von Tane, doch er schrie nicht wieder.
»Warum so viel Wirbel um einen Leichnam? Er ist doch ohnehin bald verwest«, flüsterte er heiser. »Und die übrigen Rapanui werden das auch bald sein.«
Aaron war erleichtert, als John Brander ihm das Zeichen gab, Archibald loszulassen, und noch mehr, dass dieser sich schweigend erhob und davonging.
Als er sich jedoch über Tane beugen wollte, schlug der die Augen auf und zischte: »Fass mich nicht an! Fass mich nie wieder an!«
»Deine Wunde ...«
»Lieber verblute ich, als mir von dir helfen zu lassen.«
Ächzend erhob sich Tane, ließ sich zwar von zweien seiner Männer stützen, funkelte Aaron jedoch so hasserfüllt an, dass der ihm fernblieb.
Erst jetzt hatte er Gelegenheit, nach Katharina Ausschau zu halten. Ihre Haare waren zerzaust, doch ansonsten schien sie sich von dem ausgestandenen Schrecken erholt zu haben. Ihre Miene spiegelte seine eigenen Gefühle: Erleichterung, dass sie Archibald Smythe wohl für immer los waren. Aber auch die Sorge, dass damit noch lange kein Friede auf der Insel herrschen würde.

Nachdem Laurentine Alex Salmon verraten hatte, wo Archibald den Leichnam versteckt hatte und der es wiederum den Rapanui sagte, schien sie nicht recht zu wissen, was sie nun machen sollte. Obwohl sie alles aus großer Distanz beobachtet und sich erst näher gewagt hatte, nachdem Archibald verschwunden war, schien sie sich von ihm bedroht zu fühlen – so unruhig, wie sie ständig über ihre Schulter sah. Katharina war froh, einen Grund zu haben, um weder mit Aaron noch mit Barnabas reden zu müssen, nahm sie an der Hand und zog sie mit sich.

»Was Sie gemacht haben, war sehr mutig.«

Laurentines Blick flackerte. »Wie er da auf dem Boden lag … So habe ich ihn noch nie gesehen … Sein Hemd, es hatte Flecken!«

Sie sprach es aus, als wäre es das größte vorstellbare Sakrileg. Katharina musterte sie kopfschüttelnd. »Man könnte meinen, Sie hätten Mitleid mit ihm.«

Laurentine sagte nichts, machte sich nur von ihr los und steuerte auf ihr Haus zu. »Ich muss nach ihm sehen.«

»Wenn er herausfindet, dass Sie zu mir gekommen sind und verraten haben, wo der Leichnam steckt, dann wird er … wird er …«

Laurentine zuckte die Schultern, und in ihren dunklen Augen stand keine Panik mehr, nur Resignation. »Er wird mich schlagen, na und? Das hat er schon oft getan. Bis jetzt hat er sich immer so weit beherrschen können, dass er mich nicht getötet hat. Und selbst wenn …«

Katharina verkniff sich nur mühsam den Protest. Sie wurde aus dieser Frau einfach nicht schlau. Machte sie in einem Augenblick das Richtige und wuchs dabei regelrecht über sich hinaus, hielt sie schon im nächsten an ihrer unabdinglichen Treue zu Archibald fest!

»Laurentine …«, sagte sie nur.

Die blieb doch noch einmal kurz stehen.
»Das Haus …«, murmelte sie, »das Haus, in dem wir hier leben … Sie können es haben.«
Katharina hatte keine Ahnung, was sie meinte.
»Wie es aussieht, werden wir schon bald nach Tahiti aufbrechen. Unser Haus wird dann leer stehen … Es ist etwas größer, komfortabler als Ihres … Die Kinder werden sich gewiss hier wohlfühlen.«
Das war vielleicht tatsächlich der Fall, aber für Katharina selbst war es undenkbar, in den Räumen zu wohnen, wo Archibald sein Unwesen getrieben und seine Frau gequält hatte.
»Falls Chile die Insel annektiert, werden wir sie vielleicht auch bald verlassen«, erwiderte sie. »Es hat keinen Sinn, für ein paar Monate umzuziehen … Und was Sie selbst anbelangt: Sie müssen nicht mit Archibald gehen, wenn Sie nicht wollen! Fürs Erste könnten wir Ihnen helfen und Sie mit dem Nötigsten versorgen. Sie können natürlich bei uns wohnen. Ich spreche gerne auch mit den Greys, und …«
Laurentine sah sie entsetzt an. »Ich kann ihn doch nicht einfach verlassen! Vor allem jetzt nicht, da er … da er so gedemütigt wurde!«
»Um Himmels willen!«, rief Katharina. »Er hat Sie scheußlich behandelt! Nach allem, was passiert ist, schulden Sie ihm keine Treue! Und was ihm eben zugestoßen ist, hat er verdient.«
»Eine Frau bleibt bei ihrem Mann«, erklärte Laurentine stur. »Die Missionare haben uns das immer wieder gesagt.«
»Aaron Hayes ist auch Missionar, er würde Ihnen sicherlich das Gegenteil raten.«
»Trotzdem … Mein Vater war so stolz darauf, dass er am Ende seines Lebens nicht mehr als wilder Heide galt, und

noch mehr, dass seine Tochter einen Mann wie Archibald Smythe geheiratet hat. Auch wenn er lange tot ist – ich werde ihn nicht enttäuschen. Und Archibald ... Archibald ist nicht nur schlecht ... Er ist immer höflich und manchmal sogar freundlich.«

Katharina verzog zweifelnd das Gesicht. »Überlegen Sie es sich noch einmal«, bat sie.

»Es gibt nichts zu überlegen. Ich bin nichts ohne ihn. Und wenn er auf Tahiti überall erzählen würde, dass ich ihm eine schlechte Ehefrau gewesen bin ... Das ... das könnte ich nicht ertragen.«

Sie ließ ihre Schultern immer tiefer hängen, und plötzlich hatte Katharina nicht länger das Bedürfnis, sie zu trösten, sondern sie zu schütteln, bis sie aus ihrem Wahn erwachte, selbst ohne Wert zu sein. Aber sie ahnte, dass es nicht nur Archibald gewesen war, der ihr eingebläut hatte, ein Niemand zu sein, sondern dass sie Gleiches wohl oft genug von ihrer eigenen Familie zu hören bekommen hatte.

Laurentine kämpfte um ein Lächeln.

»Für Sie wird es leichter sein, wenn wir erst einmal die Insel verlassen haben. Und falls Sie bald nachkommen sollten – Tahiti ist viel größer als Rapa Nui. Sie und Ihre Familie werden schon Mittel und Wege finden, uns aus dem Weg zu gehen.«

Sie drückte ein letztes Mal Katharinas Hand und ging davon – mit so tief gekrümmtem Rücken, als wäre sie eine Greisin und keine junge und schöne Frau.

Als Katharina nach Hause kam, hätte sie Barnabas am liebsten sofort zur Rede gestellt, doch er war im Stall beschäftigt. Danach wusch er sich gemächlich die Hände und setzte sich

schließlich an den Tisch, als würde ein ganz normaler Tag hinter ihnen liegen.
Romy schien darüber erleichtert und trug rasch die Bataten auf, die sie gekocht hatte, doch Katharina schlug mit der Faust auf den Tisch.
»Hast du mir nichts zu sagen?«, rief sie. Noch klang ihre Stimme ruhig, aber innerlich zitterte sie.
Romy und Tim bemerkten es, denn sie duckten sich unwillkürlich und beschäftigten sich mit ihrem Essen.
Barnabas dagegen sah sie nur ruhig an: »Du hast das Haus verlassen, dich eingemischt und dich in Gefahr gebracht, obwohl ich es dir verboten habe. Was gibt es darüber zu reden? Es gefällt mir nicht, aber ich hoffe, es passiert nicht wieder.«
Sie funkelte ihn an. »Du wärst bereit gewesen, auf die Rapanui zu schießen!«
Er runzelte verwirrt die Stirn. »Aber ich habe es nicht getan, warum also die Aufregung?«
»Du hast mich eingesperrt!«
»Scheinbar nicht gut genug. Hast du denn gar nicht an die Kinder gedacht? Welche Ängste sie ausgestanden haben, als du sie einfach zurückgelassen hast?«
Selten hatte sich Barnabas so viele Gedanken über Tims und Romys Befindlichkeit gemacht. Ihre Gefühle hingegen schienen ihm gleich zu sein. Er war sogar bereit, ihr zu vergeben, dass sie sich gegen ihn aufgelehnt hatte, wenn sie nur wieder zum gewohnten Schweigen zurückkehrte. Doch das konnte sie nicht.
»Dir ist immer alles egal!«, brach es aus ihr heraus. »Du interessierst dich für gar nichts!«
Als sie aufsprang, zuckten die Kinder zusammen, und auch

Barnabas sah sie erschrocken an. Für ihn kam der Ausbruch wie aus dem Nichts.

»Was hast du denn auf einmal? Es ist doch nichts Schlimmes passiert! Gewiss, du hättest von dem Speer dieses Mannes getroffen werden können, aber sonst …«

Wieder klatschte sie mit der Hand auf den Tisch. »Ein Wunder, dass du das überhaupt bemerkt hast! Du bist doch blind für mich!«

Du siehst ja auch nicht, dass ich Aaron Hayes liebe, dass ich mich nach ihm verzehre, dass ich ihn geküsst habe …

Bis jetzt hatte sie diesen Kuss bereut, da Barnabas es nicht verdiente, hintergangen zu werden. Nun dachte sie trotzig, dass er ihr keine andere Wahl gelassen hatte, als sich in die Arme eines anderen Mannes zu flüchten. Vielleicht wäre es ihm sogar egal, wenn er davon erführe, Hauptsache, sie versorgte die Kinder und die Schafe und führte den Haushalt.

Barnabas kniff die Augen zusammen, als hätte er Kopfschmerzen. »Was ist denn nur in dich gefahren?«, fragte er ratlos.

»Du hättest sie getötet! Du hättest sie kaltherzig getötet!«

»Alex Salmon hat mir befohlen …«

»Ja, ja, Hauptsache, du erfüllst deine verdammte Pflicht! Hauptsache, du machst es deinen Herren recht! Hast du dich je auch nur ein wenig darum bemüht, es mir recht zu machen? Du hast mich vorhin behandelt, als wäre ich ein Schaf, das dir im Weg steht. Das lasse ich mit mir nicht machen! Ich habe Gefühle, ich habe ein Herz, ich will nicht einfach nur überleben, ich will …«

Ich will glücklich werden. Ich will lieben.

Doch Barnabas konnte sie nicht lieben, auch wenn sie sich alle Mühe gab. Und daran war nicht einmal er allein schuld.

Tränen schossen ihr in die Augen, und dass die Kinder sie ängstlich ansahen, machte es ihr nicht leichter, sie zu schlucken. Ihre Blicke taten ihr unendlich weh, gemahnten sie daran, dass sie sich wieder setzen sollte, sich beruhigen, ihnen sagen, dass alles nicht so schlimm und der Familienfrieden nicht gestört war.

Aber sie konnte es nicht. Wenn sie nur einen Augenblick länger hierbleiben und zusehen würde, wie Barnabas nach Worten rang, etwas hilflos, etwas kleinlaut, vor allem aber so vollkommen verständnislos, würde sie ersticken.

Sie wandte sich ab und lief hinaus.

14. Kapitel

Katharina floh zu den Greys.

Man musste ihr wohl deutlich ansehen, wie durcheinander sie war, denn als sie darum bat, heute Nacht dableiben zu dürfen, nickte Myra nur schweigend und zog sie ins Haus. Sogar die Töchter, die sonst ständig tuschelten, verstummten, als sie sie sahen.

Katharinas Erregung wich Erschöpfung.

»Wann hast du das letzte Mal etwas gegessen?«, fragte Myra.

Katharina zuckte die Schultern. Sie konnte sich nicht daran erinnern und war eigentlich überzeugt, nie wieder etwas herunterzubringen, doch als Myra wenig später eine Schüssel mit dampfendem Eintopf vor sie stellte, machte sie sich hungrig darüber her. Die Mädchen starrten sie neugierig an, wagten es aber weiterhin nicht, Fragen zu stellen. Lucius Grey wiederum, der an seinem Schreibtisch saß und über den geheimnisvollen Schriftzeichen der Rapanui brütete, schien gar nicht bemerkt zu haben, dass sie überhaupt da war, und von Rufus war nichts zu sehen. Vielleicht kümmerte er sich einmal mehr um Hina.

»Habt ihr nichts zu tun?«, fuhr Myra ihre Töchter an.

»Es ist bald Nacht, Mum, was sollen wir da noch arbeiten?«

»Noch ist die Sonne nicht untergegangen. Das letzte Licht des Tages kann man nutzen.«

Die Mädchen murrten, verließen jedoch das Haus, wahrscheinlich nicht, weil sie so tüchtig waren, sondern die Mög-

lichkeit witterten, sich fortzustehlen und auf die faule Haut zu legen.
Myra setzte sich zu Katharina an den Tisch. »Was ist denn passiert? Ist es wegen Archibald und den Rapanui?«
Katharina schwieg beharrlich. Unmöglich konnte sie in Worte fassen, was ihr auf dem Herzen lastete.
»Ich habe gehört, dass es beinahe zum Schusswechsel gekommen ist«, sagte Myra. »Aber wie es aussieht, hat der Spuk bald ein Ende und dieser grässliche Smythe verlässt die Insel.«
Katharina zuckte nur die Schultern.
»Nun mach endlich deinen Mund auf! Was bereitet dir diesen Kummer? Dass ihr womöglich auf dem gleichen Schiff wie er nach Tahiti fahren werdet?«
Erstmals löste Katharina sich aus der Starre und schüttelte den Kopf. »Ich weiß nicht, was die Zukunft bringen wird, falls wir die Insel wirklich verlassen sollten … Ach, es würde ja doch keinen Unterschied machen. Ich … ich liebe Barnabas einfach nicht.«
Als die Worte endlich gesagt waren, hatte sie das Gefühl, einen großen Brocken ausgespuckt zu haben und gleich freier atmen zu können.
Auf Myra machten die Worte jedoch keinen sonderlich großen Eindruck. »Na und?«, fragte sie. »Als ich Lucius kennenlernte, war ich sofort in ihn verliebt. Glaubst du etwa, das macht jetzt, nach all den Jahren, noch einen großen Unterschied?«
Katharina war verwirrt, dass Myra so freimütig über ihren Mann sprach, obwohl der sich doch im selben Raum aufhielt, doch Lucius bemerkte weiterhin nicht, was sich hinter seinem Rücken zutrug. Offenbar war er so sehr daran ge-

wohnt, über das Plappern seiner Töchter hinwegzuhören, dass ihm nicht einmal auffiel, dass sein Name gefallen war.
»Er war anders als die anderen Männer«, fuhr Myra fort, »und das hat mich fasziniert. In meiner Jugend war ich ein ziemlich hübsches Ding, musst du wissen. Jetzt sieht man mir das natürlich nicht mehr an, aber damals hätte ich jeden haben können – zumindest fast jeden. Lucius war ein zäher Brocken, er hat mich gar nicht richtig wahrgenommen. Doch ich war so ein Dummkopf, dass ihn gerade das noch begehrenswerter gemacht hat. Ich dachte, wer, wenn nicht ich, kann sein Herz erobern? Als ich bemerkte, dass sein Herz längst der Wissenschaft gehört und ich es nicht kriegen kann, war es zu spät. Er hat eine Frau gebraucht, die ihn versorgt und von den Alltagslasten befreit – keine, die ihn liebt. Nur deswegen hat er mich geheiratet.«
Katharina hatte mit gesenktem Kopf zugehört. »Ich weiß gar nicht, wem Barnabas' Herz gehört. Ob den Schafen, ob den Kindern, ob seiner toten Frau. Vielleicht hat er gar keins …«
Myra stieß einen schrillen Pfiff aus. »Was quälst du dich mit solch einer Frage? Er sorgt doch für dich! Er schlägt dich nicht! Er ist kein Trunkenbold!«
»Und damit soll ich mich begnügen?«
»Das ist weit mehr, als andere haben. Schau dir Laurentine Smythe an!«
»Nur weil mein Mann mich nicht quält, macht er mich noch lange nicht glücklich!«
»Ach was!« Myra seufzte. »Glück ist ein wankelmütiges Vögelchen, das es nie lange an einem Ort aushält – schon gar nicht auf einer Insel wie dieser, wo der Wind so scharf weht. Was nützt hier ein Vögelchen? Viel wichtiger ist es, jeman-

den zu haben, der die Ritzen in der Wand mit Balken zunagelt. Ich habe so jemanden nicht.« Sie verdrehte die Augen.
»Warum bist du dann trotzdem bei ihm geblieben?«, fragte Katharina leise. »Wegen der Kinder?«
»Auch«, sagte Myra knapp, um schließlich zögernd einzugestehen: »Aber nicht nur.« Als sie fortfuhr, senkte sie ihre Stimme nun doch etwas. »Ich habe in vielen Ländern gelebt. In heißen und in kalten, in dicht besiedelten und einsamen. Und ich habe herausgefunden, dass man sich an alles gewöhnen kann. Das gilt auch für die Menschen, mit denen man lebt. Wenn du schwitzt, musst du versuchen, ein Kleidungsstück loszuwerden. Wenn du frierst, eins anzuziehen. Und so hält man es am besten auch mit seinem Mann. Wenn er dich kränkt, musst du es schaffen, dich davon nicht verletzen zu lassen, wenn er dich ärgert, irgendeinen Weg finden, dein Mütchen zu kühlen, und wenn er dich enttäuscht, musst du aufhören, irgendetwas von ihm zu erwarten. Dann lebt es sich recht ordentlich.«
Es klang so einfach. Und es klang so … trostlos.
»Schlaf eine Nacht drüber«, sagte Myra, als Katharina schwieg. »Morgen sieht vielleicht alles anders aus.«
Sie erhob sich, um die Töchter ins Haus zu rufen, während Lucius immer noch in seine Schriften vertieft war.
Katharina blickte sich um und betrachtete die saubere, nahezu gemütliche Stube. Das Leben hier war nicht einfach, aber es lag auch kein Streit in der Luft. So etwas konnte sie ebenfalls haben. Und vielleicht hätte sie sich damit auch begnügen können, wenn sie Aaron nicht begegnet wäre.
Das Problem ist nicht, dass ich Barnabas nicht liebe, dachte sie, das Problem ist, dass ich weiß, wie sich Liebe anfühlt.
Doch das konnte sie Myra nicht sagen. Sie hätte es nicht er-

tragen, wenn diese für das, was so laut und heftig in ihr pochte, nur ein paar abfällige Worte übrig gehabt hätte.

Katharina stand eine unruhige Nacht bevor, was nicht nur daran lag, dass sie mit Lydia ein Bett teilte, diese sich ständig hin und her wälzte und sie immer wieder ihren Ellbogen abbekam, sondern weil sich ihre Gedanken im Kreis drehten und einfach nicht zur Ruhe kamen. Sie wusste nicht, was sie tun sollte. Unmöglich konnte sie zu Barnabas und zur Tagesordnung zurückkehren, unmöglich allerdings auch die Kinder vergeblich auf sich warten lassen. Was wiederum Aaron anbelangte ... gewiss war er zu ehrenwert, um eine verheiratete Frau zu lieben. Wobei ihn ihre Ehe nicht davon abgehalten hatte, ihren Kuss zu erwidern ... Und ganz gleich, was zwischen ihnen stand – sie musste ihn wiedersehen!

Als die anderen noch schliefen – nur Lucius saß schon frühmorgens bei seinen Schriften –, verließ sie das Haus. Farblos war der Himmel, fast schwarz die See und glanzlos das hohe Gras, durch das sie schritt, doch die salzige Meeresluft belebte sie, und das schnelle Gehen vertrieb das Frösteln.

Sie war sich nicht sicher, wie und mit welchen Worten sie Aaron gegenübertreten sollte, doch die Entscheidung wurde ihr abgenommen, denn er hatte sie offenbar schon von Weitem gesehen, kam ihr entgegengelaufen und rief: »Katharina! Hast du vielleicht Tane irgendwo gesehen?«

Sie schüttelte den Kopf. »Ist er nach den Vorfällen bei Salmon und Brander denn nicht nach Hanga Roa zurückgekehrt?«

»Bei Roros Bestattung war er noch dabei, aber seitdem scheint er spurlos verschwunden. Er hat sich geweigert, mir noch einmal seine Wunde zu zeigen, und jetzt habe ich Angst, dass sie sich entzünden könnte.«

»Wohin könnte er sich zurückgezogen haben?«

»Er verschwand auch schon früher tagelang an die Nordküste. Aber da war er nicht so schwer verletzt …«

Er wirkte nicht nur besorgt, sondern unendlich erschöpft – ein Anblick, bei dem ihr selbst noch einmal deutlich wurde, wie wenig sie geschlafen hatte. Doch neben Mitleid erwachte darob auch Trotz in ihr.

Das Leben, dachte sie, darf doch kein einziger Kampf sein! Wir dürfen uns nicht ständig davon zermürben lassen. Es muss doch auch schöne Momente geben, glückliche, befreite …

»Tane ist zäh«, murmelte sie, »wenn er wirklich deine Hilfe braucht, wird er seinen Stolz überwinden.«

»Da bin ich mir nicht so sicher.« Aaron zuckte die Schultern. »Und dann ist da ja auch noch Nani. Seit der Trauerfeier hat sie kein einziges Wort gesprochen.«

Katharina musste an ihren ebenso schönen wie traurigen Gesang denken – die letzten Laute, die aus ihrer Kehle gekommen waren – und an Hinas Sorgen um die kleine Schwester.

»Vielleicht braucht sie einfach nur Zeit«, versuchte sie, Aaron zu trösten.

»Ja, aber sie wirkt so verloren. Ihre Großmutter ist völlig zerstört, und die anderen … Du weißt ja …«

Die anderen waren lethargisch, abgestumpft, hoffnungslos. Oder wie Tane voller Hass.

»Sie hat immerhin Hina.«

»Um die mache ich mir auch Sorgen. Sie ist so verzweifelt … Gestern Abend ist sie mit Nani hier gewesen, ich habe sie trösten wollen, Rufus Grey übrigens auch, aber am Ende musste ich sie wieder nach Hanga Roa schicken. Ich kann nicht zu viel Zeit mit ihnen verbringen, sie schon gar nicht bei mir aufnehmen. Das … das würde ein schlechtes Bild auf mich werfen und darum auch auf sie. Aber sie brauchen jetzt Menschen, die sich um sie kümmern.«

Katharina blickte ihn zweifelnd an. Erwartete er etwa, dass sie die beiden aufnahm? Aber wie sollte sie einem verstörten Kind und einer trauernden jungen Frau Geborgenheit und Zuversicht schenken, wenn sie nicht einmal der Verantwortung für Tim und Romy gerecht wurde? Ganz zu schweigen davon, was Barnabas von solchen Plänen halten würde …

Doch Aaron hatte etwas anderes im Sinn. »Ich habe mir überlegt, ob wir uns vielleicht an die Greys wenden können. Vielleicht kannst du mit Myra reden. Sie ist eine schroffe Frau, die sich hart gibt, aber ich glaube nicht, dass sie herzlos ist – im Gegenteil. Es geht nur darum, dass die beiden dann und wann Zeit außerhalb von Hanga Roa verbringen.«

Katharina nickte. »Das ist gar keine schlechte Idee. Und Rufus wird mir nur allzu gerne helfen, seine Mutter zu überzeugen.«

»Dann machen wir uns doch am besten gleich auf, um mit ihr zu reden und dann …«

Er zögerte, und plötzlich lag trotz allem so viel Verheißung in der Luft.

Und dann reden wir über uns. Dann küssen wir uns vielleicht wieder. Dann finden wir vielleicht eine Möglichkeit, dass doch noch alles gut wird.

Schweigen senkte sich über sie, nachdem sie das Haus der Greys wieder verließen. Aaron sah Katharina vorsichtig von

der Seite an, fand er doch jetzt erst die Gelegenheit, sie zu mustern und sich zu fragen, wie sie die letzten Tage wohl überstanden hatte. Sie wirkte verwundet und stark zugleich, müde und hellwach, angespannt und resigniert.
Sein prüfender Blick schien ihr nicht zu entgehen. Unvermittelt hob sie den Kopf. »Auf Myra kann man sich verlassen. Sie ist zwar kein Ausbund an Herzlichkeit, aber Hina und Nani sind ihr immer willkommen.«
Aaron nickte. Er war zutiefst erleichtert, dass sie Myra nicht lange hatten überreden müssen, ein Auge auf die Mädchen zu haben, sie dann und wann auch bei sich übernachten zu lassen. Aber er verstand nicht, warum Katharinas Stimme so traurig klang, ganz so, als suchte auch sie eine Zuflucht, doch bliebe diese ihr versagt.
»Geht es … geht es dir gut?«, entfuhr es ihm.
Kurz fürchtete er, dass das die falsche Frage war und dass sie nur neue Vorwürfe provozieren würde: warum er sie im Stich gelassen hatte, warum er ihren Kuss nicht mehr erwähnte, warum er sie nicht in Frieden ließ, doch stattdessen flüsterte sie nur mit erstickter Stimme: »Kannst du mich … fortbringen?«
»Wie … *fort?*«
»Ich weiß es nicht. Aber ich will nicht nach Hause, ich … ich kann einfach nicht. Nicht nach allem, was geschehen ist. Und da dachte ich … Ach, du kennst die Insel doch bestimmt besser als ich. Ich war bislang nur an Orten, die irgendetwas mit den Schafen zu tun haben, aber heute möchte ich keine Schafe sehen und erst recht keine Menschen.«
Er lächelte sanft. »Ich fürchte, den Schafen kann man hier nirgendwo entgehen.«

Sie erwiderte sein Lächeln. »Meinetwegen. Es soll nur einsam sein.«
Wenn es auf dem entferntesten Eiland der Welt etwas ganz leicht zu finden gab, dann war es Einsamkeit.
Aaron nickte, und wenig später half er ihr auf den Wagen, den er mit Vincents Hilfe erst kürzlich gebaut hatte. Er quietschte bei jeder Radumdrehung, und der Gaul, den er davorgespannt hatte, hatte seine besten Tage schon lange hinter sich, doch sie kamen erstaunlich schnell voran.
Wieder senkte sich Schweigen über sie, aber es war wohltuend, nicht peinvoll, umso mehr, als bald keine Häuser mehr zu sehen waren, nur die Statuen, die in einer längst vergangenen Zeit gebaut worden waren, die nichts mit ihrem Leben und den Prüfungen, die es mit sich brachte, zu tun hatte und es ihnen leicht machte, Letztere für kurze Zeit zu vergessen. Sie fuhren einmal quer über die Insel, und vom Meer war bald nur noch ein schmaler Streifen zu sehen. Aaron hatte einmal mehr den Eindruck, dass das Land vernarbt sei, so häufig, wie inmitten der Wiese nackte Erde klaffte oder Geröll herumlag. Doch war ihm das oft als ein Zeichen erschienen, wie verwundet diese Insel war und wie gepeinigt ihre Bewohner, stand es heute plötzlich für eine andere Botschaft: Das Schilfgras, die Steine, die trockenen Büsche – all das war nicht eigentlich schön zu nennen, aber von eigentümlicher Erhabenheit. Etwas an dieser Insel war unverwüstlich, etwas trotzte nun schon seit Tausenden Jahren dem Meer und dem Wind, etwas an diesem kargen, hügeligen Land wirkte ungemein tröstlich … für ihn, aber auch für Katharina, denn er konnte regelrecht fühlen, wie sie sich langsam entspannte.
»Wohin fahren wir?«, fragte sie.

»Lass dich überraschen.«
Er selbst war zunächst nicht sicher gewesen, wohin ihr Ausflug führen sollte, aber als vor ihnen wieder das Meer aufblitzte, lenkte er das Gefährt in dessen Richtung. Längst hatten sie alle Wege und Straßen hinter sich gelassen, fuhren über rote Erde, rumpelten über einzelne Felsen und versanken mehrmals in Furchen, die der Regen hinterlassen hatte. Das Gras wuchs immer gelblicher und dünner, und schließlich war da nur noch Erde, Sand und Geröll. Mit jeder Umdrehung wurden sie schmerzhaft durchgerüttelt, aber Katharina lachte nur.
»Vielleicht gehen wir besser zu Fuß weiter?«, schlug sie vor. »Dein armer Gaul!«
Aaron hielt das Pferd an, streckte ihr die Hand entgegen und half ihr aus dem Wagen. Auch als sie längst sicher auf dem Boden stand, ließ sie ihn nicht los, und auch er machte keine Anstalten, sich von ihr zu lösen.
»Jetzt sind doch tatsächlich nirgendwo Schafe zu sehen«, sagte sie, »nicht einmal Statuen. Wir sind ganz allein.« Sie zögerte. »Ein Pastor wie du wird wohl jetzt gleich darauf verweisen, dass Gott überall ist.«
»Die Rapanui würden Ähnliches sagen. Bevor sie sich taufen ließen, glaubten sie an *makemake*. Den Schöpfer der Erde, der Sonne, des Mondes, der Menschen, der das Gute belohnt und die Bösen straft …«
Ein Seufzer entfuhr Katharina.
»Du fragst dich, warum die Bösen dennoch durchkommen«, sagte er, »aber vielleicht wird jetzt alles besser, wenn Archibald erst einmal …«
Sie schüttelte den Kopf, ein Zeichen, dass sie weder über die Vergangenheit noch die Zukunft sprechen wollte. Während

sie ein paar Schritte gingen, überlegte er, was er sagen könnte, ohne an Schmerz und Sorge zu rühren.

»Hier hat einst in völliger Einsamkeit der Vogelmann unmittelbar nach seiner Wahl gelebt«, begann er schließlich. »Wobei – noch wahrscheinlicher ist, dass er diese Zeit in den unterirdischen Höhlen verbrachte, so genau weiß man das nicht.«

»Der Vogelmann?«, fragte sie.

»Ja, so nannte man ihn. Vielleicht sind dir im Westen die kleinen schroffen Inseln aufgefallen, die vor dem Rano Kau aus dem Meer ragen. Die größte heißt Motu Nui, und dort nisten die *manutara*, die Küstenseeschwalben. Früher haben die Stämme regelmäßig einen Wettkampf veranstaltet. Die jungen Männer mussten dorthin schwimmen und ein Ei ergattern. Sie legten es in ein Schilfkörbchen, das sie um den Hals gebunden hatten, schwammen zurück, und wer als Erster dem Häuptling ein unbeschädigtes Ei übergab, wurde der neue Vogelmann, der *tangata manu*. Der galt quasi als ein Mittler zwischen *makemake* und den Menschen.«

»Aber jetzt gibt es keinen Vogelmann mehr«, stellte sie fest.

»Nein, es ist viele Jahre her, dass die Zeremonie das letzte Mal abgehalten wurde. Die jungen Männer nahmen übrigens viele Gefahren in Kauf. Im Meer wimmelt es von Haien, und jedes Jahr wurden etliche Menschen getötet, als sie zur Insel schwammen.«

»Und warum, sagtest du, lebte der Vogelmann in Einsamkeit?«

»Das galt nur für die ersten fünf Monate nach dem Wettkampf. Offenbar sollte er in dieser Zeit *makemake* ganz nahe kommen und durfte deswegen mit keinem Menschen zusammentreffen. Er wusch sich nicht und ließ seine Haare wachsen.«

Sie gingen zu mehreren Steinen, allesamt so rund und glatt, als hätte jemand Stühle vorbereitet, auf denen sie bequem sitzen konnten. Auch auf dem Hügel, der sich vor ihnen erhob und den Blick aufs Meer beschnitt, klaffte rote Erde – die stärkste Farbe inmitten des matten Brauns, dunklen Grüns und schmutzigen Gelbs. Der Wind ließ etwas nach.

»Früher hätte mir die Vorstellung, hier ganz allein zu sein, Angst gemacht«, sagte sie unwillkürlich. »Aber jetzt … Was gäbe ich darum, wenn ich Archibald nicht wiedersehen müsste … Alexander Salmon … John Brander … Sie können mir alle gestohlen bleiben.«

»Bald werden sie ohnehin die Insel verlassen.«

»Aber Barnabas – ihm entkomme ich nicht so leicht.«

Aaron beugte sich besorgt vor. »Behandelt er dich schlecht? Hat er dir ein Leid zugefügt? Ist er …«

Sie schüttelte den Kopf. »Nein, er ist nicht gewalttätig oder grausam, wenn du das meinst. Im Grunde seines Herzens ist er ein guter Mann.«

So, wie sie es sprach, klang es wie ein Todesurteil.

Sie atmete tief durch. »Wie auch immer …«, sagte sie hastig. »Vielleicht ist die Einsamkeit doch nicht so erstrebenswert. Denn dann wärst du nicht an meiner Seite und …«

»Katharina«, unterbrach er sie mit rauer, gepresster Stimme.

»Nein!«, fuhr sie ihn plötzlich an. »Sag nichts! Sag nicht, dass wir es nicht dürfen, nicht sollen, nicht können. Uns lieben, nämlich. Das tun wir doch, und wir wissen es beide. Wir hätten uns nicht geküsst, wenn es nicht so wäre, wir wären nicht voller Sehnsucht nach einander vergangen und wären heute nicht hierhergekommen. Es war unvernünftig, weil wir ganz genau wissen, was nun passieren wird, aber wir wollten unvernünftig sein, alle beide.«

»Was wird denn nun passieren?«, fragte er heiser.
Sie starrten sich an. In der absoluten Stille glaubte er zu hören, wie ihr Herz schlug, immer schneller und holpriger. Die Welt hingegen schien stehen zu bleiben, als sie sich zu ihm beugte und er sich zu ihr und sie sich leidenschaftlich küssten. Es war genauso verboten wie bei den ersten beiden Malen, aber es fühlte sich nicht so an, war vielmehr ganz selbstverständlich und vertraut. Mühelos fanden ihre Lippen einen gemeinsamen Rhythmus. Irgendwo, unendlich weit entfernt, drehte sich die Welt weiter, aber nicht hier. Hier schien alles erstarrt, nur sie beide nicht. Katharina nestelte an seinem Hemd, er an ihrem Kleid – etwas unbeholfener zwar, aber nicht zögerlich. Der Wind traf ihre nackte Haut, doch sie fröstelten beide nicht, ging von der Mitte ihrer Leiber doch eine Hitze aus, die alle Glieder erfasste. Sie zog ihn vom Stein hoch zur roten Erde. Sie war weich und warm von der Sonne, und als sie sich darauf niederließen, vermeinte er wieder, einen Pulsschlag zu spüren, nicht den ihren, sondern den der Insel, so kräftig, so beruhigend.
Kurz sahen sie sich nur an, dann küssten sie sich erneut. Sie öffnete sich ihm, und als er in sie eindrang, glaubte er, dass er nicht nur von ihr willkommen geheißen wurde, sondern von einer unsichtbaren Gestalt, die sie beide in den Armen wiegte – kein Schöpfergott, sondern die Mutter Erde, die keine Sünden kannte, nur die Gesetze des Lebens, und nach diesen Gesetzen waren Liebe und Lust und Verlangen niemals ein Fehler, sondern richtig und gut.
In der Stille war nur ihr Keuchen zu vernehmen, sonst nichts. Es wurde immer lauter, immer schneller, dann verstummten sie beide, und wieder war da nur Stille, wohlige, herrliche, gnädige, satte Stille.

Ewigkeiten lagen sie hier oder vielleicht auch nur Minuten. Hinterher konnte Katharina das unmöglich sagen. Als sie sich voneinander lösten und aufstanden, fühlte sie sich ermattet und belebt zugleich. Was sie eben erfahren hatte, hatte nichts mit dem schnellen, verschämten, etwas unangenehmen Akt gemein, den sie von den Nächten mit Barnabas kannte.

So also fühlte es sich an, wenn zwei Leiber verschmolzen und zu einem wurden, gemeinsam immer heißer wurden, leichter, zu schweben begannen – weit über der Welt, den Nöten des Alltags, den Ängsten vor der Zukunft.

Jetzt schwebten sie nicht mehr, sondern kleideten sich an, und wenn auch die Lust noch in ihrem Körper pochte, kam etwas anderes dazu – vage Furcht.

Sie suchte Aarons Blick, sah sein Begehren, seine Liebe, sah aber noch etwas anderes – Zweifel. Eben noch hatte ihr ganzer Körper geglüht, nun hatte sie das Gefühl, dass kaltes Wasser über ihren Kopf geschüttet wurde, so wie an jenem Tag, als Tim ihr den Streich gespielt hatte.

»Sag, dass das nicht wahr ist!«, brach es aus ihr hervor.

»Was?«

»Dass du es schon jetzt bereust! Dass du es für einen Fehler hältst!«

Er seufzte, und es klang unendlich traurig. Zugleich beugte er sich jedoch vor und küsste sie auf die nackte Schulter.

Was diese Berührung ihr an Hoffnung zurückgab, zerstörten schon seine nächsten Worte. »Ich habe mich oft gefragt, ob mein Vater je ein schlechtes Gewissen gegenüber uns Kindern hatte. Ob ihm je durch den Kopf gegangen ist, dass er sich uns gegenüber selbstsüchtig verhalten hat, weil er seine hehren Ziele über unsere profanen Wünsche stellte …«

Katharina konnte kaum glauben, was sie da hörte. Sie riss sich los und lief fort. Jetzt wurde ihr doch wieder warm – diesmal vor Wut. Sie schlüpfte so hastig in ihr Kleid, dass es beinahe zerriss. Zu spät stellte sie fest, dass sie es verkehrt herum angezogen hatte, aber sie konnte sich ihm unmöglich wieder nackt zeigen. Wieso hatte sie das überhaupt getan, warum zugelassen, dass er sie verletzte, sich seiner Moral so viel mehr verpflichtet fühlte als ihren Gefühlen?
»Also doch! Du fühlst dich schuldig! Du wirfst mir vor, selbstsüchtig gewesen zu sein! Nicht einmal ein paar Atemzüge lang gestehst du uns zu, glücklich zu sein. Prompt musst du deinem Gott oder deinem Vater oder wem auch immer beweisen, dass du …«
Verzweifelt schüttelte er den Kopf. »Nein, nein!«, unterbrach er sie entsetzt. »So ist es nicht! Bitte, Katharina, du musst mir glauben! Ich will dir doch keine Vorwürfe machen! Was wir eben erlebt haben … Es war so schön … so erfüllend, aber …«
»Was aber?«, zischte sie.
»Mein Vater hatte vielleicht kein schlechtes Gewissen, und ich, ich habe auch keines, aber … aber vielleicht du! Nicht nur gegenüber Barnabas, sondern gegenüber Tim und Romy. Du … du liebst sie doch.«
Katharina sah ihn fassungslos an. Verspätet ging ihr auf, was diese Ohnmacht und diese Wut in ihr zeugte – nicht *seine* Reue nämlich … sondern *ihre.* Ja, sie konnte sie nicht leugnen. Wenn sie an Tim und Romy dachte und dass sie zu Hause vergebens auf sie warteten, versetzte es ihr einen schmerzhaften Stich in der Brust.
Langsam, ganz langsam zog sie doch noch das Kleid aus und wieder richtig an. Es war gut, ein wenig Zeit zu haben, um

zu überlegen, was sie sagen würde. Die ersten Worte, die ihr in den Sinn kamen, waren: Aber dich liebe ich noch viel mehr als die Kinder! Doch das stimmte nicht ganz. Aaron war ein erwachsener Mann … kein verletzliches, unschuldiges Kind. Die Liebe zu Tim und Romy war ganz anderer Natur, aber darum nicht weniger wert.

»Du denkst also nicht, dass du einen Fehler gemacht hast, sondern ich«, sagte sie schließlich.

»Es war kein Fehler«, bestand er. Er trat auf sie zu, machte jedoch keine Anstalten, sie noch einmal zu küssen. »Wir haben uns von unseren Gefühlen hinreißen lassen, keinen schlechten Gefühlen, keinen bösen, sondern ungemein starken. Aber das bedeutet nicht, dass wir auf ewig den Verstand ausschalten können. Katharina, ich liebe dich. Ich wünschte, ich hätte dich damals nicht zurückgestoßen und zugelassen, dass du Barnabas heiratest. Mein Schwur, unverheiratet zu bleiben … Oh, ich hätte mich nie daran halten dürfen. Nach Maggies Tod habe ich mich dazu hinreißen lassen, aber sie wäre die Erste gewesen, die dieses Versprechen als lächerlich bezeichnet und mich gezwungen hätte, es wieder zurückzunehmen. Sie würde mir von Herzen wünschen, dass ich mit der Frau, die ich liebe, glücklich werde!« Er schluckte schwer. »Doch was mir heute als so unsinnig erscheint, war mir damals in der Trauer der einzige Weg. Ich habe ihn längst verlassen … leider nicht früh genug. Und *das* war ein Fehler – ein Fehler, mit dem ich den Rest meines Lebens werde leben müssen.«

»Damit muss vor allem auch ich leben!«, erklärte sie hart.

»Gewiss … aber … aber …« Er atmete tief durch. »Wenn du mit mir leben willst, dann will ich das auch. Aber ich will nicht, dass du eine Entscheidung überstürzt. Du musst dir über die Konsequenzen klar sein, die Opfer, die du zu bringen hast …«

Alles, was er sagte, war richtig, dennoch wollte sie es nicht hören.

Warum muss er so schrecklich nüchtern sein, warum gönnt er uns nicht ein paar Augenblicke, wo wir unsere Liebe einfach genießen …

Nun, genau genommen waren ihnen diese Augenblicke gewährt worden, und sie hatten sie voll und ganz ausgekostet – aber das änderte nichts daran, dass es plötzlich schal in ihrem Mund schmeckte.

Sie wandte sich ab.

»Katharina …«

Er lief ihr nach, als sie floh, doch sie hob abwehrend ihre Hand.

»Lass mich!«, rief sie. »Du hast schon recht. Den Gefühlen allein darf man nicht trauen. Wir müssen überlegen, was wir nun tun. Aber ein jeder für sich.«

Kurz stand er mit erhobener Hand so erstarrt vor ihr, als wäre er eine der Steinstatuen. Nur sein Gesichtsausdruck war nicht gleichmütig wie der von diesen, sondern unglücklich. Schließlich löste er sich aus der Starre, senkte seine Hand – und trat zurück.

»Natürlich!«

Erst als sie den Wagen bestiegen hatten und die Räder wieder quietschten, schossen ihr Tränen in die Augen.

Ihre Tränen waren wieder versiegt, als sie das Haus der Wilkinsons erreichte. Katharina fürchtete zwar, dass ihre Augen noch rot waren, und überlegte kurz, sich das Gesicht kalt zu waschen, hatte dann jedoch zu große Angst, es damit noch schlimmer zu machen. So blickte sie nur prüfend auf ihr Kleid, strich den Staub weg und trat ein. Mit erhobenem Schwanz kam Toni auf sie zugelaufen und umschmiegte ihre Beine, doch sie war nicht die Einzige, die sie sehnsüchtig erwartet hatte.

Nicht nur die Kinder waren da, sondern auch Barnabas, obwohl er sich um diese Zeit gewöhnlich um die Schafe kümmerte, und als sie ihn musterte, erkannte sie, dass sie sich keine Sorgen um ihren Anblick hätte machen müssen. Barnabas' Augen waren nicht minder verquollen wie ihre, und auch wenn Katharina es sich nur schwer vorstellen konnte, dass ein Mann wie er weinte, war der Ausdruck von Verzweiflung und Angst, der in seinem Gesicht stand, doch echt. Er sprang auf.

»Katharina!«

Was für ein Fehler, zu glauben, er hätte keine Gefühle! So viele drängten nun an die Oberfläche, die er bis jetzt immer unterdrückt hatte!

»Katharina!«, wiederholte er heiser. »Du bist zurück! Ich ... ich dachte schon ...«

Ehe er weiterreden konnte, kamen Tim und Romy auf sie zugestürzt. Tim umarmte sie nur flüchtig, lächelte jedoch froh, und Romy umschlang ihre Beine, als wollte sie sie nie wieder loslassen. Katharina wusste nicht, ob auch Romy geweint hatte – in jedem Fall durchlief jetzt ein Zittern den schmächtigen Körper.

»Du bist wieder da, Mummy. Du bist endlich wieder da.«

Katharina starrte hilflos von einem zum anderen. Aaron hatte recht gehabt ... so recht ...

»Ja, ich bin wieder da«, murmelte sie.

»Und ... und du gehst auch nicht wieder fort?«

In Romys Blick stand unendlich große Angst. Sie hatte kaum je ihre Mutter erwähnt, doch plötzlich fühlte Katharina, dass deren Tod nicht einfach nur ein Schicksalsschlag gewesen war: Ihre ganze Welt war zerbrochen, hatten ihr danach doch weder der steife Barnabas noch der gleichfalls trauernde Bruder Wärme und Geborgenheit schenken können. Aus einem fröhlichen Mädchen war dieses schweigsame, schüchterne, aber doch so liebesbedürftige Geschöpf geworden, dessen Angst vor Einsamkeit sie fast körperlich spüren konnte.

Katharina kniete sich nieder, streckte ihre Arme aus und umarmte Romy. Deren dünne Haare kitzelten sie am Kinn. Konnte es ein schöneres, wohligeres Gefühl geben? Was war daran gemessen schon die Lust, die sie in Aarons Armen gefunden hatte? Gewiss, diese hatte sie kurz unendlich glücklich gemacht – zumindest, wenn man Glück mit diesem heißen, fast schmerzhaften Pochen gleichsetzte. Die Liebe zu Romy tat nicht im Mindesten weh, die Liebe zu Romy machte sie vielmehr stolz.

Sie löste sich von ihr und sah dem Mädchen ins Gesicht: »Nein, ich gehe nicht wieder fort. Ich bin eure Mutter, ich werde alles tun, um euch glücklich zu machen.«

Als sie sich erhob, bemerkte sie, dass Barnabas' Blick nicht minder flehentlich wie der von Romy auf sie gerichtet war. »Ich … ich weiß doch, dass es nicht leicht mit mir ist«, stammelte er.

Sie wusste, sie konnte nicht mehr von ihm erwarten – keine Entschuldigung, keine Liebesschwüre, keine Versprechen, dass nun alles anders werden würde. Und doch – nach diesen Worten konnte sie ihn nicht einfach verachten, wie sie es eben noch getan hatte. Sie würde ihn nie so lieben wie Aaron, aber was immer sie für ihn fühlte, es reichte, um sich nun zu sagen, dass sie sich von Aaron künftig fernhalten musste.

Sie schluckte gegen neue Tränen an. »Habt ihr schon gegessen?«, fragte sie.

Romy schüttelte den Kopf.

Ihr Hals schmerzte, aber die Tränen perlten nicht über die Wangen. »Na, dann schauen wir mal, was wir auf den Tisch bekommen.«

Sie war froh, sich mit dem Kochen ablenken zu können. Tim half ebenso tatkräftig wie Romy, und Barnabas sah ihr zu. Sein Blick war hilflos und verlegen wie immer, aber auch erleichtert, beinahe liebevoll.

Wir sind keine heile Familie, dachte Katharina, vielleicht nicht einmal eine glückliche, aber wir sind eine Familie, und es ist die einzige, die ich habe, und die einzige, für die ich die Verantwortung trage.

Sie schälte Bataten, und mit jedem Stück Schale, das auf den Tisch fiel, hoffte sie, die Liebe zu Aaron aus ihrem Herzen schneiden zu können. Natürlich war das unmöglich. Sie konnte nur darauf hoffen, dass sie nach der Annexion durch Chile die Insel verlassen würde, und sobald sich ihre Wege für immer getrennt hatten, würde es ihr vielleicht gelingen, ihn und die leidenschaftlichen Stunden, die sie mit ihm erlebt hatte, zu vergessen.

15. Kapitel

Archibald war noch nie in seinem Leben betrunken gewesen. Auf der Insel schien ihm die Gefahr zu groß zu sein, ein Säufer wie Frank Allen zu werden, und in den Jahren zuvor hatte er sich an den Rat seines Vaters gehalten, wonach Selbstbeherrschung eine der wichtigsten Eigenschaften war, wenn man nicht zu den Reichen und Mächtigen gehörte. Die konnten sich viel erlauben, auch, sich gehen zu lassen, aber Männer wie er und sein Vater sollten stets wach genug sein, um sie zu belauern und Nutzen daraus zu schlagen. Doch an dem Tag, bevor er mit Salmon und Brander Policarpo Toros Schiff besteigen würde, war ihm alles egal.

Erst kürzlich war Toro aus Chile zurückgekehrt, um freudig zu verkünden, dass Chile dem Vertrag zugestimmt hatte und jetzt nur noch Tati Salmons Unterschrift fehlte. Nicht minder freudig – was für einen Mann mit seiner schlechten Laune außergewöhnlich war – hatte Alex Salmon erklärt, dass er und John Brander ihn nach Papeete begleiten würden. Dass auch Archibald nach Tahiti reisen würde, wurde nicht eigens erwähnt, aber nachdem Archibald wochenlang vergebens versucht hatte, seinen Schnitzer wiedergutzumachen und Salmons Vertrauen zurückzugewinnen, musste er einsehen, dass der seine Drohung wahr machen und ihn in Schimpf und Schande entlassen würde.

Wie satt er es hatte, um Vergebung zu buhlen, nur weil er

einmal kurz die Beherrschung verloren hatte! Er ging zu Frank Allen, fragte ihn, ob er ein Paar Flaschen Schnaps übrig hätte, und als der ihm eine gab, schüttete er sie in sich hinein wie Wasser.

Frank starrte ihn aus blutunterlaufenen Augen an. Archibald hatte immer nur Verachtung für den Amerikaner übrig gehabt, doch als ihm das Gesöff jetzt heiß durch die Kehle lief, fragte er sich unwillkürlich, ob der nicht eine weise Entscheidung getroffen hatte, als er beschloss, seinen Geist ständig zu betäuben.

»Warum säufst du ausgerechnet jetzt?«, lallte Allen. »Du wirst die Insel doch bald verlassen. Sei froh!«

Archibald rülpste. Auch das hatte er nie zuvor getan, sondern immer nur die besten Manieren an den Tag gelegt. Das Leben war dreckig genug – da wollte er wenigstens selbst sauber bleiben.

»Ich hingegen«, fuhr Allen fort, »werde noch so lange bleiben, bis der Vertrag von Tati unterschrieben ist.« Er spuckte auf den Boden.

Archibald starrte auf den Speichel, Ekel überkam ihn, nicht nur vor Allen, auch vor sich selbst, und das nicht nur, weil er soff, sondern weil er nicht sicher war, warum. Dieser verfluchte Tane und der nicht minder verfluchte Salmon hin oder her – er würde eben ganz von vorne anfangen! Er hatte die Insel schließlich schon seit Langem verlassen wollen. Allerdings – zu gehen, weil er musste, nicht, weil er es so entschieden hatte, war ein bitterer Brocken, und selbst der Schnaps konnte diesen galligen Geschmack nicht so schnell vertreiben.

Plötzlich ließ er die Flasche fallen, obwohl sie noch nicht ganz leer war. Sie zerbrach auf dem weichen Boden nicht, doch der Schnaps floss aus.

Frank Allen starrte ihn an. »Bist du verrückt geworden?«
Archibald rechnete damit, dass er ihn am Kragen packen und rütteln würde, doch dazu war Frank zu schwach – oder zu gleichgültig. Wahrscheinlich hatte er irgendwo genug andere Flaschen.
Er macht es sich leicht, dachte Archibald, er braucht nur Schnaps, um zufrieden zu sein, und davon gibt es auch auf einer verdammten Insel wie dieser reichlich.
Was brauchte er selbst?
Er war sich nicht sicher, nur dass er, was immer es sein könnte, zu wenig davon bekam.
Als er Frank Allen stehen ließ, fiel er fast über seine eigenen Füße und spürte einen schmerzhaften Druck auf den Schläfen. Immerhin, ein paar tiefe Atemzüge später, hatte er zumindest genug Kraft, um aufrecht zu gehen, und mittlerweile war ihm auch eingefallen, wohin er wollte.
In nüchternem Zustand hätte er eingesehen, dass das keine gute Idee war, doch so folgte er dem blinden Ehrgeiz, wenigstens ein paar unvollendete Dinge zu Ende zu bringen.
Es war noch früher Morgen und darum vielleicht besser, noch zu warten, doch als er sich dem Haus der Wilkinsons näherte, sah er, dass Barnabas es eben verließ, um nach seinen Herden zu schauen.
Was für ein Narr!, dachte Archibald. Wenn ich ein solches Prachtweib zu Hause hätte, würde ich nicht frühmorgens zu den Schafen gehen!
Nun, im Grunde kam ihm das ganz zupass. Er lugte durch die Fensterluke, sah, dass Katharina schon bekleidet war und gerade das Haar des kleinen Mädchens kämmte. Der Junge war auch hier. Archibald hatte immer noch keine Ahnung, wie die Kinder hießen, doch das war nicht weiter

wichtig. Sie würden nicht stören – im Gegenteil, es würde seinen Spaß vergrößern, wenn sie zusahen.
Er atmete noch einmal durch, schluckte den bitteren Geschmack im Mund hinunter, spürte keine Kopfschmerzen mehr, nur Erregung. Noch gab er ihr nicht nach, sondern malte sich vorerst nur in Gedanken aus, was passieren würde, wenn er das Haus betrat, wie erschrocken die Kinder und Katharina reagieren würden, wie er eine dienernde Bewegung machen und mit säuselnder Stimme sagen würde: Ich habe die Ehre, mich zu verabschieden …
In Katharina würden Furcht und Ekel und Empörung streiten, wenn er näher treten, sie berühren, den Geruch ihres Haars einatmen würde. An diesen Geruch wollte er sich künftig erinnern, wann immer er an die Insel dachte, nicht an blökende Schafe …
Und dann … dann würde er sie packen, auf den Tisch werfen, mit dem Gesicht voran. Ihre Stirn würde auf die Tischplatte schlagen, und sie würde kurz so benebelt sein, dass sie sich nicht wehren könnte. Dann hätte er schon ihre Hände auf den Rücken gerissen, sie festgehalten, könnte ihr Kleid hochschieben …
Schon jetzt vermeinte er, die weiche Haut ihrer weißen Schenkel zu spüren, doch ehe er daransetzte, aus der Vorstellung Wirklichkeit zu machen, spürte er noch etwas ganz anderes: kalten Stahl an seinem Hinterkopf.
»Eine falsche Bewegung, und ich schieße.«
Verdammt! Er hatte einen Fehler gemacht, sich dem Haus zu früh genähert. Barnabas Wilkinson musste ihn gesehen haben und war zurückgekehrt.
»Verschwinden Sie aus meinem Garten!«
Woher hatte der Schafhirte nur ein Gewehr? Er war doch

sonst immer unbewaffnet! Vielleicht täuschten ihm seine benebelten Sinne den kalten Stahl nur vor! Aber nein, jetzt fiel ihm ein, dass Salmon Barnabas ja befohlen hatte, notfalls auf die Rapanui zu schießen, und ihm zu diesem Zweck ein Gewehr ausgehändigt hatte. Das, was ihn damals mit großem Triumph erfüllt hatte, zwang ihn nun, klein beizugeben.

»Ach, Wilkinson!«, stieß er aus. Er drehte sich langsam um. »Jetzt haben Sie sich nicht so. Ich wollte mich doch nur von Ihnen verabschieden.«

Wilkinsons Miene war nicht dümmlich wie sonst, sondern hart. »Verschwinden Sie! Ich weiß genau, was Sie vorhatten ... Erst haben Sie es bei der Rapanui versucht, jetzt bei meiner Gattin. Sie sind ein Schuft.«

Seine Stimme triefte vor Verachtung.

Archibald kniff die Augen zusammen. »Das sind ja ganz neue Töne! Bis jetzt haben Sie es nie gewagt, aufzumucken. Einer, der zu buckeln gewohnt ist, könnte doch stolz darauf sein, seine Frau mit mir zu teilen.«

Er lachte, doch Barnabas zuckte nicht im Geringsten zusammen. Plötzlich lag in seiner Miene eine Würde, die Archibald ihm nicht zugetraut hätte.

»Verschwinden Sie!«, wiederholte er. »Jahrelang haben Sie sich meinen Befehlen gefügt, und jetzt wagen Sie es, mich mit einer Waffe zu bedrohen?«, zischte Archibald. »Was glauben Sie, was Alex Salmon dazu sagen wird, wenn er davon erfährt?«

Barnabas' Hand zitterte nicht, als er das Gewehr ganz dicht an sein Gesicht heranschob. »Sie sind nicht länger mein Herr. Sie haben keine Macht mehr auf dieser Insel. Und darüber bin ich heilfroh.«

»Alex Salmon wird ...«

»Er wird mich verstehen! Und selbst, wenn nicht. Dann soll er mich eben entlassen wie Sie. Meine Frau ist mir wichtiger als jede Arbeit dieser Welt!«
Ihr Wortwechsel war nicht unbeachtet geblieben. Die Kinder kamen aus dem Haus gelaufen, verharrten jedoch auf der Schwelle, als sie Archibald sahen. Katharina war ihnen gefolgt, und auch sie erstarrte, blickte zwischen ihrem Mann und Archibald verwirrt hin und her, schien schließlich zu begreifen, was vor sich ging. Nicht länger Unbehagen stand in ihrem Blick, sondern ... Stolz. Stolz auf ihren Mann, der sich für sie einsetzte.
Archibald knirschte mit den Zähnen und wusste, dass er verloren hatte. Anstatt sich Katharina zu unterwerfen, hatte er nichts weiter erreicht, als dass ihr Respekt vor ihrem Gatten wuchs. Nun blieb ihm nichts anderes übrig, als möglichst würdevoll zurückzuweichen. Er kämpfte um ein Lächeln, neigte seinen Kopf und machte einmal mehr jene dienernde Bewegung, bot im Angesicht von Barnabas, der da mit geradem Rücken und gerecktem Kinn hinter ihm stand, jedoch gewiss eine lächerliche Erscheinung. Plötzlich war nicht er es, sondern Katharina, die leise lächelte.
»Gottlob muss ich Sie nie wiedersehen!«, fauchte sie, als sie zu ihrem Mann trat und ihm die Hand auf die Schulter legte.
Als er vom Haus wegstürmte, wusste Archibald plötzlich, was er mit dem Rest seines Lebens anfangen wollte, und leistete einen stillen Schwur.
Ich kehre zurück. Was immer auch passiert, ich finde eine Möglichkeit, auf die Insel zurückzukehren. Und dann werde ich es ihnen heimzahlen, jedem Einzelnen. Tane. Pastor Hayes. Katharina.
Und nun kam auch Barnabas Wilkinson auf dieser Liste hinzu.

Seit ihrem Streit hatte Barnabas nicht mehr gewagt, sie zu berühren, doch in der Nacht, nachdem er sie vor Archibald beschützt hatte, kuschelte sich Katharina an ihn und küsste ihn auf den Mund. Das hatte sie noch nie getan, und Barnabas reagierte bass erstaunt. Doch seine Verwirrung hielt nicht lange, sondern wich Begehren. Katharina teilte es nicht, doch unangenehm war ihr seine Nähe nicht, und es gelang ihr, jeden Gedanken an Aaron zu verdrängen.
Die Zeit verrann, ihr zweiter Winter auf der Insel ging vorüber, und einmal mehr stürzte sie sich in die Arbeit, um ihren Geist zu betäuben. Weder verschwendete sie Gedanken an Archibald und Laurentine, die die Insel längst verlassen hatten, noch suchte sie jemals Aarons Nähe, der sie seinerseits mied. Manchmal verbrachte sie gesellige Stunden bei den Greys, doch hinterher konnte sie sich kaum mehr erinnern, worüber sie mit Myra und den Töchtern geschwatzt hatte, genauso wie sie nach all den Monaten nicht entscheiden konnte, ob sie in dieser Zeit nun unglücklich oder fröhlich gewesen war. Falls doch einmal tief in ihrem Inneren der Schmerz nagte, sagte sie sich, dass Policarpo Toro bald mit Salmon und Brander aus Papeete zurückkehren und die Männer die Botschaft überbringen würden, dass der Vertrag endgültig ratifiziert war. Dann gab es für sie keinen Grund mehr, auf der Insel zu bleiben.
Was Barnabas davon hielt, wusste sie nicht. Da Frank Allen so viel soff wie nie zuvor, blieb fast die ganze Arbeit an ihm hängen, und wenn er spätabends zurückkehrte, war er zwar stets freundlich zu ihr und den Kindern, jedoch zu müde, um mehr Worte als nötig zu machen.
An einem Tag Ende August 1888 wirkte er jedoch sehr aufgeregt. Schon frühmorgens hatte sie die Botschaft erreicht,

dass ein Schiff aus Tahiti eingetroffen war – die Angamos –, und noch am gleichen Tag luden Alex Salmon und John Brander, die ein letztes Mal auf die Insel zurückgekehrt waren, sie zu sich ein. Nicht nur die beiden hießen sie willkommen, sondern auch Policarpo Toro, den Katharina bis jetzt noch nicht persönlich kennengelernt hatte, desgleichen sein Bruder Pedro Pablo Toro, dessen Namen sie zum ersten Mal hörte und der – wie sie ebenfalls erfuhr – von Chile zum Kolonisationsagent bestimmt worden war. Während Policarpo künftig im fernen Chile die Siedler anwerben und auf die Insel bringen sollte, würde Pedro hier dauerhaft leben, ihnen Land und Vieh zuteilen und dafür sorgen, dass aus dem einsamen Eiland bewohntes, fruchtbares Land wurde. Myra hatte behauptet, dass mit der Angamos auch fünfzehn Rapanui auf die Insel zurückgekehrt waren, die man einst als Sklaven nach Tahiti verschleppt hatte, doch ob das nun Ausdruck guten Willens gegenüber den Ureinwohnern war oder schlichtweg die Berechnung, dass man mithilfe dieser treu ergebenen Menschen die Einheimischen besser unter Kontrolle halten konnte, wusste Katharina nicht, zumal sie diese Rapanui gar nicht erst zu Gesicht bekam.
Sie sagte sich, dass es nicht mehr ihre Sache sei, war sie sich doch sicher, dass Salmon und Brander mit ihnen über die Übergabe der Schaffarm an Toro und die baldige Abreise sprechen würden. Doch als Alex sich an Barnabas wandte, wurde sie überrascht.
»Seien wir doch ehrlich, Wilkinson«, setzte er – wie immer mit diesem leicht nörgelnden Unterton – an. »Ich glaube, es hat wenig Sinn, wenn Sie uns nach Papeete begleiten. Mit Schafen kennen Sie sich bestens aus. Mit Kokosnüssen nicht.«
Auch Barnabas war verblüfft, wenngleich man es ihm nicht

so deutlich ansehen konnte wie Katharina. »Wollen Sie damit sagen, Sie haben keine Verwendung mehr für mich?«
»Nun, zumindest nicht auf Tahiti«, erwiderte Alex.
Ehe seine Betroffenheit wuchs, beugte sich Pedro Toro vor. Er war ein mittelgroßer, untersetzter Mann mit schwarzem, lockigem Haar und ebenso schwarzen Augen. Sie blickten sehr wach – ob auch gütig, vermochte Katharina nicht zu sagen. Von seinem Bruder Policarpo hieß es, er sei ein Enthusiast, der es nicht zuletzt geschafft hatte, in Chile die Insel als Paradies anzupreisen, obwohl er so wenig Zeit hier verbracht und sich mit der hiesigen Lebensweise kaum beschäftigt hatte. Pedro dagegen schien sich nicht nur einen viel nüchterneren Blick auf die Dinge behalten zu haben, sondern hatte sich gründlich mit den Bedingungen für Viehzucht und Landwirtschaft vertraut gemacht. Er schien ganz genau zu wissen, dass ihm harte Zeiten bevorstanden – und dass er deswegen Verbündete brauchte.
»Hier hingegen«, sagte er, »hier sind wir auf Menschen wie Sie angewiesen.«
Barnabas' Verwirrung wuchs, aber Pedro fuhr fort: »Es gibt hier viel zu tun. Ich habe vor, neue Pflanzen zu züchten und diverse Tierarten auf die Insel zu bringen. Natürlich werden wir weiterhin Schafzucht betreiben, und dafür brauchen wir einen erfahrenen Mann wie Sie. Die chilenischen Siedler, die bald eintreffen werden, sind mit den Gegebenheiten der Insel nicht vertraut.«
Katharina starrte auf die Hände. Sie wusste nicht, was größer war – ihr Schreck oder ihre Freude.
Barnabas fand früher seine Fassung wieder und wandte sich an Alex Salmon: »Ich soll also auf der Insel bleiben? Aber in wessen Diensten werde ich künftig stehen?«

»Weiterhin in meinen«, erklärte Alex Salmon, um mit gewohnt überdrüssiger Stimme fortzufahren: »Der Verkauf der Schaffarm gestaltet sich schwieriger als vermutet. Sie wissen, dass seinerzeit Jean-Baptiste Dutrou die Ländereien erworben hat – im Namen von John Brander senior. Das aber wollen Dutrous Nachfahren nicht akzeptieren und behaupten darum, die Schaffarm gehöre rechtmäßig ihnen. Es ist ein übler Streit zwischen meinem Bruder Tati und Dutrous Erben im Gange, und solange dieser nicht vor Gericht geklärt ist, kann Tati das Land nicht einfach verkaufen.«

»Was jedoch nicht bedeutet«, fiel Policarpo ihm rasch ins Wort, »dass dadurch die Annexion der Insel durch Chile verzögert wird. Bis alles geklärt ist – und das wird bald sein –, werden die Ländereien erst einmal gepachtet. Schließlich betrifft das ja auch nicht die ganze Insel. Bezüglich des Besitzes der Kirche gibt es eigene Regelungen.«

Auf die Idee, dass auch die Rapanui einen Besitzanspruch auf ihre Insel geltend machen könnten, kam er offenbar nicht.

»Wie auch immer«, fuhr Alex Salmon fort. »Das alles bedeutet, dass die Schaffarm vor dem Recht immer noch uns gehört, und selbst wenn wir sie Chile, das heißt Pedro Toro, der den Staat hier künftig repräsentieren wird, gern anvertrauen, liegt es durchaus in unserem Interesse, einen eigenen Mann auf der Insel zu wissen, der alles überwacht. Frank Allen kommt aus Gründen, die ich hier nicht offen aussprechen muss, nicht infrage, er wird uns nach Tahiti begleiten. Sie aber …«

Pedro Toro beugte sich vor. Er setzte ein werbendes Lächeln auf, da er offenbar dachte, dass er Barnabas erst mühsam würde überzeugen müssen. »Nach allem, was ich gehört habe, sind Sie ein hervorragender Schafzüchter. Ich wüsste nicht, wie wir ohne Hilfe allein die Schur der Tiere bewältigen sollten.«

Barnabas jedoch bedurfte gar keiner überzeugender Argumente. Er war nicht länger verwirrt, sondern wirkte regelrecht erleichtert. »Natürlich bleiben wir, wenn Sie es so wünschen.«

Katharina brachte kein Wort hervor, doch von ihr wurde auch keine Zustimmung erwartet. Wenig später stießen sie mit Kokosschnaps an, den Alex Salmon aus Tahiti mitgebracht hatte. Heiß stieg er ihr in den Kopf, und als sie aufstanden und hinausgingen, war sie froh, dass sie sich bei Barnabas unterhaken konnte.

»Ich wusste, dass du Schafe liebst ...«, stammelte sie, »aber so sehr, dass du auf dieser einsamsten Insel der Welt bleiben willst?«

Barnabas blieb stehen und sah sie erstaunt an. »Du denkst, ich habe dem Vorschlag zugestimmt, weil ich Schafe liebe?«

»Ja, warum denn sonst?«

»Nun, deinetwegen!«

Jetzt war sie es, die ihn erstaunt anstarrte. »Meinetwegen?«

Kurz hatte sie schreckliche Angst, dass er um ihre Liebe zu Aaron wusste und dass er bleiben wollte, um sie zu quälen, doch sein Blick wurde plötzlich ganz warm.

»Ich hatte immer den Eindruck, du würdest diese Insel lieben. Obwohl ich dir gesagt habe, dass du den Rapanui fernbleiben sollst, hast du immer wieder den Kontakt mit ihnen gesucht. Und obwohl ich sagte, dass du dich nicht weiter für die heidnischen Statuen interessieren sollst, hast du immer wieder Fragen gestellt.«

Katharina wusste in ihrer Verlegenheit nicht, wohin sie blicken sollte. Sie wandte sich ab, musterte die sanften Hügel, das schaumgekrönte Meer. Der Wind wehte so stark, dass das harte Gras an etlichen Stellen umgeknickt wurde, als würde eine unsichtbare Gestalt darübergehen, und obwohl die Steinkolosse stumm wie immer waren, vermeinte Katharina, sie flüstern zu hören.

Barnabas hat ja recht, dachte sie, trotz allem ist die Insel mein Zuhause geworden.

Dass er zugleich so blind war, zu schlicht auch, um zu erfassen, dass sie nicht bloß die Insel liebte, sondern auch Aaron, zeugte in ihr ein stummes Weh … und den Entschluss, dass er nie die Wahrheit erfahren durfte.

»Denkst du, dass es auch für Tim und Romy das Beste ist?«, fragte sie.

Er zuckte die Schultern, meinte dann aber entschlossen: »Sie haben hier nun schon so viele Jahre verbracht und können sich an ein anderes Leben gar nicht mehr erinnern. Und irgendwann, wenn alle Angelegenheiten geregelt sind, werden wir ja vielleicht doch noch von hier fortgehen.«

So weit in die Zukunft wollte Katharina nicht schauen. Fürs Erste war es genug, Tag für Tag aufs Neue zu überleben … und es irgendwie zu schaffen, Aaron auch weiterhin aus dem Weg zu gehen.

Am 9. September lud Policarpo Toro alle Bewohner der Insel nach Vaihu ein, um dort in einem feierlichen Akt zu erklären, dass die Insel nun chilenischer Boden sei. Die meisten Rapanui von Hanga Roa blieben der Zeremonie fern, aber jene, die Policarpo Toro kürzlich von Tahiti begleitet hatten, waren vollständig versammelt. Aaron lernte bei die-

ser Gelegenheit Nicholas Pakarati kennen, einen Katecheten, der künftig im Auftrag der Kirche über das Seelenheil der Rapanui wachen sollte, da Priester wie Pater Montiton nur sporadisch kommen und kurz bleiben würden.
Pakarati trug einen schwarzen Anzug, dessen Ärmel zu lang und dessen Kragen zu eng wirkten, machte aber einen fröhlichen Eindruck und tauschte sich mit Aaron bald über die verschiedenen Missionarsschulen auf Tahiti aus. Er selbst war bei Weitem nicht der einzige Insulaner gewesen, den man auf einer dieser Schulen als Missionar ausgebildet hatte. Die Zahl der europäischen Missionare ging immer mehr zurück, und die wenigen, die kamen, waren oft nicht gewillt, in die entlegensten Orte vorzustoßen, sodass man anders als früher auf die Hilfe der Einheimischen setzte – ein Bestreben, das Aaron befürwortete, konnte man in diesen Fällen doch darauf vertrauen, dass der, der den Glauben an Christus verkündete, die Welt desjenigen verstand, an den er sich richtete. Zugleich wurden diesen einheimischen Missionaren viel weniger Opfer abverlangt als Menschen wie seinem Vater, die in Länder aufbrachen, die sie nicht kannten, deren Klima sie nicht vertrugen und wo mancher seine Familie oder gar das eigene Leben verlor.
Pakarati war in jedem Fall glücklich, auf die Osterinsel zurückzukehren, auch wenn er mehrmals bekräftigte, dass er überall hingegangen wäre, wo immer sein Bischof ihn haben wollte. Was Aaron kurz für einen Anflug von Willfährigkeit hielt, war in Wahrheit Hingabe an Gott, in dessen große Hände er, wie Pakarati immer wieder betonte, sein Leben gelegt habe.
»Sie sprechen von Rückkehr«, sagte Aaron. »Das heißt, Sie sind hier geboren?«
»So ist es. Ich bin in Mataveri auf die Welt gekommen und

habe hier lange Zeit Pater Eich als Koch gedient. Als er die Insel verließ, bin ich ihm gefolgt, und Gott hat mich dafür belohnt, bin ich doch auf Tahiti meiner Frau Elizabeth begegnet. Und nun hat der Allmächtige uns beide wieder hierhergeführt.«

Er war sichtlich stolz auf seine Frau und ebenso auf seine künftige Aufgabe als Katechet. Dass Chile sich die Insel einfach angeeignet hatte, rief keinerlei Hader in ihm hervor. Er verfolgte die Zeremonie vielmehr mit glänzenden Augen und lächelte so strahlend wie seine Frau, die gleich neben ihm stand.

Aarons Gefühle waren ungleich zwiespältiger. Er hatte gehofft, dass sich die Lage der Rapanui mit dem Fortgang von Salmon und Brander deutlich verbessern würde, doch musste er nun erkennen, dass auch Policarpo Toro das Mittel des Betrugs nicht scheute, um seine Ziele zu erreichen. Zu Beginn der Zeremonie ließ er doch tatsächlich ein Dokument als Beweis herumgehen, dass die Inselbewohner auch weiterhin freiwillig auf ihre Insel verzichteten und sie gerne Chile überließen. Diverse Unterschriften standen unter dem Schreiben – die meisten davon kaum zu lesen.

Aaron schüttelte den Kopf, als er das Dokument studierte. Die Unterschrift von Atamu Tekena, der sich bislang zwar als machtlos erwiesen hatte, aber immerhin der offizielle *ariki* war, fehlte auf dem Vertrag, während ein Name wie Zoopal ganz deutlich geschrieben war, obwohl es niemanden auf der Insel gab, der so hieß. Augenscheinlich war außerdem, dass sämtliche Unterschriften die gleiche Handschrift aufwiesen, was vermuten ließ, dass Policarpo selbst sie gefälscht hatte. Und so stolz, wie auch er heute lächelte, hatte er nicht einmal die geringsten Schuldgefühle.

Die anwesenden Rapanui schienen sich nicht an dem Betrug

zu stören oder hatten sich daran gewöhnt, dass andere über ihren Kopf bestimmten. Tane hätte sich natürlich empört, aber der blieb – ein Umstand, der Aaron ausnahmsweise erleichterte – immer noch verschwunden. Hina und Nani hingegen waren hier, hielten sich jedoch im Hintergrund, und außerdem erblickte Aaron unter den Anwesenden den *ariki*. Auch wenn auf seine Unterschrift verzichtet worden war, legte Policarpo Toro offensichtlich Wert auf seine Gegenwart, hatte ihm erfolgreich eingeredet, dass der Insel nichts Besseres passieren konnte, als dass sie vom chilenischen Staat annektiert wurde und dass *ariki* Atamu doch unbedingt an der Zeremonie mitwirken solle.

Ob ihn Eitelkeit oder zu großes Vertrauen leitete – Atamu war tatsächlich bereit dazu. Er riss ein paar Büschel Gras aus und sagte zu Toro: »Das ist für eure Tiere.« Dann nahm er eine Handvoll Erde und erklärte: »Das ist für uns.«

»Hat ihm denn überhaupt jemand gesagt, dass er jetzt nicht mehr König ist?«, flüsterte eine Stimme neben Aaron.

Er drehte sich um und erkannte Vincent Pont mit seiner Frau Maria.

Aaron zuckte die Schultern.

»Wenn man es genau nimmt«, fuhr Vincent fort, »kann man diesen Ritus auch so auslegen, dass die Rapanui Chile nur das Futter für die Tiere geben, jedoch nicht den Grund und Boden.«

Aaron nickte düster. »Das Problem ist, dass die Rapanui die Insel ohnehin nicht als ihren Besitz ansehen, sondern die Erde für sie das Gleiche bedeutet wie ein Bruder oder eine Mutter. Die gehören einem schließlich auch nicht, und man kann sie weder verschenken noch verkaufen. Auf diese Weise war es noch leichter, sie um ihr Land zu betrügen.«

Eben verlas Policarpo das Dokument mit den gefälschten Unterschriften noch einmal laut vor, um danach zu verkünden, dass die Insel fortan nicht mehr Rapa Nui heißen würde, sondern Osterinsel.
Als er seine Rede beendet hatte, machte er Pakarati ein Zeichen, damit dieser die chilenische Fahne hisste. Bald knatterte sie munter im Wind, doch dieser Laut wurde vom Trampeln der Rapanui übertönt.
»Wie sie sich freuen, nun Chilenen zu sein«, stellte Policarpo zufrieden fest.
Aaron war sich nicht sicher, ob das Trampeln tatsächlich nur Zustimmung zu bedeuten hatte, und tatsächlich blickte er wenig später in einige finstere Gesichter. Ein älterer Mann namens Korohua trat vor und forderte laut, dass neben der chilenischen Fahne auch die von Rapa Nui wehen sollte: ein Stück aus orangefarbenem Mahute-Stoff, auf dem der rote *rei miro,* der zeremonielle Brustschmuck der Könige in der Form eines Boots auf einem weißen Feld, abgebildet wurde.
»Lieber Himmel, wo haben Sie die überhaupt her?«, entfuhr es Policarpo.
Pakarati trat rasch vor. »Wir haben sie aus Tahiti mitgenommen, sie wurde dort hergestellt.«
Was er selbst von dem Ansinnen hielt, auch diese Fahne zu hissen, ließ er nicht erkennen. Als Diener Gottes wähnte er sich wohl nicht für die Politik verantwortlich.
Policarpo zauderte kurz, ehe er den Kopf schüttelte.
»Die Insel ist nun chilenisch, alles andere zählt nicht.«
Doch er hatte nicht mit *ariki* Atamus Widerstand gerechnet. So gutmütig der bist jetzt alles über sich hatte ergehen lassen, so trotzig kam er nun Korohua zu Hilfe und beharrte darauf, dass die zweite Fahne dazugehörte. Würde man sie

nicht dulden, müsse man auch die chilenische wieder entfernen.
Policarpo warf einen etwas hilflosen Blick zu seinem Bruder Pedro, aber der zuckte nur die Schultern.
Aaron hingegen trat auf Toro zu und forderte energisch: »Nun machen Sie schon! Sie wollen doch nicht an diesem schönen Tag eine Revolte provozieren.«
Policarpo gab nach, nickte Pakarati unauffällig zu, und bald wehte eine zweite Fahne im Wind. Doch Aaron entging nicht, dass diese deutlich niedriger hing, und war sich sicher, dass Policarpo sie bei der ersten Gelegenheit abhängen lassen würde, während die chilenische weiterhin gehisst bliebe. Wie auch immer, das Fußgetrampel wurde lauter, und diesmal war es eindeutig ein Zeichen von Zustimmung. Nani schien von dem Geräusch verstört zu werden und versteckte sich hinter Hina, doch ehe Aaron hinzutreten und etwas Tröstliches sagen konnte, eilte schon Rufus an die Seite der beiden Schwestern, fühlte er sich doch, vor allem seit die beiden die meiste Zeit bei den Greys verbrachten, zum persönlichen Beschützer berufen.
Policarpo gab indessen ein Zeichen, dass die Zeremonie ihren Abschluss finden sollte – nämlich mit einem feierlichen Zug nach Hanga Roa. Aaron kam nicht umhin, sich zu fragen, ob er damit weniger den feierlichen Charakter der Zeremonie unterstreichen als vielmehr deutlich machen wollte, wohin die Rapanui gehörten. Doch er ging dem Gedanken nicht weiter nach, stand er doch unvermittelt Katharina gegenüber, kaum dass sich der Menschenzug in Bewegung setzte. Sie nickte ihm flüchtig zu und zog die beiden Stiefkinder wie ein Schutzschild vor sich.
Aaron zwang sich zu einem Lächeln. »Ihr seid noch hier?«,

fragte er. »Ich dachte, ihr wärt wie Brander, Salmon und Frank Allen nach Tahiti aufgebrochen.«
Kaum merklich rieben ihre Lippen aufeinander. Ohne etwas zu sagen, senkte sie den Kopf, und an ihrer statt antwortete Barnabas Wilkinson: »Wir bleiben fürs Erste, solange das Brander-Salmon-Land nur verpachtet ist.«
Er klang nicht unglücklich darüber, während Katharinas Lippen noch schmaler wurden.
»Ich verstehe …« Aaron konnte nicht anders, als sich abzuwenden und rasch davonzugehen, war das doch der einzige Gefallen, den er Katharina tun konnte.
Er zuckte zusammen, als er plötzlich Gelächter vernahm – ein schriller, unpassender Ton, wie ihm schien –, doch dann sah er, dass es von den Grey-Schwestern kam, die neugierige Blicke auf Pedro Toro warfen und offenbar um seine Aufmerksamkeit buhlten, war er doch einer der wenigen weißen Männer auf der Insel und – wie auch sein Bruder – unverheiratet. Doch Pedro achtete nicht auf die Mädchen, sondern machte ein nachdenkliches Gesicht. Vielleicht bereute er schon, die Insel betreten zu haben, und konnte sich nur schwer vorstellen, hier jahrelang zu bleiben.
Auch Aaron war nicht mehr sicher, ob das sein eigenes Ziel war. Einst war er nur wegen Tane hierhergekommen, doch der würde ihm wohl nie verzeihen, dass er ihn vor Salmons Haus niedergerungen hatte. Was die anderen Rapanui anbelangte, fielen diese nun unter den Schutz des chilenischen Staats und hatten – auch wenn den Toro-Brüdern nicht zu trauen war – künftig in Nicholas Pakarati einen Fürsprecher.
Ja, dies wäre der beste Zeitpunkt, zu gehen – und wahrscheinlich eine Erlösung für Katharina …
Ob auch für ihn, dessen war er sich nicht so sicher, und ehe

er sich offen eingestand, dass er lieber ihre Distanz und Feindseligkeit hinnahm, als sie gar nicht mehr zu sehen, sagte er sich, dass er die nächsten Monate abwarten müsse, bevor er die Rapanui sich selbst überlassen könne.

Nach der Zeremonie lud Myra Katharina mit ihrer Familie zum gemeinsamen Mittagsmahl ein.

»Es wird sich wohl manches auf der Insel ändern«, sagte sie, »da ist es gut, wenn die wenigen, die bleiben, noch mehr zusammenhalten.«

Katharina war froh über die Abwechslung und ebenso, zum ersten Mal über die Zukunftspläne der Greys zu hören. »Das heißt, ihr werdet die Insel auch nicht verlassen«, stellte sie fest. »Ich habe mir schon überlegt, ob ihr das im Sinn habt, jetzt, da Salmon und Brander weg sind.«

»Ach was! Lucius hat die *rongorongo*-Schrift ja immer noch nicht entziffert.«

Katharina hatte schon mehrmals die geheimnisvollen Zeichen studiert, konnte sich jedoch nur schwer vorstellen, dass diese einen Sinn ergaben, schon gar nicht für einen, der nicht als Rapanui geboren und aufgewachsen war und deren Sprache kaum verstand.

»Er glaubt, dass er der Entschlüsselung der Schrift ganz nahe ist«, fügte Myra hinzu. So überdrüssig, wie sie klang, war sie selbst nicht im Geringsten davon überzeugt.

Katharina musste an die Worte denken, die sie an dem Tag gesagt hatte, als sie von Barnabas weggelaufen war.

Dass sie sich an Lucius gewöhnt habe, dass Liebe nicht so wichtig sei …

Damals war es ihr schwergefallen, daran zu glauben, mittlerweile konnte sie besser verstehen, was sie meinte. Dennoch:

So ganz hielt sich Myra selbst nicht an ihren Ratschlag, sich mit wenig zu begnügen und sich nicht nach dem Unmöglichen zu sehnen – sonst würde sie bei aller Nüchternheit nicht manchmal so bitter klingen.
»Warum sprichst du nicht ein Machtwort?«, fragte Katharina unwillkürlich. »Seien wir doch ehrlich: Du führst das Regiment in deinem Haus. Wenn du beschließen würdest, die Insel zu verlassen, dann würde Lucius sich fügen. Und falls nicht, seid du und die Kinder allein womöglich besser dran.«
Verspätet wurde ihr klar, dass sie nun schon das zweite Mal innerhalb kurzer Zeit einer Frau riet, den Mann notfalls zu verlassen. Doch wie bei Laurentine, das ahnte sie sofort, würde sie auch bei Myra auf taube Ohren stoßen, wenngleich aus anderen Gründen.
»Nie und nimmer!«, stieß diese aus. »All diese mühevollen Jahre, die ich ihm geopfert habe … Für irgendetwas müssen sie doch gut gewesen sein! Wenn ich jetzt gehen würde, wären meine Heirat, all die Arbeit und die vielen Reisen bloß ein großer Fehler.«
Katharina begriff: Laurentine war zu schwach, Myra zu stolz.
Und was bin ich?, dachte sie. Kann ich mir überhaupt ein Urteil über sie erlauben, wenn mein Leben doch auf kaum weniger Lügen gebaut ist als ihres? Allerdings: Manchmal sind die Lügen nun mal die stabileren Steine als die Wahrheit …
Als sie Myra schon anbieten wollte, ihr beim Kochen zu helfen, wurde deren Gesicht plötzlich ganz weich.
»Wenn er die Schrift doch noch enträtselt … wenn er Erfolg hat, endlich der berühmte, anerkannte Archäologe ist, der in sämtlichen Fachzeitschriften publiziert wird … vielleicht

wird er mir dann danken. Und vielleicht wird er dann auch einmal ein paar Wochen Zeit für mich und die Kinder haben.«

Ein nahezu verträumter Zug erschien um ihren Mund, den Katharina noch nie an ihr wahrgenommen hatte. Er machte sie jünger, hübscher, liebevoller. Doch viel zu schnell wurde Myras Miene wieder hart.

»So alt kann ich gar nicht werden, dass ich mich nicht manchmal zur Närrin mache!«, zischte sie. »Ich hoffe, du bist klüger als ich.«

Katharina starrte ihr nachdenklich nach, als sie sich hastig abwandte.

Vielleicht war es tatsächlich klüger, nicht zu träumen – von mehr Glück, mehr Liebe oder einer besseren Welt. Aber irgendwie war das auch traurig.

16. Kapitel

Im Dezember 1888 kam ein weiteres Schiff nach Rapa Nui – die Paloma, die von Policarpo Toro geschickt und von seinem Bruder Pedro dringend erwartet worden war. Mehrere Siedlerfamilien aus Chile waren an Bord, außerdem Nägel, Bretter, Kupfersulfat als Arznei für die Schafe und einige Lebensmittel. Nach einem halben Jahr, so wurde in Aussicht gestellt, sollte ein weiteres Schiff mit Proviant, Material und noch mehr Siedlern eintreffen.

Aaron beobachtete vom Strand aus, wie die Boote anlegten. Wie immer war es ein mühsames Unterfangen, die vielen kleinen Felsen zu umschiffen. Es war bereits Abend, und die ansonsten dunklen Steine glitzerten im warmen Licht rötlich, gleich so, als wäre die untergehende Sonne von den schroffen Felsen aufgeritzt worden und hätte sich ihr Blut über das Meer ergossen.

Gespannt wartete Aaron darauf, welchen Eindruck die chilenischen Siedlerfamilien machen würden. Wenn es nach Pedro Toro ging, hätte der am liebsten jedes Fleckchen der Insel bevölkert, und sei es nur, um selbst nicht vor Einsamkeit verrückt zu werden. Doch seine Hoffnung wurde enttäuscht, denn Aaron zählte in den Booten kaum ein Dutzend Menschen, darunter etliche Seeleute, die die Insel bald wieder verlassen würden. Bestenfalls waren drei oder vier Familien dabei.

Er war sich nicht sicher, ob er darüber erleichtert sein sollte oder enttäuscht. Wenn nur wenige Siedler kamen, bestand die Hoffnung, dass die Rapanui die Insel wieder zu der ihren machen konnten. Allerdings musste er sich wohl oder übel eingestehen, dass sie schon in den letzten Monaten die Chance dazu gehabt, sie aber kaum genutzt hatten. Anstatt ihr Schicksal in die Hand nehmen, verkrochen sich die, die sich schon bislang kaum aus Hanga Roa gewagt hatten, immer noch dort, und alle, die früher für die Schaffarm gearbeitet hatten, taten das weiterhin, wenngleich nun unter Barnabas Wilkinsons und Pedro Toros Aufsicht.

Letzterer war mit ihnen unzufrieden.

»Das ist ein faules Pack«, hatte er sich bei Aaron beschwert. »Die meisten begnügen sich mit Bataten, lassen Mäuse und Ratten von Katzen fangen und hocken den ganzen Tag herum.«

Schon nach kurzer Zeit auf der Insel schien er verbittert, doch auch wenn Aaron nicht viele Sympathien für ihn übrig hatte, musste er zugestehen, dass er ein Mann war, der anpackte. Er schien Tag und Nacht zu arbeiten – genauso wie Barnabas Wilkinson. Aaron hatte keine Ahnung, wie es Katharina ging, wich sie ihm doch beharrlich aus, wann immer sie ihn aus der Ferne sah. Manchmal wusste er nicht, wohin mit all der Liebe und Sehnsucht und Schuld, die in ihm nagten, dann wieder versuchte er, sich mit aller Macht abzulenken, wenngleich er dazu nicht viele Möglichkeiten hatte. Zwar hatte sich Pakarati von seiner Idee, eine Schule für die Kinder zu führen, begeistert gezeigt und seine Hilfe zugesichert, doch immer noch waren es nur eine Handvoll Kinder, die kamen, und das bestenfalls für zwei, drei Stunden. Ansonsten galt es weiterhin, seinen Lebensunterhalt zu beschaffen, indem er Bataten und ein wenig Gemüse anbaute, doch da er ein genügsamer Mensch war, füllte das kaum den Tag aus.

Eben sprangen einige Männer aus den Booten, und hinter ihm ertönten vertraute Stimmen. Als er herumfuhr, sah er die Grey-Schwestern nicht weit von ihm entfernt stehen. Anders als er erwarteten sie die Ankömmlinge nicht mit gemischten Gefühlen, sondern voller Hunger nach Abwechslung.

Wer konnte es ihnen verdenken! Die Insel war kein Ort für drei junge Mädchen, und Lucius schien sich um die Belange seiner Familie ebenso wenig zu scheren wie um die der Rapanui. Rufus lebte hingegen gerne hier, weil er Hina verehrte, und Myra … nun, die schien heute vor allem froh zu sein, dass es neues Saatgut gab. Das hielt sie natürlich nicht davon ab, mit den Töchtern zu schimpfen.

»Wenn man euch hört, könnte man euch für gackernde Hühner halten.«

»Fragt sich nur«, lästerte Rufus, »welcher Gockel euch erhört und laut Kikeriki schreit.«

»Du magst vielleicht kein Gockel sein, aber in jedem Fall ein Hund, der ständig schnüffelnd Hinas Fährte folgt«, gab Lydia schnippisch zurück.

Drohend hob Rufus die Hand, doch Myra beschwichtigte ihn, und ehe Aaron beobachten konnte, welchen Ausgang der Streit nahm, kam Pedro Toro auf ihn zu.

»Auf ein Wort, Pastor Hayes.«

Seine Miene war noch mürrischer als sonst, wohl, weil er selbst längst festgestellt hatte, dass nur wenige Siedler gekommen waren. Doch als er erst zu reden anfing, kam jener Pragmatiker in ihm zum Vorschein, der noch aus den widrigsten Umständen das Beste zu machen gedachte.

»Ich habe mir überlegt, dass die Rapanui Spanisch lernen müssen. Die meisten sprechen ein bisschen Englisch, wieder andere Französisch, aber die Chilenen, die heute ankommen, verstehen nur Spanisch. Ich habe gehört, dass Sie eine Schule für die Kinder gegründet haben, und möchte Sie fragen, ob Sie künftig auch Erwachsene lehren könnten? Vorausgesetzt, Sie beherrschen Spanisch.«
Aaron war überrascht über das Ansinnen – und erfreut, sah er darin doch ein Zeichen für Toros Einsicht, dass er die Rapanui nicht bekämpfen oder unterdrücken durfte, sondern um ein friedliches Zusammenleben bemüht war. Doch als Pedro fortfuhr, erkannte er, dass es pure Berechnung war, die ihn leitete.
»Die Ordensbrüder behaupten, dass die Rapanui nicht sonderlich treu zu ihrer Kultur stehen und dass die Einflussnahme von vier oder sechs Weißen genügt, damit sie alle ihre Bräuche aufgeben. Und da dachte ich mir – wenn sie erst einmal unsere Sprache lernen, dann übernehmen sie auch unsere Tugenden wie Fleiß und Pünktlichkeit.«
Aaron musste an Tane denken. Selten hatte er einen Mann gesehen, der so stolz auf seine Herkunft war. Allerdings wollte er nicht mit Toro streiten. »Wenn Sie sie ermutigen wollen, Spanisch zu lernen, dann sollten Sie auch ein Zeichen setzen, dass Sie es gut mit ihnen meinen. Eine Möglichkeit wäre, die Mauer niederzureißen.«
»Welche Mauer?«
Aaron weitete ungläubig die Augen. »Nun, dort hinten! Die Mauer, die um die Häuser errichtet wurde, kann doch jeder sehen! Einst hat Dutrou-Bornier die Rapanui in Hanga Roa regelrecht eingepfercht, und auch wenn die Bewohner mittlerweile die Möglichkeit haben, das Dorf zu verlassen, ha-

ben sich viele so sehr daran gewöhnt, dass sie es nicht wagen.«

»Ach was!« Pedro machte eine wegwerfende Bewegung. »Das ist doch keine richtige Mauer, bestenfalls ein Zaun. Die Rapanui haben die Absperrung selbst errichtet, um sich vor Tieren zu schützen.«

Aaron unterdrückte mühsam die aufsteigende Wut. »Dennoch«, sagte er eindringlich, »sie sollten nicht das Gefühl haben, Gefangene zu sein.«

»Sind wir nicht alle Gefangene auf dieser kleinen Insel?«

»Aber …«

»Im Übrigen habe ich ganz andere Sorgen. Ich fürchte, wir kriegen noch Probleme mit Chiles Regierung.«

»Warum denn das?«

»Mein Bruder hat wohl eigenmächtiger gehandelt, als er uns alle glauben gemacht hat. Er erklärte immer, die Zustimmung für den Kauf der Insel zu haben. Aber offenbar mehren sich in Chile die Stimmen, die die Insel gleich wieder loswerden wollen, nicht zuletzt, weil der Kauf noch nicht endgültig ist und wir das Land von Brander-Salmon nur gepachtet haben. Jetzt müssen wir Tatsachen schaffen. Selbst wenn die Insel noch so klein und unbedeutend ist – sobald sie von Chilenen bevölkert ist, kann die Regierung sie unmöglich aufgeben und ihrem Schicksal überlassen.«

Er ließ ihn stehen und ging auf die Boote zu.

Erst jetzt sah Aaron, dass diese nicht nur mit Menschen und Kisten beladen waren, sondern auch mit einigen Schafen. Ihre Beine waren zusammengebunden, damit sie sich nicht bewegen konnten, und ihr klägliches Mähen klang wie Weinen.

Ehe auch das letzte Boot anlegte, sprang einer der Männer,

der darin saß, auf, packte ein Schaf und warf es ins Meer. Offenbar ertrug er den quälenden Ton nicht länger – ob es nun aber schlichtweg Verzweiflung, Überdruss oder Bösartigkeit war, die ihn antrieb, konnte Aaron nicht sehen, da das schwarze Haar des Mannes ihm tief ins Gesicht hing.
Das Schaf versank wie ein Stein, doch da das Boot schon nahe genug ans Ufer gekommen war, stapfte Toro ins Wasser und zog das Vieh an Land. Gottlob war es nicht ertrunken, und alsbald blökte es wieder, wenngleich noch kläglicher als zuvor.
»Sind Sie verrückt geworden?«, schrie Pedro den Mann an. »Sie können doch nicht einfach ein Schaf ertränken.«
Der Mann sprang ebenfalls ins Wasser, um ans Ufer zu waten, und schnaubte unwillig: »Die ganze Reise über waren wir mit dem Vieh im Schiffsbauch eingepfercht. So haben wir das nicht mit Ihrem Bruder ausgemacht!«
Toro bückte sich und löste den Strick, mit dem die Beine des Schafs zusammengebunden waren.
»Auf dieser Insel ist nichts selbstverständlich«, schrie er, »die Tiere sind unser größter Schatz, und wenn Sie nicht bereit sind, anständig mit ihnen umzugehen, dann können Sie gleich wieder zurückfahren.«
Der Mann ließ sich nicht einschüchtern. »Noch einmal soll ich eine wochenlange Reise wie diese ertragen? Vergessen Sie's! Warum hat man uns nicht gesagt, dass dieses verfluchte Eiland am Ende der Welt liegt?«
Aaron musterte die anderen, sah einige blasse Männer und auch zwei Frauen, die sehr erschöpft wirkten. Sie betrachteten die Insel eher ängstlich als neugierig, und er konnte es ihnen nicht verdenken, dass die Sorgen überwogen – umso mehr, da sie offenbar mit falschen Versprechungen hierhergelockt worden waren.

Dennoch: Es war ein denkbar schlechter Anfang, sie mit einem Fluch auf den Lippen zu betreten wie der Chilene, der fast das Schaf ersäuft hatte, und Aaron konnte nur hoffen, dass das kein schlechtes Omen für ihr künftiges Zusammenleben war.

Katharina hatte Aaron schon von Weitem gesehen und gesellte sich schnell zu den Grey-Schwestern, in deren Mitte sie sich vor ihm verstecken konnte – zum Preis, dass sie deren aufgeregtes Geplapper anhören musste. Einmal mehr drehte es sich um nichts anderes als den künftigen Ehemann, den man auf dieser Insel kaum finden konnte, oder neue Kleider, die fast noch schwerer zu bekommen waren. Sie neckten sich gegenseitig mal gutmütig, mal mit beißendem Spott und erinnerten Katharina an ihre eigenen Schwestern. Mit dem Anflug des Heimwehs, das sie in ihrer Nähe immer überkam, war jedoch leichter fertigzuwerden als mit Aarons Anblick.

Dann allerdings musste sie beobachten, dass ausgerechnet Barnabas schnurstracks auf ihn zuging. Die beiden Männer hatten in der Anfangszeit nicht viel miteinander zu tun gehabt, aber seit Pedro Toro die Geschicke der Insel lenkte und sich regelmäßig mit Aaron austauschte, traf ihn auch Barnabas häufiger. Worüber er mit ihm sprach, hatte er nie erzählt, doch Katharina befürchtete, er könnte ihm heute die Neuigkeit unter die Nase reiben, über die in der Familie Wilkinson seit Tagen gesprochen wurde. Romy war davon so begeistert, dass sie sie, ihre übliche Schüchternheit hin oder her, am liebsten der ganzen Welt verkünden wollte. Der Katze Toni vertraute sie sie dreimal täglich an – mindestens.

Katharina lief Barnabas so hastig nach, dass sie über einen

Stein stolperte und der Länge nach hinfiel. Obwohl es nicht weiter schlimm war und sie sich nur das Knie aufgeschürft hatte, stürzte Barnabas zu ihr und half ihr auf. »Mein Gott, Katharina! Du musst besser auf dich aufpassen!«
Aus den Augenwinkeln nahm sie wahr, dass auch Aaron zu ihr geeilt war und sich sein Blick in ihren Leib bohrte.
»Es ist nicht weiter schlimm«, murmelte sie gepresst.
»Aber in deinem Zustand«, bestand Barnabas.
Katharina atmete tief durch. Sie hatte nicht gedacht, dass es ihr so schwerfallen würde, es vor Aaron auszusprechen. Und doch – nun konnte sie es nicht länger hinausschieben. Sie zwang sich, Aaron anzusehen.
»Ich bin guter Hoffnung, müssen Sie wissen.«
Sie sah, wie er zusammenzuckte, konnte aber nicht sagen, ob er einfach nur erschrocken oder im tiefsten Inneren getroffen war. Nicht lange hielt sie seinem Blick stand, sondern wandte sich rasch wieder zu Barnabas, dessen Gesicht von sachter Röte überzogen war – vielleicht, weil er es unschicklich fand, in Gegenwart von Männern eine Schwangerschaft zu erwähnen, vielleicht aber auch, weil er so stolz war. Er hatte sich vor einigen Wochen ungemein gefreut, als sie ihm von dem zu erwartenden Familienzuwachs berichtet hatte.
Katharina tat, als würde sie ihr zerschundenes Knie betrachten. Auch Romy kam besorgt näher, und dass sie sich wie so oft an sie schmiegte, gab Katharina die Kraft, den Blick wieder zu heben. Aarons Züge waren versteinert, doch in seinen Augen las sie ganz deutlich eine Frage.
Kaum merklich schüttelte sie den Kopf.
Nein, das Kind war nicht von ihm, sonst wäre die Schwangerschaft viel weiter fortgeschritten gewesen. Manchmal fragte sie sich, ob sie darüber froh oder enttäuscht war, ob es

ihr Leben leichter gemacht hätte oder noch schwerer, aber meistens verdrängte sie den Gedanken daran und sagte sich, dass das Kind ein deutliches Zeichen war, zu wem sie gehörte – nämlich zu Barnabas, nicht zu Aaron.

»Das freut mich.« Seine Stimme klang heiser, aber Barnabas fiel das nicht weiter auf. »Es ist so einsam auf der Insel, da kann es gar nicht genug Kinder geben.«

»Nun, jetzt kommen ja die Siedler. Haben Sie sie schon kennengelernt?«

Ehe Aaron etwas antworten konnte, ertönten zwei Schreie: Der eine stammte aus der Kehle eines finster dreinblickenden Mannes mit schwarzen Haaren, der einen Fluch ausstieß – scheinbar nicht seinen ersten, denn alle anderen beachteten ihn kaum –, der andere klang hoch und weiblich. Katharina zuckte zusammen. Die Frau schrie nicht irgendetwas, sondern … ihren Namen.

Auch Barnabas und Aaron drehten sich überrascht zu ihr um, und die Grey-Schwestern verstummten zum ersten Mal an diesem Tag.

»Wer … wer ist das?«, fragte Barnabas und deutete auf die Frau, die zielstrebig auf sie zulief. »Kennst du sie etwa?«

Katharina glaubte zu träumen. In all der Zeit, die sie nun auf der Insel lebte, hatte stets ein Schmerz in ihrem Inneren gepocht, dem sie sich noch weniger hatte stellen können als dem Liebeskummer wegen Aaron. Nun überkam er sie noch einmal ganz heftig, ehe er langsam nachließ. Seit sie damals in Valparaíso das Schiff bestiegen hatte, war sie das Gefühl, ganz allein auf der Welt zu sein, nie ganz losgeworden. Weder Aaron hatte es ihr nehmen können noch die Kinder oder Barnabas.

Aber jetzt …

Tränen perlten über ihre Wangen, und blind lief nun auch sie auf die Frau zu. Beinahe stolperte sie noch einmal, aber dann lagen sie sich schon in den Armen. Sie war schmächtiger, als sie sie in Erinnerung hatte, doch vielleicht täuschte sie sich, weil sie selbst sehniger geworden war. Haare kitzelten sie – Haare, die ihren glichen, nur einen Farbton dunkler waren.

»Theresa! Was machst du denn hier! Wie kommst du ausgerechnet …«

So viele Tränen strömten über ihre Wangen, dass sie nichts mehr sagen konnte. Sie weinte nicht nur aus Wiedersehensfreude, sie weinte auch, weil sich plötzlich alles richtig anfühlte. Die vielen Strapazen, der Verzicht auf Aaron, die Verantwortung, die sie für die Kinder übernommen hatte – jetzt endlich wurde sie dafür belohnt.

Barnabas war ihr gefolgt. »Wer ist das?«, fragte er wieder.

»Meine Schwester!«, rief Katharina. »Das ist meine jüngere Schwester Theresa! Sie stammt wie ich vom Llanquihue-See, aber warum sie hier ist, das … das weiß ich auch nicht.«

Erst jetzt kam sie dazu, Theresa ausführlich zu mustern. Sie musste unter der langen Reise gelitten haben, denn ihr Gesicht war fahl und fleckig, die Haare waren etwas strohig. In den Augen las sie Neugierde, aber auch Furcht – Gefühle, die Katharina nur allzu gut kannte.

»Ich … ich hielt es zu Hause einfach nicht mehr aus«, brach es aus Theresa hervor. »Nachdem du fort warst, blieb alles an mir hängen, die ganze Arbeit, Fridas Kinder … Aber dann habe ich zufällig erfahren, dass Policarpo und Pedro Toro um Siedler für die Osterinsel werben. Onkel Fritz schickt uns aus Valparaíso regelmäßig Zeitungen, wie du weißt, da war darüber zu lesen, und ich dachte mir: Was du kannst, kann ich doch auch.«

Obwohl sie strahlend lächelte, erkannte Katharina, dass Theresa ihre Entscheidung nicht nur aus Sehnsucht nach der Schwester getroffen hatte, sondern auch aus Trotz. Schon als Kind hatten sie nicht selten einen Wettstreit ausgefochten, wer was am besten konnte, und auch nun hatte Theresa der älteren Schwester in nichts nachstehen und den gleichen Wagemut wie sie beweisen wollen.

Doch was zählte es, dass sie sich häufiger gezankt und miteinander rivalisiert, als sich gegenseitig geholfen und ermutigt hatten? Hauptsache, sie hatte ihre Schwester bei sich und war nicht länger allein! Genau betrachtet war sie das natürlich nicht, sie hatte Barnabas und die Kinder, und auch Theresa verkündete zu ihrer Überraschung: »Ich bin übrigens mittlerweile verheiratet.«

Kurz befürchtete Katharina, sie würde auf den fluchenden Mann mit den schwarzen Haaren deuten, doch stattdessen trat einer an Theresas Seite, der diesem zwar ähnlich sah, aber nicht ganz so finster dreinblickte. Er fluchte auch nicht, sondern öffnete den Mund nur, um sich zu übergeben.

»Hermano hat ganz schrecklich unter der Seekrankheit gelitten.« Theresa zuckte entschuldigend die Schultern, als schämte sie sich, dass ihr Angetrauter einen solch erbärmlichen Anblick bot.

»Hier wird er sich sicher bald erholen«, sagte Katharina, um nicht ohne Stolz auf Barnabas zu zeigen. Er war keine sonderlich stattliche Erscheinung, doch verglichen mit Hermano ein Ausbund an Vitalität und Manneskraft. »Das ist mein Mann. Barnabas Wilkinson. Und das sind meine Kinder Tim und Romy.«

Immer noch lächelte Theresa, doch ein scharfer Unterton war deutlich herauszuhören, als sie rief: »Aber denk nicht, dass ich hierhergekommen bin, um noch mehr Kinder zu hüten!«

Katharina lag es schon auf den Lippen, von ihrer Schwangerschaft zu berichten, aber nun schluckte sie die Worte ebenso wie die leise Enttäuschung hinunter. Es gab ja auch so viel anderes zu bereden, alle Siedler kennenzulernen, ihnen die Insel zu zeigen, ihnen Häuser zuzuteilen und neue zu bauen ... Und vor allem musste Theresa ihr alles erzählen, was in den letzten Jahren am Llanquihue-See passiert war.

»Kommt erst einmal mit«, sagte sie und hakte sich bei Theresa unter.

Der grimmige Schwarzhaarige rührte sich nicht, sondern ließ seinen Blick über Hanga Roa kreisen: »In diesen armseligen Hütten sollen wir leben?«

»Hier wohnen nur die Rapanui, Ezequiel«, schaltete sich Pedro Toro ein. »Ihr werdet euch in Vaihu niederlassen.«

Dieser Ezequiel knurrte Unverständliches, Theresas Mann übergab sich erneut, aber Theresa achtete nicht darauf, sondern folgte Katharina. Als sie sich flüchtig umdrehte, stellte sie zu ihrer Erleichterung fest, dass Aaron sich bereits zurückgezogen hatte.

Am Tag nach der Ankunft der Siedler brach Aaron zur Kirche in Vaihu auf. Brander und Salmon hatten sie zwar zwischenzeitlich immer wieder als Lager für Schafwolle benutzt, sie nun aber endgültig räumen lassen, ehe sie nach Tahiti aufgebrochen waren. Sie gaben vor, damit dem ausdrücklichen Wunsch von Pater Montiton nachzukommen, wollten in Wahrheit aber wohl auf nichts verzichten, was sie zu Geld machen konnten. Pater Montiton war längst wieder nach Chile zurückgekehrt, doch Nicholas Pakarati hatte für den heutigen Tag alle neuen Siedler eingeladen, um gemeinsam mit ihnen den Gottesdienst zu feiern.

Aarons Sympathie für den Katecheten war in den letzten Wochen gewachsen. Wann immer er mit ihm sprach, fühlte er, dass er ein Mensch mit reinem Herzen, nobler Seele und gesundem Menschenverstand war. Einzig mit seinem übergroßen Gottvertrauen hatte er seine Probleme, nicht nur, weil sein eigener Glaube von so viel Zweifel durchsetzt war, sondern weil Nicholas in Dingen des alltäglichen Lebens allein auf das Wirken des Allmächtigen setzte – nicht auf das des Menschen.

Als Aaron an diesem Morgen einmal mehr darauf drang, dass man die Mauer um Hanga Roa niederreißen müsse und dass auch er Pedro deswegen in den Ohren liegen solle, meinte er schlicht: »Pedro Toro erfüllt seine Pflichten und ich die meinen. Und wenn Sie etwas inständig wünschen, bitten Sie Gott darum!«

In seinem Blick stand die Unschuld eines Kindes, dem die schmerzliche Erfahrung fremd war, dass man nicht alles bekommt, auch wenn man es sich aus ganzem Herzen erhofft. Aaron rührte diese Naivität; seine eigene Seele erschien ihm plötzlich schwer und dunkel, und anstatt ihm zu widersprechen, erklärte er nur, dass er sich auf den Gottesdienst freue und mitfeiern wolle, auch wenn er kein Katholik sei.

Pakarati lächelte über das ganze Gesicht und fing an, eigenhändig die Glocken zu läuten, deren Klang durchdringend über die Insel schallte. Elizabeth, seine Frau, wartete schon in der Kirche. Sie hatte sie mit der Hilfe einer Rapanui namens Angata gründlich gereinigt, mit etlichen Blumen geschmückt und nun begonnen, mit den schon eingetroffenen

Gläubigen den Rosenkranz zu beten. Aaron beteiligte sich nicht daran, nahm aber erleichtert zur Kenntnis, dass sich die Kirche zur Hälfte mit Rapanui aus Hanga Roa gefüllt hatte, die Pakaratis Einladung gefolgt waren. Elizabeth hatte eine angenehme Stimme, und in ihren Augen stand der gleiche Glanz wie bei ihrem Mann. Sie sah jeden Menschen an, als wäre er ein Heiliger und jedes Fleckchen Erde ein Paradies, und wie Nicholas beneidete Aaron auch sie ein wenig um ihre Leichtigkeit und Glückseligkeit. Ihm war es nicht gegeben – aber den beiden gelang es, alles Böse, Unschöne beharrlich zu ignorieren und alle Menschen zu begrüßen, als gehörten sie zu ihrer Familie. Da war niemand, den sie nicht anlächelten oder für den sie keine freundlichen Worte fanden.

Während nun auch Nicholas die Kirche betrat und alles für den Gottesdienst vorbereitete – bevor Pater Montiton die Insel verlassen hatte, hatte er noch genügend Brot gewandelt, damit in den nächsten Monaten die Kommunion verteilt werden konnte –, strömten noch mehr Menschen in die Kirche, so auch die Greys, Hina und Nani und sogar deren Großmutter Ika.

Hina blickte etwas traurig wie so oft in letzter Zeit, aber sie hatte sich frische Blumen ins Haar geflochten, und Nani hatte zwar seit Roros Tod immer noch kein Wort gesprochen, doch ihr Blick war nicht mehr leer, sondern wach und neugierig. Dass auch die alte Ika Hanga Roa verlassen hatte, freute Aaron besonders. Der lange Weg schien sie sehr angestrengt zu haben, denn anstatt die Kirche zu betreten, blieb sie vor dem Portal stehen und keuchte angestrengt. Aaron eilte nach draußen, um sie zu stützen und hineinzugeleiten, doch ehe er sie erreichte, schrie die alte Frau begeistert auf,

schlug die Hände über ihrem Kopf zusammen und fing zu zittern an.
Verspätet erkannte Aaron, wer sie so erfreute: Auch Tane war eben vor der Kirche eingetroffen.
Seit Aaron ihn niedergerungen hatte, war er ihm nicht wieder begegnet. Gern hätte er einen Blick auf seine Wunde geworfen, doch er musste sich mit den Aussagen anderer Rapanui begnügen, die erklärten, ihn in der Nähe des Anakena-Strandes oder der unterirdischen Höhlen der Insel gesehen zu haben. Was genau er dort trieb, konnte niemand sagen. Die Monate in der Einsamkeit hatten ihn auf jeden Fall verändert: Sein Gesichtsausdruck war noch stolzer, aber auch härter als früher, sein Haupthaar war ebenso gewachsen wie sein Bart. Er hatte sich ein paar Federn hineingeflochten, seine Wangen mit Farbe bestrichen und trug anstelle einer dunklen Hose nur einen Lendenschurz. Er wirkte schön, Ehrfurcht gebietend und auch ein bisschen … gefährlich. Obwohl sie aufgeplatzt war, als er ihn angegriffen hatte, war die Wunde gut verheilt, wie Aaron nun erleichtert feststellte: Ein wenig glich die glänzende Narbe einer Schlange, die sich auf seiner Brust wand.
Hastig ging Aaron auf ihn zu.
»Tane, ich bin so glücklich, dich zu sehen …«
Mit einer herrischen Bewegung brachte Tane ihn zum Schweigen. »Geht es meiner Familie gut?«, fragte er knapp.
»Sieh doch selbst, sie sind alle gekommen, um heute den Gottesdienst zu feiern. Wie ich werden sie sich freuen, dass du auch gekommen bist.«
Er nickte ihm aufmunternd zu, auf dass er seine Großmutter begrüßte, doch anstatt auf Ika zuzugehen, schüttelte Tane den Kopf und wandte sich ab.

»Ich wollte mich nur vergewissern, dass sie unter niemandem zu leiden haben.«
Sprach's und lief davon.
»Tane«, rief Aaron und eilte ihm nach. »Nun komm schon mit in die Kirche. Ebenso Schreckliches wie Trauriges liegt hinter dir und deiner Familie, aber warum willst du keinen Neuanfang wagen? Archibald Smythe ist doch weg, und Alex Salmon, John Brander und Frank Allen auch …«
Tanes Gesicht verzog sich nicht im Geringsten. »Dafür sind andere gekommen.«
Missmutig wies er mit dem Kinn auf den Weg, auf dem sich die Siedler näherten. Pedro Toro führte sie an, und auch Katharina und Barnabas hatten sich ihnen angeschlossen. Katharina ging neben ihrer Schwester Theresa, die kaum einen Blick für ihren Mann Hermano hatte. Der war immer noch etwas bleich im Gesicht, aber nicht mehr so grünlich, und senkte seinen Kopf so tief, als wollte er so wenig wie möglich von der Insel sehen. Der Schwarzhaarige mit dem Namen Ezequiel blickte sich hingegen misstrauisch um. Auch er hatte wohl eine Frau – oder vielleicht eine Schwester – mitgebracht, doch wie Hermano starrte sie hartnäckig zu Boden. Ein weiteres Ehepaar und die vier Männer, die offenbar alle unverheiratet waren, wirkten gleichgültig und abgestumpft.
Nicholas Pakarati und Elizabeth kamen aus der Kirche und traten mit strahlendem Lächeln auf die Siedler zu. Sie merkten gar nicht, dass sie Tane auf diese Weise den Weg versperrten, sodass der bleiben musste, umso mehr, da seine Großmutter ihm nun um den Hals fiel. Er ließ es steif über sich ergehen, doch seine Miene war nicht mehr ganz so streng, und als er sah, dass nun auch Nani aus der Kirche

kam und seine Hand nahm, verzogen sich seine Lippen zu dem Anflug eines Lächelns. Er beugte sich zu ihr herab, sagte etwas zu ihr, und obwohl Nani keines seiner Worte erwiderte, schenkte auch sie ihm ein Lächeln.
»Willst du ... willst du nicht doch den Gottesdienst besuchen?«, fragte Aaron.
Er sah dem Rapanui deutlich an, dass er zu einer mürrischen Entgegnung ansetzte, doch in der Gegenwart von Ika und Nani wollte er nicht hasserfüllt klingen.
»Es ist euer Gott, nicht meiner!«, erklärte er lediglich.
Er nickte allen zu, um danach endgültig zu gehen, doch just, als er sich abwandte, hatte Ezequiel ihn bemerkt und war erstarrt. Hatte er zunächst einfach nur schlecht gelaunt wie am Tag der Ankunft gewirkt, machte er nun, als er den halb nackten und so exotisch anmutenden Tane musterte, ein Gesicht, als würde er sich gleich übergeben wollen wie sein seekranker Bruder.
Nicholas Pakarati reichte ihm die Hand. »Ich freue mich so sehr, dass Sie gekommen sind, um den Gottesdienst ...«
»Ich feiere doch keinen Gottesdienst mit den Tieren!«, schrie Ezequiel.
Das Lächeln von Pakarati gefror, und auch seine Frau Elizabeth wirkte erstmals unsicher. Unbändige Wut stieg in Aaron hoch, weil Ezequiel – ob er sich darüber nun im Klaren war oder nicht – nicht nur Tane gekränkt hatte, sondern auch die beiden. Doch bevor er ihn tadeln konnte, mischte sich Pedro Toro ein: »Nun machen Sie nicht schon wieder Schwierigkeiten! Es tut nicht weh, auch mal guten Willen zu zeigen.«
So überdrüssig, wie er selbst klang, war nicht viel von diesem guten Willen zu erahnen, aber Aaron war dankbar für

die Zurechtweisung – und ebenso, dass sie Erfolg hatte. Ezequiel trotzte kurz seinem Blick, erkannte Pedro Toro dann jedoch als den Einflussreicheren an. Er rümpfte nur die Nase, sagte nichts mehr und wagte schon gar nicht, sich umzudrehen und davonzugehen.
Bevor er jedoch die Kirche betreten konnte, stellte sich Tane ihm in den Weg.
»Meine Cousinen«, verkündete er laut, »meine Cousinen wollen aber auch nicht mit Tieren feiern!«
Wieder erstarrten alle. Die junge Elizabeth war den Tränen nahe, Pakarati verstummte vor Schreck, und Pedro Toro stieß ein unwilliges Stöhnen aus. Er warf Aaron einen Blick zu, als wollte er sagen, dass Tane nicht in seine Zuständigkeit fiel, doch ehe er eingreifen konnte, schrie Ezequiel empört auf und ging mit Fäusten auf Tane los. Geschickt wich der ihm aus, was den anderen jedoch nicht zum Aufgeben veranlasste – im Gegenteil. Ezequiel wollte noch brutaler auf ihn einprügeln, bekam den schlanken, muskulösen Körper aber noch weniger zu fassen. Ezequiel schrie immer lauter, immer wütender, und sein Bruder, so bleich er auch war, kam ihm zu Hilfe. Gegen sie beide hatte Tane kein so leichtes Spiel mehr, und prompt traf ihn Ezequiels Faust. Doch er rächte sich, indem er Hermano in den Bauch trat.
Theresa brach in Tränen aus, Hina und Ika auch, nur Nani war schreckerstarrt und stumm.
»Schluss!«, schrie Aaron. »Hört auf!«
Er stürzte sich zwischen die drei, erreichte damit jedoch nichts anderes, als dass er sich selbst einen schmerzhaften Faustschlag in den Magen einfing. Kaum hatte er nach Atem geschnappt, stolperte er über ein ausgestrecktes Bein und fiel zu Boden. Er rappelte sich auf, aber da waren schon ei-

nige Rapanui aus der Kirche gekommen, um Tane festzuhalten, während die Chilenen sich vor Hermano und Ezequiel stellten. Was sie nicht verhindern konnten, war, dass sich die Männer hasserfüllt anschauten.

»Ihr Bruder hat uns versprochen, dass uns die Wilden nicht in die Quere kommen!«, brüllte Ezequiel in Pedros Richtung. »Aber wie es scheint, war auch das nur eine Lüge, und wir müssen alles selbst in die Hand nehmen.«

Einmal mehr spuckte er aus, doch zumindest ging er nicht erneut auf Tane los, sondern stürmte davon. Für Aaron war das nur ein schwacher Trost. Elizabeth und Nicholas waren zutiefst bestürzt, Nani verstörter als zuvor, und ihre Großmutter schlug weinend die Hände vors Gesicht.

»Es ... es sind nicht alle so wie Ezequiel ...«, murmelte Aaron hilflos.

Eine Weile starrte Tane ihn nur finster an, als hätte er in einer fremden Sprache gesprochen. Dann trat er ganz dicht an ihn heran.

»Doch, das sind sie«, flüsterte er bedrohlich. »Ich habe mich eben von meinen Gefühlen hinreißen lassen, als ich zurückgeschlagen habe, und das war ein Fehler. Du kannst mir vertrauen, ich werde nie wieder einen Weißen angreifen.« Er machte eine kurze Pause, um hinzuzufügen: »Zumindest nicht unvorbereitet. Sie haben die besseren Waffen und ich im Augenblick zu wenige Verbündete. Aber das wird sich ändern. Eines Tages werde ich sie allesamt von dieser Insel verjagen. Und du, Pastor, wirst mich nicht daran hindern.«

»Tane«, setzte Aaron gequält an. »Dass ich dich niedergerungen habe ... dich verletzen musste ... es war doch nur ...«

»Spar's dir!«

»Du musst mich hassen.«

»Nein!« Gebieterisch hob Tane die Hand. »Ich hasse dich nicht einmal. Es ist nur so … Du bist kein Rapanui. Und deswegen kannst du niemals mein Freund sein.«
Sprach's, suchte ein letztes Mal Aarons Blick und ging davon.
Aaron wusste, dass es sinnlos war, ihn aufzuhalten oder ihm gar nachzugehen.

Hina kehrte erst am Abend zum Haus der Greys zurück. Stundenlang war sie herumgelaufen – entlang der schroffen Steilküste und an Stränden, über manche Hügel und Geröllfelder. Sie hatte ein schlechtes Gewissen, weil sie Tane beschwichtigen, Nani trösten und ihre Großmutter nach Hanga Roa begleiten hätte sollen, war aber zugleich voller unbändiger Sehnsucht, ihr Leben und all ihre Sorgen für kurze Zeit hinter sich zu lassen. Ihre Großmutter hatte genügend Enkelkinder, die sich um sie kümmerten, und was Tane anbelangte … Tane würde ihretwegen von seinem Hass nicht ablassen, sie vielmehr dafür verachten, dass sie ihn beharrlich beschwor, genau das zu tun.
Vor Kurzem noch hatte sie gedacht, selbst diesen Hass zu hegen, doch nun fühlte sie sich müde, einfach nur müde. Jeden Tag erwachte sie mit der Angst. Angst um die Großmutter, die an Roros Tod zu zerbrechen drohte, Angst um Nani, die seit dem Tod ihres Bruders nicht mehr die Alte war, Angst um Tane, der Rache suchte. Angst auch um sich selbst. Noch bei der Trauerfeier hatte es sie getröstet, alte Bräuche zum Leben zu erwecken und sich Ohrringe zu stechen, doch nachdem Roros Leichnam verschwunden war, wusste sie: Das hatte auch keinen Sinn. Ob sie lange Ohrläppchen hatte oder kurze, sich das Gesicht mit Farbe bemalte oder sich

Federn ins Haar steckte – für die meisten Weißen blieben Menschen wie sie Tiere, ob sie sich nun ihrer Lebensweise anpassten oder nicht, und ihre Blicke fielen immer kalt und grausam auf sie, ob dieser nun von Archibald Smythe stammte oder von Ezequiel.

Nun, einen weißen Mann gab es, dessen Blick nicht böse, sondern warm war – vor allem, wenn er auf ihr ruhte. Zunächst hatte sie sich davon geschmeichelt gefühlt, aber es nicht weiter ernst genommen, doch je länger sie allein die Insel durchstreifte, desto größer wurde ihr Wunsch nach der Gesellschaft von einem, der sie nicht an Leid und Elend gemahnte, sondern Leichtigkeit und Fröhlichkeit verhieß. Gewiss, auch er konnte wütend werden, aber nie hatte sie erlebt, dass Sorgen ihn zermürbten. Wenn sie mit ihm beisammen war, konnte sie sich kurz dem Trug hingeben, dass sie eine junge, unbeschwerte Frau wäre, die keine andere Aufgabe hatte, als aufs blaue Meer zu blicken und sich eine verheißungsvolle Zukunft auszumalen.

Hina verlangsamte ihre Schritte, als sie zum Haus der Greys zurückkehrte. Mittlerweile ging sie nun schon seit einigen Monaten hier ein und aus, doch als sie aus der Ferne Rufus vor dem Haus sitzen sah, fühlte sie sich zum ersten Mal nicht als Gast, sondern so, als würde sie nach Hause kommen.

Rufus winkte ihr zu, als er sie sah, und lächelte wie immer breit, konzentrierte sich jedoch wieder auf die Arbeit, die er vorhin offenbar begonnen hatte. Hina hatte oft gehört, wie Rufus' Mutter ihn als faul beschimpfte, doch eben widmete er sich seiner Aufgabe mit großer Hingabe. Eine Falte erschien auf seiner Stirn und ließ ihn älter wirken als sein Lächeln. So oder so war er ein schöner Anblick mit diesen dichten goldbraunen Haaren, der hohen Stirn und den blitzend weißen Zähnen, und Hina fühlte, wie alles Schwere von ihr abfiel und sie sich entspannte.

»Was machst du denn da?«, fragte sie.

»Mein Vater hat gesagt, ich soll *tapa* herstellen.«

Tapa war ein Faserstoff, zumeist aus der inneren Rindenschicht des Papiermaulbeerstrauchs. Der wuchs weder sehr üppig noch sehr hoch, weswegen die gewonnenen Baststreifen schmal ausfielen. Um ein breiteres Stück *tapa* herzustellen, musste man die Bahnen aneinandernähen – was, so hart wie sie waren, ein äußerst mühsames Unterfangen darstellte. Es gab auch noch eine andere Methode – sie nämlich durch Schlagen miteinander zu verfilzen –, aber davon hatte Rufus offenbar noch nichts gehört, und Hina wusste zu wenig darüber, um es ihm zu zeigen.

»Warum braucht dein Vater denn *tapa*?«, fragte sie erstaunt. Er zuckte entschuldigend die Schultern. »Du weißt doch, früher hat mein Vater manche Schrifttafel gefälscht, weil Alex Salmon das so wollte. Sie ließen sich teuer verkaufen. Policarpo Toro wiederum meinte, dass es dafür keinen Bedarf mehr gibt, aber dass die *tapa*-Figurinen – jene kleinen Figuren – in Chile oder auf Tahiti etwas Geld einbringen könnten.« Er schüttelte den Kopf. »Ich finde es respektlos, was er tut, aber meine Mutter hat gesagt, ich soll ihm helfen. Mein Vater würde ja ansonsten kein Geld verdienen – das wenige, das er beisteuern kann, wird dringend gebraucht. Und sie sagte auch, wer sich eine Fälschung andrehen ließe, sei selbst schuld.«

Hina bewunderte Myra, war sie doch eine Frau, die vor nichts und niemandem Angst zu haben schien, und dennoch konnte sie ihre Scheu vor ihr nicht ablegen. Jetzt dachte sie, dass sie etliches mit *tapa* gemein hatte, das so hart und rau war, so schwer zu verarbeiten, aber auch nahezu unzerstörbar.

Ich hingegen bin wie eine Feder oder eine schöne Blume …

Ich werde von Männern wie Archibald zertreten …

Einzig von Rufus fühlte sie sich umsorgt und gepflegt.

»Ich finde es nicht weiter schlimm«, murmelte sie. »Soll ich dir helfen?«

Tane hätte sich schrecklich erregt, dass sie den Weißen auch noch half, ihre Kunst zu fälschen. *Tangata hiva* – Fremde – wären sie allesamt, während die Insel doch ihnen gehörte, den *tangata henua.*

»Ich freue mich, wenn du mir hilfst«, erwiderte er. »Aber du siehst so traurig aus! Liegt es an Tane und dem, was vor der Kirche geschehen ist?«

Kurz überlegte sie, ihm das Herz auszuschütten: dass sie sich ständig um die Familie sorgte, nicht wusste, wie es weitergehen sollte, von ihren Ängsten zerfressen wurde und – was das Schlimmste war – keine Ahnung hatte, wer sie war oder wer sie sein wollte. Aber dann dachte sie, dass sie sich zumindest einer Sache gewiss war: Sie war gerne mit Rufus zusammen. Und sie wollte den Frieden, den sie bei ihm fand, nicht durch düstere Gedanken stören.

»Meine Schwestern hoffen ja, nun endlich einen Ehemann zu finden«, sagte er, als sie schwieg. »Ich kann mir allerdings nicht vorstellen, dass sie bei den Chilenen fündig werden. Hermano und Ezequiel sind bereits verheiratet, und die anderen …«

Er zog vielsagend die Brauen hoch.

»Ich wünschte, sie wären so wie Aaron Hayes«, entgegnete sie.

»*Turu hanau*«, sagte Rufus. »Er unterstützt das Volk.«
»Du sprichst Rapanui?«
»Ein wenig. Aaron hat es mir beigebracht. Aber es gibt Sätze, die ich nicht sagen kann.«
»Was willst du denn sagen? Ich kann es übersetzen, wenn du magst.«
Unwillkürlich legte er die Arbeit beiseite, starrte erst sie lange an und dann gen Himmel. Die Abendsonne glich einem riesigen Ballen, der zu schwer für die Wolken zu sein schien, vom Himmelszelt rutschte und im tosenden Meer zu versinken drohte, das bereits gierig daran leckte. Immer mehr rote Tränen tropften auf dem Wasser, der Ballen wurde kleiner und schrumpfte schließlich zu einem schmalen Streifen. Doch auch wenn der kaum noch Wärme spendete, ließ er mit seiner letzten Kraft das gelbliche Glas golden leuchten und färbte die Kopfbedeckungen der Statuen in so glühendes Rot, als würden sie brennen. Kurz war nichts zu hören außer ihrem Herzschlag und ihrem Atem.
»Ich würde gerne sagen: Ich liebe dich.«
Hina schluckte, der Mund wurde ihr plötzlich ganz trocken. Schüchtern blickte sie ihn von der Seite an. »Ich dachte, dir geht's wie deinen Schwestern und du würdest darauf hoffen, dass noch mehr Siedler kommen und eine Ehefrau darunter ist«, sagte sie schnell. Sie fügte ein Lachen hinzu, doch das klang unnatürlich.
»Keine von ihnen könnte so schön sein wie du.« Rufus lachte nicht, ja verzog seine Lippen nicht einmal zu seinem üblichen Lächeln, sondern sagte es ganz ernsthaft.
Hina schluckte wieder und wandte sich ab. Der Sonnenballen war endgültig geschmolzen. Wellen spülten ihr letztes Licht an den Strand, wo die schwarzen Steine es schluckten.

»Sagst du es mir?«, drängte Rufus. »Was heißt ›Ich liebe dich‹ auf Rapanui?«

Sie hatte nicht an ihn denken wollen, aber nun glaubte sie, ganz deutlich Tanes Stimme zu hören: Wie kann er es wagen, weis ihn zurück, er versteht uns nicht, er versteht *dich* nicht! Allerdings, wer könnte besser verstehen, wie verletzlich ihr Herz war, als einer, der ihr das eigene anvertraute?

Anstatt die Worte zu übersetzen, beugte sie sich plötzlich vor und hauchte einen Kuss auf seine Wange, die nach Sonne und Wind und Meer schmeckte. Sie wollte schon wieder zurückweichen, als er ihren Nacken umschlang, ihr Gesicht noch dichter an seines zog und ihre Lippen suchte. Sie küssten sich erst ganz vorsichtig, dann immer leidenschaftlicher. Als sie sich atemlos voneinander lösten, wollte sie etwas sagen, aber sie brachte nichts hervor und bemühte sich auch nicht länger darum. Egal, ob sie Englisch sprachen oder Rapanui – was sie verband, bedurfte keiner Worte.

Drittes Buch

Ea raa ~
Dort, wo die Sonne aufgeht

1891–1892

17. Kapitel

Hinas Brust schmerzte vom Laufen, aber daran war sie gewöhnt. In letzter Zeit erschöpften sie bereits die einfachsten Arbeiten. In der Nacht schlief sie zwar tief und traumlos, fühlte sich jedoch, sobald sie erwachte, nicht ausgeruht, sondern benommen und matt, und fast immer war ihr Gesicht verschwitzt und heiß. Nun, zumindest Letzteres war heute kein Wunder. Die Sonne brannte auf den Strand, den sie eben erreichte, und sie stand so hoch, dass die wenigen Felsen, die ihn umsäumten, kaum Schatten warfen. Kleine Steine knirschten unter ihren Füßen, getrockneter Seetang raschelte.

Eine Weile war nichts zu hören außer ihrem rasselnden Atem, doch genau in dem Moment, in dem er sich etwas beruhigt und sie ihr Gesicht mit kaltem Wasser abgekühlt hatte, ertönte eine Stimme.

»Meine Schöne!«

Hina zwang sich zu einem Lächeln. Ihr Herz war schwer und voller Sorgen, und sie wusste, dass sie sich Rufus endlich anvertrauen sollte, doch für ein paar gestohlene Augenblicke wollte sie einfach nur glücklich mit ihm sein, die Einsamkeit genießen, den schäumenden Wellen lauschen. Er küsste sie erst auf die Haare und die Stirn und streichelte ihre Oberarme, ehe sich auch ihre Lippen fanden und er sie an sich zog.

Obwohl sie seit knapp drei Jahren Liebende waren, genoss

sie jede seiner Berührungen, als würde sie sie zum ersten Mal erleben. Und immer noch trafen sie sich heimlich. Seinen Schwestern war ihre Beziehung wohl nicht verborgen geblieben, so oft, wie sie darüber scherzten, aber Myra wies sie immer zurecht und verriet nie, wie sie selbst darüber dachte. Ihrer eigenen Großmutter wiederum konnte sich Hina nicht anvertrauen und Tane erst recht nicht.

Gerade weil ihr Glück ein heimliches war, gehörte es ihr und Rufus und sonst niemandem. Vielleicht konnten andere über ihr Leben bestimmen, aber nicht darüber, dass sie sich bei ihm wohlfühlte, von allen Lasten befreit, dass sie sich nach ihm verzehrte und ihn aus ganzem Herzen liebte.

Rufus zog sie zu den Steinen. Sie hatten keine Gesichter wie die Statuen, trotzdem konnte sich Hina des Gefühls nicht erwehren, dass es verzauberte Menschen waren, die nur darauf warteten, zum Leben erweckt zu werden. Ob es gute oder böse waren, ihnen wohlgesinnt oder vielmehr feindselig gestimmt?

Als er begann, sie auszuziehen, wehrte sie sich.

»Nicht!«

»Aber was hast du denn?«

Ihr Lächeln wurde schmerzlich.

»Ich muss dir etwas sagen.«

»Was denn? Liebst du … liebst du mich denn nicht mehr?«

Sein entsetzter Blick berührte sie zutiefst. Welche Gefühle auch immer Rufus Grey bewegten, er konnte sie nicht verbergen. Ihm war Vorsicht ebenso fremd wie Gerissenheit, und genau das gab ihr schließlich den Mut, auszusprechen, was sie über Wochen in ihrem Herzen gehütet hatte.

»Ich … ich bekomme ein Kind …«

Sie starrte zu Boden, sobald sie die Worte gesagt hatte. Der

Wind hatte einige der getrockneten Algen erfasst, zerrte sie mit sich und drehte sie in der Luft. Doch das, was wie ein Tanz aussah, war vielmehr ein Beweis ihrer Bedeutungslosigkeit. Sie hatten kein Gewicht, waren fremden Mächten hilflos ausgeliefert …

Rufus umschlang ihren Leib: »Aber das ist ja wunderbar!« Er hob sie hoch, wirbelte sie herum – so wie der Wind die Algen –, und kurz, ganz kurz war sie einfach nur erleichtert, so wie sich die Algen kurz, ganz kurz vielleicht frei fühlten. Doch dann erkannte sie, dass sie genau davor am meisten Angst gehabt hatte: dass er sich freute, dass er nicht die Probleme sah, die alles mit sich brachte, dass er blind war – für den Hass ihrer Familie gegenüber den *tangata hiva* und deren Verachtung für die Rapanui.

»Es … es wird schwierig werden …«

»Was soll denn schwierig sein? Wir werden endlich heiraten!«

Nicht zum ersten Mal machte er ihr einen Antrag, doch bis jetzt war es ihr immer gelungen, ihn hinzuhalten.

»Deine Eltern …«

»Sie werden sich freuen!«, rief er entschlossen, ehe sich seine Stirn etwas umwölkte. »Na ja, das ist übertrieben. Meinem Vater ist es völlig egal, wen ich liebe und warum, es wird ihn nicht weiter interessieren, genauso wenig wie sein erstes Enkelkind. Und was meine Mutter anbelangt … Im Grunde habe ich seit Jahren nicht erlebt, dass sie sich über irgendetwas gefreut hat. Meine Schwestern wiederum werden neidisch sein, weil sie selbst immer noch unverheiratet und kinderlos sind, aber das ändert nichts daran …«

Sein Gesichtsausdruck wurde ganz ernst, als er ihre Hände ergriff.

»Hanga rahi au ki a koe.« Ich liebe dich.

Als sie das erste Mal diese Worte für ihn übersetzt hatte, hatte er gelacht und verwirrt gefragt, warum es für das schlichte Bekenntnis so viele Silben bedurfte. Später hatte er gemeint, dass es immer noch zu wenige seien, um all das auszudrücken, wovon sein Herz schier überging.

Noch schaffte sie es nicht, das Bekenntnis zu erwidern. Ihre Liebe zu ihm war groß, aber die Angst vor der Zukunft auch. Beides drohte sie auszuhöhlen, sodass sie manchmal glaubte, dass sonst nichts mehr von ihr blieb. Allerdings war da jetzt das Kind in ihr, ein Kind, das stetig wuchs und damit bewies, dass ihre Liebe größer war als die Angst. Es war noch zu früh, um seine Bewegungen zu spüren, dennoch glaubte sie, seine Stimme zu vernehmen, das Klopfen seines Herzens, das sanfte Glucksen, wenn es lachte.

Fürchte dich doch nicht vor dem Tanz …

Nun war sie es, die an Rufus' Kleidern nestelte, und es konnte ihr nicht schnell genug gehen, endlich seine glatte Haut zu fühlen. Sie sanken nieder auf dem Bett aus Steinen, Sand und Tang.

»Hanga rahi au ki a koe«, sagte sie heiser.

Nachdem sie sich geliebt hatten, bat Hina Rufus, sie eine Weile allein zu lassen. Sie sah ihm deutlich an, dass er ihr den Wunsch am liebsten ausschlagen und keine Sekunde mehr von ihr getrennt sein wollte, doch als sie ihn auf die Idee brachte, die Neuigkeit seinen Eltern und Schwestern zu überbringen – und das am besten ohne sie –, war er sofort Feuer und Flamme. Anders als sie, die sie das Geheimnis wochenlang gehütet hatte, konnte er keine Stunde damit leben, ohne es in alle Welt posaunen zu wollen, zumal er nicht im Geringsten daran zweifelte, dass alles gut werden würde.

Hina war sich dessen immer noch nicht sicher, als sie allein zurückblieb und sich an einen der Steine lehnte. Sie fühlte sich nicht länger wohlig entspannt, sondern wieder unendlich schwer und erschöpft, wie sie da gen Himmel blickte und die Wolken vorbeiziehen sah, winzig klein allesamt und sich in der blauen Weite verlierend wie die Insel im Meer. Wenn die Insel doch schon so klein ist, dachte sie, um wie viel kleiner ist dann mein Leben … und um wie viel unbedeutender meine Sorgen.

Alles andere als klein, sondern gewaltig war plötzlich der Schmerz in ihrer Brust. Diesmal konnte sie sich nicht einreden, dass er vom Laufen kam, und selbst wenn, wäre das kein Grund gewesen, so heftig zu husten. Ihr ganzer Körper wurde davon gebeutelt; sie hustete so lange, bis sie kaum mehr Luft bekam, würgte, spuckte und war hinterher noch erschöpfter, als hätte sie ihre ganze Seele ausgespuckt. Kraftlos sank sie zurück, schloss die Augen, genoss den kurzen Moment, als der Schmerz nachließ. Doch als sie sie wieder aufschlug, sich nach vorne beugte, sah sie, dass die Steine, auf die sie gespuckt hatte, blutrot waren.

Eine Weile war sie wie erstarrt, dann begann sie hektisch, die Steine mit Tang zu bedecken – ein unsinniges Unterfangen, war sie doch ganz allein hier, und niemand außer ihr konnte das Blut sehen. Dennoch, erst als alle Spuren beseitigt waren, konnte sie wieder zurücksinken und eine Weile liegen bleiben – sie wusste hinterher nicht, für wie lange, und auch nicht, ob sie eingeschlafen war. Zumindest war da kein Schmerz mehr, nur … Finsternis.

Inmitten der Finsternis ragte plötzlich Nanis Gesicht auf.

Hina?, formten deren Lippen wie immer lautlos.

Nein, das war kein Traum, Nani stand leibhaftig vor ihr. Sie war größer geworden, schlaksiger, und ihr Haar fiel weich über den Rücken, doch die Züge wirkten immer noch kindlich unschuldig und traurig zugleich. All die Jahre, die seit Roros Tod vergangen waren, hatte sie kein Wort gesprochen. Nani starrte sie an. Keine Sorge stand in ihrer Miene, nur der Gleichmut, wie ihn so viele Rapanui an den Tag legten, und trotzdem hatte Hina das Gefühl, ertappt worden zu sein. Warum hatte sie die blutigen Steine nicht mit noch mehr Tang bedeckt?

Sie verkniff es sich, das hastig nachzuholen, sondern sagte sich, dass Nani – selbst wenn sie sie schon länger beobachtet hatte – ja doch niemandem davon erzählen würde.

»Was machst du hier?«

Nani zuckte die Schultern.

»Lass uns zurückgehen!«

Der Schmerz kehrte wieder, als sie sich aufrichtete, und ihre Knie bebten, aber es gelang ihr, ein Stöhnen zu unterdrücken. Nani starrte sie immer noch an, und zum ersten Mal war Hina erleichtert, dass das Mädchen stumm war und darum nichts zu ihrem Zustand sagen konnte.

Katharina wischte sich den Schweiß von der Stirn. Im Stall war es stickig, und das Schaf weigerte sich beharrlich, Katharina einen Blick auf seine Klauen werfen zu lassen.

»Ich will dir doch nur helfen!«, rief sie ungeduldig.

Seit zwei Tagen hinkte das Tier nun schon, und auch wenn es dafür eine ganz harmlose Erklärung geben konnte – dass es sich einen Dorn oder Stein eingetreten hatte –, war es im schlimmsten Fall ein Zeichen für die gefürchtete Moderhinke, und das bedeutete, dass das Schaf in spätestens einem Monat tot wäre.

Da sie mit freundlichen Worten nichts ausrichten konnte, griff Katharina schließlich zur nackten Gewalt. Sie hielt das Schaf mit einer Hand am Hals, mit der anderen am Schwanzansatz fest und drückte so lange das Knie im Bereich der Weichteile, bis das Tier zu Boden sank. Selbst in dieser hilflosen Position war es nicht zum Nachgeben bereit, sondern blökte und bäumte sich auf. Kurz überlegte sie, es sein zu lassen, aber dann überwog der Trotz.

»Dich krieg ich schon noch klein!«

Da! In der Vorderklaue steckte tatsächlich ein Stein. Es gelang ihr nicht, ihn mit den bloßen Händen zu entfernen, sondern sie musste eine Klauenschere zu Hilfe nehmen. Bis der Stein endlich auf den Boden kullerte, hatte sie das Schaf noch zweimal unter lautem Protest niederringen müssen, und anschließend stieß es ihr zum Dank seinen Kopf in ihren Bauch.

Nur mühsam konnte sich Katharina aufrecht halten, und obwohl es lächerlich war, sich derart über ein Tier zu ärgern, das nur seinen blinden Instinkten folgte, hob sie drohend die Hand, als wollte sie es schlagen. Das Schaf war nicht im Mindesten beeindruckt, und von draußen ertönte Gelächter. Katharina fühlte sich ertappt und ließ die Hand rasch wieder sinken. Als sie aus dem Stall lugte, erkannte sie zwar, dass das Gelächter nichts mit ihr zu tun hatte, aber was sie sah, vergrößerte ihren Ärger noch. Vorhin hatte sie Theresa damit beauftragt, Bohnen zu ernten, aber anstatt zu arbeiten, saß diese nun auf der Bank und hielt ein Schwätzchen mit Lydia Grey, die zu Besuch gekommen war. Katharina konnte nicht genau verstehen, worüber Theresa lachte, aber was immer es auch war: Die Bohnen würden dadurch nicht schneller in die Schüssel wandern. Mit einer wütenden Bemerkung auf den Lippen lief sie nach draußen, doch ehe sie Theresa anfuhr, ob sie denn nichts Besseres zu tun hätte, verlangsamte sie ihren Schritt.

Ich bin ja schon wie Myra, dachte sie plötzlich betroffen, diese nörgelt auch ständig an ihren Töchtern herum, und niemand kann ihr etwas recht machen … Eigentlich sollte ich doch von Herzen froh sein, dass Theresa nach der schweren Zeit, die hinter ihr liegt, wieder lacht!

Policarpos und Pedro Toros hochtrabender Plan, die Osterinsel mit Chilenen zu besiedeln, war bislang gescheitert. Nichts hatte sich so entwickelt wie erhofft, was zum einen an dem unwirtlichen Eiland lag, zum anderen an den überzogenen Erwartungen. Policarpo hatte sie geweckt, als er die ersten Siedler auf die Insel gelockt hatte, doch Pedro, der realistischere Bruder, musste sie dort alsbald gnadenlos enttäuschen.

Schon ein halbes Jahr nach ihrer Ankunft herrschte Zank und Streit, und als im Frühling 1889 das versprochene Schiff – die O'Higgins – anlegte, um Vorräte zu bringen, hatte die Hälfte der Siedler die Gelegenheit genutzt, sofort wieder abzureisen. Neue, wie es eigentlich erwartet wurde, waren gar nicht erst gekommen. Es war bezeichnend, dass die Enttäuschung der Zurückgebliebenen nicht sonderlich groß gewesen war.

»Jetzt blutet einem wenigstens nicht mehr ständig das Ohr«, hatte Myra trocken gesagt. Sie spielte auf Vera an, die Frau eines Siedlers, die bei der kleinsten Herausforderung zu schreien begonnen hatte. Selbst Policarpo, der sonst alles rosig sah und die Siedler eigentlich zum Bleiben bewegen wollte, hatte sich zu der Feststellung durchgerungen, dass die Frau einen ungefestigten Charakter habe und anderswo besser aufgehoben sei – so wie er wohl insgeheim froh war, die Insel immer nur kurz zu betreten, ansonsten aber auf dem Festland oder auf hoher See von den alltäglichen Nöten verschont zu werden.

Nun blieben nur zwei Junggesellen über, die allerdings schon das nächste Schiff nahmen, um heimzukehren, und zwei Ehepaare: Ezequiel mit seiner Frau Elena und Theresa mit ihrem Mann Hermano. Hermano beklagte sich nie, war aber seit dem Tag der Ankunft kränklich. In den ersten Wochen konnte man es noch darauf schieben, dass er sich von der Seekrankheit erholen musste, später darauf, dass er das Klima nicht vertrug. Was immer er aß – er übergab sich wenig später, und eines Tages gesellte sich zur Übelkeit hohes Fieber. Zwei Tage später war er tot, und nach einer weiteren Woche wurde auch Ezequiels Frau von der gleichen Krankheit dahingerafft.

Theresa hatte ihren Mann nicht sonderlich geliebt, war jedoch wochenlang stumm und starr vor Schmerz gewesen. Ezequiel hingegen schien von den Todesfällen gekränkt, als wäre das bloß eine weitere Zumutung, die sich das gemeine Schicksal ausgedacht hatte. »Wenn sie beide zugleich gestorben wären, dann hätte ich nur ein Grab ausschaufeln müssen«, meinte er mürrisch. »So musste ich zweimal kurz hintereinander eines graben.«

Niemand weinte, als die Toten beigesetzt und mit ihnen gleichsam der Traum, die Insel schnell und erfolgreich zu besiedeln, in der Erde verscharrt wurde. Theresa blieb zwar auf Rapa Nui und fand bei ihrer Schwester Zuflucht – sie schlief gemeinsam mit Romy in der Dachkammer, während sich Tim gleich neben dem Haus eine kleine Hütte baute, die fortan sein Reich war. Auch Ezequiel zog es nicht in die

Heimat zurück, hatte er dort doch weder eine Familie noch Arbeit. Aber in Chile sprach sich rasch herum, dass die Osterinsel verflucht sein müsse, verliere man dort doch entweder den Verstand oder gar das Leben, und so kamen in den nächsten beiden Jahren keine weiteren Siedler.
Pedro Toro akzeptierte irgendwann ihr Scheitern, während sein Bruder Policarpo bei den seltenen Besuchen meinte, man müsse die Osterinsel nur attraktiver machen. Er ließ Brotbäume anbauen, brachte neues Saatgut, Werkzeug und Holz und außerdem diverse Vogelrassen, von denen einige überlebten und sich fortpflanzten. Policarpo war begeistert davon und merkte nicht, dass die neuen auf Kosten der hiesigen Arten lebten. Pedro hingegen meinte trocken, dass niemand auf die Insel käme, um dem Zwitschern der Vögel zu lauschen.
»Spielen Sie mit dem Gedanken, nach Santiago zurückzukehren?«, hatte Barnabas ihn einmal gefragt.
Pedro hatte nur die Schultern gezuckt. Es ging ihm wohl ähnlich wie Ezequiel. Die Insel war ganz sicher nicht das gelobte Land, aber ein Ort, wo die Zukunft etwas berechenbarer schien als anderswo.
»Die Schafe gedeihen und geben Milch und Wolle, zumindest darauf kann man sich verlassen«, hatte er gemeint.
Trotz allem fühlte er sich für Rapa Nui verantwortlich, während Ezequiel keine Gelegenheit ausließ, um sie zu verfluchen, und Katharina mehr als nur einmal Gott von Herzen dankte, dass sie nicht viel mit ihm zu tun hatte.
Theresa und ihre Launen musste sie hingegen jeden Tag ertragen. Auch wenn sie sich eben die scharfen Worte verkniffen hatte, setzte sie eine strenge Miene auf, als sie auf ihre Schwester und Lydia zuging. Keine von beiden hatte ein

schlechtes Gewissen. »Stell dir vor, was Lydia mir gerade erzählt hat«, berichtete Theresa aufgeregt. »Ezequiel war bei Pedro Toro, und der …«

»Das interessiert mich nicht!«, unterbrach Katharina sie schroff. »Was ist mit den Bohnen?«

Theresa sah sie verblüfft an, und Katharina war prompt selbst entsetzt über ihre strenge, freudlose Stimme. Eigentlich war sie froh, wenn Theresa den Klatsch weitergab, hungerte sie doch selbst nach Gesprächen, die um etwas anderes kreisten als Schafe und Bataten …

»In einer halben Stunden wachsen die Bohnen immer noch«, erwiderte Theresa leichtfertig.

»Aber sie fallen nicht von selbst in den Topf, und sie kochen sich nicht von allein. Wenn du etwas essen willst, dann …«

»Jetzt sei doch nicht so streng!«

Katharina schnaubte und stapfte an ihr vorbei. Ihr entging jedoch nicht, wie Theresa die Augen verdrehte, sich zu Lydia beugte und zu ihr sagte: »Sie arbeitet den ganzen Tag, das kann doch kein Leben sein …«

Es war unerträglich, wie offen Theresa über sie lästerte, aber noch unerträglicher, dass sie die Wahrheit sagte. Wäre Lydia nicht hier gewesen, vor der sie sich nicht gehen lassen wollte, hätte sie jetzt endgültig die Beherrschung verloren. So aber meinte sie nur streng: »Ich gehe aufs Feld, und Romy begleitet mich. Pass du wenigstens auf Jack auf, wenn du schon für den Rest zu faul bist.«

Theresa verdrehte erneut die Augen, nickte jedoch. Einen fast Dreijährigen zu beaufsichtigen erschien ihr die weniger anstrengende Aufgabe zu sein, als Bohnen zu ernten. Katharina war da anderer Ansicht. Sie wusste nicht, woher diese Lebendigkeit kam – von seinem schweigsamen Vater ganz sicher nicht –, aber ihr kleiner Sohn war ein Kind, das niemals still saß. Sie liebte ihn heiß und innig und war dennoch heilfroh, dass sie nicht die einzige Frau im Haushalt war, die ihn beaufsichtigen musste. Romy kümmerte sich gern um ihn und wurde von ihrem Halbbruder vergöttert. Theresa wiederum mochte zwar nicht sonderlich zuverlässig sein, hatte aber die schöne Stimme ihrer Großmutter Barbara geerbt und sang dem Kleinen häufig Lieder vor, was dieser liebte.

Auch jetzt stimmte sie eines an und lenkte Jack ab, sodass dieser ausnahmsweise mal still stand, anstatt Katharina und Romy nachzulaufen.

Sie gingen schweigend zu den Feldern. Romy war im letzten Jahr in die Höhe geschossen, zwar anschmiegsam geblieben und hungrig nach Zärtlichkeit, aber ein stilles Mädchen, das selten von sich aus zu reden begann. Wie Tim, der mittlerweile seinem Vater bei der Schafzucht eine größere Hilfe war als alle anderen Weißen zusammen, war sie sehr fleißig. Längst wusste sie alles über den Anbau von Wasserbrotwurzeln, Karotten und Süßkartoffeln. Katharina selbst wiederum hatte in den letzten Jahren viel von Hina gelernt, so auch, dass die Rapanui viel Gemüse in den *manavai* anbauten – Bodenvertiefungen, die durch den Einsturz von Höhlendecken entstanden waren und günstige Bedingungen für Nutzpflanzen boten. Hina hatte ihr auch gezeigt, wie sie den Boden fruchtbar hielten: Indem sie nämlich viele kleine Steine auf der Erde verstreuten, die sich in der Sonne erhitzten, mit ihrer Wärme folglich für eine reiche Ernte sorgten und zugleich verhinderten, dass die Erde vom Regen fortgespült wurde.

Auch wenn Katharina immer erfreut war, wenn ein Versorgungsschiff eintraf und Lebensmittel brachte, die sie nicht

selbst anbauen konnten – Yamswurzeln, Ananas und Kürbisse –, waren ihre Ernten so ertragreich, dass sie auch auf die Lieferungen hätte verzichten können. Und sie, die noch in der Anfangszeit die Bataten hatte anbrennen lassen, hatte sich in all den Jahren zu einer ideenreichen Köchin gemausert, die gerne neue Gerichte ausprobierte.
Manchmal packte sie das schlechte Gewissen, weil die Weißen die Insel wie einen privaten Garten nutzten, während die meisten Rapanui immer noch hinter den Mauern von Hanga Roa lebten, doch meist war ihr Geist von der vielen Arbeit so betäubt, dass sie diesen Gedanken nicht vertiefte.
Sie beschleunigte den Schritt, der Schweiß auf ihrer Stirn trocknete. Obwohl sie das Haus mittlerweile so weit hinter sich gelassen hatten, dass es nicht mehr zu sehen war – das Geschrei, das plötzlich ertönte, war so durchdringend, dass man es unmöglich überhören konnte.
Katharina hielt abrupt inne.
Jack!
Als sie hastig zurücklief, erfasste Katharina mit einem Blick, was geschehen war. Jack war in den Stall gegangen, wo das widerspenstige Schaf die Gelegenheit genutzt hatte, sich für die vorhergehende Behandlung zu rächen. Gottlob war es nicht mit vollem Tempo auf den Knaben zugerast, aber der Stoß seines Kopfs hatte ausgereicht, um den Kleinen umzustoßen. Ob nun vor Schreck oder Schmerz – Jack brüllte aus Leibeskräften, und sein Gesicht färbte sich dunkelrot. Lydia starrte ihn etwas irritiert an. Als er noch ein Säugling gewesen war, hatte sie immer beteuert, wie unglaublich niedlich er sei, doch seit er laufen konnte, hatte sie ihr Interesse an ihm verloren. Theresa musste man immerhin zugutehalten, dass sie den Kleinen an sich zu ziehen und zu trösten ver-

suchte, aber Jack strampelte wild. Erst als er Katharina erblickte, wurde das Geschrei etwas leiser. Er lief zu ihr und vergrub so lange sein Köpfchen in ihrer Brust, bis er nur noch einzelne Schluchzer ausstieß.

»Herrgott, kann man dich nicht einen Augenblick mit dem Kind allein lassen?«

Theresa war sichtlich bestürzt gewesen, als Jack auf dem Boden des Stalls gelegen und erbärmlich geheult hatte, doch sobald er zu weinen aufhörte, fand sie ihre Fassung wieder. Erneut suchte Katharina vergeblich nach einem Zeichen von schlechtem Gewissen – da stand nur Trotz, nahezu Feindseligkeit in ihrer Miene.

»Ich kann ja nicht alles machen – Bohnen pflücken und auf dein Kind aufpassen.«

War das zu fassen!

»Von wegen! Du hast weiter mit Lydia getratscht!«, schrie sie.

»Willst du mir das verbieten und mir jede noch so kleine Freude im Leben madigmachen?«

Katharina unterdrückte ein Seufzen. »Ich muss mich auf dich verlassen können, verstehst du das denn nicht?«

»Aber ich bin nicht deine Dienstmagd! Ist es denn nicht genug, dass du einen Mann und drei Kinder hast, während ich eine einsame Witwe bin? Musst du mir auch noch das Gefühl geben, dass ich nur gnadenhalber geduldet werde und dafür bezahlen muss, indem ich wie eine Sklavin schufte?«

Wie so oft gelang es Theresa, einen berechtigten Vorwurf so umzudeuten, dass sie am Ende als Opfer und Katharina als grausam und herzlos dastand.

»Das Leben ist hier wahrlich nicht leicht«, sagte Katharina, »aber es ist nicht meine Schuld, dass deine Erwartungen enttäuscht wurden und deine Träume nicht in Erfüllung gegangen sind.«

Genauso wenig wie meine, fügte sie in Gedanken hinzu.

»Ich bin doch nur deinetwegen hierhergekommen!«, rief Theresa. »Nie wäre ich auf die Idee gekommen, dass es ein Eiland wie dieses überhaupt gibt, wenn du nicht auf diese Annonce hin …«

»Aber ich habe dich doch nicht gezwungen, meinem Beispiel zu folgen. Ich wusste doch nicht einmal, dass du das geplant hast!«

»Soll ich also wieder gehen? Ist es das, was du willst?«

Mit jedem weiteren Wort, das fiel, wusste Katharina, dass es klüger wäre, zu schweigen. Wenn sie noch länger stritten, würde die Kluft zwischen ihnen noch tiefer werden. Auf der anderen Seite – konnte es überhaupt schlimmer werden? Seit Jahren ärgerte sie sich über Theresas Faulheit, hatte es sich jedoch meist verkniffen, sie dafür zurechtzuweisen. Es nun endlich zu tun war ungemein befreiend. »Wenn du glaubst, dass du es bei Frida besser hast als bei mir – dann verschwinde eben wieder!«, rief sie. »Ich habe dich aufgenommen, weil ich dir helfen wollte, nicht, um mir dein Gezeter anzuhören.«

»Du bist doch nur so gemein zu mir, weil du mit Barnabas todunglücklich bist.«

Katharina erstarrte, und das Gefühl von Genugtuung schwand. Nie hatte sie sich das in den letzten Jahren eingestanden, ja, nicht einmal zu denken gewagt, doch plötzlich wusste sie, dass Theresa recht hatte. Genau genommen war Unglück allerdings ein zu großes Wort, um den Überdruss zu benennen, der sie so oft überkam. Sie war es schlichtweg leid, darauf zu hoffen, dass jene seltenen Momente der Nähe, der Vertrautheit länger währen würden als einen Wimpernschlag, dass der gemeinsame Sohn alles ändern würde, dass sie irgendwann nicht mehr um jedes Lächeln, jedes Lob kämpfen musste, dass ihre Ehe mehr war als ein Leben nebeneinanderher, zwar ohne Streit und Hader, aber auch ohne Glückseligkeit. Lange hatte sie geglaubt, sich erfolgreich einreden zu können, dass sie es schlimmer hätte treffen können, doch jetzt dachte sie: Es ist nicht genug, es ist einfach nicht genug.

Um der verbotenen Gefühle Herr zu werden, kniff sie die Augen zusammen und sagte eiskalt: »Ich bin zumindest nicht in einen Mann verliebt, der einer anderen Frau ergeben ist.«

Das auszusprechen war mindestens ein so großes Tabu wie an dem Zustand ihrer Ehe zu rühren. Jeder ahnte, dass Theresa in den attraktiven Rufus verliebt war und der Schmerz darüber, dass er nur Augen für Hina hatte, größer war als der Kummer um ihren Mann. Doch niemand, auch nicht die spöttischen Grey-Schwestern, wäre so weit gegangen, es ihr offen ins Gesicht zu sagen.

Mit einem Aufschrei stürzte Theresa auf Katharina los und wollte sie schlagen, doch Katharina war kräftiger und gelenkiger, packte sie am Armgelenk und riss sie zurück. Theresa war nicht bereit, aufzugeben. Sie trat um sich, traf ihr Schienbein, und Katharina heulte auf. Grob bog sie Theresas Arm auf den Rücken, und nun war diese es, die vor Schmerz schrie.

»Sagt, Mädchen, seid ihr verrückt geworden?«

Myras Stimme klang so mürrisch, als würde sie mit ihren Töchtern schelten. Hastig trat sie zwischen die beiden Streithähne, befreite erst Theresa aus Katharinas Griff und hob dann abwehrend die Hand.

»Ihr benehmt euch wie kleine Kinder, nicht wie erwachsene Frauen!«, stieß sie aus.

Katharina schämte sich zutiefst, als sie bemerkte, dass alle Blicke auf sie gerichtet waren. Romy wirkte verschreckt, Lydia ein wenig schadenfroh, und Jacks Unterlippe begann zu zittern – ein Zeichen, dass eine neue Schreiattacke bevorstand. Hastig zog Katharina ihn an sich, während Theresa ihre Hände vors Gesicht schlug und laut weinte. Prompt packte Katharina neue Wut. Warum konnte sie es nicht gut sein lassen, sondern warum musste sie aller Welt beweisen, wie böse ihre große Schwester war?

Ehe sie etwas sagen konnte, kam Myra ihr zuvor. »Hör auf zu heulen, Mädchen, und nutz deine Kräfte lieber für etwas Wichtigeres.«

Ihrem Kommandoton konnte sich nicht einmal Theresa entziehen. Sie ließ ihre Hände sinken und starrte sie verblüfft an. Myra sah ihrerseits von einer zur anderen. »Wir sind so wenige Frauen hier auf der Insel. Wenn wir nicht zusammenhalten, sind wir verloren.«

Katharina wusste, dass das stimmte, aber das änderte nichts an ihrem Groll. Sie atmete tief durch.

»Warum bist du überhaupt hier?«, fragte sie knapp.

Myra lächelte müde. »Als ob ihr mit eurem Geschrei nicht Tote angelockt hättet! Aber der eigentliche Grund ist, dass ein Schiff gelandet ist. Es bringt Neuigkeiten aus Chile. Wie es aussieht, keine guten.«

Aaron kniete sich an das Bett.

»Pehe koe?«, fragte er. Wie geht's dir?

Der Mann versuchte zu lächeln und hob seine Hände, um anzudeuten, dass alles in Ordnung war, doch Aaron erkannte mit einem Blick, dass sein Zustand dramatisch war: Der ganze Körper war mit nässenden Wunden bedeckt, und auch wenn Aaron dergleichen nicht zum ersten Mal sah, konnte er sich weder an den grässlichen Anblick gewöhnen noch an den fauligen, leicht süßlichen Geruch, der in der Luft hing und an heißen Tagen zu unerträglichem Gestank wurde.

»Ich werde dir frische Verbände anlegen«, murmelte er.

Der Kranke schüttelte wieder den Kopf, fand er dergleichen doch nicht nötig, aber als Aaron mit seiner Arbeit begann, lächelte er dankbar.

Wann immer Aaron sich erhob, musste er den Kopf einziehen. Die zwei Räume, die als Leprastation dienten, waren niedrig und dunkel; sie standen randvoll mit Pritschen, und jede einzelne war belegt.

Bis heute konnte Aaron nicht fassen, wie schnell sich die Seuche ausgebreitet hatte. 1888 war nur ein an der Lepra erkrankter Rapanui auf die Insel gekommen, doch rasch hatte dieser viele andere damit angesteckt, und seitdem hatten sie die Krankheit nicht unter Kontrolle gebracht.

Pedro Toro hatte selbst den Befehl gegeben, eine Leprastation zu schaffen, um die Seuche einzudämmen, doch was zunächst nach einer klugen Überlegung klang, entpuppte sich mit der Zeit als Grausamkeit: Er verlangte nämlich, dass bereits Patienten, die nur leichte Anzeichen der Krankheit zeigten, dorthin geschafft wurden, um fortan eng zusammengepfercht mit solchen zu leben, deren Körper kaum mehr als ein Kadaver war.

Die wenigsten wehrten sich gegen diese Behandlung, und Aaron war zwar so oft wie möglich hier, konnte aber kaum helfen. Er hatte keine Medizin zu bieten, nur tröstende Worte, die ihm oft verlogen erschienen. Weiße Männer wie er

hatten dieses Unglück doch verschuldet, als sie erst die Rapanui verschleppten und dann – mitsamt den Krankheiten – willkürlich auf die Insel zurückbrachten: Vor einigen Jahren waren es die Pocken gewesen, jetzt die Lepra.
Nicholas Pakarati sah das naturgemäß anders. Er war ebenfalls oft hier, hörte auch im Angesicht des Elends nicht zu lächeln auf und erklärte, das alles sei Gottes Prüfung, der man mit noch inniglicherem Gebet und tieferem Glauben zu begegnen habe. Außerdem – würde man Christus nicht am besten in der Gestalt von Aussätzigen begegnen und sei die Krankheit darum nicht ein Beweis, dass Gott selbst auf dieser Insel lebte?
Hätte es ein anderer gesagt, es hätte zynisch geklungen. Nicholas Pakarati meinte es jedoch aufrichtig, und Aaron bewunderte ihn für sein Gottvertrauen – was nicht bedeutete, dass er heute nicht insgeheim froh gewesen war, ihn hier nicht anzutreffen.
»Soll ich dir helfen?«, ertönte eine leise Stimme neben ihm.
Aaron fuhr herum, sah, dass hinter ihm ein Knabe stand.
»Kannst du den neuen Verband anlegen?«
»Aber natürlich!«
Der Knabe begann rasch mit der Aufgabe und schien sich weder am Gestank noch an dem Anblick der nässenden Wunden zu stören. Er zählte zu den fünf Waisenkindern, die sich häufig um Aaron scharten, nachdem sie ihre Eltern an die Lepra verloren hatten. Er versorgte sie mit Essen und Kleidung, unterrichtete sie und wurde von ihnen bei der Pflege der Kranken unterstützt.
Aaron nickte seinem Patienten aufmunternd zu, erhob sich und wollte zum nächsten Bett treten, als plötzlich Vincent Pont hereinstürzte.

»Du glaubst nicht, was passiert ist!«
Aaron weitete überrascht die Augen. Vincent Pont verirrte sich so gut wie nie hierher.
»Ein dänisches Schiff hat angelegt und einen Brief von Policarpo an Pedro gebracht!«, rief er aufgeregt. »Ich war dabei, als er ihn gelesen hat.«
Erst jetzt wurde sich Aaron bewusst, dass er schon seit den frühen Morgenstunden hier war, bislang kaum Sonne gesehen, geschweige denn etwas gegessen hatte. Er nickte seinen Zöglingen zu, trat nach draußen zu Pont und atmete tief die frische Luft ein.
»Und? Werden neue Siedler kommen?«
Vincent schüttelte den Kopf. »Von wegen! Wir können schon froh sein, wenn in der nächsten Zeit überhaupt weitere Versorgungsschiffe eintreffen. In Chile ist offenbar ein Bürgerkrieg ausgebrochen.«
Aaron hob überrascht die Braue.
»Das Parlament und die chilenische Marine haben sich gegen den Präsidenten erhoben«, fuhr Vincent Pont fort. »Sie fordern die Beschränkung seiner Macht und freie Wahlen – was der nicht akzeptieren will.«
»Und was bedeutet das für uns?«
»Das kannst du dir doch denken. In Chile hat sich seit Jahren so gut wie niemand für die Kolonisation der Insel eingesetzt. Immer wieder wurden Stimmen laut, sie wieder an eine Schafzuchtkompanie zu verkaufen. Präsident Balmaceda wollte davon bis jetzt nichts wissen, aber falls er nun seine Macht verliert …«
Aaron unterdrückte ein Seufzen. Nicht, dass ihn die Neuigkeiten nicht alarmierten, aber dass sich in Chile kaum jemand für das Schicksal der Rapanui interessierte und sich

für die Bewohner seit der Annexion kaum etwas verändert hatte, war ein altbekanntes Ärgernis.

»Was sagt denn Pedro dazu?«, wollte er wissen.

»Der meinte, man solle erst einmal abwarten … Und das können wir hier ja am besten … warten …«

Vincent Pont grinste schwach, doch sein Lächeln erlosch, als plötzlich ein Schrei ertönte.

Aaron zuckte zusammen und glaubte kurz, er käme von der Leprastation. Dort jedoch war alles ruhig – große Aufregung herrschte vielmehr vor der Hütte, in der Ika, Hinas und Nanis Großmutter, lebte. Ein Grüppchen Menschen stand dort über jemanden gebeugt, und als Aaron näher trat und sie zurückwichen, sah er, dass es Hina war. Sie erwachte zwar gerade wieder aus ihrer Ohnmacht, war aber leichenblass.

»Sie wollte mich besuchen«, rief Ika, »doch auf der Schwelle des Hauses ist sie zusammengebrochen.«

Als Aaron sich zu ihr kniete, hielt er unwillkürlich Ausschau nach nässenden Wunden oder rötlichen Flecken. Er fand keine, sodass er zu seiner Erleichterung Lepra sofort ausschließen konnte. Doch seine Sorge legte sich nicht, umso mehr, als er sich noch tiefer über sie beugte und ihren rasselnden Atem vernahm.

18. Kapitel

Einmal mehr konnte Katharina es nicht fassen, wie gleichgültig Barnabas war. Überall wurde die Nachricht, dass sich Chile im Bürgerkrieg befand, aufgeregt diskutiert, doch Barnabas erklärte beim Essen ruhig: »Ich mache meine Arbeit, der Rest wird sich zeigen.«
»Aber was passiert, wenn Salmon und Brander nun den Pachtvertrag auflösen? Der Verkauf der Insel an Chile ist doch immer noch nicht rechtskräftig. Was wird dann aus uns werden?«
»Und wenn wir noch so viele Mutmaßungen anstellen – wir haben ja doch keinen Einfluss darauf.«
Manchmal wurde sie schier verrückt angesichts seines stoischen Gleichmuts, vor allem, da sie selbst die innere Unruhe nicht bezähmen konnte. Und nicht nur diese quälte sie, auch das Gefühl einer vagen Bedrohung, die in der Luft lag.
Als sie ins Freie trat, um sich mit der Gartenarbeit abzulenken, fühlte sie sich sofort bestätigt – wenngleich das, was passiert war, offenbar nichts mit dem chilenischen Bürgerkrieg zu tun hatte: Wie aus dem Nichts war Nani aufgetaucht. Ihre Augen waren weit aufgerissen, und sie winkte hektisch, um Katharina zum Mitkommen aufzufordern.
»Nani, was hast du denn?«
Wie immer sagte sie kein Wort, aber ihre Lippen formten einen Namen: Hina.
Katharina hatte diese in letzter Zeit nicht oft gesehen, jedoch

bei den wenigen Anlässen festgestellt, dass sie immer blasser und dünner wurde. Jetzt packte sie das schlechte Gewissen, weil sie sie nie nach ihrem Befinden gefragt hatte, und hastig folgte sie Nani – nicht etwa zum Haus der Greys, wo Katharina sie zunächst vermutet hatte, sondern den langen Weg nach Hanga Roa. Von Hina war dort jedoch nichts zu sehen, nur Aaron, der suchend auf und ab ging.
Katharina erstarrte. Manchmal hatte sie ihn in den letzten Jahren in der Ferne gesehen, so auch beim sonntäglichen Gottesdienst, doch fast immer hatte sie es vermeiden können, ein Wort mit ihm zu wechseln. Sie war erschrocken, wie sehr die unverhoffte Begegnung ihr zusetzte und wie heftig der Drang war, ihn ausführlich zu mustern, anstatt sofort die Augen niederzuschlagen. Seine dunklen Augen schienen zu brennen, das Haar, das länger war als früher, wurde vom Wind zerzaust.
Nun sah er auch sie, doch seine Sorgen um Hina schienen so groß zu sein, dass er sie wie eine Fremde behandelte.
»Hast du sie irgendwo gesehen? Sie ist vorhin ohnmächtig geworden, und ehe ich sie untersuchen konnte, ist sie wieder aufgesprungen und geflohen. Sie kann nicht weit gekommen sein, wir müssen sie suchen.«
Katharina nickte und folgte ihm. Erst als sie Hanga Roa verlassen hatten, fiel ihr auf, dass Nani nicht mitgekommen, sondern bei ihrer Großmutter geblieben war, sie folglich mit Aaron allein war. Als sie wenig später Hina entdeckten, war sie doppelt erleichtert: Nun musste sie nicht mehr überlegen, wie sie das quälende Schweigen brechen sollte, und zugleich schien es Hina wieder gut zu gehen.
Sie stand auf einer kleinen Erhöhung – hinter ihr das hügelige Land, vor ihr die dunkle Klippe, die steil zum Meer abfiel – und hatte ihnen den Rücken zugewandt. Ihre offenen

Haare wehten ebenso im Wind wie das weiße Kleid, das einstmals Myras Töchtern gehört hatte und viel zu groß für ihren schmächtigen Leib war. Ihre Umrisse schienen zu verschwimmen, als würde sie nicht auf dem Boden stehen, sondern darüber schweben.

Katharinas Erleichterung verflüchtigte sich, als sie sich ihnen zuwandte. Sie war nicht nur noch blasser als sonst, die Augen versanken in Höhlen, die Wangenknochen stachen spitz aus dem Gesicht hervor – und in ihren Augen lag unendliche Trauer.

Aaron hob unwillkürlich die Hand, um sie zu stützen, doch sie schüttelte abwehrend den Kopf.

»Darf ich dich wenigstens untersuchen?«, fragte er.

»Das ist nicht nötig«, murmelte sie. »Ich weiß, was mir fehlt. Und du hast mich atmen gehört, also weißt du es auch. Versprecht mir beide, niemandem etwas davon zu sagen! Die Insel ist klein, wenig bleibt verborgen, doch ich will nicht, dass Rufus davon erfährt.«

»Wovon soll er nichts erfahren?«, fragte Katharina.

Hina lächelte traurig. »Dass ich sterben werde.«

Sie wandte sich wieder ab – nicht, wie Katharina dachte, um ihre Tränen zu verbergen, sondern weil sie zu husten begann. Hastig presste sie sich ein Tuch vor den Mund, und als sie es von den Lippen löste, war es blutrot.

Katharina verstand nicht viel von Krankheiten, aber das Entsetzen in Aarons Gesicht verriet ihr alles.

»Ich … ich kann dir etwas geben, was den Husten lindert …«, stammelte er.

Hina schüttelte den Kopf. »Ich ertrage es schon. Ich will nur wissen: Werde ich lange genug leben, um das Kind auf die Welt zu bringen?«

»Du bist schwanger?«, rief Katharina.
Hina nickte. »Versteht ihr nun, warum Rufus es nicht wissen darf? Er freut sich doch so, er denkt, wir werden heiraten …«
»Aber … aber du musst ihm sagen, dass du krank bist!«
»Um uns der wenigen Zeit zu berauben, die uns noch bleibt? Um ihn weinen zu sehen? Ich liebe ihn, aber wenn ich schon leiden muss, will ich das allein tun.«
Wieder hustete sie, qualvoller noch als vorhin, aber als sie sich erneut umdrehte, kämpfte sie um ein Lächeln. »Also«, richtete sie sich an Aaron. »Wie lange habe ich noch?«
Katharina fühlte Aarons Schmerz so deutlich, desgleichen, wie er mit sich kämpfte, um ihn nicht zu zeigen, sondern wie Hina zu lächeln. »Wie lange bist du schwanger? Vier, fünf Monate? Nun, wenn du dich schonst, genug isst und schläfst, kannst du das Kind vielleicht auf die Welt bringen.«
»Aber wenn du es Rufus schon nicht sagen willst«, schaltete sich Katharina ein, »dann sprich wenigstens mit Myra. Sie wird schweigen, sie kann dir helfen.«
Hina nickte gedankenverloren. »Vielleicht.«
Ohne sich von ihnen zu verabschieden, ging sie davon, und wieder riss der Wind an ihrem Kleid. Binnen weniger Augenblicke schien sie noch schmaler geworden zu sein.
Katharina blickte ihr hilflos nach.
»Ist es … ist es wirklich so schlimm?«, fragte sie.
Aaron nickte. »Es ist die Tuberkulose – neben den Pocken und der Lepra die dritte Krankheit, die die Weißen auf die Insel gebracht haben. Schon oft hat diese Seuche auf der Insel gewütet. Vor über zwanzig Jahren war es so schlimm, dass fast die gesamte Bevölkerung ausgerottet wurde. Frauen sind davon besonders betroffen.«

»Und es gibt keine Medizin?«

»Nicht dass ich wüsste. Und selbst wenn, es würde zu lange dauern, sie hierherzubringen.«

»Also ist es hoffnungslos.«

»Für sie – ja. Das Kind hingegen …«

Sie ahnte, dass er nach Worten suchte, um ihr Trost zu spenden, aber plötzlich war in ihr keine Trauer mehr, nur unendliche Wut.

»Wie es scheint, sind auf dieser Insel alle Liebenden verflucht!«, brach es aus ihr heraus.

Bis jetzt hatten sie Hina nachgestarrt, nun trafen sich ihre Blicke. Seine Augen spiegelten ihre Sehnsucht – die Sehnsucht nach Nähe, aber auch nach Leben, purem, prallem, glücklichem Leben. Ein Teil in ihr erwachte, der all die Jahre in einen Dämmerschlaf versetzt gewesen war, und schrie laut: Mir geht's genauso! Ich bin ja noch jung, das Leben muss auch schön sein, nicht nur anstrengend, die Liebe nicht nur schmerzvoll, sondern auch verheißungsvoll.

Sie war entsetzt, wie heftig diese Gier in ihr pochte, das unbändige Verlangen, all der Bitterkeit und dem Tod lautes Gelächter entgegenzusetzen, zu tanzen, zu küssen, zu lieben, der Vertrautheit nachzugeben, die jäh zwischen ihnen herrschte, obwohl sie sich jahrelang aus dem Weg gegangen waren. Was immer sie damit erreicht hatten – Entfremdung war es nicht, sonst würden ihre Blicke nicht ineinander versinken, als wären sie all die Zeit gemeinsam eingeschlafen und jeden Morgen gemeinsam aufgewacht.

Aber das konnte, das durfte doch nicht sein!

»Ich muss zurück zu Barnabas und den Kindern«, murmelte sie.

Er schwieg, schien zu zögern.

Wenn er jetzt sagte, bleib bei mir, ich liebe dich, irgendwie finden wir einen Weg, zusammen zu sein, ganz gleich, denn ganz gleich, was unsere Liebe bedroht, zumindest sind es nicht Krankheit und Tod ... dann würde sie bleiben.
Aber noch ehe er ein Wort sagte, wusste sie: Er war zu beherrscht, als dass sich seine Gefühle Bahn brachen. Und sie war zu stark, um daran zu verzweifeln.
»Natürlich«, erwiderte er nur.
Sie straffte die Schultern und ging.

Als sie nach Hause kam, stürmte Theresa auf sie zu. Den Streit von heute Morgen schien sie längst vergessen zu haben. »Und?«, rief sie aufgeregt. »Hast du es schon gehört?«
Eins musste man ihr lassen: Theresa konnte ungerecht sein und gemein, oft nörgeln oder sich über etwas beschweren, aber selten hielt ihre schlechte Laune lange an. Wenn sich Katharina oft noch über ihre Worte grämte, lachte sie bereits wieder.
Katharina sagte nichts. Im Grunde war sie Theresa auch nicht mehr böse, jedoch erschüttert von der Begegnung mit Aaron und noch mehr von Hinas Schicksal. Den ganzen Weg über hatte sie mit sich gerungen, ob sie entgegen Hinas ausdrücklichem Wunsch doch mit Myra über die Krankheit sprechen sollte.
»Also, weißt du es schon?«, rief Theresa.
Katharina zuckte die Schultern. »Was meinst du? Dass das dänische Schiff gelandet ist und die Nachricht vom Bürgerkrieg brachte? Ich habe in Hanga Roa keine Seeleute gesehen, wenn es das ist, was du wissen willst. Sie müssen den Proviant längst an Land gebracht haben.«

»Und nicht nur den! Percy hat mir eben erzählt, dass sie Dynamit mitgebracht haben.«

Katharina verzog abschätzig den Mund. »Was soll ich denn mit Dynamit? Den Garten sprengen, damit die Bohnen künftig allein runterfallen?«

»Ich habe die Bohnen nicht nur gepflückt, sondern schon eingeweicht«, erklärte Theresa – ihre Art, sich dafür zu entschuldigen, dass sie nicht gut auf Jack aufgepasst hatte.

»Gut, dann können wir sie ja jetzt fürs Abendessen kochen.«

»Das Dynamit ist für Lucius Grey«, schaltete sich Tim ein. Er war gerade heimgekommen und machte keine Anstalten, seine schlammigen Schuhe auszuziehen, ehe er in die Stube stapfte. Katharina wollte ihn schon dafür maßregeln, aber in diesem Moment kam Jack kreischend auf ihn zugelaufen. Seit Kurzem war es sein liebstes Vergnügen, wenn Tim ihn hoch in die Luft warf. Katharina wurde bei dem wilden Spiel immer angst und bange, doch so begeistert, wie Jack lachte, wollte sie nicht einschreiten. Erst nach einer Weile nahm sie ihn auf den Arm und roch an seinem Haar, das in der Sonne rötlich glänzte wie das von Barnabas, ansonsten aber dunkler war, ebenso wie die Wimpern, die für einen Knaben ungewöhnlich lang und dicht waren.

»Das wird ein großes Abenteuer«, schloss Theresa ihre Rede.

Katharina hatte gar nicht richtig zugehört. »Was denn?«, fragte sie verwirrt.

»Wovon rede ich denn die ganze Zeit?«, sagte Theresa ungeduldig. »Lucius Grey will eine Sprengung vornehmen!«

Katharina runzelte die Stirn.

Sie wusste nicht sonderlich viel von der Arbeit des Archäologen, nur, dass er in den letzten Jahren bei der Entzifferung der *rongorongo*-Schrift nicht sonderlich weitergekommen war. Seit Kurzem hatte er sich offenbar auf die Erforschung der *ahu* verlegt – der einstigen Kultstätten der Rapanui. Katharina war nicht sicher, was genau er herausfinden wollte, erinnerte sich jedoch vage daran, dass man schon früher Sprengungen mit Dynamit vorgenommen hatte, um unterirdische Gänge freizulegen, und Lucius Grey seit Langem Gleiches plante.

Sie war mehr als skeptisch, dass er die dafür notwendigen Kenntnisse besaß, aber Tim war Feuer und Flamme für den Plan.

»Wir können doch mithelfen, oder?«, fragte er.

Auch Jack nickte eifrig. »Will auch zuschauen, will auch zuschauen!«

»Ist das nicht gefährlich?«

»Ich kann doch auf ihn aufpassen«, rief Theresa. »Ich werde auf jeden Fall dabei sein und zusehen.«

»Auf Jack aufpassen?«, fragte Katharina gedehnt. »Etwa so wie heute Morgen?«

»Jetzt sei doch nicht so nachtragend. Das wird bestimmt ein Riesenspaß.«

Katharina fiel es schwer, das zu glauben, doch wenn sie ehrlich war, konnte auch sie eine Ablenkung gut gebrauchen. Als sie zustimmte, stieß Tim einen Jubelschrei aus; selbst Romy, die bis jetzt kein Wort zu alldem gesagt hatte, juchzte, und Theresa lächelte so strahlend, als hätte sie sich nicht erst vor Kurzem bitter über ihr Leben beklagt.

Am nächsten Tag sah Katharina Myra, die ansonsten so regsame, tüchtige Frau, zum ersten Mal still sitzen. Auch wenn

sie bei der Sprengung dabei war – mithelfen wollte sie keinesfalls.
»Diese Ausgrabung ist Lucius' Sache, nicht meine«, grummelte sie. »Ich denke gar nicht daran, mir die Hände schmutzig zu machen. Und du solltest das auch nicht tun, also setz dich zu mir.«
Trotz der Aufforderung blieb Katharina abwartend stehen, während Romy und Tim sofort zu Lucius und seinen Töchtern liefen. Theresa folgte ihnen mit Jack auf dem Arm, wollte sie doch offenbar aller Welt beweisen, dass sie eine gute Tante war. Katharina sah ihr etwas argwöhnisch nach.
»Untersteh dich, ihnen zu folgen. Lucius hat genug Hilfe, wirklich!«, knurrte Myra.
Katharina ahnte, dass Myra tödlich beleidigt wäre, wenn sie sich nicht fügte, und nahm auf einem Torfpolster Platz. Erst vor einiger Zeit hatte Myra herausgefunden, dass diese zu Dutzenden von einer Pflanze namens Campylopus gebildet wurden und im Kratersee des Rano Kau oder in den Bachläufen des Terevaka trieben: Wenn man sie an Land zog und trocknen ließ, bekam man weiches Material, um Ritzen in den Hauswänden oder Ställen zu füllen oder bequem zu sitzen.
Misstrauisch beobachtete Myra Lucius, der seinerseits hörbar begeistert Anweisungen gab. Seine Töchter befolgten diese weit weniger enthusiastisch.
»Diese *ahu* sind doch Begräbnisstätten«, hörte Katharina Lydia sagen. »Was ist, wenn es hier böse Geister gibt und sie durch uns aufgeschreckt werden?«
Myra verdrehte die Augen, schien sich aber zum Ziel gesetzt zu haben, heute alles Lucius zu überlassen, und der wiederum war ausnahmsweise nicht taub und blind für seine Töchter.
»Es ist in der Tat so«, belehrte er Lydia, »dass die Rapanui an

Geister glaubten. Und auch, dass ein Geist der Ahnen, der von keinen Nachfahren mehr verehrt und solcherart unter Kontrolle gehalten wird, Gutes und Böses bewirken kann, wie es ihm beliebt. Aber vernunftbegabte Menschen wie wir glauben nicht daran.«

Wie so oft klang seine Stimme freundlich, obwohl seine letzten Worte verrieten, dass er kaum eine höhere Meinung von den Rapanui hatte als früher Alex Salmon und jetzt Pedro Toro.

Percy mischte sich ein. »Die *moai* haben doch auch große Macht, nicht wahr?«

»Nun, die, die umgefallen und geborsten sind, gelten als tot. Aber ganz ehrlich, nun leben wir schon so lange auf der Insel, und nie ist etwas Schlimmes passiert.«

»Wir haben immer noch keinen Mann gefunden«, murmelte Lydia, »das ist sogar sehr schlimm!«

Myra konnte sich nicht länger beherrschen. »Aber daran sind sicher nicht die Geister schuld«, schrie sie, »sondern der Mangel an ordentlichen Männern! Wenn hier schon von Vernunftbegabung die Rede ist, könntet ihr euren Kopf mal zum Denken benutzen!«

Während sie sprach, hatte sie sich halb vom Torfpolster erhoben, aber nachdem sie geendet hatte, ließ sie sich sofort wieder darauf fallen, als gelte es, sich selbst zu disziplinieren.

»Wie auch immer«, sagte Lucius, »wir fangen an.«

»Mit dem Sprengen?«, rief Tim begeistert.

»Nein, erst müssen wir den *ahu* vom Unkraut befreien.«

Lydia schien nicht mehr ängstlich, nur enttäuscht: »Dann hätten wir ja gleich der Mutter im Garten helfen können. Jetzt weiß ich auch, warum Rufus sich hier nicht blicken lässt.«

Trotz der Widerworte begann sie alsbald mit dem Jäten, und alle anderen folgten ihrem Beispiel, sogar Tim, obwohl der oft behauptete, er würde niemals Weiberarbeit verrichten. Katharina konnte sich ein Schmunzeln nicht verkneifen.
Lucius arbeitete natürlich nicht, sondern stellte sich auf einen Stein und dozierte mit fuchtelnden Armen. »*Ahu* wie dieser hier – also Tempelanlagen, die man entlang der Küste aufgereiht findet – bestehen aus flachen, abgestuften Plattformen, deren Begrenzungsmauer zum Meer hin fast immer steil abfällt und die man von der Landseite über Stufen begeht. Sie wurden aus einer Masse loser Steine errichtet und durch massive Steinplatten zusammengehalten. Ich habe gehört, dass man früher im Inneren Gräber gefunden hat.«
Lydia richtete sich auf. »Denkst du, wir werden auf ein Skelett stoßen?«
»Das ist nicht auszuschließen.«
Tim grinste. »Großartig!«
Die Aussicht ließ ihn schneller Unkraut pflücken, während die Mädchen das Tempo verlangsamten – ein Umstand, der Myra nicht entging.
»Im Grunde taugen sie so wenig wie ihr Vater«, knurrte sie.
Auch wenn Katharina wusste, dass Myra sich stets schroffer gab, als sie im Innersten war, entsetzte sie das abfällige Urteil. »Nun sei doch nicht so streng!«, rief sie. »Sie sind noch junge Mädchen! Ihr Leben sollte nicht nur aus Schufterei bestehen.«
»Ach was, sie sind Träumerinnen – genauso wie ihr Vater. Er träumt von einer großartigen Entdeckung, sie von reichen Ehemännern.«
»Zu träumen ist doch manchmal schön …«
»Hier verlernt man es, zu träumen. Das müssen die Mäd-

chen noch lernen. Und Rufus auch.« Myra machte eine längere Pause. »Hina … Hina ist krank, schwer krank.«
Katharina war sich nicht sicher, ob Hina es ihr bereits selbst erzählt hatte oder ob Myras scharfem Blick so etwas nun mal nicht entging.
»Manchmal müssen wir den Augenblick nehmen, wie er ist«, murmelte sie. »Und manchmal ist es vielleicht gut, uns selbst zu belügen und uns vorzumachen, dass das Leben leicht und schön ist.«
Myra seufzte. »Das kann ich aber nicht. Und ich weiß nicht mal, ob das meine größte Stärke oder meine größte Schwäche ist.«
Sie schwiegen, und eine Zeit lang war nur Lucius' Vortrag zu hören. »Wir können nicht sicher sein, ob die *ahu* von Beginn an als Begräbnisstätten dienten. Vielleicht standen zunächst nur Altäre hier, und die *moai* wurden erst später aufgestellt. Interessant ist, dass sie sich allesamt fern der Siedlungsplätze befinden und kein einziger von ihnen im Landesinneren. Vielleicht hat es damit zu tun, dass …«
»Können wir endlich zu sprengen beginnen?«, unterbrach ihn Tim ungeduldig.
Indessen hatten auch Percy und Penny endgültig die Lust verloren, Unkraut zu zupfen, wollten sich zu Myra gesellen und eine Pause machen.
»Ihr helft eurem Vater!«, schrie diese streng. »Auf der faulen Haut herumliegen – das würde euch so passen!«
Katharina war verwundert, da sie doch selbst saß und ihre Töchter für etwas schuften ließ, woran sie selbst nicht glaubte, aber die Mädchen fügten sich.
Lucius hatte von alldem nichts mitbekommen. »Schon der Amerikaner Thomson ließ Hunderte Gräber untersuchen –

was natürlich nicht möglich gewesen wäre, wenn die Nachfahren der in den Gewölben bestatteten Toten noch gelebt hätten.«

Er gab seine Position auf dem erhöhten Stein auf und blickte sich prüfend um, um schließlich auf eine Stelle zu deuten: »Wir sprengen hier.«

Tim jubelte, Romy klatschte in die Hände.

»Womöglich wird er mehr Zerstörung als Nutzen anrichten«, lästerte Myra.

Ausnahmsweise waren Lucius diese Worte nicht entgangen. »Es gibt doch so viele *ahu.* Selbst wenn einer zerstört würde, es wäre nicht weiter schlimm.«

Katharina schüttelte den Kopf und fragte sich einmal mehr, wie jemand mit der Kultur, um die sein ganzes Denken kreiste, zugleich so respektlos umgehen konnte. Doch sie verkniff sich eine Bemerkung, hatte sie ja eben erst behauptet, dass man das Leben auch einmal leicht nehmen müsse. Letztlich tat Lucius genau das – wobei bei ihm der Unterschied zwischen Leichtigkeit und Gleichgültigkeit nicht groß war, und genau betrachtet nahm er das Leben auch nicht leicht, sondern ließ es lediglich an sich vorbeiziehen, ohne es zu bemerken.

Katharina blickte sich nach Jack um, denn sie wollte, dass er während der Sprengungen in ausreichend weitem Abstand verharrte, doch sie konnte ihn nirgendwo entdecken. Vorhin noch war Theresa mit ihm über eine Steinmauer balanciert – wahrscheinlich erleichtert, einen Vorwand zu haben, sich vor dem Unkrautzupfen zu drücken.

Myra folgte ihrem Blick. »Theresa ist mit deinem Kleinen in diese Richtung gegangen, aber lass sie doch und bleib sitzen.«

Katharina traute ihrer Schwester nicht. »Ich hätte ja doch keine Ruhe.«
Myra verzog missmutig das Gesicht. »Wenn du die wenigen Pausen, die du kriegst, nicht nutzen kannst, dann bist du selbst schuld.«

Katharina entfernte sich immer weiter von der Gruppe. Sie war erleichtert, noch keine Explosionen zu hören, denn mochte Tim auch noch so ungeduldig darauf warten – Jack würde der Lärm erschrecken. Der Bereich rund um den *ahu* war von hartem, gelblichem Gras bedeckt, doch als sie ihn hinter sich ließ, wuchs es dicht und grün. Die Wege waren von Farnen gesäumt, einigen buschigen Sträuchern, auf denen rote Beeren wuchsen, und Stauden orange blühender Kapuzinerkresse. Eukalyptusbäume mit bizarr verbogenen Ästen und metallisch schimmernden Blättern und etliche der Zypressen, die einst die Missionare hier gepflanzt hatten und deren Nadeln bräunlich wirkten, spendeten etwas Schatten. Katharina blieb stehen und sog tief den süßlich-würzigen Geruch ein. Zum ersten Mal seit Langem versank sie nicht derart in Arbeit, dass sie in Ruhe die Landschaft betrachten konnte. In den letzten Jahren hatte sie so viele Menschen sagen hören, dass die Insel karg, eintönig, gar hässlich sei – allen voran Pedro Toro und Ezequiel –, und irgendwann hatte sie dieses Urteil schweigend hingenommen. Heute jedoch musste sie an die Faszination denken, die Rapa Nui in der Anfangszeit auf sie ausgeübt hatte. Gewiss, die klaffende Erde, die Krater der Vulkane, das Geröll, gar die Skelette, hatten sie verstört, aber das hatte nicht den Eindruck gemindert, dass die Insel ihre Narben stolz zu tragen schien, ähnlich, wie für einen alten Menschen seine Falten nicht nur Zeichen des nahen Todes sind, sondern auch dafür, dass er Wind und Sonne und Regen nicht länger fürchten muss, weil er unempfindlich geworden ist. Rapa Nui war wahrlich kein lieblicher Ort, aber irgendwie passte sie dorthin, wenngleich ihre Narben nicht so deutlich sichtbar waren.

Das Lachen von Jack schreckte sie aus den Gedanken. Als sie näher kam, sah sie, wie Theresa mit dem Kleinen eben um eine umgefallene Statue tanzte. Flechten und Moose überwucherten den Stein, und die ursprünglich schwarze Kopfbedeckung des *moai* hatte mit fortschreitender Verwitterung einen braunroten Farbton angenommen.

Eines musste man Theresa lassen: Wenn sie nicht gerade mit ihrem eigenen Elend beschäftigt war, war sie eine lustige Tante. Die Bitterkeit über ihr Los brach zwar manchmal aus ihr hervor, schien aber nicht sonderlich tief zu wuchern – sonst könnte sie nicht so selbstvergessen mit Jack lachen, tanzen und singen.

Katharina konnte sich nicht erinnern, selbst in letzter Zeit gelacht zu haben. Sie liebte Jack und sorgte aufopfernd für ihn, aber all ihr Trachten richtete sich darauf, ihm das Notwendige zu geben und vor sämtlichen Gefahren zu schützen, nicht, einfach nur Spaß mit ihm zu haben.

Der Anblick, wie die beiden nun begeistert tanzten, verstörte und rührte sie zugleich, doch als sie zu ihnen treten wollte, näherten sich Schritte.

Theresa war so im Tanz vertieft, dass sie ihn nicht bemerkte, aber Katharina erkannte Aaron sofort. Er seinerseits folgte dem Lachen und nahm sie gar nicht wahr.

Vielleicht hatte er von der Sprengung gehört und wollte Lucius Grey davon abhalten, das *ahu* zu zerstören; vielleicht führte ihn schlicht der Zufall hierher. In jedem Fall hielt er nun inne, betrachtete Theresa und Jack, und in seinem Blick, in dem so oft viele Sorgen standen, las Katharina die gleiche Rührung, wie sie sie eben empfunden hatte.

Was dachte er, wenn er Jack sah? Stellte er sich vor, dass das sein Sohn hätte sein können, wenn er sich nur rechtzeitig zu ihrer Liebe bekannt hätte? War der Knabe etwas Besonderes für ihn, weil sie ihn geboren hatte, oder erwärmte er sein Herz, weil er ein so lebendiges, fröhliches Kind war?

Es gab aber noch eine andere Möglichkeit: dass der Blick nämlich gar nicht Jack, sondern der ausgelassenen Theresa galt …

Als Aaron sich räusperte, hielt diese inne und grinste etwas verlegen, fing sich jedoch rasch wieder.

Sie deutete auf den *moai.* »Auch wenn sie umgefallen sind – man wird das Gefühl nicht los, sie würden einen beobachten.«

Aaron trat noch näher. »Ihre Augen sind ja auch sehr kunstvoll gemacht. Man bohrte Löcher und setzte weiße Korallen mit einer Iris aus rotem Tuff hinein. Es heißt, dass erst die eingesetzten Augen der Statue eine Seele geben. Um ihr diese zu rauben, wurden sie bei vielen entfernt.«

»Wie grausam«, entfuhr es Theresa.

»Andere wurden von der Witterung zerstört, sodass die meisten *moai* blind sind.«

Jack hatte Aaron eine Weile misstrauisch beäugt, doch obwohl er nur selten Fremden begegnete, war er von diesem nicht lange irritiert und begann wieder, um die Statue zu hüpfen. Theresa ließ sich auf einem Stein nieder, während sich Katharina unwillkürlich hinter einem Strauch duckte. Sie wollte Aaron nicht erneut begegnen, doch einfach wieder zu gehen, brachte sie auch nicht übers Herz.

»Es heißt, dass man tote Familienmitglieder in den Steinstatuen verewigt hat, oder?«, sagte Theresa.
Katharina zog überrascht die Braue hoch. Bis jetzt hatte sie nicht das Gefühl gehabt, dass sich ihre Schwester für etwas anderes als ihr eigenes Leben interessierte, aber scheinbar hatte sie das eine oder andere Wort aufgeschnappt und wollte Aaron mit ihrem Wissen über die Kultur der Rapanui beeindrucken. Wobei auch das erstaunlich war, hatte sie bisher immer nur für Rufus geschwärmt und den Pastor, sobald die Rede auf ihn kam, für zu ernst und streng befunden.
Als er sich jetzt neben ihr niederließ, wirkte Aaron überhaupt nicht streng. Für einige wenige Augenblicke schien er von den üblichen Lasten, die sein Herz beschwerten, befreit – vielleicht, weil Theresa nichts mit ihnen zu tun hatte.
»Das lässt sich vermuten«, antwortete er. »Jeder *moai* hatte seinen eigenen Namen, und ein entsprechendes Zeichen dafür schnitzte man in die Vertiefung der steinernen Kopfbedeckung. Von diesem Zeichen geht auch eine besondere Kraft aus, die die Nachfahren des Stammes beschützt. Wie es aussieht, brauchen die Rapanui viel Schutz.«
Da war er wieder, der sorgenvolle Blick. Wenn Katharina bei ihm gesessen hätte, hätte sie ihn erwidert, doch Theresa schien nicht zu bemerken, dass Aaron etwas betrübte. Stattdessen erhob sie sich und lief um die Statue, um den Namen zu lesen.
»Ich fürchte, der Stein ist zu verwittert.«
Jack kam eben auf die Idee, auf die Statue hinaufzuklettern, doch Theresa schnappte ihn, und als er sich wehrte, kitzelte sie ihn, bis er vor Lachen kreischte. Aaron lächelte.
Wann, durchfuhr es Katharina, hat er so gelächelt, wenn er

mit mir zusammen war, so unbeschwert, so frei von Schuld, so heiter?
Der eben noch so friedliche Augenblick wurde plötzlich von einem lauten Knall gestört. Ausgerechnet jetzt hatte sich Katharina nicht gegen die erwartete Sprengung gewappnet: Die Wucht der Explosion war derart stark, dass erst ein Zittern, dann regelrecht Wellen über ihren Körper liefen. Da sie selbst hinter dem Strauch hockte, konnte nichts sie so schnell aus dem Gleichgewicht bringen, doch Theresa, die Jack eben mit beiden Händen hochgeworfen hatte, wankte. Gerade noch rechtzeitig sprang Aaron zu ihr und hielt sie fest. Beim Anblick seiner kräftigen Arme, die sich um Theresas schlanken Körper legten, glaubte Katharina kurz, die Berührung selbst zu spüren. Jack lachte noch glucksender, hatte er sich doch überhaupt nicht erschreckt und hielt alles für ein großes Spiel. Theresa jedoch war plötzlich ganz weiß im Gesicht.
»Ist … ist alles in Ordnung?«, fragte Aaron.
Theresa brachte kein Wort hervor. Ob es nun die Explosion bewirkt hatte oder seine Umarmung – sie wirkte völlig entgeistert und versank regelrecht in seinem Blick. Erst als Aaron sie wieder losließ, lachte sie auf. Es klang etwas schriller als vorhin, und ihr Gesicht wurde glühend rot.
Um nicht noch mehr zu sehen, zog sich Katharina zurück, ohne sich zu erkennen zu geben. Schwarzer Rauch stand über dem *ahu*, und sie hörte Lucius fluchen. Nur Myra hockte immer noch gleichgültig auf dem Torfpolster.
»Ist alles gut gegangen?«, fragte Katharina.
Myra seufzte. »Soweit ich mitbekommen habe, hat sich niemand verletzt, aber offenbar hat Lucius das Dynamit an der falschen Stelle angebracht, und es wurde mehr von dem *ahu* zugeschüttet als freigelegt.«

Ihre Töchter hatten sich vor der Staubwolke ebenso in Sicherheit gebracht wie Romy, doch Tim war über und über mit Schutt bedeckt und hustete.
»Geh nicht zu nahe ran!«, warnte Katharina ihn.
»Du glaubst doch nicht ernsthaft, dass die Männer auf unsereins hören?«, bemerkte Myra trocken. Sie musterte sie von der Seite. »Wo ist eigentlich Jack geblieben?«
»Bei Theresa … und Aaron …«
»Der ist auch da?«
Katharina riss einen Grashalm aus und tat so, als würde sie ihn ausgiebig betrachten. Sie fühlte sich von Myra ertappt, als könnte die jeden ihrer Gedanken lesen, der ihr durch den Kopf ging, und den Plan erahnen, der immer konkretere Gestalt annahm.
»Eigentlich ist Theresa gar nicht so unglücklich und verbittert hier, wie ich letztens immer dachte«, sagte sie. »Ich meine, ein wenig geht es ihr so wie mir damals, bevor ich unsere Siedlung am Llanquihue-See verlassen habe. Ich musste ständig für meine schlecht gelaunte Schwester arbeiten und ihre Kinder hüten, und darauf hatte ich keine Lust, aber zugleich war da so viel Hoffnung in mir, Hoffnung auf …«
Sie brach ab.
Hoffnung auf Abenteuer. Hoffnung auf Freiheit. Hoffnung auf … Liebe.
»Ich verstehe«, entgegnete Myra. Eine Weile betrachtete sie Katharina nachdenklich. »Sag«, begann sie schließlich ganz unvermutet und in einem so nebensächlichen Tonfall, als hätte ihre Frage kein Gewicht. »Hast du mir nicht einmal erzählt, dass Aaron Hayes einen Schwur geleistet hat und den Rest seines Lebens unverheiratet bleiben will?«
Katharina wandte sich rasch ab, damit Myra ihr gerötetes

Gesicht nicht bemerkte. »Ach das«, antwortete sie leichtfertig. »Er fühlt sich längst nicht mehr daran gebunden … Der Schwur wurde aus der Trauer um seine Familie, vor allem um seine Schwester, geboren, aber mittlerweile hat er diese Trauer längst überwunden.«

Myra rümpfte die Nase. »Na, lass das aber meine Töchter nicht wissen! Sie sollen bloß auf keine dummen Gedanken kommen.«

Katharina lächelte sie flüchtig an, sagte jedoch nichts mehr. Myra wiederum bedrängte sie nicht weiter, sondern erhob sich. »Ich glaube, ich muss mal nach dem Rechten sehen, sonst sprengt dieser Narr uns noch alle in die Luft. Und das auch noch ohne jeden Sinn. Keiner wird ernsthaft glauben, dass diese Sprengungen etwas ans Tageslicht fördern, das die Geheimnisse der Rapanui lüftet!«

19. Kapitel

Minas Leib rundete sich und magerte zugleich ab. Wenn sie auf sich herabsah, fiel ihr Blick auf dürre Arme und Beine, jedoch auch auf üppige Brüste und einen dicken Bauch. Nicht nur ihr Körper – ihr ganzes Leben war ein Widerspruch: Sie war glücklich wie nie und zugleich unendlich verzweifelt. Sie fühlte sich dem Tode so nahe und zugleich so voller Leben. Sie sehnte sich nach dem Tag, da sie endlich ihr Kind auf die Welt bringen würde, und zugleich wollte sie jede einzelne Stunde, die ihr noch blieb, festhalten, auf dass sie nie vorüberging. Sie war eine Lügnerin, weil sie Rufus weiterhin verheimlichte, dass sie Blut hustete, an schlimmen Schmerzen in der Brust litt und immer erschöpfter wurde, dennoch waren ihre Gefühle für ihn nie so echt und tief gewesen. Erst jetzt verstand sie, warum sie ihn so sehr liebte: weil er, der jeden Tag ihre Schönheit rühmte, zugleich so blind für sie war.

Früher waren ihm ihre Sorgen um ihr Volk entgangen, jetzt, dass sie sich so elend fühlte. Falls sie doch einmal beim Gehen wankte oder noch blasser war als sonst, schob er es auf die Schwangerschaft, anstatt den Schatten des Todes zu spüren, der über ihr lag. Manchmal wünschte sie sich, es wäre anders und er könnte in ihr Innerstes sehen, doch meist war sie dankbar, dass sich das Leben in seiner Gegenwart so licht und leicht und hoffnungsfroh anfühlte. Letztlich war es das und nicht nur das Kind, das sie durchhalten ließ.

Immer wieder drängte Rufus darauf, dass sie bald heiraten sollten – Nicholas Pakarati wäre jederzeit bereit, sie zu trauen –, doch sie erfand stets neue Lügen, warum das unmöglich war. »Wenn ich heirate, dann nur, wenn Tane dabei ist. Doch du weißt ja: Er lebt seit Jahren zurückgezogen auf der Nordseite der Insel in der Nähe des Anakena-Strandes. Monatelang bekommt ihn keiner zu Gesicht.«

Meist ließ sich Rufus beschwichtigen, nur einmal begehrte er auf: »Warum liegt dir so viel an deinem Vetter? Er ist doch erst auf die Insel zurückgekehrt, als du schon erwachsen warst. Du kennst ihn doch kaum!«

»Den Zeitpunkt einer Hochzeit bestimmt die Frau und niemand sonst«, schaltete sich Myra ein.

Sie wich Hinas Blick beharrlich aus, als diese ihr dankbar zunicken wollte. Anders als ihr Sohn hatte Myra Hinas wahren Zustand längst erahnt, und obwohl Hina ihr ungemein dankbar war, dass sie die gleiche Entscheidung getroffen hatte wie sie selbst – Rufus so lange wie möglich das flüchtige Glück zu gönnen –, wollte sie nicht mit ihr darüber sprechen.

Sie floh so oft wie möglich aus dem Haus der Greys, so auch eines Tages, als Rufus mit den Schafen beschäftigt war. Seit einiger Zeit arbeitete er für Pedro Toro, um sich etwas dazuzuverdienen und seine kleine Familie künftig allein ernähren zu können.

Als sie über die Wiesen streifte, fühlte sie nicht den üblichen Druck in der Brust, aber ihr ganzer Leib schien hart wie ein Stein zu sein, und das Kind bewegte sich deutlich weniger als in den letzten Wochen, als wäre es in gespannter Erwartung. Hina war sich nicht sicher, wann genau mit der Geburt zu rechnen war, doch plötzlich packte sie große Sehnsucht nach ihrer Familie. Seit Tagen hatte sie ihre Großmutter nicht mehr gesehen, und auch Nani verbrachte die meiste Zeit in Hanga Roa.

Wie so oft in den Wintermonaten regnete es sanft, aber stetig, und bald waren ihre Haare durchnässt. Das Meer war so grau wie der Himmel, und in dem trüben Licht schien auch das Segel des Schiffs schmutzig zu sein, das nicht weit vor der Küste ankerte.

Hina musterte es erstaunt. Seit dem dänischen Schiff vor ein paar Monaten hatte kein neues angelegt, doch obwohl Pedro Toro ungeduldig auf Neuigkeiten wartete, war am Strand niemand zu sehen, der die Ankömmlinge begrüßte. Hina konnte nicht erkennen, wer in den Booten saß, die eben anlegten, desgleichen nicht, ob das Schiff eine Flagge trug, die mehr über seine Herkunft verriet. Vielleicht kam es von Tahiti, wohin regelmäßig die Wolle geliefert wurde, vielleicht aus Chile, um von dort Nachrichten vom Bürgerkrieg zu bringen. Im Grunde war es ihr gleichgültig.

Es geht mich nichts mehr an, durchfuhr es sie.

Jäh kehrte der Druck zurück, jedoch nicht in der Brust, sondern im Bauch. Der wurde noch härter, als wäre nicht nur die Bauchdecke aus Stein, sondern das Kind selbst. Hina hatte bis jetzt kaum je gewagt, die Kolosse zu berühren, doch jetzt stützte sie sich unwillkürlich auf eine der Steinstatuen, an der sie vorbeikam. Es war eine der wenigen, die aufrecht stand und noch Augen besaß, und Hina musste an die Worte ihrer Großmutter denken, dass in den *moai* – solange sie noch Augen hatten – eine Seele wohnte. Von dieser Seele spürte sie allerdings nichts. Nie war sie sich so einsam und verlassen vorgekommen wie in dem Augenblick, da von der Mitte ihres Leibes eine Schmerzenswelle aufstieg und sämtliche Glieder überrollte. Sie presste die Augen zusammen, stöhnte auf, ging unwillkürlich in die Knie.

Der Schmerz verebbte wieder, aber mit ihm schwand sämtliche Kraft. Plötzlich war sie sich sicher, dass sie es unmöglich bis nach Hanga Roa schaffen würde. Doch auch der Weg zurück war zu weit, selbst Mataveri, wo Aaron lebte, erschien ihr unerreichbar.

Nicht länger genügte es, sich auf die Statue zu stützen. Sie ließ sich daneben sinken und lehnte sich stöhnend daran.

Gib mir Kraft, gib mir Kraft, gib mir Kraft …

Sie wusste nicht, zu wem sie da betete, und bald war sie selbst dafür zu schwach. Der Bauch schien nicht nur härter zu werden, sondern immer größer, während sie zu schrumpfen schien. Aber wie sollte sie das Kind aus sich pressen, wenn nichts von ihr übrig blieb?

Aus der inneren Unruhe, die sie vorhin gepackt hatte, wurde Verzweiflung.

»Rufus«, flüsterte sie. »Rufus …« Ihre Stimme war kaum lauter als ein Krächzen. »Rufus …«

Der Regenschleier stand wie eine Wand zwischen ihr und der restlichen Welt. Endlich kam doch jemand auf sie zu, aber die Füße, die sie als Erstes erblickte, gehörten nicht Rufus. Sie waren nackt und verhornt …

Tane!

Hina legte den Kopf in den Nacken, konnte den Ausdruck seines Gesichts jedoch nicht erkennen. In den letzten Monaten hatte sie oft von ihm gesprochen, doch jetzt gestand sie sich ein, dass er nur ein Vorwand gewesen war, die Hochzeit zu verschieben. In Wahrheit wusste sie, dass er einer Ehe mit Rufus nie zustimmen würde, geschweige denn ihr freiwillig beiwohnen, und sie selbst war froh gewesen, ihn nicht zu

sehen und von seinen Vorwürfen, ob offen ausgesprochen oder stumm, verschont zu werden. Sie hatte Angst vor ihm – oder nein, nicht vor ihm, aber vor seinem Hass.
So wie sich ihr Leben in Rufus' Gegenwart licht und leicht anfühlte, schien in Tanes Anwesenheit ein dunkler Schleier daraufzufallen, als wäre es nur eine Kette aus Niederlage, Gewalt, Trauer und Ohnmacht.
»Tane …«
Er starrte auf sie herab und machte keine Anstalten, ihr zu helfen. »Du trägst den Bastard eines Weißen in dir«, presste er anklagend zwischen den Lippen hervor.
Hasste er etwa auch sie?
Das vielleicht nicht, aber seine Verachtung schien dennoch zu groß zu sein, um ihr beizustehen. Anstatt zu ihr zu treten, blieb er in einiger Distanz stehen.
»Bring mich … bring mich zu Aaron …«, stammelte sie.
Er rührte sich nicht. »Warum erhoffst du dir ausgerechnet von ihm Hilfe?«, zischte er. »Keiner der Weißen wird uns jemals helfen, im Gegenteil! Wie konntest du so dumm sein, dich auf einen einzulassen?«
Hina atmete tief durch. Sie wusste, wenn sie sich elend und schwach gab, würde seine Verachtung noch wachsen.
»Warum … warum bist du hier?«, presste sie hervor.
»Das bin ich immer wieder … heimlich. Es gibt ein paar Männer, die nicht so dumm sind wie du und sich von den Fremden – den *tangata hiva* – Lügen aufbinden lassen. Sie besuchen mich regelmäßig am Anakena-Strand, und manchmal komme ich zu ihnen. Eines Tages werden wir genug sein, um alle Weißen zu vertreiben.«
Eine neue Welle des Schmerzes schlug über ihr zusammen, als würde sich in ihrem Bauch eine Schlange verknoten.

Langsam kroch sie durch ihre Beine, ihre Arme, schien sich schließlich um ihren Hals zu winden. Sie bekam kaum noch Luft und spürte zugleich, wie ihr Kleid immer nasser wurde – nicht nur vom Regen, sondern von der glasigen Flüssigkeit, die zwischen ihren Beinen floss.

»Bitte, Tane … bitte hilf mir …«

Sie suchte seinen Blick, doch was immer sie darin las – Mitleid fand sie nicht.

»Du hast unser Volk verraten«, raunte er, »du hast dich mit unseren Feinden eingelassen …«

»Rufus war nie dein Feind!«

»Männer wie er haben Rapanui getötet und entführt, Frauen geschändet und zugelassen, dass die Schafe unsere Felder zertrampeln. Aber nicht mehr lange … Wir werden uns ihnen entgegenstellen, wir werden sie besiegen. Wir, der Hotu-Matua-Kreis.«

Der Schmerz kam zurück, und Hina musste sich auf die Lippen beißen, um nicht laut aufzuschreien. Sie schmeckte Blut, war sich jedoch nicht sicher, ob sie sich wund gebissen hatte oder es vom Husten kam. Verzweifelt schluckte sie dagegen an, aber die Schlange zog sich immer fester zu. Sie hatte kaum noch Kraft, kaum noch eine Stimme.

»Tane …«

Sie konnte ihn nicht mehr sehen und glaubte doch, seinen kalten Blick zu spüren.

»Du hast mich nicht um meine Meinung gefragt, als du dir ein Kind von einem Weißen hast machen lassen – warum soll ausgerechnet ich dir jetzt helfen?«

Er drehte sich um und ging davon. Der Schmerz, der in ihr wütete, war zu gewaltig, um daran zu verzweifeln. Als er endlich vorbei war, fühlte sie nichts, rein gar nichts, weder

Enttäuschung über Tane noch Angst um sich und das Kind.

Ganz nüchtern dachte sie: Das überlebe ich nicht, das überlebe ich nie und nimmer …

Augenblick um Augenblick ging vorüber – nicht schnell wie ein reißender Fluss, sondern einzelnen Tropfen gleichend, die über ein Blatt perlten, ganz langsam auf den matschigen Boden platschten und dort versickerten. Hina konnte nichts tun, um diese Zeit zu nutzen. Immer wenn sie glaubte, sie hätte vielleicht doch genügend Kraft, um sich zu erheben, ein paar Schritte zu machen oder wenigstens um Hilfe zu rufen, wurde sie von einer neuerlichen Schmerzenswoge wieder in die Knie gezwungen. Viel schneller, als die Zeit verrann, schwand das Leben aus ihr, doch trotz der Einsicht, dass sie diesen ungleichen Wettkampf nur verlieren konnte, regte sich verspätet Protest in ihr.

Mein Kind! Mein Kind muss doch leben, wenigstens mein Kind, damit Rufus etwas hat, das von unserer Liebe bleibt!

Für ihr Kind wollte sie gegen die Gleichgültigkeit, die sich in ihr ausgebreitet hatte, ebenso ankämpfen wie gegen den schlichten Wunsch, dass es nur endlich vorbei war und sie keine Schmerzen mehr hatte.

Nein, es durfte noch nicht vorbei sein!

Hina schloss die Augen, ließ drei Wehen über sich ergehen, öffnete sie wieder. Auch wenn sie nicht gehen konnte, wenigstens schaffte sie es, ein Stückchen vorwärtszurobben. Als sie nach einem kurzen Stück wieder liegen blieb, vernahm sie nicht länger nur ihr Keuchen, sondern etwas anderes … Stimmen.

»Was zum Teufel machen Sie hier? Wer sind Sie?«

Sie wälzte sich auf den Rücken, stützte sich mit den Unterarmen ab. Der Kopf schien so schwer zu sein wie ihr Bauch, und dennoch gelang es ihr, ihn so lange hochzuhalten, bis sie erkannte, wer gesprochen hatte und zu wem.

Es war Ezequiel, doch seine mürrischen Fragen waren nicht etwa an sie gerichtet, wie sie kurz gedacht hatte, sondern an einen fremden Mann, der eben des Weges kam, sich nicht am Regen zu stören schien, sondern sich vermeintlich begeistert umblickte und strahlend lächelte.

Das Lächeln …

Der Mann war kein Fremder, sondern ihr nur allzu gut vertraut. Er musste mit dem Schiff gekommen sein, das vorhin angelegt hatte, und Ezequiel hatte ihn gesehen und war ihm entgegengelaufen.

»Also, wer sind Sie?«, schnaubte er.

»Archibald Smythe.«

Hina unterdrückte ein Wimmern. Sie wusste nicht, vor wem sie sich mehr fürchten sollte – vor dem mürrischen Chilenen, der auf der Insel nicht heimisch geworden war und alle Welt mit seiner schlechten Laune strafte, oder vor Archibald, dem Teufel mit dem Lächeln eines Engels.

»Und was führt Sie auf diese verfluchte Insel?«

Archibald breitete die Arme aus, als würde er einen unsichtbaren Freund umarmen. Sein Hemd war zwar nass, aber sauber wie stets.

»Brander und Salmon haben mich wieder eingestellt und zurückgeschickt. Die Lage in Chile scheint außer Kontrolle zu sein. Und da die Insel immer noch nicht endgültig verkauft, sondern nur verpachtet ist, fürchten sie um ihre Einnahmen. Ich soll wieder das Kommando auf der Schaffarm übernehmen, was bedeutet, dass Sie künftig für mich arbeiten wer-

den, nicht für Pedro Toro. So tüchtig und vernünftig, wie Sie aussehen, werden wir uns gut verstehen.«
Ezequiel schien die überschäumende Freundlichkeit des anderen nicht ganz geheuer zu sein, konnte sich dessen Komplimenten aber nicht entziehen.
»Sie sind freiwillig hier?«, stieß er aus.
»Aber selbstverständlich! Liebend gerne würde ich Ihnen auch die Gründe erklären und eine Weile mit Ihnen plaudern. Sie müssen mir unbedingt Ihren Namen sagen. Aber zuvor müssen wir uns um diese arme Frau hier kümmern.«
Seine Worte zerschlugen Hinas Hoffnung, dass die beiden sie nicht bemerkt hatten. So energisch, wie Archibald nun auf sie zutrat, musste er sie schon die ganze Zeit gesehen haben. Er beugte sich über sie, doch Furcht und Abscheu blieben aus. Anstatt einen Schrei auszustoßen, verzerrten sich ihre Lippen zu einem Lächeln.
Ihr könnt mir nichts mehr tun. Ich bin doch schon so gut wie tot, und der Tod ist so viel stärker als ihr beide. Unter seinen dunklen Flügeln kann mir nichts und niemand etwas anhaben.
Gewiss, sie lag am Boden, sie wurde von den schlimmsten Schmerzen geplagt, die sie je gequält hatten, und sie war völlig kraftlos. Aber sie hatte keine Angst, und das war der größte Sieg, der ihr jemals über Menschen wie Archibald Smythe gewährt wurde – und wahrscheinlich auch der letzte.
»Du … du kannst mir nichts mehr tun«, presste sie hervor.
Zu ihrem Erstaunen hatte Archibald das jedoch gar nicht vor. Während Ezequiel schon weiterging – einem verendenden Schaf hätte er aus Mitleid wahrscheinlich die Kehle durchgeschnitten, einer sterbenden Rapanui wollte er nicht einmal diese Gnade erweisen –, erklärte Archibald mit ho-

nigsüßer Stimme: »Mein Gott, die Arme! Sehen Sie doch, in welchem Zustand sie ist. Los! Packen Sie mit an! Wir können sie doch nicht einfach liegen lassen.«

Hina war sich sicher, ihn falsch verstanden zu haben. Jemand wie Archibald war niemals des Mitleids fähig. Doch er beugte sich noch tiefer zu ihr herab, und das nicht etwa, um sie grob zu packen oder zu verhöhnen, sondern um sie auf den Arm zu nehmen. Sie glaubte, dass ihr Leib riesig und schwer wie ein Stein war, doch er trug sie mühelos und hörte nicht zu lächeln auf.

»Was zum Teufel tun Sie denn da?«, rief Ezequiel mürrisch.

»Nun helfen Sie mir schon!«

Ezequiel machte keine Anstalten, seiner Aufforderung zu folgen.

»Aaron ... Aaron Hayes«, keuchte sie. Archibalds Hemd wurde schmutzig, als sie sich an ihm festklammerte.

»Du willst, dass ich dich zu ihm bringe? Aber natürlich!«

Sie schloss die Augen und war einfach nur dankbar, dass er sie trug. In jedem anderen Augenblick hätte sie sich geschämt, auf ihren schlimmsten Feind und Roros Mörder angewiesen zu sein, aber die Flügel des Todes hielten nicht nur sämtliche Furcht von ihr ab, sondern auch Scham, Schande und Hilflosigkeit.

Das Einzige, was sie nicht verstummen lassen konnten, war die Hoffnung, die sich nun wieder kraftvoll regte.

Mein Kind ... ich will es zumindest schreien hören.

Als Katharina Toni ein Schüsselchen Milch gab, wunderte sie sich einmal mehr, dass die Katze noch lebte. In den letzten Jahren hatte sie oft gedacht, sie wäre tot, wenn sie monatelang verschollen blieb, doch sie kam immer wieder zurück, wenngleich jedes Mal mit mehr Blessuren: Ihr fehlte ein halbes Ohr, und ihr rechtes Auge war ständig zugeschwollen, ganz zu schweigen wie dürr sie war und wie räudig das Fell. Doch sie ... oder vielmehr *er*, wie sie nach ein paar Monaten herausgefunden hatte, war ein Überlebenskünstler, der das Streunen liebte und sich nur dann und wann dazu herabließ, sie zu besuchen.

Offenbar war Toni nicht das einzige Wesen, das es immer wieder nach Vaihu zurückzog. Als Katharina sich erhob, sah sie in der Ferne eine Frau vorbeihuschen ... eine zarte Frau mit schwarzem Haar, den Kopf gesenkt und die Arme um den Bauch verkrampft. Das sah nicht nach Myra oder ihren Töchtern aus, das war ... Laurentine.

Katharina schüttelte den Kopf. Aber nein, sie konnte es nicht sein, vor Jahren hatte sie gemeinsam mit Archibald die Insel verlassen! Wen immer sie gesehen hatte, sie war einer Sinnestäuschung aufgesessen.

Katharina wollte eben ins Haus gehen, um Theresa zu fragen, ob sie die Frau auch gesehen hatte, doch in dem Augenblick kam Lydia aufs Haus zugerannt und rief ihr zu, dass sie sofort mitkommen sollte.

»Hina?«, fragte Katharina. »Hat sie Wehen?«

Lydia nickte, war jedoch zu atemlos, etwas hinzuzufügen. So erklärte sie auch nicht, warum sie zu Katharinas Überraschung nicht den Weg zum Haus der Greys, sondern nach Mataveri zu Aaron einschlug. Vor allem aber konnte sie sie nicht vor den beiden Männern warnen, die vor dem Haus des Missionars auf und ab gingen.

Katharina erstarrte.

Da war Ezequiel ... und nicht weit von ihm entfernt ... Archibald Smythe!

Diesmal saß sie eindeutig keiner Sinnestäuschung auf.
»Beeil dich!«, rief Lydia. »Sie hat gebeten, dich noch einmal zu sehen ...«
Katharina löste sich aus der Starre, und in diesem Augenblick hatte auch Archibald sie bemerkt.
Er legte seinen Kopf in den Nacken, schloss die Augen und stieß ein genussvolles Seufzen aus.
»Der Regen hat aufgehört, und ich darf Sie endlich wiedersehen, werte Katharina. Ach, es ist so schön, auf diese wundervolle Insel zurückzukehren.«
Wenn sie ihn nicht gut gekannt hätte, wäre sie sich sicher gewesen, dass sein Lächeln echt war. So aber war es ihr unerträglich, ihn zu mustern, und noch schwerer auszuhalten, dass Archibald seinen Kopf wieder senkte und sie unverhohlen anstarrte.
»Stark und gesund wie eh und je«, säuselte er. Bevor sie zurückweichen konnte, war er schon auf sie zugetreten, hatte ihre Hand genommen und einen Kuss daraufgehaucht.
Sie war sich sicher, dass der Abdruck der Lippen ein ewiges Mal hinterlassen würde.
»Ich hoffe, Ihrem werten Gemahl geht es auch gut«, fuhr Archibald fort. »Ich soll ihm übrigens von Alex Salmon und John Brander die allerbesten Grüße ausrichten lassen. Dass sie mich wieder auf die Insel schickten, ist gewiss kein Ausdruck von Misstrauen, dass er seiner Aufgabe nicht gewachsen ist. Im Gegenteil, er hat in den letzten Jahren eine hervorragende Arbeit geleistet, doch gerade darum verdient er, etwas entlastet zu werden und sich um seine Familie zu kümmern. Ihr Stiefsohn ist mittlerweile fast erwachsen, oder? Und auch Ihre kleine Stieftochter ist kein Mädchen mehr, sondern etwa zwölf und damit fast schon eine Frau.«

Katharina war erleichtert, dass Romy nicht mitgekommen war.

»Warum ... ausgerechnet jetzt ... wie ...?«, entfuhr es ihr stammelnd.

»Es ist mir mit harter Arbeit gelungen, das Vertrauen von Salmon und Brander zurückzugewinnen. Sie wollen nur sichergehen, dass die Schafzucht weiterhin einträglich bleibt – obwohl die versprochenen Siedler aus Chile nicht gekommen sind und wegen des Bürgerkriegs wohl auch nicht mehr kommen werden.«

Katharina blieben sämtliche Worte im Hals stecken, und sie war froh, nicht länger mit ihm allein zu sein, denn eben stürzte Aaron aus dem Haus. Er schien von Archibalds Anwesenheit nicht sonderlich überrascht zu sein, hatte er ihn doch offenbar schon vorher gesehen.

»Gut, dass du ...«, begann er.

»Wusstest du, dass er wieder hier ist?«, unterbrach sie ihn.

»Ja. Er hat Hina hierhergebracht. Sie hat Wehen bekommen, konnte sich nicht mehr aufrecht halten ... Es geht ihr sehr schlecht ...«

Archibald hatte ihr tatsächlich Hilfe geleistet?

Katharina konnte sich schwer vorstellen, dass er das ohne einen Hintergedanken gemacht hatte.

»Wir haben uns noch gar nicht richtig begrüßt, Pastor Hayes«, sagte Archibald mit weiterhin freundlichem Lächeln. »Dass Sie immer noch auf dieser Insel sind, lässt einen doch noch an das Gute glauben. So viele Ihrer Zunft hätten längst aufgegeben. Die Missionare, die ich in den letzten Jahren auf Tahiti kennengelernt habe, überlegen sich lieber, wie sie Kokosöl teuer verkaufen können, anstatt Seelen für den Allmächtigen zu gewinnen. Aber Sie sind eine löbliche

Ausnahme. Ihnen ist das eigene Wohl vollkommen gleichgültig, nicht wahr? Die Menschen sind gut aufgehoben bei Ihnen, ich hoffe, auch Hina.«

Er verbeugte sich zum Abschied, ehe er ging.

Katharina hatte keine Zeit mehr, Gedanken an ihn zu verschwenden, nachdem Aaron sie ins Innere des Hauses gezogen hatte. Hina lag auf einer Pritsche, ihr Kleid war über und über von Schlamm und Blut befleckt. Myra saß bei ihr, und außerdem ein paar Knaben, die in Aarons Obhut lebten, sonst jedoch niemand. Lydia, die sie hierhergebracht hatte, mied den Anblick der sich vor Schmerzen windenden Frau.

»Rufus …?«, fragte Katharina.

»Er ist nicht da, gottlob«, knurrte Myra, »und das soll noch eine Weile so bleiben. Wenn sie das hier überlebt, kann er sie noch oft genug sehen. Falls nicht, ist es besser, wenn er nicht allzu lange Zeuge ihrer Qualen werden muss.«

Die Schmerzen ließen nach. Wie ein dunkles Meer – eben noch aufgewühlt, nun ruhig und glatt – ließ Hina sie unter sich, während sie selbst immer weiter gen Himmel flog. Kein Regen prasselte auf sie ein, Sonnenstrahlen wärmten sie vielmehr, doch bevor sie die weichen Wolkenballen erreichte, um sich dort niederzulassen, packte sie das Entsetzen.

Keine Schmerzen mehr zu haben bedeutete, nicht mehr zu leben! Und auch wenn sie bereit war, aufzugeben – sie musste so lange im dunklen Meer schwimmen, bis das Kind geboren war!

Es bedurfte aller Willenskraft, ihre unsichtbaren Flügel nicht länger auszubreiten und höher zu fliegen, sondern sie um ihren Leib zu schmiegen, sich in die namenlose Tiefe fallen zu lassen und zu spüren, wie sie wieder schwerer wurde.

Da waren sie wieder, die Schmerzen; da war sie aber auch wieder – die Hoffnung, etwas anderes auf dieser Welt zu hinterlassen als bloß Federn. Und da waren Aaron, Myra, Katharina. Archibald Smythe hingegen war zum Glück fort. Ein anderer fehlte auch.

»Rufus …«

Die Lippen formten bloß den Namen; zu kraftlos war die Stimme, ihn auszusprechen.

»Gleich … gleich …«, tröstete Katharina sie, und an Myra gewandt sagte sie: »Wir sollten ihn benachrichtigen. Hina braucht ihn.«

Myra machte ein mürrisches Gesicht wie so oft. »Ja, ja, ich weiß … Eben habe ich Lydia nach ihm geschickt, ich weiß auch nicht, was er so lange treibt.«

Es macht doch nichts, dachte Hina, so soll er mich nicht sehen. Wenn er künftig an mich denkt, soll er eine Frau sehen, die auf den Klippen steht und der der Wind durchs lange Haar fährt …

Jetzt war ihr Haar klebrig. Katharina streichelte darüber. »Wenn der Schmerz kaum mehr erträglich ist, ist das ein Zeichen, dass es bald geschafft ist.«

Oder ein Zeichen, dass ich bald tot bin …

Das sagte sie nicht laut, formte mit den Lippen nur: »Catalina …«

»Was meinst du?«

»Das Kind … ein Mädchen … Catalina heißen … du immer gut zu mir … und zu Nani …«

Ihr Atem klang rasselnd wie nie. Inzwischen vermeinte sie, dass nicht ihr Bauch, sondern ihr Hals aus Stein wäre. Sie bekam keine Luft mehr, konnte nun nicht mal mehr Worte formen, wusste plötzlich, dass sie eben ihre letzten gesprochen hatte.

Meinem Kind, ich kann ihm nichts mehr sagen. Oh, wenn ich es doch wenigstens zur Welt bringe!

Die letzten Wehen fühlten sich an, als würde der Stein in viele kleine Stücke zerbrechen. Sie regneten auf sie herab, schwer und spitz, und verletzten sie.

Ein Schrei. Ein lauter Schrei. Er kam nicht aus ihrer Kehle, sondern aus der des Kindes …

Es lebt, lebt, lebt!

Plötzlich war ihr das nicht genug. Sie wollte es nicht nur hören, sie wollte es sehen.

Ihre Lider waren so schwer, und gegen ihr Gewicht zu kämpfen und die Augen zu öffnen war ähnlich anstrengend, wie eine Steinstatue wegzurollen. Aber ihre Vorfahren hatten es irgendwie geschafft, diese vom Steinbruch wegzubringen und auf der ganzen Insel aufzustellen, also brachte auch sie es fertig, zu blinzeln.

Das Gesichtchen … Es war ganz rot … zerknautscht … die Haare dunkel wie die ihren. Irgendwann würden sie lang und glatt wachsen, und Rufus würde sich bei ihrem Anblick stets an sie erinnern.

Es war tröstlich, jedoch nicht genug Trost, um endlich aufzugeben. Immer noch war da eine Sehnsucht in ihr.

Ein Mal … zumindest ein Mal will ich es spüren.

Auch ohne dass sie es sagte, schien Katharina zu wissen, was sie wollte, und legte ihr das Kind, das noch mit der Nabelschnur verbunden war, auf ihren Bauch. Es hörte zu schreien auf, noch war sie ja warm.

Und jetzt, dachte Hina, jetzt will ich ein Mal über das Köpfchen streicheln …

Sie versuchte es, hob die Hand, wusste jedoch sofort, dass dies zu viel und dieser Wunsch zu maßlos war.

Kraft, darüber enttäuscht zu sein, blieb ihr keine mehr.
Leb wohl, kleine Catalina, ich liebe dich, ein Teil von mir wird immer bei dir bleiben, aber ein anderer Teil – er will jetzt … fliegen.
Als sie ihre letzten Atemzüge tat, musste sie an eine Geschichte denken, die ihr einst ihre Großmutter erzählt hatte. Sie glaubte, ihre rauchige Stimme zu hören, wie sie von Hau Maka berichtete, einem Untertan des Königs Hotu Matua, der später die Insel besiedelte. Dieser Hau Maka hatte eines Tages eines Traum: Seine Seele löste sich von seinem Körper, flog der aufgehenden Sonne entgegen und überquerte sieben Länder. Keines gefiel ihm, bis er zu einer kleinen Insel inmitten des Ozeans gelangte: Rapa Nui. Als er erwachte, erzählte er seinem König davon, und der machte sich sofort auf, die Insel zu finden – die Insel, die an einem Ort lag, den ihr Volk *ea raa* nannte – dort, wo die Sonne aufgeht.
Hina flog wie Hau Maka dieser Sonne entgegen. Ihr Licht war nicht gleißend, sondern warm, ihre Hitze nicht versengend, sondern wohltuend, ihr Rot ließ sie nicht an vergossenes Blut denken, sondern an das Köpfchen des Neugeborenen.
Schneller, dachte Hina, ich will noch schneller fliegen, noch höher, ich will die Sonne erreichen. Sie breitete ihre Flügel immer weiter aus, und diese schienen zu wachsen, während ihr Körper kleiner wurde. Endlich war sie am Ziel. Die Sonnenstrahlen umarmten sie, als wären es Tausende Arme. Schon wollte sie die Augen schließen, doch da erkannte sie, dass es gar keine Sonnenstrahlen waren, die sie erleuchteten, sondern Sterne, so viele Sterne. Die Flügel fielen von ihr ab. Zu einem dieser Sterne – einem *hetu'u* – würde sie selbst

werden. Und auch wenn ihr Leben erlosch – dieser Stern, das wusste sie, würde immer für ihr Kind leuchten.

Katharina ließ das Kind eine Weile auf der Toten liegen, doch als es begann, nach den Brüsten zu schnappen und daran zu saugen, nahm sie es an sich. Protestgeheul ertönte, das zu hören ebenso schmerzlich war, weil es doch die Sehnsucht nach seiner Mutter bekundete, als auch tröstlich, weil es zeigte, dass das Kind gesund und stark war. Da Katharina es in warme Tücher hüllte, beruhigte es sich kurz, aber alsbald schrie es wieder aus Leibeskräften.

»Sicher gibt es in Hanga Roa eine Frau, die eben ein Kind bekommen oder schon ein größeres hat. Sie kann es stillen, und später, wenn die Kleine größer ist, kann sie Schafsmilch bekommen«, murmelte Aaron.

Myra nahm Katharina das Kind aus den Armen. »Ich kümmere mich darum, schließlich ist es mein Enkelkind.«

Eben noch war ihr Gesichtsausdruck streng und unnahbar wie immer, doch als ihr eine Haarsträhne ins Gesicht fiel, schien sie unendlich verzagt. Ihre Lippen zuckten, und Katharina musste selbst gegen die aufsteigenden Tränen kämpfen.

Sie hatte das Kind kaum an Myra übergeben, als plötzlich eine Stimme ertönte: »Wo … wo ist sie?«

Rufus.

Er war nur wenige Augenblicke zu spät gekommen.

Aaron wollte ihm entgegengehen, doch Myra hob abwehrend die Hand: »Auch darum kümmere ich mich. Er ist mein Sohn. Und der Anblick des Kindes ist jetzt vielleicht das Einzige, was ihn trösten kann.«

Ehe er ins Haus kam, trat Myra zu ihm hinaus.

Angespannte Stille senkte sich über Katharina und Aaron. Katharina wappnete sich dagegen, Rufus vor Verzweiflung schreien oder in Tränen ausbrechen zu hören, doch von draußen kam kein Laut.
Aaron schien die Stille ebenso wenig wie sie ertragen zu können, kniete sich neben die tote Hina und flüsterte ein Gebet. Katharina war nicht sicher, ob für Hina oder ihr Kind oder für sich selbst. Sie wusste nur, dass sie so gerne zu ihm treten würde, ihre Hand auf seine Schulter legen, seine Umarmung zu suchen, um Trost zu finden und zu geben.
Doch sie beherrschte sich. Nähe zwischen ihnen sollte aus Liebe entstehen, nicht aus Trauer – und was er jetzt am dringendsten brauchte, war nicht eine, die den Schmerz teilte, sondern ihn davon befreite.
Sie wandte sich ab.
»Du … du gehst?«, fragte Aaron verwirrt.
»Ich muss mich um Jack kümmern. Auf dem Weg nach Hause werde ich Nicholas Pakarati Bescheid geben, damit er das Begräbnis vorbereiten kann.«
Ihre Stimme klang so nüchtern, als würde sie die Schur von Schafen organisieren. Kurz war der Blick von Aaron nahezu entgeistert, aber er fing sich rasch wieder und sagte gleichfalls nüchtern: »Das ist gut.«
Katharina hatte noch nicht die Türschwelle überschritten, als Rufus doch hereinstürmte. Er war kalkweiß im Gesicht und seine Hose voller Schlamm. Als er die tote Hina erblickte, ertönte verspätet ein Schrei, und er war viel lauter, durchdringender und dunkler, als sie erwartet hatte. Die Geister aller Menschen, die hier auf der Insel viel zu früh einen Geliebten verloren hatten, schienen einzustimmen.
Katharinas Kehle wurde noch enger, und sie konnte ihre

Tränen nicht länger zurückhalten. Wortlos lief sie an ihm vorbei und von Aarons Haus fort. Neuer Regen setzte ein, benetzte ihr Gesicht, aber sie spürte die Tropfen kaum. Sie weinte, weinte, weinte, doch hinterher fühlte sie sich nicht leicht – nur leer.

»Katharina?«

Theresa kam auf sie zugelaufen.

»Wo ist Jack?«, rief Katharina.

»Romy kümmert sich um ihn. Hina … ist sie … ist sie …?«

Katharina nickte düster.

»Der arme Rufus.«

Wieder nickte Katharina. »Ich glaube, Rufus kann im Moment niemand trösten, aber Pastor Hayes … Er scheint auch sehr bedrückt zu sein, und das nicht nur wegen Hinas Tod. Vielleicht hast du schon gehört, dass Archibald Smythe auf die Insel zurückgekehrt ist, ich habe dir doch von ihm erzählt. Ich … ich glaube, Aaron kann jetzt die Gesellschaft eines Menschen gebrauchen, der ihm zuhört, ihm Trost spendet, ihn wieder etwas aufrichtet. Willst du … willst du nicht zu ihm gehen?«

Nicht zum ersten Mal seit der Sprengung sorgte Katharina dafür, dass die beiden Zeit miteinander verbrachten, doch nie hatte sie es mit so offenen Worten getan. Und noch nie hatte sie so deutlich wahrgenommen, dass Theresas Augen bei der Erwähnung von Aarons Namen leuchteten. Bis jetzt hatte sie sie zwar in seiner Gegenwart manchmal lachen gehört, war sich jedoch nicht sicher gewesen, ob ihr Plan aufging. Als Theresa nun eifrig nickte und ihren Schritt beschleunigte, wusste sie, dass es kein Hirngespinst gewesen war, als sie in den beiden ein Paar gesehen hatte – ein ungleiches zwar, aber eines, das einander guttat.

Sie war erleichtert darüber. Und zugleich brach es ihr das Herz.

Archibald hatte Ezequiel in sein Haus eingeladen, doch dieser Narr wusste das nicht zu schätzen, sondern blieb vor der Tür stehen. Wie vorhin, als sie sich zum ersten Mal begegnet waren, konnte er sein Misstrauen nicht ablegen, wenngleich in seiner Miene durchaus Respekt stand, den Archibalds forsches Verhalten, seine geschliffene Sprache und sein elegantes weißes Hemd ihm abgerungen hatten.
»Nun kommen Sie schon!«, rief Archibald. »Feiern Sie mit mir meine Rückkehr auf die Insel. Mein Haus scheint lange Zeit von einem der chilenischen Siedler bewohnt worden zu sein, aber jetzt steht es wieder leer. Ist das nicht ein Glücksfall?«
»Mein Bruder hat hier gelebt«, knurrte Ezequiel. »Und er ist hier gestorben. Ich verstehe übrigens nicht, warum Sie Ihre Rückkehr feiern wollen – es sei denn, Sie haben den Verstand verloren. Wer kann sich denn darüber freuen, auf dieser gottverdammten Insel zu leben?«
Archibald sah ihn verschmitzt an. »Aber, aber! Warum so barsche Worte? Ist dies doch ein Fleckchen Erde, wie es kein zweites gibt, zumindest das müssen Sie zugeben.«
Ezequiel spuckte aus. »Ein Grab ist diese Insel, nichts weiter, ein verdammtes, riesengroßes Grab. Toro hat uns unter falschen Vorgaben hierhergelockt. Die ganze Arbeit bleibt an uns hängen, denn die Rapanui sind ein faules Pack, und neue Siedler sind nicht zu erwarten. Aber wissen Sie, was Pedro Toro zu mir gesagt hat, als ich mich darüber beschwerte: ›Schwimmen Sie doch nach Chile zurück, ich werde Sie hier nicht festbinden.‹«

Archibald ließ ihn in Ruhe reden. Erst als er geendet hatte, fragte er freundlich: »Ich habe Sie in mein Haus eingeladen, und Sie verharren immer noch auf der Schwelle?«
Ezequiel rührte sich nicht, woraufhin sein Lächeln schwand. Blitzschnell trat Archibald vor, packte Ezequiel am Nacken und drückte seinen Kopf nach unten. So zog er ihn ins Haus und zwang ihn, sich auf eine Bank zu setzen. Zunächst war Ezequiel so verblüfft, dass er sich nicht wehrte, und als er es schließlich doch versuchte, stieß Archibald sein Gesicht auf die Tischplatte.
»Hören Sie mir gut zu!«, zischte er. »Sie dürfen nie vergessen, höflich und selbstbeherrscht zu sein. Wir werden zu Tieren, wenn wir uns gewisse Umgangsformen nicht bewahren.«
Erst jetzt ließ er ihn los, trat zurück und verschränkte seine Arme. Ezequiel starrte ihn fassungslos an und rieb sich die schmerzende Stirn, war jedoch zu verdutzt, um sich gegen die rüde Behandlung zu wehren. »Sie müssen wahnsinnig sein!«
»Nein, Sie sind wahnsinnig, wenn Sie die großartige Chance nicht erkennen, die vor Ihnen liegt.«
»Aber …«
Archibald ließ seine Faust auf den Tisch knallen. »Jetzt halten Sie Ihren Mund, und ich rede. Es ist nicht so, dass ich Sie nicht verstehe. Früher hatte ich auch damit gehadert, dass ich hier leben musste, und die Insel als ein Gefängnis empfunden, in dem ich langsam, aber sicher verrotte. Aber Pedro Toro hat recht. Man muss sich entscheiden. Entweder man geht oder man bleibt, und wenn man bleibt, dann sollte man schleunigst die schlechte Laune ablegen.«
Ezequiel knurrte Undeutliches. So erbost er über den An-

griff des anderen war, schien er zugleich die Macht zu wittern, die von Archibald ausging, seine Selbstbeherrschung, den Willen, andere zu unterwerfen, und in seinen Zügen blitzte jäh eine Sehnsucht auf, die Archibald sich erhofft hatte: nicht die nach mehr Gesellschaft, einer ertragreicheren Schafzucht und weniger Arbeit, sondern nach einer Stimme, die Befehle austeilte und klar bestimmte, wo es langging.

»Warum wollen Sie denn, dass andere Siedler auf die Insel kommen?«, fragte Archibald. »Sie bringen ja doch nur Unfrieden. Wenn wir unter uns bleiben, können wir machen, was wir wollen.«

»Aber die ganze Arbeit …«

»Dafür gibt es genügend nützliche Idioten, man muss nur verstehen, sie abzurichten. Doch noch wichtiger ist fürs Erste, dass die Toro-Brüder von hier verschwinden.«

Archibald ging zu einer Kiste, die er mitgebracht hatte, und zog eine Flasche Schnaps heraus. Eigentlich hätte Laurentine sie auspacken sollen, doch von der hatte er nichts gesehen, seit er das Haus betreten hatte. So wie er sie kannte, hatte sie sich oben im Schlafzimmer verkrochen, vor allem nachdem sie Ezequiels Stimme gehört hatte. Sei's drum, um sie würde er sich später kümmern. Jetzt klopfte er erst mal Ezequiel auf den Rücken.

»Lass uns doch erst darauf anstoßen, dass wir uns kennengelernt haben, mein Freund.«

Ezequiel zuckte ob der Berührung zusammen.

»Ich verstehe Sie einfach nicht. Sie kommen freiwillig zurück … faseln unsinniges Zeug … und überhaupt … dieses Rapanui-Weib. Warum haben Sie ihr vorhin geholfen?«

»Hina ist doch eine ganz Hübsche.«

»Sie kennen ihren Namen?«

Das Misstrauen drohte wieder die Sehnsucht zu überwiegen.
Archibald unterdrückte ein Seufzen. Früher hatte er gedacht, dass es umgekehrt wäre, doch mittlerweile war er sich sicher, dass es viel schwerer war, einem einfältigen Menschen das Vertrauen abzuringen als einem klugen. So wie ein Blinder ständig Angst haben musste, zu stolpern, befürchtete ein dummer Mensch ständig, Fehler zu machen. Der Blinde klammert sich Hilfe suchend an einen Stock, der Dumme hingegen schreit lauter als notwendig, um seine Unsicherheit nicht offen einzugestehen.
»Wollten Sie auf den Pfaffen Eindruck machen?«, fragte Ezequiel. »Oder auf Katharina?«
Archibald lächelte vielsagend. »Gefällt sie dir etwa nicht?«
Er reichte Ezequiel die Schnapsflasche, und der nahm einen großen Schluck. Seinen Ärger herunterspülen konnte er damit aber nicht. »Die ist doch so störrisch wie ihre Schwester«, murrte er. »Nach dem Tod meines Bruder und meiner Frau habe ich Theresa gefragt, ob sie mich heiraten will, doch sie hat einfach abgelehnt, als hätte sie auf dieser Insel eine große Wahl.«
Sein Stolz war sichtlich verletzt worden. Gut so. Stolz war viel zäher, unzerstörbarer, trotziger als Liebe, zumindest bei dummen Menschen. Schließlich konnten sie mögliche Gefahren nicht voraussehen, weswegen sie ein Schutzschild brauchten, um durch die Welt zu gehen, und Stolz erwies sich als ein sehr brauchbares.
Den Mut, mit einem Lächeln und einem weißen Hemd den Feinden gegenüberzutreten, sie nicht mit Pistolen zu bedrohen, sondern ihnen nur mit Worten zuzusetzen, hatten hingegen nur wenige.

»Also, warum sind Sie denn nun auf die Insel zurückgekommen?«, fragte Ezequiel.

»Ich habe mir in den letzten Jahren so meine Gedanken gemacht …«

»Was für welche?«

»Ich weiß noch nicht, ob du schon so weit bist, sie zu hören.«

»Zum Teufel, sagen Sie schon, was Sie wollen.«

Kurz wurden in Archibald Erinnerungen an Tahiti wach. Fast drei Jahre hatte er dort verbracht, doch rückblickend erschien ihm die Zeit wie ein einziger Tag – ein quälend langer Tag voller Enttäuschungen und Ärgernisse. Das größte war, dass niemand Angst vor ihm hatte, nur Laurentine, doch nach all der Zeit machte es kaum mehr Spaß, sie zu quälen und ihr vorzuhalten, dass sie immer noch kein Kind geboren hatte. Letztlich schmerzte ihn selbst das am meisten.

Katharina hatte, wie er mittlerweile erfahren hatte, ein Kind bekommen, einen Sohn, einen gesunden, lebendigen Sohn …

»Gemach, gemach.«

»Sie sind ja schon wie Toro! Er erklärt uns auch ständig, dass wir Geduld haben sollen.«

»Nun, auch wenn er ein Versager ist – was das anbelangt, hat er nicht unrecht. Ich selbst werde nie wieder ungeduldig sein. Vor allem werde ich nie wieder den Fehler machen, mich gehen zu lassen und das Wollen vor meinen Willen zu setzen.«

»Häh?«

Archibald neigte sich leicht nach vorne. »Am Ende wird alles mir gehören.«

»Diese verfluchte Insel etwa?«

Archibald packte ihn grob an den Schultern. »Lieber bin ich auf einer verfluchten Insel König, als in einem Königreich ein Bettler. Das ist die Lektion, die ich in den letzten Jahren gelernt habe. Ich will nicht mehr für andere arbeiten, ich will mein eigener Herr sein. Wenn mir Rapa Nui erst einmal ganz allein gehört, werde ich aus der Insel alles herauspressen, was sie mir geben kann. Und glaub mir, mit etwas Einfallsreichtum wird das genug sein, um mich reich zu machen.«

Ezequiel riss sich von ihm los, blieb jedoch sitzen. »Und wie wollen Sie die Insel kriegen? Wie wollen Sie König werden?«

Wieder lächelte Archibald nur vielsagend, als er Ezequiel erneut die Flasche reichte.

20. Kapitel

Die kleine Catalina war ein ebenso kräftiges wie hübsches Baby. Die schwarzen Haare erinnerten an ihre Mutter, der Farbton der Augen glich hingegen den grünblauen von Rufus. Von wem sie deren mandelförmige Form geerbt hatte, konnte niemand genau sagen – Einigkeit bestand nur darin, dass man sie einfach lieben musste.

Aaron hatte nicht oft erlebt, dass Myra lächelte, doch sobald sich ihr Blick auf die Kleine richtete, strahlte ihr ganzes Gesicht. Offen zugeben, wie sehr diese ihr Herz rührte, wollte sie natürlich nicht. »In diesem Alter sind sie noch so pflegeleicht«, meinte sie, »man muss sie nicht ständig zur Arbeit antreiben.«

»Wunder geschehen«, lästerte Percy. »Catalina ist die Einzige, bei der es dich nicht stört, wenn sie auf der faulen Haut liegt.«

Auch sie hatte einen Narren an der Kleinen gefressen, und die Grey-Schwestern stritten sich ständig darum, wer sich um sie kümmern durfte. Die Konkurrenz war groß, denn auch Theresa war oft zu Besuch, ebenso Katharina und Nani. Ihre Sprache hatte das Mädchen nicht wiedergefunden, aber wenn es die Ärmchen des Säuglings streichelte, stand in seinem Gesicht nur kindliche Neugierde, nicht die übliche Angst vor dem Leben und die Trauer um Hina. Außerdem war die Amme der Kleinen – eine Rapanui namens Heke, die kürzlich ihr eigenes Kind verloren hatte – bei den Greys eingezogen.

Verliebt in seine Tochter war auch Rufus. Anfangs hatte Aaron noch befürchtet, dass er das Kind ablehnen könnte, weil seine Geburt Hina das Leben gekostet hatte. Als er ihm behutsam erklärt hatte, dass Hina so oder so gestorben wäre, hatte ihn das kurz nur noch fassungsloser gemacht.

»Warum … warum hat sie es mir nur verschwiegen?«

Tagelang war Rufus von den schwärzesten Gefühlen gefangen, die es gab – Trauer, Ohnmacht, Entsetzen, Wut, Verzweiflung. Aber auch wenn er in deren Abgründe stieg – seine Seele raubten sie ihm nicht, und die war und blieb die eines sonnigen, fröhlichen Menschen, dessen Vaterliebe der unendliche Schmerz nichts anhaben konnte, im Gegenteil: Das Kind war das Einzige, was ihm von der großen Liebe geblieben war. Manchmal bestaunte er es ehrfürchtig wie ein kostbares Geschenk, dann umarmte er es so heftig, als wollte er es gar nicht mehr hergeben. Hin und wieder beobachtete er Catalina auch aus Distanz, als gelte es, sie vor der Aura eines einsamen, unglücklichen Menschen zu beschützen. Doch auch wenn dieser sich von der Welt der Lebenden irgendwie abgeschnitten fühlte und nicht recht teilnehmen wollte an Getratsche und Gelächter und Alltagssorgen, so war da doch die Gewissheit, dass es nicht ewig dauern würde, bis er – vom Pfad der Liebe geleitet – ins Leben zurückkehren würde.

Wenn Liebe den Menschen nur immer erlösen könnte, dachte Aaron oft.

Er selbst fühlte sich in diesen Tagen von ihr regelrecht verdammt. Irgendwie hatte er es in den letzten Jahren geschafft, mit dem Wissen zu leben, dass Katharina zwar in seiner Nähe, aber für ihn unerreichbar war. Doch dass er mit ihr gemeinsam Catalina auf die Welt gebracht und Hina hatte sterben gesehen, hatte die schmerzliche Sehnsucht wachgerufen, auch künftig alles mit ihr zu erleben, die Höhen und Tiefen des Lebens, die Freuden und die Schmerzen, das Glück und die Verzweiflung.

Es war das eine, sie mit dem kleinen Jack zu beobachten, dessen rote Haare denen von Barnabas glichen und ihn stets daran erinnerten, dass er nicht der Vater war. Catalina jedoch war in gewisser Weise ihrer aller Kind, und zu sehen, wie Katharina zärtlich über ihr Köpfchen strich oder sie in den Schlaf wiegte, brachte eine Saite in ihm zum Klingen, von der er dachte, sie wäre längst durchschnitten.

Er wusste, es wäre besser gewesen, sich von den Greys fernzuhalten wie in den letzten Jahren, um dem Risiko zu entgehen, ihr zu begegnen, aber er konnte es nicht. Überall sonst war die Stimmung so bedrückend: Pedro war angesichts der schlechten Nachrichten aus Chile, wonach der Bürgerkrieg immer noch im Gange war, zunehmend mürrisch und forderte von den Menschen, die für ihn arbeiteten, immer mehr, ganz zu schweigen von Archibald und Ezequiel, die man häufig gemeinsam beobachten konnte. Was immer dazu geführt hatte, dass die beiden Freundschaft geschlossen hatten – zu etwas Gutem führte sie ganz sicher nicht. So zog es Aaron immer wieder zu den Greys, um sich am Anblick des Kindes zu laben und – obwohl so viel Sehnsüchte unerfüllt blieben – an dem von Katharina.

Einmal betrachtete er sie eine Weile, wie sie mit dem Säugling auf dem Schoß ein Lied summte und Jack, der sich an sie schmiegte, davon abhielt, an Catalinas Haaren zu ziehen. Als sie aufblickte und ihn erkannte, fühlte er sich ertappt und suchte händeringend nach einer Ausrede, doch sie fragte nicht, was er da machte, sondern begrüßte ihn mit gleichmütiger Stimme.

»So«, erklärte sie schließlich, »jetzt muss ich Theresa das Kind anvertrauen. Sie wird sonst eifersüchtig.«
Sie lächelte, aber ihre Augen blickten ernst, und ihre Haltung war eigentümlich starr, als würde sie mit einem Fremden sprechen.
Erst nachdem sie Theresa gerufen und diese den Säugling übernommen hatte, trat Katharina – mit Jack an der Hand und weiterhin distanziertem Blick – auf ihn zu.
»Meine Schwester …«, murmelte sie. »Meine Schwester tut mir so leid. Sie verzehrt sich selbst nach einem Kind.«
Aaron hatte Theresa in den letzten Wochen etwas besser kennengelernt. Früher hatte er kaum je einen Satz mit ihr gewechselt, nun kam er immer öfter mit ihr ins Plaudern. Er mochte es, wenn sie lachte oder Späße trieb, und fand es erfrischend, dass sie meist frei drauflosplapperte, ohne lange darüber nachzudenken. Sie war keine, die sich viel um andere kümmerte, aber zu ihm war sie ausnehmend freundlich, und Catalina rührte sie wie alle anderen auch.
»Es ist so schade!«, fuhr Katharina fort. »Die wenigen Männer, die auf der Insel leben, sind entweder Unholde, verheiratet … oder fühlen sich dazu verpflichtet, ehelos zu bleiben.« Ihr Blick war irgendwie lauernd, und er wusste nichts dazu zu sagen.
»Die Grey-Mädchen haben das gleiche Problem«, meinte sie, »aber sie sind ja noch jung, und Lucius wird vielleicht eines Tages die Insel verlassen. Aber wie es mit Theresa weitergeht, das weiß ich nicht. Ich fühle mich für sie verantwortlich, ist sie letztlich doch nur meinetwegen auf die Idee gekommen, sich auf der Insel anzusiedeln, aber einen Ehemann kann ich ihr nun mal nicht herbeizaubern. Ihr geht's so wie damals mir am Llanquihue-See. Ich musste die Kin-

der meiner Schwester hüten und damit rechnen, nie eigene zu haben …« Sie seufzte. »Ich muss jetzt nach Hause, dort wartet noch jede Menge Arbeit auf mich.«
Aaron war der Mund trocken geworden. Er hatte keine Ahnung, was er sagen sollte.
»Aber bleib doch noch«, rief ihm Katharina über die Schulter zu. »Theresa freut sich bestimmt über deine Gesellschaft.«
Als sie ging, ließ sie Aaron ratlos zurück. Nicht, dass er nicht plötzlich ahnte, was sie mit all den Worten hatte sagen wollen, aber er war sich nicht sicher, ob sie unter großen Qualen ein Opfer für ihre Schwester brachte oder vielmehr verzweifelt nach einem Weg suchte, diese Qualen zu beenden, und diesen gefunden zu haben glaubte. So oder so, er konnte gar nicht anders, als ihr den Wunsch zu erfüllen und bei den Greys zu klopfen.

In den nächsten Tagen wurde es für Aaron eine liebe Gewohnheit, Theresa mit der Kleinen zur immer gleichen Zeit zu besuchen. Manchmal sprachen sie über Catalina, manchmal über ihre Vergangenheit. Ausführlich erzählte Aaron von Tahiti, sparte jedoch alle leidvollen Erfahrungen aus, genauso wie Theresa nur von den glücklichen Tagen ihrer Jugend am Llanquihue-See berichtete, nicht von den traurigen. Über die Zukunft redeten sie nie und noch weniger über das, was ihnen Sorgen bereitete.
Theresa schien sich jedes Mal zu freuen, wenn sie ihn sah. Ihre Wangen röteten sich, und ihre Augen glänzten. Was er selbst genau empfand, dessen war sich Aaron nicht so sicher. Rührung war in jedem Fall dabei, auch das Gefühl, er könnte, wann immer er zu ihr trat, alles Dunkle, Schwere ablegen,

ein anderer werden und sich vormachen, dass er auf dieser Insel nichts weiter zu tun hatte, als eine junge Frau und einen schlafenden Säugling zu betrachten. Irgendwo warteten die Leprosen, um die er sich kümmern musste, irgendwo seine Zöglinge, für die er verantwortlich war, irgendwo Rapanui, denen er auf Pedro Toros Wunsch hin Spanisch beibrachte, obwohl es auf der Insel doch kaum Chilenen gab, die bereit waren, überhaupt mit ihnen zu sprechen. Hier aber spielte das alles keine Rolle, hier konnte er sich zum ersten Mal fragen: Will ich nicht mehr sein als nur ein Missionar, als nur ein Mann, der unglücklich in Katharina verliebt ist, als nur ein Trauernder, der seine ganze Familie verloren hat?

Oder anders: Wer könnte ich denn sein, wenn ich keine Pflichten hätte, wenn mein Leben anders verlaufen und ich nicht dem Vorbild meines Vaters gefolgt wäre?

Seltsam vage waren die Antworten auf diese Fragen, wenig greifbar seine Sehnsüchte, sofern sie sich nicht auf Katharina richteten, doch gerade deswegen konnte er sich ihnen stellen, ohne dass es wehtat.

Anfangs war ihm Theresas Wesensart fremd: So leichtfertig, wie sie sich gab, kam er sich in ihrer Gegenwart noch ernsthafter, nahezu freudlos vor, so wechselhaft ihre Stimmungen sich erwiesen, so resigniert und verschlossen fühlte er sich selbst, doch eines Tages entdeckte er eine Gemeinsamkeit.

»Meine Schwestern und ich wurden immer als faul und feige verschrien«, erzählte Theresa, »dabei waren wir das im Grunde gar nicht. Wir arbeiteten ständig, aber wir waren nun mal nicht so tüchtig wie Emilia, eine unserer Cousinen. Sie wurde uns ständig als lobendes Vorbild vorgehalten, und was immer wir taten – wir wurden ihm nie gerecht.«

»Meine Geschwister und ich haben den Ansprüchen meines Vaters letztlich auch niemals genügen können«, erwiderte er. »Nicht, dass er uns je Vorwürfe machte, aber er gab uns stets das Gefühl, dass wir uns noch mehr anstrengen und noch bessere Christen sein müssten. Was wir auch taten und opferten – es war einfach nie genug.«

Theresa nickte eifrig. »Genau das trifft es. Es war nie genug. Wobei ich mich frage: Muss es denn überhaupt genug sein? Muss man immer alles richtig machen? In einem hatten unsere Großmütter ja recht: Wir haben nie wirklich gern gearbeitet und natürlich nach Gelegenheiten gesucht, uns vor der Schufterei auf dem Feld oder im Stall zu drücken. Aber was ist daran verwerflich? Hatten wir nicht ein Recht darauf? Gibt es nicht mehr im Leben, als nur seinen Pflichten nachzukommen?«

Er zuckte die Schultern, und unwillkürlich packte sie seine Hände und drückte sie: »Natürlich reicht es nicht, nur Nein zu sagen oder ständig zu vermeiden, was man nicht will. Es muss auch etwas geben, wofür das Herz schlägt, mit ganzer Leidenschaft, ohne Wenn und Aber, etwas, in dem man so sehr aufgeht, dass es nicht als Mühe erscheint, sondern nur reines Glück bedeutet.«

Wieder zuckte er die Schultern. »Ich fürchte, bei mir kannst du das nicht lernen.«

»Aber bei wem denn sonst? Ich habe nie jemanden erlebt, der so entschlossen und willensstark ist, von einer Sache so überzeugt und ohne jegliche Zweifel …«

Wenn du wüsstest, ging ihm durch den Kopf.

Laut meinte er nur: »Mein Vater hat immer gesagt, dass es im Grunde ganz leicht ist, Gutes zu tun. Das stimmt in gewisser Weise auch, aber manchmal kann ich mich nicht der Frage erwehren, was denn gut für mich ist. Dann schäme ich mich natürlich, so eigennützig zu denken.«

»Ach was.« Sie machte eine wegwerfende Bewegung. »Als eine, die immer als eigennützig und selbstsüchtig verschrien wurde – selbst heute noch von meiner Schwester –, kann ich dir sagen: Damit lebt es sich gar nicht so schlecht. Was haben denn die anderen davon, immer tüchtig zu sein? Katharina hält ihren Haushalt in Ordnung, ist eine vorbildliche Stiefmutter, tut alles für Jack und bemüht sich redlich, Barnabas eine gute Frau zu sein. Und doch, als sie noch ein junges Mädchen war und von unserem Vetter Manuel verspottet wurde, weil sie so große Angst vor Kühen hatte, hatte sie noch nicht diesen verkniffenen Zug um den Mund. Und Barnabas selbst, er schuftet und schuftet und schuftet. Alles würde er für seine Schafe tun, und für seine Familie natürlich auch, aber ich habe nie gehört, dass er aus vollem Herzen gelacht hätte. Diesen üblen Archibald Smythe sieht man öfter lächeln als ihn.«

So unangenehm es Aaron war, dass die Rede auf Katharina kam, so schlüssig war ihm doch, was Theresa meinte. Erst jetzt verstand er, warum er die Stunden mit ihr so genoss – nicht nur nämlich, weil er an ihrer Seite das Dunkle abzulegen glaubte, sondern weil er in eine kleine, von allem anderen abgeschirmte Welt eintrat, in der sie beide im Mittelpunkt standen.

»Du meinst, eine Prise Selbstsucht versüßt das Leben?«, wollte er wissen.

»Man kann sich doch nicht immer um alle anderen sorgen. Ja, und warum muss man sich überhaupt sorgen? Warum kann man nicht einfach …«

»Ja?«, fragte er, als sie nicht weitersprach.

»Ich habe eine Idee. Ich bringe Catalina hinein, und dann laufen wir auf den nächsten Hügel.«
»Warum?«
»Na, um zu sehen, wer als Erstes oben ist.«
»Ja, aber warum?«, fragte er wieder.
»Aus gar keinem Grund!«, rief sie lachend. »Wir tun es einfach, weil es Spaß macht.«
Schon hatte sich Theresa erhoben, um Catalina einer der Grey-Schwestern anzuvertrauen, und kaum verließ sie das Haus, rannte sie los.
»Wenn du noch lange da herumstehst, holst du mich nie ein!«, rief sie.
Er löste sich aus der Starre und rannte ihr nach.

Am Ende liefen sie nicht nur auf einen Hügel, sondern auf mehrere. Erst wuchs das Gras kniehoch und hart, doch in der Nähe des Rano Kau versanken die Halme im sumpfigen Boden. Obwohl schon erschöpft vom vielen Laufen, kletterten sie auch an dessen steilem Hang hoch, bis sie auf den Kratersee blicken konnten. Ein scharfer Wind wehte, der sämtliche Worte schluckte, doch solcher bedurfte es ohnehin nicht. Von einem sanften Blau war der See, und wo sich die Sonne im Wasser spiegelte, glitzerte es silbrig; das Meer auf der anderen Seite des schmalen Weges jedoch wirkte im Schatten der Klippen fast schwarz. Nur dort, wo die Wellen gegen den Felsen schlugen, brodelte weiß die Gischt.
Als sie sich auf den Heimweg machten, murmelte Theresa nachdenklich: »Man kann die Insel für schön befinden – wenn man sich Mühe gibt.«
Aaron blickte sie von der Seite an. »Und das Gleiche, meinst

du, gilt auch für das Leben? Es könnte leicht sein, wenn man sich Mühe gibt?«

Theresa lachte. »Leichtigkeit und Mühen passen irgendwie nicht zusammen.«

»Aber gibt es ein Leben ohne Mühen? Mein Vater hat uns stets gesagt, dass wir zum Eckstein werden sollten, auf dem Christus seine Kirche bauen kann. So ein Stein ist alles andere als leicht.«

Sie zuckte die Schultern. »Alles andere als leicht sind auch die Statuen. Aber sieh sie dir an! Die meisten sind umgefallen. Keine einzige verhilft dem Volk, das sie einst aufgestellt hat, zu einem besseren Los. Nur weil ihnen Wind und Regen nichts anhaben können, sind sie noch lange nicht mächtig.«

»Lilien sind auch nicht mächtig, vielmehr nutzlos. Sie arbeiten nicht, sie spinnen nicht …«

»… doch selbst Salomo in seiner Pracht war nicht gekleidet wie diese.« Theresa lächelte verschmitzt. »Auch ich kenne die Bibel. Und wenn ich's mir aussuchen darf, dann will ich lieber eine Lilie sein, kein Stein, selbst wenn sie rasch verblüht. Was nützt die Ewigkeit, wenn man nichts fühlen kann?«

Der Weg ging so steil bergab, dass Aaron unwillkürlich seine Hand ausstreckte, um sie zu stützen, und sie nahm sie gern und ließ sie auch dann nicht los, als sie ein flaches Stück erreichten. Erst als in der Ferne das Haus der Wilkinsons zu sehen war, rückte sie ein Stück von ihm ab.

Katharina arbeitete mit Romy im Garten, und als Aaron sie erblickte, hätte er am liebsten die Flucht ergriffen, doch er konnte Theresa nicht einfach stehen lassen, und so zwang er sich, auf sie zuzutreten und sie freundlich zu grüßen.

Katharina erhob sich und lächelte ihn ausdruckslos an.

»Willst du nach dem langen Marsch einen Becher Milch haben?«, fragte Theresa. Er nickte, denn seine Kehle war tatsächlich trocken, doch sobald sie ins Haus lief, gestand er sich ein, dass das von etwas anderem rührte als nur dem vielen Laufen.

»Katharina …«

Sie stand immer noch da und starrte ihn wortlos an.

»Ich … ich wollte Theresa nicht von ihrer Arbeit abhalten … Ich weiß doch, sie ist dir eine unverzichtbare Hilfe.«

Katharinas Mundwinkel zuckten, er war sich nicht sicher, ob schmerzlich oder belustigt. Sie schickte Romy in den Stall, um ihr eine andere Harke zu bringen, und erst als diese außerhalb ihrer Hörweite war, sagte sie: »Du weißt doch, dass es in Ordnung für mich ist, wenn du Zeit mit Theresa verbringst.«

»Weiß ich das wirklich?«

Sie trat so nah an ihn heran, dass er ihren Atem spüren konnte. Er musste daran denken, was Theresa vorhin über sie gesagt hatte – dass der Zug um ihren Mund verkniffen sei. Doch dem war nicht so, ihre Lippen waren zu einem Lächeln verzogen, nur ihre Augen leuchteten nicht, sondern wirkten müde, unendlich müde.

»Aaron«, flüsterte sie, »Aaron, schenk uns Frieden … uns allen.«

Sie senkte ihren Blick, und nun war er es, der sie anstarrte. Wenn er den Mund aufgemacht hätte, er hätte nichts anderes sagen können, als dass er sie liebte. Egal, ob sie mehr einer Lilie glich oder einem Stein, er liebte sie.

Aber er presste seine Lippen zusammen, nickte nur und folgte Theresa ins Haus. Sie hielt einen Krug Milch in der Hand und wollte gerade einschenken, als er auf sie zutrat.

»Aaron …«

Er umfasste sie von hinten, und anstatt zurückzuweichen, wie er es kurz erwartet hatte, schmiegte sie sich sofort an ihn. Sie kicherte – ein heller, gleichwohl unpassender Ton, der nicht hierher zu passen schien, nicht in das Haus, wo Katharina lebte, aber an Katharina wollte er nicht denken, das durfte er nicht. Theresa drehte sich zu ihm um. Er wollte etwas sagen, aber das Einzige, was ihm einfiel, war erneut, dass er Katharina liebte, dass er sie nicht unglücklich machen wollte, dass er alles, alles für sie tun würde.

Also sagte er nichts, sondern küsste Theresa, küsste sie lang und innig. Sie hatte offenbar schon einen Schluck Milch getrunken, denn sie schmeckte danach, etwas säuerlich, etwas süß und irgendwie vertraut.

Als sie sich voneinander lösten, waren sie beide atemlos. Jetzt endlich konnte er wieder Worte finden, ohne jemanden zu verletzen, Sorgen zu bereiten oder unerfüllbare Sehnsüchte zu wecken, sondern schlichtweg solche, die Theresa glücklich machten.

»Willst du mich heiraten?«, fragte er.

Tane stieg aus den Fluten, doch nicht einmal das kalte Bad hatte ihn erfrischen und seine Schwermut vertreiben können. Nie hatte er sich jemals so gelähmt gefühlt wie in diesen Tagen – noch nicht einmal nach Roros Tod. An dem trug schließlich Archibald Smythe die Schuld, während Hina …

Er seufzte, schüttelte den Kopf, und das Wasser spritzte in alle Richtungen. Obwohl er sich noch so oft sagen mochte, dass Hina sowieso gestorben wäre, litt sie doch – wie ihm die Großmutter später berichtet hatte – seit Monaten am Bluthusten, konnte er nicht vergessen, wie sie hilflos im Regen gekauert und ihre Hände nach ihm ausgestreckt hatte. Und anstatt ihr zu helfen, sie ins Warme zu bringen, zu trösten und ihr beizustehen, hatte er so böse Worte zu ihr gesagt und sie einfach liegen lassen.

Für gewöhnlich wartete er, bis die Sonne ihn getrocknet hatte, doch heute floh er mit noch nasser Haut und Haaren in die unterirdischen Höhlen. Nach Roros Tod hatte er sich hierher zurückgezogen, Pläne geschmiedet und schließlich ein paar Getreue um sich gesammelt, mit denen er alte Riten neu belebt hatte – etwas, was ihn bis vor Kurzem sehr stolz gemacht hatte. Jetzt aber tröstete ihn das verborgene Reich, das er erschaffen hatte, kaum. Die Kälte und das trübe Licht spiegelten vielmehr den Zustand seiner Seele.

Oh, er wollte nicht kämpfen, er wollte schlafen! Wobei ihm der Schlaf keinen Trost schenkte. Hina erschien ihm stets in seinen Träumen, abgemagert und zugleich mit riesigem Bauch.

Hilf mir!, keuchte sie. So hilf mir doch!

Oh, er wollte ihr so gerne helfen, aber er konnte es einfach nicht. Wann immer er versuchte, zu ihr zu treten, waren seine Beine wie gelähmt, seine Hände schienen an seinem Körper festzukleben. Hilflos musste er zusehen, wie sie sich vor Schmerzen wand.

Warum nur? Warum nur hatte er ihr nicht geholfen? Warum nur hatte sie sich von einem Weißen ein Kind einpflanzen lassen?

Tief unter seiner Schwermut regte sich verspätet alter Hass, doch heute wärmte ihn dieser nicht.

Er ging tiefer in die Höhlen hinein und hätte sich dort am liebsten in eine Ecke verkrochen. Aber das war nicht möglich, so viele Augen, wie sich auf ihn richteten.

»Was … was wirst du jetzt tun?«, fragte einer seiner Männer. Er nannte sie *matatoa* – Krieger. Sie hatten sich ihm angeschlossen, weil sie seine Wut auf die *tangata hiva* teilten und seine Entschlossenheit, die Insel zurückzuerobern. Doch als er sie heute betrachtete, stellte er zum ersten Mal schonungslos fest, dass sie letztlich ein armseliger Haufen waren. Etliche von dem knappen Dutzend litten am gleichen Husten wie Hina, ein anderer hatte ein hinkendes Bein, wieder ein anderer war stumm wie Nani.

Sie vertrauten ihm, weil sie einen Anführer suchten, aber er konnte sich des Gedankens nicht erwehren, dass sie die Verzweiflung trieb, nicht Selbstbewusstsein, und dass das keine gute Voraussetzung war, um mit ihnen in den Krieg zu ziehen. Obwohl er ihn hasste, dachte er nicht ohne Respekt an Archibald, der seine Macht aus dem Gefühl der eigenen Überlegenheit und der absoluten Selbstbeherrschung zog. Beides fehlte diesen Männern … fehlte nach Hinas Tod auch ihm.

»Scheinbar ist wieder einmal ein Schiff aus Chile gekommen«, sagte eben ein anderer.

Es war das erste seit zwei Jahren. Die jüngsten Nachrichten hatten sie allesamt von Tahiti aus erreicht. »Waren neue Siedler an Bord?«, fragte er heiser. »So wie es sich Toro wünscht? Und wie steht es im Bürgerkrieg?«

Die einzige Antwort war Schulterzucken.

»Findet es heraus!«

Also war er doch noch dazu fähig, Befehle zu erteilen. Und der Gedanke an Archibald hatte ihm vor Augen gehalten, dass er Hina nicht ehrte, wenn er um sie trauerte. Archibald würde sich nie von seinem Kummer bezwingen lassen, schon gar nicht, wenn dieser einer Frau galt, die sich von einem Feind hatte schwängern lassen. Und noch erbärmlicher, als dessen Taten ungerächt zu lassen, wäre es, ihm an Stärke und Entschlossenheit unterlegen zu sein.

Am Ende der Höhle hatte sich einst die Lava einen Weg zum Meer gebahnt. Zurückgeblieben war eine kleine runde Öffnung, gleich einem Fenster. Tane trat darauf zu, starrte aufs Meer und das schwarze Gestein, das schroff und spitz aus den Fluten ragte. Als er die Insel aus dem Meer ersteigen ließ, schien *makemake*, der Schöpfer der Welt, gewusst zu haben, dass dies kein Ort war, wo das Weiche, Schöne, Liebliche nützte. Nein, ihre Klippen, Felsen und Krater verkündeten ihren Bewohnern, dass hier nur überleben konnte, wer ein Kämpfer, ein Krieger war.

Und das musste er auch wieder werden! Nicht trotz Hinas Tod – sondern gerade deswegen!

Er wandte seinen Blick vom Meer ab und ging in den hinteren Teil der Höhle, wo er die Waffen sammelte, die sie in den letzten Jahren hergestellt hatten – Pfeile, Lanzen und Messer.

Vorsichtig strich er über eine Spitze, bis seine Hand blutete, und glaubte, dass sie gleichsam das Tuch aus Schwermut zerschnitt. Darunter war er nackt … und stark.

Drohend hob er einen Pfeil.

Das ist für dich, Rufus, dachte er, weil du meine Cousine geschwängert und ihren Tod beschleunigt hast.

Das ist für dich, Archibald, weil du Roro getötet und mich erniedrigt hast.

Das ist für dich, Pedro Toro, weil du und dein verdammter Bruder euch diese Insel unrechtmäßig angeeignet habt.

Das ist für dich, Aaron, weil du mich verraten hast.

Eigentlich wollte er den Pastor nicht töten. Aber er würde

auch nicht zögern, es zu tun, wenn er sich einmal mehr zwischen ihn und die anderen Weißen stellte oder nicht bereit war, die Insel freiwillig zu verlassen.

Einer der Männer – Noko –, war ihm gefolgt. Er mochte ihn, weil er meist nicht viele Worte machte. »Ziehen wir bald in den Kampf?«, fragte er.

»Nein«, sagte Tane. »Noch nicht, zumindest nicht in den offenen.«

»Was meinst du?«

»In der kommenden Nacht werden wir die Höhlen verlassen. Wir töten ihre Schafe, reißen ihre Zäune nieder, zertrampeln ihre Gärten. Die Weißen sollen nicht wissen, wie viele wir sind, sondern denken, dass sie ganzen Heerscharen gegenüberstehen, und davon in Angst und Schrecken versetzt werden. Wenn mit dem Schiff wirklich neue Siedler gekommen sind, dann sollen diese möglichst früh erfahren, was es bedeutet, auf Rapa Nui zu leben, und selbst wenn nicht, werden wir nach und nach auch den Rest vertreiben.« Er machte eine kurze Pause, ehe er schloss: »Mit unseren Taten ehren wir Hotu Matua.«

»Mit unseren Taten ehren wir Hotu Matua«, echote Noko.

Trotz seines Bades in den kalten Fluten glühte Tanes Haut nun.

Laurentine hatte sich schön gemacht. Nicht nur, dass sie ihr bestes Kleid angezogen hatte – überdies hatte sie sich eine Blume ins Haar geflochten, wie es auch viele Rapanui-Frauen taten. Sie war in den letzten Jahren noch mehr abgemagert, wodurch die Augen über den spitzen Wangenknochen noch größer wirkten, aber ihre olivfarbene Haut war glatt und geschmeidig wie eh und je.

Archibald musterte sie wohlwollend, lächelte freundlich und trat auf sie zu, um über ihre Wange zu streicheln. »Wie schön du bist.«
Er wartete, bis sich sachte Röte auf ihren Wangen ausbreitete und sie vor Freude erzitterte. Dann schwand sein Lächeln, und er sagte kalt: »Ja, so schön bist du – und zugleich doch so nutzlos.«
Ihre Mundwinkel fingen zu zittern an. Mit den Jahren war es immer einfacher geworden, sie zu quälen.
»Dass ich … dass ich kein Kind habe … es tut mir so leid …«
Archibalds Kiefer mahlten. Seine Sehnsucht nach einem Sohn war oft so groß, dass er sie am liebsten geschlagen hätte, weil sie keinen gebar. Zugleich aber hatte sich zu der Verbitterung längst die Einsicht gesellt, dass ein Kind, das aus ihrem Schoß geboren wurde, ja doch nur ein Schwächling wäre.
»Warum bist du nicht längst schon tot?«, fragte er.
Seine Verwunderung darüber war echt. Wie konnte es sein, dass eine so dünne und freudlose Frau, die kaum das Haus zu verlassen wagte und Angst vor ihrem eigenen Schatten hatte, noch immer nicht verwelkt war? Irgendetwas musste da in ihr wohnen, das sich als widerstandsfähig und zäh erwies, doch es nahm ihn nicht für sie ein, sondern ließ seinen Ärger noch wachsen.
»Du bist zu schwach zum Leben, aber auch zu schwach zum Sterben«, sagte er verächtlich.
In ihren Augen glänzten Tränen, und sie wandte sich ab, um sie vor ihm zu verbergen.
»In der Bibel steht doch, ich will dich heiß oder kalt«, fuhr er fort, »bist du aber lau, dann spucke ich dich aus.«
Er selbst spuckte nun auf den Boden und rechnete fest damit, dass sie sich bücken und es aufwischen würde, wie sie es

immer tat, doch zu seinem Erstaunen blieb sie mit straffem Rücken stehen.
»Wenn es so ist, dann hat der Allmächtige auch mit dir keine Freude.« Sie flüsterte nur, doch sie klang nicht eingeschüchtert, vielmehr zischend. Langsam drehte sie sich wieder zu ihm um, und er sah, dass in ihren Augen keine Tränen mehr standen. »Du bist nie kalt, du bist nie heiß, du bist gefühllos wie ein Stein. In anderen erweckst du Hass oder Angst oder Abscheu, aber in dir brennt kein Feuer. Da ist nur Asche, und wenn man sie wegbläst, bleibt nichts von ihr als namenlose Schwärze.«
Archibald weitete überrascht seine Augen. Selten hatte Laurentine es gewagt, überhaupt so viele Worte zu machen. Schon gar nicht hatte sie ihm jemals Vorwürfe gemacht. Wie hatte sie ihre Angst vor ihm abschütteln können? Oder war ihre Angst womöglich so groß geworden, dass sie ihr den Verstand geraubt hatte?
Mit einem Aufschrei stürzte er auf sie los und wollte auf sie einschlagen, doch ein Räuspern ließ ihn innehalten.
Archibald fuhr herum und sah, dass Ezequiel in der offenen Tür stand. Den kurzen Augenblick, da er um Fassung rang, nutzte Laurentine zur Flucht. Nicht, dass er vor Ezequiel je seine Verachtung für sein Weib verborgen hätte, aber es wäre ihm beschämend erschienen, ihr nachzulaufen wie einem störrischen Schaf, und so bezwang er seinen Ärger.
»Und?«, fragte er. »Hast du weitere Neuigkeiten von der Clorinda erfahren?«
Als er vor einigen Tagen gehört hatte, dass ein Schiff aus Chile angelegt hatte – mit Policarpo Toro an Bord –, hätte er sich am liebsten selbst auf den Weg nach Hanga Roa gemacht, sich dann aber entschieden, besser im Hintergrund zu bleiben und fürs Erste Ezequiel vorzuschicken.

»Präsident Balmaceda wurde gestürzt und hat sich das Leben genommen«, berichtete Ezequiel.

Archibalds Ärger auf Laurentine verflog. Dieser würde er schon wieder Respekt lehren – viel entscheidender war, dass keine unvorhergesehenen Ereignisse seinen Plan störten.

»Die Toro-Brüder haben damit ihren letzten Rückhalt verloren«, fuhr Ezequiel fort. »Policarpo Toro wurde aus der Marine ausgestoßen und zur Persona non grata erklärt. Niemand in Chile interessiert sich noch für die Osterinsel, und vor allem ist niemand bereit, weiterhin die Pacht an Salmon und Brander zu zahlen.«

»Gut, sehr gut«, frohlockte Archibald.

»Die Toro-Brüder wollen nicht wahrhaben, dass sie gescheitert sind. Policarpo denkt, er könne die Lage retten, indem er selbst die Pacht bezahlt. Er will mit der Clorinda Schafe, Rinder und Wolle nach Tahiti bringen und verkaufen, um genug Geld dafür zu haben. Außerdem behauptet er, dass sich die Lage irgendwann beruhigen wird und spätestens dann neue Siedler kommen.«

»Was für ein Narr! Selbst wenn es tatsächlich so wäre! Bis dahin ist die Insel längst in unserer Hand.«

»Wie denn das?«

So oft hatte Archibald Ezequiels Fragen unbeantwortet gelassen, und dieser Dummkopf stellte trotzdem immer wieder neue! Hatte er noch nicht begriffen, dass er ihm das Denken überlassen sollte?

Doch Ezequiel war sogar so dreist, hinzuzufügen: »Dieser Überfall von gestern Nacht … So etwas wird wieder passieren, noch schlimmere Ausmaße annehmen, noch mehr Zerstörung anrichten …«

Archibald klatschte in die Hände. Dass Tane sich in den

letzten Tagen ganz ohne seine Provokation aus der Deckung gewagt hatte, war ein Glücksfall.
»Das ist doch großartig!«, rief er.
»Warum? Diese Männer, die sich in den Höhlen verschanzen, werden sich von den Neuigkeiten ermutigt fühlen. Wenn wir nichts gegen sie tun, dann wird die Insel bald ihnen gehören – nicht uns.«
Archibald dachte an die Worte, die er vorhin zu Laurentine gesagt hatte. Auch Ezequiel war weder heiß noch kalt, sondern ein zäher, geschmackloser Brocken, an dem niemand kauen wollte – er selbst schon gar nicht. Allerdings brauchte er einen nützlichen Idioten – vorerst.
»Gemach, gemach«, sagte er. »Wir lassen Tane erst mal weiterwüten. Und jetzt gehen wir zu den Toro-Brüdern und drücken ihnen unser ganzes Mitleid aus. Und selbstverständlich bieten wir unsere Hilfe bei der Beladung des Schiffs an.«
Ezequiel runzelte die Stirn und setzte zur Widerrede an, doch Archibald klopfte ihm auf die Schulter.
»Du bist doch ein kluger Mann, viel vorausschauender und berechnender als die Toro-Brüder oder dieser Wilkinson, nicht wahr? Warum sollte ich dir lang und breit erklären, was ich plane, wenn du es ohne große Mühen selbst durchschauen kannst?«
Die Worte hatten die gewünschte Wirkung. Anstatt seine Ahnungslosigkeit einzugestehen, klappte Ezequiels Mund wieder zu.

21. Kapitel

Theresa konnte sich nicht erinnern, wann sie jemals so glücklich gewesen war wie in diesen Tagen. Glücklich waren bislang immer die anderen gewesen – ihre Schwester Frida zum Beispiel, als sie Jacobo geheiratet hatte, für den sie von Kindesbeinen an geschwärmt hatte. Gewiss, die gute Laune hatte nicht lange angehalten und war mit jedem Jahr ihrer Ehe und jedem Kind, das sie geboren hatte, schlechter geworden. Aber Frida war selbst daran schuld, nicht genießen zu können, was sie bekommen hatte. Auch Katharina wirkte oft unzufrieden, obwohl sie einen Mann hatte, der zwar kein Ausbund an Charme, jedoch durchaus tüchtig und verantwortungsbewusst war, außerdem ihre Stiefkinder und den kleinen Jack. Nur sie hatte bislang nichts gehabt außer ihrer Witwenschaft und zerstörten Träumen.
Jetzt aber war sie mit Aaron Hayes verlobt! Und der war ein so viel besserer Mann als Jacobo oder Barnabas und vor allem als Hermano – ja, viel schöner, klüger und stolzer als sie alle zusammen. Wie blind sie gewesen war, das in den letzten Jahren zu verkennen, sodass sie erst auf Katharinas Drängen hin Zeit mit ihm verbrachte! Und wie närrisch, so lange vergebens um Rufus zu buhlen, der ja doch nur Augen für Hina gehabt hatte! Aarons ganze Aufmerksamkeit hingegen galt ihr, vor allem, wenn sie stundenlang spazieren gingen und er ihr von der Insel erzählte. Er wusste ja so viel, und sie, die sich immer ein wenig dumm vorgekommen war, weil die alte

Jule das während ihrer Kindheit stets behauptet hatte, glaubte, mit jedem Tag klüger zu werden.
Schade war nur, dass niemand ihr Glück teilte. Katharina hatte die Ankündigung ihrer Heirat wortlos aufgenommen – all ihre Gedanken kreisten wohl um die Zerstörungen, die die Rapanui um Tane nächtens anrichteten. Die Grey-Schwestern wiederum waren schrecklich eifersüchtig, und Myra war keine, die sich für andere freute. Ansonsten gab es nicht viele Menschen, mit denen sie ihr Glück teilen konnte – Laurentine, Archibalds Frau, hatte sie kaum je zu Gesicht bekommen und falls doch, nur von weiter Ferne, und Elizabeth, Pakaratis Frau, lächelte immer gleich strahlend, egal, was man ihr erzählte.
Nun, zumindest kam Rufus sie eines Tages besuchen, um ihr zu gratulieren. Sie war gerade im Garten, um die Bataten einzusammeln, die einer der nächtlichen Störenfriede ausgegraben und über das ganze Grundstück verteilt hatte. Katharina hatte beschlossen, sie zu kochen, obwohl sie noch nicht reif waren, aber als Theresa sie abschätzend betrachtete, konnte sie sich nicht vorstellen, dass man sie tatsächlich essen konnte.
»Ich habe gehört, dass du den Pastor heiraten wirst«, ertönte plötzlich Rufus' Stimme.
Theresa blickte hoch. Sie hatte Rufus in den letzten Wochen manchmal gesehen, wenn sie Zeit mit der kleinen Catalina verbrachte, und war jedes Mal über seinen Anblick erschrocken gewesen. Nicht nur, dass er mager und blass geworden war, auch kündeten die blauen Ringe unter den Augen von zu wenig Schlaf und mageren Mahlzeiten. Sein Blick war zwar nicht mehr so abwesend, als wäre sein Körper nur eine leere Hülle und sein sonniges Wesen für immer verschwun-

den, doch der Alte war er trotzdem nicht mehr. Theresa konnte sich nicht erinnern, ihn vor Hinas Tod jemals ohne das breite Lächeln auf den Lippen gesehen zu haben. Jetzt waren seine Lippen schmal, seine Schultern hingen tief. Natürlich hatte sie Mitleid mit ihm, aber es war nicht das einzige Gefühl, das sich regte. Auch wenn es ein wenig schäbig war – sie konnte sich der Schadenfreude nicht erwehren.

Mich hast du kaum je angeschaut, stattdessen auf eine Sterbende gesetzt, und das hast du nun davon …

Nicht, dass sie sich für den Gedanken nicht schämte.

»Ja!«, rief sie laut, um ihn zu übertönen. »Das stimmt!«

»Das freut mich, und ich gratuliere dir von Herzen …«

Seine Stimme klang belegt, dachte er doch wahrscheinlich, dass es ihm nicht mehr möglich gewesen war, Hina zu heiraten.

Theresa trat zu ihm. »Geht es Catalina gut?«

Eine Weile sprachen sie über die Kleine, und später half Rufus ihr sogar, Bataten aufzusammeln. Schließlich fragte er, wann genau die Hochzeit geplant war.

Theresa zuckte die Schultern, denn darüber hatte sie noch nicht mit Aaron gesprochen.

»Vielleicht wäre es besser, abzuwarten, wie sich die Lage entwickelt«, gab Rufus zu bedenken.

»Wie meinst du das?«

»Nun, diese nächtlichen Zerstörungen … Es wird von Tag zu Tag schlimmer. Hast du gehört, dass die Rapanui in der Nähe von Mataveri ein Lager mit Schafwolle in Brand gesetzt haben?«

»Pedro Toro meinte, dass er der Übeltäter bald habhaft werden würde.«

»Aber wie will er das machen? Sie leben in den Höhlen, und

dort findet sich unsereins nicht zurecht. Es heißt, sie gehen da geheimnisvollen Kulten nach. Wir wissen nicht, wie viele und wie gefährlich sie sind …«

Theresa zuckte unbehaglich die Schultern. Schlimm genug, dass Katharinas Miene stets so sorgenvoll war. Warum musste auch er ihr die gute Laune verderben? Rufus war doch nie einer gewesen, der die Zukunft düster sah!

»Mein Vater hat natürlich keine Angst«, fuhr er fort. »Er sagte, wenn sie wirklich alte Kulte feiern, würde er sie gerne beobachten. Meine Mutter erlaubt es ihm natürlich nicht, die Höhlen zu betreten.«

Da war zumindest die Andeutung eines Lächelns.

»Es heißt doch, dass Policarpo mit einer Ladung Wolle nach Papeete aufgebrochen ist«, sagte Theresa. »Bei seiner Rückkehr bringt er sicher Verstärkung mit, und damit werden wir der Aufständischen schon Herr, nicht wahr?«

Rufus schien gar nicht richtig zugehört zu haben. »Tane ist ihr Anführer«, murmelte er. »Hina wäre unendlich traurig, wenn sie von alldem wüsste.«

Er ließ eine Batate fallen.

»Ich weiß, es sind keine leichten Zeiten …«, begann Theresa. Sie brach ab. Aber ich bin doch jung, setzte sie in Gedanken hinzu, ich bin glücklich, ich werde heiraten! Dass das Leben schwer sein kann, braucht mir niemand sagen, das habe ich selbst zur Genüge erfahren. Und dennoch …

Auch wenn sie es nicht laut sagte, schien Rufus zu spüren, was in ihr vorging, und rang sich erneut ein Lächeln ab.

»Also du und der Pastor …«

»Ja«, sagte Theresa stolz.

Sie erwartete, dass Rufus etwas Nettes sagen würde – dass sie ein schönes Paar wären, dass er ihr für die Zukunft alles erdenklich Gute wünschte, dass niemand dieses Glück mehr verdiente als sie –, doch stattdessen begann er plötzlich, nachdenklich den Kopf zu wiegen. »Ich muss zugeben, dass ich etwas überrascht war, als ich von eurer Verlobung erfahren habe. Ich meine, ihr kennt euch lange, aber bis jetzt hatte ich nicht den Eindruck, ihr stündet euch sonderlich nahe …«

Wie denn auch?, hätte sie am liebsten wütend gerufen. Ich war schließlich all die Jahre vergeblich in dich verliebt!

Sie schluckte die Worte hinunter und erklärte: »Wir haben uns nun eben besser kennengelernt.«

Er wich ihrem Blick aus. »Ich hoffe, du machst keinen Fehler.«

»Wie kommst du bloß darauf?«

»Ich meine doch nur …« Er rang nach Worten und presste schließlich gequält hervor: »Dass Hina so krank war – ich habe es nicht gesehen. Oder vielmehr, ich habe es nicht sehen wollen.«

Theresa runzelte die Stirn. »Was willst du damit sagen?«

Er seufzte. »Ich weiß es auch nicht so genau. Wahrscheinlich, dass Liebe nicht nur glücklich macht, sondern manchmal auch … blind.«

»Dem Pastor kann man vieles nachsagen, aber in jedem Fall ist er kein Träumer. Er kennt mich mittlerweile gut.«

»Aber kennst du ihn auch?«

Aus ihrem Unbehagen wurde Ärger. Wie konnte er es wagen, herzukommen und all diese Andeutungen zu machen! Immer hatte er sie mehr oder weniger ignoriert, und jetzt suchte er ihre Nähe, um ihr die gute Laune zu vergällen!

»Nur weil du Hina nicht mehr heiraten konntest, musst du mir die Hochzeit nicht madigmachen«, brach es aus ihr heraus.

Sofort taten ihr die schroffen Worte leid. Lieber Himmel, warum hatte sie ihn überhaupt ernst genommen? Die Trauer hatte seinen Geist verwirrt, kein Wunder, dass er jedem Glück misstraute!

»Es tut mir leid«, rief sie schnell. »Ich ... ich wollte doch nicht ... du ... du ...« Sie geriet immer mehr ins Stammeln.

»Ist schon gut«, sagte er schnell.

Er nahm die Batate, die er vorhin hatte fallen lassen, legte sie zu den anderen in den Korb und ging davon, ohne sich zu verabschieden.

Katharina arbeitete im Herbst des Jahres 1892 härter als je zuvor. Früher hatte sie sich oft geärgert, wenn Theresa nicht mithalf, heute forderte sie sie auf, lieber Zeit mit Aaron zu verbringen oder Hochzeitsvorbereitungen zu treffen. Nicht, dass es viel vorzubereiten gab, aber Theresa nutzte gern jeden Vorwand, die Hände in den Schoß zu legen, und Katharina war es lieber, ihre Arbeitskraft zu ersetzen, anstatt sie um sich zu haben. Die zusätzlichen Aufgaben reichten immer noch nicht, ihren Geist zu betäuben, sodass sie am Ende sogar Barnabas antrug, ihn bei der anstehenden Schafschur zu unterstützen. Früher hätte er es rundweg abgelehnt und darauf gepocht, dass das Männerarbeit sei, doch in diesen Tagen konnte er ihre Hilfe gut gebrauchen: Nicht nur, dass die aufständischen Rapanui immer mehr Schäden anrichteten, die es zu reparieren galt, außerdem musste die Schur in diesem Jahr noch schneller als sonst vonstattengehen.

Wegen der unsicheren Lage in Chile kämpften die Toro-Brüder mit allen Mitteln, die Insel zu halten: Sie wollten möglichst viel Wolle verkaufen, die Pacht an Brander und Salmon zahlen und auf diese Weise die Dankbarkeit und das Vertrau-

en der Regierung gewinnen. Nachdem schon die Clorinda vollbepackt abgelegt hatte, brachte im April die Gironde dreiundzwanzigtausend Kilo Schafwolle nach Tahiti.
Policarpo kündigte seine baldige Rückkehr an und auch, dass er sich nicht länger auf den Handel mit Schafwolle beschränken wolle. Stattdessen forderte er die Rapanui auf, mehr Körbe, Schmuck und Artefakte herzustellen als früher, um auch das gewinnbringend zu verkaufen. Doch während einige auf Policarpos Wunsch eingingen und ihn gerne mit diesen Waren versorgen wollten, nahmen die nächtlichen Zerstörungen zu – ein deutliches Zeichen, was der Hotu-Matua-Kreis von diesem Ansinnen hielt.
Es war nicht so, dass Katharina nicht auch Verständnis für die Aufständischen hatte, doch zugleich verging sie vor Angst und wagte es kaum, Jack aus dem Haus zu lassen – etwas, was ein so lebhafter Dreijähriger natürlich nicht verstand. Er quengelte viel, und selbst die von ihm so geliebte Romy konnte ihn kaum beruhigen. Katharina musste sich mit jedem Tag mehr zusammenreißen, ihre Anspannung in Zaum zu halten und nicht schroff und ungeduldig zu reagieren, und sie war umso erleichterter, als Elizabeth, Pakaratis Frau, ihr anbot, den Kleinen doch manchmal zu ihr zu bringen. Sie hatte mittlerweile selbst zwei Kinder bekommen und die, so meinte sie, würden sich über einen Spielkameraden freuen. Wie immer lächelte sie strahlend.
»Macht ihr euch denn gar keine Sorgen?«, entfuhr es Katharina. »Wie viele Schafe schon getötet wurden, wie viele Felder vernichtet! Unlängst wollten sie sogar unseren Stall beschädigen. Wir haben sie rechtzeitig gehört, und Barnabas hat sie verjagt. Trotzdem … man kriegt ja nachts kein Auge mehr zu.«

Elizabeth zuckte bloß die Schultern. »Der Herr gibt, der Herr nimmt«, sagte sie mit dem starken französischen Akzent, den sie in all den Jahren auf der Insel nicht abgelegt hatte. »Trotz des Bürgerkriegs wurde die Insel nun endgültig dem Erzbischof von Santiago unterstellt, und damit hat nun alles seine Ordnung. Und ihr habt doch auch großen Grund zur Freude, da ja bald eine Hochzeit ins Haus steht.«

Katharina vermochte nichts dazu zu sagen – weder dass ihr der Erzbischof von Santiago herzlich gleichgültig war noch dass die Hochzeit, obwohl sie einen großen Beitrag geleistet hatte, damit diese überhaupt gefeiert wurde, für sie kein Grund zur Freude war.

»Mein Mann freut sich auf jeden Fall sehr, die beiden zu trauen«, meinte Elizabeth.

Mit der Clorinda war zwar für kurze Zeit ein Missionar der Picpus-Brüder auf die Insel gekommen, um ein paar Messen zu feiern, aber wenn kein Priester da war, war es längst selbstverständlich geworden, dass Pakarati alle Aufgaben eines solchen übernahm – Morgenandachten abhielt, Ehen schloss, Kinder taufte, Kranke segnete und Menschen beerdigte.

Wie sich herausstellte, freute sich Pakarati nicht nur auf die Hochzeit, sondern sah sie zugleich als große Herausforderung an.

»Ich weiß gar nicht, wie wir vorgehen sollen«, erklärte er, als er den Wilkinsons in den nächsten Tagen einen Besuch abstattete, um mit Theresa zu sprechen. »Ich meine, bislang habe ich nur Rapanui getraut. Das wiederum ist nur mit dem Einverständnis von deren Eltern möglich. Auch der *ariki* muss seine Zustimmung geben und mir offiziell den Auftrag erteilen, die Namen der beiden aufzuschreiben und an den

Fahnenmasten vor der Kirche anzuheften. Aber ihr beiden habt keine Eltern!«
»Nun, ich bin ihre ältere Schwester, und ich gebe gerne anstelle meines Vaters die Zustimmung!«, schaltete sich Katharina ein.
Theresa lächelte sie freudestrahlend an, und Katharina wurde der Hals eng. Rasch wandte sie sich ab, floh mit einem Vorwand aus dem Haus und konnte sich nicht länger des Gedankens erwehren, den sie sich bis jetzt so strikt verboten hatte: Was habe ich nur getan? Warum habe ausgerechnet ich die beiden zusammengeführt?
Die ganze Zeit über hatte sie sich vorgemacht, dass eine Ehe der beiden ihrer aller Leben leichter machen würde: Theresa wäre glücklich und versorgt, in Aarons Blick würde nicht mehr diese Sehnsucht stehen, wenn er sie sah, und sie selbst würde sich ein für alle Mal damit abfinden, dass sie zu Barnabas gehörte. Doch jetzt wusste sie plötzlich, dass es eine nicht enden wollende Qual blieb, die beiden miteinander zu sehen und noch mehr, dass Theresas Augen so leuchteten wie ihre damals auf der Isla Robinson Crusoe.
Nach dem Gespräch mit Nicholas Pakarati wurde die Hochzeit für Ende Juni festgelegt. Obwohl er nicht dazu verpflichtet war, bat Aaron persönlich den *ariki* um die Zustimmung, und sei es nur, um seinen Respekt vor diesem zu bekunden. Theresa begleitete ihn und amüsierte sich danach über die Kleidung von Atamu, trug er doch zu einem spitzen Hut einen Gehrock mit goldenen Knöpfen, den er wohl einst von einem Offizier der Marine bekommen hatte.
»Er sah so lustig aus!«, rief sie. »Und er war so stolz, dass wir ihn um die Zustimmung gebeten haben. Er ist hinterher herumstolziert wie ein Gockel.«

»Weiß Aaron eigentlich, dass du über den *ariki* spottest?«, entfuhr es Katharina streng.
Theresa sah sie verwirrt an. »Aber du hättest doch auch …«
»Nein, das hätte ich nicht! Nichts ist Aaron wichtiger, als die Rapanui mit großer Achtung zu behandeln, und du …«
Sie biss sich auf die Zunge und brach ab. »Vergib mir! Ich wollte nicht …«
Doch Theresa deutete die Worte falsch, lief auf sie zu und umarmte sie innig. »Ich verstehe dich doch! Du willst nur, dass ich Aaron eine gute Ehefrau bin … die allerbeste! Und dafür bin ich dir dankbar!«
Hastig löste Katharina sich aus Theresas Griff und wandte sich ab. Theresa musste sehr glücklich sein, wenn sie ihre schroffen Worte als Ausdruck von Liebe deutete und nicht zum Anlass für eine der früher so häufigen Zänkereien nahm. Letztlich waren sie das ja auch, nur dass diese Liebe zuallererst Aaron galt …
In den verbleibenden Tagen bis zur Hochzeit verlegte sie sich darauf, zu schweigen, arbeitete noch mehr und bereitete mit Romy und Myra alles für das Fest vor. Auch wenn ihre Mittel begrenzt waren, hatte sie sich doch vorgenommen, ein köstliches Mahl aufzutischen.
Hina hatte ihr einmal gezeigt, wie die Rapanui Fisch und Meeresfrüchte, aber auch Hühnerfleisch und Süßkartoffeln zubereiteten – indem sie sie nämlich in Bananenblätter wickelten, in eine Grube mit heißen Steinen legten und das Ganze mit Blättern und Erde abdeckten. Katharina wollte das nun selbst ausprobieren und bereitete nicht nur das Essen vor, sondern grub eigenhändig das Loch in die Erde. Aus dem Fleisch der Kreolschweine, die in Hanga Roa gehalten wurden, ließ sich – entfernte man erst die schwarzen Sta-

cheln und das Fett – ein köstliches Ragout kochen. Außerdem wollte sie weiteren Fisch – Seeaal und Langusten – in heißer Asche braten, aus Fisch und Zwiebeln Ceviche, einen Eintopf, kochen, indische Feigen – Pisang genannt – in Zuckerrohrsaft einlegen und neben den üblichen Bataten die roten und weißen Wurzeln kochen, die Nani ausgegraben hatte.

Seit Hinas Tod kam sie immer mal wieder bei ihnen vorbei. Katharina konnte unmöglich sagen, wie sehr ihr der neuerliche Schicksalsschlag zugesetzt hatte, denn ihre Augen waren traurig und groß wie immer, doch sie war erleichtert, dass Nani Catalina von Herzen mochte und manchmal sogar ganz leise zu summen begann, wenn sie mit dieser spielte.

Während Nani die Wurzeln wusch und in kleine Stücke schnitt, stand Katharina zum ersten Mal an diesem Tag still. Köstliche Gerüche stiegen ihr in die Nase, doch plötzlich hatte sie das Gefühl, nie wieder etwas essen zu können.

Morgen … die Hochzeit ist ja schon morgen!

Dieser Gedanke war so erschreckend, als käme er ihr zum ersten Mal.

Es ist doch zu früh, viel zu früh, ich kann ihn doch nicht verlieren.

Allerdings, wie sollte sie ihn verlieren, wenn er ihr nie wirklich gehört hatte?

Sie stützte sich am Tisch ab, und kurz verschwamm alles vor ihren Augen. Wie aus weiter Ferne hörte sie Jack glucksen und Romy ein Lied singen. Wenigstens war Theresa nicht da: Sie probierte bei den Greys gerade das Kleid an, das Lydia ihr genäht hatte.

Das Kleid, das sie morgen bei der Hochzeit tragen wird …

Katharina atmete tief ein, wollte sich energisch der Arbeit

zuwenden, erkannte jedoch plötzlich, dass die Arbeit schon getan war: Das Essen war vorbereitet, die Stube gekehrt und mit frischen Binsen ausgelegt, duftende Blumen waren gepflückt und in einer Vase auf den Tisch gestellt worden. Kurz überkam sie der Drang, sie auf den Boden zu werfen, sie zu zertreten, sie und auch das Essen …

Raus hier, sie musste raus!

Sie nickte Nani zu und stürmte ins Freie. Der Schwindel verging in der frischen Luft, der Schmerz blieb.

Reiß dich zusammen!, schalt sie sich. Es war das, was du wolltest! Steh zu deiner Entscheidung!

Aber sie war nicht streng, nicht nüchtern genug, den Schmerz zu vertreiben. Myra könnte das tun, mit ihr musste sie reden, ungeachtet der Gefahr, in ihrem Haus die glückliche Theresa im Hochzeitskleid anzutreffen.

Sie beschleunigte den Schritt, und wenig später hatte sie das Haus der Greys erreicht. Im Garten ging Aaron auf und ab, und als er sie erblickte, lächelte er. Fiel es ihm leicht, zwang er sich dazu, oder war ihm alles egal?

»Ich bin gerade nach draußen geschickt worden«, rief er ihr zu. »Theresa meinte, ich dürfte sie nicht in ihrem neuen Kleid sehen.«

Er verhielt sich zu ihr wie sie sich in den letzten Wochen zu ihm, höflich, distanziert, gleichmütig.

So viele Sätze lagen ihr auf den Lippen: Ich bin froh, dass du meinem Wunsch entsprochen und um Theresa geworben hast. Ich wünsche dir morgen einen schönen Tag, und vor allem wünsche ich dir ein glückliches Leben. Das ist die Chance für einen Neuanfang, für dich, für mich, für Theresa.

Doch als sie den trockenen Mund endlich öffnete, fragte sie

nur: »Warum … warum hört es einfach nicht auf, wehzutun?«

Sie bereute es sofort. Nicht, weil er erstarrte, nicht, weil da Entsetzen aufblitzte, nicht, weil aus einem Mann, der eben noch auf schlichte Weise zufrieden schien, wieder ein gepeinigter wurde. Sondern weil er, ohne lange zu zögern, auf sie zulief, ihre Hände ergriff, sie drückte.
»Ich will dir doch nicht wehtun!«, rief er. »Ich liebe dich! Das alles … ich tue es für dich …«
Der Funken reinen Glücks, der in ihr aufloderte, war heller als Sterne, wärmer als die Sonne, aber dennoch früher zum Verglühen verdammt als ein glosender Holzspan. Sie entzog ihm ihre Hände und lief davon, doch er folgte ihr, sodass ihr nichts anderes übrig blieb, als stehen zu bleiben.
»Ich … ich habe gedacht, es würde mir leichter fallen …«, murmelte sie erstickt.
Nein, berichtigte sie sich, das habe ich nicht gedacht. Ich habe gewusst, dass es mein Herz zerreißen würde, aber gehofft, es für mich behalten zu können, zumindest bis nach der Trauung.
Er nickte. »Ich hätte mich nie darauf einlassen dürfen. Ich mag Theresa von Herzen, und ich wünsche mir so sehr, dass sie glücklich wird, aber … aber … es ist ein Fehler, eine Ehe auf einer Lüge aufzubauen. Ich sage, dass es nicht geht, dass ich sie nicht heiraten kann … ich sage, ich habe Bedenken bekommen … ich sage …«
»Nein!« Katharina hob abwehrend die Hand, und ihre Entschlossenheit kehrte zurück. »Du kannst die Hochzeit nicht absagen! Das darfst du Theresa nicht antun. Sie ist doch so glücklich, genauso glücklich wie ich damals war, als ich

dachte, wir beide würden zusammen …« Sie brach ab und atmete energisch durch. »Nein, du musst sie heiraten. Tätest du es nicht, würde es ja doch nichts ändern. Ich bleibe Barnabas' Frau. Und so … so lebt wenigstens Theresa das Leben, das ich mir gewünscht habe … Und was die Lüge anbelangt: Hast du ihr glühende Liebe geschworen, obwohl du sie nicht empfindest?«
»Ich habe um ihre Hand gebeten, ist das nicht das Gleiche?«
»O nein!« Katharina lachte traurig. »Barnabas und ich haben geheiratet, obwohl wir uns nicht kannten und uns viel weniger verband als euch beide. Du bist doch gerne mit ihr zusammen, sie lenkt dich von deinen Sorgen ab, sie bringt dich zum Lachen …«
Sein Gesicht wurde zum Spiegel ihrer Seele. Wie sie fand er die Beherrschung wieder, wie sie fühlte er tiefe Trauer.
Sie haderte mit ihrem Bekenntnis, das ganz umsonst gewesen war, ihn nur unnötig aufgewühlt hatte, das zu nichts führte … nur dazu, dass er nun wieder ihre Hände nahm, dass plötzlich die Versuchung so groß war, wenn auch nicht erneut ihre Liebe zu beschwören, so doch in Erinnerungen zu schwelgen.
»Weißt du noch …«
Natürlich wusste sie es noch, sah es nun deutlich vor sich … ihre erste Begegnung im Hafen von Valparaíso, ihre Reise auf dem Schiff, die Englischlektionen an der Reling, der Kuss in der Höhle …
Auf Rapa Nui waren sie sich meist aus dem Weg gegangen, aber nicht immer … Gemeinsam hatten sie sich bei Archibald für Nani stark gemacht, gemeinsam Roro betrauert, den kranken Tane gepflegt, Catalina auf die Welt geholfen … Sie hatten sich hier erneut geküsst, zum ersten Mal geliebt …

Atemlos benannten sie alles, erlebten es neu, zogen nicht nur Schmerz daraus, auch Stärke und das Vertrauen, dass ihnen zumindest das niemand nehmen konnte: das Wissen, dass es ihre Liebe, blieb sie auch unvollendet, gegeben hatte.

»Ich wünsche dir alles Glück der Welt«, raunte sie ihm zu, obwohl sie wusste, dass ohne sie sein Glück nicht vollkommen sein würde.

»Ich dir auch«, sagte er, obwohl er Gleiches ahnte.

»Die letzten Jahre«, flüsterte sie, »die letzten Jahre nach Jacks Geburt … Wir konnten beide auf der Insel leben, ohne dass es uns das Herz brach. Es wird … es muss wieder möglich sein!«

Sie ließen sich los, aber keiner von ihnen rührte sich. Noch war es zu früh, Abschied zu nehmen, und es genügte auch nicht, sich tief in die Augen zu schauen.

Ein Mal wollte sie noch seine Lippen spüren, ein Mal noch seinen Geruch einsaugen, ein Mal noch seine Hand in ihrem Haar fühlen. Dann nie wieder.

Sie beugte sich im gleichen Moment vor wie er, und sie küssten sich mit dem Wissen, dass es das letzte Mal war.

Theresa starrte auf die Blumen. Sie hatte einige gepflückt und begonnen, einen Kranz zu flechten, als sie plötzlich Katharinas und Aarons Stimmen vernommen hatte. Während sie lauschte, hatte sie die Blütenblätter abgerissen und auf den Boden geworfen, ohne es zu bemerken. Erst jetzt, als die beiden wieder verschwunden waren, blickte sie starr darauf. Sie hatte das Gefühl, den Kranz nicht einfach nur ruiniert, sondern die Blumen regelrecht getötet zu haben.

So wie etwas in ihr gestorben war …

In jedes helle Lachen würde sich künftig ein Misston mischen, sich auf jeden lichten Traum von der Zukunft ein Schatten legen, in jedem freundlichen Wort, das sie sagte, Verbitterung mitschwingen. Und nie wieder würde sie den Blick auf etwas so Schönes wie Blumen werfen können, ohne an den Makel zu denken, den sie fortan trug: den Makel der Betrogenen.

Die Lilien auf dem Feld mochten alle Welt mit ihrer Schönheit erfreuen, aber sie waren nicht sonderlich robust. Lügen vergifteten sie, ließen sie welken …

»Theresa! Theresa, wo bist du denn?«

Es war Lydia, die nach ihr rief. Ihre erste Regung war, sich zu verstecken, aber Lydia hatte sie bereits gesehen. Der zweiten Regung nach hätte sie ihr am liebsten alles anvertraut – sie würde gar nicht anders können, als zu reden, genauso wie man sich übergeben muss, wenn man verdorbene Speisen gegessen hat. Allerdings, sie hatte in ihrem Leben schon manch bitteren Brocken geschluckt, und deswegen bewies sie Haltung, lächelte sogar.

Lydia ließ sich nicht so leicht täuschen. »Theresa, du bist ja leichenblass! Und was ist mit den Blumen passiert?«

Theresa öffnete hilflos den Mund. Sie wusste nicht, was sie sagen sollte und ob sie überhaupt noch eine Stimme hatte. Die welken Blütenblätter ließen sie plötzlich an Scherben denken. Nicht alle von ihnen waren zu Boden gefallen, etliche musste sie geschluckt haben, sonst würde es in ihrer Brust nicht so entsetzlich wehtun, als zerschnitte etwas ihre Seele in zwei Teile. Unterschiedlich war fortan deren Trachten: Der eine Teil wollte sich einfach nur verstecken, der andere sich rächen.

»Hast du es nicht geschafft, einen Kranz zu flechten?«, fragte Lydia. »Was bist du ungeschickt!«

»Meine Hände sind schweißnass. Ich ... ich bin einfach so aufgeregt.« Sie hatte ja doch noch eine Stimme. In ihren Ohren klang sie schrecklich gequält, doch Lydia fiel es nicht weiter auf.
»Das wäre ich auch. Kommst du nun wieder rein? Ich habe den Saum noch einmal gekürzt, jetzt kannst du das Kleid ein letztes Mal anprobieren.«
In Lydias Blick stand unverhohlener Neid, aber sie war zu gutmütig, als dass echte Missgunst daraus erwuchs.
»Ich komme gleich«, sagte Theresa, »ich will nur noch ein wenig frische Luft schnappen.«
Lydia nickte, ehe sie sich abwandte.
Jetzt ... jetzt war der Moment, um wegzulaufen, sich zu verkriechen, zu warten, dass der morgige Tag vorbeiging, ohne dass die Hochzeit stattfinden würde. Sie könnte allerdings auch ins Haus gehen, laut erklären, dass sie dieses Kleid niemals tragen würde, dass Katharina eine Ehebrecherin war und Aaron Hayes ein Lügner ...
Theresa blieb starr stehen, und inmitten des Schmerzes wuchs Trotz. Plötzlich musste sie an die Hochzeit ihrer Schwester Frida denken, an das schöne Kleid, das diese getragen hatte, und an ihren Traum, dereinst selbst mit einem solchen vor den Altar zu treten.
Sie ballte ihre Hände zu Fäusten. Den Teufel werde ich tun und darauf verzichten, mein Hochzeitskleid zu tragen!

22. Kapitel

Am nächsten Tag war das Meer so strahlend blau, dass sein Anblick fast wehtat. Der wolkenlose Himmel konnte jedoch nicht über den kühlen Wind hinwegtäuschen, der die Oberfläche des Wassers kräuselte. Laut tosten die Wellen und schienen Katharina zu verspotten: Du hast gedacht, keine Farben mehr wahrzunehmen, nur ödes Grau, aber das Meer ist so viel älter als du, so viel älter als dein Schmerz.

Es war nicht nur spöttisch, dieses Lied, sondern irgendwie auch tröstlich. Auch wenn der Schmerz sie ein Leben lang nicht loslassen würde – irgendwann würde sie nicht mehr existieren und er hätte keine Macht mehr über sie. Und bis dahin würde sie die Zähne zusammenbeißen und weitermachen.

Sie hatte die halbe Nacht wach gelegen und sich immer wieder die Trauung ausgemalt, doch jetzt machte ihr der Gedanke daran keine Angst mehr. Sie ließ sich treiben wie der Tang von den Wellen – und sie musste ja auch nichts mehr tun, einfach nur da sein, erst sich selbst, dann Romy die Haare flechten, Jack anziehen, ihn auf den Arm nehmen und mit ihm, Barnabas und den Stiefkindern das kleine Stück zur Kirche gehen. Theresa hatte bei den Greys übernachtet, und im Kreis der drei Schwestern traf sie wenig später beim Gotteshaus ein. Sie nickte ihr nur flüchtig zu, und Katharina suchte ihrerseits nicht ihre Nähe, sondern musterte sie nur von Weitem. Theresa sah wunderschön aus mit den Blumen im Haar und dem hellblauen Kleid, jedoch auch blass und müde. Wie sie hatte sie wohl kaum ein Auge zugetan – wenngleich aus einem anderen Grund.

Dann galt es schon, Nicholas Pakarati und Elizabeth zu begrüßen, darum zu kämpfen, deren strahlendes Lächeln zu erwidern, und die Kirche zu betreten. Es gab keine Bänke – wenn die Rapanui Gottesdienst feierten, knieten die Frauen rechts und die Männer links –, also blieben sie kreisförmig um den Altar stehen. Jack klammerte sich an sie und wurde ihr bald zu schwer, doch sie behielt ihn auf dem Arm. Solange sie mit seinem Gewicht zu kämpfen hatte, musste sie nicht in die Gesichter der anderen schauen, schon gar nicht in das von Aaron, der beim Altar wartete. Allerdings wurde es ihrem Sohn bald langweilig, getragen zu werden. Viel lieber wollte er herumlaufen, und als sie ihn festhielt, fing er zu weinen an. Barnabas warf ihr einen etwas ungehaltenen Blick zu, aber Katharina war insgeheim erleichtert darüber, dass jemand weinte und schrie … dass nicht alle glücklich waren …

Ehe das Geheule spitz und laut wurde, zog Romy Jack an sich, sang ihm ein Lied vor und streichelte ihm so lange über den Kopf, bis er sich beruhigt hatte. Ohne ihren Sohn auf dem Arm kam sich Katharina nackt vor, ihres Schutzschildes beraubt. Sie verkrampfte die Hände ineinander und starrte hartnäckig auf Pakarati, als Theresa – an Lucius Greys Seite, der den Brautvater ersetzte – die Kirche betrat. Auch im weiteren Verlauf der Feier bot der Katechet einen tröstlichen Anblick.

Sie hatte schon oft eine seiner mitreißenden Predigten erlebt und wie er vor dem Altar die Bewegungen eines Priesters nachahmte. Es wirkte immer etwas übertrieben, nahezu komisch, doch hätte man einem anderen als Nicholas Pakarati unterstellt, bloß ein schlechter Schauspieler zu sein oder gar ein Spötter, legte er eine solche Inbrunst in seine Gesten, dass er die Menschen tief berührte. Katharina verstand weder, was er sagte, noch, was er aus dem Evangelium vorlas – tat er das aus alter Gewohnheit schließlich nur auf Latein und dann auf Tahitisch –, doch das störte sie nicht. Irgendwie fand sie es sogar tröstlich, einer fremden Sprache zu lauschen. In dieser würde sie auch ihren Kummer nicht in Worte fassen können …

Das Eheversprechen wollte Pakarati auf Englisch abnehmen, und obwohl ihr diese Sprache seit Jahren vertraut war wie das Deutsche und sie nun jedem Wort folgen konnte, war sie doch froh, dass er nicht die Sprache ihrer Kindheit nutzte … jener Tage, da sie gemeinsam mit den Schwestern am Llanquihue-See gesessen hatte, auf dessen Oberfläche sich die Vulkankegel gespiegelt und mächtige Araukarien tiefe Schatten geworfen hatten, und sie sich ausgemalt hatten, wo sie dereinst leben würden und vor allem: mit wem. Niemand hätte sich damals vorstellen können, dass sie auf einer Insel wie dieser landen würden, doch Aaron kam dem Mann sehr nahe, von dem sie damals geträumt hatten.

Eben legte er das Eheversprechen mit fester Stimme ab, und Katharina sagte sich, dass – wenn er nicht im Geringsten erbebte – auch sie ruhig bleiben konnte.

Sie starrte auf ihre verkrampften Hände. Wenn die beiden erst verheiratet sind, dachte sie, dann werde ich sie wieder loslassen, genauso wie ich Aaron loslassen werde. Ich werde ohne ihn vielleicht nicht glücklich werden, aber ich werde auch nicht verbittert sein, nicht böse auf die ganze Welt. Wenn erst alles vorbei ist, werde ich in gewisser Weise neu anfangen.

Doch es ging nicht vorbei. Erst war sie so in Gedanken versunken, dass sie gar nicht merkte, wie sich Schweigen über sie senkte. Erst als es immer quälender wurde, weil es so lange andauerte, und die anderen unruhig zu tuscheln begannen, hob sie den Kopf. Theresa hatte sich umgedreht und starrte ihr ins Gesicht. In ihren Augen las Katharina Zorn, Verzweiflung und noch etwas anderes: Hass.
»Nein«, erklärte Theresa laut, »nein, ich verspreche Aaron Hayes nicht die Ehe.«

Nachdem sie den Satz gesagt hatte, folgte wieder Schweigen, kein gebanntes diesmal, einfach nur schamvolles. Ungläubige Blicke richteten sich auf Theresa, auch der von Aaron. Doch als Theresa fortfuhr, senkte er den Kopf, als hätte er einen Schlag in den Nacken abbekommen.
»Warum«, fragte Theresa laut, »warum soll ich denn auch einen Mann heiraten, der meine Schwester liebt?«
Sie hob ihre Hand und zeigte anklagend mit dem Finger auf sie. »Ja, er liebt dich, und du liebst ihn, Katharina. Du hast jahrelang deinen Mann betrogen, und nun wolltest du auch mich in die Irre führen. Du bist genauso ehrlos wie unser Vater und unsere Großmutter.«
Ihre Lippen zitterten, und sie brach in Tränen aus, doch das hinderte sie nicht daran, fortzufahren. »Auch diese haben die ganze Familie hintergangen und unserer Mutter das Herz gebrochen, doch du hast nichts daraus gelernt. Schamlos bist du, bösartig und skrupellos.«
Als Theresa zu sprechen begonnen hatte, schien all ihr Blut aus dem Gesicht gewichen zu sein, doch als sie jetzt zum Ausgang der Kirche eilte, war es glühend rot. Dort blieb sie ein letztes Mal stehen, um diesmal ihren Finger auf Aaron zu

richten: »Ich habe gedacht, du wärst ein ehrenwerter, feiner Mann, doch du bist genauso falsch wie … *sie.* Lieber würde ich Ezequiel heiraten, sogar Archibald Smythe, nur nicht dich.«

Sie schluchzte auf, drehte sich um und lief hinaus.

Danach passierte so viel auf einmal, dass Katharina hinterher nicht wusste, ob all das wirklich geschehen war oder sie es sich nur eingebildet hatte.

Nicholas Pakarati war zutiefst entsetzt, fand jedoch schnell die Fassung wieder und tat das, was er am besten konnte: Er fing laut zu beten an, und Elizabeth stimmte ein.

Eine von Myras Töchtern – sie wusste nicht, ob es Penny oder Lydia war – lachte hysterisch, zumindest bis Myra ihr eine Kopfnuss versetzte und sie anfuhr: »Sei sofort still! Man weidet sich nicht am Unglück anderer.«

Jack schien irgendwie zu merken, dass Spannung in der Luft lag. Er wollte sich von Romy losreißen und zu seiner Mutter laufen, doch Romy – tiefrot im Gesicht wie eben noch Theresa – hielt ihn fest, woraufhin er erst herzzerreißend zu weinen begann, dann zornig zu brüllen.

Lucius hatte ausnahmsweise mitbekommen, was geschehen war, und war mal nicht in Gedanken an seine Arbeit versunken, aber es schien ihn nicht weiter zu bestürzen. Vielmehr sinnierte er laut, dass bei den Rapanui einst die Polygamie praktiziert worden sei und dass er jetzt verstehe, warum, sei es doch ein probates Mittel, Unfrieden wie diesen zu vermeiden. Myra funkelte ihn zornig an und schnaubte: »Schlimm genug, dass *eine* Frau unter einem taktlosen Mann, wie du einer bist, zu leiden hat. Man kann unmöglich einer *zweiten* Frau dieses Schicksal zumuten.«

Und wieder lachte eine der Töchter kreischend los.

All das nahm Katharina nur aus den Augenwinkeln wahr. Ihr Blick war die ganze Zeit über starr auf Aaron gerichtet, und endlich erwiderte er ihn. Sie sah Verwirrung, Scham, Schuldgefühle, aber auch noch etwas anderes: Erleichterung. Ehe sie etwas sagen konnte, gar auf ihn zutreten, stellte sich Barnabas ihr in den Weg.
»Kannst du mir das erklären?«

»Warte! So warte doch! Bleib stehen!«
Theresa wollte niemanden sehen und lief immer schneller. Vorhin hatte sie gehofft, dass die öffentliche Anklage ihr Genugtuung schenken würde, doch in Wahrheit fühlte sie sich danach noch beschämter als zuvor. Sie wollte keine Vorwürfe hören, weil sie so gehandelt hatte, und noch weniger würde sie Mitleid ertragen.
»Bitte warte!«
Die Schritte kamen näher. Wer immer ihr nachlief, war schneller als sie. Kein Wunder, schließlich weinte sie so heftig, dass sie kaum mehr Luft bekam. Endlich blieb sie stehen, drehte sich jedoch nicht um, sondern spürte nur, wie jemand ihr die Hand auf die Schulter legte.
»Theresa …«
Sie schlug die Hand zurück. »Lass mich in Ruhe!«
Es war Rufus, der ihr gefolgt war. Vorhin hatte sie keinen Blick für ihn gehabt und nicht beobachtet, was die Worte bei ihm auslösten. Nur Katharinas Miene stand ihr noch deutlich vor Augen – entgeistert und erschrocken und so gar nicht die eines Menschen, den sie als bösartig und skrupellos beschimpft hatte.
Böse und skrupellose Menschen konnten schließlich nicht von Herzen lieben …

»Du … du bist ja ganz außer Atem, setz dich …«
Theresa stieß seine Hand kein zweites Mal zurück, ließ sich vielmehr von ihm mitziehen und niederdrücken. Sie war nicht sicher, worauf sie zu sitzen kam, vielleicht auf einem Stein, vielleicht auf einer Statue. Durch den Tränenschleier sah sie weder das wogende Gras noch das schäumende Meer. Nicht einmal Rufus' Miene konnte sie studieren.
»Bist du nun zufrieden?«, fuhr sie ihn an.
»Warum sollte ich denn zufrieden sein?«, fragte er ratlos.
»Na, du hast es doch gewusst, oder? Nur darum hast du mich davor gewarnt, dass Liebe manchmal blind macht! Dir war klar, dass Aaron nur Katharina liebt. Wahrscheinlich haben es alle gewusst und mich ins offene Messer laufen lassen.«
Der Druck auf der Brust wurde etwas leichter, aber sie ahnte, dass sie sich nur den Zorn von der Seele reden konnte, nicht die Verzweiflung.
Wieder einmal musste sie im Schatten einer Schwester stehen. Wieder einmal musste sie mit der Angst fertigwerden, dass sie, ganz gleich, was sie tat und wie sie sich bemühte, am Ende allein dastand, ohne Mann, ohne Kinder, ohne … Zufriedenheit.
Nun, zumindest jetzt war sie nicht allein.
»Ich glaube nicht, dass es alle gewusst haben«, erwiderte er. »Meine Mutter hat scharfe Augen, sie wird es geahnt haben, und es stimmt, auch ich habe mir meinen Teil gedacht. Der Pastor hat sich immer anders verhalten, wenn Katharina in der Nähe war. Er wirkte weicher als sonst und zugleich so angespannt, als wäre er vor etwas auf der Hut.«
»Warum hast du es mir denn nicht einfach gesagt, sondern nur Andeutungen gemacht?«

»Hättest du mir denn geglaubt?«

Sie schwieg verstockt.

»Ansonsten, da bin ich mir sicher, hat es niemand gewusst!«, rief er schnell. »Mein Vater nimmt ohnehin nichts wahr, was nichts mit seiner Arbeit zu tun hat, meine Schwestern beschäftigt ja doch nur, wie sie hier einen Mann finden, und Barnabas ist keiner, der viele Fragen stellt oder sich Gedanken macht. Romy und Tim wiederum … sie sind doch im Grunde noch Kinder.«

Zum ersten Mal regte sich in Theresa schlechtes Gewissen. Gott, die Kinder! Sie hatte gar nicht an sie gedacht! Der kleine Jack hatte so herzergreifend geweint! Was würde nun aus ihnen werden?

Sie hatte doch nur Katharina und Aaron treffen wollen, musste jetzt aber einsehen, dass ihre öffentliche Anklage für alle Konsequenzen haben würde.

»Was soll ich denn jetzt tun?«, rief sie. »Ich … ich kann doch nicht nach Hause zurück, im Grunde habe ich gar kein Zuhause mehr.«

Rufus legte seinen Arm um ihre Schultern und zog sie an sich. »Natürlich hast du ein Zuhause: bei mir und bei Catalina. Meine Mutter wird nichts dagegen haben, wenn du zu uns kommst.«

»Sie ist Katharinas Freundin!«

»Wenn meine Schwestern mal streiten, ergreift sie nie Partei und sagt stets, dass sie es unter sich ausmachen sollen. So wird sie es auch diesmal halten. Glaub mir, es wird alles gut.«

Unmöglich konnte sie ihm glauben. Wer, wenn nicht Rufus Grey, der vor Kurzem seine große Liebe verloren hatte, wusste besser, dass das Leben schrecklich grausam war und wenn mal nicht das Leben, dann waren es die Menschen. Nein, es würde nichts gut werden, diese Wunde nicht so schnell heilen, der Alltag nicht einfach seinen Fortgang nehmen. Trotzdem war es tröstlich, neben ihm zu sitzen und zu fühlen, dass er sie nicht verurteilte, sondern verstand, dass er ihr zwar nur ein leeres Versprechen geben konnte, aber immerhin versuchte, ihre Stimmung aufzuhellen.

Katharina hatte Barnabas noch nie so gesehen. Sein ganzer Körper war angespannt, seine Lippen fast weiß, und er zwinkerte heftig. Er packte Katharina am Arm und zerrte sie regelrecht aus der Kirche. Als Tim, Romy und Jack ihnen nachgelaufen kamen, fuhr er sie an: »Habt ihr nichts zu tun?«

Der eben noch heulende Jack verstummte vor Schreck, während Romy und Tim nur hilflos erstarrten. Ihre Mienen glichen denen der verschüchterten Kinder, die Katharina einst kennengelernt hatte: Romy wirkte unendlich verloren, Tim trotzig.

Verspätet schien Barnabas aufzugehen, wie unsinnig seine Frage war. Heute sollte die Hochzeit stattfinden, also gab es nichts anderes zu tun, als zu feiern.

»Kümmere dich um die Schafe, Tim, und du um Jack, Romy«, knurrte er.

Sein Griff wurde fester, aber ehe er Katharina noch weiterzerren konnte, rief jemand seinen Namen.

Aaron.

Langsam, ganz langsam drehte sich Barnabas zu ihm um.

Warum war er hier? Warum sorgte er sich um sie? Warum war er nicht Theresa nachgelaufen?, fragte sich Katharina.

Die Antwort stand ihm deutlich ins Gesicht geschrieben:

Weil ich dich liebe, nicht sie, und weil ich trotz allem erleichtert bin.
In Barnabas' Gesicht hingegen stand kalter Hass. »Bleiben Sie uns fern!«
Aaron hob beschwichtigend die Hände, sah aber wohl ein, dass es sinnlos war, mit ihnen zu sprechen. Katharina ertrug es nicht länger, seinen Blick zu erwidern, sondern begleitete Barnabas widerstandslos. Den ganzen Heimweg über ließ er sie nicht los.
»Du musst mich nicht abführen wie eine Verbrecherin, ich laufe schon nicht davon«, sagte sie leise, doch Barnabas' Griff lockerte sich kein bisschen, und seine Miene blieb verstört. Erst als sie das Haus betraten, ließ er sie los. Er bückte sich und löste ein loses Stück Holz, das ein Loch im Boden bedeckte. Katharina wusste zwar, dass es dieses gab, nicht aber, was Barnabas darunter versteckte. Nun zog er eine Flasche Schnaps hervor.
»Frank Allen hat mir die mal geschenkt, ich glaube, es war nach dem Tod von Rose. Ich halte nicht viel von Männern, die sich betrinken.« Er öffnete die Flasche und schüttete den Inhalt in sich hinein wie Wasser. »Ich halte aber auch nichts von Frauen, die ihre Männer betrügen.«
Bis jetzt hatte sich Katharina bloß elend gefühlt und schuldbewusst, aber als sie die Flasche sah, überkam sie plötzlich die Gier, sie ihm aus der Hand zu reißen, selbst zu trinken und darauf zu warten, dass das scharfe Gesöff ihre weidwunde Seele verbrannte.
»Ich hätte nie eine Frau heiraten dürfen, die ich … ich nicht kannte«, stammelte er.
Schon jetzt war ihm die Zunge schwer. Wie würde es erst sein, wenn er die Flasche geleert hatte?

»Dein Fehler war nicht, dass du diese Frau nicht gekannt hast«, sagte Katharina leise. »Sondern dass du nie versucht hast, sie kennenzulernen.«
Er ließ die Flasche sinken und starrte sie an – sichtlich fassungslos, dass sie zum Gegenangriff ansetzte. Doch sie wusste plötzlich, dass sie nicht nur Unrecht begangen hatte, sondern ihr auch solches widerfahren war.
»Du hast mich nie verstanden«, brach es aus ihr heraus.
»Ich habe so hart geschuftet, damit es die Familie gut hat!«, schrie er.
»Besser, du hättest deine Schafe mal Schafe sein lassen und wärst nach Hause gekommen, hättest dich an den Tisch gesetzt und die Kinder und mich nicht nur gefragt, welche Arbeiten wir verrichtet haben, sondern was wir denken und was wir fühlen. Du glaubst, es lebt sich leichter, wenn man alles in sich hineinfrisst, strikt seine Pflichten erfüllt und jeden Tag das Gleiche tut wie am vorangegangenen. Aber ohne Sehnsucht nach einem anderen, besseren Leben geht man zugrunde.«
»Ich kann dir aber nun mal kein anderes, besseres Leben bieten!«
»Es hätte mir genügt, wenn *du* ein anderer gewesen wärst, zumindest für ein paar Stunden. Du hast nie mit mir gelacht, bist nie zärtlich gewesen, nie einfühlsam!«
»Ich habe dich nie belogen, zählt das nichts?«
»Ich habe dich auch nie belogen, denn du hast nie Fragen gestellt, auf die ich eine falsche Antwort hätte geben können.«
»Eine Hure bist du trotzdem.«
Er schrie nun, schleuderte die Flasche weg, und sie zerbarst in Tausende Scherben. Als Katharina sich bückte und sie

aufheben wollte, zerrte er sie an den Haaren hoch und schlug ihr ins Gesicht.
Da stand keine Wut mehr in seinem Gesicht, nur blanke Hilflosigkeit. Er schien von dem, was geschehen war, grenzenlos überfordert, und noch mehr setzte ihm die Frage zu, was er nun tun sollte.
Ihm die Ohrfeige verzeihen, das konnte sie trotzdem nicht. Sie hatte das Gefühl, dass etwas in ihr genauso zerbrach wie die Schnapsflasche. So viel Kraft hatte sie geopfert, um an dem Traum einer heilen Familie festzuhalten und den Gedanken zu verdrängen, dass sie womöglich nicht besser als ihr Vater war! Und noch mehr Kraft hatte es gebraucht, um ihren verletzten Stolz und ihren Trotz zu pflegen. Wie viel besser hätte sie die Kraft nutzen können, hätte sie sich gleich am Tag ihrer Ankunft eingestanden, einen Fehler gemacht zu haben.
»Tu das nie wieder!«, zischte sie.
Er blickte entsetzt auf seine Hände, als könnte er nicht fassen, dass er sie geschlagen hatte.
»Ich … ich … das wollte ich nicht …«
»So geht das nicht mehr weiter.«
Sie bückte sich kein weiteres Mal, um die Scherben aufzuheben, sondern wandte sich ab und ging zur Tür.
»Du lässt mich stehen und gehst zu ihm?«
»Ich tue, was ich längst hätte tun müssen.«
Kurz stand er ganz starr, doch als sie einen neuen Schritt machte, stürzte er ihr nach. »Ich lasse nicht zu, dass du mich zum Gespött machst.«
»Vor wem denn? Es leben so wenige Menschen auf der Insel, und nach dem, was in der Kirche passiert ist, wissen längst alle Bescheid.«

»Aber sie sollen sich nicht das Maul über den tumben Schafhirten zerreißen!«, schrie er.
Er packte sie wieder, zerrte sie zum Schafstall und scheuchte die Tiere nach draußen.
»Was … was hast du vor?«
»Du kannst gerne zu deinem Pfaffen gehen, aber jetzt noch nicht. Jetzt bleibst du erst einmal hier. Sobald ein neues Schiff kommt, werde ich mit Tim, Romy und Jack an Bord gehen und abreisen. Dann kannst du meinetwegen mit dem Pastor glücklich werden, aber die Kinder wirst du nie wiedersehen.«
Er stieß sie in die Ecke. Der Schmerz, als sie mit dem Ellbogen gegen das Holz stieß, war nichts gemessen an dem Entsetzen, das sie angesichts seiner Drohung überkam.
Bis sie sich aufgerappelt hatte, hatte er die Tür schon zugeschlagen und den Riegel vorgeschoben. Er begnügte sich nicht damit, denn wenig später hörte sie ein Hämmern: Er nagelte doch tatsächlich die Tür zu.

Archibald hörte sich in Ruhe an, was Ezequiel zu berichten hatte. Auch wenn er es sich verkniff, offen seine Genugtuung zu zeigen – auf etliche Nachfragen konnte er nicht verzichten. Ezequiel war nämlich ein gar zu großer Tölpel: Er beschränkte sich darauf, dass die Hochzeit gescheitert war und Barnabas Katharina mit sich gezerrt hatte, war hingegen sichtlich irritiert, als Archibald nach ihrem Gesichtsausdruck fragte, und noch verwirrter, als er wissen wollte, ob sie wohl nun in Schuldgefühlen ertrinke. »Oder regt sich vor allem Trotz in ihr? Erleichterung, ihrem Mann nichts mehr vorspielen zu müssen?«
»Was geht mich es an, was in dieser Hure vorgeht!«

Ach, was für ein einfallsloser Kerl! Wahrscheinlich würde er sich irgendwann damit begnügen, eigenes Land zu haben, Knechte, die es bewirtschafteten, ein Weib und ein paar Kinder, die er, wenn er schlechte Laune hatte, schlagen könnte. Was er wahrscheinlich nie herausfinden würde, war, dass es am meisten Spaß machte zu schlagen, wenn man gut gelaunt war, und dass man Menschen mehr zusetzte, wenn man nicht die Fäuste schwingen ließ, sondern ihr Innerstes entblößte. Aber solche Feinheiten waren ihm egal, weswegen er nur vom Offensichtlichen berichten konnte, so auch, dass Theresa geflennt hatte, als sie aus der Kirche geflohen war. Dies schien ihm zu gefallen, hatte diese ihn doch einst verschmäht, aber seine Schadenfreude währte nicht lange.
»All dieser Zank – was nützt er unserer Sache?«, fragte er.
Archibald wiegte abschätzend seinen Kopf.
»Du machst mich wahnsinnig!«, brach es aus Ezequiel hervor. »Was willst du denn nun tun?«
Archibald schnalzte mit der Zunge. »Ich werde überhaupt nichts tun. Ich werde die anderen machen lassen. Vor allem dich.«
»Was erwartest du denn von mir, zum Teufel?«
Archibald erhob sich und ging auf und ab. Er durfte diesem Tölpel nicht zu viel verraten, aber genug, dass er spurte.
»Diese geplatzte Hochzeit ist für uns ein gutes Omen. Alle sind nun ziemlich verstört und werden sich deshalb Tanes Attacken noch hilfloser ausgeliefert fühlen.«
»Wer sagt denn, dass es zu weiteren kommen wird? Die letzten beiden Nächte waren ziemlich ruhig.«
»Notfalls müssen wir eben nachhelfen.«
Ezequiel starrte ihn verwirrt an. »Du meinst …?«
Was für ein Idiot!

»Aber natürlich. Wir werden heimlich die größtmögliche Zerstörung anrichten. Oder vielmehr: Du wirst das tun. Pedro Toro hat mir gegenüber das Misstrauen niemals abgelegt. Dich mag er zwar auch nicht, aber einen Störenfried sieht er nicht in dir.«

»Und warum soll ich mich als einer erweisen?«

»Versteh doch! Wenn es endlich zum Krieg kommt, werden sie sich gegenseitig auslöschen, dann gehört die ganze Insel uns, wir können aus Tahiti ein paar Arbeiter für die Schaffarm anwerben und werden reich. Und dafür müssen wir uns gar nicht erst die Hände schmutzig machen oder zumindest nur ein bisschen. Um die Stimmung richtig aufzuheizen, müssen wir … musst *du* jemanden beseitigen.«

»Was? Du willst, dass ich jemanden töte? Etwa Tane?«

Archibald biss sich auf die Lippen, um nicht laut aufzulachen: »Doch nicht ihn!«, rief er. »Damit wäre doch gar nichts erreicht.«

Zugegeben, es war oft mühsam, mit diesem Schwachkopf zu reden. Aber nun war es durchaus amüsant, wie Ezequiel förmlich die Augen aus dem Kopf fielen, als er ihm sein Vorhaben erklärte.

»Damit werden wir alle Fliegen mit einer Klappe schlagen«, schloss er.

Auch ein dummer Mensch wusste einen klugen Plan zu schätzen. Ezequiel grinste.

»Aber einmal mehr musst du ein wenig Geduld haben«, sagte Archibald schnell, »jetzt kommt es darauf an, den richtigen Zeitpunkt abzuwarten.«

Viertes Buch

Varua – Der Traum

1892–1893

23. Kapitel

Aaron wälzte sich unruhig hin und her. Er träumte von einem Sturm, der über der Insel toste, Erdkrumen und kleine Steine in sein Gesicht prasseln ließ und schmerzhaft an seinem Haar riss. Obwohl es Tag war, hatte sich der Himmel nachtschwarz gefärbt und wurde nur dann und wann von Blitzen zerrissen. Die Regentropfen fühlten sich wie winzige Scherben an, und das Heulen des Windes klang so verzweifelt, als würde der Himmel um sein Leben kämpfen. Übertönt wurde es nur vom Knattern eines Segels – dem Segel des Schiffs, das vor der Küste wankte.

Katharina … Sie war an Bord …

Machtlos stand Aaron in seinem Traum am Ufer und musste zusehen, wie unter lautem Knirschen und Ächzen der Mast brach, das Schiff zur Seite kippte, Menschen ins Wasser fielen und dort schreiend um ihr Leben kämpften. Katharina! Wo war sie? Wie konnte er ihr helfen?

Schweißgebadet fuhr er hoch. In seinem Mund schmeckte es säuerlich, sein Kopf dröhnte, als hätte er einen Schlag abbekommen. Nur langsam fand er in die Wirklichkeit zurück.

Was für ein Unsinn … Katharina war doch gar nicht auf einem Schiff … Sie war in Barnabas' Gewalt … Nicht auszudenken, wie er sie für den Ehebruch bestrafte …

Allerdings: Zumindest den Sturm hatte er sich nicht eingebildet. Durch alle Ritzen pfiff der Wind, und das Dach der Leprastation erzitterte. Seit Tagen hatte er unermüdlich hier

gearbeitet und Kranke betreut, um vor seinen Gedanken zu fliehen und sich das Gefühl zu geben, auch etwas Sinnvolles tun zu können, anstatt nur Zerstörung anzurichten. Schließlich war er völlig übermüdet und ungeachtet des üblen Gestanks auf eine der Pritsche gesunken und eingeschlafen.
In das Heulen des Sturms mischte sich eine Stimme: *»Ea vaka! Ea vaka!«*
Seine Augen gewöhnten sich an die Dunkelheit, und er sah Piro, einen der Waisenjungen, der ihm bei der Betreuung der Kranken half, vor der Pritsche stehen.
»Was sagst du da?«
»Ea vaka! Ea vaka?« – Am Horizont erscheint ein Boot.
Ein Schiff ... Konnte es sein, dass auch das kein Traum war, sondern tatsächlich ein Schiff angelegt hatte? Plötzlich vernahm er noch mehr Rufe: Sie kamen von draußen, waren aufgeregt, aber auch verzweifelt.
Er hatte mitsamt seiner Kleidung geschlafen, doch dass die von Flecken übersät und völlig zerknittert war, war ihm gleichgültig. Er lief hinaus und wurde prompt vom Regen durchnässt, der nicht minder schmerzhaft wie in seinem Traum auf ihn einprasselte. Alles schien hinter einem dunklen Schleier verborgen. Das Gewitter war schon weitergezogen, und die Blitze ließen das Himmelszelt nur mehr am äußersten Ende des Horizonts zerspringen.
»Gut, dass es so nahe der Küste passiert ist«, hörte er eine Stimme neben sich.
Das Tosen war so laut, dass er erst weder verstehen konnte, wer das sagte, noch, was die Worte genau verhießen. Doch dann erkannte er Vincent Pont, der mit seiner Frau und den Kindern das Haus verlassen hatte und nun zur Bucht lief. Aaron folgte ihm, sah, dass auch Nicholas Pakarati herbei-

geeilt kam, Elizabeth und Pedro Toro, und dass sie alle fassungslos in die Ferne starrten. Das Meer war so schwarz, dass es sich kaum von den vielen Steinen abhob, die aus dem Wasser ragten und gegen die der Sturm das Schiff regelrecht geschleudert hatte. Durch den aufgeschlitzten Schiffsbauch fielen Kisten mit Vorräten nach draußen wie die Gedärme eines geschlachteten Tiers. Die Männer an Deck mussten sich verzweifelt festhalten, um nicht ins Meer zu fallen.
»Die Clorinda!«, schrie Pedro Toro. »Das ist die Clorinda!«
Aaron hatte ihn noch nie so verzweifelt erlebt. Erst vor wenigen Monaten hatte dieses Schiff abgelegt, um Wolle nach Tahiti zu transportieren. Danach, so hatte es geheißen, würde es zunächst nach Valparaíso und später zurück nach Rapa Nui segeln, um Vorräte, vor allem aber auch Neuigkeiten aus Chile zu bringen.
Aaron strich sich die Haare aus der Stirn. Er trat so dicht ans Wasser heran, dass Wellen über seine Füße schlugen und bis zu seinen Knien spritzten. Angestrengt versuchte er, mehr zu erkennen.
»Es sind so viele Menschen an Bord«, sagte er, »das können doch nicht alles nur Seeleute sein.«
»Vielleicht hat mein Bruder es doch noch geschafft, Siedler aus Chile anzuwerben.«
Zwei der Männer fielen eben über Bord, doch Aaron vermochte nicht zu erkennen, ob sie sich irgendwo festhalten oder ans Ufer schwimmen konnten. Zumindest ließ der Regen etwas nach.
»Boote!«, rief er. »Wir müssen ihnen mit Booten entgegenfahren und sie retten.«
Vincent Pont meinte schulterzuckend, dass keine Boote da seien, Pedro Toro fand seine Fassung nicht wieder, sondern

lief hilflos am Ufer auf und ab, und ehe Aaron selbst tätig wurde, sah er plötzlich einen Schatten an sich vorbeihuschen und etwas Schweres ins Wasser schieben.
Es waren Rapanui, die in Windeseile ihre Flöße bestiegen und Richtung Clorinda ruderten. Erstaunt nahm Aaron Tane unter ihnen wahr. Seit Wochen, nein Monaten war er nun verschollen und hatte nur des Nachts seine Höhle verlassen, um Zerstörung zu säen. Es war ihm unerklärlich, warum er ausgerechnet heute sein Versteck aufgab, nach Hanga Roa zurückkehrte und obendrein bereit war, die Schiffbrüchigen zu retten.
»Sie dürfen doch keine Flöße mehr haben«, murmelte Pedro Toro.
»Seien Sie doch froh! So können sie den Männern helfen.«
Pedro Toro sagte nichts mehr, und andere, die der Ungehorsam der Rapanui erzürnen könnte, waren nicht hier: Von Archibald war ebenso wenig zu sehen wie von Ezequiel, und Myra und ihren Töchtern, die eben an den Strand geeilt kamen, war es herzlich gleich, ob die Rapanui Flöße besaßen oder nicht.
Nach Theresa hielt Aaron vergebens Ausschau. Mehrere Wochen waren seit der unseligen Hochzeit vergangen, doch als er sie einmal besuchen wollte, um sich ihr zu erklären, hatte Myra ihn sofort mit rüden Worten weggeschickt. Was er getan hatte und warum, gehe sie nichts an, aber er solle sich unterstehen, Theresa unter die Augen zu treten und ihr Leid damit nur zu vergrößern.
Heute war sie etwas höflicher, ließ sich erst erklären, was passiert war, und blickte dann skeptisch zum Schiff, von dessen Deck weitere Männer fielen. Immerhin, die beiden, die als Erstes in die Fluten gestürzt waren, hatten sich ans

Ufer gerettet. Gegen die reißende Strömung anzuschwimmen hatte ihnen alle Kräfte abverlangt, und nun ließen sie sich stöhnend auf die Steine sinken.

»Hast du … hast du etwas von Katharina gehört?«, fragte Aaron leise.

Myras Blick war kurz so giftig, dass er mit einer unflätigen Beschimpfung rechnete, nicht mit einer Antwort, aber schließlich seufzte sie. »Ich weiß nur, dass Barnabas mit den Kindern die Insel verlassen will.«

»Aber …«

»Er hat mich nicht zu ihr gelassen, als ich sie besuchen wollte.«

»Aber er kann doch nicht …«

Ein zweites Mal fiel Myra ihm ins Wort: »Ein Gutes hat es ja, dass dieses Schiff gestrandet ist – so bald wird es hier nicht wieder ablegen.«

Aaron lagen noch mehr Worte auf der Zunge, aber Myra ließ ihn stehen und versuchte, ihre Töchter davon abzuhalten, zu den Männern zu hasten, die sich an den Strand gerettet hatten.

»Gebt besser vor ihnen acht! Wir wissen nicht, wer sie sind.«

»In jedem Fall frieren sie gewiss entsetzlich!«, rief Lydia. »Wir müssen ihnen trockene Kleidung bringen.«

Myra sah sie abschätzend an. »Wenn sie so schnell des Kältetodes sterben, taugen sie sowieso nicht für ein Leben auf dieser Insel.«

Lydia ließ sich nicht abhalten, sich an Aaron zu wenden und nach Decken zu fragen, von denen es auf der Krankenstation sicherlich reichlich gab.

Aaron nickte und gab dem Waisenjungen Piro die Anweisung, welche zu bringen. Die drei Schwestern begleiteten ihn.

»Man könnte meinen, die Mädchen hätten plötzlich ein großes Herz«, murrte Myra, als sie ihnen nachsah. »In Wahrheit macht sie sicher bloß die Hoffnung auf einen Ehemann so hilfsbereit. Meine Güte! Ich hätte lieber neue Vorräte gehabt als Männer für meine Töchter, aber wie es aussieht, sind die meisten Kisten und Fässer im Wasser versunken.«
Sie schnaubte, schien sich aber – wie mit so vielem im Leben – schnell damit abfinden zu können.
Pedro Toro dagegen verzweifelte immer mehr: »Mein Gott, ohne die Clorinda sind wir verloren! Wir können nicht genug Wolle nach Tahiti liefern und darum die Pacht nicht bezahlen. Mein Bruder hat das Schiff geschickt. Wenn der ahnen würde, was geschehen ist … Nein, davon erholt er sich nicht mehr.«
»Darüber können Sie sich später Gedanken machen. Jetzt zählt nur, dass wir diese armen Menschen retten«, sagte Aaron.
Eben hatten drei weitere das Ufer erreicht, andere waren noch an Bord und riefen laut um Hilfe. Aaron hoffte, dass sie die Flöße der Rapanui besteigen würden, doch musste dann erkennen, dass Tane und seine Männer nicht etwa zum Schiff gerudert waren, um zu helfen. Vielmehr war genau das Gegenteil der Fall.

Es ist ein Zeichen, dachte Tane, das gestrandete Schiff ist ein Zeichen.
Die *tangata hiva* hatten es nicht geschafft, sicher zur Insel zu gelangen, und das bedeutete, dass nun endgültig die Zeit gekommen war, nicht nur sie, sondern auch diejenigen, die bereits hier lebten, zu verjagen. Zum ersten Mal seit Wochen verließ er bei Tageslicht sein Versteck in den Höhlen und

betrat den Strand vor Hanga Roa, um vor aller Augen mit den anderen Männern auf Flößen zu dem gestrandeten Schiff auszurücken. Wendig kletterten sie alsbald an Deck, um dort alles zu stehlen, was nicht niet- und nagelfest war – Kisten mit Proviant, Taue und Seile, Werkzeuge und sogar geborstenes Holz.

Die Schiffbrüchigen mussten ihnen fassungslos zusehen, waren sie doch zu sehr damit beschäftigt, ihr Leben zu retten, um sich gegen sie zu wehren. Eben ließen sie zwei Rettungsboote auf die stürmische See hinab und kletterten hinein. Wer keinen Platz bekam, dem blieb nichts anderes übrig, als ins Wasser zu springen und sich an den Booten festzuklammern. Tane überlegte kurz, die Männer anzugreifen, verzichtete jedoch darauf. Mochten sich die Gestrandeten auch zur Küste retten – sie würden ohnehin nicht lange auf der Insel bleiben, dafür würde er schon sorgen.

Wenig später überholten seine Flöße die Rettungsboote. Sie waren so randvoll mit den gestohlenen Gütern, dass sie fast gänzlich vom Wasser bedeckt waren, aber so kunstvoll gebaut, dass sie dennoch nicht untergingen. Flüche und Verwünschungen verfolgten sie, doch darüber lachte er nur. Als sie das Ufer erreichten, hatte der Sturm nachgelassen, und der Himmel war nicht länger dunkel, sondern schmutzig grau – genau wie die Gesichter der Gestrandeten, die bald nach ihnen anlegten. Aaron hielt einen Berg Decken bereit, in die sie sich einhüllen konnten, doch ehe er sich um die Männer kümmerte, trat er zu Tane.

»Ist es wirklich nötig, das Leid dieser Menschen auszunutzen? Sie wären fast ertrunken, und ihr habt nichts Besseres zu tun, als zu plündern?«

Tane erwiderte stolz seinen Blick. »Wer will uns denn daran

hindern? Du etwa? Wenn dir an uns so viel liegt, wie du immer vorgegeben hast, solltest du an meiner Seite für unsere Rechte kämpfen!«

Aaron seufzte. »Ich verstehe deinen Ärger … und deinen Schmerz. Aber Stolz, Überheblichkeit und Gewalt machen Hina nicht wieder lebendig.«

Tanes Wut war grell wie die Blitze eines nächtlichen Gewitters. Wie konnte er es wagen, ihren Namen auszusprechen? Er packte Aaron am Kragen. »Das alles hat nichts mit Hina zu tun. Unsere Zeit ist gekommen. In Chile herrscht Krieg, und der *ariki* ist schwer erkrankt und liegt im Sterben. Ich werde der neue *ariki* sein, und ich werde nicht in der Uniform der *tangata hiva* herumlaufen wie er und mir mit einem Lächeln im Gesicht mein Land stehlen lassen. Ich werde die Insel zurückerobern!«

Aaron machte keine Anstalten, sich zu wehren, ja versuchte nicht einmal, sich aus seinem Griff zu befreien. Tane war sich sicher, dass er sogar Schläge hingenommen hätte, ohne es ihm heimzuzahlen. Er war ein Schwächling, das hatte er immer geahnt, doch dies war nicht die Zeit für Schwächlinge und auch nicht die Zeit, sich mit ihnen länger als nötig abzugeben.

Er ließ ihn los und ging davon, und Aaron stellte sich ihm kein zweites Mal in den Weg.

Auch Pedro Toro – obgleich mit einem Gewehr bewaffnet – wich Tane und seinen Männern aus und befragte stattdessen die Schiffbrüchigen, wie es zu dem Unglück kommen konnte. Obwohl die Versuchung groß war, verzichtete auch Tane auf eine Konfrontation und gab seinen Männern lediglich ein Zeichen, sich in die Höhlen zurückzuziehen und das Diebesgut dorthin zu bringen.

Wenig später blies er laut in ein Horn, auf dass sich alle um ihn versammelten. Die meisten waren eigentlich darauf erpicht, die Kisten aufzubrechen, fügten sich aber sofort und bildeten einen Kreis um ihn.
Befriedigt stellte Tane fest, dass es weit mehr Männer waren als das übliche Dutzend. Nicht nur er schien im gestrandeten Schiff ein Zeichen zu sehen – auch viele der Rapanui, die bis jetzt träge in Hanga Roa herumgelungert hatten, wurden darin bestätigt, dass das Glück nicht länger auf der Seite der *tangata hiva* stand. Zum besonderen Triumph gereichte es ihm, überdies etliche der Männer vorzufinden, die bislang auf der Schaffarm gearbeitet und sich den Weißen vollends unterworfen hatten. In den letzten Wochen hatten sie noch die Schäden repariert, die Tane und die Seinen angerichtet hatten, doch mittlerweile gemerkt, dass sie dafür weder Dank noch mehr Lohn erwarten konnten, im Gegenteil. Seit Policarpo und Pedro Toro mehr Wolle als je zuvor nach Tahiti transportieren ließen, mussten sie rund um die Uhr schuften, hatten zugleich jedoch hören müssen, dass alles Geld für die Pacht gebraucht würde und sie auf eine anständige Bezahlung warten müssten.
Aber jetzt war nicht die Zeit, zu warten!
Als alle schwiegen, gab Tane seinen Männern ein Zeichen. Bis jetzt hatte er damit gezögert, seinen Anhängern andere Waffen auszuhändigen als Steine, Pfeile und Lanzen, doch heute war die Zeit gekommen, die Gewehre und Pistolen zu verteilen, mit denen einst Dutrous Leibwache ausgerüstet gewesen war und die sie vor einigen Monaten in einer der Höhlen gefunden hatten. Auch wenn er nicht wusste, zu welchem Zweck man sie hier versteckt hatte – sie würden ihnen gute Dienste erweisen.

Die Männer blickten ihn nicht minder ehrfürchtig an wie die Waffen selbst.
»Ich und nur ich sage euch, wann ihr damit schießen werdet. Früher haben wir oft den Fehler gemacht, dass wir uns mit den Waffen der *tangata hiva* gegenseitig bekämpften. Doch jetzt werden wir gemeinsam Hotu Matua ehren. Jetzt werden wir gemeinsam gegen den einen großen Feind kämpfen.«
Er hob die Hand, in der er selbst ein Gewehr anstelle der üblichen Lanze trug, und die anderen machten es ihm jubelnd nach.

»Sie sind alle mit dem Leben davongekommen«, berichtete Ezequiel, »aber sie sind ziemlich verzweifelt. Kein Wunder, sie haben alles verloren. Sämtlichen Proviant, Werkzeuge, Holz und Saatgut, nicht zuletzt den persönlichen Besitz.«
Ezequiels Gesicht war bleich, erinnerte ihn doch das Schicksal der gestrandeten Siedler an sein eigenes. Zwar hatte er damals nicht Schiffbruch erlitten, dennoch war es ihm ähnlich ergangen – er war wegen falscher Versprechungen hierhergekommen, um kein Paradies vorzufinden, sondern ein verfluchtes Eiland.
»Ich frage mich, wie Policarpo Toro es überhaupt geschafft hat, neue Siedler anzuwerben«, fuhr er fort. »Wahrscheinlich sind es lauter Verbrecher, die anderswo keine Zukunft haben. Vielleicht hat er ihnen sogar Geld bezahlt, doch dann ist er nicht einmal mit ihnen an Bord gegangen. Aber so war er ja schon immer: Schafft Menschen hierher, lässt aber seinen Bruder die Drecksarbeit machen, während er sich entweder Kokosschnaps oder die frische Seeluft schmecken lässt.«

Archibald hatte sich nicht erhoben, als Ezequiel von seiner Erkundungstour zurückgekehrt war, und auch jetzt lehnte er seinen Kopf bequem zurück. Ezequiel indessen begann, unruhig auf und ab zu gehen.

»Was … was wird denn jetzt aus unserem Plan? Mit diesen Siedlern haben wir schließlich nicht gerechnet!«

Archibald verschränkte die Arme im Nacken. »Ich habe mir etwas überlegt«, erklärte er versonnen. »Wenn die Insel wieder mir gehört, werde ich in Mataveri leben so wie die ersten weißen Siedler. Und dort soll dann nicht die chilenische, sondern die französische Fahne wehen, um meinen Vater zu würdigen.«

Nein, berichtigte er sich im Stillen, nicht zu würdigen, sondern ihn zu verspotten und verhöhnen. Nie hatte sein Sohn es ihm recht machen können, doch jetzt übertrumpfte er ihn, indem er König wurde … Das Knattern der Fahne würde wie Hohngelächter klingen. Du hast mich mit deinen Schlägen nicht kleingekriegt. Was du mich gelehrt hast – hart zu sein –, beherrsche ich am Ende viel besser als du …

»Aber diese Siedler!«, rief Ezequiel. »Was sollen wir denn mit ihnen …«

»Sie kommen gerade zur rechten Zeit!«, entgegnete Archibald begeistert. »Wir hätten es nicht besser planen können. Und dass sie nach dem Schiffbruch verzweifelt sind, macht die Sache noch leichter. Wir können sie für unsere Zwecke einspannen und ihnen hinterher mühelos einreden, dass einer, der alles verloren hat, auf dieser Insel unmöglich überleben kann. Das Einzige, was es hier wirklich in Fülle gibt, ist Schafscheiße. Mit Saatgut, Werkzeug und Holz sieht es da schon schlechter aus.«

»Wenn wir ihr Vertrauen erringen wollen, müssen wir uns

um sie kümmern, im Moment aber tun das der Pfaffe, Toro, die Weiber …«

Archibald schüttelte den Kopf. »Ich will nicht ihr Vertrauen erringen, ich will ihre Ängste schüren. Wenn sie erst erkennen, dass sie hilflos einer Schar blutdürstiger Rapanui ausgeliefert sind, werden sie froh sein, sich mir anzuschließen.«

»Die Rapanui haben das Schiff geplündert, aber den Männern selbst haben sie nichts getan.«

»Nun, dann wird es Zeit, ihnen zu beweisen, wozu diese Kannibalen fähig sind.« Archibald richtete sich auf. »Uns nennen sie *mauku* – Unkraut. Doch nun werden wir dafür sorgen, dass sie selbst bis zu den Wurzeln ausgerottet werden.« Er sah Ezequiel an. »Heute Abend ist es so weit …«

In den letzten Tagen hatte Ezequiel seine Ungeduld kaum bezähmen können und immer wieder gefragt, wann das Warten ein Ende habe, doch nun plötzlich kniff er skeptisch die Augen zusammen.

»Ich soll wirklich …? Ich meine, es ist doch … Mord … ein gemeiner Mord …«

Archibald schlug ihm auf den Rücken. »Es ist notwendig. Wir müssen die Panik schüren. Und wie gelingt das am besten, als wenn es einen von den Weißen trifft?«

Katharina schreckte auf. Kurz war sie nicht sicher, wo sie war und was sie geweckt hatte, doch dann hörte sie es wieder, dieses kratzende Geräusch, als würden die Krallen eines Tiers auf Holz scharren. Sie blickte sich um, sah jedoch kaum Licht durch die Ritzen fallen. Entweder war es später Abend oder früher Morgen – nach so vielen Wochen im Stall hatte sie jedes Zeitgefühl verloren.

Anfangs hatte sie noch gehofft, dass Barnabas sie bald wieder freilassen würde, doch bis jetzt war er nur gekommen, um ihr Essen und Wasser zu bringen, einmal auch frische Kleidung und ein Laken. Gesagt hatte er jedoch kein Wort, und bald hatte sie es unterlassen, auf ihn einzureden.

Wieder dieses Kratzen.

»Wer ist da?«

Keine Antwort ertönte, doch dieses Geräusch wurde lauter, ganz so, als würde ein Gegenstand nicht einfach nur am Holz schaben, sondern dagegenschlagen. Kurz wackelten alle Wände, es knirschte, und dann fiel mehr Licht als zuvor in den Stall. Katharina stürzte auf das kleine Loch an der hinteren Wand zu.

»Wir … wir sind es!«

Sie lugte hinaus und erkannte Tim an seinen hellen Haaren, die im Mondlicht nicht rötlich, sondern silbrig glänzten. Er hatte eine Axt in der Hand und versuchte eben, das Loch zu vergrößern. Romy, die an seiner Seite stand, bat er, etwas zurückzutreten.

Katharina wurde schwindelig. Normalerweise schlief sie nur kurz und unruhig, doch vorhin war sie in einen geradezu ohnmachtsähnlichen Schlaf versunken. Ihre Zunge schien geschwollen, unbeweglich …

Sie leckte sich über die Lippen.

»Jack!«, rief sie. »Was ist mit Jack? Geht es ihm denn gut?«

Romy nickte. »Er schläft. Vater auch, und da dachten wir …« Sie brach ab.

»Ich habe versucht, mit Vater zu reden«, sagte Tim, »aber er wollte nicht auf mich hören.«

Katharina überlegte fieberhaft. Am liebsten hätte sie ihn angespornt, sie so schnell wie möglich zu befreien, doch zu-

gleich wollte sie die Kinder nicht in Schwierigkeiten bringen.
»Hat ein Schiff angelegt?«, fragte sie. In den letzten Wochen war ihre größte Angst gewesen, dass Barnabas mit den Kindern gehen und ihr nicht einmal die Möglichkeit geben würde, sich zu verabschieden.
Romy zuckte die Schultern. »Ja … und nein.«
Sie erzählte von einem Schiffbruch und dass die Siedler zwar alle heil die Insel erreicht hatten, jedoch ihren ganzen Besitz und alle Vorräte verloren hatten. Keiner wusste, wann ein neues Schiff anlegen und wie es bis dahin weitergehen würde.
Katharina war erstaunt, von den neuen Siedlern zu hören, vor allem aber erleichtert, dass Barnabas, so wie es aussah, nicht einfach aufbrechen konnte. Doch was bedeutete das für sie? War er bereit, sie gar monatelang einzusperren?
»Theresa …«, setzte sie an.
»Sie lebt bei den Greys.«
»Gut, dann geht ihr jetzt auch dorthin – mit Jack.«
»Und du?«
»Gib mir die Axt, Tim. Euer Vater darf nicht wissen, dass ihr mir bei der Flucht geholfen hat. Soll er eben denken, dass ich die Axt hier gefunden und von innen ein Loch geschlagen habe. Am besten, ihr seid gar nicht hier, wenn ich mich befreie – ich komme später nach.«
»Und dann?«, fragte Tim.
Katharina hatte keine Ahnung. Myra würde sie natürlich aufnehmen, aber das änderte nichts daran, dass Barnabas ihr Mann war. Würde er einen Skandal riskieren und sie gewaltsam von den Greys zurückholen?
Für Theresa wäre es so oder so eine Zumutung, wenn sie

dort auftauchte, aber sie hatte keinen anderen Ort, wohin sie gehen konnte. Aaron würde ihr natürlich auch helfen, aber bei ihm Zuflucht zu suchen wäre erst recht eine Provokation für Barnabas, und sie würde jegliche Chance verspielen, dass er ihr vergab.

Sie schluckte schwer. Ihre Zunge schien noch größer zu werden, und sie brauchte dringend frische Luft, um den Schwindel zu vertreiben … ganz zu schweigen von einem Schluck Wasser. Doch sie verdrängte den Gedanken ebenso wie den an die Zukunft – das Einzige, was jetzt zählte, war, endlich diesem verfluchten Stall zu entkommen.

»Tut einfach, was ich euch gesagt habe. Es wird … es wird alles gut.«

Es fiel ihr schwer, daran zu glauben, aber die Kinder widersprachen nicht, und wenig später reichte ihr Tim die Axt durch das kleine Loch. Katharina setzte sich und wartete, bis sie ins Haus zurückgegangen waren. Wenig später vernahm sie wieder Schritte, als die beiden zu den Greys aufbrachen. Dass Jack nicht weinte, bedeutete wohl, dass er noch schlief. Bis jetzt hatte sie die Sehnsucht nach ihm meist irgendwie bezwingen können, doch nun liefen ihr heiße Tränen über die Wangen. Was hätte sie gegeben, wenn sie den Kleinen an sich ziehen, ihr Gesicht in seine Locken versenken, seinen Duft einatmen könnte! Wie schrecklich war es gewesen, ihn in all den Wochen manchmal zu hören, aber nicht sehen zu dürfen!

Sie blinzelte die Tränen weg. Sie musste bei dem, was kommen würde, einen kühlen Kopf bewahren.

Wenig später hatte sie das Loch etwas vergrößert. Sie hatte nicht mit aller Kraft zugeschlagen, um nicht zu viel Lärm zu verursachen, doch das Knirschen klang in ihren entwöhnten

Ohren so laut wie ein Donnerhallen. Wann immer sie erschrocken innehielt, blieb es ruhig, war Barnabas doch mit einem tiefen Schlaf gesegnet.

Als das Loch groß genug schien, beugte sie sich vor, aber sobald sie sich durchzuzwängen versuchte, stachen Holzsplitter in ihren Bauch und die Hände und zerrissen ihr das Kleid. Sie zog den Kopf wieder zurück, biss die Zähne zusammen, um nicht enttäuscht aufzuschreien, und schlug noch ein paarmal mit der Axt zu.

Endlich schaffte sie es ins Freie, wo sie gierig den kalten Nachtwind einsog. Sie fühlte sich frei, wenngleich noch schmutziger als zuvor: Ihr Haar war strähnig, das Kleid verschwitzt. Doch so verführerisch es war, Kopf und Hände in den Trog Wasser vor dem Haus zu tauchen – sie musste weg von hier.

Sie kam genau zehn Schritte weit, ehe sie eine Stimme traf.

»Halt!«

Verdammt, verdammt, verdammt!

Sie hatte sich zu früh gefreut, Barnabas hatte die Axtschläge doch gehört, trat nun aus dem Haus und entdeckte sie sofort. Erst jetzt gewahrte Katharina, dass sie immer noch die Axt in Händen hielt. Nicht, dass sie ihn gerne damit bedrohen würde, aber sie fühlte sich mit dieser Waffe sicherer und drehte sich langsam zu ihm um. Die nagenden Schuldgefühle, die sie in den letzten Wochen gequält hatten, fielen von ihr ab, und zurück blieb nur der Wunsch nach Freiheit, nach Selbstbestimmung, auch danach, sich nicht rechtfertigen zu müssen. Sie hatte es ertragen, dass er sie so lange einsperrte, es irgendwie verstanden, und sogar die Ohrfeige konnte sie ihm verzeihen, aber jetzt sagte eine Stimme in ihr ganz laut: Genug, es ist genug.

Als er auf sie zutrat und sie packen wollte, hob sie unwillkürlich die Axt. Seine Augen weiteten sich ungläubig. »Du wirst doch nicht …«

Katharina umklammerte die Axt noch fester. »Ich bin nicht eins deiner Schafe, das du einsperren oder gar schlachten kannst, wenn es sich als bockig erweist. Ich bin deine Frau. Und ja, ich habe Fehler gemacht, ich habe Schuld auf mich geladen, und ich habe dir Unrecht angetan, aber trotzdem wirst du mit mir reden und mir dabei ins Gesicht sehen. Und vor allem wirst du keine Entscheidungen über meinen Kopf hinweg treffen. Wir werden gemeinsam überlegen, wie es jetzt weitergeht.«

Mit einem lauten Pfeifen ließ er seinen Atem entweichen. Sie war nicht sicher, ob er wütend, erschrocken oder einfach nur erleichtert war. Letztlich war er einer, der sich im Umgang mit Menschen rasch überfordert fühlte und sich gern vorschreiben ließ, was zu tun war.

»Ich … ich bin dein Mann«, beharrte er ebenso trotzig wie hilflos.

»Und deswegen wirst du mich mit Respekt behandeln. Wir gehen jetzt ins Haus.«

Einst hatte sie so streng mit Tim gesprochen und auf diese Weise sein Vertrauen errungen – jetzt hatten ihre Worte kurz die gleiche Wirkung auf Barnabas. Er schien sich zu fügen, wandte sich ab, doch anstatt auf das Haus zuzugehen, blieb er plötzlich stehen.

»Die Axt … leg die Axt weg!«, verlangte er.

Katharina zögerte. Ohne Axt war er ihr körperlich weit überlegen. Unmöglich konnte sie auf ihre einzige Waffe verzichten. Zugleich war sie tief betroffen, dass es so weit gekommen war.

Er ist mein Mann, der Vater meines Kindes, und ich ertrage seine Nähe nur mit einer Axt in der Hand … So soll es nicht sein, so darf es nicht sein, ich hasse ihn ja nicht, ich will ihm nichts Schlechtes, vor allem will ich mich nicht vor ihm fürchten müssen.

Und dennoch – sie tat es, und er schien nicht minder zerrissen: Da war so viel Sehnsucht in seinen Zügen – nach einer Versöhnung, nach einem normalen Alltag –, da war aber auch so viel Misstrauen, ob er Letzteren jemals wieder mit ihr erleben würde.

Ganz steif standen sie voreinander wie Raubkatzen, die nur auf das Zeichen zum Angriff warteten. Sie starrten sich an, sagten kein Wort. Beinahe schmerzhaft war die Stille – doch noch mehr war das der Schuss, der plötzlich diese Stille zerriss.

Weitere Augenblicke standen sie beide wie starr. Katharina las keinen Schrecken in Barnabas' Miene, nur basses Erstaunen, ehe er vor ihr auf die Knie sackte. Eine Weile hielt er sich noch aufrecht, dann kippte er zur Seite. Weder erkannte sie, wo der Schuss ihn getroffen hatte, noch, ob er nur ohnmächtig oder tödlich verwundet war. Sie wollte sich vorbeugen, konnte es jedoch nicht, wollte laut schreien, brachte aber keinen Ton hervor. Kein Laut konnte neben dem Schuss bestehen, der in ihr nachhallte und ein Zittern durch ihren Körper jagte.

Immerhin, mit diesem Zittern kehrte Leben in ihre Glieder zurück – und die Angst.

Wer immer auf Barnabas geschossen hatte, war noch in der Nähe und würde vielleicht auch auf sie schießen. Die Axt, die sie nach wie vor in den Händen hielt, nutzte ihr wenig,

und der Stall, in dem sie sich verstecken könnte, schien unendlich weit entfernt. Sollte sie losrennen? Oder sich einfach flach auf den Boden werfen? Und wie schändlich war es nur, an sich zu denken, während Barnabas da vor ihr lag?
Ihr Herz pochte laut, aber es blieb das einzige Geräusch. Kein zweiter Schuss fiel, und das Poltern, das schließlich ertönte, verursachte sie selbst, als ihr die Axt entglitt. Endlich beugte sie sich über Barnabas. Seine Augen waren weit aufgerissen, aber nicht leer wie die eines Toten, sondern verschleiert von Schock und Schmerzen. In der Dunkelheit erkannte sie immer noch nicht, wo er getroffen worden war, fühlte jedoch warmes Blut über ihre Hände rinnen.
»Barnabas …«
»In Sicherheit … bring dich in Sicherheit! Die Rapanui …«
Natürlich, in den letzten Wochen hatte Tanes Truppe so viel Schaden angerichtet. Es war naheliegend, sie zu verdächtigen. Doch herauszufinden, wer den Schuss abgegeben hatte, war jetzt nicht wichtig. Es zählte nur, dass Barnabas im eigenen Blut lag und sie etwas tun musste, um ihn vor dem Verbluten zu bewahren.
»Lauf! Flieh!«, ächzte er.
Katharina schluchzte auf. Jetzt wusste sie: Auch wenn sie vorhin die Axt gehalten hatte, sie hätte diese doch nie gegen ihn gerichtet. Auch wenn er sie eingesperrt hatte, hätte er ihr am Ende doch nie Jack und die Stiefkinder weggenommen. Und auch wenn er jahrelang mehr geschwiegen als geredet hatte, sie ihn betrogen und enttäuscht hatte, war seine Zuneigung doch tief und ehrlich. Sonst würde er sie jetzt nicht fortschicken. Sonst würde sie nicht bleiben.
Sie tastete seinen Leib ab, glaubte eine Wunde zwischen den Rippen klaffen zu spüren. Vielleicht war die Kugel dazwi-

schen stecken geblieben und hatte nicht das Herz getroffen. So oder so, sie musste behandelt werden, genäht, vielleicht sogar ausgebrannt, und der Einzige, der das tun konnte, war Aaron.

»Die Kinder …«, stöhnte Barnabas.

»Sie sind in Sicherheit, mach dir keine Sorgen. Bitte! Du darfst jetzt nicht sprechen, sondern musst all deine Kräfte sammeln. Wenn es mir gelingt, den Blutfluss irgendwie zu stoppen, wenn ich Hilfe holen kann …«

»Lass mich hier liegen. Kümmere dich nicht um mich. Sperr dich und die Kinder im Haus ein, dort seid ihr sicher …«

»Nein«, sagte sie schlicht, »nein, das werde ich nicht tun. Ich werde dich hier nicht einfach liegen lassen.«

Entweder fügte er sich dem befehlenden Ton in ihrer Stimme, oder er war einfach nur zu schwach, um noch länger zu widersprechen – in jedem Fall schwieg er. Sie konnte förmlich spüren, wie mit jedem Tropfen Blut, das er verlor, das Leben aus ihm schwand, riss schnell ein Stück Stoff von ihrem Unterkleid und drückte es auf die Wunde. Jetzt brauchte sie nur etwas, um den Druck zu verstärken. Ein Stein, war da irgendwo ein Stein? Das nicht … aber die Axt … Sie ertastete die eiserne Klinge, legte sie auf den Körper, hoffte, das Gewicht würde fürs Erste ausreichen, zumindest so lange, bis sie ins Haus laufen und noch mehr Stoff holen konnte, um ihn zu verbinden.

»Ich … ich bin gleich zurück.«

Sie war sich nicht sicher, ob er sie überhaupt noch hörte. Das Blut verkrustete auf ihren Händen, als sie hineinlief. Da war keine Angst mehr vor einem neuen Schuss, nur Angst um Barnabas.

Er darf nicht sterben, hämmerte es in ihrem Kopf. Nicht

jetzt, nicht, solange wir uns nicht ausgesprochen und wieder Frieden geschlossen haben …

Ehe sie das Haus erreichte, ragte eine dunkle Gestalt vor ihr auf. Auch wenn sie nur die Konturen erkannte und nicht die Miene lesen konnte, wusste sie sofort, dass es nicht Tane war, der geschossen hatte und ihr nun auflauerte.

Als die Hände des Mannes nach ihr griffen, wollte sie sich wehren, wusste aber sofort, dass es keinen Sinn hatte. Sie wappnete sich dagegen, den kalten Stahl einer Waffe auf ihrem Kopf zu spüren, doch der Schlag, den sie erhielt, wurde mit der bloßen Faust ausgeführt. Es blieb ihr keine Zeit mehr, Angst zu haben, zumindest nicht um sich selbst. Ihr letzter Gedanke, ehe sie in Schwärze versank, galt Barnabas, der hilflos verbluten würde, wenn niemand ihn rechtzeitig fand.

24. Kapitel

Tropfen platschten auf ihre Stirn, erst so dünn und fein, dass sie kaum fühlbar waren, dann immer größere, als würde jemand auf sie einschlagen. Noch hatte Katharina nicht genug Kraft, um die Augen zu öffnen. Sie schaffte es gerade, den Kopf abzuwenden, und die Bewegung war so schmerzhaft, als hätte sie einen neuerlichen Hieb abbekommen. Unwillkürlich hob sie die Hand und schützte ihr Gesicht. Immerhin, wenn sie das schaffte, konnte sie auch die Augen öffnen, und als sie das tat, blieb der erwartete Schmerz aus. Sie wurde nicht von grellem Licht geblendet, sondern lag in völliger Dunkelheit. Angespannt lauschte sie, hörte nicht nur, wie noch mehr Tropfen auf den Boden fielen, sondern in der Ferne ein Rauschen. Die Luft war feucht und kalt, der Boden, den sie nun betastete, hart und glatt.

Katharina ließ kraftlos ihre Hand sinken. So langsam, wie die Tropfen auf ihr Gesicht klatschten, reihten sich die Gedanken aneinander.

In einer Höhle … sie musste in einer Höhle sein … in der Nähe des Meeres. Noch nie hatte sie eine betreten, weil Barnabas immer gemeint hatte, dass sei zu gefährlich, aber sie hatte oft gehört, dass die ganze Insel davon durchzogen wurde. Sie hatten sich gebildet, als einst die Vulkane ausgebrochen waren, die Lava sich ihren Weg gebahnt und ein Geflecht aus Adern zurückgelassen hatte. Manche Höhlen waren so klein, dass bestenfalls Tiere hindurchkamen, andere erlaubten es auch hochgewachsenen Männern, aufrecht zu stehen. Tane und die Seinen hatten sich in Höhlen an der Nordküste zurückgezogen, aber da es nicht Tane war, der sie entführt hatte, musste sie sich an ganz anderer Stelle der Insel befinden, vielleicht gar nicht weit von ihrem Zuhause entfernt und doch gänzlich abgeschnitten von der vertrauten Welt.

»Bist du wach?«

Die Stimme traf sie wie ein Schlag. Sie schrie fast vor Schmerzen auf, als plötzlich eine Fackel gleich neben ihrem Kopf hochgehoben wurde. Die Flamme schien sich in ihre Augen zu bohren, sie zu versengen, auf ewig erblinden zu lassen. Kaum erträglicher war jedoch der Anblick, als sie den Kopf hastig von der Lichtquelle abwandte. Der Boden war nicht nur von Steinen bedeckt, sondern von … Skeletten. Die meisten von ihnen waren längst zerfallen und nur einzelne Totenschädel und Knochen zurückgeblieben.

»Allmächtiger«, stöhnte sie.

»Gott hat diese Insel längst verlassen«, knurrte die Stimme. »Aber keine Angst, ich werde dich nicht töten.«

Katharina kämpfte sich auf. Schlimm genug, dass ihr das Licht so sehr zusetzte. Sie wollte sich nicht noch ohnmächtiger fühlen und auf dem Rücken liegen bleiben.

»Ezequiel!«, rief sie anklagend.

Er war ihrem Blick gefolgt. »Die Rapanui haben ihre Toten nicht einmal anständig begraben, sondern einfach in die Höhle geworfen. Sie sind wie Tiere.«

Katharina leckte sich über ihre Lippen. Sie schmeckten salzig, und sie war sich nicht sicher, ob vom Blut oder vom Meerwasser. Sie wusste auch nicht, ob es ihr eigenes Blut oder das von Barnabas war.

Barnabas …
»Du selbst bist das Tier!«, rief sie. »Wie konntest du einfach auf einen wehrlosen Mann schießen?«
Ezequiel sagte nichts, starrte sie nur eine Weile an und ging dann einfach davon.
Erst jetzt bemerkte sie, dass sie nicht gefesselt war und sich nicht nur aufsetzen, sondern auch aufstehen konnte. Die Kaverne, in der sie sich befand, bot genügend Platz, um einige Schritte zu machen, doch sie hatte nur einen Ausgang, und vor diesem hatte sich Ezequiel positioniert.
Sie glaubte ihm, was er gesagt hatte – dass er sie nicht töten würde –, aber das minderte ihre Furcht nicht im Geringsten. Sie war sich sicher, dass er nichts getan hatte, was ihm nicht ein anderer befohlen hatte … Archibald.
Übelkeit stieg in ihr auf, die nicht nur von der Angst rührte, sondern auch vom Meerwasser, das sie geschluckt haben musste, als sie hier ohnmächtig gelegen hatte, und wegen der feuchten Luft fiel ihr das Atmen schwer: Mit jedem Zug schien der Druck auf ihrer Brust größer zu werden.
Nein! Sie durfte sich nicht der Panik überlassen, sie durfte nicht an Barnabas denken. Sie musste alle Sinne darauf ausrichten, sich zu befreien, und das konnte sie nur, wenn sie so viel wie möglich über ihr Gefängnis herausfand. Obwohl Ezequiel die Fackel mitgenommen hatte, war es nicht so stockdunkel, wie sie vorhin befürchtet hatte. Durch viele kleine Löcher im Gestein fiel Licht, das ihr erlaubte, die Umgebung zu mustern.
Nach einer Weile war der Anblick der Skelette nicht mehr ganz so erschreckend. So unheimlich sie auch wirkten, gaben sie ihr zugleich das Gefühl, nicht allein zu sein. Und nicht nur Skelette waren zu sehen – auch kleine, kunstvoll

gestapelte Steinhäufchen, die einst von Menschenhand errichtet worden waren. Vielleicht hatten sie für die Rapanui eine besondere Bedeutung. An den Felswänden nahm sie schließlich Bilder wahr und auch, was diese darstellten – Schildkröten, Haie, Tintenfische, den einen oder anderen Menschen.

Vage erinnerte sie sich daran, dass Lucius Grey oder vielleicht auch Aaron einmal Grabhöhlen im Felsenriff von Motu Nui erwähnt hatte. Sie lagen südwestlich vom Rano Kau, ihr Eingang war schwer zu finden, und in dem unterirdischen Labyrinth konnte man sich leicht verirren. Würde sie, selbst wenn es ihr gelang, Ezequiel zu überwältigen, jemals den Weg ins Freie finden? Oder sollte sie darauf warten, dass sie jemand rettete?

Allerdings konnte sie nicht damit rechnen, dass man überhaupt nach ihr suchte. Barnabas war schwer verletzt, vielleicht sogar tot. Tim und Romy würden natürlich misstrauisch werden, wenn sie ihnen nicht zu den Greys folgte, und Myra alarmieren. Doch wenn sie nach ihr suchten und schließlich Barnabas entdeckten, würden sie ja doch Tane die Schuld dafür geben, niemals aber auf die Idee kommen, Ezequiel und Archibald eines gemeinen Mordanschlags zu verdächtigen. Tane … Tane kannte diese Höhlen gewiss, aber im Moment hatte er sich im Norden verschanzt, und selbst wenn er doch einmal hierherkam – die Höhlen waren weitverzweigt, und die Wahrscheinlichkeit, dass er rein zufällig auf sie stieß, war denkbar gering. Sie könnte natürlich laut schreien, aber wahrscheinlich würde jeder Laut ungehört von den Felsen hallen, ganz zu schweigen davon, dass ihr Ezequiel das nicht lange durchgehen lassen, sondern sie wohl erneut zusammenschlagen würde.

Allein bei dieser Vorstellung wurden ihre Kopfschmerzen schlimmer. Sie kauerte sich erschöpft in eine Ecke und schloss die Augen. Die Rapanui, so hieß es, fürchteten sich vor den Geistern der Verstorbenen, und nirgendwo waren sie so zahlreich anzutreffen wie in diesen Höhlen, doch im Moment waren für sie die Lebenden viel gefährlicher …
Sie zuckte zusammen, als zum Geräusch des steten Tropfens und des rauschenden Meeres Schritte kamen – viel leichter und federnder als die von Ezequiel.
Obwohl sie von Anfang an gewusst hatte, wer hinter allem steckte, und sie sich gegen diesen Anblick gewappnet hatte, entfuhr ihr doch ein leiser Aufschrei, als Archibald wenig später die Kaverne betrat. Sie schämte sich dafür, wollte sie doch weder seinem Triumphgefühl noch seiner Schadenfreude Nahrung geben! Doch auch wenn sie sich auf die Lippen biss – sie konnte nicht verhindern, einen erbärmlichen Anblick zu bieten mit ihren klebrigen Haaren, der zerrissenen Kleidung, den blutbefleckten Händen.
All ihren Stolz zusammennehmen, aufstehen, ohne zu wanken, und auf ihn zutreten, das konnte sie allerdings auch, wenn sie dreckig war.
»Ich weiß genau, was Sie vorhaben!«, zischte sie. »Doch damit kommen Sie nie und nimmer durch.«
Wie so oft verzerrte ein Lächeln seine schmalen Lippen, und es war ihm gelungen, auf dem Weg hierher nirgendwo anzuecken, sondern die Höhle mit weißem Hemd zu erreichen. Es schien, als wäre ein Bannkreis um ihn gezogen und als würde sämtlicher Dreck, mit dem man ihn bewarf, auf einen selbst zurückfallen. Auch ihre Worte schienen ihn nicht zu erreichen, denn als er endlich zu reden ansetzte, sprach er von lang Vergangenem.

»Wusstest du eigentlich, dass manche Inselbewohner nach Dutrous Tod auch seine Töchter töten wollten? Die eine, die ihm eine Tahitianerin geboren hat, hieß Caroline, die andere, die aus der Ehe mit Keroto stammt, Harriette. Um ihr Leben zu retten, hat man sie wochenlang in diesen Höhlen versteckt. Hier fehlte ihnen an nichts – nur das Tageslicht.«

Er war mit einigem Abstand vor ihr stehen geblieben, doch das war ihr fast noch unangenehmer, als wenn er sie gepackt hätte. Kaum wurde sie der Anspannung Herr, die sie erfasste, als sie seine Berührung erwartete.

»Worauf warten Sie?«, fuhr sie ihn an, als diese ausblieb.

»Auf gar nichts. Ich will nur ein wenig mit dir plaudern.«

»Nein, Sie werden mich schänden und dann töten.«

Er lachte leise. »Warum sollte ich dich denn töten? Es wäre jammerschade um ein Prachtweib wie dich.«

»Aber es wird Ihnen gar nichts anderes übrig bleiben. Ich kenne die Wahrheit. Sie haben Ezequiel befohlen, Barnabas zu erschießen, und später werden Sie den Rapanui die Schuld daran geben. Ich könnte allen die Wahrheit erzählen.«

»Wenn sich alle erst einmal gegenseitig getötet haben, ist niemand mehr da, um die Wahrheit zu hören, und schon gar keiner, der mich für meine Taten zur Rechenschaft zieht. Ich werde dann der Herr der Insel sein.«

Nun schritt er doch auf sie zu, und sie vermeinte schon zu spüren, wie er über ihre Wange strich.

Ich werde nicht zittern, beschwor sie sich, ich werde nicht schreien, ich werde an etwas Schönes denken … an Jack, wie er jauchzt, wenn man ihn in die Luft wirft, an Aaron, wie wir uns geküsst und geliebt haben …

Kurz, ganz kurz, wähnte sie sich in einer wohlig weichen

Blase, die sie vor allem schützte, doch dann ertönte neuerliches Gelächter, das die Blase wie viele winzige Pfeile zerriss.
»Ja, ich werde der Herr der Insel sein … und du die Herrin.«
»Lieber stürze ich mich ins Meer.«
»Das wirst du nicht tun. Nicht, solange dein Sohn lebt und deine Stiefkinder. Wenn du dich mir fügst, werde ich dafür sorgen, dass ihnen nichts zustößt.«
Das Wasser, das auf sie tropfte, schien spitz wie Nägel. Fassungslos starrte sie ihn an.
»Du musst mich nicht lieben«, er machte eine dienernde Bewegung. »Es genügt doch schon, höflich zueinander zu sein.«
Zu ihrer Überraschung drehte er sich um und ging davon.
»Wohin gehen Sie?«
»Oh, dachtest du etwa, ich würde mich bereits jetzt mit dir vergnügen? Leider muss ich dich enttäuschen, meine Liebe, denn vorher gibt es noch viel zu tun. Ich muss nachsehen, ob sie Barnabas schon entdeckt haben. Falls nicht, fällt mir schon etwas anderes ein, um die Furcht vor den Rapanui zu schüren. Es wird also noch eine Weile dauern, bis wir glücklich vereint sind. Aber vertrau mir – wenn es erst so weit ist, werden wir alle Zeit der Welt haben.«

Aaron hatte seit zwei Tagen kein Auge mehr zugemacht. Hatte er schon vorher kaum geschlafen, war er seit der Sturmnacht erst recht nicht mehr zur Ruhe gekommen. Zuerst galt es, die Schiffbrüchigen mit Decken und Nahrung zu versorgen – später, mit Tane zu verhandeln und ihn dazu zu bringen, das erbeutete Gut wieder zurückzugeben. Er hatte keinen Erfolg.
»Wenn er mir vor die Flinte läuft, knall ich ihn ab wie einen

tollwütigen Hund«, verkündete Pedro Toro wütend, nachdem er den ersten Schock überwunden hatte.

»Wenn Sie das machen, provozieren Sie erst recht einen Krieg.«

»Den haben wir doch schon längst.«

»Aber mittlerweile sind es zu viele Männer, die sich Tane angeschlossen haben. Mit Waffen allein werden wir ihrer nicht Herr!«

»Dank der gestrandeten Siedler werden wir uns verteidigen können.«

Aaron unterdrückte ein Seufzen.

Tane und die Seinen hatten sich nicht damit begnügt, das gestrandete Schiff zu plündern, sondern hatten auch Vaihu heimgesucht, dort die leer stehenden Häuser ausgeräumt und Schafwolle gestohlen. Aaron hatte keine Ahnung, was die Rapanui damit anstellen wollten – wahrscheinlich gar nichts, außer den Weißen zu schaden. Überdies hatten sie sich gestern vor der Kirche versammelt, dort die chilenische Flagge abgehängt und ihre eigene gehisst und laut eine Unabhängigkeitserklärung verlesen. Rapa Nui, so hieß es darin, gehöre nicht länger zu Chile und schon gar nicht einer Schaffarm, sondern sei wieder unabhängig und ihre Insel.

Nicholas Pakarati behauptete später, an die hundertachtzig Menschen gezählt zu haben – was fast die gesamte männliche Bevölkerung ausmachte. Die Lethargie der letzten Jahre war von ihnen abgefallen, selbst die Waisenjungen wollten sich Tane anschließen. »Er hat Waffen!«, hatte Piro stolz erklärt, als wären diese ein kostbares Gut. »Gewehre und Pistolen!«

Aaron hatte es ihm zwar erfolgreich ausreden können, selbst zu solchen Waffen zu greifen, hatte aber nun keine Ahnung, wie er Tane befrieden sollte. Ein neuerliches Gespräch, das ahnte er, hatte wenig Sinn, und so begnügte er sich fürs Erste damit, die Greys zu besuchen und sich zu vergewissern, dass bei ihnen alles in Ordnung war.

Myra schien sich vor den Rapanui nicht zu fürchten. »Sie können gerne kommen und meinen Mann stehlen, damit tun sie mir sogar einen Gefallen«, meinte sie. »Falls sie allerdings meinen Garten verwüsten wollen, dann ramme ich ihnen eine Mistgabel zwischen die Rippen.«

Obwohl sie ihn einlud, hereinzukommen, trat Aaron nicht über die Türschwelle, denn er wollte Theresa seinen Anblick ersparen. Er riet ihr nur, in der nächsten Tagen besser im Haus zu bleiben.

»Aber dann kann ich Luis nicht mehr sehen!«, rief Lydia verzweifelt.

Aaron brauchte eine Weile, um zu begreifen, dass Luis einer der Schiffbrüchigen war, die mittlerweile in Vaihu untergekommen waren, und dass Lydia ihr Herz an ihn verloren hatte.

»Der läuft dir nicht davon«, erklärte Myra. »Schließlich haben sie kein Schiff mehr, um die Insel zu verlassen. Im Übrigen zweifle ich, dass er ein ehrenwerter Mann ist – Policarpo Toro hat sicher nur Gesindel und Lumpen angeworben.«

»Du hast selbst einmal gesagt, dass man sich von Ehre allein nichts kaufen kann«, wandte Lydia schnippisch ein.

»Auf Ehre kann ich verzichten, wenn er sich als tüchtig erweist. Aber bis jetzt habe ich die Schiffbrüchigen noch nicht arbeiten gesehen.«

»Sie müssen ja auch erst ihren Schrecken überwinden.«

»So tief kann der nicht gewesen sein, wenn dieser Luis dir schöne Augen macht.«

Lydia strafte ihre Mutter mit einem zornigen Blick und wandte sich flehentlich an Aaron. »Bestellen Sie ihm wenigstens schöne Grüße!«

Myra verdrehte die Augen, ihre Schwestern lachten, Aaron jedoch nickte. Ein Anlass, nach Vaihu zu gehen, kam ihm nur recht, wollte er sich doch selbst ein Bild von den Plünderungen machen, die Pedro Toro erwähnt hatte.

Um das Haus der Wilkinsons machte er einen weiten Bogen, und er war auch erleichtert, Barnabas nicht unter den Männern zu sehen, die sich vor dem ehemaligen Besitz von Alex Salmon versammelt hatten: Die Schiffbrüchigen waren darunter, Pedro Toro, sogar Rufus Grey. Als Aaron sah, was dort vor sich ging, entfuhr ihm ein wütender Aufschrei: »Dieser Narr!«

Archibald stand da und verteilte Waffen, die er seinerzeit auf die Insel mitgebracht haben musste. Nicht auszudenken, wie die wütenden Rapanui darauf reagieren würden! Aaron konnte nur hoffen, dass sie sich am Tag nicht hier blicken lassen würden.

Er wusste, dass es keinen Sinn hatte, mit Archibald zu reden, aber als Rufus mit einem Gewehr in der Hand wegging, stellte er sich ihm in den Weg.

»Willst du damit Hinas Familie erschießen?«, schrie er ihn an.

Rufus wirkte müde. Seit Hinas Tod war der einst so fröhliche Mann nur mehr der Schatten seiner selbst.

»Ich will nur meine Familie beschützen. Wer weiß, was noch auf uns zukommt, jetzt, da die Rapanui die Unabhängigkeit erklärt haben. Ich möchte für den Notfall gerüstet sein.«

»Dass Archibald Waffen austeilt, ist eine unnötige Provokation.«

»Mag sein«, murmelte Rufus, »aber die Rapanui haben doch mit den Provokationen begonnen …«

Nein, dachte Aaron, wir haben begonnen, als wir auf die Insel kamen, und jetzt müssen wir die Zeche dafür zahlen.

»Geh nach Hause zu Catalina«, sagte er. »Ich verstehe ja, dass du dich verteidigen willst, aber bitte lass dich nicht dazu aufhetzen, sie als Erstes anzugreifen.«

Er war nicht sicher, ob Rufus sich ihm fügen würde, aber die Erwähnung von Catalina stimmte ihn etwas friedfertiger. Er ging ein paar Schritte davon, blieb dann aber noch einmal stehen. »Hast du eigentlich die Wilkinsons gesehen?«

Aaron runzelte die Stirn. »Nein, du etwa auch nicht?«

»Pedro Toro meinte, die ganze Familie sei seit gestern Abend wie vom Erdboden verschluckt. Er ist sehr wütend auf Barnabas, weil niemand da ist, der sich um die Schafe kümmert.«

»Auch Tim nicht?«

Rufus zuckte nur die Schultern, ehe er endgültig ging. Aaron machte sich in die andere Richtung auf und beschleunigte seine Schritte. Dem lähmenden Unbehagen konnte er jedoch nicht davonlaufen, und als er das Haus der Wilkinsons endlich erreichte, wuchs es sogar.

Niemand war zu sehen und zu hören, auch nicht der kleine Jack, obwohl man diesen, nach allem, was ihm Theresa erzählt hatte, tagsüber kaum im Haus halten konnte. Nun gut, es war Katharina und Barnabas nicht zu verdenken, dass sie ihn wegen der Unruhen lieber drinnen wussten, doch als er an die Tür trat und lauschte, war immer noch kein Laut zu vernehmen.

Er klopfte. »Mr. Wilkinson? Katharina?«

Nachdem er erneut vergebens geklopft hatte, trat er vom

Haus zurück und sah sich um. Da lag eine Axt … direkt neben einem schwarzen Fleck … ein Fleck aus Blut …
Plötzlich wurde die Tür hinter ihm aufgerissen. »Pastor Hayes, Gott sei Dank!«
Romy stand da, bleicher und zarter als sonst, die Augen rot geschwollen. Er stürzte auf sie zu. »Romy, was ist denn passiert?«
Sie zog ihn mit sich, und jetzt sah er, dass auch Tim da war. Er schnitzte eine Holzfigur, und Jack sah begeistert zu – der Grund, warum es so still gewesen war. Wenigstens war mit dem Kleinen alles in Ordnung. Katharina hingegen war nirgendwo zu sehen war, und Barnabas …
»Lieber Himmel!«
Romy und Tim waren nicht stark genug gewesen, ihn ins Schlafzimmer zu schleppen. Er lag auf dem Fußboden neben dem Herd, frisches Blut hatte eine Lache um die Leibesmitte gebildet, und er war bewusstlos.

Wenig später hatte Aaron Barnabas' Wunde untersucht und mit Romys Hilfe notdürftig verbunden. Viel mehr konnte er fürs Erste nicht tun. Der Blutfluss hatte nachgelassen, und Barnabas' Herzschlag und Atem hatten sich etwas stabilisiert, ein Zeichen, dass die Kugel keine Organe getroffen hatte. Aber sie steckte irgendwo im Körper, und er konnte sie nicht lokalisieren. Vielleicht konnte er später eine Operation wagen, doch dafür benötigte er seinen Arztkoffer, und so blass und mitgenommen, wie Romy war, unterließ er es zunächst, sie danach zu schicken.
»Katharina …«, stammelte sie, »ich habe solche Angst um sie.«
»Was ist denn nun passiert?«

»Ich weiß es nicht.«
Während sie wieder zu weinen begann, erklärte Tim mehr. Auch er war tief betroffen und seine Worte wirr, aber Aaron glaubte nun, endlich alles zu verstehen. Offenbar hatten die beiden Katharina zu befreien versucht, diese sie aber mit Jack zu den Greys geschickt. Noch ehe sie deren Haus erreicht hatten, hatten sie den Schuss gehört und waren zurückgekehrt. Barnabas hatten sie in einer Blutlache vorgefunden, Katharina jedoch war spurlos verschwunden.
»Warum habt ihr mich denn nicht gleich geholt?«, rief Aaron.
»Vater … Vater wollte das doch nicht.«
»Also war er noch kurz bei Bewusstsein. Hat er denn gesehen, wer auf ihn geschossen hat?«
»Es war Tane.«
Aaron zuckte zusammen. »Ist er sich sicher? Oder ist das nur eine Vermutung?«
Tim zuckte die Schultern. »Es wäre Tane doch zuzutrauen, oder? Wir alle haben gesehen, was er in den letzten Wochen angerichtet hat.«
Aus der bestürzten Miene wurde eine immer grimmigere.
Aaron hingegen war unschlüssig. Zu zerstören und zu plündern, das war eine Sache, aber jemanden kaltblütig zu ermorden eine ganz andere. Und warum sollte Tane es ausgerechnet auf Barnabas abgesehen haben, wenn es doch eigentlich Archibald war, den er glühend hasste? Den wiederum würde Tane nie heimlich und schnell erschießen. Vielmehr würde er ihn öffentlich bezwingen und demütigen wollen – und damit es zu so einem Kampf kam, musste er nicht erst Barnabas erschießen.
Archibald würde mit Freude gegen Tane hetzen. Doch ob er deswegen womöglich bereit gewesen wäre, auf Barnabas zu

schießen? Und was war eigentlich mit Ezequiel? Wenn er sich recht besann, hatte er ihn vorhin, als Archibald die Waffen verteilte, nicht gesehen.

»Katharina … wo ist denn nur Katharina?«, rief Romy.

Die Furcht um sie lähmte ihn so sehr, dass er kein Wort des Trostes herausbrachte, umso mehr, da nun auch Jack zu weinen und nach seiner Mutter zu rufen begann. Doch dann atmete Aaron tief durch und sagte sich, dass er jetzt nicht den Kopf verlieren durfte.

»Du gehst mit Jack zu den Greys und bleibst fürs Erste dort«, wandte er sich an Romy. »Und du, Tim, holst meinen Arztkoffer. Sprich mit Piro, der gibt dir alles Notwendige. Und wenn du Pakarati triffst, erzähl ihm, was passiert ist. Vielleicht kann er mit den Rapanui reden und mehr herausfinden.«

Zu seiner Erleichterung fügten sich die beiden sofort und nickten. Erst als sie gegangen waren, fiel ihm ein, dass er Tim nicht eingebläut hatte, mit niemandem sonst über die Vorkommnisse zu sprechen. Wenn es sich erst wie ein Lauffeuer herumsprechen würde, dass Barnabas Wilkinson angeschossen worden war – und das womöglich von Tane –, waren die Folgen unabsehbar.

»Ich weiß, was du getan hast.«

Archibald fuhr herum. Er war gerade nach Hause gekommen – nach dem langen Tag ziemlich verschwitzt – und hatte sein Hemd hastig aufgeknöpft, um es zu wechseln, als ihn Laurentines Stimme traf.

Er drehte sich langsam zu ihr um – zur Eile hatte sie ihn noch nie veranlasst –, doch als er sie musterte, weiteten sich seine Augen ungläubig.

In den letzten Monaten hatte sie sich noch mehr gehen lassen als früher. Nicht nur, dass sie das Haus nie verlassen hatte, überdies hatte sie weder auf saubere, faltenfreie Kleidung geachtet noch auf eine ordentliche Frisur. Heute hatte sie ihre strähnigen Haare jedoch gewaschen und zu einem kunstvollen Knoten hochgesteckt, und sie trug ein elegantes, nachtblaues Kleid, von dem er nicht einmal wusste, dass sie es überhaupt besaß. Sie war schön wie nie, was jedoch nicht nur an dem gepflegten Äußeren lag, sondern auch an ihrem Blick. War er meist flackernd und nicht fähig, seinem standzuhalten, richtete er sich heute starr auf ihn. Und noch mehr erstaunte ihn, was sie in der Hand hielt.

»Ich weiß, was du getan hast«, wiederholte sie.

Ein Messer, sie hielt ein Messer! Und es war nicht irgendeines! Er erkannte es an seinem kunstvoll aus Elfenbein geschnitzten Griff. Ihr Vater hatte es ihm am Tag der Hochzeit geschenkt, als Zeichen seines Respekts.

»Was?«, fragte er gedehnt. »Was weißt du?«

»Du erzählst überall herum, dass die Rapanui Barnabas töten wollten, doch in Wahrheit steckst du hinter allem. Du hast auch Katharina entführt. Ich habe dich und Ezequiel oft belauscht.«

Er lachte. Konnte es sein, dass er dieses dumme, ängstliche Geschöpf unterschätzt hatte? Dass es ihm doch nicht gelungen war, ihr jeden Rest an Stolz, Stärke und Selbstachtung auszutreiben, sondern eine unverwüstliche Flamme in ihr brannte, die nicht mit einem leisen Lüftchen auszublasen war?

Er trat auf sie zu, und prompt hob sie das Messer. »Du willst doch nicht wirklich …?«, setzte er grinsend an.

»Katharina!«, rief sie anklagend. »Katharina war immer gut

zu mir! Ich habe mich seit der Rückkehr aus Tahiti von ihr ferngehalten, ich wollte sie nicht belästigen. Aber ich habe nie vergessen, wie sehr sie mich immer zu ermutigen versuchte. Und Barnabas ... er ist Katharinas Mann. Er hat dir nichts getan!«

»Er ist ein Schwächling und zu nichts nütze.«

»Er ist *dir* zu nichts nütze. Das heißt: Sein Tod – oder wenigstens seine Verwundung – ist dir sogar sehr nützlich, nicht wahr?«

»Damit hast du nicht unrecht.«

Die Hand, mit der sie das Messer hielt, bebte etwas. »Du gibst also zu, dass du ihn ...«

Archibald lachte spöttisch. »Du glaubst doch nicht, dass ich mir selbst die Hände schmutzig mache.«

»Also hast du Ezequiel auf ihn gehetzt. Wohin hat er Katharina gebracht? Sag es mir! So sag es mir endlich!«

Ihre Hand umklammerte den Griff wieder fester, und unwillkürlich wich er zurück. Nicht, dass Archibald Angst hatte. Selbst wenn sie bewaffnet war, fühlte er sich Laurentine überlegen. Und dennoch – er witterte Hass in ihr. Hass, wie ihn nur starke Menschen fühlen konnten. Hass, der unbesiegbar machen konnte oder zumindest gefährlich.

»Mach dich nicht lächerlich!«

Mit einem Aufschrei stürzte er auf sie zu und hoffte, dass das genügen würde, damit sie zurückwich und das Messer fallen ließ. Doch stattdessen machte sie einen Satz nach vorne, wendig wie eine Katze, und fuchtelte mit der Waffe herum. Er fühlte einen stechenden Schmerz, dann tropfte Blut von seiner nackten Schulter. Sonderlich tief war die Klinge nicht gegangen, dennoch ...

»Du wagst es ...?«

Wut packte ihn, machte ihn blind, führte dazu, dass sie ein zweites Mal das Messer gegen ihn erhob. Diesmal erwischte sie ihn unterhalb der Brust, und der Schnitt, den sie ihm zufügte, war noch breiter. Blut lief heiß über seinen Bauch, doch ausgerechnet dessen Wärme gab ihm die Selbstbeherrschung zurück.

»Dein Vater würde sich für eine Tochter wie dich schämen«, spuckte er verächtlich aus.

Jetzt endlich begann Laurentines Blick zu flackern, und in ihre Augen stiegen Tränen. Er erwartete, dass sie endlich aufgab und das Messer den Händen entglitt, doch stattdessen hob sie zu sprechen an. Er konnte sich nicht erinnern, dass sie jemals so viele Worte gemacht hatte.

»Mein Vater hat sich immer gewünscht, dass ich einen Weißen heirate. Und er hat sich auch immer gewünscht, dass ich mich selbst wie eine Weiße verhalte. Ich habe gedacht, es würde ihn stolz machen, wenn mir das gelänge. Doch er hat nicht gewusst, wie du mich behandeln würdest. Er hat nicht gewusst, dass du ein gemeiner Mörder bist. Mittlerweile bin ich mir sicher: Wenn er es geahnt hätte, hätte er es nicht gutgeheißen. Und er wäre nicht länger stolz, weil ich dir gehorche. Er wäre nur stolz, wenn ich dich töte.«

Am Ende loderte wieder diese Flamme in ihren Augen, aber anders als gedacht, nährte sich diese nicht von Furcht und Hass. Sie nährte sich von Liebe. Als ihr Vater sie mit ihm verheiratet hatte, hatte er sich nur das Beste für seine Tochter gewünscht – und obwohl er sich darin geirrt hatte, dass eine Ehe mit Archibald Smythe das Beste für sie war, konnte sie sich zumindest seines guten Willens sicher sein.

Mein Vater hingegen, dachte er plötzlich, mein Vater hat mir nie das Beste gewünscht. Er hat mich auf die Welt geworfen und zugesehen, ob ich überlebe. Hätte ich es nicht getan, hätte er nur verächtlich seine Schultern gezuckt. Und meine Mutter … Sie wollte, dass ich Haltung bewahre, mich zusammenreiße, sie nicht mit Geheule und Klagen daran erinnere, dass sie sich einst auch etwas anderes vom Leben erhofft hat als einen gewalttätigen Mann und ein vor Angst schlotterndes Kind …

Eine Weile standen sie starr voreinander, blickten sich nur gebannt an. All die Jahre hatte er sie verachtet, weil sie nicht fähig war, ein Kind zu bekommen, sondern so krank, so schwach, so zerstört war. Doch jetzt huschte ein verräterischer Gedanke durch seinen Kopf und stimmte ihn ebenso panisch wie verzweifelt und ohnmächtig.

Vielleicht bin ich derjenige, der kein Kind zeugen kann. Vielleicht ist es mir unmöglich, Vater zu werden. Schlichtweg, weil ich selbst nie einen gehabt habe.

Diesmal war er wendig wie eine Katze, als er auf sie losstürzte. Sie hob ihr Messer zum dritten Mal, traf ihn wieder, und wieder tat es weh, aber es tat nicht weh genug. Nicht, um den Schmerz auszulöschen, den der Gedanke an seinen Vater verursachte. Nicht, um ihn zu töten. Und ehe sie das Messer noch einmal heben konnte, hatte er seine Hände schon um ihren Hals gelegt und drückte zu.

»Du Miststück!«, schrie er. »Du verdammtes Miststück!«

Bis zu ihrem letzten Atemzug waren ihre Augen starr auf ihn gerichtet, und in diesem Blick stand mehr zu lesen, als sie je zu ihm gesagt hatte.

Meinen Körper kannst du misshandeln, sagte ihr Blick, du kannst ihn sogar töten, aber meine Seele wirst du nicht bekommen. Es ist eine ängstliche, kleine, mickrige Seele, aber wenigstens habe ich eine – anders als du. Und jetzt … jetzt wird sie meinen schwächlichen Körper verlassen, wird ihre Flügel weit ausbreiten und diese erbärmliche Welt hinter sich lassen. Sie spürt den Druck deiner Hände nicht, sie hat dir zwar nichts an Kraft voraus, aber an Leichtigkeit. Sie flieht, und du kannst sie nicht erhaschen, kannst sie nicht einholen. Denn wenn du einmal stirbst, wirst du nicht fliegen, du wirst bloß zu kaltem Stein werden. Ich … ich gehe der Sonne entgegen, und auch wenn sie mich vielleicht verbrennen wird – es ist mir immer noch lieber als das Ende, das dir blüht. Du wirst von der Nacht verschluckt werden, und es wird nicht einmal Asche bleiben.

Es klirrte – das erste Geräusch seit Minuten. Das Messer entglitt ihren Händen, fiel zu Boden. Wenig später folgte ein dumpfer Aufprall, als ihr Körper auf den Boden sackte. Ihre Augen waren immer noch weit aufgerissen, anklagend, auch ein wenig trotzig. Archibald ertrug ihren Blick nicht und trat so lange nach ihr, bis ihr Kopf zur Seite fiel. Vergebens lauschte er auf einen Schmerzenslaut, er konnte ihr ja keine Schmerzen mehr bereiten, nie wieder konnte er das.

Stöhnend sank er neben ihr auf den Boden. Er packte sie, kniff sie, schlug sie, riss an ihren Haaren.

Nichts.

Er besaß rein gar nichts mehr von ihr.

Die Erinnerungen an die Qualen, die er ihr zugefügt hatte, bereiteten ihm keine Freude oder Genugtuung, sondern riefen nur einen schalen, bitteren Geschmack hervor, als hätte er zu viel getrunken, wäre mit einem Brummschädel erwacht und müsste sich nun schmerzlich eingestehen: Ich bin allein. Ich bin ja immer noch allein.

Er stieß sie zurück, erhob sich, sah, wie noch mehr Blut aus seinen Wunden troff. Laurentine hingegen blutete nicht.

Kurz überlegte er, das Blut abzuwaschen und sich anzuziehen, doch dann trat er mit nacktem, verschwitztem Oberkörper nach draußen, grub ein Loch und verscharrte sie. Erleichtert atmete er aus, als Erde auf ihre Augen fiel.
Jetzt ist sie blind, jetzt kann sie mir nichts mehr anhaben …
Aber instinktiv ahnte er, dass er diesen Blick so lange spüren würde, bis er seine Ziele erreicht hatte. Erst wenn die Rapanui ausgerottet und die meisten Weißen getötet waren, erst wenn er Katharina zu seiner Frau gemacht hatte und ihren Sohn zu seinem Kind, würde er nicht mehr diese unendliche Leere in der Brust spüren.
Er klopfte die Erde glatt, ging nun doch zum Trog, um sich zu waschen, und betrat wenig später das Haus, um seine Wunden zu verbinden, sich anzukleiden und sein Werk fortzusetzen.
Laurentines Geruch hing noch in der Luft. Erst jetzt wurde ihm bewusst, dass sie stets nach Kokosöl geduftet hatte – und nach einer Blume, deren Namen er nicht kannte und niemals kennen würde.

25. Kapitel

Tanes Respekt vor Aaron war mit der Zeit leiser Verachtung gewichen. Er war sich nicht sicher, ob er ihn töten konnte, aber das änderte nichts daran, dass er genauso wenig auf der Insel verloren hatte wie der Rest. Von ihm gelernt hatte er trotzdem viel. So hatte er ihn immer dafür bewundert, wie eindringlich er auf Menschen einreden und sie von dem überzeugen konnte, was er selbst glaubte. Tane hatte Worten bislang nie so viel Beachtung geschenkt. Nach Roros Tod hatte er monatelang allein gelebt und geschwiegen, und als sich ihm später die ersten jungen Männer anschlossen, hatte er so gut wie gar keine Worte gemacht, ihnen bestenfalls knappe Befehle erteilt. Heute hatten sich jedoch nicht nur wenige vor ihm versammelt, sondern Massen – fast alle männlichen Rapanui, die auf der Insel lebten. Und heute würde er reden, viel reden. Noch waren nicht alle auf Krieg eingeschworen, noch standen in manchen Gesichtern Zweifel, aber er war bereit und gewillt, sie zu vertreiben.

Mehrere Wochen waren vergangen, seit das Schiff gestrandet und Barnabas Wilkinson angeschossen worden war. Das Wrack war von den Fluten ins Meer gerissen worden, Barnabas hingegen lebte immer noch – offenbar mehr schlecht als recht. So oder so hielt es Archibald Smythe nicht davon ab, Hetzreden zu halten und Tane den Mordversuch in die Schuhe zu schieben. Mehrfach hatte der schon überlegt, zum

Angriff zu blasen, aber er hatte sich zurückgehalten: Zunächst mussten alle Rapanui lernen, mit den Waffen umzugehen. Erst heute war der entscheidende Tag gekommen.
Mit leiser Stimme begann er seine Rede.
»Seit Jahrzehnten haben wir unter den Weißen gelitten. Jacob Roggeveen und James Cook, die als Erstes auf die Insel kamen, haben uns bestohlen und Lügen über uns verbreitet. Der Franzose La Pérouse war nicht viel besser als sie. Ihn hat wenigstens die gerechte Strafe ereilt – später wurde er auf einer anderen Insel enthauptet, und sein Kopf wurde einer Gottheit im Tempel dargebracht. Andere jedoch kamen glimpflich davon. Die Seeleute, die auf dem Walfänger Pindos kamen, wollten sich eigentlich nur mit frischem Wasser versorgen, haben dann aber ein Auge auf unsere Frauen geworfen. Sie fingen sie ein wie Tiere, schleppten sie auf die Schiffe, schändeten sie und stießen sie hinterher über Bord, als wären sie wertloser Ballast. Selbst das war ihnen nicht genug. Weil es sie amüsierte, schossen sie mit Gewehren auf sie und wetteten darauf, wie viele Frauen jemand treffen konnte.«
Raunen antwortete ihm, sämtliche Blicke waren gebannt auf ihn gerichtet.
»Wieder einige Jahre später«, fuhr Tane gefährlich zischend fort, »erreichten peruanische Sklavenjäger die Insel: Sie lockten die Rapanui mit bunten Perlen zum Strand, und sobald sie sich dort versammelt hatten, begannen sie, sie einzukreisen und auf sie zu schießen. Wer nicht von einer Kugel getroffen wurde, der wurde niedergeschlagen und gefesselt, und später schleppte man sie auf die Schiffe und stieß sie in den Bauch, wo sie unter elenden Bedingungen hausen mussten, bis sie in fremden Ländern als Sklaven verkauft wurden.

Auch den *ariki* Kai Makoi und seinen Sohn Manuata haben sie gefangen genommen, und alle, die die *rongorongo*-Schrift schreiben und lesen konnten.«

So leise er begonnen hatte, so laut war er zum Schluss geworden. Das Echo der Worte hallte von den Wänden der Höhle wider. »Wer immer danach folgte – es waren nur Verbrecher. Dutrou, Salmon, Brander, Smythe. Damit ist es genug. Wir sind in der Überzahl.«

Er machte eine Pause, ehe er in die Stille sagte: »Ich kann euch nicht versprechen, dass wir alle heute Abend noch leben werden. Einst wurde auf der Insel ein grausamer Krieg ausgefochten. Langohren und Kurzohren haben den Boden mit Blut getränkt. Doch am Ende hat gewonnen, wem der Sieg zustand. Und das kann ich auch uns versprechen: dass uns der Sieg zusteht.«

Wieder herrschte eine Weile Stille, dann brandete Jubel auf.

Aaron lauschte. Er hörte Stimmen, die zu Geschrei anschwollen, Schritte, die, als sie näher kamen, die Erde erschütterten. Als er aus dem Fenster spähte, konnte er allerdings nichts erkennen. Auch Tim hatte seinen Kopf gehoben. »Was ist da los? Soll ich nachsehen?«

Aaron schüttelte den Kopf. »Das ist zu gefährlich. Besser, wir warten erst einmal ab.«

Er beugte sich weit aus dem Fenster, aber noch immer war nichts zu sehen. Die Schreie verstummten ganz plötzlich, als hätte jemand den Befehl zu schweigen erteilt, doch Aaron wertete das nicht als gutes Zeichen. Als er sich wieder umdrehte, sah er, dass Barnabas' Blick auf ihm ruhte.

In den letzten zwei Tagen war dieser mehrmals zu sich gekommen. Am Anfang war er ziemlich verwirrt gewesen, hatte nicht gewusst, wo er sich befand und was geschehen war. Einmal hatte er Aaron wütend angeschrien, dass er verschwinden solle, aber als der keine Anstalten machte, zu gehen, war Barnabas verstummt. Mittlerweile war er so weit bei Kräften, dass er sich aufrichten konnte, und Aaron hatte ihm behutsam erklärt, dass Katharina verschwunden war. Verwirrung und Ärger waren tiefer Sorge gewichen. Am liebsten wäre Barnabas sofort aufgestanden, um sie zu suchen, aber dazu fehlte ihm die Kraft. Später wollte er Tim schicken, doch Aaron hatte ihn mit dem Verweis auf die angespannte Lage davon abbringen können und war selbst aufgebrochen, um stundenlang die Insel zu durchforsten. Er hatte mit vielen gesprochen, doch niemand hatte sie gesehen, und die, die vielleicht mehr wussten – Archibald, Tane und Ezequiel –, waren entweder vom Erdboden verschluckt oder nicht für ihn zu sprechen.

Jetzt, da war er sich sicher, waren Archibald und Tane da draußen – bereit, gegeneinander zu kämpfen.

Einmal mehr plagte Barnabas sich damit, sich aufzusetzen. Als Aaron gestern von seiner vergeblichen Suche zurückgekehrt war, hatte er seine Stirn befühlt und festgestellt, dass sie vor Fieber glühte. Doch auch wenn es über Nacht kaum gesunken war – es war nicht hoch genug, Barnabas' Verstand zu benebeln und seine Sorgen zu zerstreuen.

»Ich kann doch nicht zulassen, dass sie irgendwo da draußen ist, wenn sie anfangen, sich gegenseitig abzuknallen.«

Aaron eilte zu ihm. »Bleiben Sie liegen. In diesem Zustand können Sie ihr nicht helfen.«

»Sie haben mir gar nichts zu sagen!«, knurrte Barnabas, fiel aber alsbald mit schmerzverzerrtem Gesicht zurück auf das Kissen.

»Wer immer Katharina entführt hat, hat sie an einem geheimen Ort versteckt«, murmelte Aaron, »und das bedeutet, dass sie zumindest im Moment nicht in Gefahr ist.«

»Wir müssen sie suchen, wir müssen …«

Er brach ab, nicht wegen seiner Schmerzen, sondern weil Schritte zu hören waren, nicht schwer und donnernd wie eben, sondern leicht. Bald mischte sich eine Frauenstimme hinzu.

»Rufus? Rufus, bist du hier?«

Es war Theresa.

Aaron erhob sich. Als er auf die Tür zuschritt und sie ihr öffnete, wappnete er sich gegen eine hasserfüllte Miene, doch in Theresas Gesicht stand nur Sorge. »Ist Rufus vielleicht hier?«

»Warum sollte er?«

»Ich weiß auch nicht … Ach, ich habe es so gehofft …«

Ihr Blick ging zu Barnabas. Obwohl sie von seiner Schussverletzung wusste, zuckte sie angesichts seines erbärmlichen Anblicks zusammen. »Mein Gott!«, entfuhr es ihr.

»Theresa, was ist passiert?«, fragte Aaron behutsam.

Ihre Stimme zitterte, und sie war den Tränen nahe. »Archibald war vorhin bei uns. Er hat erklärt, dass Tane uns bald angreifen würde, dass wir gerüstet sein und dass Lucius mitkämpfen müsse. Der hat sein Leben lang noch nie eine Waffe in der Hand gehalten, und Myra hat es ihm sofort verboten. Rufus hingegen …«

»Rufus ist ihm gefolgt«, brachte Aaron den Satz zu Ende.

»Ich dachte … hoffte, Rufus würde hierherkommen, um mit Barnabas zu reden und sich zu überzeugen, dass Archibald keine Lügen erzählt. Schließlich behauptet der seit Wochen, dass Barnabas von Tane angeschossen wurde. Doch scheinbar hat Rufus ihm längst Glauben geschenkt und fühlt sich

verpflichtet, uns zu beschützen … Was … was sollen wir denn jetzt tun?«
Aaron konnte unmöglich zugeben, wie ratlos er sich fühlte. Er war so erschöpft, dass es fast schmerzte: Im Nacken kribbelte es, während sich seine Arme und Beine wie gelähmt anfühlten.
Theresa schien es nicht anders zu gehen, denn sie lehnte sich kraftlos gegen den Türrahmen. »Ich habe nicht nur um Rufus Angst, sondern auch um … Katharina … Das letzte Mal, als ich sie sah …« Wieder brach sie ab und dachte wohl an die missglückte Hochzeit, doch erneut stand da kein Hass in ihren Zügen, nur Sorge. »Wo ist sie denn nur?«, rief sie verzweifelt. »Und wie kann Rufus nur so dumm sein, sich ausgerechnet Archibald anzuschließen?«
»Du stehst ihm sehr nahe …«
Sie zuckte die Schultern. »In den letzten Tagen haben wir viel Zeit miteinander verbracht.«
Aaron rieb sich die Schläfen, um die Erschöpfung zu vertreiben. »Rufus wird nicht so dumm sein, sich vor Archibalds Karren spannen zu lassen. Doch es ist ja nicht so, dass alles, was der behauptet, reine Lüge ist. Die nächtlichen Überfälle gehen nun mal auf Tanes Kappe … Nicht nur Rufus, auch die gestrandeten Siedler haben sie zutiefst beunruhigt.«
»Was ist denn mit Pedro Toro?«, fragte Theresa. »Sollten wir nicht besser mit ihm reden?«
»Wenn die Rapanui wirklich angreifen, wird Toro nicht zögern zu schießen. Aber vielleicht gelingt es mir, Rufus zur Vernunft zu bringen. Und ich kann versuchen, auch in den Siedlern Zweifel an Archibald zu säen, sodass sie wenigstens nicht blind tun, was er ihnen befiehlt. Bleib du bei Barnabas, ich schaue nach, was da draußen vor sich geht.«

Er wollte an ihr vorbeistürmen, doch sie hielt ihn fest. »Warte! Wenn du mit Rufus sprechen willst, ist es besser, wenn ich dabei bin.«
»Aber ich kann nicht zulassen, dass du dich in Gefahr begibst. Katharina würde mir nie verzeihen, wenn dir etwas zustößt.«
Theresa jedoch wich nicht zurück. »Ich tue, was ich tun muss. Und was Katharina anbelangt – nun, *ich* werde ihr verzeihen, wenn ich sie nur wiedersehe. Und darüber wird sie so froh sein, dass sie vergessen wird, dir Vorwürfe zu machen.«
Aaron nickte widerstrebend.
»Ich komme auch mit …«, erklärte Barnabas, »ich kann hier nicht einfach herumliegen.«
»In Ihrem Zustand können Sie gar nichts!«, entfuhr es Aaron ziemlich ungehalten. Er biss sich auf die Lippen. »Verzeihen Sie, ich wollte nicht … Aber Sie müssen doch einsehen, dass Sie zu schwach sind.«
Zu seinem Erstaunen widersprach Barnabas nicht. »Romy und Jack sind bei den Greys in Sicherheit«, murmelte er lediglich, »aber ich will notfalls Tim verteidigen können. Irgendwo muss das Gewehr sein … Ich habe es einst von Alex Salmon bekommen … Geben Sie es mir, damit ich nicht völlig schutzlos bin!«
Aaron war sich nicht sicher, ob Barnabas in diesem Zustand eine Waffe halten konnte, doch Tim schien seine Zweifel zu erahnen und erklärte entschlossen: »Notfalls schieße ich. Und ich weiß auch, wo sich das Gewehr befindet. Nun gehen Sie schon.«
Wahrscheinlich hatte er noch nie im Leben eine Waffe in der Hand gehalten, aber Aaron wusste, dass er in der Verzweiflung ungeahnte Kräfte würde entwickeln können. Ihm ging

es ja ähnlich. Wenn Archibald ihm jetzt vor Augen getreten wäre, hätte er auf ihn eingeprügelt. Als sie allerdings wenig später zu seinem Haus aufbrachen, war nichts von ihm zu sehen. Auch die Rapanui schienen verschwunden zu sein und gaben keinen Laut von sich.

»Wo sind sie denn alle?«, fragte Theresa verwirrt.

»Ich nehme an, dass sich Archibald in seinem Haus verschanzt hat. Wenn er und die Männer, die er aufgehetzt hat, im Freien dieser Übermacht gegenübertreten, haben sie keine Chance. Doch von den Wänden geschützt können sie etliche totschießen, ohne selbst in Gefahr zu geraten.«

Noch war kein Schuss ertönt, stattdessen kamen wieder Schritte näher – Pedro Toro wankte auf sie zu, und das in einem so jämmerlichen Zustand, dass Theresa entsetzt aufschrie. Im ersten Moment befürchtete Aaron, dass er verletzt worden war, doch als Toro näher kam, stieg ihm ein säuerlicher Geruch in die Nase.

»Sie haben getrunken?«, fragte er fassungslos. »In dieser Situation?«

Nie hatte er erlebt, dass Pedro Toro nicht Herr seiner Sinne war. Er war meist schlecht gelaunt, das schon, aber immer pflichtbewusst. Doch er verteidigte sich gar nicht erst, sondern ging einfach an ihnen vorbei.

»Wohin wollen Sie denn?«, rief Aaron. »Sie können doch nicht einfach gehen!«

Erstmals blieb er ächzend stehen. Schweißperlen glänzten auf seiner Stirn. »Das ist nicht mehr mein Krieg …«

»Die Männer, die Archibald aufgehetzt hat, sind Siedler, die Ihr Bruder hierherbringen ließ. Sie können doch nicht …«

»Sie sehen doch, dass ich es kann. Sollen Sie sich doch alle erschießen. Dann ist endlich Ruhe.«

Aaron wäre ihm am liebsten nachgestürzt und hätte ihn gewaltsam aufgehalten, aber er wusste, dass es keinen Sinn hatte, seine Kräfte zu verschwenden. Vielleicht hatte es ein Gutes, dass sich Pedro Toro nicht einmischte, würde er doch notfalls das Feuer auf die Rapanui eröffnen, anstatt Frieden zu schließen.

Er ließ ihn gehen und drehte sich wieder zum Haus der Smythes um, das nun nicht länger verlassen dastand: Eben öffnete sich die Tür, und Archibald selbst trat vor die Tür, um dort seelenruhig auf und ab zu gehen. Dass er sich damit unbewaffnet seinen Angreifern preisgab, die jeden Augenblick hier auftauchen konnten, schien ihn nicht sonderlich zu kümmern, und als er Aaron und Theresa erblickte, lächelte er breit.

»Pastor Hayes, Miss Steiner … was für ein schöner Tag heute. Haben Sie mittlerweile etwas von Katharina gehört? Ich mache mir langsam Sorgen um sie.«

Aaron überwand die letzte Distanz und packte Archibald am Kragen. »Wagen Sie es nicht …«

Archibald wehrte sich nicht. »Ach, lieber Pastor, nun verlieren Sie doch nicht Ihre Nerven!«

»Lass es!«, sagte Theresa. »Es hat doch keinen Sinn.«

Aaron musste alle Selbstbeherrschung zusammennehmen, um Archibald loszulassen.

»Was haben Sie vor?«, zischte er.

»Ich?«, fragte Archibald erstaunt. »Ich habe gar nichts vor, ich will nur ein wenig die Sonne genießen. Ich weiß doch, wie viel Ihnen am Frieden auf der Insel liegt. Nie würde ich die Rapanui unnötig provozieren. Sie sehen doch selbst, dass ich keine Waffen trage.«

Ehe Aaron ihn erneut packen konnte, öffnete sich die Tür ein zweites Mal.

»Theresa, was machst du hier? Komm sofort ins Haus hinein, hier draußen ist es zu gefährlich für dich!«
Es war Rufus, und anders als Archibald hielt er ein Gewehr in den Händen.
»Rufus!«, rief Theresa. »Bist du verrückt geworden, du kannst doch nicht …«
»Ich habe diesen Krieg ganz sicher nicht begonnen«, fiel Rufus ihr ins Wort, »aber wir müssen gerüstet sein, wenn er losgeht.«
Aaron erhaschte einen Blick ins Innere des Hauses. Wie er vermutet hatte, waren hinter jedem Fenster mindestens zwei Männer positioniert: Zählte man zu den gestrandeten Siedlern auch die Besatzung des Schiffs dazu, waren es insgesamt fast zwei Dutzend.
Archibald war seinem Blick gefolgt, hob aber nun entschuldigend die Schultern, als hätte er nichts damit zu tun.
»Ich konnte ihnen doch nicht mein Haus verwehren, nicht wahr?«, säuselte er. »Allein die Gastfreundschaft hat es geboten, sie einzulassen.«
»Sie Hund!«, entfuhr es Aaron.
Archibalds Lächeln wurde breiter, als er auf die Bank vor dem Haus deutete. »Wollen Sie vielleicht hier Platz nehmen und sich gemeinsam mit mir das Spektakel ansehen? Beim letzten Mal, als wir uns in ähnlicher Lage befanden – Sie erinnern sich vielleicht daran, es ging damals um einen Leichnam, der auf rätselhafte Weise verschwunden war –, blieb der erhoffte Höhepunkt ja letztlich aus. Sie, Miss Steiner, Sie sind natürlich besser drinnen aufgehoben. Beeilen Sie sich, hineinzukommen, bald bricht der Sturm los.«
Dienernd deutete er auf die Tür.
Wie aufs Wort ertönte hinter ihnen ein Rauschen. Die Gras-

halme der trockenen Wiesen brachen unter dem Gewicht von so vielen Füßen. Sie näherten sich fast lautlos, aber erhobenen Hauptes: Tane und die Seinen.

Nur wenige Meter vor dem Haus blieben sie stehen und bildeten einen Kreis. Aaron musterte sie und stellte fest, dass die Mehrheit nicht nur mit den üblichen Pfeilen und Lanzen ausgerüstet war, sondern mit Schusswaffen. Manche hielten sie so, als würden sie sie nicht benutzen können, doch andere schienen mit den Waffen regelrecht zu verschmelzen. Sie konnten schießen – und sie würden nicht zögern, es zu tun. Viele von den Männern waren kaum bekleidet; ihre Haut hatten sie mit Farbe bemalt – vor allem im Gesicht –, und in die Haare hatten sie einige Federn geflochten. Was bei den Erwachsenen verwegen aussah, wirkte bei den zwei Knaben ein wenig lächerlich. Aaron kannte sie, denn sie halfen ihm bei der Betreuung der Leprakranken, und seine erste Regung war, sie am Schlafittchen zu packen und anzuherrschen, was sie hier verloren hatten. Doch so stolz, wie sie sich gebärdeten, konnte er auf ihre Vernunft wohl ebenso wenig setzen wie auf die von Tane – und es genügte ja auch nicht, diese beiden aus der Schusslinie zu bringen. Er musste vielmehr dafür sorgen, dass erst gar kein Schuss fiel.

»Geh ins Haus hinein!«, zischte er Theresa zu.

Die rührte sich nicht. »Rufus wird nicht schießen, solange er mich in Gefahr weiß«, sagte sie, »und vielleicht kann er auch die anderen davon abhalten.«

Auch wenn Aaron gern verhindert hätte, dass sie an seiner Seite den Rapanui entgegentrat, bewunderte er sie für ihren Mut. Nur aus den Augenwinkeln nahm er wahr, dass Archibald zurück ins Haus gegangen war. Er wollte sich gar nicht ausdenken, was er gerade zu den Männern sagte und wie er sie weiter aufhetzte, sondern konnte nur hoffen, dass Theresa recht hatte und die anderen notfalls nicht nur auf Archibald, sondern auch auf Rufus hörten. Dann konzentrierte er sich ganz auf Tane.

»Bitte! Tu das nicht!«

Er trat direkt vor ihn. Wenn Tane tatsächlich schießen würde, würde er ihn als Erstes treffen. Und dass er es tat, konnte er nicht ausschließen: Seine Augen glichen dunklen Löchern, die nichts wahrzunehmen, ihn nicht einmal zu erkennen schienen.

»Geh mir aus dem Weg!«

»Nein!«, schrie Aaron. »Ich werde diesen Wahnsinn nicht zulassen! Niemand schießt, hört ihr! Niemand!«

Tanes Miene blieb ausdruckslos, aber in den Gesichtern von manch anderen, die Aaron gut kannten, machte sich Zögern, sogar Verwirrung breit.

»Geh mir aus dem Weg!«, rief Tane erneut.

Als Aaron sich nicht rührte, hob er zwar nicht die Waffe, jedoch seine Hand, um ihn zurückzustoßen. Ehe die Faust ihn traf, ertönte eine aufgeregte Stimme.

»Ihr dürft das nicht! Ihr dürft das nicht tun!«

Aaron war erleichtert, endlich jemanden auf seiner Seite zu wissen. Nicholas Pakarati kam herbeigelaufen – in seinen liturgischen Gewändern, die er wohl in der Hoffnung, mehr Eindruck zu machen, angelegt hatte.

»Wer Wind sät, wird Sturm ernten!«, rief er flehentlich. »Besiegt das Böse nicht mit dem Bösen, sondern mit dem Guten!«

In noch mehr Gesichtern breitete sich Zweifel aus. Einige traten zurück und senkten ihre Waffen, doch bevor weitere ihrem Vorbild folgten, rief Tane laut: »Erwartet euch doch nichts von einem Kirchenmann! Die Pfaffen haben unsereins so oft im Stich gelassen. Sie predigen, dass wir uns in Geduld üben und Gott vertrauen sollen, aber sie selbst haben ihren Besitz auf der Insel an die Schaffarmer verkauft ... und unsere Seelen haben sie gleich mit verscherbelt. Im Grunde glauben sie nicht einmal, dass wir welche haben. Und ihr irrt, wenn ihr denkt, Pakarati sei einer von uns. Er hat sich den Weißen doch mit Haut und Haaren unterworfen und das Recht verwirkt, sich Rapanui zu nennen!«

Aaron sah ehrliche Betroffenheit in Pakaratis Gesicht – und noch etwas anderes: Resignation. Anstatt erneut auf die Männer einzureden und Tane zu widersprechen, schlug er das Zeichen des Kreuzes und begann, voller Inbrunst zu beten. Trotz des Respekts vor diesem Mann hätte Aaron ihn am liebsten geschüttelt und angeschrien: »Warum setzt du auf Gott? Hast du noch nicht gemerkt, dass diese Insel von Gott verlassen wurde? Er selbst wird nicht eingreifen!«

Aber dann dachte er an die Worte seines Vaters, dass Gott durch rechtgläubige Menschen handelt ... vielleicht Menschen wie ihn.

»Tu es nicht!«, rief er wieder. »Weißt du nicht, dass genau das Archibalds Plan war? Du handelst so, wie er es will. Ich weiß, dass Barnabas Wilkinson nicht von dir angeschossen wurde. Ich bin mir sicher, dass Archibald selbst es war oder Ezequiel in seinem Auftrag. Doch er hat dir die Schuld in die Schuhe geschoben. Wenn ihr jetzt angreift, dann bestätigt ihr nur seine Worte.«

Tanes Gesicht war ausdruckslos, doch die Tür des Hauses öffnete sich einen Spalt.

»Rufus!«, rief Theresa, die an Aarons Seite verharrt war. »Leg endlich das Gewehr weg und komm heraus! Diesen Wahnsinn kannst du doch unmöglich mitmachen!«
Nach einem kurzen Schweigen wurde die Tür noch weiter geöffnet. Zwei Rapanui legten sofort ihre Gewehre an, und Aaron konnte nichts anderes tun, als sich vor einen der beiden zu stellen, während Theresa vor dem anderen abwehrend die Hände hob. Immerhin, Tane erteilte keinen Schießbefehl, und als Rufus nach draußen trat, drehte er seine Hände, um zu zeigen, dass er unbewaffnet war.
Er eilte zu Theresa und zog sie an sich.
»Bist du verrückt geworden?«, rief er. »Was hast du hier verloren?«
»Bist *du* verrückt geworden?«, gab sie zurück.
Vorwurfsvoll wandte sich Rufus an Aaron. »Wie konntest du zulassen, dass sie hier ist.«
»Und wie konntest du Archibald Glauben schenken?«
»Hier geht es nicht nur um Archibald, sondern um unser aller Sicherheit. Ach Theresa, wenn du nicht …« Er zog sie kurz an sich. »Du … du musst fort von hier. Die anderen werden nicht aufgeben, nicht, wenn die Rapanui nicht sofort ihre Waffen niederlegen und sich zurückziehen. Sie haben viel zu große Angst.«
»Dann bring zumindest Theresa von hier fort.«
Theresa schüttelte energisch den Kopf, doch Rufus achtete nicht auf sie, sondern zog sie mit sich. Als sie sich zu wehren versuchte, packte er sie einfach, warf sie über seine Schulter und trug sie trotz ihres lautstarken Protests wie einen Sack Mehl davon.
Aarons Erleichterung währte nicht lange. Als er sich Tane zuwandte, sah er, dass der das Gewehr auf sein Gesicht rich-

tete. »Wenn du nicht endlich zur Seite trittst und dich aus alldem raushältst, erschieße ich dich, Pastor. Diesmal wirst du mich nicht überwältigen können. Diesmal bin ich nicht verwundet und geschwächt.«

Das Gebet von Nicholas Pakarati wurde immer flehentlicher, und kurz war Aaron geneigt, darin einzustimmen und einfach die Augen zu schließen. Allerdings ahnte er, dass es das Tane nur leichter machen würde, auf ihn zu schießen, also suchte er erneut seinen Blick und fixierte ihn.

Tu es nicht! Tu es nicht! Tu es nicht!, beschwor er ihn stumm.

Tane schoss tatsächlich nicht, aber er wich auch kein Jota zurück, und seine Miene blieb grimmig entschlossen. Augenblick um Augenblick verging, da Aaron nur das eigene Herz rasen hörte.

»Verschwinde!«, rief Tane. »Verschwinde endlich!«

Nicht ganz so laut, aber durchaus hörbar, war eine andere Stimme: »Ich sagte euch doch, sie sind wie Tiere! Schaut ihn euch an! Er will einen wehrlosen Mann erschießen!«

Archibald, natürlich Archibald.

Jetzt, guter Gott, dachte Aaron, jetzt wäre Zeit für ein Wunder. Und genau genommen bist Du mir eins schuldig, nachdem meine ganze Familie ihr Leben für Dich hingegeben hat.

Das Wunder kam in der Gestalt einer Frau.

»Untersteh dich, den Pastor zu bedrohen, Tane! Wenn jemand verschwindet, dann bist du das.«

Es war nicht nur eine Frau, sondern mehrere. Aaron kannte sie nicht alle beim Namen, aber alle ihre Gesichter. Tanes Großmutter Ika war darunter, die auch zur Sprecherin erkoren worden war, außerdem eine gewisse Angata, die mit dem *ariki* verwandt war, doch nicht nur deswegen, sondern vor allem wegen ihres stolzen Auftretens und ihrer schneidenden Stimme eine Frau mit Einfluss war. Eine Weile ließ sie Ika reden, die mit freundlicher und flehentlicher Stimme die Männer zur Friedfertigkeit veranlassen wollte, doch als dies nichts fruchtete, trat Angata selbst nach vorne und befahl streng: »Legt endlich die Waffen nieder!«

Nicht wenige der Rapanui erbleichten, hatten sie Angatas Standpauken doch von klein auf gefürchtet. Nur Tane war unbeeindruckt.

»Ich wurde des versuchten Mordes beschuldigt!«, erwiderte er zähneknirschend. »Und ich lasse mich ganz sicher nicht von der Insel verjagen – im Gegenteil! Die Zeit ist gekommen, sie endlich von den Weißen zurückzuerobern und uns für alle ihre Untaten zu rächen!«

»Deswegen wirst du trotzdem nicht als Erstes schießen.«

Tane funkelte Angata an, doch seine Miene wurde etwas unschlüssig, als seine Großmutter auf ihn zutrat. Aaron hatte Ika bereits als alte Frau kennengelernt, doch ihr Gesicht war heute noch gefurchter als damals, ihr Rücken etwas krumm und ihre Finger von der Gicht verbogen. Dennoch hatte sie das Kinn erhoben, und trotz ihres Lächelns lag etwas Befehlendes in ihrer Haltung. Auch wenn er sich kalt und entschlossen gab – Aaron konnte spüren, wie Zweifel von Tane Besitz ergriffen. So groß, die Waffe sinken zu lassen, waren sie allerdings nicht.

»Pastor Hayes hat Hina damals geholfen, ihr Kind zur Welt zu bringen«, rief Ika eindringlich. »Wer weiß, vielleicht wäre es ohne ihn gestorben wie sie. Du nämlich hast Hina im Regen liegen lassen. Sie hat dich angefleht, ihr zu helfen, doch du hast ihr nur Vorwürfe gemacht und sie beschimpft.«

Nicht nur Tanes Hand fing zu zittern an, auch sein Blick flackerte.
»Woher weißt du davon?«, schrie er. »Es ... es hat uns doch niemand gesehen.«
»Was denkst du denn? Dir ist doch wichtig, die alten Traditionen am Leben zu halten. Also sollte es dich nicht erstaunen, dass die Toten manchmal zu uns Lebenden sprechen – meistens im Traum, aber wenn man ganz genau hinhört, auch am Tag. Hina hatte nie eine laute Stimme, das weißt du. Aber erinnere dich, wie eindringlich sie jemanden beschwören konnte, wenn sie etwas von ihm wollte. Jetzt ... jetzt will sie Frieden. Frieden für ihr Volk, Frieden für ihr Kind, Frieden für den Mann, den sie liebte.«
Aarons Blick ging aufmerksam zwischen Tane und seiner Großmutter hin und her. »Hina ...«, sagte er leise, »Hina wäre todunglücklich, wenn sie wüsste, was passiert. Ich bitte dich, Tane! Lass sie kein zweites Mal im Stich. Mach wieder gut, was du ihr angetan hast, als du sie im Regen hast liegen lassen!«
Tanes Blick wirkte nicht länger tot, seine Augen schienen regelrecht zu brennen. Wieder war da so viel Hass, aber er richtete sich nicht mehr nur auf die Weißen, sondern auch auf sich selbst. Aaron fühlte, wie sein fester Wille wankte, umso mehr, als seine Großmutter die Hand auf seine Schulter legte, die Waffe missachtete, sondern Tane nur fordernd ins Gesicht starrte.
»Ich habe genug gelitten, als Roro starb«, sagte Ika mit rauer Stimme. »Ich will nicht auch noch dich verlieren.«
»Roros Tod ist immer noch ungesühnt!«, schrie Tane.
»Aber man kann nicht jeden Tod rächen«, sagte Aaron. »Der Tod eines Menschen bleibt manchmal sinnlos und traurig,

egal, was man tut. Das gilt auch für Hinas Ende. Tane, begreif doch! Wir ehren die Toten nicht, indem wir Blut vergießen, sondern indem wir in ihrem Sinne handeln. Was hätte Roro sich in diesem Augenblick gewünscht? Dass du seinen Mörder tötest? Oder dass du tust, was Hina, seine Schwester, sich gewünscht hat? Sie hat ein kleines Mädchen geboren, Catalina. Willst du, dass sie ihre ersten Schritte auf blutdurchtränkter Erde macht? Soll sie sich zwischen dem Volk ihrer Mutter und dem ihres Vaters entscheiden müssen?«

Tane versteifte sich. Flüchtig blickte sich Aaron um und stellte fest, dass fast alle Männer ihre Waffen hatten sinken, manche sogar fallen gelassen hatten. Etliche waren zurückgetreten, andere sahen noch erwartungsvoll zu Tane und erwarteten ein Zeichen von ihm.

»Und Nani«, sagte Ika, »denk an Nani! Sie ist seinerzeit verstummt vor Schrecken. Denkst du, dass sie wieder zu reden, geschweige denn zu singen beginnt, wenn Leichen die Insel pflastern? Denkst du, sie erblüht zu einer Frau, wie Hina es war, wenn du ihre Heimat in einen Friedhof verwandelst? Wenn Hina im Traum zu mir spricht, dann redet sie nicht nur von ihrer Tochter, sondern auch von ihrer kleinen Schwester. Sie ist übrigens nicht die Einzige, die mich dann und wann im Schlaf besucht. Auch deine Eltern ... Sie mögen in der Fremde gestorben sein, aber sie haben heimgefunden. Sie wollen, dass du *für* etwas kämpfst, nicht *gegen* jemanden – und schon gar nicht gegen einen Mann Gottes.«

Mit jedem Wort stand Tane die Seelenpein deutlicher ins Gesicht geschrieben. Ungeachtet seiner Waffe folgte Aaron dem Beispiel seiner Großmutter, trat ebenfalls zu ihm, nahm seinen Arm.

»Um Hinas willen, um Roros willen, um Nanis willen ...«

Unwirsch riss Tane sich los, und kurz befürchtete Aaron, er würde ihn schlagen, vielleicht doch noch auf ihn schießen, aber wegen seiner hektischen Bewegung entglitt ihm die Waffe. Kaum lag sie auf dem Boden, starrte er darauf, als wäre es ihm undenkbar, dass er sie je gehalten hatte. Etwas in ihm, das fühlte Aaron ganz deutlich, wollte sie wieder hochnehmen und damit töten. Doch ein anderer Teil wurde von einem unsichtbaren Bannkreis davon abgehalten. Er rang mit sich, schien sich mit jedem Augenblick mehr dafür zu schämen, dass er nicht wusste, was er nun tun sollte, und floh schließlich überfordert.

Eine Weile war nichts anderes zu hören als seine Schritte, dann brandete Getuschel auf, schwoll an – und wurde von einer näselnden Stimme doch übertönt.

»Mein Gott, muss ich denn alles allein machen?«

Archibald trat aus dem Haus, nicht länger unbewaffnet, sondern mit einem Gewehr in der Hand, und anders als bei Tane würde man in ihm keine Zweifel säen können, ob er es benutzen sollte. Sofort erwachte bei den Rapanui wieder Kampflust, und die Frauen schrien entsetzt auf.

Aaron sah sich verzweifelt um. Er selbst stand zu weit von Archibald entfernt, um ihm die Waffe entreißen zu können. Würde er auf ihn zugehen, würde Archibald auf ihn schießen. Rufus hätte ihn vielleicht entwaffnen können, aber der hatte eben Theresa in Sicherheit gebracht. Und auf die anderen Männer im Haus konnte er nicht setzen. Bis jetzt hatten sie zwar gezögert, das Feuer zu eröffnen, aber sie betrachteten Archibald als einen der Ihren und würden sich ihm nicht in den Weg stellen.

Archibald tat erst einmal gar nichts, blickte sich lächelnd um, ließ dann das Gewehr kreisen, als wäre er einen Augenblick lang nicht sicher, wen er zuerst erschießen wollte. Kurz richtete er die Waffe auf Angata, dann auf Ika, schließlich auf Pakarati.

»Haben Sie den Verstand verloren?«, schrie Aaron.

Archibald zuckte nicht im Geringsten zusammen, knurrte nur: »Priester oder nicht – er ist doch auch ein verdammter Rapanui.«

Aaron stand wie erstarrt, glaubte schon zu hören, wie Schüsse die angespannte Stille zerrissen. Fast hoffte er, einer der Rapanui würde ihm zuvorkommen oder Pakarati würde anstelle von Tane den Schießbefehl erteilen, anstatt einfach nur zu beten.

Doch was schließlich erklang, waren weder Worte noch Schüsse, sondern ein dumpfes Poltern. Erst als es verklungen war, gewahrte Aaron, dass er unwillkürlich die Augen geschlossen und darum nicht gesehen hatte, wer sich heimlich angeschlichen hatte.

Archibald war es ebenso ergangen. So sehr hatte er diesen Moment genossen, dass er blind für das war, was sich hinter seinem Rücken abspielte. Als fremde Hände ihn packten, entglitt ihm die Waffe, und er selbst wurde auf den Boden gestoßen. Der Angreifer war zu schwach, um ihn lange zu bändigen, aber dann war schon Aaron an seiner Seite, gefolgt von einigen Rapanui, die Archibalds Gesicht in das Gras drückten und seine Arme auf den Rücken zerrten.

»Fesselt ihn!«, schrie Aaron.

Archibald wusste wohl, dass es sinnlos war, sich gegen die Übermacht zu wehren. Sein Blick war auf den Mann gerichtet, der ihn überwältigt hatte – und dessen Erscheinen die anderen Weißen vom Kampf abhielt.

»Damit rettest du dein Weib auch nicht«, zischte Archibald.

Barnabas erbleichte, sämtliche Kraft schien aus seinem Körper zu weichen. Aaron war erstaunt, dass er überhaupt genug hatte, um hierherzukommen und rettend einzugreifen.
»Es waren tatsächlich … *Sie!*«, presste Barnabas hervor. »Sie haben auf mich schießen lassen. Sie haben meine Frau entführt.«
Archibald grinste nur, und auch Barnabas brachte kein Wort mehr hervor. Wieder ertönte ein dumpfes Poltern, als auch er auf den Boden sackte.
Aaron stürzte zu ihm. »Warum?«, fragte er. »Warum haben Sie das getan? Waren Sie nicht eben noch selbst davon überzeugt, dass Tane auf Sie geschossen hat?«
Barnabas' Lippen bebten. »Mir wurde immer gesagt, dass uns die Rapanui nichts angingen … dass sie im Zweifel unsere Feinde wäre, aber *sie* … sie hat das immer anders gesehen. Sie hätte nicht gewollt, dass sich die Menschen gegenseitig erschießen. Ich … ich tat es nicht wegen der Rapanui. Ich tat es um Katharinas willen.«

Rufus half Aaron, Barnabas nach Hause zurückzubringen. Hoffte Aaron zunächst noch, dass ein wenig Schlaf genügte, die Überanstrengung wettzumachen, machte er sich bei jedem Schritt mehr Sorgen, ob sie es überhaupt bis zum Haus schafften. Als sie es endlich erreichten, konnte sich Barnabas nicht mehr auf den Beinen halten, und anstatt ihn nur zu stützen, mussten sie ihn hineintragen. Als sie ihn aufs Bett legten, glaubte Aaron, er wäre ohnmächtig geworden, doch er kämpfte sich noch einmal hoch und warf Aaron einen flehentlichen Blick zu.
»Katharina …«, er schluckte schwer, »Archibald weiß sicher, wo Katharina ist.«

»Das glaube ich auch«, sagte Aaron, »und ich werde es schon aus ihm herauskriegen. Sie aber müssen sich jetzt schonen.«

Barnabas schloss kurz die Augen, öffnete sie wieder.

»Retten … Sie … sie.«

Sie starrten sich lange an, geeint in ihrem Hass auf Archibald und ihrer Zuneigung zu der gleichen Frau.

Als Aaron wieder nach draußen trat, stürmte Pakarati auf ihn zu und berichtete, dass Tane verschwunden geblieben war und selbst die treuesten Anhänger nicht wussten, wo er sich versteckt hatte. Die anderen Rapanui hatten sich ebenfalls zurückgezogen, und Pedro Toro schlief seinen Rausch aus. Die eigentlich überraschende Nachricht war, dass eben ein neues Schiff angelegt hatte. Auch unter den gestrandeten Siedlern sprach sich diese rasch herum, und sie verschanzten sich nicht länger in Archibalds Haus, sondern traten ins Freie.

»Jetzt kommen wir früher als erwartet von dieser verdammten Insel fort«, hörte Aaron einen sagen.

Wahrscheinlich dachte Pedro Toro ähnlich, wenn er wieder bei Sinnen war. Dieser letzte Versuch, Rapa Nui zu besiedeln, war gescheitert: Nach dem Schiffbruch würde wohl keiner der Männer bereit sein, der Insel eine zweite Chance zu geben. Ein jeder wollte sie nur so schnell wie möglich verlassen, was für den zermürbten Pedro der endgültige Beweis war, dass auch er hier nichts mehr verloren hatte.

Bis es Abend wurde, sprachen sich noch mehr Neuigkeiten vom Schiff herum. Rufus berichtete Aaron, dass es eine chilenische Korvette war, die Abtao hieß und unter dem Kommando eines gewissen Comandante Castillo stand, der eine

Ausbildungsreise im Pazifik unternommen hatte. Policarpo Toro war mit an Bord und hatte den Kapitän zu einem Zwischenstopp auf der Osterinsel überredet, hoffte er doch, dass Castillo sich davon beeindruckt zeigen und später in Chile einen positiven Bericht abliefern würde. Doch Policarpos Enthusiasmus erhielt einen schlimmen Dämpfer, als er vom Untergang der Clorinda und den Angriffen der Rapanui erfuhr. Auch wenn Aaron nicht mit ihm persönlich sprach, war er sich sicher, dass Policarpo nicht länger sein Scheitern leugnete. Ohne die Clorinda würde man viel weniger Schafwolle nach Tahiti liefern und die Pacht somit nicht mehr bezahlen können.
Er hätte gerne mit Comandante Castillo geredet, wagte aber nicht, das Haus der Smythes zu verlassen, wo sie Archibald an einen Stuhl gefesselt hatten und ihn nun seit Stunden nach Katharinas Aufenthaltsort befragten. Nach Laurentine hatten sie im ganzen Haus vergeblich gesucht und nur ein paar Blutstropfen entdeckt, die Aaron das Schlimmste befürchten ließen.
Rufus, der ihm geholfen hatte, Archibald zu fesseln, meinte, dass er sie schon seit Tagen nicht mehr gesehen hatte und dass bereits jede Spur von ihr gefehlt hätte, als sie sich im Haus verschanzten.
»Vielleicht finde ich später heraus, was mit ihr passiert ist, jetzt will ich erst mal wissen, wo Katharina ist«, erklärte Aaron.
Doch Archibald schwieg beharrlich, starrte sie eine Weile lauernd an und schloss dann die Augen, als würde er schlafen. Aaron war sich sicher, dass das nur gespielt war, nahm einen Becher Wasser und schüttete es ihm ins Gesicht. Archibald schnappte erst prustend nach Atem und brach dann

in schallendes Gelächter aus – nicht gerade der Laut, den Aaron erwartet hatte, nachdem doch Archibalds sämtliche Pläne gescheitert waren.

»Ihr seid solche Dummköpfe!«, rief Archibald, nachdem sein Gelächter verstummte. »Die Rapanui werden euch alle töten! Ich hätte euch einen Gefallen getan, wenn ich sie ausgerottet hätte.«

»Von wegen! Uns hätten Sie doch auch erschossen, damit die Insel Ihnen allein gehört, und hinterher den Rapanui die Schuld gegeben. Aber Sie sind gescheitert!«

»Und was nützt Ihnen das? Die Insel ist so winzig – und dennoch haben Sie keine Ahnung, wo Katharina steckt.«

»Wohin haben Sie sie gebracht?«, brüllte Aaron ihn an.

Die Hände waren an den Stuhl gefesselt, aber Archibalds Beine waren frei beweglich, und jetzt überkreuzte er sie, als würde er ganz gemütlich beim Tee sitzen.

»Ich frage mich, warum ausgerechnet Sie das wissen wollen. Ich meine ... Sie sind nicht Ihr Mann, Ihr Leben gehört doch Gott. Kann es sein, dass Sie im Geheimen unkeusche Gedanken hegen? Ts, ts, ts! Sie enttäuschen mich, Pastor. Von jemandem wie Ihnen hätte ich das nicht erwartet. Ich dachte immer ...«

»Halten Sie Ihr dreckiges Maul!«

»Nicht auch noch unflätig werden, ich bitte Sie! Wir wollen unsere guten Manieren doch nicht vollends vergessen!« Archibalds Lachen klang wie das Keckern eines Vogels. »Es ist ja nicht so, dass ich Sie nicht verstehe. Katharina ist ein Prachtweib, nicht wahr? So feste Brüste, so zupackende Hände, so eine stolze Miene. Könnte es sein, dass Sie von der verbotenen Frucht gekostet haben? Oh, Sie müssen mir alles darüber erzählen, Sie müssen ...«

»Schluss jetzt!« Aaron ballte seine Hand zur Faust und hielt sie vor Archibalds Gesicht.
Der wurde schlagartig wieder ernst, wenngleich in seiner Stimme auch weiterhin ein belustigter Tonfall mitschwang.
»Ach Pastor, nun haben Sie sich nicht so. Was immer Sie mit Katharina getrieben haben – ich verspreche, dass ich niemandem davon erzählen werde. Was ich allerdings nicht versprechen kann, ist, Ihnen ihr Versteck zu verraten. Und Sie wiederum können mich einsperren und fesseln, aber dazu, die Wahrheit aus mir herauszukriegen, nein, dazu taugen Sie nicht.« Was für eine merkwürdige Wortwahl! »Denn dafür«, fügte Archibald boshaft hinzu, »sind Sie ein zu guter Mensch.«
»Was meinen Sie damit?«
»Wissen Sie, mein Vater war kein guter Mann. Er hat Menschen gern gequält und geschlagen. Mir wiederum hat er beigebracht, Beherrschung zu zeigen und Schmerzen zu ertragen. Glauben Sie mir, ich halte mehr aus, als Sie mir Ihrerseits zuzufügen imstande sind.«
»Da täuschen Sie sich aber!« Aaron hatte tatsächlich keine Skrupel, notfalls die Wahrheit aus Archibald herauszuprügeln. Er schlug ihm ins Gesicht, doch Archibald entwich kein Schrei, nur ein müdes Seufzen.
»Sie stellen es völlig falsch an. Wenn ich ohnmächtig werde, kann ich erst recht nichts sagen.« Seine Stimme troff vor Mitleid.
»Sie sind ja wahnsinnig.«
»Mag sein. Und Sie sind ein Mensch mit Gewissen. Vielleicht können Sie sich kurz in Raserei versetzen, vielleicht sogar mich blutig schlagen – aber mich langsam quälen, das würden Sie sich nie gestatten.«

»Nun, und wenn ich es andere für mich machen lasse? Wie wär's mit Tane?«
»Der hat zwar keine Skrupel, aber auch keine Geduld.«
»Ich hingegen habe Geduld – nicht um Sie zu foltern, aber um auf Ezequiel zu warten. Er ist Ihr Verbündeter. Ich bin sicher, er bewacht Katharina, und irgendwann wird er sich aus dem Versteck hervorwagen. Dann werde ich mich an seine Fersen heften.«
»Womit Sie recht haben, ist, dass Ezequiel dumm genug wäre, das nicht zu bemerken. Aber ich muss Sie enttäuschen: Er hat von mir den Befehl erhalten, im Versteck zu warten, was immer auch passiert, und er ist ein zu schlichtes Gemüt, um mir den Gehorsam zu verweigern. Nein, nein, solange Sie mich gefangen halten, haben Sie keine Möglichkeit, zu Katharina zu gelangen, und wenn Sie warten wollten, bis Ezequiel doch die Geduld verliert – nun, wer weiß, in welchem Zustand Katharina ist. Womöglich wurde sie angeschossen wie Barnabas. Oder sie ist schwer krank.«
»Sie sind ein Teufel!«
»Jetzt seien Sie doch ein wenig großzügig, Pastor. Barnabas Wilkinson hat meine Pläne vereitelt, da könnten Sie mir wenigstens ein bisschen Spaß gönnen.«

»Noch einmal!«, jauchzte Jack. »Noch einmal!«
Obwohl Theresa schweißgebadet war, warf sie ihn erneut in die Luft. Der Kleine kreischte vor Vergnügen.
»Jetzt ist aber genug«, sagte sie nach einer Weile. »Lass uns hineingehen, und dort trinkst du deine Milch.«
»Ich will aber keine Milch.«
»Meinst du etwa, dass wir sie lieber Toni geben sollen?«

Jack schüttelte grinsend den Kopf. »Mummy sagt, dass Toni übel wird, wenn er zu viel Milch trinkt.«
»Na also …«
Jack wurde schlagartig ernst. »Ist Mummy denn wieder zurück?«
Theresa gab es einmal mehr einen schmerzhaften Stich in der Brust. Immer wieder schaffte sie es, Jack über Stunden abzulenken, aber jedes Mal, wenn sie am Abend das Haus betraten, erwachte neue Hoffnung in ihm, dass seine Mutter heimgekommen war. Es tat ihr unendlich weh, ihn jedes Mal aufs Neue enttäuschen und den Kopf schütteln zu müssen.
»Ich habe dir doch erzählt, dass sie eine lange Reise macht. Aber glaub mir, bald wird sie nach Hause kommen, das verspreche ich dir.«
Jacks Mundwinkel zuckten verräterisch, aber er fing nicht zu weinen an, sondern lief auf seinen Vater zu. Barnabas' Zustand war schlecht, er schien unter schlimmen Schmerzen zu leiden und fieberte immer wieder. Trotzdem hatte er darauf bestanden, dass Romy mit Jack nach Hause zurückkehrte, anstatt weiterhin bei den Greys zu wohnen. Theresa verstand, warum er sich nach der Gesellschaft des Jungen gesehnt hatte. Sie selbst war jedes Mal froh, in Jacks Gegenwart ihre Sorgen kurz zu vergessen. Doch wenn sie sich von ihm verabschiedete, wurde ihr das Herz schwer. Mit jedem Tag, der verging, schwand ihre Hoffnung, dass Katharina noch lebte. Und mit jedem Tag wuchs ihre Verzweiflung, dass sie sich nie mit ihr würde aussprechen können. Am Tag der Hochzeit hatte sie sie so sehr gehasst, hatte sich von ihr betrogen und verraten gefühlt, doch wenn sie Jack nun vormachte, dass alles in Ordnung war, wuchs das Verständnis für sie. Katharina hatte versucht, für ihre Familie da zu sein, obwohl

ihr Herz für einen anderen schlug, und ja, natürlich hatte sie ihren Ehemann ebenso hintergangen wie ihre Schwester, aber nicht zu ihrem Vergnügen, und auch nicht, um Schadenfreude daraus zu ziehen. Nein, die Lügen mussten für sie selbst am bittersten geschmeckt haben.

Als Theresa das Haus verließ, trat Romy lautlos zu ihr. Obwohl sie bald zwölf wurde, war ihr Körper noch zart wie der eines kleines Mädchens. Ihr Blick hingegen schien der einer alten Frau zu sein.

»Was du Jack immer wieder sagst … dass Mummy zurückkehren wird … Glaubst du selbst daran?«

Ihre Stimme zitterte.

Theresa rang sich ein gequältes Lächeln ab. »Archibald will uns nicht sagen, wo sie ist, aber Aaron sucht jeden Tag nach ihr … Er … er wird sie finden.«

»Pastor Hayes hat auch gesagt, dass die Kugel immer noch in Vaters Körper steckt. Sie kann herumwandern, ihn töten, langsam vergiften …«

Theresa zog Romy an sich. Ihre Haare, dünn wie Spinnweben, kitzelten sie am Kinn. »Ich weiß, dass du dir schreckliche Sorgen machst, aber wir können nichts tun außer zu warten und weiter zu hoffen und …«

»Als Mutter gestorben ist«, fiel Romy ihr ins Wort, »ging es so schnell. Sie hat Fieber bekommen, ist eingeschlafen, und am nächsten Tag ist sie nicht mehr aufgewacht. Ich habe immer gedacht, dass Katharina das nicht passieren kann, dass sie … dass sie niemals sterben wird. Sie ist doch so viel stärker als Mutter.«

»Und deswegen wird alles gut. Geh hinein zu deinem Vater und zu Jack.«

Theresa blieb eine Weile draußen sitzen und hörte dann und

wann, wie Jack erneut vor Vergnügen kreischte. Obwohl es ihm gewiss Schmerzen bereitete, versuchte Barnabas offenbar, seinen Sohn zum Lachen zu bringen. Sie hatte nie erlebt, dass er mit ihm gespielt hatte, solange Katharina da und er noch nicht angeschossen worden war. Er schien ein anderer zu sein, was sich auch an seinem Verhalten gegenüber Tim zeigte: Der Junge hatte bis jetzt ununterbrochen gearbeitet, um Kummer und Sorge zu betäuben, doch gestern Abend hatte ihm Barnabas streng befohlen, sich endlich einmal Ruhe zu gönnen, die Arbeit sei doch nicht alles. Tim war auf den Stuhl gesunken, hatte geweint und sich danach für seine Tränen geschämt, doch Barnabas hatte gesagt, dass das nichts sei, was ihm peinlich sein müsse.

Warum macht uns das Unglück zu besseren Menschen?, dachte Theresa. Warum nicht das Glück? Warum bin ich jetzt für die Kinder da und arbeite wie verrückt, warum nicht in der Zeit, als Katharina Entlastung dringend gebraucht hätte? Und warum zeigt Barnabas viel zu spät, was für ein guter Vater und Ehemann in ihm steckt und er weit mehr ist als ein tumber Schafhirte, obwohl Katharina es doch nicht miterleben kann?

Sie dachte an ihre Großmutter – Christine Steiner – und deren Worte, dass die Not den Menschen stählt. Und sie dachte auch an die andere Großmutter – Barbara Glöckner –, die von der Not nichts wissen wollte, lieber gesungen, gelacht und ihren Schwiegersohn geliebt hatte. Wenig hatten die Frauen gemein und beide nie verstanden, was die jeweils andere antrieb, aber jetzt dachte Theresa, dass die eine nicht einfach gut und die andere nicht einfach böse war, sondern sie von beiden lernen und ihre Stärken vereinen musste: sich zu stählen, ohne zu verhärten.

Zu singen und zu lachen, aber nicht blind für die anderen zu werden.

Wenn ich sie wiedersehe, schwor sie sich, wenn sie heil zurückkommt, dann werde ich ihr nie wieder die Schuld an meinem Unglück geben. Für mein Leben und mein Glück bin künftig ich verantwortlich, niemand sonst.

Sie hörte ein helles Glucksen und dachte kurz, dass es von Jack kam, aber dann sah sie, dass Rufus mit Catalina auf dem Arm näher trat.

»Die Kleine hatte Sehnsucht nach dir.«

Theresa musste trotz der trüben Stimmung lächeln. Dass Rufus sie gewaltsam von Archibalds Haus fortgetragen hatte, hatte sie ihm zunächst sehr übel genommen und mit eisigem Schweigen bestraft. Doch wenn sie in diesen letzten Wochen eines gelernt hatte, so, dass es besser war, Stolz und Trotz nie Oberhand gewinnen zu lassen, und darum hatte sie ihm schließlich verziehen. »Das kann ich mir nicht vorstellen, wenn sie doch so viele Tanten hat, die sich liebend gern um sie kümmern.«

»Ach was! Die eine Tante ist in diesen Luis verliebt, die anderen sind auf sie eifersüchtig. So oder so reden sie alle miteinander zu viel.«

»Dann setz dich zu mir, und wir wollen gemeinsam schweigen.«

Rufus tat wie geheißen, und sie starrten zum Himmel. Je dunkler er wurde, desto heller leuchteten die Sterne. Sie schienen so nahe zu sein, dass man glaubte, nur die Hand ausstrecken zu müssen, um sie zu ergreifen und vom Himmelszelt zu pflücken.

»Manchmal, wenn ich zu den Sternen schaue«, sagte Rufus leise, »fühle ich mich … *ihr* ganz nahe.«

»Sie lebt in Catalina weiter.«
Catalina wurde immer schläfriger, umso mehr, als Rufus zu summen begann.
Diesmal war es Theresa, die nach einer Weile das Schweigen brach. »Ich war so wütend auf Katharina, aber jetzt wünsche ich mir einfach nur, dass sie lebt, dass es ihr gut geht …«
»Wo immer sie ist – sie weiß, dass du ihr vergeben hast.«
Theresa war sich dessen nicht sicher, aber es tat dennoch gut, gemeinsam mit ihm hier zu sitzen. Noch besser fühlte es sich an, als er näher rückte, seinen Arm um sie legte und sie an sich zog.

26. Kapitel

Comandante Castillo war ein nüchterner Mann. Hatte Aaron zunächst befürchtet, dass wegen seines Eingreifens der Konflikt neu eskalieren würde, war zu seiner Erleichterung das Gegenteil der Fall. Während Policarpo und Pedro Toro sich nicht länger für die Insel zuständig fühlten, sondern sich entweder auf dem Schiff oder in Salmons ehemaligem Haus verkrochen, sah sich Castillo dazu veranlasst, Frieden zu stiften, und anstatt von Vaihu oder Mataveri aus einfach Entscheidungen über die Köpfe der Menschen hinweg zu treffen, kam er jeden Tag in Begleitung von Nicholas Pakarati nach Hanga Roa und ließ dort die Rapanui zusammenrufen. Gleich am ersten Tag nach seiner Ankunft erklärte er, dass er die Unabhängigkeitserklärung der Rapanui nicht akzeptieren würde. Die Insel gehöre nun mal zu Chile, ob es den Rapanui gefiele oder nicht. Er sprach so entschlossen, dass sich kein Widerspruch regte, sondern ihm nur Schweigen antwortete. Trotz des harschen Auftakts bewies er mit seinen weiteren Worten mehr Sensibilität. Natürlich, erklärte er, verstehe er auch ihre Anliegen, vor allem, dass sie sich einen Vertreter wünschten, der sich für ihre Belange einsetzte. Nach dem Tod des letzten Königs müsse ein neuer gewählt werden, am besten man schritte so schnell wie möglich zur Tat.

Am Abend stand fest, dass ein gewisser Riro der neue *ariki* sein würde. Es war ein junger, kräftiger, ungemein schöner Mann, und Castillo meinte später zu Aaron, dass nicht zuletzt die Frauen für seine Wahl gesorgt hatten. Aaron stimmte ihm zu, wenngleich er nicht Riros gutes Aussehen für ausschlaggebend hielt, sondern seine Verwandtschaft zu Angata – der Rapanui, die Ika geholfen hatte, den Gewaltausbruch zu verhindern, und die sich jetzt ganz offen für Riro ausgesprochen hatte.

Dass er zum *ariki* gewählt wurde, genügte ihr jedoch nicht, sondern sie erklärte, dass ein König nicht unverheiratet sein dürfe. Da Riro ohnehin schon lange seine künftige Braut erwählt hatte – eine gewisse Veronica, die 1888 mit Nicholas Pakarati von Tahiti auf die Insel zurückgekehrt war und dessen festen Glauben teilte –, bestehe kein Grund, noch länger mit einer Eheschließung zu warten.

Obwohl eine Heirat nichts war, wozu man Riro erst mühsam überreden oder gar zwingen musste, war Aaron fest überzeugt, dass er fortan unter Angatas Fuchtel stehen würde – etwas, woran er nichts Nachteiliges finden konnte, war Angata doch eine ebenso energische wie vernünftige Frau. Sie war auch zugegen, als sich Castillo in den nächsten Tagen erneut an die Rapanui wandte. Die Überfälle der letzten Wochen, so erklärte er, würden keine Konsequenzen haben, doch wenn sich solche Gewaltausbrüche wiederholten, hätten die Täter schlimme Strafen zu befürchten.

Angata nickte und schien mit diesem Urteil zufrieden zu sein, während sich Aaron insgeheim fragte, wer denn künftig diese Bestrafungen durchführen würde. Er suchte Pedro Toro auf, der sich – genauso wenig wie sein Bruder – nie in Hanga Roa hatte blicken lassen, und fand ihn zwar nüchtern, aber müde und resigniert vor.

»Ich werde die Insel gemeinsam mit meinem Bruder verlassen, wenn die Abtao ablegt.«

Aaron sah ihn nachdenklich an. »Ausgerechnet jetzt? Der Bürgerkrieg in Chile ist doch zu Ende, hier hat sich die Lage auch wieder beruhigt, vielleicht gibt es doch noch die Möglichkeit ...«

»Ich habe genug davon!«, unterbrach Pedro ihn grimmig. »All die Jahre habe ich dem Traum meines Bruders geopfert. Doch dass die Clorinda Schiffbruch erlitten hat, war für ihn ein Zeichen, dass wir gescheitert sind. Warum sollen wir uns weiterhin verzweifelt bemühen, das Geld für die Pacht zusammenzubekommen? Das ist jetzt die Aufgabe der chilenischen Regierung. Und wenn sich diese nicht für die Insel interessiert ... nun, damit habe ich nichts zu tun.«

Aaron verstand ihn nur zu gut, doch obwohl Pedro nie einer gewesen war, der die Rapanui sonderlich respektierte, fragte er sich, was ohne einen Mann, der über die Schafherden wachte, mit der Insel passieren würde.

Pedro Toro schien seine Gedanken zu erahnen, zuckte aber nur die Schultern. »Die meisten Siedler, die mit der Clorinda gekommen sind, haben schon jetzt genug von dem Abenteuer. Aber ein paar wenige werden bleiben – die können sich vorerst um alles kümmern.«

»Und was ist mit Archibald Smythe? Seine Frau ist spurlos verschwunden, vielleicht hat er sie ermordet.«

»Er ist ein Angestellter von Salmon und Brander und nicht einmal ein Chilene. Er interessiert mich nicht.«

»Aber er hat Katharina Wilkinson in seine Gewalt gebracht!«

»Dafür gibt es keine Beweise«, erklärte Pedro stur. »Sie könnte auch in einem Kratersee ertrunken sein.«

»In jedem Fall ist er verantwortlich, dass Barnabas angeschossen wurde.«

»Auch das ist nur eine Vermutung. Und Wilkinson ist eben-

so kein Chilene. Sollen sich Brander und Salmon dieser Sache annehmen, wenn sie es denn im fernen Tahiti für notwendig erachten. Ich bin es leid, ihre Arbeit zu machen.«
Aaron schüttelte den Kopf. »Archibald wird weiterhin für Unfrieden sorgen.«
»Dann sperren Sie ihn meinetwegen ein, so lange Sie wollen. Ich habe bestimmt nichts dagegen. Es ist nicht mehr meine Angelegenheit.«
Castillo zeigte etwas mehr Verantwortungsbewusstsein, war er doch immerhin bereit, einen Verwalter der Schaffarm zu bestimmen – nämlich Charles Higgins, den Kapitän der Clorinda, der ohnehin nicht wusste, was er tun sollte, nachdem er sein Schiff verloren hatte. Aaron zweifelte, dass sonderlich viel Gutes von ihm zu erwarten war, wirkte er doch erschöpft und mutlos. Der Verlust seines Schiffs schien seinen Willen gebrochen zu haben, und sobald feststand, dass er vorerst auf der Insel bleiben würde, zog er sich nach Vaihu zurück. Vergeblich versuchte Aaron, ihn dazu zu bewegen, ihn bei der Suche nach Katharina zu unterstützen. Higgins hörte ihm zwar in Ruhe zu, als er sein Anliegen vorbrachte, beschied ihm dann aber kühl, dass es anstrengend genug sei, für die Schafe Sorge zu tragen, zumal von Barnabas Wilkinson keine Hilfe zu erwarten war – mit allem anderen solle er ihn in Ruhe lassen.
Aaron war verärgert, wusste jedoch, dass es noch schlimmer hätte kommen können: Charles Higgins war lediglich gleichgültig – zumindest aber nicht bösartig.
Es war Ende September, als – etwa zwei Wochen nach ihrer Ankunft – die Abtao die Insel wieder verließ. Comandante Castillo bemühte sich bis zum Schluss, Aaron dazu zu bewegen, mitzukommen, doch er verneinte stets entschlossen.

Eine andere hingegen musste nicht erst mühsam dazu überredet werden, der Insel den Rücken zuzukehren.
Lydia Grey hatte sich Hals über Kopf in den Chilenen Luis verliebt, und da es diesen wieder in die Heimat zog, entschied sie überstürzt, mit ihm zu gehen. Die Schwestern, die die Liebelei bis jetzt mit Spott und Neid aufgenommen hatten, waren fassungslos angesichts so viel Muts. Noch am Tag der Abreise, als sie sich an der Bucht vor Hanga Roa versammelt hatten, hörte Aaron, wie sie wild auf Lydia einredeten: »Was, wenn er dich nicht gut behandelt? Wovon wollt ihr denn künftig leben? Werden wir uns je wiedersehen?«
Da war keine Eifersucht mehr, nur noch Betroffenheit, die trotz allem Gezanke das starke Band der drei Schwestern bewies. In Lydias Miene hingegen stand jener Trotz, wie ihn Aaron an Katharina kennengelernt hatte, als diese in Valparaíso einschiffte, und an Theresa, die der Schwester Jahre später hierher gefolgt war. Auch Lydias Blick verkündete, wovon die beiden Steiner-Schwestern überzeugt gewesen waren: Natürlich kann ich mir nicht sicher sein, ob ich tatsächlich glücklich werde, aber ich weiß, dass das für lange Zeit meine einzige Chance darauf ist!
Während Percy und Penny sie zunehmend verzweifelt zum Bleiben überreden wollten, schwieg Myra beharrlich. Sie war immer dürr gewesen, aber heute waren ihre Wangen regelrecht eingefallen, und ihre Augen glänzten feucht.
Aaron trat zu ihr. »Es fällt dir sehr schwer, sie gehen zu lassen, nicht wahr? Und doch hast du es ihr nicht verboten … Du bist sehr großmütig.«
Myra zuckte die Schultern. »Ach wo!«, rief sie mürrisch. »Ich könnte ja doch nicht ertragen, wenn ich sie die nächsten Jahre ständig klagen hörte, dass sie keinen Mann mehr ab-

kriegt. Nicht auszudenken, wenn sie mir daran die Schuld gäbe! Und so faul, wie sie war, war sie mir ohnehin nie eine große Hilfe. Ich kann gut auf sie verzichten.« Ihre zitternden Lippen straften ihre Worte Lügen.

»Habt ihr nicht überlegt, die Insel mit ihr zu verlassen?«

»Ich schon«, erklärte Myra seufzend, »aber an der Sturheit meiner Männer will ich mir nicht die Zähne ausbeißen. Rufus möchte, dass Catalina in der Heimat ihrer Mutter aufwächst, und Lucius ... pah! Der hegt immer noch die Hoffnung, hier zu großem Ruhm als Archäologe zu gelangen. Lydia kommt schon allein zurecht – sie ist schließlich eine Frau. Die Männer hingegen sind verloren, wenn sich niemand um sie kümmert.« Sie machte ein kurze Pause, ehe sie stirnrunzelnd hinzufügte: »Und außerdem kann ich doch nicht gehen, ohne zu wissen, was mit Katharina geschehen ist.«

Obwohl sie bis jetzt um Beherrschung gerungen hatte, wurde sie nun doch von Schmerz und Sorge überwältigt. Ehe Aaron sichs versah, presste sie sich an ihn und verbarg ihr Gesicht an seiner Brust, damit niemand ihre Tränen bemerkte. So unvermittelt sie jedoch seine körperliche Nähe gesucht hatte, so schnell löste sie sich wieder von ihm und wischte sich verstohlen das Gesicht ab.

»Nun steig schon ins Beiboot«, herrschte sie Lydia an, »jetzt ist es zu spät, es dir anders zu überlegen. Wenn Catalina etwas größer ist, brauchen wir schließlich dein Bett.«

Lydia lächelte traurig. Trotz der rüden Worte ihrer Mutter schien ihr das Gleiche durch den Kopf zu gehen wie Aaron: Myra Grey hatte ein großes Herz, auch wenn sie alles daransetzte, es niemanden wissen zu lassen.

Katharina war sich nicht sicher, ob sie bislang nur Stunden in ihrem Gefängnis verbracht hatte, mehrere Tage oder gar Jahre. Manchmal dachte sie, dass alles lediglich ein böser Traum sei, aus dem sie bald erwachen würde. Dann wieder fühlte sie sich so müde und alt, dass sie überzeugt war, sofort zu Staub zu zerfallen, wenn jemals wieder Sonnenlicht auf sie fiele: Und selbst wenn nicht, wäre ihr Haar ergraut, ihr Rücken bucklig und ihr Gesicht voller Falten.

Immerhin fühlte sie sich nicht mehr ganz so klebrig. Sie hatte in der Ecke der Höhle eine Mulde entdeckt, in der sich regelmäßig Meerwasser sammelte, und damit konnte sie sich notdürftig reinigen. Außerdem hatte ihr Ezequiel frische Kleider und einen Kamm gebracht. Er hatte kein Wort dazu gesagt, aber sie vermutete, dass beides von Laurentine stammte. Die Kleider waren viel zu kurz und eng, vor allem am Hals, aber immerhin sauber.

Hoffentlich ging es Laurentine gut, hoffentlich war mit den Kindern alles in Ordnung, und hoffentlich lebte Barnabas …

Ihre Sorgen waren oft ein nicht minder schlimmes Gefängnis als die Höhle. Sie versuchte, an der Hoffnung festzuhalten, dass alles gut werden würde, hatte aber nichts, womit sie sie nähren konnte, und so, wie sich ihre Augen vergebens nach Licht sehnten, fand auch ihre Seele keinen Trost.

Nicht minder als die Sorgen setzte ihr die Frage zu, warum Archibald nicht wiederkam und ob das ein gutes Zeichen war oder nicht.

Sie hasste ihn, sie fürchtete ihn und war insgeheim erleichtert, dass Ezequiel ihre einzige Gesellschaft blieb. Aber zugleich wuchs das widersinnige Verlangen, Archibald möge doch endlich hier auftauchen, sie meinetwegen schlagen,

schänden oder töten, Hauptsache, es war endlich vorüber und sie musste nicht jeden Tag gespannt darauf warten.
Sie wagte kaum zu schlafen aus Angst, dass er ausgerechnet dann auftauchen, sie beobachten oder gar berühren würde. Doch auch wenn sie oft stundenlang gegen die Müdigkeit ankämpfte – irgendwann gewann diese den ungleichen Kampf, und der Schlaf war tief wie eine Ohnmacht. Wenn sie wieder hochschreckte, war ihre Zunge pelzig, die Glieder steif und die Einsamkeit unerträglich. Manchmal ging sie stundenlang im Kreis, um ihrer Verzweiflung Herr zu werden, dann gab sie sich geschlagen und hockte weinend auf dem Boden, bis sie keine Tränen mehr hatte. Sobald ihr Schluchzen verklungen war, vermeinte sie eines Tages, Stimmen zu hören. Vielleicht machten ihr die überreizten Sinne das nur vor, und es war in Wahrheit nichts anderes als Meeresrauschen zu vernehmen – vielleicht aber trieben sich hier Geister der Rapanui, vor allem die der Neru-Jungfrauen, herum. Vage erinnerte sie sich, dass Lucius Grey einmal erzählt hatte, dass man diese so lange in die Höhlen verbannt habe, bis ihre Haut ganz hell geworden sei. Regelmäßig brachten ihnen Frauen etwas zu essen, doch als die peruanischen Sklavenhändler gekommen waren und so viele Rapanui entführt hatten, verhungerten die Mädchen, weil sie nicht wussten, was geschehen war.
Katharina fragte sich, warum sie die Höhle nicht einfach verlassen hatten, ahnte aber bald den Grund dafür. Sie selbst hatte ein Mal und nie wieder einen Fluchtversuch unternommen: Da Archibald nicht wieder aufgetaucht war, sie nicht gefesselt war und mit Recht vermuten durfte, dass auch Ezequiel manchmal schlafen musste, hatte sie eines Tages die Kaverne verlassen, war über den schnarchenden Eze-

quiel hinweggestiegen und immer tiefer in einen der Gänge vorgedrungen. Während der ersten Schritte triumphierte sie, doch je weiter sie sich vom Meeresrauschen entfernte, desto modriger schien die Luft zu werden und desto absoluter die Finsternis. Irgendwann hatte sie kaum mehr die eigene Hand vor dem Gesicht gesehen und sich nicht mehr in einer Höhle gefangen gefühlt, sondern in einem Sarg. Panik hatte sie überkommen, und sie hatte so lange und laut geschrien, bis Ezequiel – dieser mit einer Fackel ausgerüstet – gekommen war und sie gepackt hatte.

»Bist du verrückt geworden? Hier lauern in jeder Ecke Skorpione und Schwarze Witwen. Ein Biss von ihnen ist tödlich.«

Vielleicht sagte er das nur, um ihr Angst einzujagen, doch selbst wenn es kein giftiges Getier gab – die Dunkelheit erledigte bessere Dienste als jedes Schloss. Einmal überlegte sie noch, die andere Richtung zu nehmen und durch das kleine Loch hoch über dem Meer zu klettern, aber sie war sich nicht sicher, ob sie sich durchzwängen konnte. Und selbst wenn: Beim Sprung ins Meer würde sie womöglich auf den spitzen Steinen aufschlagen, und im Wasser selbst lauerten Haie.

Am Ende blieb ihr nichts anderes übrig, als darauf zu hoffen, dass irgendjemand sie befreien würde. Eines Tages wurde sie tatsächlich von Schritten geweckt, die leiser als das dumpfe Trampeln von Ezequiel ausfielen.

Ruckartig fuhr sie hoch. Ihr ganzer Körper spannte sich an, und alle Härchen richteten sich auf. Was ihr Geist noch leugnete, hatte ihr Instinkt sofort erfasst: Wer da kam, war kein Befreier, sondern … Archibald. Ihr Körper begann zu beben, ihr Gesicht zu glühen. Eine eigentümliche Erregung erfasste sie, war sie mittlerweile doch so hungrig nach Gesellschaft, dass sie sich sogar die eines Peinigers herbeisehnte.

Zeigen wollte sie ihm das natürlich nicht: Als er nach gefühlten Ewigkeiten die Kaverne betrat – zuvor hörte sie ihn eine Weile mit Ezequiel streiten, konnte aber nicht verstehen, worum es ging und wie Archibald den anderen beschwichtigte –, starrte sie hartnäckig in die andere Richtung. Erst nachdem er sie schweigend umrundet hatte und sich vor sie stellte, blieb ihr gar nichts anderes übrig, als ihn zu mustern. Obwohl sie um Beherrschung kämpfte, entwich ihr ein überraschter Aufschrei. Sein Hemd war mit fremdem oder eigenem Blut besudelt und sein Gesicht voller blauer Flecken – ein Zeichen, dass er mehr als nur einen Schlag abbekommen hatte. Auch die Genugtuung, mit der er beim letzten Mal vor sie getreten war, wies Blessuren auf: Trotz seines Lächelns entging ihr nicht, dass seine Stirn gerunzelt und sein Blick härter war als sonst. Sie ahnte, dass irgendetwas für ihn mächtig schiefgegangen sein musste, doch die Befriedigung, die sie darüber befiel, hielt nicht lange, sondern wich alsbald der nackten Angst. So grimmig, wie er insgeheim wohl war, würde er sie für den Misserfolg büßen lassen.

Nicht schreien, dachte sie, ich darf nicht schreien!

Sie tat es dennoch, als er sie unwillkürlich an den Haaren packte und den Kopf nach hinten riss.

»Dein Pfaffe ist ein Narr!«, zischte er. »Er war klug genug, mich einzusperren und mich von einem Rapanui bewachen zu lassen. Aber er war nicht fähig, mir Fesseln anzulegen, aus denen ich mich nicht ganz leicht befreien konnte. Danach musste ich nur noch auf die richtige Gelegenheit warten, und die kam, als die Abtao ablegte. Alle haben sie sich in Hanga Roa versammelt – das war meine Gelegenheit.«

Obwohl ihm Aarons Fehler zum Vorteil gereichte, triefte seine Stimme vor Verachtung, ja regelrecht Enttäuschung. »Ich hätte gerne noch weiter gesehen, wie der Pfaffe mit sich rang. Hätte er mich am Ende freigelassen, um zu erfahren, wo du steckst? Mich gefoltert, bis ich die Wahrheit verrate, obwohl das gegen all seine Überzeugungen verstößt? Oder wäre er vor Sorge um dich gar wahnsinnig geworden?«

Er ließ ihre Haare wieder los, und der Schmerz verebbte. Katharina dachte fieberhaft nach.

Die Abtao hatte abgelegt … ein Schiff, dessen Name sie noch nie gehört hatte … Aaron hatte Archibald überwältigt … War er es also, der ihm die blauen Flecken zugefügt hatte?

Sie überlegte, was sie sagen konnte, um Archibald noch mehr zu entlocken. »Nun, nicht nur der Pfaffe scheint ein Narr zu sein«, sagte sie provozierend, »auch du bist einer, wenn du dich hast zusammenschlagen lassen.«

Archibald kniff die Augen zusammen. »Du irrst dich, wenn du denkst, dass mich dein Liebster bezwungen hat. Der hat einfach nur Glück gehabt. Und dieses Glück ist ihm nun nicht mehr länger hold. Tja«, er machte eine kunstvolle Pause, »ich fürchte, ich habe heute eine schlechte Nachricht für dich. Ich wollte dich zu meiner Königin machen, aber am Ende wirst du nur meine Sklavin sein. Und das bedeutet, dass du auch künftig hierbleiben musst als Pfand für mein Leben. Ich hätte dir gerne ein schöneres Reich geboten, aber hier sind wir zumindest ungestört, meine Liebe.«

Mit jedem Wort klang seine Stimme hasserfüllter, und das verriet ihr, wie gründlich sein Plan gescheitert war. Doch

wenn er auch die Insel verloren hatte – sie hatte er in seiner Gewalt, und jetzt konnte und wollte er nicht länger darauf warten, sie voll und ganz zu besitzen.
Er zog sie an sich und presste seine Lippen auf ihren Mund.

»Nani – nicht jetzt!«
Aaron bemühte sich, nicht allzu ungeduldig zu klingen, zumal in Nanis Gesichtsausdruck etwas Flehentliches lag. Dennoch kam es zur Unzeit, als sie plötzlich auftauchte, an seiner Hand zog und mit den Lippen lautlos Worte formte, als wollte sie ihm unbedingt etwas sagen. Er war sich nicht sicher, was sie meinte, konnte lediglich vermuten, dass sie das Wort für Traum wiederholte – *varua.*
Aber es war jetzt keine Zeit, Gedanken an Träume zu verschwenden, dazu war die Sache viel zu ernst.
»Bitte, Nani, geh wieder nach Hause, ich muss jetzt …«
Nani rührte sich nicht, und Aaron seufzte.
»Dann warte wenigstens hier draußen auf mich.«
Sie nickte nicht, schüttelte aber immerhin auch nicht den Kopf, sondern sah ihn nur wieder flehentlich an. Aaron hätte sie gern getröstet, doch er musste sich beeilen.
Sein Plan war tatsächlich aufgegangen: Archibald hatte die erstbeste Gelegenheit genutzt, um sich zu befreien – und nicht geahnt, dass Aaron diese mit Absicht herbeigeführt hatte, um ihm hinterher heimlich zu folgen. Was er allerdings versäumt hatte, war, sich entsprechend auszurüsten. Er trug zwar eine Waffe bei sich, zweifelte aber, dass er die Chance bekommen würde, sie auf Archibald oder Ezequiel zu richten. Eine Lampe hatte er nämlich nicht bei sich, und als er Archibald in die Höhle folgte, war es schon nach zehn Schritten so dunkel, dass er kaum noch die Hand vor seinen

Augen sehen konnte. Während er zögernd im letzten Licht verharrte, war plötzlich Nani aufgetaucht.

»Ich … ich bin gleich wieder zurück«, murmelte er. Ausgerechnet ihr flehentlicher Blick gab ihm den Mut, sich tiefer in die Dunkelheit vorzuwagen. Er wusste schließlich, dass die Höhlen zwar tief unter der Erde lagen, aber immer wieder kleine Schächte nach oben oder zu den Klippen führten, die etwas Licht spendeten. Außerdem würden sich seine Augen gewiss an die Schwärze gewöhnen – etwas, auf das auch Archibald zu setzen schien, war der schließlich ebenfalls ohne Lampe losmarschiert. Aaron setzte vorsichtig Schritt vor Schritt. Der Boden war glitschig, die Wände, an denen er sich entlangtastete, auch. Immerhin fand er festen Tritt, und er versuchte, nicht an das giftige Getier zu denken, das hier herumkroch. Kaum hatte er das erste Stück zurückgelegt, huschte plötzlich ein Schatten an ihm vorbei.

»Nani, verdammt!«, entfuhr es ihm. Prompt hallte seine Stimme laut von den Wänden wider.

Wie konnte er nur so dumm sein, ausgerechnet jetzt die Beherrschung verlieren? Archibald würde nun womöglich wissen, dass er ihm auf den Fersen war! Und warum hatte er sich darauf verlassen, dass Nani draußen bleiben würde?

Verspätet machte er sich einen Reim auf die Worte, die sie ihm zu sagen versucht hatte.

Varua … Sie hatte geträumt … von Katharina … und jetzt wollte sie ihn zu ihr führen.

Doch auch wenn er diesem Traum tatsächlich trauen könnte – in der Nähe von Archibald und Ezequiel war das Mädchen in Gefahr. Ganz zu schweigen von Katharina.

Aaron unterdrückte die aufsteigende Panik. Im Moment blieb ihm nichts anderes übrig, als langsam weiterzugehen.

Er hoffte, endlich einen Lichtstreifen auszumachen, doch er schien direkt auf ein schwarzes Loch zuzusteuern. Immerhin konnte ihn auf diese Weise auch Archibald nicht sehen und ihm auflauern.

Er fluchte abermals, diesmal auf sich. Warum war er allein aufgebrochen, warum hatte er niemanden mitgenommen? Allerdings hatten sich nicht gerade viele Helfer angeboten: Ihm war wohler, dass Rufus bei Theresa und Catalina blieb, solange Archibald auf freiem Fuß war. Barnabas hatte er zwar in seinen Plan eingeweiht, doch der war immer noch viel zu schwach, um ihm zu helfen. Und Tim durfte er nicht in Gefahr bringen, denn Katharina würde ihm nie verzeihen, wenn dem Jungen etwas zustieß. Also musste er sich auf sich selbst verlassen, und ehe das Unbehagen seine Entschlossenheit überwog, nahm er in der Ferne endlich einen grauen Streifen war. Er beschleunigte seinen Schritt, zog aber zugleich unwillkürlich den Kopf ein. Auch wenn er es nicht sah, fühlte er instinktiv, dass die Höhle hier immer niedriger wurde. Und dann hatte er schon die Lichtquelle erreicht – ein gezacktes Loch in der Decke der Höhle, das direkt auf einen Berg Knochen fiel. Obwohl er gewusst hatte, dass hier viele Rapanui begraben waren, erschauderte er.

Er blieb kurz stehen, und da hörte er sie – Schritte, die sich langsam, aber sicher näherten. Bis jetzt hatte er sie durch die eigenen übertönt, doch obwohl er sie nun deutlich vernahm, sogar den Atem anhielt, konnte er nicht bestimmen, aus welcher Richtung sie kamen. Sie hallten von allen Seiten wider, als müsste er nicht bloß mit Archibald oder Ezequiel rechnen, sondern mit ganzen Heerscharen.

Er biss sich auf die Lippen, um nicht nach Katharina oder Nani zu rufen.

Plötzlich verstummten die Schritte, doch das andere Geräusch, das ertönte, war viel erschreckender und ging ihm durch Mark und Bein: ein Aufschrei, gequält und verzweifelt.

Katharina!

Nun konnte er gar nicht anders, als weiterzulaufen. Er erreichte einen Hohlraum, von dem mehrere Wege wegführten. Einen hätte er nur gebückt betreten können, den anderen aufrecht. Verdammt, aus welcher Richtung war bloß der Schrei gekommen?

Er verharrte, glaubte, Stimmen zu vernehmen, und war sich jetzt ganz sicher: Er musste den niedrigeren Gang nehmen. Er hatte sich kaum gebückt, als etwas Schwarzes auf ihn niederschoss. Blitzschnell duckte er sich und entging nur knapp der Faust – Ezequiels Faust, der ihm hier aufgelauert hatte. Auch wenn er ihn nicht erwischt hatte – wegen seiner abrupten Bewegung stolperte Aaron und fiel auf die Knie, und ehe er sich wieder aufrichten konnte, ging Ezequiel auf ihn los, trat mit dem Fuß nach ihm und traf seine Schulter. Aaron wankte zwar, ignorierte aber den Schmerz und schaffte es bald wieder, sich aufzurichten. Kaum fand er festen Stand, richtete Ezequiel eine Pistole auf ihn.

»Keinen Schritt weiter!«

Wieder ertönte ein Schrei. Und wieder klang er verzweifelt.

Katharina … was tat Archibald ihr bloß an?

Aaron hatte sich noch nie so ohnmächtig gefühlt.

»Heben Sie die Hände über den Kopf, und dann drehen Sie sich um!«

Zögerlich hob Aaron die Hände und sah sich um. Wie könnte er den anderen überlisten? Womit ihn ablenken? Vielleicht schaffte er es, sich zu bücken, Steine zu nehmen, gar Knochen, und sie auf ihn zu werfen. Aber nein, das würde zu lange dauern. Ezequiel würde nicht zögern zu schießen ... Er würde es am Ende wohl so oder so tun, weil er keine unliebsamen Zeugen brauchen konnte ... Und Katharina ... sie würde wohl auch sterben.

»Umdrehen, sagte ich!«

»Er ist verrückt!«, rief Aaron verzweifelt. »Archibald Smythe ist verrückt, das wissen Sie so gut wie ich. Sie dürfen nicht ...«

»Maul halten!«

»Sein Plan ist gescheitert! Die Rapanui leben noch, die Weißen auch. Die Insel wird niemals ihm gehören, und selbst wenn, er ...«

»Maul halten!«, brüllte Ezequiel erneut.

Aaron verstummte, und auch Katharinas Schrei war längst verhallt. Kurz war nichts anderes zu hören als sein keuchender Atem – und dann plötzlich ein Laut, mit dem niemand hier rechnete: ein schöner, süßer Laut. Kein Schreien, kein Stöhnen, kein Fluchen, sondern ein Gesang, hoch und klar.

Nani, die seit Roros Tod geschwiegen hatte, hatte ihre Stimme wiedergefunden und einen ihrer melodischen, wunderschönen Gesänge angestimmt. Das hielt sie nicht davon ab, weiterhin durch die Höhlen zu laufen, sodass es schien, als würde die Stimme von überall kommen und nicht nur ein Mädchen singen, sondern ein ganzer Chor. Vielleicht war das ja auch so, und die Geister der toten Jungfrauen, die man einst hierhergebracht hatte, sangen mit ihr, um das Schicksal der Rapanui zu beklagen.

Ezequiel war zusammengezuckt und lauschte angestrengt. Noch hielt er die Pistole fest umklammert, aber als der Gesang mal aus einer Richtung, mal aus der anderen kam, blickte er sich suchend um. Ihn schienen die hellen Laute nicht zu berühren, sondern zutiefst zu erschrecken, als würde er etwas ganz anderes hören als Aaron – nicht das traurige Lied der Insel nämlich, sondern das Ächzen der Sünder, die in der Hölle auf ihn warteten und Übeltätern wie ihm ein grausames Ende verkündeten.

»Aufhören!«, schrie er. »Aufhören!«

Doch der Gesang wurde immer lauter, kam noch näher. Ezequiel fuhr herum, und diesen Augenblick nutzte Aaron, um sich auf ihn zu stürzen, ihn von hinten um den Hals zu packen und seine Kehle zuzudrücken. Ezequiel fand bald die Fassung wieder und wehrte sich erbittert, und auch wenn er nicht besonders wendig war – er war ein dicker, schwerer Mann. Wenn er auf Aaron fiel und ihn unter sich begrub, wäre er verloren.

Aaron gab nach – doch nur vermeintlich. In dem Augenblick, da Ezequiel sich zu ihm drehte, hob er das Bein und schlug ihm mit dem Knie die Pistole aus der Hand. Ezequiel bückte sich sofort danach – was Aaron erhofft hatte. Während der andere die Waffe wieder umklammerte, hatte er schon die eigene gezogen und blitzschnell den Knauf auf Ezequiels Kopf niedersausen lassen.

Ezequiel ließ die Pistole fallen, und wenig später sackte sein Körper bewusstlos zu Boden. Sicherheitshalber schlug Aaron ein zweites Mal zu, diesmal nicht ganz so fest. Auch wenn er bereit war, ihn zu töten – er würde es nicht tun, wenn es nicht unbedingt nötig war.

Als er sich davon überzeugt hatte, dass der andere keinen Mucks mehr machte und sich nicht mehr regte, richtete er sich wieder auf. Der Gesang war verstummt, und Nani stand

unmittelbar vor ihm. Wieder war ihr flehentlicher Blick auf ihn gerichtet, wieder formten ihre Lippen Wörter, und plötzlich war ihre Stimme zu hören.
»Katharina ... ich weiß, wo sie ist.«
»Du sprichst ja wieder!«
Sie schüttelte den Kopf, ein Zeichen, dass das nicht so wichtig war. Und sie hatte ja recht, jetzt galt es, Katharina zu finden – so schnell wie möglich. Nani lief fast aufrecht durch die enge Höhle, und Aaron kroch ihr auf allen vieren hinterher. Mal waren die Gänge etwas höher, dann wieder niedriger, mal die Wände glatt, dann spitz, mal hörte man vom Meer nur ein sanftes Rauschen, dann klangen die Wellen wie ein Brüllen.
Aaron war sich nicht sicher, wie er jemals wieder aus dem Labyrinth hinausfinden könnte, aber Nani lief ohne Zögern weiter, bis sie plötzlich abrupt stehen blieb. Sie blickte sich um, hob dann entschuldigend die Hände.
»Ich dachte ...«
Sie hatten einen weiteren Hohlraum erreicht, und Aaron nahm flüchtig die Bilder an den Wänden wahr und weitere Skelette.
»Ich dachte, sie sei hier, aber ...«
Ihre Stimme, des Redens entwöhnt, war ganz heiser.
Aaron entdeckte einen Krug, noch halb voll mit Wasser, und außerdem ein Bündel alter Kleidung.
»Du hast dich nicht geirrt. Sie war tatsächlich hier«, murmelte er. »Aber jetzt ...«
Kurz glaubte er ganz deutlich, ihre Präsenz zu fühlen, ihren Geruch einzuatmen, ihre Stimme zu hören, ihre Hände zu spüren, wie sie über sein Gesicht streichelten.
Ja, wochenlang war sie hier gewesen, wochenlang hatte sie

auf ihre Befreiung gewartet, aber bevor er ihr zu Hilfe hatte kommen können, hatte Archibald sie verschleppt.

Zugegeben, Archibald war erschrocken, als plötzlich der Gesang ertönte. Diese melancholischen Laute waren so schön, dass sie nicht von dieser Welt zu kommen schienen, und einen schrecklichen Moment lang hatte er vermeint, dass Laurentine zurückgekehrt war, um ihn heimzusuchen und ihm das Vergnügen, über Katharina herzufallen, madigzumachen. Aber dann erinnerte er sich daran, wie die Erde auf ihre toten Augen gefallen war. Längst war ihre Seele aus dem Leib geflohen, und selbst wenn sie es gewollt hätte: Diese war zu leicht, zu willenlos, zu feige, um zurück auf die Erde zu kehren und ihn mit dem Gesang zu erschrecken. Niemand konnte das.

Katharina war wie er erstarrt. Er konnte förmlich spüren, wie ihr Herz höherschlug, nicht ängstlich wie seines, sondern hoffnungsvoll. Dachte sie wirklich, dass die, die da sang, sie retten konnte? Die Stimme stammte eindeutig von einer Frau oder einem Mädchen – und Frauen griffen niemals rettend ein.

Stell dich nicht so an, hatte seine Mutter stets gesagt, wenn sein Vater wieder mal zugeschlagen hatte.

Stell dich nicht so an, sagte sich Archibald jetzt.

»Wie schön!«, rief er höhnisch. »Wir bekommen ein wenig Musik! Das gefällt dir doch, oder? Wenigstens kann ich dir das bieten, wenn schon kein Bett aus Rosen und edlen Wein.«

Jetzt war es nicht länger diese melodische Stimme, die von den Wänden hallte, sondern sein Lachen, und als dieses verstummte, blieb es still. Wer immer jenes traurige Lied gesungen hatte – Ezequiel hatte bestimmt längst eingegriffen, und Archibald war wieder ungestört.

Die Hoffnung auf Rettung erlosch wohl auch in Katharina, denn in ihren Zügen breitete sich Resignation aus – ein Gefühl, das er so oft in Laurentines Gesicht wahrgenommen hatte und das ihn fast ein wenig enttäuschte. Er hatte mit mehr Widerstand gerechnet, mit mehr Feuer, mehr Hass. Doch das vermeintliche Fehlen von Kampflust wurde wettgemacht, als sie plötzlich ihre Hand auf seine Brust legte und rief: »Warte!«

Er hatte sie nicht fest gepackt, und sie entzog sich ihm, um ein paar Schritte zurückzuweichen. So dumm, dass sie die Flucht wagte, war sie natürlich nicht. Vielmehr nutzte sie den Augenblick, um sich die Haare aus dem Gesicht zu streichen und ihr Kleid zu glätten. Nicht, dass das viel daran änderte und sie nicht weiterhin verlottert und schmutzig war, aber dass sie es nicht hastig und verschämt tat, sondern ganz langsam, und ihre Bewegungen geschmeidig, nahezu verführerisch ausfielen, faszinierte ihn.

Archibald zog die Brauen hoch.

»Du hast gewonnen«, fuhr sie mit rauer und nicht etwa zittriger, sondern fester Stimme fort. »Ich bin dir hilflos ausgeliefert, daran besteht kein Zweifel. Aber das Hilflose hat dich nicht gereizt, als du seinerzeit ein Auge auf mich geworfen hast, sondern die Ahnung von Stärke. Du wünschst dir doch einen Sohn, nicht wahr? Kräftige Söhne werden aber nicht gezeugt, wenn man Frauen niederschlägt und ihre Schenkel gewaltsam spreizt … Man pflanzt sie in Leiber, denen man Lust verschafft.«

Archibald musterte sie abschätzend. Bis eben hatte er gedacht, dass ihm am Ende wohl nichts übrig blieb, als sie zu töten, nun, da die Insel immer noch bevölkert und sein Bewegungsspielraum eingeschränkt war. Aber jetzt erwachte die Hoffnung, dass das doch nicht nötig war – zumindest nicht gleich. Vielleicht konnte sie ihm tatsächlich ein Kind gebären, vielleicht genügte es, sie vorerst in den Höhlen gefangen zu halten. Wer wusste schon, was in den nächsten Monaten geschah. Nirgendwo war das Leben unberechenbarer als auf einer Insel wie Rapa Nui.

Er lächelte. »Ich kann mir nicht vorstellen, dass dir dieser Schafhirte jemals Lust verschafft hat.«

»Nun, aber vielleicht kannst du es …«

Sein Lächeln wurde breiter, und wieder musste er an seine Mutter denken.

Mach dich nicht zum Narren, hatte sie oft gesagt, wenn er über das Leben oder den Vater klagte. Nicht, dass sie nicht verstanden hatte, worunter er litt, hatte sie doch selber oft genug dessen Prügel abbekommen, aber offenbar war sie der Meinung, dass sich der Lächerlichkeit preisgab, wer sich mehr vom Leben erwartete, als geschunden zu werden, wenn er nicht die Kraft hatte, selbst zu schinden. Ja, nicht Feigheit oder Schwäche warf sie ihm vor wie sein Vater, sondern, ein Träumer zu sein.

Mach dich nicht zum Narren. Gib dich keinen Illusionen hin. Wer sich das Schöne ausmalt, erträgt das Hässliche nicht leichter, sondern noch schwerer …

Du kannst mir glauben, Mutter, hielt er ihr stumm entgegen, ich mache mich ganz sicher nicht zum Narren. Ich weiß, dass Katharina nicht plötzlich ihre Liebe für mich entdeckt hat. Natürlich meint sie nicht ernst, was sie sagt. Sie glaubt, mich bezirzen zu können, sodass es weniger qualvoll wird, wenn ich sie nehme. Doch auch wenn sie sich dadurch blaue

Flecken erspart – sie weiß noch nicht, dass der geprügelte Stolz viel länger wehtut als ein wundes Gesicht.
Er trat auf Katharina zu, hob seine Hand, strich ihr über das Gesicht. Trotz der langen Zeit in der Höhle war ihre Haut immer noch weich.
»Warte!«, rief sie wieder. »Nicht … nicht hier!«
»Du hältst mich doch nicht für so dumm, dass ich dir den Weg ins Freie weise?« Er grinste.
»Nein, aber das hier … das hier war über Wochen mein Gefängnis … Ich will, dass wir in Richtung Meer gehen, wo die Luft frischer ist und das Licht weniger trüb.«
Ohne Zweifel versuchte sie, Zeit zu schinden. Aber ihm sollte es nur recht sein. Sie nahm seine Hand, zog ihn mit sich. Ihre Schritte waren leicht und federnd, die Hüften schaukelten. Erregung erfasste ihn, und das Kribbeln in seinem Bauch wurde fast schmerzhaft.
Mach dich nicht zum Narren …
Ach was! Sie macht sich doch zur Närrin, und welch ein Spaß es ist, ihr dabei zuzuschauen!
Widerstandslos ließ er sich von ihr in einen Gang zerren. Sie musste den Kopf einziehen, er auch, doch nicht, dass er so dumm war, ihre Miene auch nur einen Augenblick lang nicht aufmerksam zu studieren. Er wusste: In ihrem Kopf arbeitete es, fieberhaft überlegte sie, wie sie ihm entgehen konnte. Doch zu seinem Erstaunen machte sie keine Anstalten, ihn loszulassen und fortzulaufen. Der Griff um seine Hand wurde sogar noch fester, als gelte es, ihn mit Gewalt dazu zu bringen, bei ihr zu bleiben.
Sie erreichten eine weitere Kaverne. Archibald sah sich kaum um, denn er war zu sehr von ihrem Anblick gefesselt. Mit der freien Hand zerrte sie an ihrem Kleid, bis der Ansatz

ihrer Brüste zu sehen war. Obwohl sie ansonsten schmutzig war, war die Haut noch reinlich weiß, bei Tageslicht betrachtet wohl sogar rosig. Wie viel heller ihre Haut war als die von Laurentine!

Deren tote Augen würden noch starrer blicken, müssten sie sehen, was er nun tat. Er neigte sich vor, presste seine Lippen auf die Mulde zwischen den Brüsten. Katharinas Zittern ging ihm durch Mark und Bein – sich von der Gier übermannen ließ er sich trotzdem nicht.

»Leg dich hin!«, raunte sie, als er sie nicht niederstieß und sich auf sie warf.

Er lachte nur. »Und dann läufst du davon?«

Stirnrunzelnd sah sie ihn an, als hätte er sie zutiefst beleidigt.

»Ich weiß genau, was du vorhast«, sagte er.

»Das weißt du nicht.« Ein rätselhaftes Lächeln, wie es von ihm selbst hätte stammen können, verzog ihre Lippen, doch ehe er es deutete, erklärte sie: »Also gut, dann lege ich mich eben hin.«

Ganz langsam, vorsichtig ließ sie sich zu Boden gleiten. Sie zog das Oberteil des Kleids noch weiter herunter, sodass beide Brüste entblößt waren, und raffte zugleich den Rock höher, bis ihre Oberschenkel – auch diese weiß – zum Vorschein kamen.

Er leckte sich über seine trockenen Lippen.

»Hat dich je ein Mensch geliebt, Archibald?«, fragte sie heiser.

»Mach dir nicht die Mühe, mir vorzulügen, du tätest es. Mir genügt vollkommen, dass du mich hasst.«

Er öffnete seine Hose, ließ sich auf ihr nieder. Es fiel ihm schwer, sich zurückzuhalten, doch anstatt ihre Schenkel zu spreizen, begnügte er sich damit, über ihre weiche Haut zu

streicheln. Sie wehrte sich nicht, stöhnte vielmehr genussvoll, als bereite es ihr Spaß, wölbte ihm sogar den Leib entgegen. Als er es nicht länger erwarten konnte, schüttelte sie den Kopf.
»Noch nicht!«
»Ich denke nicht daran, zu warten!«
»Wir müssen auch nicht warten. Aber … aber ich will auf dir liegen.«
Glaubte sie immer noch, sie könnte ihm entfliehen?
Sei's drum, sie würde ihm nicht entkommen. Er lächelte, nickte, wälzte sich auf den Rücken, packte jedoch ihre Hände schmerzhaft fest. Was immer sie auch erhoffte – nie würde ihn die Lust so besinnungslos machen, dass er sie losließ. Allerdings entzog sich Katharina ihm nicht, ließ sich stattdessen langsam auf ihn herabsinken. Er spürte die Wärme ihres Schoßes, suchte ihren Blick, suchte starke Gefühle darin, Angst, Ekel, Schmerz, Hass, suchte unwillkürlich noch mehr, suchte … Liebe. Er konnte nicht an sie glauben, aber das bedeutete nicht, dass er sich nicht insgeheim danach sehnte.
Liebe fand er keine, aber etwas anderes, was er ebenso wenig erwartet hatte: Mitleid.
Er packte ihre Hände fester. Warum war sie so gelassen? Warum schien sie ihre Lage zu genießen, anstatt von Abscheu erfüllt zu sein?
»Menschen wie dir, Archibald …«, sagte sie raunend, »kommt man vielleicht nicht mit Waffen bei, aber mit … Gift.«
Ihre Worte waren kaum verklungen und er noch unfähig, sie zu deuten, als er einen stechenden Schmerz im Hals verspürte. Es schien, als würde die Ader, die das Blut in den

Kopf leitete, regelrecht zerplatzen oder sich verhärten, sodass das Blut sich seinen Weg nicht mehr bahnen konnte. Immer mehr wurde zu Stein: sein Nacken, seine Schultern, seine Arme ... Vergeblich japste er nach Luft, glaubte aber, nur einen Brocken Eis einzuatmen. Er konnte nicht einmal mehr den Kopf zur Seite drehen und sehen, welches Tier ihn töten würde, ein Skorpion oder eine Schwarze Spinne ... Er wusste nur, dass es, obwohl so klein, so viel stärker war als er.

Ezequiel – er hatte immer so viel Angst vor dem Getier gehabt – hatte die Höhle stets gründlich ausgeleuchtet, sorgsam darauf geachtet, dass ein Felsen, auf den er sich niederließ, frei davon war. Doch er ... er hatte nicht bedacht, dass Katharina etwas anderes planen könnte als ihre Flucht ...

Mach dich nicht zum Narren!

Diesmal konnte er dieser Stimme nichts entgegensetzen, nur Ächzen, erneutes Luftschnappen, verzweifeltes Scharren mit den Beinen. Seine Glieder erschlafften, er konnte Katharina nicht länger festhalten. Sie stand zwar auf, lief jedoch nicht davon, sondern sah auf ihn herab. In ihrem Blick stand kein Mitleid mehr – nur noch Verachtung.

Und es war auch nicht bloß sie, die auf ihn starrte, sondern Laurentine, deren Augen nicht mehr leer und tot waren, sondern funkelten.

Laurentine war noch als Tote warm gewesen, während er als Lebender zu Eis erstarrte. Ihre Seele hatte kein Gewicht gehabt, war davongeflattert, um die Weite des Himmels und die neckenden Sonnenstrahlen zu genießen. Seine hingegen wurde immer schwerer, würde sich am Ende zu dem schwarzen Geröll verwandeln, das hier in Massen lag. Niemals würde Licht darauf fallen, niemals eine Träne.

Er versuchte, die verbleibende Zeit zu nutzen, um zu weinen, sodass es wenigstens einen Mensch gab, der um ihn trauerte. Doch seine Augen blieben trocken.
Bestürzt ging ihm auf, dass er in seinem Leben oft gelacht hatte, aber dass er nie gelernt hatte, auch nur eine Träne zu vergießen.

Katharina wäre am liebsten fortgelaufen, aber sie konnte nicht anders, als stehen zu bleiben, dem Todeskampf zuzusehen, zu beobachten, wie Archibalds Gesicht immer bleicher, sein Atem immer schwerer, seine Glieder erst steifer wurden und dann erschlafften. Sie wusste, dieser Anblick würde sich auf ewig in ihr Gedächtnis einprägen und bis an ihr Lebensende Grauen erwecken, aber sie wusste auch, dass es besser war, alles mit eigenen Augen zu sehen, als später der Fantasie freien Lauf zu lassen. Nur so konnte sie sich ganz sicher sein, dass Archibald wirklich tot war, nur so fühlen, wie er seine Macht über sie verlor, nur so sich entschlossen sagen, dass sie künftig mit Ekel und Verachtung an ihn denken würde, aber nie wieder mit Furcht.
Als es vorüber war, konnte sie sich immer noch nicht bewegen. Auch wenn Archibald starr und kalt war, glaubte sie, die Präsenz eines anderen zu spüren – die Präsenz des Todes. Hier in dieser Höhle war er kein schwarzer, unheimlicher, bedrohlicher Geselle, sondern eine Frau, deren Flüstern ebenso tröstlich wie verführerisch klang. Vielleicht war sie auch gar nicht der Tod, vielleicht die Hexe, die in so vielen Geschichten der Rapanui vorkam, oder der Geist einer Verstorbenen. In jedem Fall flüsterte sie nicht nur, sondern schien um den toten Feind zu tanzen, ihn zu verspotten und ihr zustimmend auf die Schulter zu klopfen.

Wir haben gewonnen, wir haben es ihm heimgezahlt, wir waren stärker als er …
Sie fühlte, wie die Wärme in ihre kalten Glieder zurückkehrte und mit ihr die Sehnsucht nach Licht, nach Gesellschaft, nach frischer Luft, nach Freiheit.
Leb wohl, sagte die fremde Frau, schien ihr noch einmal über die Wangen zu streicheln, schob sie dann aber regelrecht aus dem Hohlraum. Leb wohl …
Dann vernahm sie auch schon die Schritte.
Mein Gott, Ezequiel trieb sich immer noch hier herum? Was sollte sie tun, wenn er …?
Doch es war nicht seine Stimme, die wenig später erklang, sondern die von Aaron. »Katharina!«, rief er ein ums andere Mal. »Katharina!«
Sie konnte nicht anders, als in Tränen auszubrechen. »Hier bin ich! Hier bin ich doch! Archibald, er ist … er ist …«
Er kam auf sie zugelaufen, dann lag sie schon in seinen Armen und barg ihr Gesicht in seiner Brust, spürte, wie seine Hände über ihren Rücken strichen und ihr noch wärmer wurde.
»Ist er tot?«, fragte er.
Sie konnte nichts sagen, nur nicken. Aarons Blick ging zu dem Toten, aber seine Arme ließen sie nicht los, und plötzlich war auch Nani da.
»Geträumt«, murmelte sie, »ich habe von dir geträumt …«
»Lieber Himmel, du sprichst ja wieder!« Ihre eigene Stimme klang wie ein Krächzen.
»Komm mit!«
Aaron zog sie mit sich, ließ aber Nani den Vortritt, als es galt, den Weg hinauszufinden.
»Was ist mit Ezequiel?«, fragte Katharina bang.

»Ich habe ihn zusammengeschlagen und werde ihn später fesseln. Aber am wichtigsten ist, dass wir endlich hier rauskommen.«
Sie mussten sich ducken, um durch die niedrigen Gänge zu gelangen. Nani wies ihnen den Weg, blieb jedoch immer wieder stehen, damit sie ihr auch nachkamen. Manchmal waren die Wände grau, dann wieder fast schwarz, doch solange sie Aarons Hand hielt, fühlte sie sich sicher und geborgen und der Dunkelheit nicht hilflos ausgeliefert. Erst jetzt erkannte sie, wie tief unter der Erde ihr Gefängnis gelegen hatte.
Am Ende eines besonders niedrigen Gangs hielt Aaron inne und blickte sich suchend um.
»Ezequiel, er war doch hier …«
Er ließ sie los, und plötzlich fühlte sie sich ganz klamm – nicht, weil sie sich vor Ezequiel fürchtete, der, sobald er Archibalds Leichnam entdeckte, nicht wissen würde, was er tun sollte, und sich wohl eher zur Flucht als für den Angriff entschied, sondern weil sie plötzlich das Licht scheute. So beengend ihr Gefängnis auch gewesen war und sosehr sie ihm hatte entfliehen wollen – die kleine Welt, in der sie über Wochen gehaust hatte, hatte nichts mit ihrem Leben zu tun. Von diesem war sie ebenso abgeschnitten gewesen wie vor dem schlechten Gewissen, den drängenden Fragen, wie es weiterging, all den Seelenqualen. Ihre Hoffnung war eine so schlichte gewesen: Sie wollte überleben und dass es denen, die sie liebte, gut ging. In der Nähe des Ausgangs begann sie, sich so viel mehr zu wünschen: die Schuldgefühle abzuwerfen, sich mit allen auszusöhnen, endlich glücklich zu sein … Das alles jedoch schien so viel schwerer zu erlangen als die Freiheit.

»Wir werden später nach ihm suchen«, sagte Aaron, »jetzt müssen wir dich erst einmal von hier wegbringen.«
Er zog sie mit sich, und wenig später verließen sie die Höhle. Die Sonne blendete Katharina so stark, dass sie vermeinte, von ihrem grellen Licht erschlagen zu werden, doch als sie die Hände hob, um sich davor zu schützen, schien in diesen keine Kraft mehr zu wohnen. Sie war nicht stark genug, das Licht zu ertragen, nicht stark genug, um Aarons Gegenwart auszuhalten, seinen besorgten Blick, all die Liebe, die darin stand.
»Barnabas …«, stieß sie aus. »Barnabas, was ist mit ihm? Ist er …?«
»Er lebt noch«, antwortete Aaron leise. »Ich konnte die Kugel nicht entfernen, und es geht ihm sehr schlecht, aber zumindest lebt er noch …«
Seine Stimme klang gepresst, und er machte keine Anstalten, sie noch einmal zu umarmen.
Katharina barg ihr Gesicht hinter beiden Händen, anstatt in seiner Brust, fühlte, wie verklebt ihr Haar war und wollte nichts anderes mehr, als sich zu waschen, stundenlang zu waschen, bis alle Spuren der Gefangenschaft beseitigt waren, die Bilder vom sterbenden Archibald … die Gefühle für Aaron. Allerdings, kaltes Wasser würde nicht ausreichen, das Grauen wegzuspülen. So oder so würde sie eine bleiben, die im Sonnenlicht fast erblindete, vom Wind fast umgeweht wurde und für die die Liebe ein zu mächtiges Gefühl war, um ihm standzuhalten.
»Er … er hat mich gebeten, nach dir zu suchen«, murmelte Aaron.
Katharina war sich sicher, dass Aaron das auch getan hätte, wenn es nicht so gewesen wäre. Und dennoch, so selbstver-

ständlich sie vorhin in seine Arme gefallen war, sosehr sie in all den Wochen gehofft hatte, dass er es war, der sie rettete – es fühlte sich falsch an, ausgerechnet in seiner Gegenwart ins Leben zurückzukehren.

Sie nahm die Hände wieder von ihrem Gesicht und atmete tief ein.

»Bring mich heim … heim zu ihm«, sagte sie.

Es war Nani, die sie stützte, als sie weitergingen, während Aaron Abstand hielt.

27. Kapitel

Tane starrte auf die Inseln Iti, Nui und Kau Kau. Er stand nur auf einem schmalen Grat – hinter ihm fiel eine Steilwand zum Kratersee des Rano Kau ab, auf der anderen Seite die Klippen zum Meer.

Es ist so leicht, zu fallen, dachte Tane. Und es ist so leicht, zu scheitern …

Dem Ozean war das natürlich gleichgültig, und den drei aus dem Meer ragenden Inseln genauso. Am größten und spitz wie die Flosse eines Hais erhob sich Motu Nui aus den Fluten. Ob die Raubfische dort unten von der eigentümlichen Form des Felsens wussten? Und ob das der Grund war, warum nirgendwo die Gefahr so groß war, von ihnen angefallen zu werden wie hier?

Viele Rapanui hatten es mit dem Leben bezahlen müssen, wenn sie bei der Kür des Vogelmanns zur Insel geschwommen waren, um ein Ei der *manutara,* der schwarzen Küstenseeschwalbe, zu erbeuten. Nicht immer hatten alle das Ziel unbeschadet erreicht. Nur wer sich mit einem Ei auf den Rückweg machte, war vor den Haien sicher, als spürten diese seine Macht.

Wenn ich im Meer schwimmen würde, dachte Tane, würden mich die Haie sofort anfallen.

Nichts an ihm war heilig, nichts an ihm stark, er war eine Schande für sein Volk, oder vielmehr: Letztlich war sein ganzes Volk eine Schande. Dessen Niedergang war vielleicht gar nicht die Schuld der Weißen, sondern Folge der eigenen Schwäche, und die *moai* waren nicht etwa umgefallen, weil sie jemand gestoßen hatte, sondern weil die Ahnen nicht länger dem Elend der Nachkommen zuschauen wollten.

Tane beugte sich etwas vor, und prompt riss der scharfe Wind an seinem Haar. Ein kleiner Schritt nur, und er würde fallen, würde von spitzen Steinen aufgespießt oder von Haien zerfleischt werden. Eigentlich war es egal, wichtig war nur, dass es schnell ging, dass er nichts mehr spürte, keine Schmach ob der Niederlage, keine quälende Schuld gegenüber Hina, keinen Hader, weil seine Getreuen sich von ihm abgewandt hatten.

Etliche waren ihm zwar nach dem Zusammenstoß mit den Weißen in die Höhle gefolgt und hatten wissen wollen, wie es nun weiterging, doch er hatte ihnen kaum in die Gesichter sehen können, und noch schwerer war es ihm gefallen, schonungslos zu bekennen: »Ich weiß es nicht.«

Rückblickend wusste er nicht einmal, was genau falsch gelaufen war und warum er nicht einfach geschossen, sondern gezögert hatte. Natürlich hatte ihn der Gedanke an Hina davon abgehalten, auch die Gegenwart der vielen Frauen, seiner Großmutter und Angata, aber da war noch etwas anderes gewesen – ein tiefes Unbehagen, die Scheu vor dem Tod und noch mehr vor dem Töten, eine Stimme, die da sagte: Genug, es ist genug Blut vergossen worden.

Doch nun gelang es dieser Stimme nicht, ihn von den Klippen zurückweichen zu lassen. Nicht, weil er fand, dass diese Stimme Lügen verkündete, sondern weil ihm schlichtweg nichts anderes einfiel. Nur der Wunsch nach Rache hatte ihn jahrelang lebendig gehalten, während seine Eltern, die ihr Schicksal irgendwann angenommen hatten, gestorben waren.

Wie durfte er, der daran gescheitert war, diese Rache auszuüben, weiterleben?
Er beugte sich über den Abgrund und fühlte in seinem Bauch ein Kribbeln, das schmerzhaft und lustvoll zugleich war. Das Meer war stahlblau, die Gischt so weiß, nur er … er fühlte sich so schmutzig. Die Wellen, dessen war er sich sicher, würden ihn trotzdem umarmen und reinwaschen.
Lass dich fallen, sangen sie, komm zu uns, vielleicht ist dein Körper leichter, als du denkst, vielleicht prallt er nicht auf den Felsen auf, sondern fliegt davon …
Plötzlich störte ein unerwartetes Geräusch den Gesang der Fluten. Ein Keuchen erklang, doch es kam nicht aus seiner Kehle. Tane fuhr herum.
Ezequiel!
Der Chilene lief schwerfällig, mit Angst in den Augen und blutiger Stirn, und drehte sich mehrmals um. Er sah aus, als wäre er mit letzter Kraft einem Kampf entkommen, in dem er zu unterlegen drohte. Sollten Tanes Getreuen etwa auf eigene Faust …?
Aber nein, das konnte sich Tane nicht vorstellen. Sie hatten nie etwas getan, ohne dass er es ihnen befohlen hatte. Doch wer immer Ezequiel so zugerichtet hatte und wer immer ihm diese Angst eingejagt hatte – er hatte, wenn auch unbeabsichtigt, dafür gesorgt, dass sich ihre Wege kreuzten.
Unwillkürlich wich Tane vom Abgrund zurück und verbarg sich hinter einem der schwarzen Steine. Vorhin hatte er zwar sämtliche Schusswaffen abgelegt, doch er hatte immer noch einen Speer bei sich, und den umklammerte er entschlossen.
Ezequiel kam näher, und zu dem vielen Blut, das von der Stirn tropfte, kam Schweiß. Er musste schon eine Weile ge-

rannt sein, hatte nun aber keine Kraft mehr und blieb – nur wenige Schritte von der Stelle entfernt, wo eben noch Tane mit dem Leben gehadert hatte – stehen.

Tane packte den Speer noch fester, als er ihn auf Ezequiel richtete – nicht mit der spitzen Seite, sondern mit dem hölzernen Ende. Plötzlich war da keine Leere mehr in ihm, kein Hadern, keine Scham, keine Schuld. Die Schatten, die sich über sein Leben gesenkt hatten, fielen auf Ezequiel – Archibalds Verbündeten und einen gemeinen Mörder. Es hieß, dass er seinerzeit, als er die Insel betreten hatte, auf den Boden gespuckt hatte.

Das wirst du nie wieder tun, dachte Tane. Nicht einmal dein Blut wird den Boden beschmutzen. Du wirst vom Erdboden getilgt werden, als hätte es dich nie gegeben.

Mit einem Aufschrei stürzte Tane auf ihn los. Es ging so schnell, dass sich Ezequiel gerade noch umdrehen und die Augen angstvoll weiten konnte – zurückzuweichen, gar schützend die Hände zu heben, schaffte er jedoch nicht mehr, denn schon hatte Tane das stumpfe Ende des Speers in seinen Bauch gerammt. Ezequiel sog scharf die Luft ein, und wann und ob er wieder ausatmete, hörte Tane nicht mehr. Er fiel über die Klippen, und der letzte Schrei, den er ausstieß, war gemessen am Lied der Wellen leise und machtlos.

Danke, danke!, sangen sie. Du hast uns ein Opfer gebracht, jetzt sind wir satt und brauchen dich nicht mehr …

Tane stützte sich auf den Speer und spähte nach unten, konnte den Körper aber nicht erkennen. Die Gischt war immer noch weiß, Ezequiel hatte nicht einmal die Macht, sie rot zu färben.

Tane spuckte in die Tiefe, ehe er sich abwandte und gen Himmel starrte. Heiß jagte ihm das Blut durch den Körper,

und das gleißende Sonnenlicht machte ihn fast blind, als er sich auf die Brust schlug.
Er konnte also doch töten, er konnte sich also doch rächen, er war nicht dazu verdammt, zu scheitern.
Ezequiel war erst der Anfang gewesen.

In all den Wochen hatte Theresa so sehr gehofft, dass Katharina wohlbehalten nach Hause zurückkehren würde. In den Nächten hatte sie sich ausgemalt, wie sie sich in die Arme fielen, wie sie ihren Namen stammeln und immer wieder beteuern würde, dass sie sie unendlich vermisst und ihr längst verziehen hatte. Wenn sie nur lebte, würde alles andere so leicht, so selbstverständlich, so richtig sein.
Doch als Theresa sie nun sah – mit Nani, vor allem aber mit Aaron –, erstarrte sie.
Natürlich. *Er* hatte sie befreit, *er* hatte sie gefunden, *er* hatte sie zurückgebracht. Er wirkte schmutzig, erschöpft und schien einen Kampf hinter sich zu haben, aber selbstverständlich hatte er diesen Kampf nicht gescheut. Für Katharina würde er alles tun, sogar sterben.
In Theresas Mund schmeckte es jäh gallig, und die Bitterkeit, die sie doch längst abgelegt hatte, kehrte ebenso wieder wie die lang gehegte Eifersucht.
Sie hat doch schon einen Mann, sie hat drei Kinder, warum braucht sie auch noch Aarons Liebe?
Theresa blieb am Fenster stehen, statt nach draußen zu stürzen. Dennoch schien Barnabas, der auf seinem Lager ruhte, zu spüren, dass etwas vor sich ging. »Was ist los? Ist … ist sie es?«
Sie drehte sich um und sah, wie Barnabas versuchte, sich hochzukämpfen. Zu ihrer Bitterkeit gesellte sich schlechtes Gewissen.

Wenn er ihr vergeben kann, warum gelingt es mir dann nicht?

»Ja … sie lebt …«, sagte sie leise. »Es scheint ihr gut zu gehen.«

Barnabas' Augen leuchteten, indessen Jack begeistert nach seiner Mutter rief und zur Tür lief. Romy, die gerade kochte, ließ die Bataten fallen und stürmte ihm nach, und Tim, der gerade im Schafstall arbeitete, kam ebenfalls nach draußen und rannte auf Katharina zu. Selbst Barnabas schaffte es, stöhnend aufzustehen, und machte ein paar wankende Schritte, doch anstatt ihn zu stützen, rührte sich Theresa immer noch nicht.

Schäm dich! Schäm dich! Schäm dich! Freu dich endlich, dass sie lebt!

Und sie freute sich ja auch, zumindest tief im Inneren, nur zeigen konnte sie es nicht, umso mehr, da alle anderen so glücklich waren.

Jack hatte eben seine Mutter erreicht und umfasste ihre Beine, Romy fiel ihr in die Arme. Tim war etwas zurückhaltender und hielt Abstand, grinste jedoch übers ganze Gesicht. Und Barnabas schaffte es zwar nicht, ins Freie zu treten, sondern stützte sich am Türrahmen ab, aber seine Augen leuchteten immer noch. Selbst Aarons Gegenwart vermochte nichts daran zu ändern.

Theresa zwang sich nun doch, ins Freie zu treten. Auch wenn sie Katharina unmöglich umarmen konnte – sie wollte sie zumindest willkommen heißen. Doch als sie sie genauer musterte, brachte sie kein Wort hervor. Sie erstarrte wieder – diesmal nicht aus Eifersucht und Bitterkeit, sondern vor Entsetzen.

Wie erbärmlich sie aussah! So abgemagert, eingefallen, bleich und schmutzig! Sie war ja nur noch ein Schatten ihrer selbst, schien nicht einmal genug Kraft zu haben, um Jack auf den Arm zu nehmen.

Schäm dich!, dachte sie wieder. Schäm dich, schäm dich! Katharina hat die schlimmsten Wochen ihres Lebens hinter sich, und ich werde von dieser kleinlichen Eifersucht geplagt …

Ehe sie etwas sagen konnte, ja ehe Katharina sie überhaupt bemerkte, drehte sie sich um und lief davon. Der Einzige, der ihr nachblickte, kurz mit sich zu ringen schien, ob er ihr folgen sollte, war Aaron, aber er ahnte wohl, dass er der Letzte war, mit dem sie jetzt reden wollte. Vielleicht dachte er auch, sie liefe vor ihm davon.

Als sie außer Atem war und sich weit genug vom Haus der Wilkinsons entfernt hatte, hielt sie inne.

Warum konnte sie nichts richtig machen, wieso nicht großherzig sein? Wie sollte sie es jemals wieder schaffen, Katharina ins Gesicht zu sehen, mit ihr zu reden, nachdem sie hier und heute versagt hatte?

Sie setzte sich auf den Boden, umschlang mit den Händen ihre Knie und barg ihr Gesicht dazwischen. Langsam beruhigte sich der Atem, nicht aber der Aufruhr ihres Herzens.

»Du siehst ja aus, als wäre der Teufel hinter dir her.«

Rufus kam mit Catalina auf dem Arm auf sie zu, und die dunkle Wolke, in der sie zu stecken vermeinte, verflüchtigte sich. In der Zeit, die sie mit den beiden verbrachte, haderte sie nie mit sich selbst, sondern war von zermürbenden Gefühlen befreit.

Sie erhob sich. »Katharina …«, murmelte sie.

»Ist sie wieder da? Geht es ihr gut?«

Theresa zuckte die Schultern. »Sie wirkt sehr geschwächt, aber das Wichtigste ist, dass sie noch lebt.«
»Mutter wird sich freuen. Sie kann eine Aufmunterung gebrauchen, jetzt, da Lydia fort ist.«
Richtig, er hatte sich ja erst vor Kurzem von seiner Schwester verabschiedet. »Der Abschied ist auch dir schwergefallen, nicht wahr?«
»Ach was! Nun muss ich nur noch das Geschwätz von zwei Schwestern ertragen, nicht von dreien.«
»Gib es zu! Du wirst sie vermissen, auch wenn du es nicht zeigen willst.«
Er trat auf sie zu. »So wenig wie du zeigen willst, wie glücklich und erleichtert du bist, dass Katharina heil zurückgekehrt ist.«
Sie fühlte sich ertappt, und zugleich war sie einmal mehr erleichtert, ihm nichts vormachen zu müssen.
»Ich leugne ja gar nicht, dass ich mich freue. Aber in den letzten Wochen dachte ich mir, dass alles leichter sein würde und dass wir ganz neu anfangen können, wenn sie nur wiederkommt. Das war ein Irrtum, wie es auch falsch war zu glauben, ich würde eine ganz Neue werden, wenn ich erst einmal meine Heimat hinter mir gelassen habe und auf dieser Insel lebe. Man bleibt immer der Alte, ganz gleich, was geschieht, ganz so, als wäre man gezwungen, sein Leben lang dieselbe Kleidung zu tragen, egal, ob sie passt oder nicht, sauber ist oder verdreckt.«
Nachdenklich betrachtete er sie. »Wenn du die Möglichkeit hättest, alles zu vergessen, würdest du sie denn nutzen?«, fragte er.
Sie lächelte schmerzlich. »Ich weiß, du würdest es ganz sicher nicht, denn Hina würdest du nie vergessen wollen.

Aber du hast sie ja auch geliebt ... Ich hingegen habe Katharina so sehr gehasst.«

»Nun, und ich habe mich selbst gehasst, weil ich nicht gesehen habe, wie krank Hina war. Wie auch immer ...« Er setzte sich zu ihr ins Gras. »Ich habe meinen Vater oft nicht verstanden, weil er so versessen auf die Vergangenheit ist. Gewiss, dass er darüber unsere Familie meist vernachlässigt, ist in der Tat seine größte Schwäche. Doch auch wenn er der beste Vater der Welt gewesen wäre, hätte ich zunächst nicht verstanden, warum er ständig Zeugnisse vergangener Zeiten finden will. Sie sind ja doch allesamt kaputt, sie haben keinen Nutzen mehr. Einmal hat er mir Scherben eines Tonkrugs gezeigt, ich weiß nicht mehr, wo das war, in Italien oder Griechenland. Er hat sie voller Ehrfurcht hochgehoben, sie regelrecht gestreichelt, aber ich habe nur gedacht: Warum will er denn diese Scherben aufbewahren, wenn man aus diesem Tonkrug ja nicht mehr trinken kann?«

Sie betrachtete ihn von der Seite, während Catalina vergnügt an den Grashalmen zog. »Und jetzt denkst du das nicht mehr?«, fragte sie.

»Jetzt denke ich manchmal, dass man die *moai* wieder aufstellen sollte – aus Respekt vor jenen, die sie errichtet haben.«

»Aber den Tonkrug kann man nicht so leicht wieder zusammensetzen.«

»Einen Versuch ist es doch wert, um die zu ehren, die daraus getrunken haben.«

»Und wenn eine Scherbe fehlt?«

Er zuckte die Schultern. »Man kann Tote nicht wieder lebendig machen, aber man kann sie im Gedächtnis bewahren. Man kann vergangene Fehler nicht wiedergutmachen, aber man kann aus ihnen lernen. Ein halber Tonkrug hält mehr

Wasser als gar keiner, und wenn er ein zweites Mal zerbricht, dann bleibt immer noch die Möglichkeit, sich zu bücken und die Scherben aufzuheben. Und wenn eine fehlt, kann man hoffen, dass eine künftige Generation sie finden wird. Genauso wie unsere Kindeskinder vielleicht herausfinden werden, was diese Statuen bedeuten und wie man die *rongo-rongo*-Schrift entziffert. Was wiederum uns anbelangt: Selbst wenn wir heute noch nicht wissen, warum wir einen Fehler gemacht haben, können wir uns vielleicht morgen besser verstehen und uns selbst vergeben. Und selbst wenn wir ein Leben lang die gleiche Kleidung tragen müssten, so können wir doch hoffen, dass wir eines Tages in sie hineinwachsen werden und sie uns vorzüglich passt. Wegen dieser Hoffnung leben wir weiter. Wegen dieser Hoffnung setzen wir Kinder in die Welt.«

»Also denkst du mittlerweile, dass auch Scherben schön sein können.«

»Zumindest sind sie nicht wertlos. Diese Insel wurde von so vielen grausamen Männern heimgesucht … und sogar lange vor ihrer Ankunft hat sich die Bevölkerung in Kriegen fast ausgerottet. Mein Vater hat einmal behauptet, sie sei bewaldet gewesen, aber die Bäume wurden entweder gefällt oder von einem Feuer zerstört. So oder so – Rapa Nui ist und bleibt Catalinas Heimat, und was immer in der Vergangenheit passiert ist, in der Zukunft müssen wir das Beste daraus machen. Du wiederum bist und bleibst Katharinas Schwester, und auch daraus musst du das Beste machen. Nein, Scherben sind nicht schön, aber das heißt nicht, dass wir sie nicht noch gebrauchen können, und wenn nicht wir selbst, so wenigstens unsere Kinder.«

Sein Lächeln geriet schmerzlich, und in seinen Augen stand

Trauer, er dachte gewiss an Hina. Und doch spürte sie: Mochte er auch nicht mehr so unbekümmert sein wie früher, mochte er gelernt haben, dass auch ein fröhlicher Mensch nicht vor Schicksalsschlägen gefeit ist – tief in seinem Inneren war da immer noch die Überzeugung, dass das Leben viele Freuden barg, die einem zwar nicht selbstverständlich zufielen, aber um die zu kämpfen es sich lohnte.

»Du denkst also, ich soll zurück nach Hause gehen und mich mit Katharina aussprechen?«, fragte sie.

Er blickte hoch. »Ich denke, dass es fürs Erste genügt, eine kleine Wanderung mit mir und Catalina zu unternehmen.«

Nach den vielen Worten, die sie gemacht hatten, tat es gut, zu schweigen. Sie stiegen den steilen Hang des Rano Kau hinauf, und immer wieder gab Rufus Theresa die Hand, um sie zu stützen, obwohl er auf dem anderen Arm Catalina trug. Es schien ihn nicht die geringste Anstrengung zu kosten, während die Kleine zu quengeln begann und Theresa schweißüberströmt war, als sie endlich auf den Kratersee hinabblicken konnten. Gerade ließ sich ein Schwarm Vögel kreischend auf die Schilfpolster nieder – ein Anblick, der in Theresa Neid hervorrief. Wie angenehm wäre es, sich eine Weile auf einem solch weichen Bett auszuruhen!

Rufus schien ihre Gedanken zu erahnen. »Wollen wir uns ein wenig in den Schatten setzen?«, fragte er.

Sie hob die Brauen. »Und wo, bitte schön, ist hier Schatten?«

»Nun, ich kann für welchen sorgen, wenn du willst.«

Er zwinkerte ihr zu, und sie dachte schon, er wollte darüber spotten, dass sie derart außer Atem war, doch dann drückte er ihr Catalina in die Arme, und wenig später hatte er aus

mehreren Stangen Schilf ein kleines Zelt gebaut. Er konnte das Dach nicht ganz abdecken, und das Sonnenlicht sprenkelte den Boden, doch ohne Zweifel war es hier nicht so heiß wie im gleißenden Licht.
Rufus nahm ihr Catalina wieder ab, setzte sich mit ihr in den Schatten und sang ein Lied, bis sie müde wurde, sich die Augen rieb und bald in seinen Armen eingeschlafen war.
Theresa betrachtete ihn liebevoll. »Du bist ein guter Vater.«
»Pst.« Er legte seinen Finger an die Lippen. »Wenn sie gerade erst eingeschlafen ist, wird sie schon vom leisesten Laut geweckt.«
»Das heißt, wir können gar nicht miteinander reden? Ich muss dir etwas Wichtiges sagen …«
»Lass uns ein wenig warten.«
Sie saßen still, bis Catalina noch tiefer eingeschlafen war, dann gab Rufus Theresa ein Zeichen, ihm zu folgen. Ihre Schritte wurden vom moosigen Boden gedämpft. Obwohl Theresa sich genau das gewünscht hatte, zögerte sie, als sie ein Stück weit von dem Schilfzelt entfernt stehen blieben.
»Und?«, fragte Rufus. »Was willst du mir denn nun sagen?«
Als sie vorhin ihr Anliegen benannte, hatte er gegrinst. Dass er sie nun nachdenklich musterte, machte es ihr nicht gerade einfach, die Worte auszusprechen. Schließlich fasste sie sich aber doch ein Herz.
»Du hast vorhin gesagt, dass man auch einen zersprungenen Krug irgendwann vielleicht wieder zusammensetzen kann. Man muss nur alle Scherben finden oder vielmehr die, die man bereits hat, aufbewahren und darauf hoffen, dass die Nachfahren das Werk zu Ende bringen. Denkst du … denkst du, du kannst jemals wieder lieben?«
Er blickte sie durchdringend an. »So wie Hina?«, fragte er.

Er leckte sich über die Lippen, räusperte sich. »Nein«, sagte er schließlich mit belegter Stimme.
Laut ließ sie ihren Atem entweichen, bemerkte erst jetzt, dass sich jede Faser ihres Körpers angespannt hatte. »Ach so …«
Sie versuchte, sich die Enttäuschung nicht anmerken zu lassen, doch plötzlich lächelte er und nahm ihre Hand. »Aber eine andere Frau auf eine andere Weise lieben – ich glaube, das kann ich. Und das wünsche ich mir auch von ganzem Herzen.«
Eine Weile standen sie sich steif gegenüber. Rufus schien sich nicht sicher zu sein, was er nun tun sollte, und sie auch nicht. Hermano hatte sie nie geküsst. Er war kein grober Mann wie sein Bruder, aber auch nicht sonderlich feinfühlig. Außerdem hatte er sich fast ihre ganze Ehe über kränklich gefühlt – erst auf dem Schiff und erst recht auf der Insel. Aaron dagegen war stark und gesund gewesen, doch die Erinnerungen an die Küsse, die sie mit ihm geteilt hatte, waren lange Zeit unendlich schmerzvoll, rührten sie doch an dem Gefühl, betrogen worden zu sein. Doch wenn Rufus sie als erste Frau nach Hina küssen konnte, dann sie ihn doch viel leichter als ersten Mann nach Aaron, und schließlich war es ganz selbstverständlich, sich vorzubeugen, ihre Lippen auf seine zu drücken, sie ganz langsam zu öffnen. Theresa wollte gerade die Hand heben, sie um seinen Nacken legen und sich an ihn schmiegen, doch ehe sie sich ganz und gar dem Kuss und den wohligen Gefühlen, die er in ihr auslöste, hingeben konnte, ertönte hinter ihnen ein hoher Schrei.
»Catalina!«, entfuhr es ihnen wie aus einem Mund.
Obwohl sie sich kaum ein Dutzend Schritte vom Zelt entfernt hatten, erschien ihnen die Strecke bis dorthin wie eine

Ewigkeit. Mit jedem Schritt wuchs die Angst und wandelte sich in Entsetzen, als sie das Zelt leer vorfanden.

Das Schilf raschelte, ein Vogelschwarm stob hoch.

»Catalina!«, schrie Rufus wieder, während Theresa kein Wort hervorbrachte.

Wie konnte sie nur ... warum schon wieder ... Katharina hatte sie doch oft genug gescholten, sie würde nicht ordentlich auf Jack aufpassen ... Sie hätte niemals ...

Da ertönte abermals ein Laut – kein angstvoller Schrei diesmal, sondern ein helles, belustigtes Glucksen. Und dann sahen sie die beiden: Tane, wie er inmitten des Schilfs stand, die Kleine auf dem Arm, und wie sie ihn – sichtlich fasziniert von seinem nackten, glatten Oberkörper – strahlend anlächelte.

»Catalina! Um Gottes willen!«, schrie Rufus und fügte flehentlich hinzu: »Tu ihr nichts, ich bitte dich, tu ihr nichts!«

Theresas Kehle wurde ganz trocken, während Rufus mit sich zu ringen schien. Am liebsten, das konnte sie ihm deutlich ansehen, wäre er auf Tane zugestürzt, um ihm sein Kind zu entreißen. Doch zugleich hatte er Angst, Catalina damit in noch größere Gefahr zu bringen. Und Theresa zweifelte keinen Moment daran, dass die Kleine in solcher war. Tane war unberechenbar, nach dem gescheiterten Kampf noch mehr als zuvor. Er wusste wohl nicht, wohin mit seinem Hass und seinen Rachegedanken, und Rufus war ein willkommenes Opfer, trug er in Tanes Augen doch eine Mitschuld an Hinas Tod: Wenn sie nicht schwanger geworden wäre, hätte die Tuberkulose sie womöglich nicht so früh hinweggerafft. Dies nun war seine Gelegenheit, es ihm stellvertretend für alle Weißen heimzuzahlen.

»Bitte ...«, stammelte sie. »Bitte nicht ...«

Ihre Worte waren zu leise, um Tane zu erreichen, und Catalina schien von der Gefahr nichts zu bemerken. Sie gluckste noch fröhlicher, und plötzlich antwortete Tane mit rauer, melodischer Stimme. Er streichelte ihr Gesichtchen, kitzelte sie am Bauch, hob sie schließlich noch höher, um sie ausführlich zu betrachten.

»Sie sieht aus wie Hina«, stieß er hervor.

Rufus entspannte sich ein wenig. »Ja, das tut sie.«

Vorsichtig ging er einen Schritt auf die beiden zu, und Theresa folgte ihm rasch. Tane machte keine Anstalten, das Kind wieder auf den Boden zu setzen, aber so glücklich, wie die Kleine lachte, wusste sie plötzlich: Er würde ihr niemals ein Haar krümmen.

Erst nach einer Weile konnte Tane seine Augen von der Kleinen lösen. Er starrte Rufus verwirrt an, als wäre er aus einem langen dunklen Traum erwacht.

»Ich ... ich habe ein Zeichen bekommen ...«, stammelte er. »Ich dachte, ich sollte noch mehr töten ... dass der Krieg nicht vorüber wäre ... nie vorüber sein kann. Aber dann ... dann kam sie auf mich zugekrabbelt. Sie hat keine Angst vor mir. Sie ist so ... hübsch, so unbeschwert, so fröhlich.«

Theresa hatte sich vor Tane immer gefürchtet, aber nun war es ganz leicht, auf ihn zuzutreten und Catalinas Händchen zu nehmen.

»Hinas Kind«, sagte sie leise, »Hinas Kind ist unser Ein und Alles.«

»Und wenn sie dein Herz genauso berührt wie unseres«, fügte Rufus hinzu, »wenn auch du ihr Bestes willst, dafür sorgen, dass sie häufiger lacht als weint und mehr Liebe erfährt als Hass, dann können wir unmöglich deine Feinde sein.«

Tanes Gesichtsausdruck wurde ernst und feierlich, als er nach langem Schweigen endlich nickte. »Wir sind keine Freunde, wir sind keine Familie. Aber sie soll ein gutes Leben haben, sie soll in Frieden aufwachsen, sie soll glücklich sein. Und wenn ihr dafür sorgt, habt ihr von mir nichts zu befürchten.«

Catalina hörte zu glucksen auf und starrte ihn mit großen Augen an. Rufus streckte die Hände nach ihr aus, und Tane übergab sie ihm. Theresa erschauderte, als sie den Speer bemerkte, den er neben sich in den Boden gerammt hatte, aber in seiner Miene stand keinerlei Feindseligkeit, und als sein Blick erneut zu Catalina ging, verzogen sich seine Lippen zu einem schiefen Lächeln.

»Ich weiß jetzt, dass Hina mir vergeben hatte«, sagte er.

Rufus nickte, ehe Tane durch das Schilf davonging. Eine Weile hörten sie seine Schritte, dann die Vögel, die sich erneut auf den Schilfpolstern niederließen, schließlich nur noch das Rauschen des Grases im Wind und das Plätschern eines Bächleins, das in den Kratersee floss.

Theresa legte ihren Arm um Rufus' Schultern. Als er sich zu ihr wandte, erwartete sie, dass er sich vorbeugen, sie wieder küssen würde, aber er starrte sie nur an, und in die Stille hinein fragte er ähnlich feierlich, wie vorhin Tane geklungen hatte: »Heiratest du mich?«

Theresa brachte kein Wort über die Lippen. Erst als Catalina wieder fröhlich gluckste, stieß sie ein freudiges Ja aus.

28. Kapitel

Barnabas hatte es zwar geschafft, sie im Stehen zu begrüßen, doch diese Anstrengung verlangte ihren Tribut. Sobald er sich aus Katharinas Umarmung löste, wäre er hingefallen, hätten Tim und sie ihn nicht rechtzeitig gestützt.

Zum Abend hin stieg sein Fieber, und auch wenn es während der Nacht wieder sank, war am nächsten Morgen seine Haut blass, fast gelblich. Die blonden Augenbrauen wirkten weiß, die Augen schienen in dunklen Höhlen zu versinken. Wenn er sich nur halb so elend fühlte, wie er aussah, musste er sich in einem schrecklichen Zustand befinden, doch wann immer sein Blick auf Katharina fiel, rang er sich ein Lächeln ab.

»Du musst nicht bei mir sitzen«, flüsterte er, »du solltest dich ausruhen.«

Bis jetzt hatte Katharina sich nur notdürftig gewaschen und lediglich ein neues Kleid angezogen. Sie war zwar unendlich erschöpft, wusste jedoch zugleich, dass sie keinen Schlaf finden würde. Viel zu groß war ihre Angst, seinen letzten Atemzug zu verpassen.

»Versprich mir, für die Kinder zu sorgen«, fuhr er mit schwacher Stimme fort. »Jack ist noch so klein, er wird mich nicht sonderlich vermissen, und Tim wird sich in die Arbeit stürzen. Aber Romy … Ich glaube, für Romy wird es am schlimmsten werden. Nach dem Tod ihrer Mutter hat sie so sehr gelitten, sie hat wochenlang nicht geredet, und jetzt werden die traurigen Erinnerungen wieder erwachen. Du … du musst ihr beistehen.«

Sie wollte ihm widersprechen, empört erklären, dass er nicht einmal daran denken durfte, zu sterben, aber dann sagte sie sich, dass nicht nur das ständige Schweigen ihre Ehe vergiftet hatte, sondern auch ihre Lügen. Jetzt war keine Zeit mehr, sich etwas vorzumachen.

Sie nickte entschlossen. »Die beiden stehen mir so nahe, als wären sie meine leiblichen Kinder.«

»Ich weiß, du liebst sie. Sie haben es dir leicht gemacht … leichter als ich.«

Sie lächelte schmerzlich. »Das war nicht immer so. Ich habe es dir nie erzählt, aber Tim hat mir kurz nach meiner Ankunft einen bösen Streich gespielt. Er hat einen Eimer kaltes Wasser über mir ausgekippt.«

Er erwiderte ihr Lächeln, doch es war traurig. »Das hast du mir nie gesagt. Wahrscheinlich hast du gedacht, ich würde es nicht verstehen.«

»Ich wollte doch nur nicht, dass du Tim bestrafst.«

»Ich hätte meinem Sohn doch nie etwas Böses zugefügt. Ich habe nie eines der Kinder geschlagen.«

»Ich weiß.«

Er versuchte, sich aufzusetzen, aber sein Kopf fiel zurück aufs Kissen. »Aber nichts Falsches zu tun, das ist zu wenig … es war dir zu wenig. Deswegen …« Er keuchte, jeder Atemzug fiel ihm unendlich schwer. »Deswegen … der Pastor …«

Katharinas Kehle wurde eng, und erneut lagen so viele Lügen auf den Lippen. Doch wenn sie schon miteinander sprachen, so viel und so offen wie nie zuvor, dann war sie ihm die

Wahrheit schuldig. »Ich habe ihn bereits geliebt, noch bevor wir uns getroffen haben. Sonst wäre alles anders gekommen. Wer weiß … vielleicht hätte ich sehr glücklich sein können mit dir.«

»Na ja«, wandte er ein, »du hättest dich mit mir begnügt. Aber eine Frau wie du – sie sollte sich mit nichts begnügen, sie sollte alles haben.«

Katharina schluchzte auf. Sie konnte regelrecht spüren, wie das Leben aus seinem Körper schwand, und hätte es am liebsten gepackt und festgehalten. So oft hatte sie beklagt, was ihr alles fehlte, dass Barnabas ihr fremd geblieben war, sich stets so verschlossen gab und oft einfältig zeigte, doch nun stand ihr vor Augen, was sie verlieren würde: einen Mann, der hart schuftete, um für sich und seine Familie zu sorgen, der verlässlich war, treu und rechtschaffen. Er wusste mehr über sie, als sie erwartet hatte, und bewies es, indem er ihr mit jedem Wort, jeder Geste verzieh. Sie hingegen konnte ihm nicht mehr beweisen, dass sie nicht nur enttäuscht von ihm war, sondern sich aufrichtig wünschte, er möge wieder gesund werden und sie beide einen neuen Anfang wagen.

Sie senkte ihren Kopf, um ihr tränenüberströmtes Gesicht zu verbergen, und er begann, über ihren Rücken zu streicheln. Nie zuvor hatte er sie so zärtlich berührt. »Du … du bist noch jung … So viele Jahre liegen noch vor dir … Versprich mir nicht nur, für die Kinder sorgen … Versprich mir, glücklich zu sein. Und wenn du an mich denkst, dann denk nicht an die schlimmen Stunden. Denk nicht daran, wie ich dich eingesperrt habe … wie du mit der Axt in der Hand vor mir gestanden hast … Denk an schöne Stunden. Die hat es doch auch gegeben, oder?«

Sie hob den Kopf und lächelte unter Tränen. »Natürlich!«, rief sie. »Als ich dir sagte, dass ich ein Kind erwarte, haben deine Augen geleuchtet. Und als Jack auf die Welt kam, noch mehr. In den ersten Wochen hat er so oft gebrüllt, aber du hast dich nie beschwert. Einmal hast du ihn fast eine ganze Nacht lang herumgetragen, weil ich so erschöpft war, und am nächsten Tag bist du dennoch früh aufgestanden, um die Schafe zu versorgen, und hast dich nicht beschwert, wie müde du warst.«
Er streichelte sie immer langsamer. Seine Augen waren starr auf sie gerichtet, aber er brachte kein Wort mehr hervor.
»Einmal habe ich zugehört, wie du Jack ein Lied vorgesungen hast«, fuhr Katharina hastig fort. »Es hat grässlich geklungen, denn du kannst nicht singen. Aber ihm hat es trotzdem gefallen. Er hat geklatscht und gelacht.«
Seine Hand wurde schlaff und fiel zurück, aber er sah sie immer noch an.
»Und Romy ... Kannst du dich an das Lämmchen erinnern, das sie so sehr geliebt hat? Es sollte eigentlich geschlachtet werden, doch sie hat so bitterlich geweint, dass du es ihr geschenkt hast. Als es erwachsen war, wurde es das bösartigste Schaf, das ich kenne. Wie oft hat es meinen Garten zertrampelt, und wie wütend war ich darüber.«
Wie lächerlich erschien ihr jetzt diese Wut! Und wie überreich stiegen da plötzlich Erinnerungen in ihr hoch, glückliche Erinnerungen! Stundenlang hätte sie noch mehr beschwören können, aber Barnabas konnte ihr nicht mehr stundenlang zuhören. Langsam, ganz langsam schlossen sich seine Augen. Noch atmete er, doch es genügte ihr nicht, nur zuzusehen, wie sich seine Brust hob und senkte. Sie legte ihren Kopf auf seine Brust und fing die Melodie jenes Liedes zu summen an, von dem sie vorhin gesprochen hatte.

Sie weinte so heftig, dass die Töne noch schiefer klangen als aus seiner Kehle. Doch auch die falschen Töne hatten es vermocht, Jack zu erheitern. Und nun waren es die falschen Töne, die Barnabas Frieden schenkten, als er starb.

Es war ein grauer, ungewohnt nebeliger Tag, als sie Barnabas auf dem kleinen Friedhof neben der Kirche begruben. Katharina und die Kinder versammelten sich um das Grab, Theresa und Rufus, die sich eben verlobt hatten, Myra, Lucius und die Zwillinge, außerdem Vincent Pont mit seiner Frau und Aaron. Sogar Charles Higgins war gekommen, jedoch – bis auf Nicholas Pakarati und Elizabeth – keine Rapanui. Pakarati predigte wie immer mitreißend und las mit ausladenden Gesten aus dem Evangelium vor, doch als es darum ging, den Toten zu würdigen, konnte er nicht viel mehr sagen, als dass Barnabas stets fleißig gewesen war und nie für Unfrieden gesorgt hatte.
Ist das wirklich alles, was von seinem Leben bleibt?, dachte Katharina.
Seit seinem Tod hatte sich Schwermut über ihr Gemüt gesenkt. Selbst als sich der Nebel lichtete, blieb alles um sie herum grau. Die Sonne hing bleischwer vom Himmel und vermochte es nicht, sie zu wärmen, und der Wind blies zu schwach, um sie zu beleben. Alles schien zu schwach zu sein, zu jämmerlich, zu trostlos – auch die Hoffnung, dass die Insel etwas anderes war als ein einziger großer Friedhof. Anders als an seinem Totenbett konnte Katharina nicht einmal weinen.
Eine andere schluchzte umso herzzerreißender, obwohl man von ihr am allerwenigsten einen Gefühlsausbruch erwartet hatte: Als die erste Schaufel Erde polternd auf den Sarg fiel, brach Myra plötzlich in Tränen aus. Alle betrachteten sie

verwirrt, sogar Lucius, obwohl ihm solche Gemütsregungen doch meist verborgen blieben. Nur Pakarati achtete nicht weiter darauf, sondern stimmte ein Gebet an.

Als er verstummte, zog Theresa Jack und Romy vom Grab weg, und Tim folgte ihnen ebenso rasch wie Aaron. Katharina hingegen blieb noch stehen, und auch Myra rührte sich nicht von der Stelle, obwohl Lucius seiner Frau fragende Blicke zuwarf.

»Warum trauerst ausgerechnet du um Barnabas?«, fragte Katharina verwirrt. »Du hast ihm doch nie sonderlich nahegestanden.«

Jetzt erst blickte Myra auf, wischte sich die Tränen vom Gesicht und schnäuzte sich geräuschvoll.

»Ich trauere doch nicht um Barnabas!«, rief sie. »Aber Romy hat mir gesagt, dass ihr die Insel bei nächster Gelegenheit verlassen werdet.«

Diesen Entschluss hatte Katharina erst gestern gefällt, und sie war immer noch überzeugt, das einzig Richtige zu tun. Ohne Barnabas konnte sie hier nicht weiterleben: Nicht nur, dass sie kaum den Alltag bewältigt hätte – es fühlte sich einfach nicht richtig an. Weder Romy und Tim hatten protestiert, als sie ihnen die Pläne bekundete.

»Ich … ich ertrage es hier nicht länger«, sagte sie. »Wir werden in Chile einen neuen Anfang machen, vielleicht in der Siedlung, in der ich aufgewachsen bin …«

»Und Aaron?«

Katharina schluckte schwer, rang nach den passenden Worten, fand aber nicht die richtigen, um ihre Gefühle auszudrücken. Plötzlich verstand sie, warum Barnabas oft lieber geschwiegen hatte, als das Falsche zu sagen. »Es … es ist … irgendwie … zu spät«, murmelte sie schließlich.

Myra hinterfragte die Worte nicht. »Und an mich denkst du gar nicht?«, rief sie. »Ich habe meine älteste Tochter verloren, und jetzt soll ich auch dich ziehen lassen?«
Katharina zuckte hilflos mit den Schultern. »Es dauert sicher Monate, bis das nächste Schiff anlegt, und so lange …«
»Na und?«, unterbrach Myra sie rüde. »Irgendwann bist du trotzdem weg. All die Jahre … die viele Schufterei … Ich habe immer die Zähne zusammengebissen, aber diese Einsamkeit ertrage ich nicht länger. Ich … ich kann einfach nicht mehr.«
Katharina war so erstaunt, dass sie erstmals ihren eigenen Kummer vergaß. Von Myra hätte sie alles erwartet, nur nicht, dass sie jemals offen eingestand, mit ihren Kräften am Ende zu sein.
Myra schien sich selbst dafür zu schämen, denn sie schluckte verbissen neue Tränen herunter und presste ihre Lippen zusammen, damit ihr nicht noch mehr verräterische Worte entwichen. Doch ehe sie sich vom Grab abwandte und Katharina sie trösten konnte, fragte Lucius verwirrt: »Du willst nicht mehr hierbleiben?« Und bevor Myra das bejahen oder wenigstens nicken konnte, rief er überzeugt: »Nun, dann verlassen wir die Insel eben auch.«
Beide Frauen starrten ihn an. Seine Miene war arglos wie immer, als ginge ihm zum ersten Mal ihm Leben auf, welche Opfer er von seiner Familie verlangte.
»Ich meine, es gibt so viele Geheimnisse alter Kulturen zu lüften«, fuhr er fort, »ich finde auch anderswo etwas zu tun.«
Katharina erwartete, dass seine Worte Myra rühren und sie sich für seine unerwartete Rücksichtnahme freuen würde, stattdessen ballte sie die Hände zu Fäusten und blaffte ihn an: »Und das fällt dir erst jetzt ein?«

Beschwichtigend hob er die Hände. »Natürlich würde ich lieber bleiben, bis ich die Rätsel der Schrift und der Statuen aufgedeckt habe, und natürlich hätte ich gerne Ruhm erlangt. Aber wenn du es hier nicht mehr erträgst, gehen wir so schnell wie möglich.«

Sprach's, zuckte die Schultern und suchte das Weite.

Myra war sprachlos, aber Katharina konnte trotz der trüben Stimmung nicht anders, als zu lächeln. »Er liebt dich.«

»So ein Unsinn!«, bellte Myra.

»Doch, er liebt dich. Auf seine Weise eben – so wie Barnabas mich auf seine Weise geliebt hat, aber Liebe ist es eben doch.«

Myra schnaubte. »Ach was. Er hat sich schlichtweg an mich gewöhnt, so wie ich mich an ihn. Das ist der Grund, warum man seine Familie nicht erschlägt: Weil man die Gesichter, in die man ständig glotzt, trotz allem irgendwie nicht missen möchte.«

»Dennoch, er hat soeben bewiesen, dass er sich, müsste er die Wahl zwischen seiner Arbeit und seiner Familie treffen, immer für dich entscheiden würde.«

Myras Mundwinkel zuckten, aber sie wollte weiterhin nicht zeigen, wie tief bewegt sie war, und lenkte rasch ab. »Wenn du schon von Entscheidungen sprichst: Du stehst nicht länger zwischen Barnabas und Aaron. Du bist nun frei, um glücklich zu werden. Warum, um Himmels willen, wehrst du dich bloß dagegen?«

Katharina schüttelte Kopf. »Schau dich doch um! Die Erde hier ist so trocken. Es hat den Männern so große Mühe gemacht, das Grab zu schaufeln. Hier kann nichts wachsen, was blüht.«

»So ein Unsinn! Sieh dir deinen Garten an … und erst recht

meinen! Obwohl sie so karg ist, bringt diese Insel prächtige Blumen hervor – man muss nur wissen, welche man pflanzt.«

»Sollen Theresa und Rufus doch diese Blumen pflücken. Ich hingegen habe in den letzten Wochen zu viel Tod und zu wenig Sonne gesehen. Ich will nicht Unkraut jäten, ich will nicht in der Erde graben. Ich will auch nicht dieses laute, heftige, heiße Glück, das immer nur wenige Augenblicke währt und auf das allzu bald wieder neue Qualen folgen. Ich … ich will einfach nur Frieden.«

Myra betrachtete sie nachdenklich. »Es fällt mir schwer, das zu glauben.«

Katharina funkelte sie an. »Du hast eben selbst zugegeben, dass du nicht mehr kannst. Wenn eine Myra Grey erschöpft sein darf, dann sollte es mir doch umso mehr erlaubt sein.«

»Ist es wirklich nur Erschöpfung oder nicht vielmehr Trotz?«, fragte Myra.

»Und wenn's so wäre. Letztlich war es auch der Trotz, der mich auf diese Insel geführt hat. Es hat schon seine Richtigkeit, wenn er mich dazu treibt, sie wieder zu verlassen.«

Myra sagte nichts mehr, nickte nur nachdenklich und ließ sie wenig später allein am Grab zurück.

Lange blieb Katharina dort stehen. Der Wind wurde stärker, zerfranste den Nebel und vertrieb schließlich heulend die letzten grauen Fäden. Er riss am Holzkreuz auf Barnabas' Grab, ließ ihr kleine Steinchen ins Gesicht prasseln und pfiff durch die Ritzen der Kirche. Ihr neue Kraft und neue Lebenslust einhauchen konnte er aber auch weiterhin nicht.

29. Kapitel

Einige Wochen waren seit Barnabas' Tod vergangen, als Aaron zur Familie Grey aufbrach. Ein drückender Sommer lag hinter ihnen. Obwohl sich die Sonne meist hinter Wolken versteckte, fiel in der ungewohnt schwülen Luft jede Anstrengung schwer. Heute war der Himmel großteils klar, und die wenigen Wolkenberge in der Ferne waren strahlend weiß und hingen so tief über dem Meer, dass sie wie Inseln aussahen. Ihr Anblick mochte nichts daran ändern, dass die Osterinsel in den letzten Monaten der einsamste Ort der Welt gewesen war – nicht nur, weil sie so weit vom Festland entfernt lag, sondern dort schier vergessen worden zu sein schien.

Am Morgen war jedoch plötzlich ein Schiff aufgetaucht. Es waren allesamt fremde Männer, die an Land gingen, und als Aaron, der bis jetzt trotz allem mit ihrer Rückkehr gerechnet hatte, nach den Toro-Brüdern fragte, meinten sie, dass sie noch nie von ihnen gehört hatten. Charles Higgins, der Verwalter des Hauses Salmon-Brander, kam ebenfalls an den Strand gelaufen – Aaron hatte noch nie gesehen, dass er so schnelle Schritte machte. Meist blieb er in Vaihu verkrochen, kümmerte sich um die Schafe und beaufsichtigte die wenigen Rapanui, die er angestellt hatte. Der Rest, so erklärte er, interessiere ihn nicht.

Jetzt schien in ihm kurz die Hoffnung zu erwachen, dass sein Exil beendet war, doch der Kapitän beschied ihm, dass

er lediglich gekommen sei, um im Auftrag von Alex Salmon neue Vorräte zu bringen und Wolle abzuholen, ansonsten aber alles beim Alten bliebe. Zwar sei der Erbschaftsstreit mittlerweile endgültig geklärt und das Haus Salmon-Brander befugt, das Land nicht nur an Chile zu verpachten, sondern zu verkaufen, doch da sich dort niemand um diese Angelegenheit kümmerte, sei die Entscheidung, wie weiter zu verfahren sei, aufgeschoben worden.
Higgins war enttäuscht, als er – wieder langsam und schwerfällig – davonging. Aaron hingegen hatte die Neuigkeiten nicht ohne Erleichterung aufgenommen. Auch wenn es manchmal schwer auszuhalten war, dass die Zukunft der Insel ungewiss blieb, war dies allemal besser, als die Ankunft eines neuen Despoten zu erleben.
Zugleich erwachte beim Anblick des Schiffs Wehmut. Er wusste, dass die Greys die Entscheidung gefällt hatten, so bald wie möglich die Insel zu verlassen, und auch Katharina hatte vor, mit dem ersten Schiff, das anlegte, abzureisen. Das hatte er zumindest von Myra gehört – selbst hatte sie es ihm nicht gesagt.
Seit Barnabas' Begräbnis war sie ihm aus dem Weg gegangen wie in all den Jahren zuvor, und er respektierte es. Er war sich nicht einmal sicher, ob er sich von ihr verabschieden sollte, und begnügte sich vorerst damit, den Greys alles Gute zu wünschen.
Schon von Weitem konnte er Myras Stimme hören, die ihren Töchtern einmal mehr Befehle erteilte. Die Nachricht, dass ein Schiff vor Hanga Roa ankerte, hatte sie offenbar schon erreicht, und sie hatte sofort zu packen begonnen. Penny und Percy schossen geschäftig herum, doch Theresa saß auf der Bank im Garten und sah der kleinen Catalina zu, deren

Schritte noch etwas wackelig gerieten, die aber umso entschlossener Blumen ausriss. Sie sprach auch schon einige Wörter, ein paar spanische, ein paar englische und ein paar auf Rapanui. Letztere lernte sie von Nani, die wieder so selbstverständlich sprach, als wäre sie nie für Jahre verstummt, oder von ihrer Urgroßmutter, die sie manchmal besuchte.
Theresas Augen leuchteten, als sie die Kleine beobachtete. Selbst als sie Aaron erblickte, hörte sie nicht zu lächeln auf. Wie Katharina war er auch ihr in der letzten Zeit aus dem Weg gegangen, um nicht an Schmerz und Hader zu rühren, doch nun begriff er, dass dieser Schmerz nicht sonderlich tief gegangen sein konnte.
»Theresa …«
»Du bist doch nicht böse, dass du nicht dabei gewesen bist?« Er sah sie fragend an.
»Rufus und ich haben vor einer Woche geheiratet. Es war eine kleine Zeremonie. Pakarati ist hierhergekommen, ich wollte nicht noch einmal die Kirche als Braut betreten.« Sie lachte auf, als wäre eine der dunkelsten Stunden in ihrem Leben rückblickend nur ungemein komisch.
»Ich freue mich für dich … für euch«, erwiderte er.
Aaron entspannte sich noch mehr, als Theresa ihn zu sich auf die Bank winkte, und Catalina kreischte vor Freude, als weitere Blumen zur Beute wurden.
»Wenn Myra das sieht, wird sie sich ärgern, aber da sie die Insel verlässt, kann es ihr eigentlich gleich sein, wie ihr Garten aussieht.«
»Und ihr? Werdet ihr mit ihnen gehen?«
Theresa schüttelte den Kopf. »Rufus will, dass Catalina hier aufwächst – in der Nähe von ihren Verwandten mütterlicherseits. Zumindest fürs Erste …«

Sie wich seinem Blick aus, und Aaron verstand nur zu gut, was sie meinte. Fürs Erste … solange die Rapanui in Frieden leben konnten … Wie lange dieser währen würde, war nicht sicher. So oder so war er froh, Verbündete auf der Insel zu wissen.

»Ich nehme an, du wirst auch bleiben«, sagte sie.

Er nickte. »Wir wissen nicht, was kommt. Ich werde versuchen, weiterhin die Schule am Leben zu erhalten, und auf der Leprastation gibt es viel zu tun. Nach Tanes Aufstand hat sich wieder Lethargie breitgemacht. Viele Rapanui bleiben in Hanga Roa, obwohl es niemanden gibt, der sie davon abhält, sich frei auf der Insel zu bewegen.«

»Und weißt du etwas von Tane? Er hat uns versprochen, dass Catalina in Frieden aufwachsen kann.«

»Soweit ich weiß, verbringt er die meiste Zeit am Anakena-Strand, baut Flöße und fängt Fische … Das scheint ihn glücklich zu machen – zumindest im Moment.«

Theresa blickte auf Catalina. »Alles scheint nur für den Moment und fürs Erste zu gelten, nichts scheint von Dauer zu sein. Wie wird es wohl um die Insel stehen, wenn sie erwachsen ist?«

»Meine Kindheit verlief ähnlich. Wir wussten nie, wohin mein Vater gehen würde und was uns dort erwartete. Später habe ich oft damit gehadert, aber als Kind habe ich nicht darunter gelitten. Damals habe ich das Leben so genommen, wie es kam, und manchmal wünsche ich mir, ich hätte mir diese Gelassenheit bewahrt. Oder einen Glauben, wie Nicholas Pakarati ihn hat – dass nämlich alles gut wird, wenn man nur eifrig zu Gott betet.«

Theresa sah ihn nachdenklich an. »In deinem Fall reicht das Beten wohl nicht.«

»Was meinst du?«

»Katharina«, sagte sie, »du weißt, dass auch sie entschlossen ist, die Insel zu verlassen.«

»Ja«, antwortete er knapp.

»Und dann sitzt du hier bei mir auf der Bank?«

»Ich will mich von Myra und Lucius verabschieden, aber ich glaube, ihr tue ich einen größeren Gefallen, wenn ich sie einfach ziehen lasse.« Erst jetzt konnte er sich eingestehen, dass er es auf ewig bereuen würde, wenn er sie nicht noch einmal sah und sich vergewisserte, dass sie mit ihrer Entscheidung glücklich war. Und zugleich wusste er: Diese Entscheidung war ein Zeichen, dass sie mit der Vergangenheit abschließen wollte, und lieber wollte er allen Schmerz auf sich nehmen als bei ihr alte Wunden aufreißen.

Theresa runzelte die Stirn. »Das ist alles, was dir dazu einfällt?«

»Wann immer ich ihr meine Liebe versichert habe, ist es zur Unzeit gekommen. Ich habe ihr so wehgetan … mehr als nur einmal … So wie ich auch dich sehr verletzt habe.«

»Ich hab's überlebt«, erklärte Theresa leichtfertig. Sie stand auf, trat zu Catalina, hob sie hoch und warf sie in die Luft. Catalina juchzte, und jener Laut war trotz seiner düsteren Stimmung tröstlich und verheißungsvoll.

Das »fürs Erste« ist manchmal genug, dachte Aaron – genug um zu lachen, das Leben zu besingen und Hoffnung zu haben.

»Wenn du sie siehst, dann sag ihr, dass ich ihr alles Glück der Welt wünsche«, murmelte er, ehe er hineinging, um sich von den Greys zu verabschieden. Er war sich nicht sicher, ob Theresa ihn gehört hatte, denn diese sagte nichts, warf Catalina nur noch höher, und die Kleine juchzte erneut.

Über Wochen hatte Katharina ungeduldig auf ein Schiff gewartet. Gar nicht schnell genug konnte es ihr gehen, endlich die Insel zu verlassen. Doch als Tim nun die Ankunft eines Schiffs verkündete und auch, dass es schon morgen wieder ablegen würde, befiel sie Panik. Kurz hätte sie sich am liebsten verkrochen, ob im Bett oder im Stall, bis es wieder davongesegelt war. Zugleich wusste sie, dass es zu spät war, die Entscheidung zurückzunehmen – zu sehr hatte sie die Kinder darauf eingeschworen.

Sie schüttelte ihre Lethargie ab und fing zu packen an, und so eifrig, wie sie daranging, war sie damit bald fertig, sie besaßen schließlich nicht viel. Nun gab es eigentlich nichts anderes mehr zu tun, als zu warten, doch sie ertrug es nicht, ruhig zu sitzen. Sie begann wie verrückt, das Haus zu putzen: Sie kehrte den Boden, wischte ihn feucht, stocherte in jeder Ritze und fluchte, wenn doch noch eine Staubflocke oder ein Sandkorn hervorkam. Schließlich nahm sie sich Tische und Bänke vor und schrubbte sie verbissen.

Ihre Hände waren ganz rot, ihr Gesicht war schweißüberströmt, als sie plötzlich eine Stimme zum Innehalten zwang.

»Für wen tust du das bloß?«

Theresa stand auf der Türschwelle. Seit Tagen hatte Katharina die Schwester nicht mehr gesehen. Bei der Hochzeit von ihr und Rufus war sie natürlich dabei gewesen, aber danach hatte sie ihr nur flüchtig gratuliert und war wieder gegangen. Von Theresas Entscheidung, mit Rufus und der Kleinen auf der Insel zu bleiben, hatte sie gehört, jedoch nicht mit ihr darüber gesprochen.

»Ich dachte, vielleicht willst du künftig hier in diesem Haus leben«, sagte Katharina. »Die Wände sind etwas stabiler als bei den Greys. Versprich mir übrigens, dass ihr auf unsere

Katze aufpasst. Auch wenn Toni ein alter Rumtreiber ist – manchmal kommt er doch heim und freut sich über ein Schälchen Milch.«

»Eine saubere Stube hingegen wird ihm wohl nicht wichtig sein.«

»Umso mehr aber dir …«

»Willst du damit sagen, du hast für mich geputzt?«

Theresa hob leicht spöttisch die Augenbrauen. Seit Katharina nach ihrer wochenlangen Gefangenschaft heimgekehrt war, war keine Feindseligkeit zwischen den Schwestern aufgelodert, aber sie hatten nie offen über die Vorkommnisse geredet. Dass sich Theresa während ihrer Abwesenheit liebevoll um Jack und auch um Barnabas gekümmert hatte, wertete Katharina als ein Zeichen, dass ihre Verachtung für sie nicht mehr ganz so groß war, zumal Theresa ja auch ihr Glück mit Rufus gefunden hatte. Doch sie war sich nicht sicher, ob die Schwester ihr wirklich ganz und gar vergeben hatte. Zu ihrer Überraschung erklärte diese jetzt jedoch: »Wenn du wirklich an mich denken würdest, dann würdest du die Insel gar nicht erst verlassen.«

Katharina hatte sich schon wieder über den Tisch gebeugt, um weiterhin zu putzen, doch ob der Worte hielt sie inne.

»Aber … aber ich dachte, dass du froh bist, wenn du mich nicht ständig sehen musst.«

»Vielleicht ist es an der Zeit, nicht zu denken, sondern zu reden.«

Die Aussicht auf die längst überfällige Aussprache stimmte Theresa merklich angespannt, doch in ihren Augen stand keine Wut, schon gar kein Hass, nur Traurigkeit.

»Dir wäre es tatsächlich lieber, ich bliebe?«, entfuhr es Katharina überrascht.

Theresa trat auf sie zu, nahm ihr den Putzlappen weg und zwang sie, sich auf die Bank zu setzen. »Natürlich wäre es mir lieber, wenn ich Menschen um mich habe, die ich kenne, liebe und denen ich vertraue. Aber um mich geht's nicht, sondern um dich. Und ich frage mich: Wäre es nicht auch dir lieber, du würdest bleiben?«

Vorhin, als die Nachricht vom Schiff gekommen war, hatte Katharina gerade noch vermocht, die Fassung zu wahren, aber jetzt wurde ihr die Kehle eng.

»Ich … ich kann doch nicht …«

Theresa konnte sich nicht länger beherrschen. »Warum denn nicht?«, schrie sie. »Was steht deinem Glück mit Aaron denn jetzt noch im Weg, wenn nicht dein Starrsinn? Den er übrigens mit dir teilt! Der Narr traut sich nicht einmal, sich von dir zu verabschieden!«

Unwillig schüttelte sie den Kopf.

Katharina seufzte. »Er hat eingesehen, was auch ich begriffen habe. Es … es geht einfach nichts Gutes daraus hervor.«

»Wovon redest du?«

Wieder seufzte Katharina, und sie brauchte eine Weile, ihre Tränen hinunterzuschlucken. »Meine Liebe zu Aaron stand von Anfang an unter keinem guten Stern. Ich war mir früh gewiss, dass ich ihn von Herzen liebe, und habe ihm das auch gestanden, doch er dachte, er könnte mir das Leben an seiner Seite nicht zumuten, und wies mich zurück. Als er schließlich einsah, dass er seine Gefühle für mich unmöglich unterdrücken konnte, war ich längst verheiratet. Und danach … Wir haben uns entweder voneinander ferngehalten oder die Menschen, die uns nahestanden, betrogen. Beides hat uns nicht glücklich gemacht. Wir haben dich verletzt und Barnabas, und jetzt ist Barnabas tot und …«

»Sein Tod ist nicht eure Schuld!«, warf Theresa ein.
»Trotzdem! Er ist zumindest ein Zeichen. Ein Zeichen, dass unsere Beziehung nicht … gesegnet ist.«
»Pakarati würde euch sicher gern seinen Segen geben«, meinte Theresa spöttisch.
Katharina war nicht empfänglich für Scherze. »Das meine ich nicht.«
»Das ist mir schon klar«, sagte Theresa. »Gottes Segen ist euch nicht so wichtig, aber du hättest gern gehabt, dass irgendjemand kommt und dir sagt, dass du – trotz allem, was geschah und trotz Barnabas' Tod – ein Recht darauf hast, glücklich zu sein, ein Recht, Aaron zu lieben, ein Recht, auf Rapa Nui weiterzuleben. Doch da niemand kam und du ganz allein deine Entscheidung treffen musstest, ist dir nichts Besseres eingefallen, als die Insel zu verlassen.«
»Du … du klingst, als würde ich einen Fehler machen.«
»O nein!« Theresa hob abwehrend die Hände. »Erwarte nicht von mir, dass ich dir befehle, was du zu tun und zu lassen hast. Ich werde dich ganz sicher zu nichts drängen, denn weißt du …« Sie deutete mit der Hand aus dem Fenster. »Das Leben auf dieser Insel ist hart. Und vor allem: Es leben so wenig Menschen hier, dass man alles allein machen muss. Wenn du nicht selbst auf deinen Garten achtest, wird er bald von Unkraut überwuchert. Wenn du nicht die Schafe hütest, saufen sie schlechtes Wasser und verenden. Wenn du das Haus nicht sauber hältst, verstaubt und verdreckt es. Hier gehen die Schwachen zugrunde, hier muss man sich vor allem auf sich selbst verlassen. Und darum sage ich dir: Es gibt niemanden, der dir das Glück vor die Füße wirft, du musst dich schon selbst bücken und es dir nehmen. Und es gibt niemanden, der dich von der Schuld freisprechen wird,

die du auf dich geladen hast, du musst dir schon selbst vergeben.«

Katharina senkte ihren Blick. So einleuchtend die Worte auch schienen – irgendwie klang alles zu einfach, um ihnen zu trauen.

»Es kann natürlich sein, dass es stimmt, was man uns als Kinder vorgeworfen hat«, fuhr Theresa fort. »Damals hieß es immer, wir seien feige oder faul oder beides, weil wir den Kuhstall scheuten. Mir scheint nun, du bist zu feige, erneut dein Herz zu riskieren, und zu faul, für deine Liebe zu kämpfen. Und wenn es tatsächlich so ist, dann hast du sie vielleicht nicht verdient – weder Aaron noch die Insel.«

Schweigen breitete sich aus, während draußen der Wind heulte. Katharina blickte auf den Boden. Eben hatte er noch geglänzt, nun war er schon wieder staubig und voller roter Erde. Auf dieser Insel war es nie wirklich sauber … auf dieser Insel war sie nie wirklich glücklich – zumindest nicht für lange.

»Du denkst also …«

Wieder hob Theresa abwehrend die Hände. »Wenn du wissen willst, ob ich dir verziehen habe, dann ja. Aber mit allem anderen habe ich nichts zu tun. Außerdem muss ich jetzt wieder zurück zu meinem Mann und meinem Kind.«

Sie umarmte sie flüchtig und ging davon, ohne dass Katharina noch etwas sagen konnte.

Die starrte ihr lange nach. Plötzlich erschien es ihr so sinnlos, weiterzuputzen. Theresa würde das Haus womöglich nie beziehen, es folglich dem langsamen Verfall preisgegeben sein, es gab nichts mehr zu tun …

Sie gab sich erst einen Ruck, als sie hörte, wie Romy und Tim mit Jack zurückkamen, die sie vorhin zum Kapitän des Schiffs geschickt hatte.

»Ich werde die Kisten nach unten bringen«, verkündete Tim, »der Kapitän will, dass wir sie noch heute aufs Schiff schaffen.«
Seine Worte versetzten ihr einen Stich ins Herz, und ihre Entschlossenheit wankte.
Auf dieser Insel muss man alles allein machen.
Doch auch, wenn das stimmte – sie war nicht nur für sich allein verantwortlich. Und Tim und Romy und Jack erwartete anderswo ein besseres Leben.
»Ich habe schon fertig gepackt«, sagte sie schnell.

Als Katharina das Boot bestieg, das sie zum wartenden Schiff brachte, drehte sie sich ein letztes Mal um. Ihr Blick schweifte über die Insel, als würde sie sie zum ersten Mal sehen, obwohl sie so viele Jahre ihres Lebens hier verbracht, gelitten und gelacht, geliebt und gehasst hatte, vor Furcht vergangen war und voller Hoffnung an das Morgen geglaubt hatte. Ja, sie hatte viele Gesichter des Lebens kennengelernt, und in all der Zeit, da ihr manche zur Herausforderung gereichten, andere zur Freude, war die Insel für sie mehr gewesen als der einsame, karge Ort, an dem zu leben so vielen Weißen wie eine Verbannung erschien.
Ich war hier zu Hause, dachte sie. Rapa Nui ist für mich nicht das entlegenste Eiland der Welt, sondern meine Heimat …
Jahrhunderte waren vergangen, ehe die Terra incognita entdeckt worden war, viel weniger Zeit hatte es gedauert, sie und ihre Bewohner auszubeuten. Die Insel protzte weder mit Reichtum noch mit Schönheit, zumindest nicht auf den ersten Blick, denn der fiel nicht auf prächtige Blumen oder sattgrüne Bäume, sondern auf karge Büsche, die in der glei-

ßenden Sonne fast gräulich wirkten. Die meisten waren niedrig, kaum einer größer als ein Mensch, und das Gras wuchs auf den vielen Hügeln trocken und hart. Oft klaffte die Erde hervor, mal rötlich, mal schwarz, ähnlich wie die Farbe der steilen Klippen sich wandelte, je nachdem, von welcher Seite das Licht darauf fiel. Dutzende von Kratern durchzogen Landschaft wie Narben.

Und dennoch: So eintönig das Land anmutete und so vermeintlich farblos – die stete Meeresbrise, die geheimnisvollen Statuen und die Stille, die nur dann und wann vom Blöken eines Schafs unterbrochen wurde, waren zugleich verheißungsvoll. Wo, wenn nicht an einem Ort, der derart mit Reizen geizte und den Menschen auf sich selbst zurückwarf, fand man die Kraft, jeden Tag neu zu beginnen, das Leben anzupacken und die Hoffnung zu bewahren, dass man an Prüfungen wächst, anstatt daran zugrunde zu gehen?

Zumindest war Katharina mit dieser Hoffnung einst hierhergekommen. Und als sie jetzt die Insel vielleicht zum letzten Mal betrachtete, fragte sie sich, ob diese Hoffnung wirklich enttäuscht worden war, wie sie oft geglaubt hatte, oder ob sie lediglich zu früh resigniert hatte, ob nicht immer noch dieses leise Versprechen in der Luft lag: Bleib hier, dann kannst du glücklich werden, trotz allem, was hinter dir liegt …

Katharina zögerte, als sie das Boot bestieg, und erst recht, als dieses nach einer schaukelnden Fahrt das Schiff erreichte.

»Kommst du?«, rief einer der Matrosen. Er deutete auf die Strickleiter, auf der sie hochklettern sollte, doch sie blieb starr sitzen.

Jack begann, zu quengeln und sich in ihren Armen zu winden, Tim und Romy sahen sie abwartend an.

Katharina wusste, sie sollte sich endlich einen Ruck geben, sich abwenden, jenen letzten Blick auf die Insel im Herzen bewahren, aber endgültig Abschied nehmen – nicht nur von der Heimat, auch von dem Traum, der sie hierhergeführt hatte.
Doch sie brachte es einfach nicht fertig. Jener Traum hatte sich manchmal als Alb erwiesen, von dem sie unbedingt erwachen wollte, doch jetzt konnte sie nur denken: Ich will weiterträumen … von einem schönen, neuen, starken Rapa Nui.
Während sie sich immer noch nicht bewegte, stand Tim auf, ging zur Strickleiter und wollte seinen Fuß daraufsetzen, aber plötzlich packte Romy ihn am Arm und zog ihn zurück. Er sah sie fragend an, doch sie schüttelte nur den Kopf. Katharina hingegen stiegen Tränen in die Augen.
»Kannst du dich noch erinnern?«, fragte Romy leise. »Vor einigen Jahren hast du mir einmal gesagt, dass du nun unsere Mutter bist und du alles dafür tun wirst, damit wir glücklich werden.«
Katharina schluckte die Tränen hinunter. »Und dieses Versprechen werde ich niemals brechen!«, rief sie entschlossen.
»Ich weiß. Aber so, wie du unsere Mutter bist, sind wir deine Kinder – dein Sohn und deine Tochter. Und auch wir werden alles tun, damit du glücklich wirst.«
»Aber … aber … es geht doch nicht … Wir können doch nicht …«
Tim hatte mittlerweile verstanden, worauf seine Schwester hinauswollte. Als wäre es das Selbstverständlichste auf der Welt, ließ er die Strickleiter los und ließ sich ins Boot fallen. Jack schien zu bemerken, dass gerade etwas sehr Wichtiges passierte, denn er hörte zu quengeln auf und schmiegte sich an Katharina.

»Aber ... aber ...«, setzte diese erneut mit trockener Kehle an.
»Sehen wir es mal so«, erklärte Tim ganz nüchtern. »Ich verstehe am meisten von Schafen, und davon gibt es hier mehr als genug. Vom Ackerbau, wie er in Chile betrieben wird, weiß ich hingegen gar nichts. Wo könnte ich besser aufgehoben sein als hier?«
»Aber ...«, setzte Katharina wieder an.
»Und außerdem«, fiel Romy ihr hastig ins Wort, »in den letzten Tagen hast du das Haus so gründlich geputzt. Soll diese Arbeit etwa umsonst gewesen sein?«
Nein, dachte Katharina, all die Mühen der letzten Jahre, all die Arbeit, die Sorgen – sie durften unmöglich vergebens gewesen sein.
»Ihr meint, wir sollen hierbleiben?«
Romy nickte nur, Tim ergriff wortlos das Ruder, und auch Katharina brachte kein Wort mehr hervor, sondern lächelte die Kinder unter Tränen an.

Aaron hatte sich fest vorgenommen, dem Schiff nicht nachzusehen, wenn es ablegte, und darum den ganzen Vormittag mit hektischer Betriebsamkeit gefüllt. Ausführlich hatte er mit Nicholas Pakarati über die Spanischschule gesprochen und gemeinsam mit ihm den Entschluss gefällt, sie weiterhin am Leben zu erhalten. Danach hatte er die Leprastation besucht und diverse Kranke versorgt, und als er später ins Freie trat, um sich zu waschen, hatte er erfahren, dass das Schiff schon lange den Anker gelichtet hatte. Nun konnte er doch nicht anders, als zum Strand zu stürzen und einen letzten Blick darauf zu erhaschen. Das Licht der Mittagssonne war so stark, dass die Meeresfluten fast silbrig glänzten, und die weißen Segel schienen zu flimmern und mit dem Horizont zu verschmelzen.

Plötzlich konnte er seine Wehmut nicht länger unterdrücken. Er setzte sich auf einen der spitzen, schwarzen Steine und stützte sein Kinn auf die Hände.

»Ich wünsche dir alles Gute, Lucius Grey«, sagte er leise. »Ein blinder Mensch muss nicht unbedingt ein schlechter sein, und vielleicht kannst du anderswo den Traum von der Entdeckung einer alten Kultur leben, ohne das auf Kosten eines Volkes zu tun, das ums Überleben kämpft. Und ich wünsche auch dir, Myra, alles Gute, ein etwas gemächlicheres, einfacheres Leben, das dir erlaubt, dich mal auszuruhen, anstatt ständig ums Überleben zu kämpfen. Ich wünsche euch alles Gute, Percy und Penny, auf dass ihr anderswo die Ehemänner findet und die Kinder auf die Welt bringt, von denen ihr träumt.«

Er wollte fortfahren, konnte es jedoch nicht, denn das hätte bedeutet, Katharinas Namen auszusprechen – und daran zu ersticken. Auch ihr wünschte er das Beste, aber das änderte nichts daran, dass er sich wie an dem Tag fühlte, da er – unendlich verlassen und einsam – vor den Gräbern seiner Familie gestanden hatte. Damals hatte er für sein Leid wenigstens noch seinen Vater verantwortlich machen können, der seiner Familie das Leben in der Fremde zugemutet hatte, doch dass Katharina und er nicht zusammen waren, sondern sie allein die Insel verlassen hatte, war seine Schuld. Zu oft hatte er sie enttäuscht, ihr zu selten das Gefühl geben können, dass sich die Liebe, die sie für ihn empfand, lohnte.

Das Schiff hatte sich mittlerweile so weit entfernt, dass das Segel einer Wolke glich, und selbst diese verschwand langsam am Horizont.

Er räusperte sich. »Ich wünsche euch Glück, Tim, Romy und Jack, auf dass ihr nicht nur eine neue Heimat findet, sondern Menschen, die euch lieben, und dass ihr etwas tun könnt, worin ihr gut seid und das ihr gerne macht.«
Er schluckte schwer, schaffte es aber immer noch nicht, Katharinas Namen auszusprechen.
Noch tiefer sank sein Kopf, als er plötzlich eine Stimme hinter sich vernahm: »Und mir wünschst du etwa kein Glück?«
Er fuhr herum. So lange hatte er vorhin ins gleißende Licht gestarrt, dass er jetzt nur dunkle Konturen wahrnahm. Da waren zwei kleine Gestalten – Tim und Romy –, eine noch kleinere – Jack –, und da war Katharina, die langsam auf ihn zuging. Er blinzelte die aufsteigenden Tränen weg, und als sich sein Blick klärte, sah er ihr Gesicht ganz deutlich. Sie lächelte.
»Du … du bist noch hier?«
Nun hatte sie ihn erreicht, doch obwohl sie kaum mehr eine Elle trennte, machte sie keine Anstalten, ihm um den Hals zu fallen. Auch er vermochte es noch nicht, sich aus der Starre zu lösen, konnte nur ihr strahlendes Lächeln erwidern.
»Also, warum wünschst du mir kein Glück?«
Endlich fand er seine Sprache wieder. »Du verdienst so viel mehr Glück, als ich dir wünschen könnte … viel mehr, als ich dir zu geben imstande bin.«
Sie lachte – und es war ein heller, klarer Ton, der ihn an die junge Katharina erinnerte, die einst hoffnungsvoll, ein wenig ängstlich, aber mit starkem Willen nach Rapa Nui aufgebrochen war.
»Du musst mir das Glück nicht geben … Ich bin stark genug, es mir selbst zu nehmen.«

Sie stand so dicht vor ihm, dass er ihren warmen Atem spüren konnte. »Und was … was macht dich glücklich?«
Wieder lachte sie. »Diese Insel, die Kinder und … du.«
Der Wind ließ ihre Locken tanzen und wehte ihm die eigenen Haare ins Gesicht. Wieder konnte er sie kaum sehen, aber das war nicht notwendig. Er löste sich aus der Starre, sie machte einen letzten Schritt, und dann lagen sie sich in den Armen.
Als sie sich küssten, befürchtete er für einen kurzen Moment, dass alles nur ein Traum war. Aber dann wusste er, dass er nie daraus erwachen würde.
Das ist unser Traum, dachte er. Wir werden für ihn kämpfen, für unsere Liebe, für unsere Zukunft und für Rapa Nui.

Anhang

Personenverzeichnis

Katharina Steiner, Tochter deutscher Auswanderer in Chile
Poldi, ihr Vater
Barbara, ihre Großmutter
Frida und Theresa, ihre Schwestern
Elisabeth und Taddäus, Katharinas Nichte und Neffe

Aaron Hayes, Missionar auf Tahiti
Justin La Croix, sein väterlicher Freund

Barnabas Wilkinson, Schaffarmer auf Rapa Nui
Tim und Romy, seine Kinder aus erster Ehe
Jack, sein Sohn aus der Ehe mit Katharina

Tane, Roro, Hina und Nani, Rapanui
Ika, ihre Großmutter
Piro, ein Waisenjunge

Archibald Smythe, Aufseher der Schaffarm auf Rapa Nui
Laurentine, seine Frau

Lucius Grey, Archäologe auf Rapa Nui
Myra, seine Frau
Rufus, sein Sohn
Lydia, Penelope und Persephone, seine Töchter
Catalina, Rufus' und Hinas Tochter

Ezequiel, chilenischer Siedler auf Rapa Nui
Hermano, sein Bruder

Historisch verbürgte Persönlichkeiten auf Rapa Nui:
Vincent Pont, Aussteiger
Alexander Salmon junior und John Brander junior, Besitzer der Schaffarm auf Rapa Nui
Frank Allen, Verwalter der Schaffarm
Nicholas Pakarati, Katechet auf Rapa Nui, und seine Frau Elizabeth
Policarpo Toro, Offizier der chilenischen Marine
Pedro Pablo Toro, sein Bruder und Kolonisationsagent für Rapa Nui
Atamu, *ariki* (König) von Rapa Nui
Angata, eine einflussreiche Rapanui
Comandante Castillo, chilenischer Kapitän der Abtao
Charles Higgins, Kapitän der Clorinda und kurzfristiger Verwalter der Schaffarm auf Rapa Nui

Historische Anmerkung

Über einen Mangel an Literatur über die Osterinsel kann man sich nicht beklagen: Unzählige Bücher beschäftigen sich mit der geheimnisvollen Kultur der Rapanui, den moai *und* ahu, *der* rongorongo-*Schrift und dem Vogelmannkult. Sie gehen – meist kontrovers – der Frage nach, warum es auf der einst dicht bewaldeten Insel irgendwann keine Bäume mehr gab, wie es gelang, die riesigen Statuen zu transportieren, warum und wann genau es zum Krieg der zwei Rassen – den Kurz- und Langohren – gekommen war und woher die Rapanui stammen – ob aus Neuseeland, Hawaii oder Mikronesien.*

Doch daran, wie das Volk in späteren Zeiten gelebt hat, besteht – wie die überschaubare Literatur zu diesem Thema beweist – scheinbar kein Interesse. Das tragische Schicksal der Rapanui im 19. und 20. Jahrhundert, als Sklavenjäger, eingeschleppte Krankheiten und die Ausbeutung durch Schaffarmer die Bevölkerung drastisch dezimierten, diese schlimme Repressalien hinnehmen musste und die Kultur von Rapa Nui fast zerstört wurde, wird auch in den meisten Reiseführern kaum erwähnt.

In meinem Buch wollte ich meinen Fokus darum auf dieses vergessene Leid lenken.

Mein Buch endet in einer friedlichen Zeit. Von 1892 bis 1896 blieb die Insel mehr oder weniger sich selbst überlassen. In allen Quellen aus diesen Jahren wird von Friede und Har-

monie gesprochen, die man bis dahin kaum kannte, und dass die Bevölkerung sich wieder mit der eigenen Geschichte beschäftigte.
Ich will jedoch nicht verschweigen, dass dieses vermeintliche »Happy End« leider nur eine Atempause war. Ende des 19. Jahrhunderts verpachtete der Staat Chile, der weiterhin kein größeres Interesse an der Insel bekundete, diese an den Unternehmer Enrique Merlet. Und als der einige Jahre später in Zahlungsschwierigkeiten geriet, wandte er sich an die – 1851 gegründete – Company Williamson & Balfour, die schon Schaffarmen in Patagonien und ein Handelsimperium in Südamerika gegründet hatte, und bot die Insel als Sicherheit für einen Kredit an. Kurze Zeit später konnte er die Raten nicht länger bezahlen, und Rapa Nui landete endgültig im Besitz von Williamson & Balfour, die die Compañía Explodadora de Isla de Pascua gründeten. Damit war die Bevölkerung erneut der Willkür von Schaffarmern ausgeliefert und ihre Lage ähnlich verzweifelt wie in den Jahren zuvor: Sie lebten eingepfercht in Hanga Roa, hatten kaum Rechte und wurden für ihre Arbeitsleistung schlecht bezahlt.
Erst 1917 wurde die Insel dem chilenischen Recht unterstellt, und seit diesem Jahr entsandte der Staat einen Polizeipräfekten nach Rapa Nui. Doch auch von diesem stand bestenfalls zu erwarten, was auch Pedro Pablo Toros Schriften an den Tag legen: die Arroganz der Weißen, die auf die Rapanui meist verächtlich herabblickten, für ihr Leid blind waren und vor allem in militärischen Kategorien dachten. Die Einzigen, die dann und wann den Fokus der Öffentlichkeit auf das Schicksal der Rapanui lenkten, die mittlerweile nicht hinter einer Mauer, sondern hinter Stacheldrahtzäunen eingesperrt waren, waren Kirche und Presse. Manchmal gelang

es ihnen kurzfristig, öffentliche Empörung hervorzurufen, und alle paar Jahre wurden einige Versuche gestartet, ihr Los zu ändern. Aber letztlich war die Insel zu weit vom Festland entfernt, um im Bewusstsein der Öffentlichkeit zu bleiben, sodass sich an den Zuständen nie etwas Grundlegendes änderte.

Erst 1966 erlangten die Rapanui die Freiheit. Doch auf eine Wiedergutmachung für all das erlittene Unrecht warten sie bis heute vergebens, fehlt in Chile weitgehend das entsprechende Unrechtsbewusstsein. Dass die Osterinsel vor allem mit den rätselhaften Steinstatuen assoziiert wird, die im Laufe des 20. Jahrhunderts wieder aufgestellt worden waren, erleichtert den Verdrängungsprozess: So stehen nämlich immer längst vergangene Zeiten im Blickpunkt, nicht die unmittelbare Vergangenheit.

In meinem Buch treten viele reale Persönlichkeiten auf: Vincent Pont, der erste Europäer, der sein ganzes Erwachsenenleben auf der Osterinsel verbrachte, der mit einer Rapanui verheiratet war und dessen Nachkommen bis heute auf der Insel leben, Nicholas Pakarati – der engagierte, tiefgläubige Katechet – und seine Frau Elizabeth, Policarpo Toro, dessen große Pläne mit der Insel letztlich scheiterten, und sein Bruder Pedro, dessen Schriften die einzige Quelle über die vier Jahre nach der Annexion durch Chile sind, schließlich die Unternehmer Alexander Salmon junior und John Brander junior.

Die übrigen Protagonisten entspringen meiner Fantasie, doch ich habe versucht, mich an jenen »Typen« Mensch zu orientieren, die die Geschichte der Osterinsel im 19. Jahrhundert prägten:

Archibald Smythe ist vom Schlage eines Jean-Baptiste Dutrou-Bornier, der die entlegene Lage der Insel schamlos ausnützte, um seine Machtgelüste zu befriedigen und Land und Menschen skrupellos auszubeuten.

Lucius Grey entspricht jenen Wissenschaftlern, die immer wieder die Insel besuchten und dort Ausgrabungen vornahmen, sich sehr interessiert an ihrer Kultur zeigten, aber blind für die aktuellen Lebensbedingungen der Rapanui waren.

Tane repräsentiert wiederum die Rapanui, die ihre Unterdrückung nicht einfach hinnehmen wollten: Der Hotu-Matua-Kreis, der im Buch Erwähnung findet, war tatsächlich Anfang der 90er-Jahre des 19. Jahrhunderts aktiv – und auch später kam es zu Revolten, die jedoch allesamt zum Scheitern verdammt waren.

Ein historisches Vorbild für Aaron Hayes hingegen fehlt leider. In ihm wollte ich einen Menschen beschreiben, wie ihn die Insel dringend gebraucht hätte.

Was Frauen und Kinder anbelangt, so muss ich gestehen, dass sie im Roman deutlich überrepräsentiert sind. Die Weißen, die Ende des 19. Jahrhunderts auf die Insel kamen – ob als Schaffarmer, Wissenschaftler oder Militärs –, waren meist Junggesellen.

Doch dass es auch vereinzelt Familien gegeben hat, die auf dem unwirtlichen Eiland zu überleben versuchten, ist nicht an den Haaren herbeigezogen. So lebte ein Chilene namens Chavez ab 1877 als Agent des Hauses Brander eine Zeit lang mit seiner Frau in Mataveri, und auch etliche der von Policarpo und Pedro Toro angeworbenen Siedler kamen mit ihren Familien.

Auch dass ein alleinstehender Mann wie Aaron Hayes sich ohne wirtschaftliches Interesse auf der Insel niederlässt, ist nicht unrealistisch. Die wenigsten verbrachten zwar ihr ganzes Leben hier wie der erwähnte Vincent Pont, doch immer wieder gab es »Aussteiger« – so etwa den Italiener Rafael Cardinali, der 1896 Schiffbruch erlitt –, die einige Jahre auf Rapa Nui verlebten.

Die Osterinsel, der abgelegenste Ort der Welt, wird immer als rätselhaft bezeichnet, und Mutmaßungen über ihre Vergangenheit führen oft zu den wildesten, krudesten Theorien. Doch dabei darf man nicht das Nächstliegende vergessen: Die Menschen dort hegen die gleichen Sehnsüchte wie überall sonst, und diese sind ganz und gar nicht geheimnisvoll, sondern offenkundig und verständlich – die Sehnsucht nach Freiheit, nach Frieden für sich und die Nachkommen und die Sehnsucht, die eigenen Träume zu leben.

Drei Frauenschicksale –
zwei Kontinente –
ein halbes Jahrhundert

CARLA FEDERICO

Die Rosen von Montevideo

ROMAN

Montevideo 1843. Der Frankfurter Bankierssohn Albert Gothmann verliebt sich Hals über Kopf in die lebenslustige Rosa, Tochter einer der ältesten spanischen Familien Uruguays. Doch ihre Liebe zwingt sie zum Verzicht auf ihre Heimat, ein Schicksal, das fortan alle Nachfahrinnen ihrer Familie teilen. Sind die Frauen stark genug, um für ihre Leidenschaft zu kämpfen?